ESTADO DE TERROR

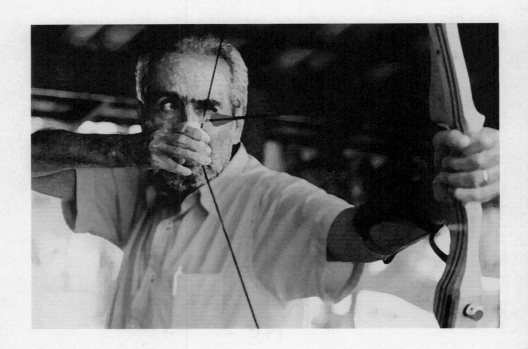

O Arqueiro

GERALDO JORDÃO PEREIRA (1938-2008) começou sua carreira aos 17 anos, quando foi trabalhar com seu pai, o célebre editor José Olympio, publicando obras marcantes como *O menino do dedo verde*, de Maurice Druon, e *Minha vida*, de Charles Chaplin.

Em 1976, fundou a Editora Salamandra com o propósito de formar uma nova geração de leitores e acabou criando um dos catálogos infantis mais premiados do Brasil. Em 1992, fugindo de sua linha editorial, lançou *Muitas vidas, muitos mestres*, de Brian Weiss, livro que deu origem à Editora Sextante.

Fã de histórias de suspense, Geraldo descobriu *O Código Da Vinci* antes mesmo de ele ser lançado nos Estados Unidos. A aposta em ficção, que não era o foco da Sextante, foi certeira: o título se transformou em um dos maiores fenômenos editoriais de todos os tempos.

Mas não foi só aos livros que se dedicou. Com seu desejo de ajudar o próximo, Geraldo desenvolveu diversos projetos sociais que se tornaram sua grande paixão.

Com a missão de publicar histórias empolgantes, tornar os livros cada vez mais acessíveis e despertar o amor pela leitura, a Editora Arqueiro é uma homenagem a esta figura extraordinária, capaz de enxergar mais além, mirar nas coisas verdadeiramente importantes e não perder o idealismo e a esperança diante dos desafios e contratempos da vida.

HILLARY CLINTON

ESTADO DE TERROR

LOUISE PENNY

Título original: *State of Terror*

Copyright © 2021 por Hillary Rodham Clinton e Three Pines Creations, LLC
Copyright da tradução © 2023 por Editora Arqueiro Ltda.

Publicado em acordo com Simon & Schuster e St. Martin's Publishing Group.

Todos os direitos reservados. Nenhuma parte deste livro pode ser utilizada ou reproduzida sob quaisquer meios existentes sem autorização por escrito dos editores.

tradução: Alves Calado
preparo de originais: Beatriz D'Oliveira
revisão: Ana Grillo e Guilherme Bernardo
diagramação e adaptção de capa: Natali Nabekura
capa: David Litman
impressão e acabamento: Lis Gráfica e Editora Ltda.

CIP-BRASIL. CATALOGAÇÃO NA PUBLICAÇÃO
SINDICATO NACIONAL DOS EDITORES DE LIVROS, RJ

C572e

    Clinton, Hillary, 1947-
      Estado de terror / Hillary Clinton, Louise Penny ; tradução Alves Calado. - 1. ed. - São Paulo : Arqueiro, 2023.
      464 p. ; 23 cm.

      Tradução de: State of terror
      ISBN 978-65-5565-450-9

      1. Estados Unidos - Relações exteriores - Ficção. 2. Terrorismo - Ficção. 3. Conspirações - Ficção. 4. Ficção americana. I. Penny, Louise. II. Calado, Alves. III. Título.

23-82183

CDD: 813
CDU: 82-311.6(73)

Meri Gleice Rodrigues de Souza - Bibliotecária - CRB-7/6439

Todos os direitos reservados, no Brasil, por
Editora Arqueiro Ltda.
Rua Funchal, 538 – conjuntos 52 e 54 – Vila Olímpia
04551-060 – São Paulo – SP
Tel.: (11) 3868-4492 – Fax: (11) 3862-5818
E-mail: atendimento@editoraarqueiro.com.br
www.editoraarqueiro.com.br

Aos bravos homens e mulheres que nos protegem do terror e enfrentam a violência, o ódio e o extremismo, não importa de onde venham. Vocês nos inspiram todo dia a ser mais corajosos e melhores.

A coisa mais incrível que aconteceu no meu tempo de vida não foi termos colocado um homem na Lua nem o Facebook ter alcançado 2,8 bilhões de usuários ativos por mês. É que em 75 anos, 7 meses e 13 dias desde Nagasaki nenhuma bomba nuclear foi detonada.

– *Tom Peters*

CAPÍTULO 1

– Senhora secretária – cumprimentou Charles Boynton, acompanhando a chefe, que seguia rapidamente pela Alameda de Mogno em direção à sua sala no Departamento de Estado. – A senhora tem oito minutos para chegar ao Capitólio.

– O Capitólio fica a dez minutos daqui – rebateu Ellen Adams, começando a correr. – E eu preciso tomar um banho e me trocar. A não ser... – Ela parou e se virou para seu chefe de gabinete. – Posso ir assim?

A secretária de Estado abriu os braços para que ele desse uma boa olhada. Era impossível não notar o apelo em seus olhos, a ansiedade na voz e o fato de que ela parecia ter acabado de ser arrastada por um trator desgovernado.

O rosto dele se contorceu em um sorriso nitidamente doloroso.

Com pouco menos de 60 anos, Ellen Adams tinha estatura mediana e era magra e elegante. Boas roupas e uma cinta escondiam seu amor por bombas de chocolate. A maquiagem era sutil, realçando os olhos azuis inteligentes ao mesmo tempo que não tentava esconder a idade. Ela não precisava fingir ser mais nova do que era, mas também não queria parecer mais velha.

Seu cabeleireiro, quando aplicava a tintura formulada especialmente para ela, a chamava de "Eminência Loura".

– Com todo o respeito, a senhora está parecendo uma mendiga.

– Ainda bem que ele respeita você – sussurrou Betsy Jameson, melhor amiga e conselheira de Ellen.

Depois de um expediente de 22 horas que havia começado com a secretária Adams recebendo convidados para um café da manhã diplomático na embaixada americana em Seul e incluíra conversas de alto sigilo sobre segurança regional e medidas para salvar um acordo comercial importante inesperadamente em apuros, aquele dia interminável acabou com um passeio por uma fábrica de fertilizantes na província de Gangwon – embora isso tivesse sido um disfarce para uma ida rápida à zona desmilitarizada.

Depois dessa visita, Ellen Adams pegou o voo para casa. Assim que o avião decolou, a primeira coisa que fez foi tirar a cinta e se servir de uma grande taça de Chardonnay.

Então passou várias horas enviando relatórios para seus auxiliares e para o presidente e lendo os memorandos que chegavam. Ou pelo menos tentando ler. Caiu no sono em cima de um relatório do Departamento de Estado sobre o recrutamento de pessoal para a embaixada da Islândia.

Acordou com um tremor quando a assistente tocou seu ombro.

– Senhora secretária, já vamos pousar.

– Onde?

– Em Washington.

– O estado? – Ellen se empertigou na poltrona e passou as mãos pelo cabelo, eriçando-o como se tivesse levado um susto.

Torcia para que fosse em Seattle. Para reabastecer, pegar comida. Ou talvez houvesse alguma emergência fortuita no meio do voo. Havia uma emergência, ela sabia, mas não mecânica nem fortuita.

A emergência era que ela havia caído no sono e ainda precisava de um banho e...

– A cidade.

– Ah, meu Deus, Ginny. Você não podia ter me acordado antes?

– Eu tentei, mas a senhora só murmurou e dormiu de novo.

Ellen tinha uma vaga lembrança disso, mas achara que fosse apenas um sonho.

– Obrigada por tentar. Tenho tempo para escovar os dentes?

Um aviso sonoro, e o capitão acendeu a luz de alerta dos cintos de segurança.

– Infelizmente, não.

Ellen olhou pela janela de seu jato executivo, que, por diversão, ela chamava de *Força Aérea Três*. Viu a cúpula do edifício do Capitólio, onde logo estaria sentada.

Enxergou-se no reflexo do vidro. Cabelo despenteado. Rímel manchado. Roupa desalinhada. Olhos injetados e ardendo por causa das lentes de contato. Havia rugas de preocupação, de estresse, que não estavam ali apenas um mês antes, no dia da posse. Aquele dia brilhante, de pura luz, quando o mundo era novo e tudo parecia possível.

Como amava esse país! Esse farol glorioso, avariado.

Após décadas construindo e administrando um império de mídia internacional que agora abrangia redes de televisão, um canal só de notícias, sites e jornais, ela havia entregado tudo à geração seguinte. Sua filha, Katherine.

Depois dos últimos quatro anos vendo o país que ela amava debater-se quase até a morte, agora estava em condições de ajudá-lo a se curar.

Desde a morte do seu amado Quinn, Ellen tinha sentido um vazio em sua vida. Em vez de diminuir com o tempo, essa sensação havia crescido, o abismo se alargando. Sentia de modo crescente a necessidade de fazer mais. De ajudar mais. De não ficar falando da dor, e sim fazer algo para aliviá-la. Retribuir.

A oportunidade havia chegado pela via mais improvável: o presidente eleito, Douglas Williams. Com que rapidez a vida podia mudar! Para pior, sim. Mas também para melhor.

E agora Ellen Adams estava no *Força Aérea Três*. Como secretária de Estado do novo presidente.

Era a chance de reconstruir pontes com aliados, depois da incompetência quase criminosa da administração anterior. Podia consertar relacionamentos vitais ou fazer alertas a nações pouco amistosas. Aquelas que podiam desejar o mal e realmente fazê-lo.

Ellen Adams estava em posição não somente de falar sobre a mudança, mas também de realizá-la. Transformar inimigos em amigos, manter o caos e o terror à distância.

No entanto...

O rosto que a encarava de volta não parecia mais tão confiante. Ela estava olhando para uma estranha. Uma mulher cansada, desgrenhada, exaurida. Que parecia mais velha do que de fato era. E talvez um pouquinho mais sábia. Ou seria mais cínica? Esperava que não, e se perguntou por que parecia subitamente difícil diferenciar as duas coisas.

Pegou um lenço de papel, lambeu-o e retirou o rímel. Em seguida, depois de alisar o cabelo, sorriu para o reflexo.

Era o rosto que ela mantinha sempre à mão. O que o público tinha passado a conhecer. A imprensa, seus colegas, os líderes estrangeiros. A secretária de Estado confiante, graciosa, segura, representando a nação mais poderosa do mundo.

Mas era uma fachada. Ellen Adams via outra coisa em seu rosto fantasmagórico. Algo medonho que ela se forçava a esconder até de si mesma. A exaustão tinha permitido que aquilo vencesse suas defesas.

Viu o medo. E seu parente mais próximo: a dúvida.

Seria verdadeira ou falsa? Um inimigo próximo sussurrando que ela não era boa o bastante. Que não estava à altura do cargo. Que estragaria tudo, e milhares, talvez milhões de vidas, seriam prejudicadas.

Afastou o pensamento, reconhecendo que não ajudava em nada. Mas, mesmo enquanto era abafado, o pensamento sussurrou que isso não significava que não fosse verdade.

Assim que o avião pousou na Base Aérea Andrews, Ellen foi levada às pressas até um carro blindado, onde leu mais memorandos, relatórios, e-mails. Washington passava deslizando, sem ser observada, enquanto ela se atualizava.

Assim que chegou à garagem subterrânea do monolítico edifício Harry S. Truman – ainda chamado de Foggy Bottom (buraco nevoento) pelos ocupantes mais antigos, talvez mesmo com afeto –, uma falange se formou para levá-la o mais rapidamente possível ao elevador e à sua sala particular no sétimo andar.

Seu chefe de gabinete, Charles Boynton, recebeu-a no elevador. Fora uma das pessoas designadas pela própria chefe de gabinete do presidente. Alto e desengonçado, era magro mais pelo excesso de energia nervosa do que por exercícios ou bons hábitos alimentares. O cabelo e o tônus muscular pareciam disputar para ver quem o abandonaria primeiro.

Boynton tinha passado 26 anos ascendendo nas fileiras políticas, finalmente chegando a um alto cargo como estrategista da bem-sucedida campanha presidencial de Douglas Williams. Uma campanha que se mostrara uma das mais brutais até então.

Finalmente Charles Boynton havia alcançado o centro do poder, e estava decidido a permanecer por lá. Era a sua recompensa por seguir ordens. E por ter dado sorte na escolha de um candidato.

Passou a estabelecer regras para manter na linha os indisciplinados secretários do gabinete. No seu entender, eram nomeações políticas temporárias. Adereços para a sua estrutura.

Juntos, Ellen e seu chefe de gabinete se apressaram pelo corredor coberto de painéis de madeira da Alameda de Mogno, rumo à sala da secretária de Estado, seguidos por auxiliares, assistentes e agentes da Segurança Diplomática.

– Não se preocupe – disse Betsy, correndo para acompanhá-los. – Eles vão segurar o Discurso sobre o Estado da União até a sua chegada. Pode relaxar.

– Não, não – interveio Boynton, a voz subindo uma oitava. – Nem pense em relaxar. O presidente está puto. Além disso, oficialmente não é o Discurso sobre o Estado da União.

– Ah, por favor, Charles. Tente não ser pedante. – Ellen parou de repente, quase provocando um engavetamento. Jogando longe os sapatos altos sujos de lama, partiu pelo carpete fofo apenas de meias. Acelerou o passo.

– E o presidente está sempre puto! – gritou Betsy atrás deles. – Está sempre irritado com a Ellen.

Boynton disparou um olhar de alerta para ela.

Ele não gostava daquela tal de Elizabeth Jameson. Betsy. Uma forasteira cujo único motivo para estar ali era ser uma velha amiga da secretária. Boynton sabia que Adams tinha o direito de escolher uma confidente íntima, uma conselheira, para trabalhar com ela. Mas não gostava disso. A forasteira deixava qualquer situação um tanto imprevisível.

E ele realmente não gostava dela. Em sua mente, chamava-a de Sra. Cleaver, porque ela se parecia com Barbara Billingsley, a mãe de Beaver no antigo seriado de TV. Uma dona de casa modelo da década de 1950.

Segura. Estável. Complacente.

Só que aquela Sra. Cleaver não era tão preto no branco, no fim das contas. Ela parecia ter absorvido a personalidade de Bette Midler em sua famosa frase: "Foda-se se eles não aguentam uma piada." E, apesar de gostar bastante de Midler, não a apreciava como conselheira da secretária de Estado.

Mas Charles Boynton precisava admitir que o que Betsy tinha dito era verdade. Douglas Williams não amava sua secretária de Estado. E dizer que o sentimento era mútuo seria um eufemismo.

Foi uma enorme surpresa quando o presidente recém-eleito escolheu uma inimiga política, uma mulher que tinha usado seus vastos recursos para apoiar o rival dele na corrida pela indicação do partido para um cargo de tamanho poder e prestígio.

Foi uma surpresa ainda maior quando Ellen Adams entregou seu império midiático à filha e aceitou o cargo.

A notícia foi engolida por políticos, comentaristas e colegas e cuspida como fofoca. Alimentou e encheu os programas de entrevistas políticas durante semanas.

A nomeação de Ellen Adams dominou os jantares em Washington. Era só no que se falava no Off the Record, o bar no subsolo do Hay-Adams.

Por que ela aceitara?

Embora de longe a maior pergunta, a mais interessante na verdade fosse: por que o presidente Williams tinha oferecido um cargo no gabinete à sua adversária mais declarada, mais feroz? E logo no Departamento de Estado?

A teoria mais aceita era que Douglas Williams estava seguindo os passos de Abraham Lincoln e montando uma Equipe de Rivais. Ou, mais provavelmente, estava seguindo Sun Tzu, o antigo estrategista militar, mantendo os amigos por perto e os inimigos ainda mais perto.

No entanto, ambas as teorias estavam erradas.

De sua parte, Charles Boynton, Charles para os amigos, só se importava com a chefe na medida em que os fracassos de Ellen Adams se refletiam mal sobre ele, pois de jeito nenhum permaneceria agarrado à saia da chefe se ela caísse.

E depois dessa viagem à Coreia do Sul, a sorte dela – junto com a dele – tinha dado uma guinada súbita para baixo. E agora estavam atrasando toda a porra do não Discurso sobre o Estado da Maldita União.

– Anda, anda. Depressa.

– Chega. – Ellen parou derrapando. – Não admito ser pressionada. Se preciso ir assim, que seja.

– A senhora não pode... – disse Boynton, com os olhos arregalados de pânico. – Está parecendo...

— Sim, você já disse. — Ela se virou para a amiga. — Betsy?

Houve uma pausa em que todos só ouviram Boynton bufando com desagrado.

— Você está ótima — disse Betsy baixinho. — Talvez um pouquinho de batom. — Entregou a Ellen um batom tirado da própria bolsa, uma escova e um pó compacto.

— Anda, anda — Boynton estava praticamente guinchando.

Sustentando o olhar injetado de Ellen, Betsy sussurrou:

— Um oximoro entra em um bar...

Ellen pensou, depois sorriu.

— E o silêncio é ensurdecedor.

Betsy sorriu de orelha a orelha.

— Perfeito.

Observou a amiga respirar fundo, entregar a grande bolsa de viagem à assistente e se virar para Boynton.

— Vamos?

Apesar de parecer no controle, a secretária sentia o coração bater forte enquanto caminhava só de meias, um sapato imundo pendurado em cada mão, voltando pela Alameda de Mogno rumo ao elevador. À descida.

— Depressa, depressa. — Amir gesticulou para a esposa. — Eles entraram na casa.

Podiam ouvir as pancadas atrás deles, os homens gritando, dando ordens. As palavras tinham sotaque forte, mas o significado era claro:

— Dra. Bukhari, saia. Agora.

— Vá. — Amir empurrou Nasrin pelo beco. — Corra.

— E você? — perguntou ela, apertando a bolsa contra o peito.

Houve um som de madeira lascando quando a porta de sua casa em Kahuta, nos arredores de Islamabad, foi despedaçada.

— Eles não estão atrás de mim. É você que eles precisam impedir. Vou distraí-los. Vá, vá.

Mas, quando ela se virou, ele segurou seu braço e a puxou, apertando-a contra si.

— Eu te amo. Tenho orgulho demais de você.

Beijou-a com tanta força que seus dentes colidiram e ela sentiu gosto de sangue do lábio cortado. Mas continuou agarrada a ele. E ele a ela. Ao ouvirem mais gritos, mais perto, os dois se separaram.

Ele quase pediu que ela avisasse quando estivesse segura no lugar de destino. Mas não fez isso. Sabia que ela não poderia contatá-lo.

Também sabia, como ela, que não sobreviveria àquela noite.

CAPÍTULO 2

Houve um burburinho quando o sargento de armas anunciou a chegada da secretária de Estado. Passavam dez minutos das nove horas e o restante dos membros do gabinete já estava sentado.

Especulou-se que Ellen Adams estaria ausente por ser a "sobrevivente designada" na lei de sucessão presidencial, mas a maioria achava que Williams escolheria a própria meia antes de escolhê-la para essa posição.

Enquanto adentrava a câmara, Ellen parecia não notar o silêncio ensurdecedor.

Um oximoro entra em um...

Manteve a cabeça erguida e foi seguindo o funcionário, sorrindo para os representantes reunidos de cada lado do corredor, como se não houvesse nada de errado.

– Você está atrasada – sussurrou o secretário de Defesa quando ela ocupou o lugar na primeira fila, entre ele e o diretor de Inteligência Nacional. – Adiamos o discurso por você. O presidente está furioso. Acha que você fez de propósito, para que os noticiários falassem de você e não dele.

– O presidente está errado – disse o diretor de Inteligência Nacional, o DIN. – Você nunca faria isso.

– Obrigada, Tim – respondeu Ellen. Era uma rara demonstração de apoio por parte de um dos homens leais ao presidente Williams.

– Depois do fiasco na Coreia do Sul – prosseguiu Tim Beecham –, imagino que nem deseje essa atenção toda.

– O que você está usando, em nome de Deus? – perguntou o secretário de Defesa, enojado. – Andou brigando na lama outra vez?

Ele fez uma careta e franziu o nariz.

– Não, senhor secretário, eu estava fazendo o meu trabalho. Às vezes isso significa se sujar um pouco. – Ela o analisou de cima a baixo. – E o senhor está impecável, como sempre.

Do outro lado, o DIN gargalhou, e em seguida todos se levantaram enquanto o sargento de armas anunciava:

– O orador: o presidente dos Estados Unidos.

A Dra. Nasrin Bukhari correu pelos becos já tão familiares, desviando dos caixotes e latões que atulhavam a área e que, se fossem chutados, revelariam sua posição.

Não parou nem uma vez. Jamais olhou para trás. Nem quando os tiros começaram.

Decidiu que o marido, com quem estava havia vinte anos, tinha escapado. Ele tinha sobrevivido. Tinha se livrado dos que tentavam impedi-lo... impedi-la.

Ele não tinha sido morto ou, pior, capturado, para ser torturado até confessar o que sabia.

Quando os tiros pararam, ela viu isso como um sinal de que Amir tinha partido em segurança. Como ela devia fazer agora.

Tudo dependia disso.

A meio quarteirão do ponto de ônibus, diminuiu a velocidade, recuperou o fôlego e caminhou com calma e comedimento, até entrar na fila. O coração martelava no peito, mas o rosto permanecia plácido.

Anahita Dahir estava sentada à sua mesa no Bureau de Assuntos da Ásia Central e Sul no Departamento de Estado.

Parou o que estava fazendo e foi até a TV na parede oposta, onde passava o discurso do presidente.

Eram 9h15. O discurso estava atrasado – segundo os comentaristas, por causa da ausência da secretária de Estado, a nova chefe de Anahita.

A câmera acompanhou o presidente eleito quando ele entrou na câmara ornamentada, sob aplausos entusiásticos dos apoiadores e palmas discretas da oposição, ainda ressentida. Como o presidente Williams só havia tomado posse um mês antes, era difícil acreditar que realmente soubesse qual era o estado da União, ou que o admitiria mesmo se soubesse.

Todos os comentaristas concordavam que o discurso faria um malabarismo criticando (não muito explicitamente) a administração anterior pela confusão deixada e ao mesmo tempo usando um tom esperançoso, ainda que não otimista demais.

Era uma questão de amenizar as expectativas extravagantes criadas na eleição e também se eximir de qualquer culpa.

A apresentação do presidente ao congresso era puro teatro político, uma espécie de kabuki. Tinha mais a ver com aparência do que com palavras. E Douglas Williams certamente sabia parecer presidencial.

Mas, enquanto Anahita o observava entrar na câmara com uma expressão calorosa, cumprimentando os amigos e inimigos políticos com o mesmo sorriso, a câmera ficava cortando para a secretária de Estado.

Esse era o verdadeiro drama. A verdadeira história da noite.

Os comentaristas estavam adorando especular o que o presidente Williams faria ao ficar cara a cara com sua secretária de Estado. Eles adoravam repetir exaustivamente que Ellen Adams tinha acabado de sair do avião depois de uma primeira viagem desastrosa, na qual conseguira afastar um importante aliado e desestabilizar uma região que já era delicada.

O momento em que os dois se encontrariam, ali na câmara, seria visto por centenas de milhões de pessoas em todo o mundo e reproduzido em looping nas redes sociais.

A câmara fervilhava de expectativa.

Os comentaristas se inclinaram para a frente, ansiosos para decifrar a mensagem que o presidente mandaria.

A jovem funcionária do Serviço de Relações Exteriores estava sozinha no departamento, a não ser pelo supervisor em sua sala anexa. Ela chegou mais perto da tela, interessada pelo que aconteceria entre seu novo presidente e sua nova chefe. Estava tão fascinada que não ouviu o *plim* de uma mensagem recebida.

Enquanto o presidente avançava, parando para conversar e acenar, os comentaristas políticos passavam o tempo falando do cabelo, da maquiagem e das roupas de Ellen Adams, desalinhadas e manchadas com o que esperavam que fosse lama.

– Parece que ela acabou de vir de um rodeio.

– E que entrou em um matadouro.

Mais risos.

Por fim um comentarista observou que a secretária provavelmente não tinha planejado chegar com essa aparência. Era uma prova de sua dedicação.

– Ela acabou de descer do avião vindo de Seul – lembrou a eles.

– Onde, pelo que soubemos, as relações foram rompidas.

– Bom, eu disse que ela era dedicada, não eficaz.

Em seguida discutiram, em tom sério, como o fracasso dela na Coreia do Sul poderia ser desastroso. Para a secretária Adams, para a nova administração. Para as relações deles naquela parte do mundo.

Isso também era teatro político, como a funcionária do SRE bem sabia. Uma reunião infeliz nunca levaria a danos permanentes. Mas, enquanto observava sua chefe, soube que o estrago estava feito.

Apesar de ser bastante nova no serviço, Anahita Dahir era suficientemente esperta para saber que, em Washington, as aparências costumavam ser muito mais poderosas do que a realidade. De fato, tinham força até para criar a realidade.

A câmera se demorou na secretária enquanto os comentaristas faziam picadinho dela.

A despeito dos sabichões da TV, o que Anahita Dahir via era uma mulher mais ou menos da idade de sua mãe, empertigada, a cabeça erguida, atenta. Respeitosa. Virada para o homem que vinha em sua direção. Aguardando calmamente seu destino.

Aos olhos de Anahita, seu desalinho só parecia aumentar a dignidade.

Até aquele momento, a jovem funcionária do SRE vinha aceitando bem o que os comentaristas e seus colegas analistas diziam. Que Ellen Adams era uma nomeação política cínica feita por um presidente astuto.

Mas agora, olhando o presidente se aproximar e a secretária se aprumar, Anahita ficou em dúvida.

Ela apertou o botão de mudo na TV. Não precisava escutar mais.

Voltou à sua mesa e notou a nova mensagem. Ao abri-la, viu que no espaço do remetente havia apenas letras aleatórias. E que na mensagem propriamente dita não existiam palavras, e sim uma série de números e símbolos.

Enquanto o presidente se aproximava, Ellen Adams achou que ele fosse ignorá-la.

– Senhor presidente – disse ela.

Ele parou e olhou para além dela, através dela, assentindo e sorrindo para as pessoas dos dois lados. Então estendeu o braço por cima dela, o cotovelo quase acertando seu rosto, para apertar a mão da pessoa que estava atrás. Só então, muito lentamente, dirigiu o olhar para os olhos de Ellen. A animosidade era tão palpável que o secretário de Defesa e o diretor de Inteligência Nacional recuaram um passo.

"Puto" nem começava a descrever como ele se sentia, e os dois não queriam ser atingidos pelos estilhaços.

Para as câmeras e os milhões de espectadores, o rosto bonito dele estava sério, mais desapontado do que com raiva. Um pai triste olhando para uma criança bem-intencionada mas rebelde.

– Senhora secretária. – *Sua bosta incompetente.*

– Senhor presidente. – *Seu escroto arrogante.*

– Será que a senhora poderia ir ao Salão Oval pela manhã, antes da reunião do gabinete?

– Com prazer, senhor.

Ele continuou andando, enquanto ela o contemplava calorosamente. Um membro leal do gabinete.

Sentando-se de novo, Ellen ouviu com educação o presidente começar o discurso. À medida que ele progredia, ela se sentiu atraída. Não pela retórica, mas por algo muito mais profundo do que as palavras.

Era a solenidade, a história, a tradição. Ellen ficou encantada com a majestade, a grandeza silenciosa, a graça do evento. Com o simbolismo, ainda que não com o conteúdo.

Uma mensagem poderosa estava sendo mandada para amigos e inimigos. De continuidade, força, decisão e propósito. Dizia que o dano causado pela administração anterior seria reparado. Que os Estados Unidos estavam de volta.

Ellen Adams sentiu uma emoção tão forte que até superou a aversão por Douglas Williams. Essa emoção afastou sua desconfiança e suas suspeitas, ficando apenas o orgulho. E o deslumbramento. Porque, de algum modo, a vida a havia colocado ali. Numa posição em que poderia servir.

Podia estar parecendo uma mendiga e cheirando a estrume, mas era a secretária de Estado americana. Amava seu país e faria todo o possível para protegê-lo.

A Dra. Nasrin Bukhari sentou-se no banco de trás do ônibus e se obrigou a olhar apenas para a frente. Não pela janela. Não para a bolsa em seu colo, bem apertada junto a si.

Nem para os outros passageiros. Era imperativo evitar o contato visual.

Ela se forçou a assumir uma expressão neutra, entediada.

Foi dada a partida no ônibus, que começou a sacolejar em direção à fronteira. Tinha sido combinado que ela partiria de avião. Mas Nasrin havia mudado o plano sem contar a ninguém, nem mesmo a Amir. As pessoas enviadas para impedi-la supunham que ela tentaria escapar o mais depressa possível. Estariam no aeroporto. Colocariam gente em todos os voos, se necessário. Fariam qualquer coisa para não deixar que ela chegasse ao destino.

Se Amir fosse capturado e torturado, revelaria todo o plano. Por isso o plano precisara de reajustes.

Nasrin Bukhari amava seu país. Faria todo o possível para protegê-lo.

E isso implicava abandonar tudo que amava.

Anahita olhou para a tela. Com as sobrancelhas franzidas, demorou apenas alguns segundos para decidir que a mensagem era spam. Isso acontecia mais do que se imaginava.

Mesmo assim, quis uma confirmação. Bateu à porta do supervisor e se inclinou para dentro. Ele estava assistindo ao discurso e balançando a cabeça.

– O que foi?

– Uma mensagem. Acho que é spam.

– Me deixe ver.

Ela mostrou.
– Tem certeza que não é de nenhuma das nossas fontes?
– Tenho, senhor.
– Ok, pode deletar.
E ela deletou. Mas não antes de anotar a mensagem. Só por garantia.

19/0717, 38/1536, 119/1848

CAPÍTULO 3

– Parabéns, senhor presidente. Correu tudo bem – disse Barbara Stenhauser.

Doug Williams gargalhou.

– Correu tudo muito bem. Melhor do que eu poderia esperar.

Ele afrouxou a gravata e pôs os pés em cima da mesa.

Estavam de volta ao Salão Oval. Um bar tinha sido montado, junto com um lanche leve para familiares, amigos e apoiadores ricos convidados para comemorar o primeiro discurso do presidente no congresso.

Mas Williams queria alguns instantes a sós com sua chefe de gabinete, só para relaxar. O discurso tinha cumprido tudo o que ele queria e ainda mais. Porém, outra coisa o estava deixando quase zonzo de alegria.

Cruzou as mãos atrás da nuca e se balançou enquanto um mordomo trazia um uísque e um pratinho com escalopes enrolados em bacon e camarão frito.

Sinalizou para Barb juntar-se a ele e, agradecendo ao mordomo, indicou que ele devia sair.

Barb Stenhauser sentou-se e tomou um gole demorado de vinho tinto.

– Ela consegue sobreviver a isso? – perguntou ele.

– Duvido. Vamos deixar a mídia cair em cima dela. Pelo que vi antes do seu discurso, eles já começaram. Ela vai estar acabada antes mesmo de chegar em casa. Só por garantia, combinei com alguns dos nossos senadores de começarem a se mostrar preocupados, sem saber se ela está à altura do cargo depois de todo o fiasco na Coreia do Sul.

– Ótimo. Para onde ela vai em seguida?

– Programei o Canadá.
– Ah, meu Deus. Vamos entrar em guerra com eles até o final da semana.
Barb gargalhou.
– Espero que sim. Eu sempre quis uma casa no Quebec. Os primeiros informes sobre o seu discurso são extremamente positivos, senhor. Estão falando do seu tom digno, de como estendeu a mão para a oposição. Mas alguns estão comentando que a nomeação de Ellen Adams, apesar de corajosa, foi um passo equivocado, sobretudo depois do fracasso na Coreia do Sul.
– Já era de se esperar um pequeno contragolpe na nossa direção. Desde que a maior parte da merda caia em cima dela, tudo bem. Além do mais, isso vai dar aos críticos uma distração enquanto pegamos o ritmo do trabalho.
Stenhauser sorriu. Raramente tinha visto um político tão talentoso. Com coragem para ser ferido se com isso lograsse matar um oponente.
Mas sabia que ele ia sofrer muito mais do que um mero ferimento.
Podia relevar o fato de Douglas Williams lhe dar calafrios se no fim conseguisse implementar a agenda na qual ela tanto acreditava.
Inclinando-se por cima da mesa, Barb entregou a ele uma folha de papel.
– Preparei uma declaração curta apoiando a secretária Adams.
Ele a leu e devolveu em seguida.
– Perfeita. Digna, mas sem comprometimento.
– Um leve elogio.
Ele gargalhou, depois suspirou com alívio.
– Ligue a televisão. Vamos ver o que estão dizendo.
Apoiou os cotovelos na mesa enquanto o grande monitor se iluminava. Ficara tentado a se gabar para sua chefe de gabinete, dizendo como fora esperto. Mas não ousou.

– Aqui.
Katherine Adams entregou à mãe e à madrinha taças grandes de Chardonnay; depois, segurando a garrafa pelo gargalo, levou sua taça até o grande sofá e sentou-se entre as duas. Três pares de pés com pantufas estavam apoiados na mesinha de centro.
Katherine pegou o controle remoto.

– Ainda não – disse sua mãe, pondo a mão no pulso da filha. – Vamos fingir mais um pouco que estão falando do meu triunfo na Coreia do Sul.

– E lhe dando os parabéns pelo seu novo penteado e pela elegância no vestuário – concordou Betsy.

– E pelo perfume – acrescentou Katherine.

Ellen gargalhou.

Assim que chegou em casa, tomou banho e vestiu um conjunto de moletom. Agora as três estavam sentadas lado a lado no confortável escritório doméstico. As paredes eram cobertas de estantes cheias de livros e de fotos dos filhos de Ellen e de sua vida com o falecido esposo.

Era um local privado, um refúgio reservado à família e aos amigos mais íntimos.

Ellen tinha pegado uma pasta de papel e estava lendo com a ajuda dos óculos, balançando a cabeça.

– Qual é o problema? – perguntou Betsy.

– As negociações. Não deveriam ter fracassado. A equipe avançada fez um bom trabalho. – Ela levantou os papéis. – Nós estávamos preparados. Os sul-coreanos estavam preparados. Eu tinha tido conversas com o encarregado do lado oposto. Era para isso ter sido uma mera formalidade.

– E o que aconteceu? – perguntou Katherine.

Sua mãe suspirou.

– Não sei. Estou tentando descobrir. Que horas são?

– São 23h35 – respondeu Katherine.

– Ou seja, 12h35 em Seul. Fico tentada a telefonar, mas não vou. Preciso de mais informações. – Ellen encarou Betsy, que estava olhando as mensagens no celular. – Alguma coisa?

– Um monte de e-mails e mensagens de apoio de amigos e parentes.

Ellen continuou a encará-la, mas Betsy balançou a cabeça, entendendo o que a chefe queria saber de verdade.

– Posso escrever para ele – ofereceu-se Katherine.

– Não. Ele sabe o que está acontecendo. Se quisesse falar comigo, falaria.

– Você sabe que ele está ocupado, mãe.

Ellen apontou para o controle remoto.

– Pode ligar no noticiário. Vamos acabar logo com isso.

Betsy e Katherine sabiam que as notícias na televisão a irritariam, sobrepondo-se ao incômodo principal e distraindo Ellen da mensagem que não havia aparecido no telefone.

Ellen continuou a ler os relatórios, tentando encontrar alguma pista do que tinha dado errado em Seul. Mal prestava atenção aos supostos especialistas na TV.

Sabia o que estavam dizendo. Mesmo os veículos da sua própria empresa de mídia – o canal de notícias internacional, os jornais, os sites – pegariam pesado com a antiga dona.

Aliás, justamente para provar que não eram tendenciosos, eles seriam os primeiros a partir para cima. E em peso. Ellen já até imaginava os textos editoriais.

Ao aceitar o cargo de secretária de Estado, tinha se desfeito de suas ações, entregando-as à filha com a ordem expressa, e escrita, de que Katherine Adams não interferisse pessoalmente em nenhuma cobertura da administração Williams, de modo geral, nem da secretária Adams especificamente.

Era um pedido que a filha tinha achado fácil cumprir. Afinal de contas, ela não era a jornalista da família. Seu diploma, sua especialização, seu interesse eram apenas pelo lado empresarial. Nisso ela puxara à mãe.

Betsy tocou o braço de Ellen e acenou com a cabeça para a televisão.

Ellen ergueu o olhar dos papéis, assistiu durante um momento, então ficou mais empertigada.

– Ah, porra – disse Douglas Williams. – Estão brincando comigo?

Ele olhou irritado para sua chefe de gabinete, como se esperando que ela fizesse algo a respeito.

O que Barb Stenhauser fez foi mudar de canal. De novo. E de novo. Mas, de algum modo, entre o Discurso sobre o Estado da União feito pelo presidente Williams e seu segundo copo de uísque, algo havia mudado.

Katherine começou a rir, os olhos brilhando.

– Meu Deus, está em todos os canais.

Ela zapeou por todos, parando em cada um apenas o suficiente para ouvir os especialistas e comentaristas políticos parabenizando a secretária por sua dedicação. Sua disposição em aparecer no Capitólio desarrumada, com a sujeira do serviço ainda grudada na roupa.

Sim, a viagem tinha sido um fiasco inesperado, só que a mensagem principal era que Ellen Adams e, por extensão, os Estados Unidos não tinham baixado a cabeça. Estavam dispostos a entrar nas trincheiras. A comparecer. A pelo menos tentar desfazer os danos causados por quatro anos de caos.

A culpa do seu fracasso na Coreia do Sul estava sendo jogada sobre a bagunça deixada por um presidente inapto e seu secretário de Estado.

Katherine já estava gargalhando.

– Olhem isso.

Ela estendeu seu celular para a mãe e Betsy.

Um meme tinha viralizado nas redes sociais.

Depois de ser anunciada, a secretária Adams seguia pelo corredor em direção ao seu lugar para ouvir o discurso, e a câmera captou um senador da oposição que olhou para ela com desdém e murmurou: "Mulher suja."

– Mas que merda! – disse Douglas Williams, jogando um camarão no prato com tal violência que ele quicou uma vez, depois uma segunda em sua mesa do Salão Oval, saiu voando e aterrissou no tapete. – Merda.

Deitada na cama, Anahita Dahir estava pensando.

E se a mensagem estranha fosse de Gil?

É. Podia ter sido ele. Querendo retomar a comunicação. Com tato.

Podia sentir a pele dele, úmida de suor daquelas tardes escaldantes, pegajosamente íntimas em Islamabad. Os dois fugiam para o quartinho dela, quase bem no meio do caminho entre a mesa dele no serviço de notícias e a dela, na embaixada.

O cargo de Anahita era tão sem importância que ninguém notava sua falta. Gil Bahar era um jornalista tão respeitado que ninguém questionava sua ausência. Presumiam que ele estava indo atrás de alguma pista.

No mundo tão fechado e claustrofóbico da capital paquistanesa, os encontros clandestinos aconteciam o dia todo e a noite toda. Entre controladores e agentes. Entre informantes e traficantes de informações. Entre fornecedores e usuários – de drogas, de armas, da morte.

Entre funcionários de embaixadas e jornalistas.

Era um lugar e uma época em que qualquer coisa podia acontecer a qualquer momento. Os jovens jornalistas e funcionários das instituições humanitárias, médicos e enfermeiras, pessoal das embaixadas e informantes se reuniam e se misturavam em bares clandestinos, em apartamentos minúsculos. Em festas. Trombavam uns nos outros. Roçavam uns nos outros.

A vida era preciosa e precária. E eles eram imortais.

Seu corpo se moveu ritmicamente na cama em Washington, sentindo de novo o corpo dele, duro, contra o dela. Dentro dela.

Alguns minutos depois, Anahita se levantou. E, mesmo sabendo que estava procurando encrenca, pegou o celular.

Você tentou me mandar uma mensagem?

Acordou várias vezes para checar o aparelho. Sem resposta.

– Idiota – murmurou, ao mesmo tempo que sentia de novo o cheiro almiscarado de Gil. Sentia a pele nua e branca deslizando contra seu corpo moreno e úmido. Ambos luminosos ao sol da tarde.

Podia sentir o peso dele sobre ela. Em seu coração.

Nasrin Bukhari estava sentada no saguão de embarque.

Um guarda de fronteira cansado tinha olhado seu passaporte sem perceber que ele era falso. Ou talvez não se importasse mais.

Ele tinha analisado o documento, depois os olhos dela. Viu uma mulher de meia-idade exausta. O hijab tradicional desbotado e esgarçado emoldurando o rosto cheio de rugas.

Sem dúvida ela não representava ameaça. Ele seguiu com a fila. Rumo ao próximo passageiro desesperado para cruzar a fronteira entre a ameaça e a frágil esperança.

A Dra. Bukhari sabia que carregava essa esperança na bolsa. Na cabeça, carregava a ameaça.

Tinha chegado ao aeroporto com três horas de antecedência para o voo. Agora percebia que talvez fosse tempo demais.

Nasrin se acomodou de modo a conseguir enxergar, com a visão periférica, o homem encostado na parede do outro lado do saguão. Ele estava no setor de segurança quando ela passara. Quase com certeza a tinha seguido até a área de espera.

Ela vinha esperando um paquistanês. Um indiano. Um iraniano. Sem dúvida seriam eles os enviados para impedi-la. Jamais lhe ocorreu que mandariam um homem branco. O simples fato de ele se destacar era uma camuflagem. A Dra. Bukhari não daria aos seus inimigos o crédito por esse golpe de mestre.

Mas talvez estivesse imaginando coisas. Descanso de menos, comida de menos e medo de mais geravam paranoia. Podia sentir o raciocínio se esvaindo. Zonza pela falta de sono, às vezes parecia flutuar fora do corpo.

Como uma intelectual, uma cientista, a Dra. Bukhari estava achando essa situação a mais amedrontadora até então. Não podia mais confiar na própria mente. Nem nas emoções.

Estava à deriva.

Não, pensou. Não era isso. Tinha uma direção clara. Um destino claro. Só precisava chegar lá.

Nasrin consultou o velho relógio na parede da área de espera imunda. De novo. Faltavam duas horas e 53 minutos para seu voo até Frankfurt.

Na visão periférica, viu o homem pegar o celular.

A MENSAGEM DE TEXTO CHEGOU à 1h30 da madrugada.

Não escrevi que bum você escreveu. Talvez você possa me ajudar com uma coifa. Preciso informação sobre cientista.

Anahita apagou a tela. Ele nem se dera ao trabalho de checar possíveis erros de digitação antes de mandar a mensagem.

Ela havia se colocado naquela situação sabendo, ou pelo menos suspeitando, que para Gil ela era apenas uma fonte. Nada mais. E provavelmente tivesse sido assim desde o começo. Seu valor para ele era estar dentro da embaixada, e agora do Departamento de Estado. Era a fonte dele no Bureau de Assuntos da Ásia Central e Sul.

Anahita se perguntou o quanto realmente sabia sobre Gil Bahar. Ele era um respeitado jornalista da Reuters. No entanto, existiam boatos.

A própria Islamabad era *feita* de boatos. Nem os veteranos sabiam distinguir verdade e ficção. Realidade e paranoia. Nesse caldeirão, as duas coisas se fundiam e se tornavam uma só. Indistinguíveis.

O que ela sabia era que, alguns anos antes, Gil Bahar tinha sido sequestrado no Afeganistão pela rede da família pashtun e ficara retido por oito meses, até conseguir escapar. Conhecidos apenas como "a Família", os pashtuns eram os terroristas mais extremistas e brutais na área tribal paquistanesa-afegã. Alinhados profundamente com a Al-Qaeda, temidos até por outros grupos talibãs.

Enquanto outros jornalistas eram torturados e depois executados, decapitados, Gil Bahar tinha saído ileso.

E por quê?, era a pergunta sussurrada por todos. Como ele havia escapado dos pashtuns?

Anahita tinha optado por ignorar a insinuação maldosa. Mas agora, deitada na cama, permitiu-se pensar a respeito.

A última vez que Gil a havia contatado foi pouco depois de ela ser transferida do Paquistão para ocupar o cargo em Washington. Ele telefonou para o seu número pessoal e, depois de jogar um pouco de conversa fora, pediu informações.

Ela não deu, claro, mas três dias depois houve um assassinato. Da mesma pessoa sobre a qual Gil tinha perguntado.

E agora ele queria mais informações. Sobre uma cientista.

CAPÍTULO 4

– Alô? – disse Ellen, saindo imediatamente de um sono profundo. – O que houve?

Enquanto atendia ao telefone, ela notou a hora. Eram 2h35 da madrugada.

– Senhora secretária – respondeu a voz de Charles Boynton. Profunda, sombria. – Houve uma explosão.

Ela se sentou e pegou os óculos.

– Onde?

– Londres.

Ellen sentiu uma onda de alívio e culpa. Pelo menos não era em solo americano. Mas ainda assim... Pôs as pernas para fora da cama e acendeu a luz.

– Me conte tudo.

Em 45 minutos, a secretária Adams estava na Sala de Crise da Casa Branca.

Para conter o tumulto e o estardalhaço desnecessários, apenas o núcleo do Conselho de Segurança Nacional tinha sido convocado. Em volta da mesa estavam o presidente, o vice-presidente, os secretários de Estado, Defesa e Segurança Interna. O diretor de Inteligência Nacional e o chefe do Estado-Maior Conjunto.

Vários auxiliares e a chefe de gabinete da Casa Branca ocupavam cadeiras encostadas na parede.

Os rostos estavam sérios, mas não em pânico. O chefe do Estado-Maior

Conjunto já havia passado por isso, mas para o presidente e o seu gabinete era novidade.

A mídia mal começara a informar o que havia acontecido. O que estava acontecendo.

Um mapa de Londres ocupava toda a tela do outro lado da sala. Um ponto vermelho, como uma gota de sangue, mostrava o local exato da explosão.

Na Piccadilly. Perto da Fortnum & Mason, notou Ellen, repassando o que conhecia de Londres. O Ritz ficava logo adiante. A Hatchards, a livraria mais antiga de Londres, estava perdida em algum lugar abaixo da marca vermelha.

– Não há dúvida de que foi uma bomba? – perguntou o presidente Williams.

– Nenhuma, senhor – disse Tom Beecham, diretor de Inteligência Nacional, ou DIN. – Estamos em contato contínuo com o MI5 e o MI6. Eles estão se esforçando para saber o que aconteceu, mas, dado o grau de destruição, não pode ser outra coisa.

– Continuem. – O presidente se inclinou para a frente.

– Parece que foi num ônibus – disse o general Albert "Bert" Whitehead, chefe do Estado-Maior Conjunto.

Seu uniforme estava abotoado errado. A gravata posta de qualquer jeito em volta do pescoço. O nó frouxo. Mas sua voz saía forte, os olhos estavam límpidos. O foco era completo.

– Parece? – perguntou Williams.

– O dano é grande demais para termos uma leitura exata neste momento. Pode ter sido um carro-bomba ou um caminhão que explodiu enquanto o ônibus passava. Há destroços por toda parte, como se vê.

O general digitou em seu notebook criptografado e uma foto substituiu o mapa. Tinha sido tirada por um satélite. A imagem era inesperadamente clara, mesmo feita a quilômetros, no espaço.

Todos se inclinaram para ela.

Havia uma cratera no meio da famosa rua e o espaço ao redor estava atulhado de metal retorcido. Subia fumaça dos veículos; fachadas de prédios centenários que sobreviveram à Blitzkrieg tinham desaparecido.

Mas Ellen notou que não havia nenhum corpo. Suspeitava que tivessem explodido em pedaços pequenos demais para serem identificados como humanos.

Se a zona de explosão não tivesse sido contida pelos prédios de ambos os lados, ninguém sabia até onde poderia ter ido.

– Meu Deus – sussurrou o secretário de Defesa. – O que provocou isso?

– Senhor presidente, acabamos de receber um vídeo – disse Barbara Stenhauser.

O presidente assentiu e ela o colocou na tela. Tinha sido feito por uma das dezenas de milhares de câmeras de segurança em Londres.

Havia uma indicação de tempo na parte inferior direita da imagem.

7:17:04

– Quando a bomba explodiu? – perguntou o presidente.

– Às sete horas, dezessete minutos e 43 segundos, horário de Greenwich, senhor – respondeu o general Whitehead.

Ellen levou a mão à boca enquanto assistia. Era o início da hora do rush. O sol estava tentando romper a manhã cinzenta de março.

7:17:20

Homens e mulheres andavam pela calçada. Carros, vans de entrega, táxis pretos diante do semáforo.

E o relógio avançava. Numa contagem regressiva.

7:17:32

– Sai daí, sai daí. – Ellen ouviu o secretário de Segurança Interna, sentado ao seu lado, sussurrando. – Sai daí.

Mas, claro, eles não correram.

Um ônibus vermelho-vivo, de dois andares, parou.

7:17:39

Uma jovem deixou um idoso entrar primeiro. Ele virou para agradecer.

7:17:43

Assistiram de novo e de novo, de diversos ângulos, à medida que mais vídeos chegavam, projetados na tela grande na extremidade da Sala de Crise.

No segundo vídeo, puderam ver com mais clareza o ônibus chegando à parada. O ângulo permitiu identificarem rostos. Inclusive o de uma menininha no banco da frente do andar de cima. O melhor lugar. Aquele que todas as crianças, inclusive os filhos de Ellen, corriam para pegar.

Por mais que tentasse, Ellen não conseguia tirar os olhos da menina.

Sai daí. Sai daí.

Mas, claro, em cada vídeo, não importava qual fosse o ângulo, a menininha continuava ali. E então sumia.

A confirmação, quando chegou da Inglaterra, foi apenas formal. Estava claro que era uma bomba. Colocada no ônibus. Programada para explodir no pior momento possível, no pior lugar possível.

Hora do rush no centro de Londres.

– Alguém assumiu a autoria? – perguntou o presidente Williams.

– Por enquanto, não – disse o DIN, repassando várias vezes os relatórios.

Agora as informações estavam chegando aos montes. O fundamental, todos sabiam, era administrá-las. Não se deixar abater.

– E nenhum boato? – perguntou Williams.

Ele olhou as cabeças em negação ao longo da mesa comprida e lustrosa, até parar em Ellen, que confirmou:

– Nada.

Mas ele continuou encarando-a, como se o fracasso fosse dela e somente dela.

E uma verdade simples ficou óbvia.

Ele não confia em mim, percebeu Ellen. Provavelmente deveria ter percebido antes, mas estivera tão envolvida tentando entender o novo trabalho que não tinha parado para pensar.

Em sua presunção, concluíra que ele a escolhera como secretária de Estado, apesar do antagonismo óbvio, porque sabia que ela seria boa no cargo.

Agora via que ele não apenas não gostava dela como também não confiava.

Então por que teria nomeado alguém em quem não confiava para um cargo tão importante?

E parte da resposta ficou óbvia, naquela sala, naquele momento.

O presidente Douglas Williams não tinha esperado o surgimento de uma crise internacional logo no início do seu mandato nem do dela. Não tinha esperado que precisasse confiar nela.

Então o que tinha esperado?

Tudo isso veio num rompante, mas Ellen não tinha tempo para ruminar sobre aquilo. Havia questões muito mais urgentes.

O presidente desviou o olhar e se virou para o DIN.

– Isso não é incomum? Não ouvirmos nada?

– Não necessariamente – respondeu Tim Beecham. – Sobretudo se for um fato isolado. Um lobo solitário que se explodiu junto com a bomba.

– Mesmo que fosse – disse Ellen, olhando ao redor. – Normalmente essas pessoas não querem que o mundo todo saiba? Não deixam uma declaração, um vídeo nas redes sociais?

– Há um motivo para ninguém... – ia comentar o general Whitehead, antes de ser interrompido pela chefe de gabinete:

– Senhor, estou com o primeiro-ministro britânico na linha.

Como todas as outras pessoas ali, Barbara Stenhauser tinha se vestido às pressas, de qualquer jeito. Sua expressão grave não fora disfarçada por maquiagem. De todo modo, maquiagem nenhuma seria capaz de escondê-la.

A carnificina na tela foi substituída pelo rosto sério do primeiro-ministro Bellington, como sempre com o cabelo desgrenhado.

– Senhor primeiro-ministro, o povo americ... – começou Douglas Williams.

– Sim, sim, tudo bem. Vocês querem saber o que aconteceu. Eu também. E, francamente, não tenho nada a dizer.

Ele olhou irritado para fora do ângulo da câmera, para o que só podiam supor que fossem representantes do MI5 e do MI6. A inteligência britânica.

– Havia um alvo específico? – perguntou Williams.

– Ainda não dá para dizer. Só foi confirmado que a bomba explodiu no ônibus. Não temos ideia de quem estava nele ou próximo a ele. Os passageiros e pedestres foram feitos em pedacinhos. Posso mandar o vídeo para vocês.

– Não precisa – disse Williams. – Nós já vimos.

Bellington levantou as sobrancelhas. Não ficou claro se estava impressionado ou aborrecido. Mas logo decidiu deixar para lá.

No terceiro ano do primeiro mandato, o primeiro-ministro era imensamente popular com a ala direita do seu partido e com os eleitores conservadores porque tinha prometido segurança nacional e independência em relação a outras nações. Esse atentado não ajudaria em nada sua campanha de reeleição.

– Vai demorar muito tempo para termos uma identificação definitiva – disse Bellington. – Vamos examinar os vídeos para ver se o sistema de reconhecimento facial pega alguém. Um possível terrorista ou alvo. Qualquer ajuda que vocês puderem dar será bem-vinda.

– O alvo poderia ser um prédio, e não uma pessoa? Como os ataques do 11 de Setembro? – perguntou o DIN.

– Poderia – admitiu o primeiro-ministro. – Mas em Londres existem alvos mais óbvios do que a Fortnum & Mason.

– Ou vai ver alguém talvez tenha achado um absurdo pagar cem libras por um chá da tarde – brincou o secretário de Defesa, e em seguida olhou ao redor, buscando sorrisos de apreciação.

Não houve nenhum.

– Mas a Academia Real Inglesa também fica lá – disse Ellen.

– A Academia de Artes, senhora secretária? – perguntou Bellington, virando-se para ela. – Acha que alguém criaria uma carnificina assim só para atrapalhar uma exposição?

Ellen tentou não se irritar com o tom condescendente, mas admitiu que todos os sotaques ingleses pareciam condescendentes ao seu ouvido americano. Quando eles falavam, ela ouvia um implícito *sua idiota* no fim da frase.

Ouviu isso agora. Mas ele estava sob pressão e descontando um pouco disso nela. Ellen deixaria passar. Por enquanto.

E, para ser justa, durante anos o primeiro-ministro tinha sido o alvo predileto dos seus veículos de mídia, que o pintavam como tremendamente inadequado. Um homem vazio, um pateta da classe alta, substituindo qualquer bravura que pudesse ter por títulos e frases aleatórias em latim.

Não surpreendia que ele a olhasse daquele jeito. Na verdade, admitiu Ellen, ele estava demonstrando um autocontrole impressionante.

– Não somente arte, senhor primeiro-ministro – disse ela. – A Sociedade Geológica fica lá.

– Verdade. – Agora os olhos dele estavam sondando, penetrantes. Muito mais inteligentes do que ela imaginaria possível. – A senhora conhece bem Londres.

– É uma das minhas cidades prediletas. Este é um terrível evento.

E era mesmo. Mas as implicações poderiam ir muito além da pavorosa perda de vidas e da destruição de parte da rica história daquela cidade.

– Geologia? – perguntou o secretário de Defesa. – Por que alguém desejaria explodir um lugar que estuda pedras?

Ellen não respondeu. Em vez disso, olhou para a tela, encontrando os olhos pensativos do primeiro-ministro.

– Geologia é muito mais do que pedras – disse ele. – É petróleo. Carvão. Ouro. Diamantes.

Bellington parou, sustentando o olhar de Ellen, convidando-a a fazer as honras.

– Urânio – revelou ela.

Ele assentiu.

– Que pode ser transformado em uma bomba nuclear. *Factum fieri infectum non potest*. O que está feito não pode ser desfeito – traduziu o próprio Bellington. – Mas talvez possamos impedir outro ataque.

– O senhor acha que haverá outro, primeiro-ministro? – perguntou o presidente Williams.

– Acho, sim.

– Mas onde? – murmurou o DIN.

Quando a reunião terminou, Ellen buscou acompanhar o general Whitehead até a saída.

– O senhor começou a dizer que havia um motivo para alguém talvez não assumir a autoria. Era isso que ia dizer, não era?

Ele assentiu.

O chefe do Estado-Maior Conjunto mais parecia um bibliotecário do que um guerreiro.

Curiosamente, o bibliotecário do congresso parecia um guerreiro.

O rosto do general era gentil, a voz suave. Seus olhos a encararam por trás dos óculos que lhe davam um ar de coruja.

Mas Ellen conhecia a ficha dele como combatente. Um Ranger, da elite do Exército. Tinha subido na carreira comandando a frente de batalha, ganhando não apenas o respeito, mas também a lealdade e a confiança dos homens e mulheres às suas ordens.

Whitehead parou, deixando que os outros passassem, e a examinou. Seu olhar era minucioso, mas não antagonista.

– Qual é o motivo, general?

– Eles não reivindicaram a autoria, senhora secretária, porque não precisam. O objetivo era, é... algo totalmente diferente. Algo muito mais importante do que o terror.

Ela sentiu o sangue sumir do rosto, concentrando-se no âmago do seu ser, no coração.

– E qual seria? – perguntou, surpresa e aliviada por ouvir a voz saindo mais controlada do que realmente sentia.

– Assassinato, talvez. Pode ter sido algo cirúrgico, mandar uma mensagem apenas a uma pessoa ou um grupo. Sem anúncio necessário. Eles podem saber também que o silêncio nos deixaria paralisados com muito mais eficácia do que uma reivindicação de autoria.

– Eu não chamaria o que aconteceu em Londres de "cirúrgico".

– Verdade. Eu quis dizer cirúrgico em termos de propósito. Um objetivo focado, definido. Onde enxergamos centenas de mortos, talvez eles só vejam um. Onde enxergamos uma destruição horrível, eles veem apenas um prédio arrasado. Questão de percepção. – A mão do general foi até a gravata e ele pareceu surpreso ao descobrir que o nó não estava feito. – Posso lhe dizer uma coisa, secretária Adams? Pela minha experiência, quanto maior o silêncio, maior o objetivo.

– Então o senhor concorda com o primeiro-ministro? Que haverá um segundo ataque?

– Não sei. – Ele sustentou o olhar dela, abriu a boca e a fechou em seguida.

– Pode dizer, general.

Ele deu um leve sorriso.

– O que sei é que, em termos estratégicos, este é um enorme silêncio.

Quando ele terminou de falar, o sorriso havia sumido. Seu rosto estava sério.

O predador estava à solta. Em algum lugar. Escondido em um vasto silêncio.

Não precisaram esperar muito.

Eram quase dez da manhã quando Ellen Adams voltou à sua sala no Departamento de Estado.

Havia uma atividade frenética ali. Antes que ela entrasse no elevador, foi cercada por seus assessores pedindo alguma coisa que pudessem dar à imprensa faminta. Assim que saiu do elevador, foi levada rapidamente ao escritório. Homens e mulheres iam depressa para um lado ou para o outro do corredor, entrando e saindo de salas. Não confiavam em troca de mensagens nem mesmo em telefonemas. Havia perguntas gritadas, exigências, feitas pelos auxiliares em sua busca por cada pista em potencial.

– Estamos falando com todas as nossas fontes – disse Boynton, andando prontamente ao lado dela. – As organizações de inteligência internacionais têm ajudado. Além disso, contatamos especialistas em contraterrorismo. Departamentos de estudos estratégicos.

– Alguma coisa?

– Por enquanto, não. Mas alguém deve saber alguma coisa.

Assim que chegou à sua mesa, ela examinou a lista de contatos.

– Tenho alguns nomes para você. Pessoas que conheci nas minhas viagens. Alguns jornalistas. Alguns intrometidos que falam pouco, mas captam muita coisa. – Ela lhe passou uma série de cartões de visita. – Use o meu nome. Peça desculpas pelo incômodo e explique.

– Pode deixar. Precisamos ir para a sala de videoconferência segura. Estão nos esperando.

Assim que ela chegou, rostos apareceram na tela.

– Bem-vinda, senhora secretária.

Iniciava-se a reunião dos ministros do Exterior da Aliança Cinco Olhos.

Anahita Dahir estava sentada à sua mesa no Departamento de Estado.

Todos os funcionários do Serviço de Relações Exteriores em todo o mundo tinham recebido a tarefa de repassar qualquer informação, qualquer uma, que pudessem encontrar. O local latejava com uma energia quase frenética à medida que mensagens eram enviadas e recebidas. Codificadas e decodificadas.

Anahita examinou as mensagens que tinham chegado à sua mesa durante a noite, ao mesmo tempo que monitorava as notícias pela TV.

Cada vez mais parecia que os jornalistas tinham uma rede de informações melhor do que a CIA ou a NSA. Ou o Departamento de Estado.

Isso a fez se lembrar de Gil, e de novo ficou tentada a contatá-lo. Para ver se ele sabia de alguma coisa. Mas também suspeitava que essa ideia viesse não tanto do cérebro, e sim de um local muito mais embaixo. E não era hora de ceder.

Como funcionária júnior do Serviço de Relações Exteriores, seção do Paquistão, não tinha acesso às comunicações de alto nível. As informações mais triviais, vindas de informantes sem tanta importância, é que chegavam a ela. Coisas como o lugar onde vários ministros do governo tinham almoçado, com quem e o que comeram.

Mas até mesmo essas mensagens precisavam ser lidas com atenção.

CINCO OLHOS ERA O NOME de uma aliança de agências de inteligência da Austrália, Nova Zelândia, Canadá, Reino Unido e Estados Unidos. Ellen só tinha ouvido falar dessa organização de aliados de língua inglesa ao se tornar secretária de Estado.

Devido às suas posições estratégicas, os Cinco Olhos basicamente cobriam o planeta inteiro. Mas nem mesmo eles tinham ouvido qualquer coisa. Nenhum rumor prévio. Nenhuma declaração triunfante nas horas seguintes à explosão.

A videoconferência reuniu a secretária Adams com suas contrapartes nos gabinetes dos outros governos e as principais autoridades de inteligência de cada país. Os cinco espiões e os cinco secretários compartilharam sucintamente o que sabiam. Eis o que suas redes tinham captado: nada.

– Nada? – perguntou o ministro do Exterior do Reino Unido. – Como é possível? Há centenas de mortos. Um número muito maior de feridos. O centro de Londres está igual à época dos bombardeios da Segunda Guerra. Isso não foi um estalinho, foi a porra de uma bomba enorme.

– Veja bem, vossa senhoria – disse o ministro do Exterior da Austrália, usando uma forma de tratamento irônica. – Não há nada. Nós repassamos informações vindas da Rússia, do Oriente Médio, da Ásia. Continuaremos investigando, mas até agora só silêncio.

Um enorme silêncio, pensou Ellen, lembrando-se das palavras do general.

– Deve ter sido um maluco solitário com expertise, cheio de ressentimento – declarou a ministra do Exterior da Nova Zelândia.

– Concordo – disse o diretor da CIA, que era o Olho dos Estados Unidos. – Se fosse uma organização terrorista como a Al-Qaeda ou o ISIS...

– Al-Shabaab – disse o Olho da Nova Zelândia.

– Os pashtuns – sugeriu o Olho da Austrália.

– Vocês vão fazer uma lista com todos? – perguntou o ministro do Exterior do Reino Unido. – Porque o tempo não está do nosso lado.

– A questão é que... – começou o Olho da Austrália.

– Diga, qual é a questão? – rebateu o ministro britânico.

– Certo – interveio o Olho do Canadá. – Já basta. Não vamos nos virar uns contra os outros. Todos sabemos qual é a questão. Se qualquer uma das centenas de organizações terroristas conhecidas tivesse acionado a bomba, ela já teria assumido a autoria.

– E as desconhecidas? – perguntou o Olho dos Estados Unidos. – E se surgiu uma nova?

– Bom, elas não brotam do nada, não é? – disse o Olho da Nova Zelândia. Ela se virou para seu colega australiano em busca de apoio.

– Uma organização nova que conseguisse esse feito não continuaria desconhecida por muito tempo – disse o Olho australiano. – Eles estariam berrando aos quatro ventos.

– Será que o grupo não assumiu a autoria porque não era necessário? – perguntou a secretária Adams.

Todos os Olhos e olhares se voltaram para ela, como se surpresos ao ver que uma cadeira vazia tinha aprendido a falar. O ministro do Exterior do Reino Unido bufou, irritado porque a nova secretária de Estado americana estava desperdiçando o tempo deles achando que tinha algo de útil a dizer.

O Olho dos Estados Unidos pareceu sem graça.

Ellen foi em frente, explicando a teoria do general Whitehead. O fato de a ideia ter vindo de um general, ainda mais sendo o chefe do Estado-Maior Conjunto, fez com que eles dessem muito mais credibilidade do que se ela própria tivesse feito a sugestão. Ellen não se importou. Não precisava da aprovação nem do respeito, só da atenção deles.

– Senhora secretária – disse o ministro do Exterior do Reino Unido –, o principal objetivo de um terrorista é espalhar o terror. Permanecer calado não faz parte do manual.

– Sim, obrigada – rebateu Ellen.

– Talvez eles sejam fãs de Alfred Hitchcock – sugeriu o Olho do Canadá.

– Isso mesmo – disse o ministro britânico. – Ou de Monty Python. Vamos em fren...

– Como assim? – perguntou Ellen ao Olho canadense.

– Eu quis dizer que Hitchcock sabia que a porta fechada dá muito mais medo do que a aberta. Pense em quando você era criança, à noite. Olhando para a porta do armário. Imaginando o que tinha lá dentro. Nós preenchíamos o vazio com a imaginação. E quase nunca pensávamos que era uma fada encantada segurando um cachorrinho e um pudim. – A canadense fez uma pausa, e pareceu a Ellen que ela a encarava diretamente. – As pessoas com planos catastróficos jamais deixam a gente abrir a porta. Ela só abre quando elas estão prontas para entrar em ação. O seu general está certo, senhora secretária. A verdadeira natureza do terror é o desconhecido. O que é verdadeiramente terrível prospera no silêncio.

Ellen sentiu-se paralisada. E então o silêncio foi quebrado. Ela deu um pulo na cadeira quando todos os telefones criptografados soaram ao mesmo tempo.

Na tela do Reino Unido, puderam ver um auxiliar dizendo alguma coisa no ouvido do ministro do Exterior.

– Ah, meu Deus – sussurrou ele, depois se virou para a tela, abalado, no instante em que Boynton se inclinava para Ellen Adams.

– Senhora secretária, houve uma explosão em Paris.

CAPÍTULO 5

O voo pousou no aeroporto de Frankfurt com dez minutos de atraso, mas ainda com tempo suficiente para os passageiros pegarem o ônibus de conexão.

Enquanto o avião taxiava até o terminal, Nasrin Bukhari olhou o relógio e o acertou para 16h03. Não ousava carregar um celular, nem mesmo um pré-pago descartável. Não podia correr nenhum risco.

Como dizia frequentemente ao marido professor, os físicos nucleares eram por natureza avessos ao risco. Ele ria e comentava que não existia trabalho mais arriscado que o dela.

Era o que ela estava fazendo agora, tão fora da sua zona de conforto que se sentia em outro planeta.

Ou em Frankfurt.

Ao redor, no avião, enquanto os outros passageiros ligavam os celulares, houve murmúrios, depois gemidos e em seguida gritos. Algo havia acontecido.

Sem ousar falar com ninguém, a Dra. Bukhari esperou até estar no terminal, depois foi até um dos monitores de TV. Uma multidão havia se reunido e ela estava longe demais para ouvir o que era dito, mesmo se pudesse entender a língua.

Mas podia ver as imagens. E ler o texto que corria na base da tela.

Londres. Paris. Cenas de destruição quase apocalíptica. Ficou olhando, paralisada. Desejando que Amir estivesse ali. Não para lhe dizer o que fazer, mas para lhe dar a mão. Para que não estivesse sozinha.

Sabia que aquilo era uma coincidência. Não tinha nada a ver com ela. Não podia ter.

No entanto, enquanto recuava e dava meia-volta, captou o olhar do rapaz que tinha saído do avião com ela e agora estava a poucos metros.

Sem olhar a televisão. Sem olhar as cenas de carnificina. Não havia dúvida de que a encarava como se a conhecesse. E a desprezasse.

– Sente-se – ordenou o presidente Williams, levantando o olhar rapidamente das anotações, depois baixando-o de novo.

Ellen Adams sentou-se à frente dele no Salão Oval. A poltrona ainda estava quente da cabeça e do traseiro do DIN.

Atrás dela, os vários monitores estavam sintonizados em diferentes canais, todos com comentaristas falando ou com imagens das atrocidades.

No carro, no caminho até ali, com sirenes uivando na escolta da Segurança Diplomática, Ellen tinha lido as mensagens brutalmente curtas vindas das agências de inteligência internacionais. A maioria pedindo, implorando por informações, e nada oferecendo.

– Vai haver uma reunião de todo o gabinete em vinte minutos – disse Williams, tirando os óculos e encarando-a. – Mas preciso ter uma ideia do que aconteceu e saber se estamos correndo risco. Estamos?

– Não sei, senhor presidente.

Os lábios dele se comprimiram e, mesmo do outro lado da mesa, Ellen pôde ouvir a inspiração profunda. Suspeitou que ele estivesse tentando inalar a raiva.

Mas era uma raiva grande demais para ser contida. Ela jorrou em uma nuvem de cuspe e fúria.

– Que *porra* você quer dizer com isso?

Aquela palavra explodiu na cara dela. Ellen a tinha ouvido muitas vezes, mas jamais direcionada contra ela com tamanha força. Ou injustiça.

Mas aquele não era um dia para analisar injustiças.

O grito dele tinha sido impelido pelo medo, disso ela sabia ao mesmo tempo que se obrigava a não enxugar o suor do rosto.

Também estava com medo. Mas o dele era ampliado pela certeza de que, se não tivesse cuidado, se não fosse suficientemente rápido e esperto, as próximas imagens seriam de Nova York ou Washington. Chicago ou Los Angeles.

Fazia apenas um mês que estava no cargo, ainda tentando descobrir o caminho até a sala de boliche da Casa Branca, e logo isso acontecia. Pior: ele estava sobrecarregado com uma administração nova. Homens e mulheres inteligentes, mas sem experiência nessa arena.

E, ainda pior, tinha herdado uma burocracia arrasada e povoada pelos incompetentes da administração anterior.

Ele não estava apenas com medo. O presidente dos Estados Unidos tinha sido lançado em um estado de terror quase perpétuo. E não estava sozinho.

– Posso dizer o que sabemos, senhor presidente. Posso lhe dar fatos, e não especulações.

Ele a encarou com raiva. Essa mulher era sua nomeação mais "política". E isso a tornava o elo mais fraco de uma corrente já muito fraca.

No colo, Ellen equilibrava um dossiê, e o abriu. Ajeitando os óculos, leu:

– A explosão em Paris ocorreu às 15h35, horário local. Foi em um ônibus que seguia pela Faubourg-Saint-Denis, no Décimo...

– É, eu sei disso. O mundo inteiro sabe. – Ele indicou as telas de TV. – Diga alguma coisa que eu não saiba. Algo que ajude.

A segunda explosão tinha acontecido menos de vinte minutos antes. Ellen queria dizer que eles não haviam tido tempo de coletar informações. Mas ele sabia disso também.

Ela tirou os óculos, esfregou os olhos e o encarou.

– Não tenho nada.

– Nada? – O ar estalava com a fúria dele.

– O senhor quer que eu minta?

– Quero que você seja minimamente competente.

Ellen respirou fundo e revirou a mente buscando algo que não o enfurecesse ainda mais. Nem desperdiçasse um tempo precioso.

– Todas as agências de inteligência aliadas estão examinando postagens, mensagens. Estão revirando a dark web em busca de sites ocultos. Estamos examinando vídeos para identificar o terrorista ou um possível alvo. Até agora, em Londres, chegamos a um alvo hipotético.

– E qual é? – Ele se inclinou para a frente, atento.

– A Sociedade Geológica.

Enquanto falava, ela viu o rosto da menina. Na janela do andar de cima. Olhando para a frente, para a Piccadilly. Para um futuro que não existia.

O presidente fez menção de falar. Ia dizer alguma coisa desdenhosa, pensou Ellen, e então pensou melhor. Por fim assentiu.

– E em Paris?

– Paris é interessante. Poderíamos esperar uma explosão em algum lugar conhecido. No Louvre, na Notre-Dame. Na casa do presidente.

Williams parecia interessado.

– Mas o ônibus de número 38 não estava perto de nenhum alvo provável. Só passando por uma rua larga. E nem havia tantas pessoas em volta. Não era a hora do rush. Não parece haver um motivo. No entanto, havia.

– A bomba pode ter explodido por engano? Cedo ou tarde demais?

– É possível, sim. Mas estamos desenvolvendo outra teoria. O ônibus 38 vai a várias estações de trem. Na verdade, estava a caminho da Gare du Nord quando explodiu.

– Gare du Nord. É onde chega o Eurostar de Londres – disse ele.

Douglas Williams estava se mostrando mais inteligente do que Ellen tinha presumido. Ou pelo menos mais viajado.

– Exatamente.

– Você acha que naquele ônibus havia alguém indo para Londres?

– É uma possibilidade. Estamos examinando vídeos de todas as paradas, mas Paris não é tão bem coberta por câmeras quanto Londres.

– Depois do que aconteceu em 2015, era de se esperar que melhorassem... – disse Williams. – Mais alguma coisa de Londres?

– Por enquanto, não. Nenhuma ideia de um possível alvo de assassinato, e infelizmente quase todo mundo que entrou no ônibus trazia um pacote ou uma mochila que poderia conter um explosivo. Além dos canais regulares, eu pedi aos meus ex-colegas das agências de notícias que repassassem o que os jornalistas e informantes ouvirem.

Antes que o presidente falasse, Barbara Stenhauser olhou do sofá, de onde estava monitorando a conversa e o dilúvio de informações.

– Isso inclui o seu filho? – perguntou Williams. – Pelo que lembro, ele tem boas conexões.

O ar entre os dois ficou gelado. Qualquer trégua frágil que tivesse sido alcançada acabou ruindo.

– Não creio que o senhor queira trazer meu filho para a conversa, senhor presidente.

– E não creio, senhora secretária, que queira ignorar uma pergunta direta de seu comandante em chefe.

– Ele não trabalha para nenhum dos meus antigos veículos.

– A pergunta não foi essa nem era esse o assunto. – A voz de Williams era áspera. – Ele é seu filho. Tem contatos. Dado o que aconteceu alguns anos atrás, ele deve saber de alguma coisa.

– Eu me lembro do que aconteceu, senhor presidente. – Se o tom dele era duro, o dela era definitivamente glacial. – Não preciso ser lembrada.

Os dois se olharam com raiva. Barb Stenhauser sabia que deveria interromper. Restaurar a civilidade. Levar a conversa para algo útil e construtivo.

Mas não fez isso. Estava curiosa para ver onde aquilo ia dar. Se não fosse construtivo, poderia ser ao menos instrutivo.

– Ele me diria, se soubesse alguma coisa sobre os atentados.

– Diria?

A ferida entre os dois tinha se aberto até alcançar a proporção de um abismo. E ambos, cambaleando na beirada, caíram de cabeça.

Stenhauser tinha presumido que o presidente não gostava de Ellen Adams porque ela havia usado seu formidável poder midiático para apoiar o rival dele pela indicação do partido. Com tal finalidade, tinha humilhado Doug Williams em todas as oportunidades. Menosprezando-o, pintando-o como incompetente, manipulador. Despreparado.

Covarde.

Ela tinha até criado um concurso, convidando os leitores a inscrever anagramas com o nome dele.

Doug Williams se tornou "*Aglow Dim Luis*" (Luis Pouco Iluminado). E, depois da derrota na prévia de Iowa, "*Glum Iowa Slid*" (Sombria Escorregada em Iowa).

Os anagramas ainda perseguiam o presidente, murmurados em sussurros teatrais por seus inimigos políticos – incluindo Ellen Adams. E parecia que sua elevação ao posto de secretária de Estado não havia mudado nada.

"*Al Go Mud Swill*" (Tudo vira lavagem e lama).

Stenhauser percebeu que estivera tão concentrada no chefe que não tinha parado para imaginar por que Ellen Adams sentia tanta aversão por ele.

Observando-os, percebeu que havia subestimado os sentimentos. Não era simples aversão. O que preenchia o Salão Oval não era nem mesmo raiva. Era um ódio tão palpável que a chefe de gabinete até imaginava as janelas cedendo à pressão e explodindo.

Então se perguntou o que eles estariam lembrando. O que teria acontecido alguns anos atrás?

O presidente praticamente rosnou:

– Fale com ele. Agora. Ou então está demitida.

– Não tenho as coordenadas dele. – Ellen sentiu as bochechas queimando ao admitir aquilo. – Nós não estamos em contato.

– Entre em contato.

Depois de pedir seu celular ao chefe da Segurança Diplomática, que estava do lado de fora, Ellen mandou uma mensagem para Betsy. Pedindo que contatasse seu filho e visse se ele tinha alguma informação, qualquer uma, sobre os atentados.

Em instantes chegou uma resposta.

– Deixe-me ver – exigiu Williams, estendendo a mão.

Ellen hesitou, depois lhe deu o telefone. Ele olhou a mensagem, com as sobrancelhas franzidas.

– O que isso significa?

Foi a vez de ela estender a mão para o celular.

– É um código que minha amiga e eu usamos. Um código que inventamos na infância, para garantir que somos nós que estamos falando.

Na tela estavam as palavras: *Um non sequitur entra em um bar...*

Ele devolveu o telefone, murmurando:

– Babaquice intelectual.

Escroto ignorante, pensou Ellen, digitando: *Num vento forte, até os perus conseguem voar.* Depois colocou o celular na mesa.

– Talvez demore algum tempo. Não sei onde ele está. Pode ser em qualquer lugar do mundo.

– Ele pode estar em Paris – sugeriu Williams.

– O senhor está insinuando...

– Senhor presidente – interveio Stenhauser. – Está na hora da reunião do gabinete.

Anahita Dahir levantava os olhos de vez em quando para ver as imagens, mas principalmente para ler o texto que passava na base da TV na parede do grande escritório aberto. Queria saber se os repórteres tinham mais informações do que ela, o que não seria difícil.

A primeira bomba, em Londres, tinha explodido às 2h17 da madrugada. A segunda, em Paris, menos de uma hora atrás, às 9h36 da manhã.

Enquanto olhava as cenas, em repetições intermináveis das bombas explodindo, Anahita percebeu que aquilo não fazia sentido. Estava claro em Londres, de modo que não podia ter sido no meio da madrugada. E em Paris não parecia ser a hora do rush.

Então balançou a cabeça e murmurou sozinha, percebendo o erro. As redes de notícias americanas estavam informando o horário do leste dos Estados Unidos. Na Europa, deviam ser...

Fez os cálculos rápidos, acrescentando as horas necessárias, e ficou totalmente imóvel. Olhando o nada.

E então, para seu horror, viu o que deveria ter sido óbvio.

Começou a revirar os papéis em cima da mesa.

– O que está fazendo? – perguntou o funcionário ao lado. – Algum problema?

Mas Anahita não ouvia; estava murmurando consigo mesma:

– Por favor, ah, por favor, ah, por favor.

E ali estava.

Agarrou o pedaço de papel. Suas mãos tremiam tanto que ela precisou colocá-lo na mesa para ler.

Era a mensagem que havia chegado na noite anterior. O código. Pegou-o e correu para a sala do seu supervisor, mas ele não estava lá.

– Está numa reunião – disse a secretária dele.

– Onde? Preciso falar com ele. É urgente.

A secretária sabia que ela era uma funcionária júnior e não pareceu convencida. Apontou para cima, para o céu ou a coisa mais próxima disso, os escritórios do sétimo andar, a Alameda de Mogno.

– Olha, você sabe o que está acontecendo. Não vou interromper uma reunião com o chefe de gabinete.

– Você precisa interromper. É sobre uma mensagem que chegou ontem à noite. Por favor.

A secretária hesitou. Depois, vendo o quase pânico no rosto da jovem, deu um telefonema.

— Sinto muito, senhor, mas Anahita Dahir está aqui. É a funcionária júnior do SRE, seção do Paquistão, isso. Ela diz que tem uma mensagem, uma coisa que chegou ontem à noite. — A secretária ouviu, depois olhou para Anahita. — É a mensagem que você mostrou ao supervisor?

— É, é.

— Sim, senhor. — Ela ouviu, confirmou e desligou. — Ele diz que fala com você quando voltar.

— Quando isso vai ser?

— Quem sabe?

— Não. Não, não, não, não. Ele precisa ver isso agora.

— Então deixe comigo. Eu mostro quando ele voltar.

Anahita apertou o papel contra o corpo.

— Não. Eu mostro.

Ela voltou à mesa e olhou de novo.

19/0717, 38/1536

Os números dos ônibus que tinham explodido e a hora exata.

Não era um código. Era um aviso.

E havia mais um.

119/1848

Um ônibus de número 119 iria explodir às 18h48 daquela noite. Se fosse nos Estados Unidos, eles tinham oito horas.

Se fosse na Europa... Ela olhou a fileira de relógios mostrando horários diferentes em diferentes fusos.

Já eram 16h30 em boa parte da Europa. Eles tinham apenas pouco mais de duas horas.

Anahita Dahir tinha sido criada para obedecer. Como boa libanesa, seguia as regras. Tinha feito isso a vida toda. Já não era mais algo forçado; era natural.

Hesitou. Podia esperar. Deveria esperar. Tinha recebido ordem de esperar. Só que não podia. E eles não sabiam o que ela sabia. As ordens baseadas na ignorância não podiam ser legítimas. Podiam?

Tirou uma foto dos números e se sentou por um momento, olhando-os. Mais um momento. E outro. Os ponteiros dos segundos em todos os relógios nas paredes ao redor, em todos os fusos horários do mundo, tiquetaqueavam. Tiquetaqueavam. Enquanto o planeta fazia a contagem regressiva.

Tic. Tac.

Censurando-a pela indecisão. Tsc, tsc.

Então Anahita se levantou tão depressa que sua cadeira caiu para trás. A atividade na sala grande era tão frenética que só a funcionária ao lado dela notou.

– Ana, você está bem?

Mas estava falando com as costas de Anahita, que já rumava para a porta.

CAPÍTULO 6

Nasrin Bukhari olhava enquanto o ônibus 61, que ia do aeroporto para o centro de Frankfurt, se aproximava.

Agora era evidente que o homem a estava seguindo. Mas não havia muito que fazer a respeito. Não conseguiria se livrar dele. Só precisava esperar que, assim que chegasse ao destino, as pessoas soubessem como agir.

Agora estava perto. Contra todas as chances, tinha chegado até ali. Como desejava poder ligar para Amir! Escutar sua voz. Dizer que estava em segurança e ouvir que ele também estava.

Ocupou seu lugar e se permitiu olhar para trás. Ele estava ali, algumas fileiras atrás.

Nasrin estava tão focada naquele homem que nem viu o outro.

Anahita esperava junto aos elevadores. Apenas um se abria diretamente na Alameda de Mogno. Era forrado com painéis de mogno, como era de se esperar; só era possível entrar nele usando uma chave especial.

Não havia outro modo de subir, e Anahita certamente não tinha a chave. Nem a autorização.

Mas era quase certo que a outra mulher esperando o elevador tinha. Estava curvada sobre o celular, digitando rapidamente e parecendo estressada. Todo mundo parecia estressado, dos seguranças até as maiores autoridades.

Anahita virou seu crachá, de modo que o nome ficasse fora de vista, e se aproximou com passo firme. Parou e, olhando a porta fechada, deu um suspiro de impaciência e murmurou algo.

Depois pegou seu celular e olhou para ele com atenção, tentando parecer concentrada. Cabeça baixa, cheia de propósito.

– Com licença... – começou a outra mulher, obviamente imaginando quem seria a estranha. E por que ela queria ir ao sétimo andar.

Anahita ergueu os olhos e a mão como se quisesse dizer: *Só me dê um segundo.* Em seguida voltou à sua mensagem aparentemente crucial.

Para parecer legítimo, digitou: *Onde você está? Ouviu as notícias?*

O elevador chegou e a mulher, agora de volta ao celular, entrou, seguida por Anahita.

Todo mundo está frenético aqui, continuou a escrever enquanto a porta do elevador fechava. *Alguma ideia?*

Assim que entraram, as duas foram levadas ao sétimo andar.

O TELEFONE DE GIL BAHAR VIBROU com a chegada de uma mensagem.

Remexendo-se no banco, leu-a; depois, aborrecido, apagou o aparelho sem responder. Não tinha tempo para aquela babaquice.

Alguns minutos depois, enquanto o ônibus saía do ponto e era seguro afastar os olhos do seu alvo, puxou o celular de novo e mandou uma resposta rápida.

Estou em Frankfurt num ônibus. Falo mais depois.

BETSY ENCAMINHOU A RESPOSTA, sem comentar nada, no instante em que Ellen entrava na reunião do gabinete.

Ela leu, depois entregou o celular ao agente do serviço secreto junto à porta, onde o aparelho se juntou aos outros nos escaninhos.

Enquanto a secretária Adams entrava na sala, alguns colegas do gabinete olharam para ela e disseram:

– Mulher suja.

Ela sorriu, reconhecendo a piada. Alguns, Ellen sabia, estavam rindo com ela. Outros estavam rindo dela.

A expressão tinha viralizado, e "mulher suja" fora logo adotado por grupos feministas como um grito contra a masculinidade tóxica.

Ellen olhou ao redor, pensando que nenhum dos seus colegas era particularmente tóxico.

Sabia que eles eram um conjunto das melhores mentes que o país havia produzido. Nas finanças, na educação, na saúde. Na segurança nacional.

Nenhum tinha sido maculado pelo absurdo dos quatro anos anteriores. Por outro lado, nenhum tivera experiência recente com o mais alto nível de governança. Eram inteligentes, até mesmo brilhantes, comprometidos, bem-intencionados e dedicados. Mas não havia uma profundidade de conhecimento, uma memória institucional. Contatos e conexões cruciais ainda não tinham sido feitos. A confiança ainda não tinha sido forjada entre aquela administração e o mundo fora daquelas paredes.

A confiança ainda precisava ser estabelecida dentro daquelas paredes, para começo de conversa.

A administração anterior tinha expurgado qualquer um que condenasse a política. Punia vozes divergentes. Silenciava todos os críticos, de senadores até congressistas, de secretários do gabinete até chefes de gabinete e faxineiros.

Exigiram lealdade total ao presidente Dunn e às suas decisões, não importando o quanto fossem egoístas, desinformadas e altamente perigosas.

A competência fora substituída pela lealdade cega como fator determinante para trabalhar para uma administração cada vez mais ensandecida.

Ao se tornar secretária de Estado, Ellen Adams tinha percebido rapidamente que não existia o tal Estado Profundo. Não havia nada "profundo" nele. Nada escondido. Funcionários de carreira e políticos nomeados caminhavam pelos corredores, sentavam-se em reuniões e compartilhavam banheiros e mesas nos refeitórios.

Os que haviam sido deixados para trás pelo governo Dunn tinham o olhar distante de combatentes enfim arrancados dos horrores ao redor. Horrores que eles próprios haviam perpetrado.

E agora, com apenas um mês, acontecia essa crise.

– Ellen, o que você pode nos dizer? – disse o presidente Williams, virando-se para secretária de Estado à sua esquerda.

Observando a expressão presunçosa dele ao atirar a granada, Ellen soube que nem toda malignidade vinha da oposição.

Nem todo mundo queria curar antigas feridas.

ANAHITA DEIXOU A OUTRA MULHER sair primeiro, estendendo a mão e dizendo com deferência e confiança:

– Por favor.

Por favor. Por favor.

Parou perto do elevador, supostamente para ler outra mensagem importante, mas na verdade querendo dar tempo para a mulher desaparecer em alguma sala.

Depois observou o longo corredor.

Tic, tac, tic, tac.

A famosa Alameda de Mogno. Parecia que havia entrado em algum clube masculino em Nova York ou Londres. O corredor à frente era largo e forrado de lambris escuros, com retratos de ex-secretários enfileirados nas paredes. Anahita quase podia sentir cheiro de charuto.

O cheiro que sentiu de verdade foi o perfume levemente enjoativo de lírios orientais, postos em um arranjo exuberante em um lustroso aparador na metade do corredor.

A Alameda de Mogno era magnífica. Tinha sido feita para ser magnífica. Para impressionar visitantes locais e estrangeiros. Exalava poder e permanência.

Dois agentes da Segurança Diplomática estavam parados junto a uma porta dupla alta na metade da Alameda de Mogno. A sala da secretária de Estado, supôs Anahita.

Ela queria era a sala de reuniões. Mas qual porta seria? Não podia abrir todas.

Os agentes estavam começando a se virar na sua direção.

Anahita então decidiu. Não era hora de ser a filhinha da sua mãe. Ou do seu pai. Era hora de ser outra pessoa.

Decidiu personificar Linda Matar, sua heroína pessoal.

Apagando a tela do celular e deixando-o com a segurança, caminhou decidida pelo corredor, na direção dos agentes.

– Sou funcionária do Serviço de Relações Exteriores, seção do Paquistão. Mandaram entregar uma mensagem pessoalmente ao meu supervisor. Onde fica a sala de reuniões?

– Seu crachá, senhora?

Senhora?

Anahita o virou e mostrou a ele.

– A senhora não deveria estar neste andar.

– É, eu sei. Mas recebi ordem de entregar uma mensagem. Pode me revistar, ir comigo, fazer o que quiser, mas preciso dar a mensagem. Agora.

Tic, tac, tic, tac.

Os agentes trocaram olhares. O que estava no comando assentiu. Uma agente revistou Anahita rapidamente e depois foi com ela até uma porta sem número nem placa.

Anahita bateu. Uma vez. Duas. Mais alto. Com mais força.

Linda Matar. Respire. Linda Matar. Respire.

A porta se escancarou.

– Sim? – perguntou um rapaz magro com cara de fuinha. – O que é?

– Preciso falar com Daniel Holden. Meu nome é Anahita Dahir. Sou do escritório dele. Tenho uma mensagem para entregar.

– Estamos numa reunião. Ele não pode ser inco...

Linda Matar.

Anahita o empurrou de lado e passou.

– Ei! – gritou ele.

Todos os rostos em volta da mesa se viraram. Anahita parou e abriu os braços em um gesto de rendição. Mostrando que não queria causar problemas. Examinou os rostos, procurando...

– Que merda você está fazendo aqui? – Daniel Holden se levantou, olhando-a furioso.

– A mensagem.

Os agentes partiram para cima dela no instante em que seu chefe dizia:

– Eu a conheço. Está tudo bem. – Em seguida se concentrou em Anahita. – Sei que você acredita que sua mensagem é importante. Hoje tudo é importante, inclusive, sobretudo, o que estamos discutindo. Você precisa sair. Falo com você mais tarde.

O tom de voz dele era calmo, porém firme.

Linda Matar não aceitaria ser tratada com condescendência.

Mas Anahita Dahir não era ela. Assentiu, com o rosto queimando, e recuou.

– Desculpe, senhor.

Então, deixando de lado a mãe, o pai e a necessidade de agradar, Anahita se virou, agarrou o pulso dele e pôs o papel amassado em sua mão.

– Leia. Pelo amor de Deus, leia. Vai haver outro ataque.

Ele observou Anahita ser levada porta afora, tentado a chamá-la de volta. Então, olhando o papel, viu que não havia menção a outro ataque, apenas números e símbolos. A funcionária do SRE era apenas mais uma subalterna em pânico, tentando se fazer mais importante do que realmente era. Ele não tinha tempo para aquilo.

Pondo o papel no bolso do paletó e decidindo olhá-lo mais tarde, voltou à sua cadeira, pedindo desculpas pela interrupção.

Tic, tac, tic, tac.

Do lado de fora, a segurança acompanhou Anahita até o elevador e a observou ir embora.

Anahita voltou à sua mesa, vários andares abaixo, sabendo que tinha fracassado.

Pela expressão do supervisor, sabia que ele não leria a mensagem. Pelo menos não a tempo.

Bom, ela havia tentado. Tinha feito o máximo possível.

Olhou para as telas, as cenas de Paris e Londres. De homens e mulheres feridos, cobertos de cinzas, poeira e sangue. Ajoelhando-se e segurando as mãos dos agonizantes. Levantando os olhos. Pedindo ajuda.

Eram cenas de uma terrível destruição, de carnificina. A repetição interminável de imagens de câmeras de segurança mostrava homens e mulheres, como Prometeu sendo estripado repetidamente nos mitos.

Restavam apenas duas horas antes da próxima explosão, se pudesse mesmo acreditar naquela mensagem, naquele alerta.

Anahita sabia de mais uma coisa que podia tentar. Algo que odiaria fazer, mas agora precisava.

Entrando no Facebook, encontrou um antigo colega de turma. E com ele conseguiu o nome de uma mulher e, com ela, outro.

Até que, vinte preciosos minutos depois, tinha o nome de que precisava. O nome que odiava.

A SECRETÁRIA ADAMS SAIU CEDO da reunião do gabinete e foi levada, pelo que parecia a centésima vez desde que tinha sido acordada às 2h35 da madrugada, da Casa Branca para o Foggy Bottom.

Assim que chegou ao Departamento de Estado, foi direto à sua sala de reuniões privativa, onde se juntaram a ela Charles Boynton, seu chefe de gabinete, e outros auxiliares.

Telefonemas foram dados a contatos, a secretários e a ministros de outros países, a analistas de segurança.

Diante de um vácuo de informação, o gabinete tinha decidido em um consenso que não haveria outro ataque. E, se houvesse, provavelmente não seria em solo americano.

Assim, ainda que trágicos, aqueles acontecimentos não eram questão de segurança nacional. Eles ajudariam os aliados dentro do possível, mas o que precisavam transmitir para a população americana era a confiança de que ela estava segura.

Pressionado por Ellen, o chefe do Bureau de Inteligência e Pesquisas do Estado disse que não tinham prova nem de que estavam seguros nem de que não estavam, mas, como nenhuma organização tinha reivindicado a autoria, parecia razoável presumir que as duas explosões tivessem sido provocadas por lobos solitários trabalhando em conjunto.

– Como isso é possível? – perguntara Ellen. – Por definição, lobos solitários não trabalham em conjunto.

– Talvez seja uma alcateia pequena.

– Ahhh – disse ela, e decidiu não desperdiçar tempo nem fôlego com isso.

Agora, sentada na sala de reuniões privativa, ouvindo relatos que não revelavam nada de novo, imaginou o tamanho do erro que tinha sido sair da reunião de gabinete.

Naquele nível de política, pensou Ellen, quem não estivesse à mesa estava no cardápio.

Mas era melhor deixá-los tramando. Aquela, sim, era a mesa onde precisava estar.

– Ponha o diretor de Inteligência Nacional na linha – disse ela. – Tenho algumas perguntas.

CAPÍTULO 7

A PRIMEIRA BOMBA EXPLODIRA apenas algumas horas antes, mas já havia contadores sentados na sala de Katherine Adams, alertando-a sobre sua própria crise iminente.

– Não podemos sair transferindo dinheiro para nossos escritórios em outros países assim, de qualquer jeito – explicava o chefe de contabilidade da International Media Corp. – Precisamos de justificativa. Nesse ritmo, teremos mandado um milhão de dólares até o meio-dia.

– De qualquer jeito? – perguntou o chefe da divisão de notícias. – Você ao menos tirou a cabeça do próprio rabo para notar... – Ele indicou os monitores silenciosos passando as imagens medonhas transmitidas pelas estações da IMC por todo o mundo. – Isso não é justificativa suficiente? Meus jornalistas precisam de apoio, e isso vem na forma de dinheiro. Agora.

– Se pudessem nos mandar os recibos... – começou um contador.

– Claro. Tudo bem se estiverem escritos com sangue? – gritou em resposta.

Os dois olharam exasperados para Katherine.

Fazia apenas alguns meses que ela era presidente do conglomerado e aquele era seu primeiro teste de verdade. Mas ela havia sido criada em uma família envolvida com a mídia, vendo a mãe enfrentar problemas jornalísticos, problemas políticos. Problemas de equidade. Vendo-a fazer malabarismo com egos e personalidades, que eram enormes tanto entre os jornalistas quanto entre os políticos. Por vezes o bastante para ofuscar até o sol. E a própria razão.

Tudo aquilo tinha sido discutido com seus pais à mesa do jantar, durante toda a sua vida. Katherine tinha passado por um aprendizado para aquele cargo, durante toda a sua vida.

Enquanto seu meio-irmão tinha puxado ao pai e era jornalista, ela havia puxado à mãe e era uma administradora.

Mas nada a havia preparado para administrar aquilo. O que tinha aprendido era a arte de parecer confiante quando tudo que mais queria era se esconder debaixo da mesa e deixar os outros tomarem as decisões.

– Precisamos permanecer racionais – apelou o chefe de contabilidade. – Se houver uma auditoria e não tivermos prova do destino do dinheiro...

– O que vai acontecer? – perguntou o jornalista. – Você vai ser explodido? Parece que você não entende. Os jornalistas estão na linha de frente. Estão obtendo informações sobre esses atentados mais depressa do que as agências de inteligência. E como fazem isso? Perguntando com educação? Dizendo "por favor" e "obrigado"? Oferecendo leite e...

– Entendo seu argumento, mas você precisa deixar claro para os seus jornalistas que o dinheiro não é deles. Eles precisam ser adultos...

Ele olhou para Katherine Adams.

Diga alguma coisa, pensou Katherine. *Assuma o comando. Pelo amor de Deus, diga alguma coisa.*

– Adultos? Você tem ideia do que é necessário para cobrir guerras, insurgências? – perguntou o chefe de jornalismo. – Passar anos cultivando contatos em organizações terroristas, isso sem falar das agências de inteligência, que podem ser ainda mais assustadoras. Para isso, são necessárias duas coisas: coragem e dinheiro. Eles entram com a coragem, já que vocês não têm para oferecer, e vocês poderiam no mínimo fornecer o dinheiro. Agora.

Ele se virou para Katherine, frustrado.

– Explique você. Eu vou embora.

A sala estremeceu quando a porta se fechou com um estrondo. Os contadores se viraram para Katherine e esperaram. E esperaram.

– Façam de uma vez – disse ela.

– Estamos desperdiçando dinheiro, Katherine.

Katherine olhou por cima do ombro dele, para a fileira de monitores. Para as cenas em Londres e Paris. Depois voltou a encarar o chefe de contabilidade. Um velho amigo da família.

– Façam.

Depois de ele juntar seus papéis e seu pessoal e sair, ela olhou para o e-mail da mãe. Ellen tinha copiado Katherine no pedido para o chefe da divisão de notícias compartilhar com o Departamento de Estado qualquer informação útil que os repórteres tivessem conseguido.

Antes mesmo de ir ao ar.

Katherine não tinha perguntado ao chefe da divisão de notícias se ele planejava fazer isso. E o chefe da divisão de notícias não tinha tomado a iniciativa de lhe dizer.

Era melhor não ser vista tentando influenciar. Ou sendo influenciada.

O que estava claro era que sua mãe havia jogado uma rede bem ampla, tentando conseguir o máximo de informações possível. Houvera até mesmo um boato, transmitido por seu canal de notícias, de que a secretária Adams procurara seus predecessores imediatos, pedindo qualquer dica que tivessem.

Isso foi interpretado pelos comentaristas ora como uma iniciativa ousada de uma secretária de Estado capaz de pôr o ego de lado em nome do país, ora como uma patética perda de tempo por parte de uma secretária de Estado desesperada e incompetente, sem a menor condição de enfrentar aquilo.

Houve uma batida à porta. A secretária de Katherine entrou, junto com uma explosão de atividade frenética.

– Talvez você queira ver isso. Chegou no seu antigo endereço de e-mail. – Ela entregou o celular à chefe. – Parece que ela conhece você da escola.

– Não tenho tempo...

– Agora ela trabalha no Departamento de Estado.

– Ótimo, obrigada.

Quando a secretária saiu, Katherine olhou a mensagem. Era curta e grossa.

Nós estudamos juntas no ensino médio. Preciso falar com você. Estava assinado: *Anahita Dahir, SRE, Bureau da Ásia Central e Sul. Departamento de Estado.*

Katherine se recostou na poltrona. Lembrava-se de uma Ana Dab-não-sei-das-quantas. Uma garota pequena, que dedurava todo mundo que fumasse cigarro ou maconha, que tentasse entrar de fininho depois da hora ou colar em uma prova.

Uma puxa-saco dos professores que até os professores desprezavam.

No basquete, as meninas se divertiam jogando a bola nela, e não para ela. Faziam com que tropeçasse no futebol. Acertavam suas canelas no hóquei de grama.

Não era bullying. Era vingança. A jovem Katherine Adams sabia que não era castigo. Era consequência. Ana Dab-não-sei-das-quantas fazia por merecer.

Mas agora, quinze anos depois, Katherine Adams sabia de mais uma coisa. Tinha sido cruel.

O que, afinal, Ana poderia querer com ela? Ainda mais naquele dia?

Apertou o ícone de resposta e pediu o número de Ana. Ele apareceu em segundos. Katherine telefonou e foi atendida na mesma hora.

– Ana?
– Katie?
– Escuta, Ana, faz tempo que queria entrar em contato. Sinto muito...
– Fica quieta e escuta – disse Ana. As sobrancelhas de Katherine se arquearam. Aquela não era a Ana Dab-não-sei-das-quantas que ela lembrava. – Preciso falar com a sua mãe.
– O quê? Onde é que você está? É um banheiro?

Era.

Assim que recebeu o e-mail de Katherine, Anahita saiu da mesa e foi para o banheiro feminino. Estava em um cubículo e tinha dado a descarga para abafar as palavras.

– Estou implorando. Pode me colocar em contato com a sua mãe?
– Por quê? O que é isso? Tem a ver com os atentados?

Anahita sabia que ela perguntaria, e sabia que Katie, agora Katherine Adams, tinha substituído a mãe à frente do enorme e poderoso conglomerado jornalístico.

A última coisa que Ana queria era ver o que sabia espalhado pelo noticiário.

– Não posso te dizer.
– Bom, vai ter que dizer. Nem sei se eu consigo falar com ela. Por que eu deveria ajudar você?
– Você me deve uma.
– O quê? Eu lhe devo um pedido de desculpas, que já tentei fazer. E sinto muito. Mas não lhe devo isso.
– Por favor. Por favor. Eu tenho uma coisa que ela precisa ver.

– O que é?

Descarga.

– Não vou contar – descarga – para você!

Descarga.

– Ah, pelo amor de Deus, antes que você esvazie o rio Potomac, me encontre na frente do prédio do Departamento de Estado, entrada pela 21st Street Northwest.

– Seja rápida.

– Bom, agora sou eu quem precisa ir ao banheiro.

Tic. Tac.

Anahita olhou para o celular. Tinha colocado o alarme para tocar às 12h48 – 18h48 na Europa. Quando a bomba ia explodir.

O telefone marcava 12h01. Meio-dia e um minuto. Eles tinham 47 minutos.

– Ana?

Anahita se virou e viu uma mulher vagamente familiar atravessar a rua correndo. Ela usava um casaco de tweed perfeito, botas que pareciam feitas para montaria. Tinha cabelos castanho-avermelhados, compridos, e olhos de um castanho profundo.

A versão adulta da garota que Ana tinha visto pela última vez lhe dando as costas, naquele último dia de aula.

Katherine viu quase exatamente a mesma garota que tinha visto quinze anos antes, puxando o saco do diretor no último dia de aula. Sem nenhum objetivo específico, só por puxar mesmo.

Mais bonita do que Katherine lembrava. Cabelo comprido e muito preto, pele morena e lisa. Olhos castanhos intensos como sempre. Mas agora tinham uma confiança, uma determinação que antes não estavam ali.

– Katie? – respondeu Anahita. – Obrigada por se encontrar comigo.

– O que você tem?

Anahita hesitou.

– Não posso contar. Você precisa confiar em mim.

– Não posso simplesmente levar você. Dá para imaginar o que minha mãe está passando? Interromper...

– Eu sei exatamente o que a secretária Adams está passando. Sei melhor até do que ela. Olha, eu tenho uma informação. – Quando Katie pareceu não somente cética, mas também preocupada com a possibilidade de estar lidando com uma louca ou coisa pior, Anahita argumentou: – Você já me viu sendo qualquer coisa além de correta? Correta demais, às vezes. Eu nunca minto. Nunca trapaceio. Nunca desrespeito as regras. Tentei mostrar essa informação ao meu supervisor, mas acho que ele não está levando a sério. Por favor.

Katherine olhou para o rosto à sua frente. Havia medo de verdade ali. Respirou fundo, depois soltou o ar e, pegando o celular, mandou uma mensagem.

Um instante depois ouviram um bipe.

– Vem. Podemos chegar até o sétimo andar, mas não garanto que minha mãe vá receber você.

Ana foi correndo atrás dela, as pernas mais curtas dando o dobro de passos para compensar os de Katherine.

Tic. Tac.

Uma mulher mais velha as recebeu no saguão. Era parecida com a Sra. Cleaver do antigo seriado *Leave It to Beaver*, que Anahita via tarde da noite na TV, quando não conseguia dormir.

– Essa é a melhor amiga da minha mãe, e agora é conselheira dela – disse Katherine. – Betsy Jameson, Ana Dab... hã...

– Dahir.

– Eu consegui as autorizações de vocês. – Betsy as estendeu. – Que porra está acontecendo? Você escolheu uma hora de merda para nos visitar.

Anahita levantou as sobrancelhas. As falas da Sra. Cleaver pareciam ter mudado.

– Não sei o que é – admitiu Katherine enquanto elas acompanhavam Betsy até o elevador apainelado no saguão. – Ela não quer me dizer.

Só quando a porta fechou e não havia como recuar foi que Anahita se lembrou dos dois seguranças e rezou para ter ocorrido uma troca de turno.

Olhou seu celular.

Faltavam 41 minutos.

Gil entrou na fila no terminal de ônibus sem se importar mais em se esconder. Na verdade, queria que ela o visse. Que soubesse. Que sentisse a respiração em sua nuca.

Àquela altura, a mulher já sabia que ele a estava seguindo. Mas ele também sabia que ela não podia se desviar do plano. Nem ele.

Nasrin deixou dois ônibus chegarem e partirem. Quando o terceiro chegou, ela entrou. Segurando a velha bolsa de Amir junto ao peito, inalou o perfume almiscarado do marido.

Agora percebia que a bolsa de couro era quase certamente tudo que lhe restava dele. Os dois tinham arriscado tudo para que a bolsa e ela escapassem.

Nasrin havia perdido tudo. Ele havia perdido ainda mais.

Mas junto com isso veio uma calma e uma liberdade inesperadas. O pior tinha passado. Ela não estava mais com medo.

Nasrin se acomodou no canto de trás. Dessa vez ao menos podia vigiá-lo, e não o contrário.

Gil entrou e sentou-se do outro lado, uma fileira à frente da dela.

O outro homem se sentou, sem ser notado, logo à frente de Nasrin.

E então o ônibus 119 partiu.

– Parada!

Anahita se deteve.

– Mas o que é isso? – questionou Betsy. – Ela é minha convidada. Deixe-a passar.

– A senhora conhece essa mulher? – perguntou a agente, com a mão pousando na arma.

– Claro que conheço – mentiu a Sra. Cleaver. – E vocês conhecem essa mulher? – Betsy apontou para Katherine.

Os agentes assentiram.

– Que bom. Deixem a gente passar.

O coração de Anahita batia tão forte que ela achou que os outros podiam vê-lo latejando através do grosso casaco de inverno.

A agente olhou-a furiosa, depois assentiu, com um movimento firme de cabeça.

– Obrigada – disse Anahita, mas isso só pareceu enfurecer a agente ainda mais.

Entraram na sala de espera. Não era nem um pouco o que Anahita havia esperado. Tinha imaginado mais painéis escuros. Grandes poltronas de couro. Algum tapete grosso que pareceria impressionante se não fosse examinado mais de perto.

Como tantas outras coisas no governo, que ela descobria a cada dia: magnífico desde que não se chegasse perto demais.

Mas a sala de espera da secretária Adams não era assim. Era pior.

Havia andaimes. Lonas. O piso de madeira gasto e remendado estava exposto e coberto com uma camada de poeira de reboco. Era um local em obras. Ellen Adams vinha reformando completamente a secretaria, em todos os sentidos.

– Espere aqui – disse Betsy. – Você vem comigo – acrescentou ela apontando para Katherine.

– Depressa, por favor – pediu Anahita.

Betsy parou, virou-se, e Anahita esperou uma resposta afiada. Em vez disso, viu um rosto cansado, preocupado, simpático.

– Pode deixar. Relaxe, você conseguiu. Já entrou. A secretária Adams vai receber você num instante.

Anahita viu Betsy e Katherine desaparecerem na outra sala.

Não relaxou. A Sra. Cleaver era bem-intencionada, mas não sabia o que Anahita sabia.

Verificou o celular.

Faltavam 38 minutos.

O ÔNIBUS SACOLEJOU ENQUANTO atravessava Frankfurt, parando para deixar homens, mulheres e crianças saírem.

E para deixar homens, mulheres e crianças entrarem.

CAPÍTULO 8

Ellen Adams apareceu com seu chefe de gabinete logo atrás.

Os olhos de Anahita se arregalaram involuntariamente. Só tinha visto a secretária de longe ou pela televisão.

Ela era mais alta do que Anahita havia pensado. E era tão alta quanto séria.

– Você tem alguma informação? – perguntou a secretária.

– Aqui.

Anahita estendeu o celular para a secretária de Estado, que o pegou, olhou e entregou o aparelho a Boynton.

– O que é isso? – perguntou Ellen.

– Uma foto que eu tirei de uma mensagem que chegou ao meu posto ontem à noite. Sou funcionária do SRE, seção do...

– Paquistão, sim. O que ela significa?

– É uma perda de tempo, senhora secretária. Ela é uma funcionária júnior do Serviço de Relações Exteriores. Temos o alto escalão do serviço de inteligência na sala, à nossa espera. Ela... – ele fez um gesto na direção de Anahita – não tem como saber de nada que nosso serviço de inteligência já não saiba.

Ellen se virou para ele.

– Pelo que ouvi, eles não sabem de nada. Ela não pode ser pior do que isso. – Em seguida se virou de volta para a jovem funcionária. – Explique.

Anahita pegou o celular com Boynton e se pôs ao lado da secretária, inclinando-se para ela. Seus ombros se tocando.

– Olhe os números, senhora secretária.

– Eu estou... – começou Ellen. Depois ficou em silêncio enquanto os números se separavam e se reagrupavam, formando algo aterrorizante.

A coisa dentro do armário. A coisa debaixo da cama. A coisa no beco escuro que nenhuma cantoria alegre conseguiria afugentar.

Todos os horrores inimagináveis se concentravam naqueles números.

– São os números dos ônibus e os horários das duas explosões anteriores – disse Ellen. – E há um terceiro. – Sua voz mal passava de um sussurro, como se falar mais alto acionasse o detonador. – Mandaram isso para você ontem à noite?

– Foi.

– O quê? – perguntou Boynton, adiantando-se para olhar.

Betsy e Katherine também se aproximaram.

Então Boynton, Betsy e Katherine falaram ao mesmo tempo, mas Ellen levantou as mãos pedindo silêncio.

– Onde vai acontecer? – perguntou ela.

– Não sei.

– Quem mandou?

– Não sei.

– Que ótimo – disse Boynton. Ninguém estava escutando ou parecia estar escutando.

Mas a secretária notou e arquivou, junto com o comportamento dele como um todo.

– Se eu tivesse que adivinhar, diria que o próximo alvo também é na Europa – disse Anahita.

Ellen assentiu em um gesto rápido e decidido.

– Concordo. Como precisamos estreitar a abrangência, isso parece razoável. Se for assim... – Ela olhou a hora e fez os cálculos. – Ah, meu Deus. – Olhou para Betsy. – Faltam 24 minutos.

Sem saber o que dizer, Betsy ficou pálida.

– Venham comigo – disse Ellen.

Os outros a seguiram, entrando em sua sala de reuniões particular. Todas as cadeiras estavam ocupadas e todos os olhares se voltaram para eles.

A secretária explicou sucintamente o que tinham em mãos e o que estava prestes a acontecer.

– Quero que esse código seja enviado a todas as organizações de inteligência aliadas. E quero uma lista de capitais europeias que tenham ônibus com o número 119. Deixem Londres e Paris de fora. Quero isso em cinco minutos.

Houve uma pausa momentânea, como se eles estivessem em suspensão, e em seguida o lugar explodiu em atividade.

– Ponha na linha a diretora de Inteligência da União Europeia – disse Ellen a Boynton enquanto voltava para seu escritório particular. Parada junto à mesa, prestes a se sentar, olhou para ele.

Seu chefe de gabinete estava junto à porta.

– O que foi? – perguntou ela.

Ele olhou para trás, para a sala de reuniões e a colmeia frenética de atividade. Depois entrou na sala da secretária e fechou a porta.

– A senhora não perguntou por que ela.
– Como assim?
– A funcionária do SRE. Por que ela? Por que o aviso foi para ela?

Ellen ia dizer que isso não importava, mas se conteve, percebendo que provavelmente importava.

– Ponha a diretora de Inteligência da União Europeia na linha, depois descubra o que puder sobre Anahita Dahir.

Sentando-se, pegou o celular e mandou uma mensagem para o filho: *Por favor, entre em contato comigo.*

Seu dedo pairou acima do emoji de coração, depois se afastou e apertou a seta de enviar.

Depois esperou.

Esperou.

Tic. Tac.

Não houve resposta.

– Encontramos – disse o principal analista de inteligência do Departamento de Estado, entrando abruptamente na sala de Ellen.

Ela havia acabado de desligar o telefone, depois de falar com a diretora de Inteligência da União Europeia, informando-a sobre o que sabiam.

O analista pôs a lista à sua frente. Os outros pararam atrás dele, observando-a ler. Não demorou muito. Era uma lista surpreendentemente curta.

Londres e Paris podiam ser descartadas. Com isso restavam Roma, Madri e Frankfurt.

– Alguma é mais provável do que as outras? – perguntou ela.

Faltavam seis minutos.

– Não que a gente saiba, senhora secretária. Tentamos ligar para os departamentos de transporte de cada cidade, mas já passa das seis horas e os escritórios estão fechados.

Eles a encaravam com os olhos arregalados.

Ellen se virou para Boynton.

– Fale com a Interpol. Diga para alertarem a polícia de cada uma dessas cidades. Katherine!

– Sim? – gritou sua filha, aparecendo junto à porta com o telefone no ouvido.

– Roma, Madri, Frankfurt. Espalhe a notícia.

– Pode deixar.

– O QUE ESTÁ ACONTECENDO? – perguntou Anahita, olhando um grupo de analistas sair correndo da sala em direção ao escritório da secretária de Estado.

– Eles estão com a lista das cidades que têm ônibus número 119 – respondeu um auxiliar.

– Quais são?

O auxiliar deslizou a lista pela mesa.

Enquanto Anahita lia, suas sobrancelhas se franziram. E então se desfranziram à medida que seus olhos se arregalavam.

– Meu Deus, Frankfurt – murmurou, e pegou o celular.

Restavam quatro minutos e meio.

Com as mãos trêmulas, ela digitou. Abriu a mensagem errada. Tentou de novo. E a mensagem de Gil, daquela manhã, apareceu.

Indo para Frankfurt.

Digitou: *Você está em Frankfurt? Num ônibus? Agora?* E enviou junto o emoji de sirene, de emergência.

Estou, respondeu Gil, relaxando no banco. Tinham sido 26 longas horas, mas estavam quase lá.

Por quê?, escreveu Anahita.

Atrás de uma pauta.

Que paita? Anahita havia apertado o ícone de enviar antes de perceber o erro de digitação. Já ia corrigir quando ele respondeu.

Não posso dizer.

Onde você está, em F?

Ela esperou. Olhando fixamente a tela. *Por favor. Por favor.*

Três minutos e vinte segundos...

Num ônibus.

Que ônibus?

Isso importa?

!!!!!

119

Gil pôs o telefone no bolso e se recostou, olhando as crianças à sua frente cutucando e empurrando uma à outra. Do outro lado, uma mulher mais velha as observava, sem dúvida muito grata por não serem seus filhos ou netos.

O ônibus estava apinhado e Gil se perguntou se deveria oferecer seu lugar a alguém, mas precisava vigiar a Dra. Bukhari, para ver onde ela ia descer. E se o seu informante estava certo.

Sai daí! Bomba!!

Mas não houve resposta.

Anahita olhou para a tela. *Anda. Anda.*

Nada.

Tentou telefonar.

Nada.

Levantou-se e correu para a sala da secretária de Estado. A segurança tentou impedi-la, mas de novo ela passou à força.

– Um amigo! – gritou ela. – Um amigo está no ônibus 119 em Frankfurt. Está atrás de uma pauta. Tentei dizer a ele que havia uma bomba, mas ele não respondeu.

– Uma pauta? – perguntou Betsy. – Ele é jornalista?

– É.

Betsy encarou Ellen.

Enquanto a secretária Adams pegava o telefone, Betsy se virou de volta para Anahita.

– Qual o nome dele?

Ellen procurou a última mensagem pessoal que havia recebido. Do filho.

Estou em Frankfurt num ônibus. Falo mais depois.

– Gil. Gil Bahar. – Anahita olhou do rosto chocado de Betsy para o de Ellen, que estava boquiaberta, com os olhos arregalados.

Tremendo, Ellen apertou o ícone do celular e sustentou o olhar de Betsy.

– O que foi? – perguntou Anahita.

– Gil Bahar é filho dela – disse Charles Boynton.

Todo o ar tinha sido sugado da sala.

Faltavam três minutos e cinco segundos.

Todo mundo olhou para Ellen.

Katherine entrou e parou.

– O que aconteceu?

Betsy foi até ela.

– Gil está no ônibus 119 em Frankfurt. Sua mãe está ligando para ele.

– Ah, meu Deus – disse ela, e não conseguiu falar mais nada.

O ÔNIBUS PAROU E AS CRIANÇAS na frente, notando a parada, gritaram e desceram saltitantes. Justo quando o homem sentado à frente de Nasrin desceu.

Deixando uma coisa para trás.

Algumas famílias entraram. Alguns adolescentes. Um casal mais velho.

Gil sentiu o telefone vibrar com um telefonema, mas ignorou. Precisava se concentrar na Dra. Bukhari a cada parada, garantir que ela não desceria no último instante.

O ônibus deu partida e ele pegou o celular.

– Porra – disse, e apertou o botão para recusar a chamada.

– Ele recusou – disse Ellen.

– Use o meu telefone – disse Katherine. Em seguida digitou e o entregou à mãe.

Restava um minuto e dez segundos.

De novo o telefone vibrou.

Depois de alguns toques, Gil pegou-o, esperando ver a foto da mãe. Em vez disso, a foto que viu foi da sua meia-irmã, Katherine.

– Oi, Katie...

– Ouça com atenção – disse sua mãe com a voz séria, calma.

– Ah, merda. – Gil fez menção de apertar o botão de desligar.

– Tem uma bomba – disse Ellen, a voz subindo.

– O quê?

– Tem uma bomba no seu ônibus. – A calma se evaporou. Sua voz subiu até quase virar um grito: – Você só tem pouco mais de um minuto. Anda!

Ele demorou uma fração de segundo para registrar as palavras, o pânico, o significado.

Levantou-se e gritou:

– Pare o ônibus! Tem uma bomba!

Os outros passageiros olharam para ele e se encolheram para longe do americano maluco.

Ele estendeu a mão para Nasrin, agarrando o braço dela.

– Levante-se! Saia!

Ela o empurrou e bateu nele com a bolsa de Amir. Tentando se livrar e pedindo socorro.

Então era assim que ele planejava pegá-la, pensou ela, com a mente e a adrenalina disparando.

Deixando-a, Gil correu até a frente e gritou para o motorista:

– Pare! Tire todo mundo do ônibus!

Gil se virou e olhou o ônibus comprido, os rostos encarando-o. Os homens, as mulheres, as crianças. Aterrorizadas. Não com uma bomba, mas com ele.

– Por favor – implorou.

Tic. Tac.

FICARAM OLHANDO ENQUANTO os relógios nas paredes da magnífica sala faziam a contagem regressiva. Ao fundo, abafado, podiam escutar Gil gritando, implorando.

Dezenove.

Dezoito.

– Gil! – gritou sua mãe. – Saia!

POR FIM O ÔNIBUS PAROU, SACOLEJANDO. A porta se abriu e o motorista se levantou.

– Obrigado... – começou Gil, antes de sentir as mãos do motorista agarrando seu paletó.

E foi jogado para fora.

DEZ.

Nove.

Todos com os olhos arregalados. Sem respirar.

– Oito – sussurrou Anahita.

CAINDO COM FORÇA NA CALÇADA, ferido e sem fôlego, Gil olhou o ônibus se afastar. Levantou-se cambaleando e correu atrás do veículo. Depois, percebendo que jamais o alcançaria, virou-se para os pedestres.

TRÊS.

Dois.

– Para trás, abaixem-se! Ele vai...

Tic... Tac.

O rosto de Ellen ficou branco quando o alarme de Anahita soou.

CAPÍTULO 9

O TELEFONE ESCORREGOU da mão de Ellen e caiu no chão.

Tonta, ela estendeu a mão para trás, tentando se firmar. Permanecer de pé.

Fotos emolduradas, lembranças, um abajur, tudo veio abaixo.

Então, em pânico, ela se curvou para pegar o celular de volta.

– Gil? – gritou no aparelho. – Gil??

Mas a linha estava muda.

– Gil? – sussurrou ela no silêncio monstruoso.

– Mãe? – chamou Katherine, se aproximando.

– Explodiu – murmurou Ellen, com os olhos arregalados, olhando primeiro para a filha, depois para Betsy.

E em seguida veio o pandemônio, enquanto todo mundo na sala entrava em ação, gritando ordens.

– Parem!

Eles pararam. Todos se viraram e olharam para a secretária Adams. Agora Betsy estava de um lado dela e Katherine do outro.

Dez segundos haviam se passado desde a explosão.

– Nós sabemos qual a localização exata do ônibus? – perguntou Ellen.

– Sabemos. Dá para rastrear a partir da conexão telefônica – respondeu Boynton. Em seguida ele pegou o celular, digitou algumas teclas e assentiu. – Peguei.

– Mande isso para os alemães – ordenou Ellen. – E ligue para os serviços de emergência em Frankfurt. Agora!

– Sim, senhora.

Auxiliares receberam ordem de informar a todos os serviços de inteligência sobre o que havia acontecido, contatar o pessoal do consulado americano e mandar gente para lá.

– E diga para encontrarem Gil! – gritou Ellen. – Gil Bahar. – Ela soletrou, as letras ecoando atrás dos auxiliares que disparavam pelo corredor.

Em seguida, se virou para Katherine, que tentava falar com Gil pelo telefone. A filha balançou a cabeça. As duas olharam para Anahita, que tentava fazer a mesma coisa.

Os olhos dela estavam arregalados, o telefone junto ao ouvido. Nada.

– Estou ligando para o nosso escritório em Frankfurt. Eles podem chegar lá bem rápido – disse Katherine, com o dedo batendo na tela do celular. – E você, continue tentando falar com meu irmão – pediu a Anahita.

Ana assentiu.

Telefones começaram a tocar, tilintar, apitar.

Betsy se virou para os televisores e viu o Dr. Phil entrevistando uma mulher cujo marido estava fazendo transição de gênero e que precisava contar a esse marido que ela própria estava transicionando também.

Clic.

A juíza Judy estava diante de um caso em que uma vizinha vivia roubando uma toalha de chá de um varal.

Clic. Clic.

Nada ainda. Tinha ocorrido pouco mais de um minuto atrás.

– Senhora secretária, informei à chanceler alemã e mandei as coordenadas para os serviços de inteligência e de emergência deles – informou Boynton. – Devemos informar ao presidente?

– Presidente? – perguntou Ellen.

– Dos Estados Unidos.

– Ah, meu Deus, sim. Eu faço isso.

Ellen se deixou cair em sua poltrona, praticamente desmoronando, e pousou a cabeça entre as mãos. Seus dedos apertaram o couro cabeludo. Quando levantou a cabeça, tinha os olhos vermelhos, mas não havia outra indicação de que acabara de ouvir seu filho ser assassinado.

– Ponha o presidente Williams na linha, por favor.

Os informes chegavam rápida e furiosamente à medida que os auxiliares repassavam o que sabiam.

– Senhor presidente, houve outro atentado.

– Espere aí.

Doug Williams indicou à sua chefe de gabinete que encerrasse a reunião com os representantes da Administração de Pequenos Negócios e esvaziasse o Salão Oval.

Quando enfim ficou sozinho, Williams se virou e olhou para além do gramado.

– Onde?
– Frankfurt. Outro ônibus.
– Merda.

Pelo menos não foi aqui, ele não pôde deixar de pensar. Sentando-se à mesa, pôs a ligação no viva-voz e rapidamente se pôs a digitar no mecanismo de busca criptografado em seu notebook.

– Não estou vendo nada na internet.

Barb Stenhauser voltou, com uma expressão questionadora. Mas só recebeu um gesto brusco em resposta e entendeu, corretamente, que precisava zapear pelos canais de TV.

– Outra explosão – explicou ele do outro lado do Salão Oval. – Em Frankfurt.

– Merda. – Deixando a TV na CNN, ela pegou o celular.

– Quando aconteceu? – perguntou ele a Ellen.

A secretária olhou o relógio e ficou surpresa ao ver que havia sido apenas um minuto e meio atrás.

– Há noventa segundos.

Parecia uma eternidade.

– Nós informamos ao governo alemão e à comunidade de inteligência internacional – disse Ellen. – Mandamos alertas pelos canais seguros.

– Espere um minuto. Você contou aos alemães? Não foi o contrário? E como descobriu tão depressa?

Ellen fez uma pausa, sem querer dizer a ele. Mas sabia que precisava.

– Meu filho estava no ônibus.

A informação foi recebida com silêncio.

– Sinto muito – disse ele, e quase pareceu sincero.

– Ele pode ter saído. Talvez... – Ellen se controlou. – Talvez ele tenha conseguido.

– Você estava falando com ele? Na hora?

– Posso ir até aí, senhor presidente, para explicar a sequência de acontecimentos?

– Acho bom que venha mesmo.

Quando Ellen chegou à Casa Branca, segurando o celular com força, recusando-se a entregá-lo ao serviço secreto para o caso de Gil ligar, o diretor de Inteligência Nacional, o diretor da CIA e o general Whitehead já estavam no Salão Oval.

– A Segurança Interna e a Defesa devem chegar logo – disse o presidente Williams. – Mas não vamos esperar.

Ele não mencionou Gil, o que foi um alívio. Mas Ellen suspeitou que não fosse para poupá-la da dor. Era mais provavelmente covardia emocional, ou então ele já tinha esquecido.

Ellen explicou depressa, sucintamente, o que acontecera. Àquela altura o mundo já sabia sobre a explosão. As imagens estavam em todos os noticiários. Apresentadores de TV estavam quase histéricos de ansiedade ou empolgação. Havia jornalistas no local, chegando mais perto do que deveriam poder, enquanto a polícia alemã, normalmente eficiente, tentava recuperar o controle da área. Ambulâncias e caminhões de bombeiros tentavam passar.

– Está dizendo que uma funcionária júnior do Serviço de Relações Exteriores recebeu um alerta? – perguntou Tim Beecham, o DIN. – Ninguém mais no mundo, em nossa sofisticada rede de inteligência, todos os nossos agentes experientes... ninguém mais soube de nada. Em vez disso, alguém mandou uma mensagem para ela?

– É – disse Ellen, que tinha acabado de contar exatamente isso.

– Mas quem? – perguntou o presidente.

– Não sabemos. Ela apagou a mensagem.

– Apagou?

– É o protocolo. Ela achou que fosse spam.

– Também prometia aumentar o membro? – perguntou o diretor de Segurança Interna, que tinha acabado de chegar. Ninguém riu.

– Por que ela? – perguntou o presidente. – Essa Ana...

– Anahita Dahir. Não sei...

– Anahita Dahir – murmurou o diretor da CIA, e olhou para o diretor de Inteligência Nacional.

– Não tive tempo de perguntar – continuou a secretária Adams. – Só me sinto grata porque ela tomou a iniciativa.

– Tarde demais – disse o secretário de Defesa. – Todas as bombas explodiram.

Ellen ficou em silêncio. No fim das contas, era verdade.

O diretor de Inteligência Nacional pediu licença e voltou um minuto depois.

O general Whitehead observou-o com a cabeça ligeiramente inclinada. Em seguida, olhou para a secretária Adams e lhe deu um sorriso discreto que deveria ser tranquilizador, mas teve o efeito oposto.

Agora ela também observava Tim Beecham.

– Tudo bem? – perguntou Doug Williams.

– Claro, senhor presidente... – respondeu Beecham. – Eu só precisava alertar parte do meu pessoal.

Ellen Adams se perguntou por que aquela ausência breve teria preocupado o chefe do Estado-Maior Conjunto. E achou que sabia a resposta.

Tim Beecham não precisava sair da sala para dar o telefonema. O único motivo era para que os outros não ouvissem.

Por quê?

Ellen olhou de novo para o general Whitehead, mas a atenção dele estava focada outra vez no presidente.

A secretária respondeu às perguntas enquanto permanecia de costas para os televisores. Sem ousar olhar. Para o caso...

Foi o general Whitehead que finalmente perguntou:

– E o seu filho?

– Não tive notícias. – Sua voz estava dura, tensa. Os olhos imploravam para que ele não perguntasse mais.

Ele assentiu depressa e não perguntou.

– E ninguém assumiu a autoria ainda? – perguntou o presidente.

– Não. Isso nitidamente não é obra de alguns lobos solitários, senhor – disse o secretário de Defesa. – É uma alcateia.

– Preciso de respostas e não de clichês. – O presidente olhou em volta, para seus conselheiros inexpressivos.

O momento se alongou.

– Nada? – ele praticamente gritou. – Nada? Estão me sacaneando, porra? Somos a maior nação do planeta. Temos os melhores equipamentos de vigilância, a melhor rede de inteligência. E vocês não me trazem merda nenhuma?

– Com todo o respeito, senhor presidente... – começou o diretor da CIA.

– Que se foda o respeito. Só me fale. – Ele o encarou, furioso.

O diretor da CIA olhou em volta, procurando apoio. Seu olhar repousou na secretária de Estado. Ellen suspirou.

Como já estava brigada com o presidente, era quem tinha menos a perder. Além disso, Ellen Adams não se importava mais com aquele tipo de politicagem.

– Você está quatro anos desatualizado, Doug. – Ela usou sem querer o primeiro nome dele.

– O que isso significa?

– Você sabe perfeitamente bem – repreendeu ela, e olhou para Barb Stenhauser, a chefe de gabinete dele. – E você também. Não tenho tempo a perder, portanto aqui vão os pontos importantes. A administração anterior estragou tudo que tocou. Envenenou o poço, envenenou nossos relacionamentos. Somos os líderes do mundo livre apenas no papel. Essa rede de inteligência eficiente da qual você tanto se orgulha não existe mais. Nossos aliados desconfiam de nós. Aqueles que nos querem mal estão nos cercando. E nós deixamos isso acontecer. Deixamos que avançassem demais. A Rússia. Os chineses. Aquele maluco da Coreia do Norte. E aqui, na administração, nos cargos de influência? E até mesmo os funcionários de nível inferior? Podemos mesmo confiar que eles estão fazendo um bom serviço?

– Estado Profundo – disse o diretor de Inteligência Nacional.

Ellen se virou para ele.

– Não é com a profundidade que precisamos nos preocupar, é com a amplitude. É um problema abrangente. Quatro anos contratando, promovendo, recompensando pessoas que diziam e faziam qualquer coisa para apoiar um presidente maluco nos deixaram vulneráveis. – Ela olhou para o telefone. Nada ainda. – Nem todo mundo é incompetente. E os que são provavelmente não são mal-intencionados. Não estão nos prejudicando, só não têm ideia de como fazer bem o serviço. Olhem só, eu venho do setor privado. Sei quando as pessoas estão motivadas, inspiradas. Nós herdamos milhares de trabalhadores que passaram quatro anos com medo. Eles só querem continuar de cabeça baixa. Isso inclui o meu próprio departamento. E se estende até... – Ela olhou para Barb Stenhauser – ... a Casa Branca.

– Isso me inclui? – perguntou o general Whitehead. – Eu trabalhei para a administração anterior.

– E, pelo que ouvi dizer, passou a maior parte do tempo contendo explosões – disse Ellen. – Tentando impedir ou pelo menos reduzir o impacto das mais insanas decisões militares e estratégicas.

– Não fui totalmente bem-sucedido – admitiu o chefe do Estado-Maior Conjunto. – Eu implorei que o presidente e seus apoiadores não encorajassem mais desenvolvimento nuclear, e sabe o que ele disse?

Com medo demais de perguntar, Ellen ficou em silêncio.

– Ele disse: "De que servem as armas nucleares se a gente não pode usar?" – Whitehead empalideceu ao dizer isso. – Se eu tivesse sido mais enfático...

– Pelo menos o senhor tentou – disse Ellen.

Whitehead soltou um pequeno grunhido.

– Isso vai estar na minha lápide. "Pelo menos ele tentou"...

– Tentar é importante – insistiu Ellen. – A maioria nem isso fez. Sinto muito, senhor presidente. Preciso voltar ao Departamento de Estado. Na verdade, preciso ir à Alemanha. O senhor precisa de mim para mais alguma coisa?

– Não, Ellen. – O presidente Williams hesitou. – A viagem à Alemanha... é pessoal?

Ela o encarou, quase sem acreditar no que ele estava dizendo. No que ele queria dizer.

O general deu um passo à frente.

– Posso colocar a senhora em um dos transportes militares já programados para sair da base Andrews em menos de uma hora.

– Não – disse o presidente. – Tudo bem. Mesmo não sendo um negócio oficial, você pode usar seu avião executivo. Tenho certeza de que a chanceler alemã vai entender a natureza urgente da viagem e não vai considerar quebra de protocolo. Ela também é mãe.

– Ela é um ser humano. – Ellen olhou furiosa para Williams. – Você deveria tentar ser também.

CAPÍTULO 10

– Nada? – perguntou Ellen, entrando depressa em sua sala.

Sabia que, se houvesse notícias de Gil, já teria ouvido. Mesmo assim, precisava perguntar.

– Não – respondeu Boynton.

Betsy e Katherine tinham saído para fazer as malas para Frankfurt, e Ellen então entrou na sala de reuniões. Estivera evitando as perguntas urgentes dos seus colegas de outros países, e naquele momento sentou-se e encarou seu chefe de gabinete, os assessores e analistas de segurança.

– Informes.

– Os alemães dizem que a mesma organização está obviamente por trás das três explosões – disse um assessor. – Mas não sabem qual é.

– Pode ser a Al-Qaeda – disse um analista de segurança. – O ISIS...

– ISIL.

– Parem. – Ellen levantou a mão. – As explosões ocorreram com horas de intervalo. Se o objetivo fosse aterrorizar, elas teriam sido programadas para acontecer quase ao mesmo tempo. Como no 11 de Setembro. – Ela olhou ao redor da mesa, para os conselheiros. – Não acham?

Eles encolheram os ombros e fizeram silêncio.

– Senhora secretária, a verdade é que simplesmente não sabemos qual era o objetivo – disse um analista sênior. – Qual é o objetivo.

– É? Não acabou? – perguntou ela.

Ellen sentia o pânico crescendo. Uma vontade nervosa de começar a rir. De correr para fora da sala, disparar pelo corredor, sair pela porta da frente e ir para o meio da rua. Sem parar, até chegar ao avião.

Eles estavam se entreolhando, como se desafiassem uns aos outros a falar.

– Só digam – pediu ela.

A frase foi recebida por mais silêncio. Ellen ainda não conseguia decifrar aquelas pessoas. Eram treinadas para esconder seus verdadeiros sentimentos, e com certeza também os verdadeiros pensamentos. Em parte, isso era devido à formação diplomática e de inteligência, e em parte era resultado de quatro anos de punição por revelar qualquer coisa minimamente parecida com um fato, quanto mais com a verdade.

– Achamos que existe um objetivo maior – disse a mulher que parecia até ter sido sorteada para falar. – Que essas bombas foram mandadas como uma espécie de primeiro aviso.

Ela estreitou os olhos e virou ligeiramente a cabeça. Preparando-se. Esperando ser açoitada por ter dado a má notícia.

Em vez disso, a secretária Adams absorveu o que tinha ouvido e assentiu.

– Obrigada. – Olhou ao redor da mesa. – E que aviso seria esse?

– Que alguma coisa maior está sendo planejada. Que isso foi só um gostinho do que eles são capazes de fazer – respondeu um analista de segurança, encorajado pela reação da chefe.

– Que eles podem fazer o que quiserem – disse outro. – Onde quiserem, quando quiserem.

– Que estão dispostos a matar homens, mulheres e crianças inocentes em qualquer lugar do mundo – explicou mais um.

– Que eles são profissionais – continuou outro ainda. Nesse ponto, Ellen já lamentava ter encorajado toda aquela sinceridade. – Nada de terroristas com bomba na cueca. Nem no sapato. Nada de bombas de pregos em mochilas. Quem fez isso está num nível totalmente diferente.

– Eles terão sucesso, senhora secretária, no que quiserem fazer – concordou outro.

– Terminaram? – perguntou Ellen.

Eles se entreolharam. E todos sem exceção deram um suspiro fundo. Liberando anos de frustração. E, junto com isso, uma longa ladainha de preocupações.

– O que sabemos sobre a mensagem que a Srta. Dahir recebeu? – perguntou Ellen.

– Nós a encontramos no servidor – respondeu um funcionário do serviço de inteligência. – Não há endereço de IP. Nada que mostre de onde veio. Estamos trabalhando nisso.

– Que bom. Onde está a Srta. Dahir? – perguntou a secretária Adams. – Vou para a Alemanha em 35 minutos e quero falar com ela antes de ir.

Eles se entreolharam, como se esperassem que Anahita se materializasse.

– E então? – perguntou Ellen.

– Já faz um tempo que não a vejo – respondeu Boynton. – Provavelmente voltou para o seu posto de trabalho. Vou chamá-la.

Um minuto mais tarde ele informou que ela não estava lá.

Ellen sentiu um arrepio que desceu pela coluna desde a nuca.

– Encontre-a.

Será que ela teria desaparecido por vontade própria? Será que tinham desaparecido com ela?

Nenhuma das duas hipóteses era boa.

Ellen se lembrou do "Anahita Dahir" sussurrado e do olhar trocado entre o diretor da CIA e Ted Beecham, o DIN.

Conhecia aquele olhar. Era reservado para qualquer um que não se chamasse Jane ou Debbie, Billy ou Ted. Na hora tinha sentido raiva, mas agora se pegou pensando a mesma coisa.

Anahita Dahir. De onde ela era? Qual era o seu histórico?

A quem ela estava aliada?

Onde ela está?

E Ellen ouviu de novo aquele fato simples. Apesar do alerta, as bombas tinham mesmo explodido. Porque Anahita Dahir tinha trazido a mensagem tarde demais.

Seu telefone tocou. A linha particular. Era Katherine.

– Ele está vivo! – A voz jubilante dela saltou pela linha.

– Ah, meu Deus – gemeu Ellen, e se inclinou até sua cabeça tocar a mesa de reuniões.

– O que foi? – perguntou Boynton, os olhos arregalados de preocupação. – O seu filho?

Ellen levantou a cabeça e encontrou um olhar que, bem ao contrário do presidente, estava genuinamente preocupado. E naquele momento pensou que amava Charles Boynton.

Amava todo mundo.

– Ele está vivo. – Ela voltou a falar ao telefone, perguntando a Katherine: – Como ele está? Onde está?

– Ferido, mas não em estado crítico. Dizem que vai se recuperar. Está no *zum heiligen... Geist...*

– Não importa – disse Ellen. – Logo vamos chegar lá. Me encontre na base Andrews.

Ao desligar, a mãe de Gil fechou os olhos e respirou fundo. Então a secretária Adams abriu os olhos e se virou para os auxiliares sorridentes.

– Ele está bem. Vai se recuperar. Estou indo para lá. Você vem comigo – disse ao seu chefe de gabinete. – Nós sabemos de mais alguma coisa? – Eles balançaram a cabeça. – Suspeitamos de alguma coisa?

– Sem dúvida foram ataques terroristas coordenados, senhora – disse o analista de inteligência mais antigo na sala. – Mas, em relação a quem são, não sabemos. Como dissemos, pode ser qualquer um, desde um grupo de extrema direita até uma nova célula do Estado Islâmico. Felizmente, se acreditarmos na mensagem recebida pela funcionária do Serviço de Relações Exteriores, provavelmente é o último.

– Por enquanto – disse um auxiliar. – O que não entendo é por que eles nos alertariam sobre as bombas. Por que mandariam aquela mensagem?

– Não mandaram – disse o analista. – Quem planejou os atentados queria que as bombas explodissem.

– Então quem mandou o aviso? – perguntou Ellen. Diante do silêncio, ela pediu: – Podem especular.

– Um grupo rival? – sugeriu o analista sênior de inteligência. – Um infiltrado na organização, talvez. Alguém que não compartilha com a ideologia deles e queria impedir as explosões. Estamos às cegas.

– Não, vocês estão olhando para as opções previsíveis – disse Ellen. – Usem a imaginação. Não pode haver muitas organizações capazes de conseguir a equipe e as habilidades. Quero uma lista. – Ela se levantou. – Precisamos descobrir quem é o idealizador disso e precisamos detê-lo.

– Ainda não temos ideia do motivo para terem sido naqueles ônibus? – perguntou Boynton. – Por que naquelas cidades? Foi uma coisa aleatória?

De novo todas as cabeças balançaram, como cachorrinhos de painel de carro.

Ellen se levantou e os outros a acompanharam.

– Quero falar com a Srta. Dahir antes de viajar. Encontrem-na.

Ela parou junto à porta. Lembrando-se daquele olhar. O olhar trocado entre o diretor da CIA e Tim Beecham.

– Ponha o diretor de Inteligência Nacional na linha – disse a Boynton.

Quando ela chegou à sua mesa, a ligação havia sido completada.

– Tim.

– Senhora secretária.

– Você está com a minha funcionária do SRE?

– Por que estaria?

– Não mexa comigo. Você pode ter relatórios de inteligência, mas eu tenho embaixadas inteiras.

– Tecnicamente...

– Apenas diga.

– Sim, senhora secretária. Estamos com ela.

Anahita nunca havia sonhado que aquilo fosse possível. Não ali. Não em um país civilizado.

Não no seu país.

Estava sentada diante de uma mesa de metal, à frente de dois homens uniformizados, mas sem insígnias ou crachás. Inteligência militar. Outros dois, maiores ainda, estavam parados junto à porta. Para o caso de ela tentar fugir.

Mas mesmo se conseguisse passar por aquele muro de carne sólida, para onde correria?

De volta para o lugar de onde tinha vindo, era a suspeita deles, percebeu logo de início. Como se ela não tivesse vindo de Cleveland.

Dava para perceber pelo modo como eles repetiam seu nome. Anahita.

Diziam como se o nome se traduzisse em alguma coisa feia. Terrorista. Estrangeira. Inimiga. Ameaça.

Anahita, diziam com desprezo. Anahita Dahir.

– Eu nasci em Cleveland – explicou ela. – Podem verificar.

– Já verificamos – disse o militar mais novo. – Mas registros podem ser falsificados.

– Podem? – Ela não pretendia parecer tão ignorante, e viu que isso só fez aumentar as suspeitas deles. Na experiência daqueles homens, ninguém era assim tão ingênuo. Ou inocente.

Certamente ninguém que se chamasse Anahita Dahir.

"Dahir". Vinha de *"dabir"*. Que significava "tutor" em árabe. "Professor".

E "Anahita", do persa, significava "aquele que cura". "Sabedoria".

Mas não adiantava dizer isso. Eles parariam de ouvir depois de "persa". Que seria traduzido como "iraniano". Que significava inimigo.

Não, era melhor não dizer nada. Embora no fundo Anahita se perguntasse se os homens não tinham mesmo razão, se eles não estavam realmente em lados opostos ali. Era difícil acreditar que fosse aliada de pessoas assim.

– Qual o seu histórico étnico? – perguntou o mais novo.

– Meus pais são do Líbano. Beirute. Eles escaparam durante a guerra civil e vieram para cá como refugiados. Sou a primeira geração americana.

– Muçulmana?

– Cristã.

– E seus pais?

– Meu pai é muçulmano. Minha mãe é cristã. Foi um dos motivos para eles terem vindo. Os cristãos eram alvo de ataques.

– Quem mandou a mensagem em código para você?

– Não faço ideia.

– Conte-nos.

– Estou dizendo. Realmente não sei. Assim que a mensagem chegou, mostrei ao meu supervisor. Podem perguntar a ele.

– Não tente nos ensinar nosso serviço. Só responda às perguntas.

– Estou tentan...

– Você contou ao seu supervisor o que a mensagem significava?

– Não, eu não...

– Por que não?

– Porque eu não...

– Você esperou até duas bombas explodirem e ser tarde demais para impedir a terceira.

– Não, não! – Ela sentiu que estava ficando confusa e lutou para se recompor.

– E depois deletou.

– Achei que fosse spam.

– Spam? – perguntou o mais velho dos dois, com a voz mais razoável. E muito mais amedrontadora. – Explique isso, por favor.

– Às vezes nós recebemos spam. Robôs que circulam por diferentes endereços, mandando mensagens aleatórias. A maioria é interceptada pelo firewall do Departamento de Estado, mas algumas conseguem se infiltrar... – Ela se arrependeu assim que disse "infiltrar", mas foi em frente. – Isso acontece mais ou menos uma vez por semana. – Quase disse *podem perguntar a qualquer outro funcionário do SRE*, mas se conteve. Já estava aprendendo. – Quando uma mensagem passa, pode parecer sem sentido. Como essa. Quando não consigo entender, eu pergunto.

– Está culpando seu supervisor? – perguntou o mais novo.

– Não, claro que não. Só estou respondendo às perguntas – disse ela rispidamente.

Agora sua raiva era mais forte que o medo. Virou-se para o militar mais velho.

– Se nós percebemos que alguma coisa é lixo, podemos deletar ou mostrar ao supervisor, pedindo a opinião dele. E foi isso que eu fiz.

O oficial mais velho fez uma pausa, depois se inclinou para a frente.

– Não foi só isso que você fez. Você anotou os números. Por quê?

Anahita ficou quieta. E imóvel.

Como explicar?

– Só pareceu estranho.

As palavras ecoaram na pequena sala. O militar mais novo balançou a cabeça e se recostou, mas o mais velho continuou observando-a.

– Sei que, como explicação, não é grande coisa. Mas é a verdade – disse ela, agora falando apenas para o mais velho. – Não tenho certeza absoluta de por que anotei.

Isso soou ainda pior. Dava para ver, porque o militar mais velho não reagiu. Nada. Pelo que parecia, ele nem estava respirando.

Nesse momento houve uma agitação junto à porta.

E mesmo assim o militar mais velho não reagiu. Confiava que os guardas fariam o serviço deles enquanto ele fazia o seu. Que, naquele momento, parecia ser encará-la.

– Saia da frente.

Então o militar mais velho se virou para a porta, assim como Anahita. Era uma voz conhecida. Um instante depois Charles Boynton entrou, seguido pela secretária de Estado.

Todo mundo ficou de pé, mas o militar mais velho se ergueu mais devagar que os outros.

– Senhora secretária – disse ele, e quando Anahita tentou dizer algo a Ellen, ele a silenciou com um olhar.

– Vocês estão com minha funcionária – disse Ellen, olhando brevemente para Anahita, para checar se ela estava bem.

A jovem parecia ansiosa, mas não ferida.

– Sim. Temos algumas perguntas para ela.

– Eu também. Diga o seu nome, por favor.

Ele hesitou apenas por um instante.

– Jeffrey Rosen. Coronel. Agência de Inteligência de Defesa.

Ellen estendeu a mão.

– Ellen Adams. Secretária de Estado, Estados Unidos da América.

O coronel Rosen apertou a mão dela e sorriu, bem de leve.

– Podemos conversar, coronel? Em particular, por favor.

Ele assentiu para o militar mais jovem, que levou Anahita para fora da sala, mas não antes que ela dissesse:

– Senhora secretária, e o Gil? Ele está...?

– No hospital. Vai se recuperar.

Anahita assentiu brevemente, os ombros relaxando, liberando horas de ansiedade.

– A senhora sabe que eu não... Eu não estava envolvida.

Ignorando o comentário, Ellen assentiu para os outros a deixarem a sós com o coronel. Apenas Charles Boynton permaneceu, parado junto à porta.

– O que ela disse a vocês?

– Só o que a senhora provavelmente já sabe. – Ele recapitulou a sequência de acontecimentos, desde quando a mensagem apareceu na caixa de entrada da funcionária até quando a bomba explodiu. – O que não sabemos é...

– Por que ela anotou os números – disse Ellen.

Ela tentou não considerar as sobrancelhas erguidas dele como um insulto. Estava acostumada a ser subestimada. Mulheres de meia-idade bem-

-sucedidas costumavam ser depreciadas por homens pequenos. Mas não achou que aquele coronel Rosen fosse um deles.

Ele ficaria igualmente surpreso se o general Whitehead chegasse tão rápido àquela questão.

– E então? – perguntou ela.

– Ela não tinha explicação.

– O senhor não acha, coronel, que se Anahita Dahir fosse uma agente estrangeira, se estivesse envolvida nisso, ela teria uma explicação?

Isso o surpreendeu, e ele pensou a respeito.

– Ela parece inocente.

– E isso a torna culpada? O senhor teria se saído bem na perseguição às bruxas. – Ellen foi até a porta. – Estou indo à Alemanha.

Ele a acompanhou.

– Espero que consiga respostas, senhora secretária. Fico aliviado de saber sobre o seu filho. Ele é um homem corajoso.

Isso fez Ellen parar. Ela encarou aquele coronel da inteligência militar e imaginou se ele realmente conhecia a coragem do seu filho. Não somente naquele dia, mas nos dias terríveis no Afeganistão. O rosto de Rosen estava indecifrável, sem revelar nada.

– Continuaremos trabalhando daqui. Anahita Dahir sabe de alguma coisa que não sabemos.

– Se ela sabe, espero tirar dela durante o voo.

Ellen soube que provavelmente não deveria ter sentido tanto prazer com a expressão surpresa do coronel Rosen. Mas sentiu.

– Isso seria um erro. – Nada de *senhora secretária* dessa vez. Apenas uma declaração crua, ousada. – A Srta. Dahir está envolvida nisso. Não sei como, mas está. Até a senhora deve perceber isso.

– Até eu? – Os olhos de Ellen estavam tão gélidos quanto seu tom de voz. – Sou sua secretária de Estado. O senhor pode até discordar de mim. Obviamente discorda. Mas vai respeitar o cargo.

– Peço desculpas. – Ele fez uma pausa, mas não recuou. – Acho que a senhora está cometendo um erro.

Ellen o examinou por um longo instante. Ele tinha falado o que pensava. Sua verdade. O que era mais do que a maioria das pessoas faria no vácuo em que haviam se transformado os mais altos escalões do governo.

– Deixe-me dizer outra coisa, senhora secretária. Anahita Dahir não é de confiança.

– Sim, o senhor deixou isso claro, coronel. E acredite, eu levei suas palavras a sério. Mas mesmo assim a Srta. Dahir vai comigo.

O que o coronel não tinha visto era a expressão da funcionária do SRE enquanto tentava convencer a secretária Adams de que um terceiro ataque era iminente.

Havia pânico total ali. Aquela era uma jovem desesperada para impedir a explosão.

Ellen também sabia que, se não fosse Anahita, seu filho estaria morto. Estava em dívida com ela. Mas será que confiava na mulher?

Não por completo. Aquela expressão no rosto da funcionária implorando para Ellen acreditar nela, fazer alguma coisa, podia ter sido uma atuação, um ardil para entrar em seu círculo íntimo. Manipulá-los enquanto um ataque muito maior era planejado.

Ellen sabia que o coronel Rosen a considerava muito mais ingênua do que realmente era. E, por enquanto, até conseguir reconhecer quem era aliado e quem era inimigo, não se importava com isso.

Além do mais, se Anahita Dahir estivesse envolvida, Ellen queria mantê-la por perto. Vigiá-la. Talvez fazê-la cometer um erro.

A não ser que fosse ela quem estivesse cometendo o erro, pensou, indo até a limusine que as levaria à base Andrews.

Durante o voo, Anahita tentou entrar para ver a secretária Adams, agradecer por tê-la resgatado. Por confiar nela. Por levá-la à Alemanha, onde poderia ver Gil.

Queria explicar que não sabia de nada, que não estava escondendo nada.

Mas isso seria mentira.

CAPÍTULO 11

Estava quase amanhecendo quando Gil Bahar voltou à consciência. Sentiu os membros pesados, contidos. Como se estivessem amarrados.

Isso trouxe de volta lembranças vagas.

E então, com uma onda de pânico, elas não eram mais vagas. Nem eram apenas lembranças. Podia sentir as cordas imundas cortando seus pulsos e tornozelos. O fedor de bosta, urina, comida e carne apodrecendo.

De rosto no chão, respirando a poeira.

A sede. A sede. E o terror.

E então acordou com um espasmo, subindo rapidamente à superfície, lutando para se sentar. Em um pânico súbito e avassalador.

– Está tudo bem – disse a voz familiar, e com ela veio um perfume conhecido, ao mesmo tempo reconfortante e inquietante. – Você está seguro.

Ele lutou antes de enfim recuperar o foco.

– Mãe?

O que está fazendo aqui? Eles sequestraram você também?

– Tudo bem – disse ela gentilmente. O rosto próximo, mas não perto demais. – Você está no hospital. Os médicos dizem que em alguns dias vai ficar bem.

E então tudo voltou. Sua mente ferida funcionando. Saltando, cambaleando para trás, para trás. Frankfurt. As pessoas, os pedestres. O ônibus. Os rostos dos passageiros encarando-o. As crianças.

A mulher com a bolsa. Qual era o nome dela? O nome dela.

– *Wie heißen Sie?*

Uma luz forte foi apontada para seus olhos. Uma mão tocou sua cabeça, mantendo-o imóvel, prendendo-o. Mantendo as pálpebras abertas.

– O quê? – perguntou Gil, começando a se debater.

Então a mulher, uma médica, recuou.

– Desculpe. O seu nome. Qual é o seu nome, *bitte*?

Ele precisou pensar um momento.

– Gil.

– De Gilbert, *ja*?

Ele hesitou apenas por um instante antes de concordar. Incapaz de olhar nos olhos da mãe.

– Seu sobrenome? – A voz da médica era suave, mas firme, com um forte sotaque alemão.

Isso demorou mais. Por que não conseguia lembrar?

– Bukhari – disse subitamente. – Nasrin Bukhari.

A médica olhou para ele, depois se virou para sua mãe. As duas pareceram preocupadas.

– Não, não – disse ele, tentando se levantar. – Meu nome é Gil Bahar. O nome dela é Dra. Nasrin Bukhari.

– Eu sou a Dra. Gerhardt.

– Não estou falando da senhora. A mulher no ônibus. – Ele olhou para a mãe, atrás da médica. – Que eu estava seguindo.

Ellen estava parada logo ao lado. Tinha pedido que os outros permanecessem fora do quarto enquanto ficava com Gil. Quando ele começou a despertar, ela apertou o botão chamando a médica.

Naquele momento, ela chegou mais perto.

– Deixe a médica fazer o exame, depois podemos conversar.

Ela sustentou o olhar de Gil, dando a entender que, quanto menos falasse na frente de qualquer outra pessoa, melhor.

Ele concordou. Além do mais, isso lhe daria tempo para diminuir a confusão. Relembrar os detalhes. Por que esse nome, Nasrin Bukhari, lhe provocava arrepios?

Quem era ela?

A Dra. Gerhardt terminou o exame e pareceu satisfeita. Disse a Gil que ele tinha sofrido uma concussão, estava com algumas costelas quebradas e hematomas.

— E um talho fundo na coxa. Você teve sorte. O ferimento poderia ter sido fatal se as pessoas ali perto não tivessem aplicado pressão tão depressa. Nós demos pontos, mas você precisa de alguns dias de repouso.

Quando ela saiu, Gil tinha a resposta.

Não era a Dra. Bukhari que o amedrontava. Era a pessoa nas sombras atrás dela.

Ellen viu a porta se fechar depois de a médica sair, em seguida se virou para o filho. Tentou pegar a mão dele, mas Gil a afastou. Não bruscamente. Instintivamente.

O que foi pior ainda.

— Eu sinto muito — começou ela, mas ele a interrompeu, gesticulando para que se inclinasse. Por um breve momento, ela pensou que Gil fosse lhe dar um beijo no rosto. Mas em vez disso ele sussurrou:

— Bashir Shah.

Ela virou a cabeça e o encarou. Fazia anos que Ellen Adams não escutava aquele nome. Desde aquelas longas reuniões com os advogados corporativos, quando tinham lhe avisado para não pôr no ar o documentário investigativo sobre o traficante de armas paquistanês.

O repórter tinha levado mais de um ano investigando. Isso havia levado a ameaças contra a família dele. Mais de uma de suas fontes desapareceu.

Depois disso, eles não deixariam de divulgar a história de jeito nenhum.

O Dr. Shah se livrou das acusações de tráfico de armas, mas fez uma rara declaração denunciando-as como ataques a um digno cidadão paquistanês. Era o mesmo tipo de acusação falsa feita contra a maioria dos seus predecessores e mentores, aqueles corajosos e brilhantes físicos nucleares paquistaneses que tinham aberto o caminho. Pessoas como AQ Khan.

O Dr. Shah explicou que o Paquistão era aliado do Ocidente na guerra contra o terror.

O fato de ele *ser* o terror tinha sido o argumento central do documentário. E, de fato, na sua negativa morna estava entranhada uma verdade mais profunda.

Bashir Shah queria que o mundo soubesse que ele era um mercador da morte.

Para seu horror, Ellen Adams percebeu que, inadvertidamente e ao custo de vidas, tinha feito publicidade para ele. A reportagem investigativa, vencedora de um Oscar, revelara aos terroristas onde podiam conseguir suas armas biológicas. Seu gás cloro. Seu gás sarin. Suas armas pequenas e seus lança-mísseis.

E coisas piores.

– Ele estava no ônibus? – perguntou ela, incrédula.

– Não. Mas está por trás disso.

– Das bombas?

Gil balançou a cabeça.

– Não das bombas nos ônibus. De outra coisa. Não sei quem está por trás das bombas.

– Você disse que estava seguindo uma mulher. Nasrin... – Ellen tentou lembrar o sobrenome.

– Bukhari. Um informante me disse que Shah recrutou três físicos nucleares paquistaneses. Um deles era a Dra. Bukhari. Eu queria ver aonde ela estava indo. O que Shah estava aprontando. Onde ele estava, no mínimo.

– Mas nós sabemos onde ele está – disse Ellen. – Em prisão domiciliar em Islamabad. Há anos.

Os paquistaneses também tinham tomado a precaução de vigiar o acesso do Dr. Shah à internet. Ao contrário de outros traficantes de armas, Bashir Shah era um empresário e um ideólogo. Agora com 50 e poucos anos, tinha se radicalizado enquanto estudava física em Cambridge, e em seguida foi profundamente influenciado por sites jihadistas na internet.

Apesar de admirar a geração anterior de físicos nucleares paquistaneses, tinha passado a acreditar que eles não haviam levado a coisa longe o suficiente. Mas ele levaria.

Não existia limite que Bashir Shah não cruzasse.

– Os paquistaneses o libertaram no ano passado – disse Gil.

– Eles não fariam isso – disse ela, erguendo a voz, depois baixando-a de novo ao ver um olhar de alerta do filho. – Não poderiam – sussurrou ela, quase sibilando. – Nós saberíamos. Eles nunca agiriam pelas nossas costas. Foram os agentes americanos que o encontraram, para começo de conversa.

– Eles não agiram pelas nossas costas. O governo anterior concordou.

Ellen recuou, olhando o filho. Tentando captar o que ele estava dizendo. Ela não estava entendendo o motivo para os dois estarem sussurrando. Agora sabia.

Se o que ele dizia era verdade...

Olhou o quarto particular ao redor, como se esperasse ver Bashir Shah de pé em um canto, vigiando-os.

Sua mente disparou, juntando peças disparatadas. Tentando preencher as lacunas.

Pela leitura dos informes do Departamento de Estado, Ellen Adams sabia que existiam muitas figuras más pelo mundo. Homens e mulheres que não se importavam com nada na busca de seus objetivos.

Assad, na Síria. Al-Qurashi, do Estado Islâmico. Kim Jong-un, na Coreia do Norte.

E ainda que a diplomacia não lhe permitisse dizer oficialmente, em particular Ellen Adams acrescentaria a essa lista Ivanov, da Rússia.

Mas ninguém se comparava a Bashir Shah. Ele não era apenas mau, ou perverso, como sua avó diria. Bashir Shah era maligno. Queria criar o inferno na Terra.

– Gil, como ficou sabendo de Shah e dos físicos?

– Não posso dizer.

– Você tem que dizer.

– É uma fonte. Não posso. – Ele fez uma pausa, ignorando a raiva nos olhos dela. – Quantos?

Ellen sabia do que ele estava falando.

– Ainda não temos um número definido, mas parece que foram 23 mortos no ônibus e cinco no chão.

Lágrimas brotaram nos olhos escuros de Gil enquanto ele se lembrava dos rostos. E se perguntava se poderia ter feito mais. Poderia ao menos ter arrancado aquela criança dos braços da mãe e...

– Você tentou – disse sua mãe.

Mas isso bastava?, pensou ele. Ou será que esse pensamento reconfortante era na verdade um paralelepípedo na estrada para o inferno?

KATHERINE TOMOU O LUGAR DA MÃE junto à cama de Gil, zelando pelo meio-irmão enquanto ele dormia, depois acordava, depois dormia de novo.

Anahita também tinha entrado para dizer olá a Gil. Ele sorriu para ela e estendeu a mão.

– Ouvi dizer que você salvou minha vida.

– Eu gostaria de ter salvado mais.

Ela segurou a mão dele, tão familiar. Uma mão que conhecia seu corpo talvez melhor do que ela própria.

Conversaram por um momento, e quando os olhos dele ficaram pesados, ela o deixou. Quase se inclinou para beijar seu rosto, mas se conteve. Não somente porque Katherine estava ali, mas porque não seria apropriado.

Eles não eram mais "aquilo".

Assim que saiu do quarto, Boynton sinalizou para ela.

– Você vem conosco.

– Leve-nos ao local do atentado, por favor – disse a secretária Adams ao motorista da Segurança Diplomática quando ela, Boynton, Anahita e Betsy entraram no veículo. – Depois ao consulado americano.

Outro carro com auxiliares e conselheiros os seguia, cercados na frente e atrás por veículos da polícia alemã.

– Eu disse ao cônsul que a senhora chegaria em menos de uma hora – explicou Boynton. – Ele e o pessoal dele estão reunindo o máximo de informações possível sobre o que aconteceu aqui. A senhora tem uma reunião com ele, depois com o alto escalão da inteligência e segurança dos Estados Unidos na Alemanha, depois uma videoconferência com seus colegas de outros países. Aqui está a lista dos participantes, sugerida pelos franceses.

Ellen examinou os países e os nomes, cortando alguns e acrescentando apenas um. Queria manter a coisa restrita.

Entregou a lista de nomes de volta a Boynton e perguntou:

– Este veículo é seguro?

– Seguro?

– Foi feita uma inspeção?

– Inspeção? – perguntou Boynton.

– Por favor, pare de repetir tudo e só me responda.

– Sim, é seguro, senhora secretária – respondeu Steve Kowalski, o líder do destacamento da Segurança Diplomática, que seguia com eles no banco do carona.

Boynton olhou atentamente para ela.

– Por quê?

– O que pode me dizer sobre Bashir Shah? – Apesar da garantia de segurança, ela baixou a voz.

– Shah? – perguntou Betsy.

Quando seu império de comunicação cresceu acima de todas as expectativas, Ellen pediu a Betsy para largar o trabalho de professora e se juntar a ela. Naquele mundo cheio de testosterona, Ellen precisava de uma aliada e confidente íntima. Também ajudou o fato de que Betsy era feroz, tanto na inteligência quanto na lealdade.

Foi Betsy quem ajudou a orientar o documentário sobre o traficante de armas.

– Ele não está por trás disso, está? – perguntou ela. – Diga que ele não está por trás disso.

Ellen viu que Betsy não estava apenas surpresa; estava incrédula. E então, enquanto Frankfurt passava pelas janelas, a expressão de Betsy passou de duvidosa para preocupada e se acomodou em algo próximo do terror.

– Quem? – perguntou Charles Boynton.

– Bashir Shah – repetiu Ellen. – O que sabe sobre ele?

– Nada. Nunca ouvi falar.

Ele olhou da secretária Adams para Betsy, depois de volta para a secretária de Estado. Não se incomodou em olhar para Anahita Dahir. Mas Ellen olhou. E o que viu era semelhante à expressão no rosto de Betsy.

Semelhante, mas não totalmente igual. À menção de Bashir Shah, Anahita não ficou apenas com medo; ficou aterrorizada.

O que Charles Boynton viu foi a expressão da sua chefe, voltada para ele. Ellen Adams estava mais irritada do que ele jamais tinha visto, embora, claro, só fizesse um mês que a conhecia.

– Você está mentindo.

– Perdão? – respondeu ele, mal acreditando no que tinha ouvido.

– Você tem que conhecer Shah – disse Betsy rispidamente. – Ele é...

Mas Ellen pôs a mão na perna dela, interrompendo-a.

– Não. Não fale mais nada.

– Isso é ridículo – disse ele, também ríspido. Em seguida acrescentou rapidamente: – Senhora secretária, sinceramente não sei de quem está falando. Também sou novo no Departamento de Estado.

Era verdade. Com a aprovação do presidente, Barbara Stenhauser tinha nomeado Charles Boynton como chefe de gabinete de Ellen.

Tinha sido uma surpresa para os dois. Em vez de permitir que Ellen escolhesse seu próprio chefe de gabinete, ou mesmo nomear alguém que já estivesse no departamento, tinham instalado um alto assessor político da campanha deles no principal cargo administrativo do Departamento de Estado.

Ellen tinha suspeitado que isso fizesse parte dos esforços do presidente Williams para enfraquecê-la. Mas agora se perguntava se não haveria um objetivo mais sinistro. Será que Charles Boynton poderia ser mesmo tão ignorante? Como podia não saber quem era Bashir Shah? Certo, Shah vivia nas sombras. Mas o trabalho deles não era enxergar nessas sombras?

– Chegamos, senhora secretária – disse Kowalski, do banco da frente.

Centenas de pessoas tinham se reunido para observar, mantidas afastadas do local da explosão por barreiras de madeira. Os curiosos se viraram para observar quando ela saiu do carro. Havia um silêncio fantasmagórico, rompido pelo estalo fraco de quando a porta do veículo foi fechada.

Ela foi recebida pelo oficial da polícia alemã encarregado, além do principal membro da inteligência americana na Alemanha, o chefe do posto da CIA, Scott Cargill.

– Não podemos chegar perto demais – explicou o americano.

Fazia quase exatamente doze horas desde a explosão. O sol estava acabando de subir acima do que parecia mais um dia frio, úmido e cinza de março. Triste e pouco convidativo. Frankfurt, a cidade industrial, estava com a pior aparência possível. E não era fantástica nem nos melhores momentos.

Boa parte do centro histórico tinha sido bombardeada na guerra. Apesar de ser considerada uma "cidade global", isso se devia ao seu lugar como centro econômico. Não tinha o charme de muitas cidades menores nem a empolgação e a energia jovem de Berlim.

Ellen olhou para trás, para as pessoas silenciosas reunidas atrás das barreiras.

– A maioria é de familiares – explicou o oficial alemão.

Já havia um tapete de flores. Ursos de pelúcia. Balões. Como se aquilo pudesse reconfortar os mortos.

Até onde Ellen sabia, talvez pudesse mesmo.

Olhou a destruição ao redor. O metal retorcido. Os tijolos e vidros. Os cobertores vermelhos estendidos no chão. Quase lisos.

Sabia que a imprensa a estava observando. Filmando.

Mesmo assim, continuou olhando o campo de cobertores, espalhados por uma distância tão grande, os cantos se levantando ligeiramente na brisa. Era quase bonito. Quase pacífico.

– Senhora secretária? – disse Scott Cargill, mas Ellen continuou olhando.

Um daqueles cobertores podia ter coberto Gil.

Todos aqueles cobertores cobriam o filho, a mãe, o pai, o marido, a esposa, o amigo de alguém.

Estava silencioso demais, praticamente sem nenhum som. Apenas o clique agora familiar das máquinas fotográficas. Apontadas para ela.

"*Nós somos os Mortos*", pensou, lembrando-se do poema de guerra. "*Há poucos dias vivíamos, sentíamos o alvorecer, víamos o pôr do sol, / Amávamos e éramos amados...*"

Ellen Adams olhou para trás, para os parentes que a observavam. Depois de volta para os cobertores, como um campo de papoulas.

– Ellen? – sussurrou Betsy, colocando-se entre ela e os jornalistas, protegendo a amiga ao menos por um momento.

Ellen encarou aqueles olhos e assentiu. Engolindo a bile, pisoteando o horror, a secretária Adams transformou a repulsa em ação.

– O que o senhor pode me dizer? – perguntou ao oficial alemão.

– Muito pouco, senhora. Foi uma explosão enorme, como dá para ver. Quem fez isso queria ter certeza de cumprir com o objetivo.

– E qual era o objetivo?

Ele balançou a cabeça. Não parecia exatamente cansado – apesar de provavelmente estar de serviço por pelo menos 24 horas seguidas – e sim abatido.

– O mesmo dos outros dois, imagino. Em Londres e Paris. – Ele olhou ao redor, depois de volta para ela. – Se a senhora tem alguma ideia, por favor, diga.

Ele a examinou, e quando houve apenas silêncio, prosseguiu:

– Pelo que sabemos, não há nada aqui, neste local, que qualquer organização poderia considerar estratégico.

Ellen respirou fundo e agradeceu a eles.

Tivera que perguntar sobre o objetivo, mas já sabia pelo menos parte da resposta. Porém, não podia contar a eles sobre a Dra. Nasrin Bukhari. A física nuclear paquistanesa que estava no ônibus. Por enquanto, não. Pelo menos até saber mais.

E queria guardar Bashir Shah para si, pelo menos até falar com seus colegas dos outros países.

Antes de voltar ao carro, olhou longamente uma última vez. Será que tudo aquilo tinha sido feito para assassinar uma única pessoa?

E como o oficial alemão tinha dito de modo tão sucinto, o objetivo ali era quase certamente o mesmo de Londres e Paris. O que significava...

– Precisamos ir ao consulado – disse a Boynton.

Mesmo assim, Ellen parou junto à barreira para falar com os parentes. Olhar as fotos que eles seguravam. De filhos e filhas, mães e pais, maridos e esposas. Desaparecidos.

"Se trairdes a confiança em nós, que morremos, / Não dormiremos..."

Ellen Adams não tinha intenção de trair a confiança de ninguém. Mas, sentada no veículo que acelerava por Frankfurt no início daquela manhã, olhou para Charles Boynton e Anahita Dahir e se perguntou se, inadvertidamente, já não tinha feito isso.

CAPÍTULO 12

Já tinham a resposta quando a reunião foi convocada.

Em sua tela, Ellen via ministros do Exterior de um grupo seleto de países, junto com suas principais autoridades de inteligência e assessores.

– Sua informação procedia, senhora secretária – disse o ministro do Exterior britânico, que não soava mais tão condescendente. – Identificamos o Dr. Ahmed Iqbal entre os passageiros do ônibus em Londres. Era um paquistanês que morava em Cambridge e ensinava no Laboratório Cavendish, no Departamento de Física da Universidade de Cambridge.

– Era físico nuclear? – perguntou o ministro do Exterior alemão, Heinrich von Baier.

– Era.

– Monsieur Peugeot? – chamou Ellen, virando-se para o ministro do Exterior da França, na parte superior direita da tela.

Aquilo quase lhe parecia o programa de TV *Hollywood Squares*, onde os participantes ficavam dispostos pela tela como em um jogo da velha. Mas aquilo não era jogo nenhum.

– *Oui*. No momento a informação é apenas preliminar, ainda precisamos de uma verificação dupla e tripla, mas parece que entre os mortos no ônibus em Paris estava o Dr. Édouard Monpetit. De... – ele verificou suas anotações – 37 anos. Casado. Um filho.

– Não era paquistanês? – perguntou a canadense, Jocelyn Tardiff.

– Mãe paquistanesa e pai franco-argelino – explicou Peugeot. – Morava em Lahore e viajou para Paris dois dias atrás.

– Estava indo para onde? – perguntou Ellen.

— Ainda não sabemos — admitiu o ministro do Exterior francês. — Mandamos agentes para falar com a família dele.

— Imagino que tenham identificado os cientistas a partir de reconhecimento facial — arriscou o ministro do Exterior alemão.

— Sim — admitiu o britânico. — Captamos a imagem do Dr. Iqbal em câmeras de vigilância quando ele entrou no ônibus na estação de metrô de Knightsbridge.

— E por que não foram identificados antes, quando vocês estavam procurando possíveis suspeitos e alvos? — perguntou o alemão.

Ellen se inclinou à frente. Era uma boa pergunta.

— Bom — disse o homem do Reino Unido —, nossos algoritmos de inteligência não o consideraram um alvo.

— O mesmo aconteceu em Paris — disse o francês. — Na primeira vez, nosso programa de reconhecimento facial desconsiderou o Dr. Monpetit.

— Mas por quê? — perguntou o italiano. — Sem dúvida físicos nucleares seriam um alvo natural, ou pelo menos entrariam na lista mais restrita.

— O Dr. Monpetit é considerado um físico secundário — explicou o francês. — Trabalhava no programa nuclear paquistanês, mas em uma posição inferior, na periferia. Sobretudo em acondicionamento.

— Entrega? — perguntou o alemão.

— Não, só com o invólucro.

— E o Dr. Iqbal? — perguntou o italiano.

— Pelo que sabemos até o momento, o Dr. Iqbal não era ligado ao programa nuclear paquistanês nem a qualquer outro — respondeu o britânico.

— Mas era físico nuclear — lembrou a canadense, enfatizando a palavra pertinente.

Ou ela possuía o pior senso de moda que qualquer um deles já vira ou, mais provavelmente, estava usando um roupão de flanela. Com estampa de alces e ursos.

Seu cabelo grisalho estava preso e ela não usava maquiagem naquele momento.

Afinal de contas, passava um pouco das duas da madrugada em Ottawa, e ela havia sido arrancada de um sono profundo.

No entanto, apesar da aparência desleixada, sua expressão contava uma história diferente. Ela estava alerta, serena, concentrada. Taciturna.

– O Dr. Iqbal era um acadêmico – disse o ministro inglês. – Um teórico. E mesmo assim não muito prolífico. De novo, tudo isso é preliminar, mas uma verificação superficial só revela... – ele se virou para seu assessor, que lhe mostrou um documento – uma dúzia de publicações em seu nome. Todas como autor secundário.

O ministro do Exterior britânico tirou os óculos, e quando o assessor se inclinou para lhe dizer alguma coisa, ele reagiu rispidamente:

– Sim, sim. Eu sei. – Virando-se de volta para a câmera, disse: – Estamos revistando o apartamento de Iqbal em Cambridge e vamos entrevistar o supervisor dele. Ainda não contatamos os paquistaneses.

– Nós também não – disse o francês. – É melhor esperar.

O ministro do Exterior britânico se empertigou. Não gostava que o francês lhe dissesse o que fazer. Nem o alemão. Ou o italiano. Ou a canadense. Ou seus próprios assessores. Ou provavelmente, pensou Ellen, a própria mãe dele.

Ellen refletiu que aquela era uma aliança frágil capaz de se despedaçar a qualquer momento. O que a mantinha unida não era o respeito mútuo, e sim a necessidade.

Parecia mais um bote salva-vidas do que o *Hollywood Squares*. E com certeza ninguém quer arrumar briga com outro passageiro e arriscar que todos caiam na água.

– Alguma coisa sobre Nasrin Bukhari? – perguntou a canadense.

– Até agora só sabemos que ela trabalhou por um tempo na usina nuclear de Karachi. Não sabemos se ainda trabalhava – respondeu o alemão.
– O Canadá ajudou a montar aquela usina, não é? – Foi a vez de o alemão alfinetar.

– Isso foi há décadas – respondeu a canadense, tensa. – E tiramos o apoio quando percebemos quais podiam ser as verdadeiras intenções do Paquistão.

– Um pouco tarde demais... – disse o ministro da Alemanha.

A canadense abriu a boca e a fechou de novo. Ellen inclinou a cabeça e pensou que gostaria de tomar uma taça de Chardonnay com aquela mulher. Tremendo autocontrole.

O que a ministra do Exterior do Canadá disse foi:

– A instalação em Karachi é uma usina de eletricidade. Não faz parte do programa de armas deles.

– Bom – disse o alemão –, isso é o que nós pensamos. O que esperamos. Mas o fato de a Dra. Bukhari ser um alvo pode sugerir algo mais.

– *Merde* – murmurou o francês.

– Temos um longo caminho pela frente – disse o inglês. – Incluindo, claro, saber o motivo para esses três terem sido assassinados. O que estavam aprontando e quem desejava impedi-los.

– Israel – disseram todos ao mesmo tempo. Era a resposta-padrão sempre que havia um assassinato.

– O presidente Williams marcou um telefonema com o primeiro-ministro de Israel – disse Ellen. – Talvez tenhamos mais informações em breve, mas ainda que o Mossad estivesse com esses cientistas na mira, duvido que sairiam por aí explodindo ônibus.

– Verdade – admitiu o inglês.

– Há um lado bom – disse o italiano. – Com esses três mortos, presumivelmente qualquer coisa que tivessem planejado também morreu. Não?

– Não sabemos o que eles iam fazer – rebateu o francês. – Talvez tivessem descoberto algo e estivessem vindo nos contar.

– Todos os três? – perguntou a canadense. – Ao mesmo tempo? Parece uma tremenda coincidência.

Ellen se ajeitou na cadeira. Ainda não tinha contado a eles sobre Bashir Shah. Que os cientistas tinham sido recrutados por ele.

– Não creio que pretendessem nos avisar – disse ela.

O ministro do Exterior alemão a encarou.

– Você sabe de alguma coisa, Ellen? Nós contamos o que sabemos até agora. Mas você, não. Você disse à nossa chanceler que haveria um atentado a bomba em Frankfurt. Sabia até o número do ônibus e a hora. Como?

– E como você sabia sobre Nasrin Bukhari e que deveríamos ver se havia físicos nucleares paquistaneses nos outros ônibus? – perguntou o francês.
– Acho que merecemos respostas.

De algum modo, aos ouvidos de Ellen, as perguntas tinham um leve tom acusatório. Mas de que ela poderia estar sendo acusada?

Não, pensou. Não era ela, pessoalmente. Eram os americanos. E a secretária Adams percebeu que, ainda que aqueles homens e mulheres estivessem predispostos a confiar nos Estados Unidos – queriam confiar, talvez até estivessem desesperados por isso, considerando o que estava em jogo –, o fato era que não confiavam.

Não mais. Sobretudo depois do fracasso dos últimos quatro anos.

E percebeu que uma parte enorme do seu trabalho como secretária de Estado seria reconquistar essa confiança. Lembrou-se da sua mãe se curvando na entrada da escola em seu primeiro dia de aula e dizendo: "Ellen, se você quiser ter algum amigo, precisa ser amiga."

Tinha conhecido Betsy naquele dia. Betsy, que mesmo aos 5 anos de idade já se parecia com June Cleaver, mas falava com o jeitinho de um marujo mirim.

E agora, meio século depois, Ellen Adams, secretária de Estado americana, precisava desesperadamente fazer amigos.

Olhou os rostos preocupados e cautelosos dos colegas e soube o que precisava fazer. Contar a verdade. Sobre a mensagem estranha que tinha chegado para a funcionária júnior do Serviço de Relações Exteriores. Precisava contar o que Gil havia dito. Sobre Bashir Shah.

Eles tinham o direito de saber.

Mas talvez não agora.

VINTE MINUTOS ANTES, ao chegar ao consulado americano em Frankfurt, ela tinha ido imediatamente a uma sala segura e contatado o chefe do Estado-Maior Conjunto em Washington.

O general Whitehead atendeu ao primeiro toque.

– Sim?

– É Ellen Adams. Acordei o senhor?

Ao fundo ela pôde ouvir a esposa dele, grogue, perguntando quem estava ligando às cinco da manhã.

– É a secretária Adams – disse o general, com a voz abafada pela mão que ele obviamente havia posto sobre o fone. – Tudo bem, senhora secretária. – Ele ainda parecia sonolento, mas estava ganhando forças a cada palavra. – Como está o seu filho?

Era a pergunta que um homem que tinha perdido muitos rapazes e moças pensaria em fazer.

– Recuperando-se, obrigada. Preciso fazer uma pergunta. É confidencial.

– Esta linha é segura. – Ele obviamente havia saído do quarto e ido para uma sala privativa. – Vá em frente.

Ellen olhou pela janela grossa e reforçada do consulado, em direção ao parque do outro lado da Gießener Straße. Mas o fraco sol da manhã revelou que aquilo não era de fato um parque. Só parecia.

Assim como o prédio em que ela estava era o lar de diplomatas americanos, embora mais parecesse um campo de concentração.

As coisas não eram o que pareciam.

Não era para um parque que ela estava olhando. Algum gênio tinha decidido colocar o consulado dos Estados Unidos diante de um enorme cemitério.

– O que o senhor pode me dizer sobre Bashir Shah?

BERT WHITEHEAD SENTOU-SE PESADAMENTE e olhou para o outro lado da sala, para as fotos na parede oposta.

Sabia que aquela seria sua última batalha. Não tinha ânimo, quanto mais estômago, para isso.

Bashir Shah. Ela havia mesmo dito esse nome?

– Acho que a senhora sabe tanto quanto eu.

– Acho, general Whitehead – a voz dela chegou surpreendentemente clara pela linha desde Frankfurt –, que isso talvez não seja verdade.

– Eu assisti ao documentário que o seu jornalista fez sobre o Dr. Shah.

– Isso foi há um bom tempo.

– Verdade. Também li o dossiê que o serviço de inteligência preparou para a sua confirmação no cargo. Sei dos bilhetes.

Ellen deu um risinho nem um pouco divertido.

– Claro que sabe.

– A senhora foi sensata em informar sobre eles assim que chegaram.

Os bilhetes a que ele estava se referindo tinham começado a aparecer pouco depois de o documentário ir ao ar. Todo ano Ellen Adams recebia um cartão em sua casa, pelo correio. Vinha sem assinatura e lhe desejava feliz aniversário. Em inglês e em urdu. Também lhe desejava vida longa.

Ellen tinha dado o primeiro ao FBI, depois deixou o assunto de lado. Até que chegou um no aniversário de Gil. Depois no de Katherine.

E quando Quinn, o segundo marido de Ellen e pai de Katherine, morreu subitamente de um ataque cardíaco, outro chegou. Horas depois. Antes que o anúncio oficial fosse feito. Um bilhete de pêsames. Em inglês e em urdu.

Esse foi entregue pessoalmente ao órgão.

Ellen não tinha como provar e o FBI não descobriu nada, mas ela sabia. Segurando o bilhete, com os dedos ficando frios enquanto o sangue sumia do seu coração partido, ela soube.

Era de Bashir Shah.

Tinham feito um exame toxicológico e não havia nada que sugerisse que a morte de Quinn não fosse natural. Era trágica, mas natural.

Ellen queria acreditar que Shah tinha simplesmente se aproveitado da tragédia para semear dúvida. Para acrescentar crueldade ao luto. Brincar de gato e rato com ela.

Mas Ellen Adams não era um camundongo trêmulo. Olhava a verdade de frente.

Bashir Shah tinha matado seu marido. E existia outra terrível verdade. Fizera isso como vingança pelo documentário que ela havia produzido, que tinha levado a uma série de matérias jornalísticas que, depois de meses de pressão por parte da então administração americana sobre o governo paquistanês, levara à prisão e ao julgamento de Shah.

Agora ela estava com Shah na mira outra vez. Mas precisava de informações, muitas informações.

— Finja que eu não sei de nada – disse ela.

— Posso perguntar por que a senhora quer saber sobre o Dr. Shah?

— Só me conte, por favor. Fiquei tentada a falar com Tim Beecham, mas decidi ligar primeiro para o senhor.

De novo houve aquela pausa.

— Acho que foi uma boa decisão, senhora secretária.

E com isso Ellen Adams teve a resposta. Do que tinha significado aquela expressão preocupada no Salão Oval, um milhão de anos atrás, quando o diretor de Inteligência Nacional saiu da sala para dar um telefonema. E o chefe do Estado-Maior Conjunto ficou olhando de testa franzida.

– O Dr. Shah é um físico nuclear paquistanês – começou o general Whitehead. Abrindo lentamente a porta do armário para checar o que havia dentro. – É um dos filhos do programa nuclear deles, tendo-o herdado da primeira geração. Mas suas armas são muito mais poderosas, muito mais sofisticadas. Ele é brilhante. Sem dúvida é um gênio. Estabeleceu o próprio instituto, os Laboratórios de Pesquisa Paquistaneses, um disfarce para os esforços do Paquistão de avançar com o programa de armas nucleares e competir com a Índia.

– Esforços bem-sucedidos – disse Ellen.

– Sim. Sabemos que o Paquistão ainda está expandindo seu arsenal. Até onde sabemos, ele tem 160 ogivas nucleares.

– Meu Deus.

– Em breve nem Deus dará jeito. Nossos informantes dizem que em 2025 ele terá 250 ogivas.

– Meu Jesus amado – sussurrou Ellen.

– Isso torna a coisa extraordinariamente perigosa numa região instável, e eles estão decididos a mantê-la assim.

– Israel tem armas nucleares também, não tem? – perguntou Ellen, e ouviu um risinho do outro lado.

– Se conseguir que eles admitam isso, o time do Yankees vai contratá-la como arremessadora, porque sem dúvida a senhora é capaz de fazer milagres.

– Eu torço pelo Pirates.

– Ah, sim. Esqueci que a senhora é de Pittsburgh.

– Cá entre nós, general, me diga: Israel tem ogivas nucleares, certo?

– Sim, senhora secretária. É o único segredo que eles gostam de deixar escapar. Mas isso acabou dando uma desculpa para o programa nuclear paquistanês. Eles insistem que o aumento do estoque é para se igualar ao programa israelense. Querem um suposto equilíbrio do terror contra a Índia.

– Que ótimo.

Ellen Adams era familiarizada com o conceito, criado na Guerra Fria entre os Estados Unidos e a União Soviética, em que nenhum lado queria apertar o botão, sabendo que isso poderia varrer a raça humana do planeta.

Esse equilíbrio impedia que qualquer um dos dois fosse longe demais. Em teoria.

O que de fato aconteceu não foi um equilíbrio do terror, e sim um estado de terror perpétuo.

– E o programa de armas nucleares do Irã? – perguntou ela.

Ellen quase pôde ouvi-lo balançando a cabeça.

– Temos suspeitas, mas não podemos confirmar. Mas sim, senhora secretária, creio que precisamos presumir que o Irã tem, ou logo terá, suas próprias armas nucleares.

– Tudo isso é de conhecimento público – disse Ellen. – O que o senhor pode me dizer sobre os negócios particulares do Dr. Shah? Em algum momento ele passou a fazer negócios por conta própria.

– Verdade. Ele começou traficando urânio e plutônio para ser usado em armas. Mas não somente isso. Há outros que atuam nesse mercado, sobretudo a máfia russa. Mas o que torna Shah tão perigoso é que ele se transformou em uma loja de conveniências, uma espécie de Walmart de armas, vendendo não apenas os materiais, mas também a tecnologia. Os equipamentos, o conhecimento, os sistemas de entrega.

– As pessoas.

– É. Os clientes podiam procurá-lo e, numa única transação, comprar todo o necessário para desenvolver as próprias bombas nucleares. De fio a pavio, por assim dizer.

– Clientes. Está falando de outros países?

– Em alguns casos, sim. Achamos que ele forneceu os materiais para o programa de armas nucleares dos norte-coreanos.

– E o governo paquistanês sabia o que Shah estava fazendo?

– Sabia. Shah não conseguiria seguir com isso sem a aprovação deles, ou pelo menos uma disposição de fazer vista grossa. O governo tolerava os negócios dele. E por quê? Porque os objetivos dos dois se alinhavam perfeitamente.

– Que objetivos?

– Manter a região desestabilizada, ganhar vantagem sobre a Índia e enfraquecer o Ocidente. Shah ganhou bilhões fornecendo qualquer coisa a quem pagasse mais. Não apenas tecnologia nuclear, mas também armas pesadas, substâncias químicas, agentes biológicos. Armas mais tradicionais. A senhora perguntou se os clientes dele eram outros países. Não é aí que mora o perigo. Nós pelo menos temos algum controle sobre os governos. A verdadeira ameaça é que as armas nucleares caiam nas mãos de organizações criminosas e terroristas. Francamente, o fato de isso ainda não ter acontecido é até chocante.

Ellen parou por um momento para absorver a informação, a mente a toda velocidade.

– Quem fornece esses materiais, essas armas, a Shah? Não é ele que faz.

– Não, ele é o intermediário. Há todo tipo de participantes, mas um dos principais fornecedores parece ser a máfia russa.

– E o Paquistão permite isso? – Ellen precisava ter certeza absoluta sobre esse ponto. – Eles são nossos aliados.

– Estão fazendo um jogo perigoso. O governo paquistanês deixou que nós operássemos bases militares no Norte durante nossa longa presença militar no Afeganistão, mas também deu um porto seguro a Bin Laden, à Al-Qaeda, aos pashtuns, ao Talibã. A fronteira do país com o Afeganistão é complicada. O país está cheio de extremistas, terroristas, apoiados e protegidos pelo governo.

– E abastecidos por Shah.

– Sim, mas ninguém jamais suspeitaria só de conhecê-lo. Ele parece um irmão nosso, um melhor amigo. Erudito. Simpático.

– Mas as coisas não são o que parecem.

– Raramente – disse o general Whitehead. – Eu participei das reuniões com os militares paquistaneses. Mas também estive nas cavernas. Vi as armas escondidas ali, fornecidas por Shah. Se algum desses grupos tivesse uma bomba nuclear...

– Por que não teriam, se vêm sendo abastecidos por ele há décadas?

– Dois motivos. A maioria dessas organizações é canibal. Elas lutam entre si. Matam os seus. Há pouca organização, nenhuma continuidade. São necessários anos e anos, e estabilidade, para construir uma bomba. E não é possível fazer isso numa caverna em uma montanha. O outro motivo é que as agências de inteligência ocidentais os impedem. Nossas redes de inteligência e vigilância acabaram com dezenas de esforços para vender ou obter materiais e lixo nuclear desde o colapso da União Soviética. Lembrando que só é necessária uma pequena quantidade para construir uma bomba suja.

Ellen não precisava ser lembrada. O pensamento jamais saía por completo de sua cabeça.

– Como a senhora sabe – continuou o general –, a penúltima administração americana pressionou o Paquistão a prender Shah. Isso foi em parte graças ao seu documentário. Houve pressão pública sobre os paquistaneses. Nós esperávamos uma pena de prisão fechada, mas ele só recebeu prisão domiciliar. Mesmo assim, melhor do que nada, acho. Limita a influência dele.

– Até agora.

– Como assim?

– O senhor não sabia? Ele está livre. Os paquistaneses o soltaram no ano passado.

– Pelo amor de Deus... – O general Whitehead suspirou. – Bashir Shah solto. Isso é um problema.

– Mais do que o senhor imagina. Parece que a coisa foi feita com a nossa bênção.

– Nossa?

– Da administração anterior.

– Não é possível. Quem seria idiota a ponto de... Deixa para lá.

O ex-presidente Eric Dunn. Ele seria. Era conhecido até mesmo (e especialmente) pelos colegas mais próximos como Eric Dumb, "burro". Mas isso já ia além da burrice – chegava às raias da loucura.

– Foi logo depois da eleição – disse a secretária Adams.

– Depois da eleição? Depois de perderem? Mas por que eles fariam isso? – murmurou o general consigo mesmo. – Como a senhora sabe de tudo isso?

– Meu filho me contou. Ele estava seguindo uma física nuclear chamada Nasrin Bukhari, que tinha sido contratada por Shah.

Ellen explicou o que sabia. Houve silêncio na linha enquanto o general Whitehead escutava, absorvendo cada palavra. E o que elas significavam.

No fim, ele disse:
– Mas por que Shah mataria o próprio pessoal?
– Não mataria.
– Então quem faria isso?
– Eu esperava que o senhor me dissesse.
Mas tudo que a secretária de Estado ouviu foi silêncio.

CAPÍTULO 13

– O primeiro-ministro israelense nega qualquer relação com os atentados – sussurrou Boynton no ouvido de Ellen meia hora mais tarde, enquanto ela participava da reunião virtual com os outros ministros do Exterior, chefes de Departamentos de Inteligência e assessores.

– Obrigada – disse ela, depois se virou para os outros na videoconferência e repassou a informação.

A interrupção de Boynton foi bem-vinda. Ajudou Ellen a não precisar responder à pergunta sobre como sabia o horário exato da bomba, o alvo e a cidade.

Isso lhe garantiu um pouco mais de tempo para pensar na resposta.

– Nós acreditamos no primeiro-ministro israelense? – quis saber o francês.

– Os israelenses já mentiram para nós antes? – perguntou o italiano.

Isso provocou gargalhadas.

Mas todos sabiam que, ainda que Israel não fosse inteiramente sincero com eles, era mais improvável que o primeiro-ministro mentisse para o presidente americano. Esse era um amigo que Israel precisava conservar. E começar com uma mentira não ajudava.

– Além disso – observou o ministro britânico –, o Mossad podia até querer matar físicos nucleares paquistaneses, mas não de um modo tão caótico e brutal. Eles se orgulham de serem precisos. Diretos. Isso não passou nem perto.

Ele parecia ter esquecido que Ellen dissera exatamente a mesma coisa apenas alguns minutos antes.

– A senhora secretária não respondeu à nossa pergunta – disse a canadense. – Como soube sobre o ataque em Frankfurt e sobre a Dra. Bukhari?

Ellen achou que ela e a canadense não fossem mais ficar amigas, afinal de contas.

– E que os alvos nos outros ônibus provavelmente eram físicos paquistaneses? – perguntou o italiano.

– Como os senhores sabem, meu filho estava no ônibus em Frankfurt. Ele é jornalista. Uma de suas fontes tinha dito que havia uma trama envolvendo físicos nucleares paquistaneses. O nome que lhe deram foi de Nasrin Bukhari. Ele a estava seguindo. Então não foi difícil juntar tudo.

– Quem era a fonte dele? – perguntou a canadense.

Aquela mulher usando alces e ursos estava realmente ficando bem irritante, pensou Ellen.

– Ele se recusou a contar.

– Nem à própria mãe? – perguntou o alemão.

– À secretária de Estado. – Seu tom desencorajou qualquer outra pergunta sobre seu relacionamento com o filho.

– Qual era a trama? O que estava planejado? – perguntou o francês, inclinando-se para a tela, de modo que seu nariz parecia enorme e os outros podiam ver até seus poros.

– Meu filho não sabia.

O francês pareceu cético.

– Seu filho foi sequestrado pelos pashtuns alguns anos atrás – disse o ministro alemão.

– Verdade – concordou o francês.

– Cuidado – alertou a canadense. Mas a França raramente ouvia o Canadá.

– Enquanto outros jornalistas foram executados, inclusive três franceses, ele conseguiu escapar... – insistiu o francês.

– Clément – rebateu a canadense com rispidez. – Basta.

Mas não bastava.

– E agora eu soube que seu filho se converteu ao islamismo. Ele é muçulmano.

– Clément! – disse a canadense. – *C'est assez.* – Já chega.

Mas era tarde demais. E era coisa demais.

– O que o senhor está dizendo? – A voz de Ellen saiu em tom de alerta.

Mas ela sabia perfeitamente bem o que o ministro francês estava dizendo. O que outros já haviam sugerido, mas jamais cara a cara.

– Ele não está dizendo nada – interveio o italiano. – Está apenas nervoso. Paris acabou de sofrer um terrível ataque. Ignore, senhora secretária.

Agora o rosto do francês estava quase esmagando a câmera.

– Como a senhora sabe que o seu filho não faz parte dessa trama? Como sabemos que ele não colocou a bomba?

E enfim estava dito.

– Como ousa? – rosnou Ellen. – Como ousa sugerir que meu filho teria algo a ver com isso? Ele tentou impedir. Arriscou a vida para isso. Quase morreu na explosão.

– Quase – disse o alemão, com a voz insanamente calma, enfurecedoramente razoável. – Mas não morreu. Sobreviveu.

Ellen se virou para ele, mal acreditando no que ouvia.

– Vocês não podem estar falando sério.

Ela olhou para todos eles. Até a canadense, com seu roupão idiota de flanela com alces e ursos, esperava que ela respondesse à pergunta.

Como Gil Bahar havia escapado de seus sequestradores terroristas islâmicos quando todos os outros tinham sido executados?

Era uma pergunta que ela própria havia feito ao encontrá-lo em Estocolmo, logo depois de Gil escapar. Não quisera sugerir nada com isso. Mas Gil tinha captado a acusação. Ele sempre captava.

Depois disso, o relacionamento entre os dois, já tenso, tinha piorado, à medida que a pergunta não respondida infeccionava.

Agora eles mal se falavam. Ainda que Ellen tivesse tentado e tentado, através de Betsy, de Katherine. De telefonemas e cartas. Para explicar que o amava. Que confiava nele.

E que só tinha perguntado achando que ele iria querer falar a respeito.

O sequestro de Gil também estava no centro do conflito entre Ellen Adams e o senador, agora presidente, Douglas Williams.

Isso também havia infeccionado.

Olhou para os colegas. Todos com os nervos em frangalhos, todos com medo. A secretária Adams ainda não podia contar a eles sobre a mensagem em código que havia chegado, pelo menos até saber mais sobre ela. E sobre Anahita Dahir.

Mas precisava dar alguma coisa a eles. E sabia o que seria.

– A fonte dele contou quem estava por trás de tudo – disse ela. – Hoje de manhã, na cama do hospital, ele pôde me dizer.

Achou bom acrescentar essa informação: Gil não tinha escapado ileso, muito obrigada por perguntarem.

– E então? – perguntou o alemão.

– Bashir Shah.

Foi como se um buraco negro tivesse se aberto e sugado toda a vida, toda a luz, todo o som das salas deles. Deixando-os perdidos.

Shah.

E então, ao mesmo tempo, todos começaram a falar. A gritar perguntas. Mas tudo se resumia a uma, feita de vários modos diferentes.

– Como poderia ser Shah? Ele está sob prisão domiciliar em Islamabad. Há anos.

Ela contou exatamente o que havia conversado com o general Whitehead, diante de um renovado silêncio.

– Merda.

– *Merde.*

– *Scheiße.*

– *Shit.*

– *Fucking hell* – disse a canadense. Maldito inferno.

Ellen reformulou seu pensamento. Talvez fosse mesmo tomar uma garrafa de Chardonnay com aquela mulher, afinal, quando tudo aquilo terminasse.

– Está dizendo que não faz ideia de onde Shah está? – perguntou o francês.

– Estou. – Ela examinou os rostos e chegou à conclusão de que eles estavam igualmente perdidos. E igualmente ultrajados. Igualmente furiosos.

Com ela.

– Vocês deixaram isso acontecer? – perguntou o alemão. – Deixaram o traficante de armas mais perigoso escapar... *nein*, não escapar, mas sair pela porta da frente?

– Acho que ele provavelmente pegou a dos fundos – disse o italiano. – De modo que ninguém visse...

– A porta não tem importância – rebateu o alemão, ríspido. – A questão é que ele está livre, com a bênção do governo americano.

– Mas não com a desta administração, e não com a minha bênção – disse Ellen. – Eu o odeio tanto quanto vocês, talvez mais.

Porque a verdade era que Ellen Adams realmente suspeitava que Shah tivesse matado Quinn. Um homem que ela amava de todo o coração. Como retaliação por aquele documentário. E simplesmente porque podia.

E a provocava, até hoje, com aqueles cartões-postais alegres.

Durante quatro meses ele estivera livre para fazer o que quisesse, com a proteção do governo paquistanês e a bênção de um presidente americano louco e seus lacaios no gabinete.

Incluindo, Ellen suspeitava, Tim Beecham, o diretor interino de Inteligência Nacional.

Por isso o general Whitehead não confiava nele.

Tim Beecham era remanescente da administração anterior, parte de uma avalanche de indicações políticas enviadas ao senado nos últimos dias do mandato de Dunn. O senado não tinha votado sua aprovação e o novo presidente o havia deixado como DIN "interino" até decidir se iria mantê-lo no cargo. De seu tempo no senado, o presidente Williams conhecia Beecham como um profissional conservador de direita da área de inteligência, mas apenas isso.

O presidente só podia esperar que seu diretor de Inteligência Nacional fosse leal. E certamente era. Mas a quem?

– O que Shah está aprontando? – perguntou a canadense. – Três físicos nucleares. Não pode ser coisa boa.

– Três físicos mortos – disse o italiano. – Isso não significa que alguém nos fez um favor?

Ellen viu de novo o rosto dos familiares, as fotos que eles seguravam. Os ursos de pelúcia, os balões e as flores morrendo na calçada. Que belo favor.

No entanto, o italiano tinha certa razão.

– O que não entendo é por que ele recrutaria físicos nucleares de segunda classe – disse a canadense. – É presumível que poderia comprar praticamente qualquer um.

Isso também vinha perturbando Ellen.

– A senhora precisa pressionar seu filho, senhora secretária – disse o italiano. – Ele precisa contar quem é a fonte. Precisamos saber o que Shah está aprontando.

A PEDIDO DE ELLEN, Betsy voltou para Washington.

Assim que sentou em sua poltrona à janela no voo comercial partindo de Frankfurt, ela abriu a carta dada por Ellen. Escrita em sua letra facilmente reconhecível.

Apesar de a própria Ellen tê-la entregado, dentro de um exemplar da revista *People*, e de não haver equívoco quanto à letra, ela havia começado a carta com *Uma metáfora mista entra em um bar...*

As luzes para usar os cintos de segurança se acenderam e foi feito o anúncio de colocar os telefones em modo avião. E Betsy fez isso logo depois de mandar um rápido e-mail para Ellen.

...percebendo que algo não cheirava bem, mas esperando cortá-lo pela raiz.

Em seguida se recostou e leu o restante do bilhete curto, enquanto logo atrás e à direita, na poltrona de classe executiva no meio da cabine, um rapaz de aparência comum lia um jornal.

Ele provavelmente achava que ela não o tinha visto.

Depois de ler o bilhete, Betsy o enfiou no bolso da calça social. Alguém poderia roubar sua bolsa, mas havia menos probabilidade de tirarem sua calça.

A carta estaria segura ali.

Por todo o Atlântico, enquanto outros passageiros comiam e dormiam em seus leitos, Betsy Jameson olhava pela janela e pensava em como faria o que Ellen tinha pedido.

– QUERO FALAR COM ELA AGORA – disse Ellen.

Estava em uma sala cedida pelo cônsul-geral dos Estados Unidos e observou Charles Boynton sair e voltar com Anahita Dahir.

– Obrigada, Charles. Pode sair.

Ele hesitou junto à porta.

– Quer que traga algo para comer ou beber, senhora secretária?

– Não, obrigada. Srta. Dahir?

Apesar de estar morrendo de fome, Anahita balançou a cabeça. Certamente não ia comer um sanduíche de salada de ovo na frente da secretária de Estado.

Boynton fechou a porta com uma expressão preocupada. Estava sendo repelido e precisava descobrir um modo de se reaproximar.

Ellen esperou até a porta se fechar com um clique fraco; depois indicou para Anahita uma poltrona de frente para ela.

– Quem é você?

– Como assim, senhora secretária?

– Você ouviu. Não temos tempo a perder. Pessoas morreram, existem todos os motivos para achar que há coisas piores pela frente. E você está envolvida. Portanto responda: quem é você?

Anahita observou Ellen pousar lentamente a mão aberta sobre a capa de uma pasta de papel em seus joelhos. Ana soube que era um relatório de inteligência. Parecido com o que um dos seus interrogadores tinha no porão do Departamento de Estado.

Levantou os olhos para a secretária de Estado.

– Sou Anahita Dahir, funcionária do Serviço de Relações Exteriores. Pode perguntar a qualquer um. Katherine me conhece. Gil me conhece. Sou exatamente quem digo que sou.

– Bom, isso não é verdade, é? Acredito que este seja o seu nome e o seu cargo, mas também acho que existe mais. Aquela mensagem foi mandada para você. Especificamente. Agora sabemos que há uma conexão com o Paquistão. Todos os três físicos nucleares são de lá. Você passou dois anos na nossa embaixada em Islamabad. Trabalha na seção do Paquistão. Quem lhe mandou a mensagem?

– Não sei.

– Sabe, sim – disse Ellen rispidamente. – Olha, eu tirei você daquele interrogatório. Provavelmente não deveria, mas tirei. Trouxe você comigo para mantê-la em segurança. De novo, provavelmente não deveria ter feito isso. Mas fiz. Você salvou a vida do meu filho e eu lhe devia isso. Mas há um limite, e chegamos a ele. Há agentes de segurança fora dessa porta. – Ela não se incomodou em olhar naquela direção. – Se não me responder agora, vou chamá-los e entregar você.

– Não sei. – A voz de Ana saiu aguda, tensa, de sua garganta contraída. – A senhora precisa acreditar em mim.

– Não, o que eu preciso é chegar à verdade. Você copiou a mensagem antes de apagar. Você faz isso sempre?

Anahita balançou a cabeça.

– Então por que copiou essa?

Pela expressão arrasada no rosto da funcionária, Ellen soube que a havia encurralado. Ainda que talvez não obtivesse a resposta, pelo menos tinha a pergunta.

Mas quando a resposta veio, não era a que Ellen esperava.

– Minha família é libanesa. Amorosa, mas rígida. Tradicional. Uma boa garota libanesa mora em casa até se casar. Meus pais me deram muito mais liberdade do que minhas amigas tiveram. Eu pude sair de casa, sair até do país, para trabalhar. Eles se orgulhavam porque eu trabalhava para o Departamento de Estado, servindo ao meu país. E confiavam que eu nunca fosse atravessar determinado limite.

Ellen ouviu com atenção, a mente a toda velocidade até parar com um estalo.

– Gil.

Anahita confirmou.

– É. Quando a mensagem chegou, eu realmente achei que fosse spam. A princípio. Por isso mostrei ao meu supervisor e depois apaguei. Mas pouco antes de fazer isso, imaginei se não poderia ser do Gil.

– Por que achou isso?

Houve uma pausa, e Ellen percebeu que aquela mulher adulta estava ruborizando.

– Nós sempre nos encontrávamos no meu apartamentinho, em Islamabad. Quando ele queria, mandava uma mensagem com a hora. Nada mais. Só a hora.

– Que charmoso – disse Ellen, e viu Anahita sorrir ligeiramente.

– Na verdade, ele era. Falando assim, soa mal, mas ele fazia isso por minha causa. Eu queria manter nosso relacionamento em segredo, para nenhuma fofoca chegar aos meus pais. E era...

Divertido. Inebriante. Excitante. Esgueirar-se em uma cidade cheia de perfídia, de duplicidade. Aqueles dias e noites quentes, abafados, em

Islamabad. Todo mundo tão jovem, tão essencial, tão firme, com tanto propósito. A vida fervilhando ao redor enquanto a Morte esperava na praça do mercado.

O trabalho que eles faziam parecia muito importante. Como tradutores, seguranças, jornalistas. Espiões. Eles se sentiam muito importantes. Imortais, em um lugar onde a violência e a morte alvejavam os outros. Jamais eles.

E aquelas mensagens. *1945. 1330.* E seu predileto. *0615.* Acordar para aquilo. Para Gil.

Assistir à reação física de Anahita à lembrança obrigou Ellen a suprimir um sorriso. Dava para ver que era exatamente como ela havia se sentido com relação ao pai de Gil. Cal tinha sido seu primeiro amor. Não era sua alma gêmea. Esse era Quinn, o pai de Katherine.

Mas, minha nossa, Cal Bahar era divertido. E firme.

E mesmo agora, pensando nele...

Ela parou. Se havia um momento menos apropriado para isso, ela não conhecia.

Ellen pigarreou e Anahita ficou vermelha de novo, voltando à sala fria, cinza e sem graça em Frankfurt.

– Eu tive esperança de que a mensagem fosse do Gil. Anotei, depois apaguei. Mais tarde, naquela noite, mandei uma mensagem para ele, perguntando se tinha escrito.

– Você sabia onde ele estava?

– Não. Fazia um tempo que não nos falávamos. Desde que voltei para Washington.

Ellen assentiu e suspeitou que, se Anahita tivesse contado tudo isso àqueles agentes da segurança, eles não acreditariam. Não entenderiam o desejo, a ardência, que uma mulher jovem podia ter por seu primeiro amor. Como isso podia levá-la a interpretar exageradamente, a interpretar mal, a reler e reinterpretar qualquer mensagem.

Como a esperança podia cegar até mesmo as pessoas mais inteligentes.

Mas para Ellen Adams fazia todo o sentido. Ela também tinha ficado atordoada com o pai de Gil. Cega ao que os outros viam com muita clareza. O que Betsy tinha visto e tentado lhe dizer tão gentilmente. Todos os motivos pelos quais ela e Cal jamais dariam certo.

– Foi assim que você soube que ele estava em Frankfurt – disse ela.
– É.
– Mas se não foi o Gil que mandou a mensagem, quem foi?
– Não sei. Não acho que quem mandou queria que ela chegasse especificamente a mim. Eu só estava por acaso naquela mesa.
– O que sabe sobre Bashir Shah? – Ellen viu o rosto da funcionária congelar. – Você sabe de alguma coisa. Eu vi sua reação no carro. Você ficou aterrorizada.

Houve um longo silêncio enquanto Anahita se remexia.
– Quando eu estava em Islamabad, trabalhei com questões de proliferação nuclear, e alguns dos meus contatos paquistaneses falavam sobre ele. Quase com reverência. Ele era mítico. De um modo horrível. Como um deus da guerra. Ele está por trás disso?

Em vez de responder, Ellen se levantou.
– Há mais alguma coisa que você precise me dizer?
– Não, senhora secretária. Era só isso.

Ellen levou-a até a porta.
– Vou voltar ao hospital para ver o Gil, antes de irmos embora. Quer ir também?

Anahita hesitou, depois levantou o queixo e empertigou os ombros.
– Obrigada, mas não.

Enquanto fechava a porta, Ellen imaginou se Gil fazia alguma ideia do que tinha perdido.

VOLTANDO PELO CORREDOR, Anahita pensou em até onde conseguiria chegar, se apenas continuasse andando. Quanto tempo até eles notarem que ela havia ido embora?

Antes que percebessem que tinha mentido. De novo.

CAPÍTULO 14

Enquanto esperava na fila para os táxis do aeroporto Dulles, Betsy Jameson cogitou perguntar àquele rapaz gentil se ele não gostaria de uma carona.

Era tão evidente que ele a estava seguindo que chegava a ser fofo. Esperava que ele não fosse um espião, porque teria uma carreira muito curta, e talvez até uma vida curta, se mesmo ela conseguia identificá-lo. Mas Betsy suspeitava que ele não viera segui-la, e sim vigiá-la.

Mandado por Ellen para garantir sua segurança.

Era ao mesmo tempo reconfortante e desconcertante. Não tinha pensado que seus próximos passos podiam ser perigosos. Difíceis, sim, mas não perigosos.

Betsy Jameson estava acostumada com coisas difíceis. Sua criação, no sul de Pittsburgh, a havia transformado em uma guerreira. A dificuldade era que tinha crescido achando que a vida era uma luta, que as pessoas eram uma merda e não podia confiar em ninguém. A família existia para abusar dela, os homens eram estupradores e as mulheres, umas escrotas. Gatos eram ardilosos. Cachorros eram legais. Menos os pequenos, que latiam muito. E era melhor nem mencionar os pássaros.

Na sua experiência de vida, monstros não saíam do armário; entravam pela porta da frente. Convidados.

Aos 5 anos, no pátio do recreio da nova escola, Betsy Jameson tinha aprendido a não deixar ninguém se aproximar.

Tinha se refugiado na própria caverna na encosta de uma montanha emocional. Onde nada nem ninguém poderia encontrá-la. Ou feri-la.

Quando brincava de *Red Rover*, nunca desafiava ninguém. E as outras crianças, quando corriam em direção à linha adversária, aprenderam a nunca tentar separar Betsy Jameson da pessoa que estivesse segurando sua mão.

Mas naquele primeiro dia de aula, sentada de costas contra a parede, Betsy tinha visto uma garotinha loura, de pernas meio tortas, óculos enormes e grossos e um suéter quente demais para o dia, parada na entrada do pátio do recreio. A mãe dela estava inclinada, sussurrando alguma coisa. A menininha solene olhou para a mãe e assentiu; depois elas se beijaram.

Betsy não conseguia lembrar a última vez que alguém a havia beijado. Pelo menos não assim. Um beijo rápido, no rosto, suave. Gentil.

Então a menininha loura, que parecia tão frágil, atravessou o limiar, entrando no pátio e, inesperada e irrevogavelmente, no fundo da caverna. Onde Betsy Jameson guardava seu coração.

A partir daquele dia, Ellen e Betsy se tornaram quase inseparáveis. Ellen ensinou a Betsy que a bondade existia, e Betsy ensinou Ellen a chutar os agressores bem no meio das pernas.

Ellen e Betsy foram juntas para a universidade; Ellen estudou direito e ciência política e Betsy se graduou em literatura inglesa e virou professora.

Foi um feito que sua família não comemorou, mas àquela altura isso não importava mais. Betsy Jameson tinha deixado a caverna para trás e emergido em um mundo onde o perigo ainda espreitava, mas a bondade também.

Agora, no frio de março do aeroporto em Washington, lembrou-se do longo abraço de Ellen no saguão do consulado americano em Frankfurt e do sussurro:

– Cuidado.

Claro, naquela hora ela ainda não tinha aberto a carta. A que ainda estava no bolso de sua calça.

A que pedia para ela investigar Tim Beecham de forma discreta e sigilosa.

Ele era o diretor interino de Inteligência Nacional do presidente Williams. Tinha sido, pelo menos oficialmente, um importante conselheiro de segurança nacional na administração anterior. Mas o que ele de fato havia feito? Era isso que Ellen queria, precisava, saber. E rápido.

Superficialmente, o que Ellen tinha pedido para ela fazer era bem simples. Mas não era na superfície que elas estavam interessadas.

Betsy olhou o rapaz, que continuava estudando o mesmo jornal que tinha passado oito horas lendo no voo. Ela quase sentiu pena. Mas então decidiu que só ia deixá-lo sem graça, caso se aproximasse e oferecesse carona. Além disso, queria tempo para pensar, no caminho para o Departamento de Estado.

O próximo táxi era dela.

Enquanto o carro partia, Betsy viu o agente pular por cima das cordas e entrar em um transporte que já o esperava junto ao meio-fio, na zona vermelha. Em geral, os veículos não tinham permissão de esperar ali, a não ser que tivessem placas do governo.

Betsy se recostou e pensou no próximo passo.

– Você já comeu?
– Ainda não – respondeu Katherine.
– Vá pegar alguma coisa. Eu fico com ele – disse Ellen.

O voo para Islamabad estava programado para decolar em menos de uma hora. Ellen tinha conseguido a autorização com o presidente e seus colegas ministros do Exterior. Houvera alguma resistência, mas era óbvio que ainda que o Reino Unido, a França e a Alemanha tivessem sido os alvos dos atentados, os Estados Unidos ainda tinham a melhor chance de obter respostas dos paquistaneses.

Também foi decidido que, até terem decolado, ninguém mais, inclusive Islamabad, seria informado da chegada iminente da secretária de Estado americana.

A respiração de Gil mudou. Houve um leve gemido quando ele se remexeu na cama do hospital e começou a acordar. Ellen pegou a mão dele, sentindo-a ao mesmo tempo familiar e desconhecida. Fazia muito tempo que não a segurava.

Olhou o rosto bonito e machucado enquanto ele lutava para atravessar o pântano dos analgésicos.

Gil abriu os olhos, enxergou a mãe e sorriu. Depois a consciência completa chegou e o sorriso desapareceu.

– Como você está? – sussurrou ela, inclinando-se para beijar o rosto do filho. Mas ele recuou.

Foi sutil, mas perceptível o bastante.

– Bem. – As sobrancelhas dele baixaram quando a lembrança do acontecido voltou. – E os outros?

Dezessete pedestres feridos também estavam no hospital. A secretária Adams tinha falado com alguns, brevemente. Com os que estavam menos feridos. Os médicos a aconselharam a não incomodar os outros, muitos ainda sedados. Muitos lutando pela vida, com os familiares em vigília.

Em um instante, tudo tinha mudado enquanto essas pessoas caminhavam, andavam de carro, de bicicleta, em uma rua por onde passavam todo dia.

Tudo mudara em um piscar de olhos.

Membros perdidos. Cérebros danificados permanentemente. Cegos, mutilados, paralisados.

Cicatrizes visíveis e invisíveis foram criadas e jamais iriam desaparecer.

A porta do quarto se abriu e Charles Boynton apareceu.

– Querem falar com a senhora.

– Obrigada, Charles. Já vou, em um minuto.

Seu chefe de gabinete esperou um momento antes de sair.

Ellen se virou de volta para Gil.

– Estou indo para Islamabad.

– Os paquistaneses estão colaborando?

– É por isso que eu vou. Para garantir que colaborem. Suspeito que eles saibam exatamente onde Shah está.

– Eu também.

– Gil, preciso perguntar de novo. – Ela sustentou o olhar dele. – Precisamos saber quem é sua fonte.

Ele sorriu.

– E eu aqui, pensando que minha mãe estava me visitando para ver se eu estava bem. Não percebi que estava falando com a secretária de Estado.

Ellen conteve algumas respostas que surgiram já plenamente formadas e quase escaparam.

Era um golpe baixo, e Gil sabia.

– Não posso contar – disse ele com a voz mais suave. – Você sabe. Você comandou um império de mídia. Foi ao tribunal defender jornalistas que não queriam revelar suas fontes, e agora pede para eu revelar as minhas?

– Há vidas...

– Não me diga que há vidas em risco – disse ele rispidamente.

Havia algumas lembranças que viviam, eternamente jovens, na mente dele. Fotos, imagens que surgiam sem aviso em noites escuras e dias ensolarados. Quando estava andando, comendo, tomando banho. Nos momentos mais comuns, elas apareciam.

A decapitação de seu amigo, o jornalista francês. Os captores de Gil tinham garantido que ele visse e soubesse que era o próximo. Jean-Jacques tinha olhado direto para ele, sustentado seu olhar, enquanto a lâmina lhe chegava ao pescoço.

Havia a imagem da jovem negra no momento em que o caminhão, dirigido por um extremista de direita no Texas, atropelou a multidão de manifestantes pacíficos que ele estava cobrindo. O último instante da vida dela.

Havia outras, mas essas duas eram as visitas mais frequentes. Os hóspedes indesejados. Os fantasmas indesejados.

E agora mais uma imagem ocupou seu lugar ao lado dos outros horrores. As fileiras de passageiros no ônibus, os rostos erguidos, encarando-o. Com medo dele. Iam morrer, e ele não tinha como salvá-los.

– O único motivo pelo qual temos esperança de impedir mais mortes é que minha fonte confiou em mim – disse ele. – Isso vai acabar assim que eu lhe contar quem é. Não, Ellen. Não vou contar.

O uso do nome dela, em vez de "mamãe" ou mesmo "mãe", sempre a magoava. E ela suspeitava que fosse por isso que Gil o usava. Em parte para machucar, mas também como um alerta.

Pare aí mesmo.

Ainda assim, seu relacionamento com o filho era menos importante do que a vida de talvez dezenas de milhares de outros filhos e filhas. Mães e pais. Se aquilo despedaçasse sua família por completo, que assim fosse. Seria menos horrível do que a perda que muitas famílias tinham sofrido nas últimas horas.

– Precisamos de mais informações, e sua fonte deve ter. Ele não precisa saber que você contou.

– Está brincando? – Ele a encarou com raiva. – Ele vai saber quando for morto.

– Por quem?

– Shah e o pessoal dele.

– Ele trabalha para Shah?

– Olha, eu quero ajudar. Também quero encontrar o Shah. Impedi-lo. Mas não posso lhe dizer mais nada.

Ellen respirou fundo e tentou se acalmar.

Controlou-se.

– Você acha que sua fonte sabe o que Shah planejou?

– Eu perguntei, claro. Ele disse que não sabe.

– E você acredita?

O pai de Gil, Cal Bahar, tinha instilado no filho a convicção de que os jornalistas, os repórteres investigativos, os correspondentes de guerra, eram heróis. Formavam o Quarto Poder, pressionando a democracia.

Gil Bahar tinha sido criado sabendo que era isso que queria fazer, que era esse o seu destino. Não queria estar em um conflito; queria cobrir um conflito. Fosse no Afeganistão ou em Washington.

Testemunhar. Informar. Descobrir o porquê. E o como. E o quem.

Contar a verdade. Não importando quão feia fosse. Ou perigosa.

Sua mãe, por outro lado, sempre havia sido a empresária. A burocrata que comandava o império. A racional que jamais olhava para além dos números na planilha.

Às vezes seu pai a chamava de contadora de migalhas. Às vezes até com afeto. Ele gostava de migalhas, acrescentava, rindo.

Gil, o jornalista iniciante, podia enxergar a verdade por trás da brincadeira, mesmo quando criança.

Mas agora achava que alguma coisa talvez tivesse mudado. Ou seu pai tivesse se equivocado por todo aquele tempo e não conhecesse sua mãe tão bem quanto pensava, ou ela houvesse desenvolvido a capacidade de perguntar não somente o que as pessoas sabiam, mas também, mais importante, no que elas acreditavam.

E agora, finalmente, ela estava perguntando em que ele acreditava.

– Acho que talvez minha fonte saiba o que Shah planejou – disse Gil. – Mas só consegui arrancar o nome de Shah. Ele estava apavorado, e com motivo. Provavelmente está arrependido de já ter me contado esse tanto.

– Se ele não quer contar o plano de Shah, será que você pode ao menos tentar descobrir se a morte dos físicos encerrou a questão, ou se ela ainda está pendente?

Gill sentou-se na cama, fazendo uma leve careta, e encarou a mãe. A secretária de Estado.

– Você está rastreando minhas mensagens?

Ela hesitou.

– Não. Confio que você vá me revelar qualquer coisa importante que descobrir. Mas os outros...

Ele assentiu.

– Nesse caso, não posso contatar minha fonte – disse ele, alto, de um modo quase artificial, antes de baixar a voz a um sussurro. – Mas pode haver outro modo.

– Senhora secretária, precisam da senhora.

Ellen olhou para Boynton, ainda parado junto à porta, e imaginou o quanto ele teria escutado.

– O avião vai esperar – disse ela.

– Ana está aqui? – Gil olhou para a porta.

Por um momento, ele pareceu seu menininho outra vez. Com medo de fazer uma pergunta dolorosa, mas, como um bom jornalista em uma zona de conflito, decidindo que a necessidade de saber suplantava o medo.

– Não. Ela foi convidada, mas...

Ele assentiu. Já era verdade demais por enquanto.

– Senhora secretária – disse Boynton, agora com a voz tensa. – Não é o avião.

Assim que saiu da limusine diante do consulado americano em Frankfurt, Ellen foi recebida por um homem de meia-idade, o mesmo com quem tinha falado no local do atentado. O chefe do Serviço de Inteligência americano na Alemanha.

– Scott Cargill, senhora secretária.

– Sim, eu me lembro do senhor. – Ela se virou para a mulher ligeiramente mais nova que estava com ele, enquanto era guiada para dentro do prédio.

– Esta é Frau Fischer, da inteligência alemã – explicou ele enquanto guardas fuzileiros mantinham a porta aberta.

– Temos um suspeito – disse Fischer, num inglês excelente.

Os passos deles ecoavam no piso de mármore enquanto atravessavam o saguão até os elevadores, um dos quais estava aberto à sua espera.

– Preso? – perguntou Ellen.

– Ainda não – respondeu Frau Fischer enquanto as portas do elevador se fechavam. – Até o momento só temos uma imagem das câmeras de segurança no caminho e no interior do ônibus.

Ellen e Boynton foram levados até uma sala sem janelas que parecia um bunker. Ellen ficou surpresa ao ver que o ministro do Exterior alemão estava ali em pessoa, vindo de Berlim.

– Ellen – disse ele, e estendeu a mão.

– Heinrich.

Ele indicou uma cadeira giratória confortável.

– Você precisa ver o vídeo que nós encontramos.

Enquanto se sentava, ela deu um leve sorriso diante do "nós". Suspeitava que Heinrich von Baier tivesse tanto a ver com a descoberta quanto sua xícara de café.

Ele fez um sinal e um vídeo apareceu na tela na frente da sala.

Mostrava o ônibus 119 parando e um homem descendo. Em seguida, com um estalo, a imagem congelou.

– Isso aconteceu duas paradas antes da explosão – disse Scott Cargill.

– Nosso terrorista – disse Von Baier, e Ellen sorriu de novo, desta vez com o "nosso". Imaginou quanto tempo o senso de propriedade dele duraria, se estivessem equivocados.

Na tela, viu um rapaz magro usando jeans, jaqueta e, na cabeça, um *keffiyeh* xadrez. Ela se virou para Cargill.

– Como sabem que é ele? Isso me parece mais uma acusação baseada em raça.

– Sabemos por causa de duas outras evidências – respondeu Cargill. Apareceu um novo vídeo, dessa vez de dentro do ônibus.

E de novo eles congelaram a imagem na tela.

Ellen notou Gil, sentado parecendo bem à vontade perto do fundo do ônibus.

– Aquela é Nasrin Bukhari – disse Frau Fischer, apontando para a mulher atrás e à esquerda de Gil.

– A física.

– *Ja*, senhora secretária. A senhora reconhece o seu filho, claro. E aquele – ela apontou para um passageiro logo à frente da Dra. Bukhari – é o nosso suspeito. Veja o que acontece em seguida.

A gravação continuou e eles viram o homem se abaixar e sumir atrás da jovem sentada à sua frente. Em seguida ele se empertigou de novo, levantou e foi até a frente do ônibus. A imagem seguinte foi a que eles já tinham visto, feita enquanto ele saía.

A imagem congelou, e então Fischer deu um zoom até o rosto dele. Era moreno, estava barbeado e parecia olhar direto para a câmera de vigilância.

– Pelo padrão da explosão, sabemos que ela se originou no fundo e do lado esquerdo do ônibus – disse Fischer. – Bem onde ele estava sentado.

Ellen olhou para o rosto.

O que ele estaria pensando quando saiu do veículo? Quando deixou as pessoas? O que estivera pensando ali sentado, olhando as crianças agitadas nos bancos? Os adolescentes falando ao celular? Os trabalhadores exaustos indo para casa? Como tinha se sentido, sabendo...?

O que qualquer terrorista pensa, sente, sabendo que inocentes morreriam?

Ellen não era insensível ao fato, à verdade, de que militares americanos, recebendo ordens de seus líderes, tinham apertado botões que tiraram homens, mulheres e crianças inocentes deste mundo.

Ela se inclinou para a frente, olhando o rapaz.

– Por que ele está vivo?

– Bom, ele saiu do ônibus, senhora secretária – disse Von Baier.

– É, eu sei disso. Mas normalmente eles não são terroristas suicidas?

Houve silêncio enquanto a pergunta pairava no ar. Por fim, Cargill respondeu:

– Costuma ser assim, mas nem sempre.

– Quando é assim? – perguntou Ellen.

– Quando os envolvidos são radicais. Fanáticos religiosos – respondeu ele. – E quando seus treinadores, que os prepararam, querem ter certeza absoluta de que a bomba vai explodir.

– Quer dizer, quando é um dispositivo rudimentar? – perguntou Ellen, olhando os dois oficiais da inteligência. – Provavelmente feito em casa por amadores. Que poderia falhar, a não ser que fosse disparado manualmente.

– *Ja*.

– E quando não é assim? Quando eles simplesmente deixam a bomba, bem como ele fez? – Ela indicou o homem na tela.

Agora os dois oficiais estavam assentindo, pensando. Avaliando.

– É quando eles têm certeza do dispositivo – disse a alemã.

– E quando não são fanáticos – completou o americano.

– Continuem – pediu Ellen.

– Quando eles são valiosos demais para serem desperdiçados em um ato insensato de autodestruição.

– Ou quando ele decide que não quer morrer – disse Frau Fischer.

Todo mundo olhou para a tela, para o rosto. Do assassino. Que ainda estava livre. E solto.

– Vamos levar isso à rede de inteligência internacional – disse o ministro do Exterior alemão. – Se ele foi recrutado e treinado, deve estar no banco de dados.

– Mas o reconhecimento facial não o identificou – observou Ellen.

– É. É verdade – disse Cargill. – Talvez o tenham mantido à parte. Vamos alertar os aeroportos e estações de trem. Os terminais de ônibus e as locadoras de automóveis.

– E colocar nas redes sociais e demais veículos – disse Frau Fischer. – Mesmo se não conseguirmos identificá-lo, essa divulgação vai atrapalhar os movimentos dele. Alguém pode vê-lo e denunciar.

Cargill sinalizou para um agente, que saiu depressa da sala.

– Há outra coisa que é um pouco, hã...

Ellen e Von Baier esperaram enquanto o homem da inteligência americana procurava a palavra certa.

– ... incomum.

– Que ótimo – murmurou Ellen enquanto ao seu lado o digno Von Baier murmurava:

– *Scheiße*.

– Mais do que um pouco – acrescentou Fischer. – Olhem.

Ela apontou para a tela, para a imagem que estavam observando fazia alguns minutos.

– O que é? – perguntou Ellen.

– Sem chapéu.

Ellen olhou para a alemã, depois para Von Baier, que parecia tão perplexo quanto ela. Aquela mulher não podia estar preocupada com o terrorista pegar um resfriado na gélida Frankfurt do início de março por não usar...

E então entendeu, no mesmo momento que Von Baier. As sobrancelhas dele se arquearam e os olhos azuis se arregalaram.

– Ele não está tentando se esconder – disse Ellen.

– Exato – concordou Fischer. – Ele praticamente parou para podermos dar uma boa olhada.

Ellen ficou em silêncio, olhando aquele rosto. Dando uma boa olhada. Seria sua imaginação? Haveria tristeza naqueles olhos? Até mesmo um pedido? De compreensão? De ajuda? Certamente não. Ninguém disparava uma bomba matando tantos inocentes esperando compreensão.

– Alguma teoria? – perguntou Von Baier.

– Isso talvez seja uma coisa boa – disse Cargill. – Ele pode ser presunçoso. Confiante demais. Ou não acredita que vamos descobrir que foi ele quem pôs a bomba e quer que a gente saiba.

– Por quê? – perguntou Von Baier.

– Bom, é isso que não sabemos – admitiu Cargill. – Ego? Arrogância?

– Olhem a expressão dele – disse Ellen. Será que ela era a única que via? – Ele está lamentando.

– Ah, por favor. A senhora não pode acreditar nisso – disse Von Baier. – Ele vai assassinar civis inocentes. Não lamenta nada.

Ellen olhou para Cargill, que obviamente concordava com o ministro alemão. Então se virou para Frau Fischer, que estava olhando o rosto do terrorista muito compenetrada.

Então ela encarou Ellen, balançando a cabeça.

– Acho que ele está com medo – disse Frau Fischer.

Ellen examinou o rosto do jovem outra vez e assentiu.

– Acho que você tem razão.

– Claro que ele está com medo – disse Von Baier. – De ser explodido por sua própria bomba e encontrar um Criador que na verdade não está muito feliz com o que ele fez.

– Não, é outra coisa – insistiu Ellen; então veio a compreensão. – Não era para ele sobreviver.

– Talvez por isso o treinador dele não o tenha orientado para esconder sua identidade – disse Frau Fischer. – Porque não faria diferença.

A mente de Ellen disparou.

– Precisamos impedir a divulgação da foto dele.

– Por quê? – perguntou Cargill. E uma fração de segundo depois entendeu. – Ah, merda.

Se era para ele estar morto, era melhor que seus treinadores acreditassem que isso havia acontecido.

– *Verdammt* – disse Fischer rispidamente. – Precisamos encontrá-lo. Depressa. Antes deles.

Cargill estava gritando ao telefone:

– Ache o Thompson. Diga para ele parar. Não colocar a foto do suspeito... – Ele se sentou pesadamente. – Está bem. Então limite a liberação. – Ele desligou. – Tarde demais. Já saiu. Mas talvez possamos impedir algumas publicações.

– *Nein* – disse Frau Fischer. – O dano está feito. Precisamos usá-lo a nosso favor, se pudermos. Espalhar o máximo possível. Alguém o reconhecerá. Vou contatar os chefes de Inteligência de outros países, para o caso de ele ter atravessado alguma fronteira. – Ela foi para a porta. – Vamos encontrá-lo.

Ellen fez menção de se levantar.

– Se já terminamos, preciso ligar para o presidente e informar a ele, depois pegar o meu avião...

– Há outro vídeo que gostaríamos que você visse, Ellen – disse Heinrich von Baier.

Ela se sentou de novo e olhou para a tela enquanto o interior do ônibus aparecia outra vez.

O terrorista já havia saído. Seu lugar estava vazio. Ellen viu Gil atender ao telefone, escutar, depois se levantar e começar a gritar.

Assistiu, fechando os punhos, enquanto Gil tentava desesperadamente parar o ônibus. Tirar as pessoas de lá. Ele quase chorava de pânico e frustração. Agarrando pessoas, tentando puxá-las dos assentos. Incluindo Nasrin Bukhari, que bateu nele com uma bolsa.

Ellen ficou olhando, cada músculo do corpo tenso, enquanto o ônibus finalmente parava. O motorista se levantou e jogou Gil para fora.

O vídeo mudou e eles tiveram uma visão da rua, Gil caindo com força na calçada e o ônibus indo embora.

Ellen se inclinou para a frente, agora com a mão apertando a boca, enquanto seu filho se levantava e corria atrás do veículo. Não havia som, mas era evidente que ele estava gritando. Berrando. Então ele parou, virou-se e tentou tirar as pessoas da calçada.

E em seguida a explosão.

Ela fechou os olhos.

– Senhora secretária. – Heinrich von Baier tinha se levantado e então se voltou para ela. Estava com o rosto sério, de um jeito formal. – Eu lhe devo um pedido de desculpas. Errei ao sugerir que seu filho pudesse estar envolvido. Ele fez todo o possível para salvar vidas e teria morrido se o motorista não o tivesse posto para fora.

Ele baixou a cabeça em uma breve reverência, admitindo o erro.

E, em particular, Ellen reconheceu o dela, ao subestimar a integridade de Von Baier. Ele também assumia seus erros.

– *Danke*. – Ellen se levantou e estendeu as mãos para o diplomata. Ele as segurou e apertou gentilmente. – Foi um erro natural. Um erro que eu provavelmente também cometeria.

– Obrigado – disse ele, embora os dois suspeitassem que aquilo não fosse verdade.

Von Baier baixou a voz e disse a Ellen:

– Boa sorte em Islamabad. Tenha cuidado. Shah vai estar observando.

– É. – Ela se virou para Boynton, que estivera sentado em silêncio observando tudo. – Vou ligar do *Força Aérea Três* para o presidente.

– Ainda tem a sua reunião.

– A reunião da qual você estava falando não era essa?

– Não, senhora secretária. Tem outra.

CAPÍTULO 15

– Você precisa repetir, por favor – disse Ellen.

Boynton a havia levado para outra sala escura, sem janelas nem identificação. Ficava no porão inferior. Tinham precisado passar por várias verificações de segurança e portas reforçadas.

Assim que entraram, um técnico digitou em um teclado e disse:

– Poderia digitar seu código de segurança, por favor, senhora secretária?

– Meu chefe de gabinete pode usar o dele, não?

– Infelizmente, não. Isso precisa de uma autorização mais alta.

Sem saber o que era "isso", Ellen digitou a série de números e aguardou. Um grande monitor foi ligado e nele apareceu Tim Beecham, o diretor de Inteligência Nacional.

Depois dos cumprimentos formais e sem qualquer simpatia, Beecham começou a explicar o assunto, mas, quando ficou claro do que se tratava aquela reunião, Ellen o interrompeu e se virou para Charles Boynton.

– Traga Scott Cargill aqui, por favor. Ele precisa ouvir isso.

– Senhora secretária, quanto menos... – começou Beecham, mas ela o calou com um olhar.

– Sim, claro – disse Boynton, voltando alguns minutos depois com Cargill, que ocupou uma cadeira ao lado dela.

Não havia necessidade de apresentações. O DIN conhecia bem o chefe do posto da CIA na Alemanha.

– Alguma notícia? – sussurrou ela, e Cargill balançou a cabeça.

A pedido de Ellen, Tim Beecham repetiu o que tinha dito antes.

– Analisamos a mensagem que chegou para a Srta. Dahir. A que ela diz que apagou.

A escolha das palavras não passou despercebida para Ellen.

– Bom, ela deve ter apagado, se vocês a encontraram na pasta da lixeira. Foi lá que acharam?

– Sim.

– E devia ter um identificador cronológico, mostrando quando ela foi apagada, não é?

– Sim.

– E o identificador bate com a sequência de fatos que ela explicou?

– Sim.

– Então Anahita Dahir está dizendo a verdade.

É melhor estabelecer os fatos e a autoridade logo, pensou Ellen. *E sem ambiguidade.*

Não gostava daquele homem astuto e suspeitava que o general Whitehead sentisse a mesma coisa. E agora, olhando Beecham se ajeitar na cadeira, Ellen pensou em Betsy e no pedido que tinha feito para a amiga descobrir mais sobre o DIN.

Não tinha notícias desde a breve mensagem de Betsy dizendo que havia chegado em Washington e estava indo para o Departamento de Estado.

– Então, quais são as novidades, Tim?

– Descobrimos a origem da mensagem.

– É mesmo? – Ela se inclinou para tão perto do monitor que até sentiu o calor dele. – De onde?

– Do Irã.

Ellen se recostou na cadeira como se tivesse sido escaldada, e respirou fundo, depois exalou lentamente. A seu lado, escutou Cargill dizendo:

– Hã. – Era o som fraco que uma pessoa fazia quando levava um soco no plexo solar.

Irã. Irã.

Sua mente começou a trabalhar freneticamente. Irã.

Se Shah estava vendendo segredos e físicos nucleares, o Irã ia querer impedir. O Irã tinha seu próprio programa nuclear, e o negava publicamente ao mesmo tempo que garantia que todos os poderes da região e para além dela soubessem.

Ellen ligou os pontos. A trilha sangrenta de explosões e assassinatos no Oriente Médio – tudo para impedir que qualquer outro país na região alcançasse capacidade nuclear.

– O Irã sem dúvida ia querer impedir que os físicos de Shah chegassem ao destino – disse ela.

– Verdade – concordou Beecham. – Só que...

– Quem mandou a mensagem para a sua funcionária não plantou as bombas – disse Cargill. – A pessoa tentou impedir os assassinatos.

Os olhos de Ellen se arregalaram ainda mais. Era isso mesmo. Olhou para o monitor. Apesar de parecer ainda mais irritado, desta vez por ter perdido sua grande revelação para Cargill, Beecham também parecia perturbado.

– É isso que não entendemos – disse Beecham. – Por que os iranianos tentariam impedir os atentados? Por que desejariam salvar aqueles físicos? Consideramos a possibilidade de eles terem comprado os cientistas do Dr. Shah, mas no fim descartamos.

– O governo iraniano não confiaria em paquistaneses de jeito nenhum, quanto mais contratá-los – concordou Cargill. – E sem dúvida eles não negociariam com Bashir Shah. Está envolvido demais com os sauditas e outros países árabes sunitas.

– E ele não negociaria com o Irã, não é? – perguntou Ellen.

– É improvável – disse Beecham. – Além disso, o Irã tem físicos nucleares habilidosos e o seu próprio programa estabelecido. Não, isso não faz sentido.

– E em que pé nós ficamos? – perguntou Ellen.

Nada.

– Temos absoluta certeza de que a mensagem veio do Irã? As mensagens não podem ser redirecionadas? Mandadas por diferentes torres e provedores de IP? Sem dúvida quem está por trás dos atentados é sofisticado o bastante para ocultar sua localização. – Ela fez uma pausa. – Que droga. Não paro de cometer o mesmo erro. Simplesmente faz muito mais sentido que o Irã esteja por trás dos atentados. E não que tenha tentado impedi-los.

– A mensagem sem dúvida veio do Irã – confirmou Beecham. – Mas parece mesmo haver alguma urgência por trás, ou eles teriam se esforçado mais para disfarçar sua origem. E há uma outra coisa.

Ele estava com uma expressão presunçosa, e Ellen sentiu um calafrio na espinha. Como se uma enorme aranha estivesse subindo por ela.

– Diga.

– Nós sabemos de onde a mensagem veio.

– É, você disse. Do Irã.

– Não, ainda mais precisamente. Nós a rastreamos até um computador em Teerã, de um tal de... – ele verificou suas anotações –... professor Behnam Ahmadi.

– Está brincando – disse Cargill. Mas era só uma figura de linguagem. Ele sabia, todos sabiam, que o diretor de Inteligência Nacional estava falando muito sério.

– Você o conhece? – perguntou Ellen a Cargill.

Ele assentiu, organizando as ideias.

– É um físico nuclear.

– É possível que ele conhecesse essas pessoas e quisesse salvá-las? – perguntou ela.

– É possível – respondeu Beecham –, mas improvável.

– Por quê?

– O Dr. Ahmadi é um dos arquitetos do programa nuclear iraniano – esclareceu Cargill. – Pelo menos é o que nós acreditamos. É difícil conseguir informações exatas sobre um programa de armas que eles negam possuir.

– Nós sabemos que o programa existe, o que não sabemos é se já conseguiram desenvolver uma bomba – disse Beecham.

– E o que isso significa? – Ellen olhou de um para o outro, examinando seus rostos. – Por que o Dr. Ahmadi tentaria impedir o assassinato daqueles físicos?

– Consideramos a possibilidade de ele ser um agente estrangeiro empregado por outro país – disse Beecham. – Pelos sauditas, por exemplo, desesperados para desenvolver um programa de armas nucleares. Eles pagariam bem. Ou até os israelenses. Eles mataram cientistas iranianos que trabalhavam no programa nuclear do Irã.

– Mas o Dr. Ahmadi jamais trabalharia para os israelenses, trabalharia? – perguntou Ellen.

– Depende do valor que pagariam e do grau de desespero dele. Não podemos descartar nada.

Cargill estava balançando a cabeça.

– Não acredito nisso. Ahmadi nunca colaboraria com outro país.

– Por quê? Que tipo de homem ele é, esse professor Ahmadi? – perguntou Ellen.

– A senhora lembra quando a embaixada americana em Teerã foi ocupada por estudantes e os americanos foram feitos reféns? – perguntou Beecham. – Em 1979.

Ellen o encarou irritada.

– É, acho que alguém mencionou isso.

– Bom, Behnam Ahmadi era um dos estudantes. Temos fotos dele apontando uma arma para a cabeça de um diplomata americano.

– Eu gostaria de ver.

– Vou mandá-las para a senhora – disse Beecham. – Behnam Ahmadi é um verdadeiro fiel. Seguidor de Khomeini e devoto do clérigo linha-dura Mohammad Yazdi.

– Mas os dois estão mortos – observou Ellen.

– Verdade, mas isso prova as lealdades e crenças do Dr. Ahmadi – insistiu Beecham. – Agora ele é claramente alinhado ao grão-aiatolá, Khosravi.

– Khosravi não emitiu uma *fatwa* contra todo e qualquer programa de armas nucleares? – perguntou Ellen. Ficou satisfeita ao ver a surpresa de Beecham por ela saber tanto.

– Sim – respondeu Cargill. – Mas não acreditamos em sua validade. Enquanto o Irã integrava o Plano de Ação Conjunto Global e permitia a visita de inspetores da ONU, tínhamos quase certeza de que o programa deles havia parado. Mas desde que o governo Dunn jogou isso fora...

– O Irã ficou livre para seguir em frente – disse Ellen.

– Passou a ser muito mais difícil verificar qualquer coisa – disse Beecham.

Assim, a questão perdurava.

– Por que um iraniano linha-dura tentaria salvar três físicos nucleares paquistaneses cujo trabalho poderia prejudicar seu país? – perguntou Ellen.

Houve silêncio. Obviamente eles não faziam ideia. Por um momento, ela achou que o monitor havia até congelado.

– Há mais uma informação importante, senhora secretária – disse afinal o DIN. – Talvez a senhora não goste.

– Nas últimas 24 horas não houve praticamente nada de que eu gostasse. Vamos lá, Tim.

– Depois de a senhora sair de Washington e levar a funcionária do SRE, nós fizemos uma investigação profunda sobre o passado de Anahita Dahir.

A aranha havia subido até a nuca de Ellen.

– Ela contou que seus pais são libaneses e vieram como refugiados, e que deixaram Beirute durante a guerra civil. Nós verificamos, e é isso que diz no pedido de status de refugiados.

Mas..., pensou Ellen. *Mas...*

– Mas na época, durante a guerra, não havia como verificar mais a fundo. Agora podemos. Então verificamos. A mãe da Srta. Dahir é uma cristã maronita de Beirute. Professora de história.

Mas..., pensou Ellen. *Mas...*

– Mas o pai não é libanês – disse Beecham. – É um economista. Veio do Irã.

– Vocês têm certeza?

– Eu não estaria dizendo se não tivéssemos.

E Ellen achou que provavelmente era verdade.

– É a funcionária que está viajando com a senhora? – perguntou Cargill. – Quanto acesso ela recebeu?

Ellen se virou para Charles Boynton, que estivera em silêncio e praticamente invisível durante a reunião. Notou que ele possuía aquela rara habilidade de desaparecer, mesmo ainda estando presente. Não era uma grande vantagem em situações sociais, mas era uma vantagem tremenda se esperasse minerar segredos do Departamento de Estado.

– A funcionária não tem autorização de segurança nem senhas de acesso – disse Boynton.

– Mas tem ouvidos e cérebro – disse Ellen. – Ela conseguiu entrar na minha reunião ontem. Encontre-a. Traga-a aqui.

Quando Boynton saiu, Ellen se virou de novo para a tela, a tempo de ver uma assessora murmurando para Beecham e lhe mostrando algo. Beecham tinha posto seu monitor no mudo, mas dava para ver que ele estava ao mesmo tempo intrigado e aborrecido.

Ele se virou de volta e liberou o som outra vez.

– Quando vocês planejavam me dizer que têm um suspeito para o atentado em Frankfurt?

– Eu já ia fazer isso.

– Bom, agora não precisa mais. Uma assessora júnior acaba de me contar. Viu na CNN. – O rosto dele estava quase roxo.

– Poderia nos dar licença, por favor? – pediu Ellen a Cargill, sabendo que a coisa ia ficar feia.

Quando ele saiu, Tim Beecham partiu para cima dela.

– Você sabe que o presidente também está sabendo disso pela televisão, e não por nós.

– Chega, Tim. – Ellen levantou a mão. – Entendo sua frustração, mas o fato é que nós também só descobrimos isso agora e eu vim direto para cá. Você não me deu chance de dizer nada.

Ellen sabia que provavelmente estava sendo injusta, mas a verdade era que não tinha pressa de contar nada àquele homem.

Para o caso... Para o caso de o DIN ser o bicho-papão.

De novo imaginou como Betsy estaria se saindo e se teria sido um erro mandar uma professora aposentada escavar informações sobre um possível traidor.

Também se perguntou por que ainda não tinha recebido notícias dela. Mas o fato era que seu celular estava nas mãos do agente da Segurança Diplomática, do lado de fora. Betsy podia ter tentado.

– Conte agora, então – disse Tim Beecham rispidamente.

Ellen contou, e terminou dizendo:

– Agora consideramos que ele deveria ter sido um terrorista suicida. Londres e Paris reexaminaram as gravações. Eles acham que identificaram os terroristas a partir de câmeras dentro dos ônibus. Os dois morreram nas explosões.

– E por que esse não morreu?

– Achamos que ele desobedeceu às ordens.

– O que o torna extremamente valioso para nós – disse Beecham. – E extremamente perigoso para quem planejou isso tudo.

– É.

Ellen ficou olhando um assessor sênior entregar um papel a Tim Beecham, que leu, com um rápido olhar de genuína perplexidade cruzando seu rosto.

– Descobrimos mais uma coisa sobre sua funcionária e a família dela.

– Ele bateu no papel. – Quando o pai dela chegou em Beirute vindo do Irã, depois da revolução, mudou o sobrenome para Dahir. Antes disso era Ahmadi.

Foi a vez de Ellen congelar.

– Ahmadi? Como Behnam Ahmadi?

– É irmão dele.

O tio de Anahita Dahir comandava o programa de armas iraniano.

CAPÍTULO 16

– Scott?

Cargill tirou os olhos das mensagens que chegavam aos montes. Estava ficando cada vez mais difícil administrar o fluxo de informações. Separar o importante do trivial. Os fatos dos informes falsos.

O terrorista tinha sido avistado por toda a Europa, até na Rússia.

– Sim? O que é?

– Bad Kötzting.

– Tem certeza?

– Absoluta. É lá que ele vive. A polícia local o reconheceu. Mandou o documento de identidade.

Ela o mostrou ao chefe do posto.

E ali estava. Aram Wani. Idade: 27 anos. E seu endereço na pequena cidade da Baviera.

– Ele tem esposa e filha.

– Ele está lá agora?

– Não sabemos. Pedi que *Spezialeinsatzkommandos* fossem enviados à casa dele. Estão partindo de Nuremberg, ainda vai demorar um tempo. Enquanto isso, instruí a polícia local a mandar alguém verificar discretamente.

– Ótimo. Precisamos estar lá também.

– Tenho um helicóptero esperando.

– Ja?

A jovem abriu uma fresta da porta.

– Frau Wani?
– *Ja.*
Ela estava com uma criança no colo e parecia apreensiva, mas não com medo.

A policial usava roupas civis e tinha idade para ser mãe de Frau Wani. Quase avó.

– Ah, bom. Espero que a senhora não se incomode por eu ter vindo sem telefonar antes.

– Não, mas quem é a senhora?

– Meu nome é Naomi. Dia frio. – A policial encolheu os ombros e apertou os cotovelos contra o corpo, indicando frio. A porta se abriu mais e ela foi convidada a entrar. – *Danke.*

– *Bitte.*

– Na verdade, o pior é a umidade, não é?

Naomi deu um sorriso caloroso e olhou em volta. A casa era pequena, imaculada. A criança, uma menina de 18 meses, era quase impossivelmente linda, com a pele de um marrom-claro e os olhos azuis de uma criança com mãe alemã e pai iraniano.

A policial sabia, pela pesquisa que fizera antes de estar ali, que Frau Wani tinha nascido e sido criada na Alemanha, e que era de família europeia.

– Seu marido não lhe contou?

– Não.

A policial balançou a cabeça, como se dissesse: *Homens.*

– Como você sabe, foi criada uma loteria regional para oferecer nacionalidade rápida para imigrantes. Já que seu marido se casou com uma alemã – ela deu um sorriso ainda mais caloroso – e tem uma filha, o nome dele apareceu como possível candidato. – Ela fez uma pausa e pareceu preocupada. – Ele é Aram Wani, não é?

– Ah, sim. – O rosto de Frau Wani se abriu em um sorriso enorme. – Nunca ouvi falar dessa loteria. Mas é de verdade?

– É. Mas preciso fazer umas perguntas a ele. Ele está em casa?

ARAM WANI ESTAVA LARGADO no fundo do ônibus.

Se enxergava alguma ironia nisso, não demonstrava. Na verdade, não demonstrava nada. Porque, se deixasse alguma coisa escapar, entraria em combustão espontânea.

Precisava ir para casa. Para a sua família. Tirá-las de lá. Atravessar a fronteira para a República Tcheca. Planejara fazer isso antes que alguém descobrisse que ele estava vivo, mas na estação rodoviária viu seu rosto em todas as telas.

Eles sabiam. A polícia, sim, mas também Shah e os russos.

Tinha pensado em se entregar. Assim teria pelo menos uma chance de sobrevivência. Mas não havia tempo. Primeiro precisava chegar até elas.

Betsy Jameson caminhava pela Alameda de Mogno levando uma sacola com um sanduíche de salada de frango. Era um adereço, para passar uma impressão de normalidade.

Alguns funcionários a cumprimentaram e perguntaram se tinha alguma notícia da secretária Adams. E o que ela estava fazendo ali de volta.

– A secretária pediu que eu ficasse aqui, para o caso de surgir alguma coisa – respondeu ela.

Felizmente as pessoas no Departamento de Estado estavam ocupadas demais para se incomodar com respostas vagas. E a maioria tinha noção de que não deveria fazer perguntas demais.

O lugar estava em polvorosa. A notícia da fotografia do terrorista tinha percorrido as salas, trazendo a esperança de fazerem rápidos avanços.

O Departamento de Estado em Washington estava acostumado com crises. Sempre havia pelo menos um lugar no mundo onde alguma merda tinha acontecido e exigia resposta. Mas aquilo era diferente. Não apenas porque os ataques terroristas tinham sido tão bem-sucedidos, mas porque ninguém naquele prédio, ninguém na comunidade de inteligência em todo o mundo, tinha ouvido ao menos um alerta sussurrado.

Nada.

E se não tinham ouvido nada sobre aqueles ataques, o que mais estava para acontecer? Era com esse pesadelo que aquelas pessoas viviam.

O Sistema de Alerta de Terrorismo Interno tinha divulgado um aviso, alertando os cidadãos de que outro ataque, desta vez em solo americano, poderia ser iminente.

Em cada sala, em cada andar, homens e mulheres do Departamento de Estado contatavam colegas e informantes. Garimpando informações. Cavando bem fundo. E quando surgia uma pepita, tentavam separar o ouro do ouro de tolo.

Usando seu crachá, Betsy ouviu as trancas da porta grossa do escritório da secretária de Estado estalando e a passagem se abrir ligeiramente. Mas antes mesmo de entrar, escutou alguém chamando:

– Sra. Jameson.

Virou-se e viu uma mulher se aproximar, usando o uniforme verde-escuro e a insígnia de capitão dos Rangers do Exército. Forças Especiais.

– Sim?

– O general Whitehead ouviu dizer que a senhora tinha voltado e me mandou aqui. Ele diz que, se a senhora precisar de alguma coisa, deve ligar para mim. Meu nome é Denise Phelan. – Betsy sentiu algo sendo colocado no bolso de seu paletó. – Não hesite.

Então a capitã Phelan deu um sorriso cativante e voltou na direção dos elevadores, e Betsy ficou imaginando por que precisaria da ajuda de uma Ranger do Exército.

Assim que entrou no escritório de Ellen, foi recebida pelos homens e mulheres que auxiliavam a secretária. Todos sabiam que ela era conselheira de Ellen Adams. Uma posição honorária, acreditavam. Estava ali para dar apoio moral à secretária de Estado, não para fazer qualquer trabalho sério.

Eram corteses, amistosos e vagamente desdenhosos.

De sua parte, Betsy conversou amenidades, chegou a se empoleirar no canto de uma mesa. Aparentemente se acomodando para um longo bate-papo.

Depois de décadas dando aulas no ensino médio, Betsy Jameson tinha se tornado fluente em linguagem corporal. Sobretudo a de pessoas que tinham perdido inteiramente o interesse no que estava dizendo.

Quando teve quase certeza de que havia entediado todo mundo, entrou na sala particular de Ellen e fechou a porta, sabendo que as pessoas lá fora prefeririam morrer a se arriscar a ter mais conversinhas idiotas com alguém que nitidamente não percebia que estavam no meio de uma crise.

Betsy Jameson tinha certeza de que não seria incomodada.

Sentou-se no pequeno sofá da sala de Ellen, tirou o sanduíche da sacola e o colocou em cima de alguns papéis. Em seguida, abriu o *Candy Crush* no celular e, depois de jogar uma partida e meia, desligou o modo de proteção de tela, para que ela continuasse mostrando o jogo.

Qualquer um que entrasse ia vê-la ao celular e pensaria que Betsy não tinha nada melhor para fazer do que jogar e comer. Certamente jamais suspeitariam que ela estava juntando informações sobre o diretor de Inteligência Nacional.

Então atravessou a porta que dava na sala de Charles Boynton. Ligou o computador dele e inseriu a senha. Se alguém rastreasse o que ela estava fazendo, a culpa cairia no fuinha do Boynton. Não nela. Não em Ellen.

Enquanto se acomodava na cadeira, sentiu algo duro e retangular no bolso.

Mesmo antes de tirar, Betsy soube o que era. Um celular. Pré-pago. Enfiado no seu paletó pela capitã Phelan.

Ao ligá-lo, viu que estava totalmente carregado, com um único número na lista de contatos. Depois de guardá-lo de novo no bolso, olhou para a tela de Boynton. Respirou fundo e começou a trabalhar.

Quem subestimava os professores fazia isso por sua conta e risco.

– Está bem, seu merdinha – murmurou, digitando. – Vou pegar você.

Apertou o Enter e abriu os arquivos confidenciais sobre Timothy T. Beecham.

Anahita ocupou a cadeira indicada para ela na sala parecida com um bunker dentro do consulado em Frankfurt.

Charles Boynton tinha se juntado a ela e à secretária Adams. Tim Beecham, o DIN, e os dois militares que a haviam interrogado estavam na tela, em Washington.

O militar mais velho começou a falar, mas foi silenciado, educada e firmemente, pela secretária de Estado.

– Se não se importa, eu vou conduzir esta entrevista. Se, quando eu tiver terminado, vocês tiverem perguntas, poderão fazê-las, é claro.

Ela havia deliberadamente chamado aquilo de entrevista e não de interrogatório. Queria deixar Anahita Dahir à vontade. E podia ver que isso estava dando certo.

A funcionária já parecia menos estressada, vendo que a secretária Adams, e não os outros, faria as perguntas.

Ela pensa que sou sua amiga. Está enganada.

Anahita forçou o rosto a relaxar. Forçou o corpo a relaxar.

Apenas o suficiente para dar a impressão de que tinha sido convencida. Mas não tinha.

Suas defesas estavam erguidas como sempre. Mas Anahita suspeitava que elas não estivessem altas o suficiente. E que já fosse tarde demais.

Eles sabiam.

O que Anahita não sabia era quanto haviam descoberto. Eles tinham vencido suas defesas, isso era óbvio, mas até que ponto teriam invadido sua vida?

A mão de Betsy pairou dois centímetros acima do teclado de Boynton.

Tinha ouvido alguma coisa. Havia alguém na antessala.

Olhou para a porta. Estava fechada, mas não trancada.

Xingando-se, percebeu que não tinha tempo para desconectar e desligar o computador. Levando a mão atrás, pegou o fio elétrico e o arrancou da parede.

Não esperou para ver a tela apagar. Pegou suas anotações e atravessou a porta correndo, entrando na sala de Ellen e chegando ao sofá no instante em que Barb Stenhauser apareceu.

A chefe de gabinete da Casa Branca parou subitamente e olhou para Betsy.

– Sra. Jameson, achei que estivesse em Frankfurt, com a secretária Adams.

– Ah, olá. – Betsy pousou seu sanduíche no colo. – Eu estava, mas...

– Mas...?

Mas o quê? O quê? Betsy revirou o cérebro. Não tinha esperado dar de cara com Barb Stenhauser. Era extremamente incomum que a chefe de gabinete da Casa Branca fosse ao Foggy Bottom.

Stenhauser estava esperando.

– Bom, isso é constrangedor...

Pelo amor de Deus, Betsy implorou ao cérebro. *Você só está piorando tudo. O que poderia ser constrangedor? Pense em alguma coisa.*

– Nós brigamos – deixou escapar.

– Ah, que pena. Deve ter sido feio. Por quê?

Ah, pelo amor de Deus, pensou Betsy. *Por que foi???*

– O filho dela, Gil.

– Verdade? O que tem ele?

Seria a mente febril de Betsy ou o tom de Stenhauser tinha mudado? De uma leve surpresa para uma suspeita crescente.

– Perdão?

– A briga. Por que foi?

– Bom, isso é pessoal.

– Mesmo assim – disse a chefe de gabinete, dando mais um passo para dentro da sala –, eu gostaria de saber. Pode confiar em mim.

– Acho que a senhora pode adivinhar – respondeu Betsy. *Por favor. Por favor, adivinhe.*

Barb Stenhauser a encarou e Betsy percebeu, com algum espanto, que ela estava mesmo tentando adivinhar. A chefe de gabinete da Casa Branca jamais desejava parecer ignorante. Sua vantagem era saber de tudo. Seu calcanhar de aquiles era não poder admitir quando não sabia.

– O sequestro – disse Stenhauser, com tanta autoridade que até Betsy acreditou por um momento.

Na verdade, Barb Stenhauser tinha mencionado a *única* coisa que poderia abalar a amizade de Betsy com Ellen.

O sequestro de Gil Bahar, três anos antes.

E então Betsy descobriu a única coisa que Stenhauser realmente sempre queria ouvir. As palavras que soltavam a flecha. A única coisa capaz de derrubar a chefe de gabinete da Casa Branca.

– A senhora acertou.

Betsy viu Stenhauser relaxar. Como um viciado recebendo uma dose.

Ela tinha errado, é claro, mas agora Betsy tinha o caminho aberto.

– Eu disse a Ellen que achava que o então senador Williams estava certo em não negociar a libertação de Gil.

– Verdade? – Stenhauser deu um passo mais para perto de Betsy e olhou para o *Candy Crush* no celular. Betsy apagou a tela depressa, aparentemente sem graça. – A senhora concordou com o senador?

– Concordei. Achei a posição dele corajosa.

– A ideia foi minha, sabia?

– Ahhh, eu devia ter adivinhado. – Para sua surpresa, Betsy conseguiu conter sua repulsa.

Aquelas longas semanas em que Gil estava desaparecido no Afeganistão. Depois aquela foto. Ele imundo, desgrenhado. Cabelo e barba embolados. Quase irreconhecível, a não ser para uma mãe. E uma madrinha.

Aqueles olhos assombrados. Quase vazios.

O brilhante, vibrante e perturbado Gil. De joelhos, com dois soldados talibãs pashtuns parados atrás dele, com fuzis AK-47 atravessados diante do peito, como se ele fosse um cervo e os homens, os caçadores.

– A princípio, o senador Williams queria negociar, mas eu argumentei que uma candidatura bem-sucedida à Casa Branca dependia de mostrarmos força e resolução.

Betsy forçou um leve sorriso, tentando manter o foco no objetivo final e não naquela bosta.

– Foi inteligente.

Tinha sido um pesadelo.

Toda noite, nos noticiários, nos canais de Ellen, havia imagens das decapitações. E fotos de Gil Bahar, o célebre jornalista. O único refém americano e, por conta disso, um prêmio valioso.

A morte dele era uma ameaça diária.

Ellen tinha implorado, literalmente ficado de joelhos e implorado que o senador Williams usasse seus canais secretos para libertá-lo. Oficialmente, os Estados Unidos não podiam ser vistos negociando com terroristas, e sem dúvida não com os pashtuns, o braço mais brutal do Talibã. Mas, nos bastidores, isso acontecia o tempo todo.

Às vezes até com sucesso.

Dessa vez, no entanto, a despeito da humilhação de Ellen, o então senador Williams, chefe do Comitê de Inteligência do Senado, se recusou.

Ellen jamais se recuperou por completo do terror daquela época. E jamais o perdoou. Jamais perdoaria.

Betsy Jameson também não.

E Doug Williams jamais perdoaria Ellen Adams pela campanha implacável em seu império de mídia para impedir que ele obtivesse a indicação do partido.

– Na época, eu concordei quando Ellen chamou o senador Williams de maníaco arrogante com sede de poder.

Ellen tinha partido para cima dele com todos os recursos que possuía, decidida a realizar sua própria decapitação política.

Infelizmente, não deu muito certo. E o inimigo político de Ellen, sua nêmese, foi eleito presidente. Então, para a perplexidade de todos, escolheu Ellen Adams como secretária de Estado.

Mas Ellen sabia o motivo. E Betsy sabia o motivo. O presidente Williams também tinha planejado uma execução.

Primeiro, tiraria Ellen Adams de seu poleiro midiático e a colocaria em seu gabinete, onde se tornaria sua refém. Depois passaria a espada pelo pescoço dela.

Se Ellen ou Betsy tivessem alguma dúvida sobre as intenções dele, a viagem à Coreia do Sul as teria convencido. Fora um fiasco que não deveria ter acontecido. Tinha sido uma execução pública, orquestrada pelo presidente dos Estados Unidos, que aparentemente não pararia por nada até arruinar a própria secretária de Estado.

– No voo para Frankfurt, eu bebi um pouco demais e disse a Ellen que não achava o presidente Williams um escroto fútil com merda no lugar do cérebro. Que ele certamente não era um babaca que tinha fugido de um buraco de idiotas. E que sem dúvida ele não era um egocêntrico imbecil que tinha tirado o diploma de direito copiando textos de caixas de cereal.

Agora Betsy estava só se divertindo mesmo. Fazia tempo que não punha para fora o lado mais patife da Sra. Cleaver.

Mas era hora de andar com aquilo.

Quase se engasgando com a próxima coisa que sabia que precisava dizer, Betsy olhou nos olhos de Barb Stenhauser e mentiu:

– Eu disse a ela que achava que ele tinha feito a coisa certa ao não resgatar o Gil. Ele não tinha opção.

– E por causa disso ela mandou a senhora para casa.

– Tive sorte de ela não ter me jogado pela janela do *Força Aérea Três*.

Por isso estou aqui sentada, comendo um sanduíche, jogando *Candy Crush* e juntando coragem para ligar e pedir desculpas. Mesmo acreditando que Doug Williams seja um merdinha narcisista.

Ah, isso foi ótimo.

– Seja ou não seja?

– Perdão?

– A senhora disse que ele *é* um você-sabe-o-quê narcisista.

– O quê?

– Deixa para lá.

– O que a senhora faz aqui? – perguntou Betsy. – Posso ajudar em alguma coisa?

– Não. O presidente me pediu para ver se a secretária Adams ou o chefe de gabinete dela tinha deixado alguma anotação da reunião deles. Com toda a agitação, parece que a estenógrafa deixou passar alguns detalhes.

– Boa sorte. Como dá para ver, a mesa dela é uma bagunça e a dele é arrumada demais para ter algum trabalho de verdade. – Betsy hesitou. – Vocês já trabalharam juntos, não foi? A senhora e o Boynton.

– Brevemente.

– No Comitê de Inteligência, quando o senador Williams o comandava.

– É. E na campanha.

Tinha sido uma suposição de Betsy, mas não era muito difícil deduzir, já que a própria Stenhauser tinha nomeado Boynton como chefe de gabinete de Ellen. Enquanto olhava Stenhauser entrar na sala de Boynton e fechar a porta, se perguntou quão cheio aquele buraco de idiotas estava. E quem mais teria saído dele.

Mandou um rápido e-mail para Ellen, dizendo que tinha chegado ao Departamento de Estado e agradecendo pelo jovem guarda-costas que ela havia mandado.

O subjuntivo teria entrado em um bar...

Vinte minutos depois, testou a porta da sala de Boynton. Estava destrancada e desocupada.

Barb Stenhauser tinha ido embora.

Sentada à mesa de Boynton, levou a mão atrás, procurando o fio. Por um segundo, seu coração quase parou.

O computador de Charles Boynton tinha sido ligado de volta.

Scott Cargill prendeu o cinto de segurança e indicou ao piloto que deveriam decolar.

Sua assessora lhe mostrou o celular. Ele leu a mensagem depressa, sem que seu rosto revelasse nada.

– E os outros?

– Estamos checando. Devemos receber alguma notícia em minutos.

Cargill assentiu brevemente e mandou uma mensagem para a secretária de Estado, depois olhou a vista de Frankfurt enquanto o helicóptero fazia uma curva e seguia para o leste. Para a Baviera, até a charmosa cidadezinha medieval de Bad Kötzting, onde ficava o lar de um terrorista.

O agente da Segurança Diplomática entregou o celular de Ellen. Uma mensagem marcada como urgente havia chegado de Scott Cargill.

O marido de Nasrin Bukhari foi encontrado morto. Estamos investigando as outras famílias. Rastreamos o suspeito do atentado até a Baviera. Estamos indo para lá.

Cargill olhou a resposta. *Boa sorte. Mande notícias.*

Ellen devolveu o celular ao agente e se virou para Anahita.

– Não temos muito tempo, Srta. Dahir – disse a secretária Adams com a voz brusca, formal. – Você mentiu repetidas vezes para nós. Agora precisa contar a verdade.

Anahita se empertigou na cadeira e assentiu.

– Qual o seu envolvimento nos atentados?

A surpresa de Anahita foi evidente.

– Como assim, senhora secretária?

– Chega. Nós sabemos sobre o seu pai.

– Sabem o quê? – Ela manteve a voz controlada.

Era ridículo não contar tudo. Eles obviamente sabiam, e negar só pioraria as coisas.

No entanto, Anahita Dahir descobriu que não conseguia falar a verdade.

Era a única coisa que seus pais tinham lhe pedido. A única coisa que ela havia prometido que jamais contaria. A ninguém.

A nenhuma alma viva, tinha dito sua mãe, que acreditava em almas.

Seu pai, que não acreditava, tinha posto a mão no seu joelho e dito para ela não ter medo. E em seguida, que a amava mais do que à própria vida.

Ele acreditava na vida e na santidade da vida.

Quando ela tinha idade suficiente para entender, ele contou por que o grande segredo jamais poderia sair da casinha deles no subúrbio de Washington.

Em voz calma, explicou que toda a família deles tinha sido assassinada. Dizimada em uma sede de sangue por iranianos extremistas durante a revolução, porque a família dele, a família dela, era de intelectuais que, aparentemente, não eram de confiança.

Isso porque a educação levava ao questionamento, o que levava ao pensamento independente. Que por sua vez levava ao desejo de liberdade. Que era algo que os aiatolás não conseguiam controlar.

– Eu fui o único a escapar.

A voz dele era forte, quase casual, mas o sofrimento era visível nos olhos.

– Você tem medo de que os iranianos venham atrás de você – disse ela.

– Não. Tenho medo de que não precisem vir. Se os americanos descobrirem que eu menti no pedido de refúgio, se descobrirem que na verdade sou iraniano...

– Vão mandar você de volta? – Ela estava com idade suficiente para saber o que isso significaria. – Nunca, eu nunca vou contar – prometeu.

E não tinha contado. E não contaria.

– Isso é ridículo – disse Beecham. – Dá para ver que ela não vai cooperar. Está claro para quem ela trabalha, e não é para nós. Prenda-a. Preste queixa.

O agente de Segurança na sala deu um passo na direção de Anahita.

– Acusando-a de quê? – perguntou Ellen, detendo o agente com um gesto.

– De sedição, assassinato em massa, terrorismo. Conspiração – disse Beecham. – Se a senhora não gosta dessas acusações, tenho outras.

– Você está esquecendo uma coisa – disse Ellen rispidamente. – A mensagem vinda do Irã era para impedir os atentados. Na verdade, eles ajudaram.

– A mensagem veio do Irã? – perguntou Anahita.

– Olha – disse Ellen, perdendo toda a paciência. – Chega disso. Nós sabemos que o seu pai é iraniano. Ele mentiu no pedido de refúgio. Sabemos que o sobrenome dele era Ahmadi.

– Por que o seu tio mandou a mensagem? – interveio Beecham.

Anahita olhou de um para o outro.

– O quê?

Ellen bateu a mão na mesa com tanta força que o som fez Anahita pular e espantou até Beecham, do outro lado do oceano.

A secretária Adams se inclinou para a frente, chegando bem perto do rosto de Anahita.

– Chega. O tempo é curto. Nós precisamos de respostas.

– Mas a senhora está enganada. Eu não tenho tio.

– Claro que tem – rebateu Beecham. – Ele mora em Teerã. O nome dele é Behnam Ahmadi e ele é físico nuclear. Ajudou a criar o programa de armas do Irã.

– Não é possível. Minha família inteira foi morta na revolução. Meu pai foi o único que... – Ela parou, mas era tarde demais. Tinha deixado escapar.

Anahita esperou. Esperou. Que o monstro, o Azhi Dahaka, viesse pegá-la. Tão forte era o sentimento entranhado, tão profunda sua promessa aos pais, que mesmo como uma adulta racional Anahita Dahir acreditava que, se deixasse o segredo escapar, o desastre viria de imediato.

Esperou com os olhos arregalados, a respiração entrecortada.

Mas nada aconteceu. No entanto, Anahita não se deixou enganar. O monstro estava livre e viria pegá-los. Começando pela modesta casa da família em Bethesda.

Precisava ligar para eles. Avisar. Para fazerem o quê? Fugirem? Se esconderem? Onde?

– Ana? – A voz chegou de muito longe. – Ana?

Anahita voltou à sala-bunker no porão do consulado americano em Frankfurt.

– Conte – disse suavemente a secretária Adams.

– Eu não estou entendendo.

– Então só conte o que você sabe.

– Eles me disseram que todo mundo tinha morrido. Toda a família do

meu pai. Foram mortos pelos extremistas. Que eu não tinha mais parentes.
– Ela sustentou o olhar de Ellen.

– Isso é conversa fiada – disse o agente mais velho do Serviço de Informações, em Washington. – A mensagem chegou à mesa dela. O tio dela sabia onde e como encontrá-la. Ela deve conhecê-lo.

– Mas não conheço – disse Anahita, olhando para eles.

– Então você precisa ligar para o seu pai – disse Ellen. Sua voz estava séria. Decidida.

– Isso é boa ideia, senhora secretária? – perguntou o agente mais velho.

– É uma péssima ideia – disse Beecham. – Por que simplesmente não deixamos os terroristas entrarem para o nosso grupo? Venham! – Ele balançou os braços. – Vamos mostrar o que temos e o que não temos.

Ele olhou furioso para Ellen. Que retribuiu o olhar.

– Eles estão a caminho – informou o agente mais novo, tirando os olhos do celular. – Devem chegar a Bethesda a qualquer minuto.

– Quem? – perguntou Anahita, sentindo o pânico crescer.

Mas sabia qual era a resposta.

O monstro. O que ela havia libertado.

– Bom... – disse Beecham, levantando-se. – Eu também vou para lá.

Betsy Jameson olhou para a tela na sala de Charles Boynton, no Departamento de Estado. Seus olhos estavam arregalados, a mão cobrindo a boca.

– Maldição.

Os amigos e os familiares de Betsy tinham notado, muitos anos atrás, que quando as coisas ficavam feias, ela se tornava muito boca-suja. Mas quando as coisas se aproximavam da catástrofe, sua boca voltava a ficar limpa na mesma hora.

– Ah, meu Deus – sussurrou Betsy por entre os dedos, olhando a tela.

Barb Stenhauser tinha visto o que Betsy estivera fazendo. Na tela estava sua busca dos registros sobre Timothy T. Beecham.

Arquivos estranhamente truncados.

Então Betsy começou a gargalhar.

O que Stenhauser saberia era que Charles Boynton estivera pesquisando sobre o diretor de Inteligência Nacional. E não Betsy Jameson, que estava ocupada demais jogando *Candy Crush* e comendo para compensar sua frustração.

Recostou-se na cadeira e respirou fundo, acalmando-se.

Depois se inclinou e recomeçou a trabalhar. Sem dúvida era necessário ir mais fundo.

Uma hora depois, Betsy tirou os óculos, esfregou os olhos e encarou a tela. Não estava chegando a lugar nenhum. Justo quando achava que tinha encontrado uma pista promissora, batia em um beco sem saída. Era como um labirinto. Com o verdadeiro Tim Beecham no centro, mas inalcançável.

Deveria haver um jeito. Só não estava encontrando.

Tinha tentado registros universitários. Sabia que ele tinha estudado direito em Harvard, mas não havia nada lá. Só a confirmação da formatura, nada mais.

Seus registros militares haviam sido igualmente expurgados.

Ele era casado e tinha dois filhos. Tinha 47 anos. Família republicana, de Utah.

Isso não podia ser mantido em sigilo.

Seria mais fácil encontrar informações sobre o seu carteiro do que sobre o DIN. Não conseguiu nem descobrir o que era o *T.* de Timothy T. Beecham.

O que precisava não era do caminho certo para o centro do labirinto. Precisava de uma motosserra.

Vestiu o casaco e saiu para dar uma volta. Clarear a cabeça. Pensar. Pensar.

Sentou-se em um banco de parque e viu alguns animados corredores passando, depois viu o rapaz do avião. Seu guarda-costas. Estava parado discretamente perto de uma pequena marquise.

Betsy pegou o celular e viu a resposta de Ellen.

O subjuntivo teria entrado em um bar... se ele ao menos soubesse, era como a mensagem começava. E continuava: *Progredindo aqui. Que bom que você chegou.*

P.S.: Que guarda-costas?

Betsy pegou suas coisas e, sem olhar para a marquise, começou a se afastar em um passo casual. Com o coração disparado, quase na mesma velocidade de seus pensamentos.

Caminhando naquele dia cada vez mais amargo, sentia o olhar às suas costas.

O ÔNIBUS ENTROU NA PEQUENA ESTAÇÃO de Bad Kötzting.
— Vai sair? – gritou o motorista, a voz irritada, impaciente.
Aram tinha esperado até todas as outras pessoas descerem. E então esperou um pouco mais, para ver se alguém se demorava na estação.
Não viu ninguém.
— *Das tut mir Leid* – respondeu. Enquanto passava pelo motorista, puxou mais para baixo o gorro de lã que tinha comprado em Frankfurt. – Desculpe, eu estava dormindo.
O motorista não se importou. Só queria chegar à taverna para pegar uma comida quente e uma cerveja morna.

— OUTRA MENSAGEM, SENHOR! – gritou a assistente de Cargill por cima do barulho do rotor.
Ela lhe mostrou o celular e o texto curto.
As esposas, os filhos, os pais dos outros terroristas e físicos, todos assassinados.
— Ah, meu Deus – sussurrou ele. – Shah está fazendo a limpeza. – Em seguida, se inclinou para a frente e disse ao piloto: – Mais rápido. Precisamos chegar mais rápido.
Então disse à assistente:
— Avise à polícia de Bad Kötzting.

HOUVE O SOM DE UMA PORTA abrindo.
— Ah, deve ser o Aram.
Frau Wani se levantou enquanto Naomi levava a mão às costas e sacava sua arma.

CAPÍTULO 17

Irfan Dahir pegou o telefone e sorriu.
– *Dorood, Anahita. Chetori?*
Houve uma pausa, mas ele sabia que a filha estava em Frankfurt. Às vezes, chamadas internacionais tinham atrasos.

A palavra persa apareceu na base da tela de Ellen, na sala-bunker em Frankfurt, escrita pelo tradutor automático.
Então, rapidamente, mais palavras apareceram. *Olá, Anahita. Como você está?*
Ellen olhou para Anahita e assentiu, indicando que ela deveria responder. Mas a jovem parecia abalada. Paralisada.
– *Ana?* – A voz profunda e calorosa, com apenas um leve tom de preocupação, chegou pelo alto-falante. – *Halet khubah?*
Você está bem?, exibiu o tradutor.
Ellen sinalizou para Anahita falar alguma coisa. Qualquer coisa.
– *Salam* – disse ela por fim.
Oi.

Irfan sentiu o coração parar; e então martelar contra suas costelas. Tentando fugir.
"*Salam.*" A palavra simples que ele havia ensinado à filha quando ela era jovem o suficiente para falar e tinha idade suficiente para entender.

"Alô", mas em árabe. Ele tinha explicado à sua séria menininha que esse seria o código dos dois. Se houvesse algum problema, se alguém descobrisse, ela deveria usar a palavra em árabe para "alô". E não a palavra em persa.

Olhou para a janela da sala, que dava para a rua calma.

Um carro preto, sem qualquer identificação, estava chegando à frente da garagem. Havia outro parado junto ao meio-fio.

– Irfan? – disse sua esposa, vindo da cozinha, trazendo a fragrância de hortelã, cominho e coentro dos kaftas que estava fazendo. – Tem uns homens no quintal dos fundos.

Ele soltou o ar que tinha prendido durante décadas.

Levando o telefone de novo ao ouvido, disse em um inglês com fraco sotaque:

– Entendo. Anahita, você está bem?

– Papai – disse ela, com o queixo franzindo. – Desculpe.

– Está tudo bem. Eu te amo. E sei que tudo vai ficar bem.

Ouvindo aquele homem digno e olhando a filha dele arrasada, Ellen Adams sentiu uma pontada de vergonha. Mas então se lembrou dos cobertores vermelhos se agitando ao vento e das fotos de filhos e filhas, maridos, esposas e crianças em mãos trêmulas.

E não sentiu mais vergonha. Sentiu ultraje. Ellen Adams não ia trair a confiança dos que tinham morrido.

Através do viva-voz, escutaram o toque distante de uma campainha.

Irfan Dahir sinalizou para a esposa, agora parada no meio da sala, permanecer onde estava.

Quando destrancou a porta e começou a abri-la, ela foi escancarada subitamente. Enquanto ele cambaleava para trás, homens com armas pesadas o agarraram e jogaram no chão.

– Irfan! – gritou a esposa.

Os olhos de Anahita se arregalaram em pânico.

– Papai? Mamãe? – gritou ela ao telefone. – O que está acontecendo?

O JOELHO NAS COSTAS DE IRFAN pressionou com força, tirando o ar de seus pulmões; em seguida se afastou.

Ele se sentiu sendo puxado de pé, feito um boneco de trapos, e cambaleou.

– Irfan Dahir?

Irfan se virou e viu um homem mais velho em roupas civis. Barbeado, cabelo grisalho curto, terno e gravata. Parecia um diretor de escola, pensou Irfan em seu estado ligeiramente confuso.

– Sim – sussurrou, a voz rouca.

– Você está preso.

– Qual é a acusação?

– Assassinato.

– O quê?

Sua perplexidade viajou pelo telefone, atravessou o Atlântico e pousou no consulado dos Estados Unidos em Frankfurt, onde encontrou os ouvidos de sua filha. E da secretária de Estado americana.

BETSY JAMESON LEVOU SEU EXPRESSO EXTRAFORTE até a mesa redonda de canto no bistrô. Também tinha comprado um bolinho. Alguma coisa para justificar a ocupação da mesa, apesar de o local estar quase vazio.

Mas pelo menos era público.

O rapaz não disfarçava mais. Era óbvio que a estava seguindo.

Ela sentiu o celular ainda no bolso do paletó. Pegou-o e olhou o número. Quase certamente pertencia à capitã Phelan, a Ranger do Exército mandada pelo general Whitehead.

Seu dedo pairou acima do botão.

Não hesite, dissera Denise Phelan, com o olhar intenso.

Mas Betsy hesitou. Como teria certeza de que a Ranger havia sido mandada pelo chefe do Estado-Maior Conjunto? Só havia a palavra de Phelan. E naquele dia isso não era suficiente.

Decidiu-se. Pondo o celular de novo no bolso, pegou o seu próprio e digitou. Depois do que pareceu uma eternidade, escutou a voz profunda de um homem.

– Sra. Jameson?

– Sim. Desculpe incomodá-lo, general.

– O que posso fazer pela senhora?

– Nós não nos conhecemos pessoalmente...

– Verdade, mas sei quem a senhora é. Recebeu meu pacote?

Betsy soltou o ar. Aliviada, mas também subitamente exausta.

– Então era mesmo do senhor.

– Sim. Mas foi esperteza sua confirmar. Algum problema?

– Bom... – Agora Betsy estava sem graça. Mas quando olhou para o outro lado do café e viu o homem sentado, vigiando, qualquer embaraço desapareceu. – Imaginei se o senhor aceitaria tomar uma bebida comigo.

– Sem dúvida. Quando e onde?

A velocidade com que o general concordou tranquilizou e perturbou Betsy. Era óbvio que ele estava preocupado.

Ela deu a informação e, depois de entrar em um táxi e dar o endereço de um hotel aleatório, saiu, foi até uma porta lateral e pegou outro táxi. Era algo que tinha visto em seriados de TV para "se livrar de uma perseguição". E algo que nunca havia pensado que precisaria fazer na vida real.

Para sua perplexidade, pareceu funcionar.

Minutos depois, entrou no Off the Record. O bar no porão do hotel Hay-Adams era um ponto de encontro familiar para o pessoal ligado à política, em Washington, com luzes fracas e estofados de veludo vermelho.

Localizado em frente à Casa Branca, do outro lado da rua, era lá que jornalistas e assessores políticos sussurravam em cantos escuros. Onde segredos eram trocados e acordos eram feitos.

Para assuntos de governo, o lugar era considerado território neutro.

Betsy ocupou um dos reservados em forma de meia-lua e ficou vigiando a porta, atenta ao general e também ao homem que a vinha seguindo.

Demorou um momento para reconhecer o general Whitehead quando ele chegou. Mas precisava admitir que o fato de ele entrar no reservado e se apresentar também foi uma boa dica.

Se Betsy parecia June Cleaver, aquele homem se parecia um pouco com

Fred MacMurray, do seriado *My Three Sons*. Magro, gentil. Um homem mais à vontade usando um cardigã do que um uniforme.

Apesar de Betsy tê-lo visto muitas vezes na TV e pessoalmente, mas de longe, os dois nunca tinham de fato se encontrado. E ela também não tivera vontade, até agora.

Betsy Jameson suspeitava dos altos militares, acreditando que, no fundo, eram belicistas. E nenhum deles tinha um posto mais alto do que o chefe do Estado-Maior Conjunto.

E nenhum deles era mais merecedor das suas suspeitas do que o general Albert Whitehead, que também tinha servido no governo Dunn.

Mas Ellen confiava nele. E Betsy confiava em Ellen.

Além disso, ela não sabia quem mais procurar.

O HELICÓPTERO POUSOU E CARGILL correu até o carro à sua esperava.

Mandou uma mensagem curta para a secretária de Estado.

Pousamos em Bad Kötzting. Estamos indo para a casa. Notícias mais tarde.

UMA CÂMERA TINHA SIDO MONTADA, e agora Anahita, em Frankfurt, via seus pais sentados lado a lado à mesa da sala de jantar da família, em Bethesda.

Era uma sala que ela conhecia bem. Onde os aniversários eram comemorados. Onde as refeições dos dias festivos eram compartilhadas com amigos. Onde ela havia feito o dever de casa todo dia durante quinze anos.

Onde tinha riscado as iniciais de um garoto por quem teve uma paixonite.

Sua mãe lhe dera a maior bronca por causa disso.

E agora estava vendo algo que ela jamais acharia possível, quando jovem. O diretor de Inteligência Nacional dos Estados Unidos tinha se juntado aos seus pais em volta daquela modesta mesa. Mas aquilo era o mais distante possível de uma ocasião social.

Enquanto Tim Beecham examinava o casal Dahir, a secretária Adams fazia o mesmo. Os rostos pareciam pálidos sob as luzes implacáveis da câmera. Mas uma coisa era inequívoca.

Eles estavam aterrorizados. Tão aterrorizados quanto se o chefe da polícia secreta iraniana estivesse sentado à frente deles.

Ellen tentou banir essa comparação, mas ela ficava retornando através de Abu Ghraib, Guantánamo e muitos outros locais sinistros sobre os quais estava começando a saber.

– Digam o que sabem sobre os atentados – ordenou Tim Beecham.

– Os da Europa? – perguntou Maya Dahir.

– Existem outros? – rebateu o DIN.

A Sra. Dahir pareceu confusa.

– Não. Quero dizer, não sei.

– Foram 112 mortos até agora – disse Beecham, passando o olhar raivoso de Maya para Irfan. – Centenas de feridos. E as pistas levam ao senhor.

– A mim? – Irfan Dahir pareceu genuinamente chocado. – Não tive nada a ver com isso. Nada.

Ele se virou para Maya, buscando apoio. Ela parecia igualmente perplexa e igualmente amedrontada.

– Mas o seu irmão, Behnam, tem – disse Beecham. – Talvez o senhor devesse perguntar a ele.

Irfan fechou os olhos e baixou a cabeça.

– Behn, o que você fez? – sussurrou ele.

EM FRANKFURT, ANAHITA ESTAVA SENTADA AO lado da secretária de Estado, olhando o monitor.

Nada disso parecia possível.

– FALE SOBRE SUA FAMÍLIA EM Teerã, Sr. Dahir.

Depois de levar um instante para organizar as ideias, Irfan começou a falar. A dizer as palavras que tinha mantido trancadas durante décadas.

– Eu ainda tenho um irmão e uma irmã em Teerã.

– Papai? – disse Anahita.

– Minha irmã é médica – continuou ele, ainda sem querer encarar a filha. – Meu irmão, meu irmão mais novo, é físico nuclear. Os dois são leais ao regime.

– Mais do que leais – disse Tim Beecham. – Temos fotos do seu irmão segurando uma arma junto à cabeça de um diplomata americano, quando reféns foram feitos.

– Isso foi há muito tempo. Ele e eu éramos muito diferentes.

Beecham se inclinou para a frente.

– Talvez não tanto. Isso lhe parece familiar?

Ele estendeu uma foto de jornal granulosa, a legenda embaixo quase ilegível.

Estudantes mantendo reféns americanos em Teerã.

– E então, Sr. Dahir?

Se Irfan Dahir fosse capaz de dizer *Estou fodido*, teria dito. E estava mesmo.

Assim, Tim Beecham falou por ele.

– Você está fodido, Sr. Dahir. Esse aí na foto é o senhor, não é? Ao lado do seu irmão?

Irfan ficou olhando, os ombros caídos. Não tinha ideia da existência daquela foto. Tinha até mesmo esquecido que aquele rapaz segurando um fuzil acima da cabeça, triunfante, havia existido. Antigamente.

– Sim, é. – Ele respirou fundo várias vezes, depressa, como se tivesse terminado uma corrida longa demais. E antiga demais.

– Segundo nossos registros, o senhor só saiu do Irã dois anos depois. Não parece a atitude de um homem fugindo para salvar a própria vida.

Irfan pensou um momento antes de dizer baixinho:

– Já ouviu falar do Problema da Secretária, Sr. Beecham?

CAPÍTULO 18

Assim que as bebidas chegaram – refrigerante para Betsy Jameson e uma cerveja para ele –, o general Whitehead se virou para ela.

Um dos motivos para ela não o ter reconhecido de imediato era porque ele não estava de uniforme. Bert Whitehead havia aproveitado o tempo para trocá-lo por um terno comum.

– É menos chamativo – ele tinha explicado com um sorriso.

Betsy gostou disso. Seria difícil ser mais chamativo do que um general de quatro estrelas uniformizado, coberto de insígnias e medalhas. Ele parecia o Homem de Lata de O Mágico de Oz. *Que estivera procurando um coração*, pensou Betsy.

Será que aquele homem também não tinha coração? Com acesso a um arsenal de armas e nenhum coração. Era um pensamento aterrorizante.

Mas, sem uniforme, Bert Whitehead parecia um dos milhares de burocratas do governo. Isso se todos os funcionários do governo fossem Fred MacMurray.

No entanto, havia nele uma inconfundível aura de inerente autoridade. Ela podia ver por que homens e mulheres o seguiam. Faziam o que ele mandava, sem questionar.

– O que posso fazer pela senhora?

– Estou sendo seguida.

Ele levantou a cabeça, surpreso, mas não olhou em volta. Porém sua atenção se expandiu.

– A pessoa está aqui?

– Está. Chegou logo antes do senhor. Eu achei que tinha despistado o sujeito, mas parece que não. Ele está atrás do senhor. Perto da porta.

– Como ele é?

Depois de Betsy descrever o rapaz, Bert Whitehead pediu licença e, sob o olhar dela, foi direto até ele.

Curvando-se, disse algumas palavras; depois os dois saíram juntos, Whitehead com a mão no braço do homem. Parecia um gesto amistoso, mas Betsy sabia que não era.

Uma eternidade depois, ainda que o relógio do seu celular indicasse apenas pouco mais de dois minutos, Bert Whitehead voltou ao reservado.

– Ele não vai incomodá-la de novo.

– Quem é ele? Quem o mandou?

Quando Whitehead não respondeu, Betsy disse por ele:

– Timothy T. Beecham.

Ele a encarou por um momento.

– A secretária Adams disse alguma coisa à senhora?

– Ela me mandou de volta para ver o que eu conseguia descobrir sobre Beecham. Descobrir em que ele pode estar envolvido.

– Eu disse para ela não fazer nada.

– Bom, o senhor não conhece Ellen Adams.

Ele sorriu.

– Estou começando a conhecer.

– O que o senhor pode me contar sobre Beecham? Não consigo descobrir nada nos arquivos. Tudo foi ocultado.

– Ou apagado.

– Por que fariam isso?

– Acho que é porque há alguma coisa lá que eles não querem que ninguém veja.

– O quê?

– Não sei.

– Mas o senhor sabe de alguma coisa.

Bert Whitehead pareceu infeliz. Talvez até magoado por ser posto naquela situação. Mas por fim cedeu.

– Só sei que, contra todos os conselhos sensatos, contra os meus próprios argumentos, o governo Dunn saiu do acordo nuclear com o Irã. Foi um erro terrível. Isso fechou o Irã a qualquer inspeção, a qualquer escrutínio do programa de armas.

– O que isso tem a ver com o Beecham?

– Ele foi um dos que pressionaram o presidente a fazer isso.

– Por qual motivo?

– A melhor pergunta é: quem se beneficiou?

– Certo, vamos fingir que eu fiz a melhor pergunta.

O general sorriu. Em seguida, o sorriso desapareceu.

– Os russos, para começo de conversa. Nossa retirada deu a eles rédeas soltas no Irã. Agora é tarde demais para mudar. Está feito. – Ele olhou para os descansos de copo na mesa e sorriu. – *When thou hast done, thou hast not done, for I have more.* – "Quando tiverdes feito, não o fizestes, porque eu tenho mais."

O general Whitehead levantou a cabeça e a encarou. Inesperadamente, ele havia citado o poeta inglês John Donne. Por quê?

E então ela viu o que ele estivera olhando. Um dos famosos descansos de copo do Off the Record, com caricaturas de líderes políticos.

O general Whitehead estava olhando a de Eric Dunn.

Ele não estava dizendo *When thou hast done*, mas sim *When thou hast Dunn.*

Eric Dunn.

A SECRETÁRIA ADAMS OUVIA BEECHAM interrogar Irfan Dahir, mas estava pensando cada vez mais em seu celular.

Por fim, pegou-o e mandou uma mensagem para Scott Cargill. *Alguma novidade?*

Nada.

– COMO ASSIM? – PERGUNTOU BETSY. – O que mais Eric Dunn tem? Preciso saber. Ellen precisa saber.

O general Whitehead suspirou.

– Para começo de conversa, o desejo de voltar ao poder.

– Que político não tem? – Betsy apontou para os descansos de copo na mesa. Imagens divertidas de vários presidentes e ministros, além de alguns líderes estrangeiros.

O presidente russo. O líder supremo da Coreia do Norte. O primeiro-ministro do Reino Unido. Todos reconhecíveis pelo noticiário noturno.

– Verdade – disse o general Whitehead. – Mas a coisa vai muito mais além de Eric Dunn. Dentro dos Estados Unidos, existem elementos insatisfeitos com o direcionamento do país. Eles o estão usando. Veem Dunn como a única chance de impedir a erosão do estilo de vida americano. Não porque ele tenha uma visão, mas porque pode ser manipulado. Só que primeiro precisam levá-lo de volta ao poder.

– Como?

Ele parou um momento, procurando, escolhendo as palavras.

– O que aconteceria se houvesse uma catástrofe em solo americano? Um ataque terrorista tão horrível que ferisse a nação por gerações? E se isso acontecesse durante esta administração?

– A culpa cairia em Doug Williams. Haveria pedidos para a administração dele renunciar.

– Agora imagine: e se o presidente não sobreviver aos ataques?

Betsy sentiu um peso tão grande no peito que mal conseguiu respirar.

– O que o senhor está dizendo? Isso está para acontecer?

– Não sei.

– Mas está com medo.

Ele não respondeu, mas seus lábios se comprimiram e os nós dos dedos ficaram brancos com o esforço de controlar o temor.

A mídia de extrema direita já estava pondo a culpa pelos atentados – e pelo fracasso em impedi-los – no serviço de inteligência americano e, por extensão, na nova administração. E até mesmo veículos mais moderados começavam a falar no medo de outro ataque. Um ataque maior. Em solo americano.

E se isso acontecesse...

– Está dizendo que o ex-presidente permitiria, conscientemente, que terroristas pusessem as mãos em uma arma nuclear e a usassem, com o objetivo de voltar ao poder? – perguntou Betsy.

– Não creio que seja algo que Eric Dunn faria conscientemente, intencionalmente. Acho que ele está sendo usado, não só pelos russos, mas por outros elementos mais perto de casa.

– No partido dele?

– Sim, provavelmente, mas isso vai muito além da filiação partidária. Existem pessoas que odeiam a diversidade nos Estados Unidos e as mudanças que ela trouxe. Consideram-na uma ameaça aos seus empregos, seus estilos de vida. Elas se acham, se veem, como patriotas. A senhora deve tê-las visto nas manifestações. Crédulos, neonazistas, fascistas.

– Eu vi, general, e não acredito que aquelas pessoas segurando cartazes estejam orquestrando tudo isso.

– Não, elas são o sintoma visível. A doença é mais profunda. São os que têm poder e riqueza, que querem proteger suas posses. E que querem mais.

Porque eu tenho mais...

– Eles encontraram o veículo perfeito em Eric Dunn.

– O cavalo de Troia – disse Betsy.

Whitehead sorriu.

– Boa analogia. Oco. Um receptáculo vazio em que esses homens e mulheres derramaram suas ambições, seus ultrajes, seus ódios e inseguranças.

Enquanto o observava, enquanto ouvia seu tom de voz, Betsy percebeu uma coisa.

– O senhor gostava de Eric Dunn?

O general Whitehead balançou a cabeça.

– Não gostava nem odiava. Ele era meu comandante em chefe. Suspeito que ele tenha sido uma pessoa decente um dia. A maioria das pessoas é. Poucas crescem esperando destruir o próprio país.

– Mas o senhor está dizendo que quem está por trás disso não acha que está destruindo o país. Pelo contrário. Eles se acham patriotas, estão salvando o país deles.

– O país deles. É assim que eles enxergam a coisa. Nós e Eles. São tão radicais quanto a Al-Qaeda. Terroristas domésticos.

Será que esse homem está maluco?, pensou Betsy. Teria levado pancadas demais na cabeça? Batido continências demais? Estaria enxergando conspirações onde não existiam?

Não sabia pelo que torcer. Que o chefe do Estado-Maior Conjunto fosse um lunático iludido ou que estivesse dizendo o que outras pessoas tinham medo demais de admitir.

Que existia uma ameaça genuína contra o país. Vinda de dentro.

Betsy passou o dedo pelo copo de refrigerante suado e desejou que fosse uísque.

– E Beecham? Como ele se encaixa nisso?

Quando a boca de Whitehead se comprimiu a ponto de os lábios mal serem visíveis, ela disse:

– O senhor já chegou até aqui. Eu preciso saber. Qual é o papel dele nisso tudo?

– Não sei. Tentei descobrir através de canais secundários, mas ainda não consegui nada.

– Mas suspeita.

– O que sei é que Tim Beecham era o encarregado da análise de inteligência sobre o programa nuclear iraniano. Ele sabe muito sobre o movimento de armas naquela região. Conhece pessoas.

– Shah?

– Por que o governo Dunn concordou com a libertação de Shah? – perguntou Whitehead.

– Não faço ideia.

– Em questão de meses, o governo saiu do pacto, dando rédeas soltas ao Irã em seu programa nuclear, e depois permitiu que um traficante de armas nucleares paquistanês fosse libertado.

– As duas coisas têm relação?

– Na medida em que ambas aumentaram o risco de proliferação nuclear, sim. Mas qual, especificamente, é o objetivo final?

– De novo, não pergunte para mim. Eu seria de mais ajuda com outra citação do John Donne.

O sorriso de Whitehead durou pouco.

– O que sei é que o elemento comum nas duas decisões foi Tim Beecham.

– O senhor sabe o que está dizendo?

– Infelizmente, sei. – E o general Whitehead parecia assustado. – E tem mais.

– "Porque eu tenho mais" – disse Betsy baixinho. E esperou.

– É o que chamam de "problema perverso". O Oriente Médio já era um caldeirão, ainda que razoavelmente estável. E então o presidente Dunn retirou todas as nossas tropas do Afeganistão sem nenhum plano e sem exigir condições por parte do Talibã. O presidente Williams herdou essa decisão.

Betsy fez uma pausa, observando o militar. Será que sua impressão inicial estava certa? Ele seria um belicista com a cara de Fred MacMurray?

– Sei que foi controverso, mas nós precisávamos sair em algum momento – disse ela. – Trazer nossos soldados para casa. Achei que foi a única coisa boa que ele fez.

– Ninguém quer afastá-los do perigo mais do que eu, acredite. E concordo, já era hora. O problema não era esse.

– Então qual era?

– A coisa foi feita sem planejamento, sem obter nada em troca. Nada foi feito para garantir que todos os ganhos, toda a estabilidade alcançada com tanta dificuldade, nossas capacidades de inteligência, contrainteligência e contraterrorismo fossem mantidas. Com o plano de Dunn, foi criado um vácuo. Um vácuo que o Talibã está adorando ocupar.

Betsy se recostou na cadeira.

– Hum. O senhor está dizendo que, depois de mais de duas décadas de luta, o Talibã está controlando de novo o Afeganistão?

– Vai controlar. E com ele vai trazer não somente a Al-Qaeda, mas também os pashtuns. A senhora conhece os pashtuns?

– São os que sequestraram Gil.

– O filho da secretária Adams, sim. É uma família expandida de terroristas, com garras em todas as organizações, legítimas ou não, na região. O atual governo supostamente democrático do Afeganistão era sustentado por nós. Ao nos retirarmos, sem um plano... – Ele abriu as mãos. – Todos os ratos voltam em bando. Todo o terreno é perdido. Todos os direitos são retirados.

– As mulheres, as meninas...

– Que acreditavam estar em segurança para conseguir educação e trabalho? Serão castigadas. Mas tem mais.

Betsy estava começando a odiar John Donne.

– Continue.

– O Talibã vai precisar de apoio. De aliados na região. E quem melhor do que os paquistaneses, que fariam praticamente tudo para impedir que o Afeganistão procure a ajuda da Índia?

– Mas o Paquistão é nosso aliado. Então isso não seria bom? Sei que existem muitas peças instáveis, mas mesmo assim...

– O Paquistão está fazendo um jogo complexo – disse o general Whitehead. – Onde Osama bin Laden foi encontrado?

– No Paquistão.

– Não apenas no Paquistão, não em uma caverna em alguma colina remota. Ele estava morando em um complexo enorme, luxuoso, nos arredores da cidade de Abbottabad. Bem dentro da fronteira. A senhora não pode me dizer que os paquistaneses não sabiam que ele estava lá. Estive tentando encontrar a conexão entre todas essas peças. Só uma coisa faz sentido. Dunn estava convencido de que, politicamente, era uma vitória tirar as tropas do Afeganistão...

– É. Nós todos estávamos cansados daquela guerra.

– Concordo. Ele é suficientemente astuto para não querer ver o Afeganistão afundar no caos. Não seria bom se todos os ganhos, todos os sacrifícios, fossem considerados inúteis. Então o que ele fez?

Betsy pensou, depois sorriu, mas sem humor.

– Ele procurou o Paquistão.

– Ou o Paquistão o procurou discretamente. Prometeu manter o Afeganistão sob controle, mas queria algo em troca. Algo realmente aterrorizante.

– Ah, que ótimo. Realmente aterrorizante. Diferente do que o senhor disse até agora. Certo, o que eles queriam?

O general Whitehead a estava encarando, querendo que ela enxergasse sua lógica.

– Bashir Shah – disse ela. – Eles soltaram o cão de guerra.

– Ele é o eixo sobre o qual tudo isso gira. O Paquistão salvaria o governo Dunn de um fracasso político. Mesmo se o Talibã voltar, ele manteria as organizações terroristas sob controle. Em troca, o Paquistão queria que os Estados Unidos aceitassem a libertação de Bashir Shah.

– E Dunn não sabia ou não se importava com quem era Shah – disse Betsy. – Só enxergava ou só se importava com a própria reeleição.

– E quando ele não foi reeleito...

– As pessoas por trás disso tudo entraram em pânico – disse ela. – Estão em pânico. Precisam colocá-lo de volta no poder.

O chefe do Estado-Maior Conjunto assentiu. Ele parecia solene, triste, observando a professora de meia-idade que parecia uma dona de casa da década de 1950.

Baixando a voz, ele disse:

– A senhora precisa parar com suas investigações. Essas são pessoas desagradáveis fazendo coisas desagradáveis.

– Não sou criança, general Whitehead. Não precisa falar comigo como se eu fosse.

Ele deu um ligeiro sorriso.

– Desculpe. A senhora está certa. Só não estou acostumado a falar com civis sobre isso. Com ninguém, por sinal.

Sem mover a cabeça, seus olhos se viraram para a área do bar, onde um homem que Betsy achou vagamente familiar havia se sentado e estava começando a provocar uma confusão, enquanto as pessoas se afastavam dele.

O olhar de Whitehead voltou para ela e ele baixou a voz mais ainda.

– Essas pessoas são assassinas.

– É. Isso eu entendi. – Betsy relembrou a devastação na rua calma de Frankfurt. – Apenas me diga: qual é o pesadelo?

– Bashir Shah foi solto sabendo que poderia vender conhecimento e materiais nucleares a outros países. Ele tem aliados poderosos no governo paquistanês, entre os militares. Todos ficariam ricos. Mas...

– Deixe-me adivinhar. Tem mais.

– O verdadeiro pesadelo é que Bashir Shah venda armas nucleares a terroristas.

Essa declaração direta assentou na mesa gasta entre os dois. Uma mesa que tinha ouvido muitos segredos, muitas tramas, muitas coisas terríveis. Mas nenhuma tão horrível quanto aquela.

– Pode imaginar? Uma organização terrorista, a Al-Qaeda, o ISIS, com bombas nucleares? Esse é o pesadelo.

– É disso que se trata? – A voz de Betsy mal podia ser ouvida. – Os físicos. Os atentados nos ônibus? – Ela o examinou por um momento. – E Tim Beecham faz parte disso?

– Não sei. Só sei que ele estava envolvido em todas as decisões que parecem não estar relacionadas, mas, de fato, estão. Tirar os Estados Unidos do acordo nuclear iraniano, tirar as tropas do Afeganistão sem um plano e com isso garantir que os terroristas voltem na aba do Talibã, e soltar Shah. Suspeito que foi por isso que a senhora não conseguiu descobrir nada sobre Beecham. Existem documentos, e-mails, mensagens, anotações feitas em reuniões, provando isso. Tudo precisava ser escondido.

– Então a coisa vai mais fundo do que apenas Beecham?

– Muito. Teria que ir. Suspeito que Tim Beecham, se está envolvido, é uma marionete. Uma ferramenta. Existem pessoas muito mais poderosas por trás.

– Quem?

– Não sei.

Dessa vez ela acreditou. Porém tinha mais. Dava para ver. Betsy Jameson ficou quieta por uma eternidade, até que o general Whitehead finalmente conseguiu dizer:

– Meu medo é que aqueles físicos tenham sido mortos não no início de um trabalho, mas no final.

– Ah, meu Deus.

CAPÍTULO 19

A porta da casa em Bad Kötzting estava com uma fresta aberta.

Mesmo antes de entrar, Scott Cargill soube o que encontraria. O cheiro pungente de disparos de armas automáticas escapava pela porta, trazendo outra coisa inconfundível. O odor ligeiramente metálico de sangue.

Com a arma segura firmemente, ele sinalizou para sua assistente ir pelos fundos. Então entrou em silêncio, com cuidado.

No corredor, encontrou o corpo da mulher. E o da criança.

Passando com cuidado em volta, olhou dentro da sala de estar.

Vazia.

Voltou pelo corredor escuro e entrou na cozinha. E ali encontrou o corpo de uma mulher mais velha. Ela ainda estava com a arma na mão, uma arma da polícia. Os olhos arregalados. Vítreos.

Ele ficou totalmente imóvel. Atento.

Aquilo tinha acontecido recentemente.

Os atiradores ainda estariam na casa? Achou que não.

E Aram Wani? O terrorista? Teria sido morto também?

Cargill subiu a escada com a arma a postos. Entrando e saindo dos cômodos pequenos. O cheiro de violência não tinha chegado ali em cima. Só sentia cheiro de loção para bebês.

Descendo de novo a escada, viu uma sombra na soleira da porta da frente, que estava aberta.

Parou.

A sombra parou.

Cargill escutou um som baixo. Um choro.

Desceu correndo a escada e alcançou o primeiro andar a tempo de ver as costas de um homem jovem fugindo.

Saiu correndo atrás dele, gritando para sua assistente, sem ter certeza se ela teria ouvido.

Aram Wani correu. Correu sabendo que sua vida dependia disso. Mesmo não se importando mais se viveria ou morreria.

A corrida era instinto. Nada mais. No entanto, ele correu. Para longe da morte. Do homem com a arma. Do homem que tinha assassinado sua esposa e sua filha.

Aram Wani correu.

Scott Cargill foi atrás. Correndo com tudo o que tinha. Como chefe do posto da CIA na Alemanha, fazia um bom tempo que não precisava correr.

Mas agora corria. Os joelhos se impelindo à frente, os pés batendo com força nos paralelepípedos. Os pulmões sugando o ar frio.

Correu.

Wani derrapou virando uma esquina.

Cargill diminuiu a velocidade ligeiramente, para não cair enquanto virava. E tentou descobrir se conseguiria atirar em Wani sem matá-lo. Só para fazê-lo parar. Para prendê-lo. Para poderem questioná-lo. Descobrir sobre a rede que havia organizado os ataques.

E, talvez, descobrir o que era tudo isso.

Quando virou a esquina, parou derrapando.

– Ah, merda.

Os pais de Anahita foram presos. Mas, enquanto eram levados embora, Ellen os fez parar.

– Só mais uma pergunta, Sr. Dahir. O que é o Problema da Secretária?

– É um problema de matemática, senhora secretária.

– Que tipo de problema? – Ela estava sentada em Frankfurt, olhando-o pelo monitor.

– É sobre saber quando parar – respondeu Irfan.

– Parar o quê?

– Parar de procurar uma casa, um cônjuge, um emprego. Uma secretária. Saber quando encontrou a certa. A melhor. Ou você continua sempre se perguntando se existe outra melhor por aí. Enquanto continuar se questionando, nenhum progresso é possível. Uma decisão deve ser tomada, mesmo se for imperfeita. Quando eu estava em Teerã, durante a revolução, vi coisas demais. Muitas coisas que não combinavam com tudo que eu tinha aprendido sobre o Islã. Mas em que estágio eu deveria sair? O Irã era meu lar. Toda a minha família e os meus amigos estavam lá. Eu amava o Irã. Então quão longe é longe demais? Quando me comprometo a ir embora, sabendo que não teria como voltar?

– E quando soube? – perguntou Ellen.

– Quando vi que o novo regime era tão ruim quanto o antigo, se não pior. E que, se eu ficasse, também seria.

Com o canto do olho, ela viu Tim Beecham se endireitar, como se estivesse ansioso pelo fim daquela conversa.

– E existe uma equação para isso? – perguntou ela a Dahir.

– Existe. Embora, como acontece com tantas coisas, nós possamos fazer contas e nos beneficiar delas, mas em última instância o que determina seja o instinto. – Ele fez uma pausa, com os olhos tristes voltados para ela. – E a coragem, senhora secretária.

O Problema da Secretária, pensou Ellen.

Ela entendia.

Quando o casal Dahir foi levado embora e as sirenes emudeceram, Anahita se virou para Ellen.

– Eles não fizeram nada de errado. É, meu pai mentiu, trinta anos atrás. Desde então ele tem orgulho em ser americano, um cidadão exemplar. A senhora sabe que eles não têm nada a ver com o que está acontecendo.

– Não sei de nada – disse Ellen. – O que sei é que alguém na casa do seu tio mandou uma mensagem para você. Alguém sabe quem você é, mesmo que você não o conheça.

A expressão de Anahita se amainou.

– Então a senhora acredita em mim. E acredita neles.

– Eu não iria tão longe. Mas você salvou a vida do Gil. Tentou salvar os outros. Não creio que esteja envolvida, mas quanto aos seus pais... – Ela pensou se deveria dizer o resto, mas decidiu que sim. – Gil gosta de você. Confia em você, e ele não confia facilmente nos outros.

– Ele gosta de mim? Ele disse isso?

– Não acho que isso seja o mais importante agora, não é?

Enquanto saía da sala-bunker no consulado em Frankfurt, a secretária Adams se lembrou de Gil. Ele tinha ficado muito ressentido por ela ter perguntado sobre o informante. Tinha feito questão de não contar quem era. Estava decidido a proteger sua fonte.

E então ele sussurrou "Pode haver outro modo...", logo antes de perguntar se Anahita estava lá.

Ellen tinha presumido que ele havia perguntado porque gostava da moça. Mas agora ficou em dúvida.

Seria possível que o informante fosse a mulher miúda e magra que caminhava ao seu lado, que cheirava a rosas e declarava inocência? E ignorância? Mas cuja família estava enfiada naquilo até o pescoço? E talvez até acima da cabeça?

Uma mensagem urgente sinalizada em vermelho apareceu em seu celular. Scott Cargill. Finalmente.

Ellen abriu a mensagem e viu que não era de Cargill, e sim de Tim Beecham.

Acabei de ouvir de contatos no Teerã. Há uma filha. Zahara Ahmadi. 23 anos. Estudante. Física.

Ellen se virou para Boynton, que ela havia esquecido, de novo, que estava ali.

– Ligue para o presidente por uma linha segura.

Em seguida digitou para Beecham: *Será ela?*

Acreditamos que sim. Parece que é menos linha-dura.

Acreditam ou sabem?

Não podemos ter certeza sem pegá-la.

Não, não. Não façam nada. Tive uma ideia.

Ellen se virou para Anahita.

– Você precisa mandar uma mensagem para sua prima.

– Eu tenho uma prima?

– Tem.

– Uma prima? – repetiu Anahita.

– Concentre-se. Você precisa fazer contato com ela.

Isso captou a atenção de Anahita.

– Eu? Como? Eu não fazia ideia de que tinha uma prima até a senhora me dizer, agora mesmo.

Ellen não ligou para isso.

– Se ela pôde mandar uma mensagem para você, você pode mandar uma para ela. Cargill vai ajudar. – Então se lembrou de que ele tinha ido atrás do suspeito do atentado.

– Temos o endereço de IP do remetente em Teerã, senhora secretária – disse Boynton. – Podemos usá-lo.

Ellen pensou.

– Não. Aquele computador provavelmente é monitorado pelos iranianos.

Ela parou. Se isso fosse verdade, logo as autoridades iranianas descobririam sobre a mensagem para o Departamento de Estado americano. Achariam que o tio dela havia mandado. Pelo menos a princípio. E ele poderia proteger a filha. Pelo menos a princípio.

Precisavam mandar uma mensagem para essa tal de Zahara Ahmadi, depressa.

– O presidente vai falar com a senhora em três minutos – disse Boynton.

– Obrigada. Leve a Srta. Dahir até a seção do Cargill – disse Ellen a Boynton. – Comece a trabalhar em um modo de contatar a prima. Quero ouvir outras opções daqui a dez minutos.

Estavam de volta ao andar superior, onde havia sol e uma bela vista do cemitério.

Ellen verificou o celular outra vez. Ainda não havia nenhuma mensagem de Bad Kötzting.

– Foi um pouco mais caótico do que eu gostaria – disse o homem junto à piscina. Tinha 50 e poucos anos, era magro e estava em forma, e tinha feito questão de ficar mais em forma ainda durante a prisão domiciliar. – Mas pelo menos o serviço está feito.

– Sim, senhor. E pode acabar sendo mais vantajoso para nós – sugeriu o assistente que tinha trazido a notícia.

– Como? – perguntou Bashir Shah.

– Vai atrair a atenção deles.

– Acho que já temos a atenção deles, não é? – Ele sinalizou para o assistente se sentar, de modo a não ter que proteger os olhos do sol forte enquanto falava. – Houve dois erros que eu não gostaria que se repetissem.

Apesar de a voz de Shah ser cordial, o assistente, já aterrorizado por trazer a notícia do terrorista suicida que não tinha cometido suicídio, sentiu-se virando pedra. Seu corpo estava rígido. Preparado. O corpo do chefe estava retesado, como um predador preparando-se para o bote.

– Você sabe quais foram os erros? – perguntou Shah.

– O homem da bomba escapou, mas nós...

Shah levantou a mão.

– E?

– E o filho não foi morto.

– É. O filho escapou. Foi feito muito esforço para garantir que Gil Bahar estivesse naquele ônibus. Como foi que ele saiu?

– Essa era a outra coisa, senhor. Nosso informante mandou um vídeo.

Shah assistiu ao vídeo feito de dentro do ônibus 119 em Frankfurt. Quando terminou, virou-se para o assistente.

– Ele recebeu um telefonema. Foi avisado. Quem telefonou?

– A mãe dele.

Shah respirou fundo. Era a resposta que ele esperava e a que menos desejava.

– E como a secretária de Estado ficou sabendo da bomba? – Agora a voz dele era fria. Com a raiva lambendo as palavras. – Quem avisou a ela?

O assistente olhou em volta, mas os outros tinham dado um passo atrás.

– Não sei, senhor. Achamos que foi alguém de dentro do Departamento de Estado. Alguém do Serviço de Relações Exteriores.

– E como essa pessoa descobriu?

O assistente pareceu perturbado.

– Vamos saber logo, senhor. Tem... – ele fechou os olhos e fez uma oração curta – uma outra coisa.

– Diga.

– Eles sabem sobre o senhor.

– Ellen Adams sabe que aqueles físicos nucleares trabalhavam para mim?

– Sim, senhor. – O assistente imaginou como aconteceria. Tiro? Facada? Ou seria simplesmente jogado para os jacarés do pântano? Santo Deus, isso não.

Mas em vez disso viu o chefe sorrir. E assentir.

Bashir Shah se levantou.

– Marquei um drinque no clube e preciso me trocar. Quero respostas quando tiver voltado.

O assistente viu o Dr. Shah contornar a piscina e entrar na grande casa que um amigo íntimo havia lhe emprestado em Palm Beach.

O CÔNSUL-GERAL DOS ESTADOS UNIDOS em Frankfurt tinha emprestado sua sala à secretária Adams.

Ela estava sentada à mesa dele, o rosto infeliz do presidente dos Estados Unidos no celular criptografado que ela segurava. Por um momento divertido, pareceu que ela o tinha na palma da mão.

Quem dera...

E então o momento passou quando o rosto ainda menos feliz de Tim Beecham surgiu na outra metade da tela dividida, parecendo esmagado contra o do presidente.

Apesar da surpresa por ele ter sido convidado para a ligação, Ellen optou por não demonstrar nem questionar. No fim, não podia fazer nada a respeito. Mas precisaria avançar com cautela. Escolher o que dizer. O que não dizer.

– Certo – disse o presidente Williams. – O que há de errado agora?

– Nada, senhor presidente – respondeu Ellen. – Na verdade, fizemos um bom progresso.

Ela o colocou a par das novidades, com cuidado para só dizer ao presidente o que Beecham já sabia.

– Então você acha que a filha, Zahara Ahmadi, foi quem deu o aviso – disse Williams. – O que sabemos sobre ela, Beecham?

– Acabei de receber um relatório. Está estudando física na Universidade de Teerã.

– Como o pai – observou o presidente.

– Não exatamente. O campo dela é mecânica estatística.

– Isso é teoria das probabilidades, certo? – perguntou Williams.

Era bom que tivesse se treinado para não demonstrar suas reações, pensou Ellen, caso contrário teria caído da cadeira.

Talvez Doug Williams fosse mais inteligente do que ela imaginava.

– Sim, senhor presidente. Mas o interessante é que ela pertence a uma organização estudantil progressista. Que pressiona por mais abertura. Por conexões com o Ocidente. O único sinal preocupante é que ela parece bastante religiosa.

– Eu sou bastante religioso – disse o presidente Williams. – Isso é motivo para suspeitas?

– No Irã é, senhor.

– Ela pertence a alguma mesquita? – perguntou Ellen.

– Pertence.

– À mesma do pai?

– Não. A dela é ligada à universidade. Estamos verificando se o clérigo é radical.

– O que você está pensando, Ellen? – perguntou o presidente Williams.

– Já temos quase certeza de que o Irã está por trás dos ataques, senhor presidente. Isso sempre fez mais sentido. Eles viam os físicos paquistaneses como ameaça. Agora, se foi mesmo Zahara Ahmadi que mandou a mensagem para a minha funcionária, então ela queria impedir os atentados. Mas por quê? Não saberei enquanto não falar com ela. Temos pessoas tentando descobrir como mandar uma mensagem segura.

Isso Ellen precisava admitir na frente de Beecham. Afinal, era o departamento dele que estava trabalhando na ideia e ele tinha participado da decisão.

O fato de ele saber sobre Zahara e sobre os esforços para contatá-la era, no mínimo, problemático. Mas Ellen não podia fazer nada a respeito.

– Como ela ficou sabendo dos atentados? – perguntou o presidente, e fez uma pausa. – Com o pai? O físico?

– Achamos possível, senhor presidente – respondeu Beecham.

– Tim, está dizendo que o pai contou a ela? – perguntou Williams. – Que ele também queria impedir as bombas?

– Não. O pai dela é linha-dura, apoia o regime. Mas ela pode ter entreouvido alguma coisa, ou visto algo nos papéis dele.

– Estamos especulando demais. Isso não ajuda. Como podemos confiar em qualquer uma dessas coisas? – O presidente Williams se inclinou à frente, de modo que seu rosto ficou distorcido na tela. – Ellen?

– Estive tentando estabelecer um relacionamento com o ministro do Exterior iraniano desde que iniciamos o mandato. A relação está bem abalada, mas ele é um homem educado, culto, que parece enxergar a vantagem de um entendimento entre nós.

– Eles assassinaram pessoas inocentes naqueles ônibus – disse o presidente Williams. – Não é o que um homem culto que busca a paz costuma fazer.

– Não – concordou Ellen. – A questão é que, se nós já descobrimos de onde veio o aviso, suspeito que os iranianos não estejam muito atrás. É possível que o pai de Zahara a proteja por um tempo, mas nunca se sabe. Se ela for apanhada...

– Então precisamos chegar até ela antes – disse Williams. – Como?

– A funcionária, prima dela, pode mandar uma mensagem curta ao meu pessoal no país – sugeriu Beecham. – Eles podem abordá-la. Passar-lhe a mensagem. Dizer que sabemos e iremos protegê-la.

– Mas como podemos prometer isso? – perguntou Williams. – Não podemos simplesmente sequestrá-la. Podemos?

Ele até soou esperançoso.

– Pensei outra coisa – disse Ellen. Ela não queria dizer isso na frente do diretor de Inteligência Nacional, mas achou que agora não tinha opção. Tudo estava andando depressa demais. – Quero ir a Teerã.

Doug Williams abriu a boca e a fechou de novo, antes de dizer:

– O quê?

– Teerã. O *Força Aérea Três* já está preparado. A ideia era ir ao Paquistão, mas podemos mudar o plano de voo enquanto estivermos a caminho. Ir disfarçadamente a Teerã.

– No enorme e barulhento *Força Aérea Três*? – perguntou Williams. – Não acha que alguém pode notar?

Embora em silêncio, Beecham parecia ter os olhos a ponto de saltar das órbitas.

– É. Mas podemos entrar e sair antes que a imprensa fique sabendo. Não existe exatamente liberdade de informação no Irã. Talvez eu até possa trazer Zahara Ahmadi.

– Jura, Coiote do Papa-Léguas? É esse o seu plano? – perguntou Williams. – E se eles não deixarem você sair? Esse seria até um bom modo de me livrar da minha lunática secretária de Estado.

– Existem variáveis demais – contrapôs Beecham. – Eles podem não querer ficar com ela.

– Quem iria culpá-los? E, se ficassem, alguém aqui poderia notar que ela sumiu. Ia demorar, mas depois de um tempo...

– Certo – disse Ellen. – Entendi. Mas acho que eu deveria me encontrar cara a cara com o ministro do Exterior iraniano e discutir o assunto. Isso estabeleceria uma conexão, se não uma confiança. E pode distraí-los o suficiente para mandarmos a mensagem a Zahara Ahmadi. Até agora parece que eles não perceberam que alguém tentou impedir os ataques.

– Tim? – perguntou o presidente Williams.

O DIN balançou a cabeça.

– Se a secretária Adams fizer isso, os iranianos vão saber que nós sabemos que eles estão por trás dos ataques. Nunca é boa ideia deixá-los a par de quanta informação nós temos. Ou não temos.

– Se os iranianos mataram aqueles físicos, talvez tenham ciência do que está acontecendo – disse Ellen. – Do que Shah planejou. Talvez até mesmo de onde ele está. – Ela sustentou o olhar do presidente Williams. – Não vale o risco?

Ele assentiu ligeiramente.

– Pode ir. Mas não a Teerã. Encontrem-se em Omã. É um país neutro. Vou telefonar para o sultão e aviso a você se ele concordar. Tim, trabalhe com Ellen para mandar uma mensagem à filha.

– Senhor, eu não... – começou Beecham.

– Chega – interrompeu Williams. – Dá para ver que vocês não se gostam, mas, por mais que lhes doa, os dois parecem conseguir resultados. Como Lennon e McCartney. Portanto vão continuar. Deem um jeito. Quero um *Abbey Road* até o fim do dia. Boa sorte em Omã, Ellen. E me avise assim que seu pessoal pegar o terrorista na Alemanha.

– Vou avisar, senhor.

A tela dele ficou vazia, deixando Ellen Adams e Tim Beecham olhando um para a cara do outro.

– Eu sou o McCartney – disse ela.

– Ótimo. Lennon era o melhor músico, mesmo.

Ellen ia argumentar, mas percebeu que havia assuntos mais importantes.

– Acho melhor a gente "*come together, right now*" – citou ela, dizendo que deveriam se unir, e Beecham abriu um leve sorriso. – *He just do what he please* – cantarolou baixinho, completando que ele só fazia o que queria.

Ellen decidiu ir à seção de Cargill para se atualizar, mas assim que chegou viu que algo estava errado.

A sala, normalmente uma colmeia em plena atividade, estava silenciosa. Ninguém se movia, a não ser para virar os rostos chocados na direção dela.

– O que foi? O que aconteceu?

Um analista sênior se adiantou.

– Eles estão mortos, senhora secretária.

Ellen se sentiu gelar e petrificar.

– Quem?

Mas sabia a resposta.

Scott Cargill. A assistente dele. E Arum Wani.

Os três mortos a tiros em um beco em Bad Kötzting.

CAPÍTULO 20

Betsy atendeu ao primeiro toque.
— Como está indo?
— Não muito bem — respondeu Ellen.
Ela parecia exausta. E não era de surpreender. Passava das dezoito horas em Washington, o que significava que era mais de meia-noite em Frankfurt.
Mais do que exausta, Ellen parecia desanimada.
— Pode falar — pediu Betsy.
Ela se sentou no sofá do escritório de Ellen. Estivera tentando tirar um cochilo antes de partir para cima de Timothy T. Beecham de novo. Queria ter alguma notícia, qualquer notícia, para dar a Ellen.
Ouvindo a voz exaurida da amiga, Betsy decidiu não lhe contar sobre o homem que a seguira. Até porque o general Whitehead já havia cuidado dele. E Ellen podia ter esquecido aquela breve troca de mensagens que terminara com *"Que guarda-costas?"*.
— Primeiro me conte sobre o tal guarda-costas — disse Ellen, e Betsy sorriu. Claro que ela não esqueceria.
— Foi só uma piada. Tinha um sujeito novinho e bonito tentando dar em cima de mim. Pelo menos, foi o que me pareceu. Com certeza não estava tentando chamar atenção da mulher linda sentada ao meu lado no voo.
— Claro que não. — Ellen fez uma imitação curta de uma gargalhada. — Você conseguiu o que queria com ele?
— Infelizmente, tudo que eu quero ultimamente é um cheesecake e uma garrafa de Chardonnay.
— Ah, meu Deus, isso parece bom.

– Eu me encontrei com o general Whitehead. Ele tinha algumas ideias sobre o que está acontecendo. E o que vai acontecer.

– Me conte.

E Betsy contou.

– Ele acha que os paquistaneses, apoiados pelos russos, convenceram Dunn a concordar com a soltura de Shah como parte de um acordo.

– Que acordo? – A voz de Ellen estava cheia de apreensão.

– Dunn tiraria nossas tropas do Afeganistão sem estabelecer condições e o Paquistão garantiria estabilidade lá. Em troca, os paquistaneses exigiram que os Estados Unidos concordassem com a libertação do traficante de armas mais perigoso do mundo. E Dunn era burro demais para saber com o que estava concordando.

Burro demais, pensou Ellen. *Ou míope. Ou buscando aumentar os índices de aprovação. Ou o número de patrocinadores.*

– E Beecham?

– Estava envolvido em ambas as decisões.

– Iago sussurrando no ouvido de Otelo.

– Prefiro vê-lo como lady Macbeth – disse Betsy.

– Alguma prova?

– Até agora nenhuma. E tem mais. – *Porque eu tenho mais*, pensou Betsy. – O general Whitehead acha que Beecham não está sozinho. Que há uma trama, criada por supostos patriotas, para derrubar um governo que eles consideram ilegítimo e reinstalar Dunn. Porque ele fará o que essa gente quiser.

Betsy não podia ver, mas a secretária de Estado estava assentindo. O fato de isso não ser um completo choque era, em si, chocante.

Ellen estava sozinha no seu quarto de hotel em Frankfurt. Era quase uma da madrugada e ela se sentia exausta e agitada demais para dormir. Mas estava louca por um descanso.

Estava esperando uma mensagem confirmando a viagem a Omã. Então poderia contatar o ministro do Exterior iraniano. Já havia feito pequenas sondagens, particulares.

Se o Irã era responsável pelas bombas nos ônibus e pelos terroristas, também era responsável pelo assassinato de Arum Wani em Bad Kötzting. Assim como de Scott Cargill e sua assistente.

Sim, a secretária Adams estava ansiosa para trocar uma palavrinha com os iranianos.

– Preciso saber em quem confiar – disse Ellen. – E em quem não confiar. Preciso de provas.

Betsy ouviu medo naquela voz familiar.

– Tenha cuidado, Elizabeth Anne Jameson – recomendou Ellen.

– Não se preocupe. Bert Whitehead pôs uma Ranger para tomar conta de mim. Ainda não liguei para ela.

– Por favor, prometa que vai ligar.

– Prometo. Agora é sua vez. Diga o que aconteceu.

Então Ellen Adams contou tudo à melhor amiga, à sua conselheira. E quando terminou, Betsy disse:

– Eu sinto muito. Foram os iranianos que mataram Scott Cargill e a assistente dele.

– E o terrorista. Acho que sim. Estou indo para Omã, me encontrar com o ministro do Exterior iraniano.

– Ficou maluca? – Betsy sentou-se empertigada. – Você não pode fazer isso. Eles podem matar você. Ou até te sequestrar.

Inesperadamente, houve uma gargalhada do outro lado.

– Doug Williams insinuou isso quando autorizou a viagem.

– Escroto.

– Não, foi mais como uma piada. Vou ficar bem. Os iranianos não são exatamente nossos amigos, mas são inteligentes. Não há vantagem em me machucar ou me sequestrar. Eu primeiro havia sugerido Teerã...

– Pelo amor de Deus...

– Para que Tim Beecham tivesse certeza de que eu sou tão idiota quanto ele acha. Eu também sabia que, se sugerisse Omã logo de cara, Williams ia recusar.

– Espera um minuto. Você fez esse mesmo joguinho psicológico com relação ao meu primeiro marido. Foi assim que...?

– Não. Eu nunca fui a favor dele.

– Queria poder ir com você.

– Eu também.

– Quem vai?

– Além do Boynton e da Segurança Diplomática, decidi levar Katherine e Anahita Dahir, a funcionária do Serviço de Relações Exteriores. Ela fala persa. Vai ser bom ter alguém que sabe o que o ministro do Exterior está realmente dizendo.

– Você confia na garota, depois do que descobriu sobre a família dela?

Houve uma pausa.

– Não. Não por completo. Esse é outro motivo para querê-la por perto. Mas estamos fazendo bom uso dela. A CIA descobriu um jeito de mandar uma mensagem para Zahara Ahmadi, e para isso precisamos de Anahita. A prima dela não vai confiar em um agente americano, mas talvez confie em Anahita. Os iranianos provavelmente monitoram as comunicações mandadas pelo computador do Dr. Ahmadi. Precisamos fazer contato com Zahara antes da polícia secreta iraniana.

– Tem certeza de que foi ela quem mandou a mensagem?

– Não, mas é a opção mais provável. – Ellen soltou um longo suspiro. – Eu aprovei a operação. Eles vão abordar Zahara Ahmadi assim que ela sair de casa para a faculdade.

Fazia muito tempo que Betsy sabia que, enquanto ela fazia as bravatas, Ellen era quem tinha bravura. Ficou feliz por não ter que tomar decisões como aquela.

– Antes de eu desligar, como está o Gil?

– Liguei para o hospital alguns minutos atrás. Está dormindo, e o médico de plantão disse que ele está muito melhor. Vou dar uma passada por lá na ida para o aeroporto.

– Ainda não descobriu quem é o informante dele?

– Não.

Houve uma pausa. Betsy não soube dizer se Ellen tinha hesitado de propósito ou se era a exaustão. Decidiu não perguntar. Quanto mais cedo desligasse, mais cedo sua amiga poderia dormir um pouco.

– Tenha cuidado, Ellen Sue Adams.

O PENSAMENTO OCORREU A BETSY uma hora depois, acordando-a do cochilo.

A pessoa que tinha visto no bar do porão do hotel Hay-Adams. A que o general também tinha visto. Que estava causando confusão.

Fazia anos que não o via. Na época, ele tinha uma aparência jovem. Quase de criança.

Mas naquela tarde, no Off the Record, ele estava quase irreconhecível. Na verdade, pensou Betsy saltando do sofá e indo até o chuveiro, ele estava acabado.

O TELEFONEMA CHEGOU QUASE ÀS TRÊS da madrugada em Frankfurt, acordando Ellen de um sono entrecortado.

A viagem para Omã estava acertada.

Ellen saltou da cama e em duas horas tinha conseguido um encontro com o ministro do Exterior iraniano para o meio da manhã, na residência oficial do sultão em Velha Mascate.

– Posso lhe dar uma hora, senhora secretária – dissera ele. O ministro falava um belo inglês, mas com frequência preferia usar um intérprete.

Daquela vez, no entanto, os dois conversaram sem intermediários. Era mais simples. Mais fácil. E mais discreto.

Depois de ligar para Charles Boynton e pedir que ele chamasse Anahita Dahir, Ellen acordou Katherine.

– Vamos para Omã. Use roupas recatadas.

– Certo. Vou deixar meu biquíni fio dental para trás.

Sua mãe riu.

– O avião decola em quarenta minutos. Os carros saem em vinte.

– Entendi. E Anahita? – perguntou Katherine.

Parecia que as duas tinham forjado uma amizade. Ellen não sabia se estava feliz com isso.

– Vai com a gente.

COM EFEITO, VINTE MINUTOS DEPOIS os veículos blindados partiram rumo ao aeroporto.

– Pode parar no hospital antes, por favor? – pediu Ellen.

Em minutos estava junto à cama de Gil. Ele dormia, o rosto machucado parecendo tranquilo.

– Gil? – sussurrou ela. Odiava fazer isso, mas havia tantas coisas naquela situação que Ellen Adams já odiava que aquela era apenas mais uma para acrescentar à lista. – Gil?

Ele se remexeu e abriu os olhos inchados.

– Que horas são?

– Pouco depois das quatro da manhã.

– O que está fazendo aqui? – Ele se esforçou para se sentar e ela ajudou, colocando um travesseiro às suas costas.

– Estou indo a Omã, falar com o ministro do Exterior iraniano. Os iranianos estavam por trás dos atentados.

Gill confirmou com a cabeça.

– Faz sentido. Eles não iam querer que Shah vendesse segredos nucleares, ou cientistas, a mais ninguém na região.

– O seu informante...

– Já disse que não vou...

Ela levantou a mão para interrompê-lo.

– Eu sei. Não estou perguntando quem é. – Ela baixou a voz. – Quando estive aqui pela última vez, você ia dizer alguma coisa. Que talvez houvesse outro jeito de descobrir mais coisas com seu informante. Sobre Shah.

– Não posso dizer – sussurrou ele.

– Mas como vai fazer isso? Você está no hospital.

– Já pensei num jeito. Faça o que você precisa fazer e me deixe fazer minha parte. Eu é que sofri o atentado. Sou eu que vou ver o rosto deles para sempre. Tenho total interesse nisso. Você precisa confiar em mim.

– Não é que eu não confie, é que não quero perder você. – Ela decidiu mencioná-la. Para ver. – Vou levar Anahita a Omã. Ela está ali fora.

Esperou a reação de Gil. Se Anahita fosse a informante dele...

Mas não houve reação. A não ser por:

– Diga que mandei um oi.

– Vou dizer. Devemos voltar ainda hoje. Dou uma passada aqui.

– Boa sorte.

VINTE MINUTOS DEPOIS, O *FORÇA AÉREA TRÊS* corria pela pista no escuro, começando o voo de sete horas até o Golfo Pérsico.

Assim que estavam em altitude de cruzeiro, Ellen entrou em seu escritório para se preparar. Ali encontrou um lindo arranjo de flores. Suas prediletas. Ervilhas-de-cheiro. Delicadas e perfumadas.

Ao se curvar para cheirá-las, viu um bilhete.

– Você pediu essas flores? – perguntou ao seu chefe de gabinete enquanto Boynton entrava com um comissário de bordo que trazia café e um desjejum leve.

Boynton pôs de lado as pastas que estava carregando e olhou o buquê.

– Não. Mas são bonitas. Provavelmente foi a embaixadora americana.

– Como ela sabia que são as minhas prediletas?

– Ela é muito meticulosa – disse Boynton, que não sabia que sua chefe tinha uma flor predileta. Mas, afinal de contas, ele estivera um tanto ocupado descobrindo outras coisas sobre a secretária de Estado. – Deve ter pesquisado.

– Obrigada – disse Ellen ao comissário de bordo, que tinha servido uma grande xícara de café puro e em seguida saiu.

Abrindo o bilhete, sentiu a xícara começando a escorregar da mão. Impediu-a de cair bem a tempo, mas não antes que uma gotinha atingisse sua coxa, queimando-a.

– O que foi? – perguntou Boynton, se aproximando.

– Quem mandou essas flores? – perguntou ela, agora com a voz dura.

– Já disse que não sei, senhora secretária. – Boynton parecia genuinamente perplexo com a reação dela. – Qual o problema?

– Descubra, por favor.

– Vou descobrir.

Ele saiu depressa enquanto Ellen colocava o papel na mesa. Com cuidado para não manuseá-lo mais do que já havia feito.

Era uma cópia escaneada do bilhete que tinha passado para Betsy antes que a amiga e conselheira viajasse para Washington. Pedindo para investigar Tim Beecham. E não deixar que ninguém mais visse, de jeito nenhum.

Não havia mais nada escrito. Nem assinatura. Mas ela sabia quem estava por trás daquilo. Quem estava por trás de todos aqueles bilhetes não assinados no decorrer dos anos. Dos cartões de aniversário. De Natal. Da mensagem enviada depois da morte de Quinn.

Pegou o celular criptografado e ligou para Betsy, com o coração martelando na garganta.

CAPÍTULO 21

Agora o bar estava apinhado.

Passava das dez da noite e Washington inteira tinha saído para se divertir. Betsy espiou em volta, os olhos se ajustando à luz fraca. Foi direto para o balcão, onde tinha visto Pete Hamilton pela última vez. Ele não estava mais ali, mas ela ficou tentada a olhar embaixo da bancada, já que era para onde ele parecia estar indo mais cedo.

– O que posso lhe servir? – perguntou o barman.

Um barril de Chardonnay, pensou a melhor amiga de Ellen.

– Um ginger ale diet, por favor – disse a conselheira da secretária de Estado. – Com uma cereja, se for possível.

Enquanto esperava, sentiu seu celular vibrar.

– O que está fazendo acordada? Devem ser...

– Um símile entra em um bar – interrompeu Ellen, a voz tensa.

– O quê? Na verdade, eu acabei de entrar em um bar.

– Betsy, um símile entra em um bar!

A mente de Betsy congelou por um momento. Símile. Símile.

– Seco como um deserto. Ellen... – Ela baixou a voz: – O que está acontecendo? Onde você está? Que barulho é esse?

– Você está bem?

– Estou. Estou no Off the Record. Sabia que eles já têm um descanso de copo com a sua caricatura?

– Escuta, Betsy, onde está aquele bilhete que eu te dei antes de nos separarmos?

– No meu bolso. – Ela enfiou a mão nele. Não estava ali. – Ah, espera.

Lembrei. Eu tirei e coloquei na sua mesa quando entrei na sua sala. Queria que ficasse em segurança. – Betsy ficou paralisada. – Por quê?

– Porque recebi uma cópia dele.

– Em Frankfurt? Como...

– Não. No *Força Aérea Três*.

– Merda. – A mente de Betsy disparou, repassando suas ações ao longo do dia. – Deixei na sua mesa quando entrei na sala do Boynton para usar o computador dele e pesquisar sobre o Beecham.

– Alguém entrou?

– Sim. Barb Stenhauser. Meu Deus, Ellen.

Santo Deus, pensou Ellen. O DIN já era bastante ruim, mas a chefe de gabinete do presidente?

– Por que ela ia pegar o bilhete e depois escanear para você?

– Quem pegou mandou para o Shah. Ele fez com que fosse colocado em um arranjo de ervilhas-de-cheiro no avião.

– As flores que Quinn mandava para você. Como um aviso?

– Uma provocação. Ele quer que eu saiba que está por perto. Tão perto que pode fazer o que quiser. Pode me pegar em qualquer lugar.

– Mas eles precisariam de alguém em Frankfurt, alguém com acesso ao seu avião. Ellen...

– Eu sei.

Podia ser qualquer um. Um membro da segurança. Um comissário de bordo. Até mesmo o piloto.

Ou – Ellen olhou em direção à porta fechada – seu próprio chefe de gabinete. O quase invisível Charles Boynton.

– Meu Deus – disse Betsy. – Se Stenhauser... Isso quer dizer que Williams...?

– Não. Acho que ele é muitas coisas, mas não está mancomunado com Bashir Shah. O que sei é que precisamos de clareza. Até agora suspeitamos de todo mundo. Isso precisa acabar.

– Concordo, mas o que vamos fazer?

– De novo, precisamos de fatos, provas. Informação. Tem certeza de que ninguém mais entrou na minha sala?

– Tenho...

– O que foi?

– Acho que alguém poderia ter entrado na sua sala quando vim aqui me encontrar com o general Whitehead. Isso quer dizer que Shah sabe que você está investigando Beecham.

Ellen Adams percebeu que estava ficando imóvel, muito calma. Como a maioria das mulheres, ao contrário do que se dizia, ela era boa em momentos de crise. E aquilo era uma crise.

– O que significa que temos pouco tempo. Eles devem estar decidindo o que fazer. Já descobriu alguma coisa?

– Não, por enquanto nada. É por isso que estou aqui.

– No bar?

– Com um ginger ale diet...

– Com cereja? – perguntou Ellen.

– É a melhor parte. Escuta, Ellen, quando estive aqui mais cedo, vi o Pete Hamilton.

– O ex-secretário de Imprensa de Dunn?

– É.

– Jovem, idealista. Meio charmoso – disse Ellen. – Ele fez um bom trabalho vendendo as mentiras do Dunn.

– Ele era muito convincente – concordou Betsy.

– Provavelmente porque acreditava no que dizia. O propagandista é o primeiro cliente de si mesmo.

Era algo que ela costumava repetir para todo jornalista iniciante em sua corporação, junto com o conselho do monge budista Thubten Chodron: "Não acredite em tudo que você pensa."

– Hamilton estava fazendo um bom trabalho – disse Ellen. – Mas foi substituído pelo filho de Dunn.

– Aquele pateta. Nós ficamos sabendo como eles se livraram do Hamilton?

– Não, mas parece que tinha um problema com bebida. Não era confiável com segredos de Estado. Por que você quer se encontrar com ele?

– Porque preciso de alguém de dentro do governo Dunn. Alguém que nos ajude a descobrir as informações que buscamos. Todas as outras pessoas têm medo de falar, mas Hamilton talvez fale.

– É difícil confiar na palavra de um viciado ressentido. Mas talvez ele esteja melhor.

Betsy se lembrou da voz alta e beligerante e dos homens e mulheres se afastando dele.

– Talvez não – admitiu ela. – Não preciso de alguém digno de crédito. Preciso de alguém que nos dê uma prova. Além disso, agora estou obcecada para descobrir o que significa o *T.* de "Timothy T. Beecham".

– Por favor, não volte só com essa informação.

Betsy gargalhou, Ellen também. Depois do dia que tivera, não se imaginava capaz de rir, mas Betsy sempre conseguia aliviar seu coração.

– Tenha cuidado. Você disse que o general Whitehead mandou uma Ranger contatar você, não é? Ligue para ela. Se Shah leu meu bilhete, sabe que você está investigando o Beecham. Se você chegar perto demais... – Ellen fez uma pausa. Era insuportável pensar nisso. Mas precisava. – Eu não duvido que ele poderia...

– Me ferir?

– Por favor, só para me deixar tranquila. Minha tranquilidade já está por um fio.

– Está bem. Pode deixar. Mas primeiro quero falar com o tal do Pete Hamilton. Não preciso de uma Ranger do Exército botando medo nele. Você está indo para Omã?

– Estou.

– Dê um beijo em Katherine. Espero que ela tenha deixado o biquíni fio dental para trás.

Ellen riu de novo, depois pensou um pouco. Tinha achado que a filha estivesse brincando, mas agora...

– Ah, Ellen?

– O quê?

– Tome cuidado.

Ellen desligou e olhou para as ervilhas-de-cheiro. Tão delicadas, cores tão alegres. Um perfume tão suave. Sempre faziam com que ela se lembrasse da gentileza de Quinn.

Pegou o buquê e já ia jogá-lo no lixo, mas parou e o recolocou na mesa. Shah não ia tirar isso dela.

E, santo Deus, não deixe ele pegar Betsy.

– É, ERA ELE MESMO – disse o barman quando Betsy perguntou. – Pete Hamilton. Vem mais ou menos a cada duas semanas. Só para o caso...

– De quê?

– De alguém querer falar com ele. Contratá-lo, talvez.

– E alguém fala?

– Não, nunca. – O barman a encarou.

– E ele foi embora?

– Pediram para ele sair. Ele estava bêbado ou drogado quando chegou. Começou a incomodar uns clientes, por isso foi posto para fora. – O barman a examinou. – O que a senhora quer com ele?

– Sou tia dele. A família perdeu o contato quando Pete saiu da Casa Branca. A mãe está doente e eu preciso falar com ele. Você sabe onde ele mora?

– Não. Não exatamente. Lá para Deanwood, acho. Eu não iria lá agora. Não à noite.

Betsy pagou o ginger ale diet e pegou suas coisas.

– Infelizmente a mãe dele está doente de verdade. Preciso encontrá-lo depressa.

O barman a alcançou junto à porta.

– Escute, a senhora não deveria ficar andando naquele bairro. – Ele lhe deu um cartão. – Ele deixou isso aqui alguns meses atrás, para o caso de alguém precisar de um RP.

Ela olhou o papel sujo, obviamente impresso em um computador doméstico.

– Obrigada.

– Se o encontrar, diga para ele não voltar aqui. Só passa vergonha.

O TÁXI PAROU DIANTE DO ENDEREÇO. Deanwood, na região nordeste de Washington, ficava a vinte minutos e a um mundo de distância do Hay--Adams. E da Casa Branca.

Betsy parou diante da porta do prédio. Não havia campainha, só um buraco onde antes podia ter existido uma.

Experimentou a porta. A maçaneta estava quebrada, deixando-a destrancada. Quando entrou, foi recebida por um cheiro quase palpável.

Urina. Fezes. Comida podre e alguma coisa, ou alguém, se decompondo, pensou.

Subiu a escada precária até o último andar e bateu à porta.

CAPÍTULO 22

— Vá se foder.

Betsy segurou um lenço junto ao rosto em uma tentativa de bloquear os odores.

— Sr. Hamilton?

Silêncio.

— Pete Hamilton? Eu, ah... — Ela olhou o cartão sujo na sua mão. — Preciso de um RP.

— À meia-noite? Vá se foder.

— É uma emergência.

Silêncio. O guincho de uma cadeira arrastando em madeira.

— Como você me encontrou? — Agora a voz estava bem atrás da porta.

— Consegui seu endereço com o barman do Off the Record. Vi você lá hoje.

— Quem é você?

No caminho, Betsy havia pensado em como responder àquela pergunta.

— Meu nome é Elizabeth Jameson. Meus amigos me chamam de Betsy.

Se queria, se precisava, que ele fosse sincero, também precisaria ser. Não era bom começar com uma mentira.

Ouviu uma, duas, três fechaduras girando e um trinco sendo puxado. Então a porta se abriu.

Betsy se preparou para uma onda nauseante. Precisou respirar algumas vezes para perceber que o lugar não fedia. Ou, mais precisamente, cheirava a loção pós-barba. O leve e agradável cheiro de masculinidade.

E de algo assando no forno. Mais especificamente de cookies com gotas de chocolate.

Esperava que o homem parado à sua frente estivesse com os olhos remelentos. Sujo de vômito. Usando uma cueca frouxa e imunda. Tinha se preparado para isso. Na verdade, boa parte da sua infância a havia preparado para isso.

Betsy Jameson não estava preparada para o que viu.

Pete Hamilton estava à sua frente, barbeado, de olhos límpidos, usando um suéter que parecia recém-passado. O cabelo escuro ainda úmido de um banho.

Ele era pouco mais alto que ela, ainda com a aparência rechonchuda de um bebê. Não gordo, mas macio. Rosto redondo, como o de um bebê Johnson adormecido.

– A senhora é a conselheira.

– Sou. E o senhor é o ex-secretário de Imprensa.

Ele abriu passagem.

– É melhor entrar.

A porta se abriu para uma pequena sala de estar, com as paredes pintadas de um tranquilo cinza-azulado. O piso de madeira parecia ter sido lixado e restaurado.

Havia um sofá-cama aberto e o que parecia uma poltrona confortável. Uma mesa junto à janela tinha um notebook aberto com papéis ao lado, e ainda um copo d'água e um cookie.

Em um canto ficava a cozinha.

Nos poucos segundos que demorou para absorver isso, Betsy ouviu as trancas sendo fechadas.

– O que a senhora quer? Suponho que não seja um RP.

– Bom, sim, eu preciso de um RP. Mais especificamente, preciso do senhor.

Ele a encarou e sorriu.

– Me deixe adivinhar. Tem a ver com as explosões nos ônibus. – Ele inclinou a cabeça. – A senhora não suspeita de mim, não é?

Ele lhe deu o mesmo sorriso de querubim que usava com ótimos resultados no púlpito, vendendo as mentiras de Dunn. Era um sorriso irresistível, e Betsy se esforçou para manter as defesas erguidas.

Mas, diante do querubim e do cheiro de biscoito de chocolate, temeu a possibilidade de não vencer aquela batalha. Então se lembrou dos rostos das famílias em Frankfurt, e suas defesas voltaram a postos.

– Acho que o senhor pode me ajudar, Sr. Hamilton.

– Por que eu ia querer fazer isso?

Ela olhou o apartamento em volta, depois o encarou.

– A senhora acha que eu odeio isso aqui e estou louco para escapar? Pode não parecer grande coisa, mas é a minha casa. E aqui na verdade há uma comunidade com pessoas humildes, mas decentes. Eu me encaixo direitinho.

– Mas seria bom ter outra opção, não é? Acho que é isso que o senhor deseja. Não é o que todos desejamos? O senhor pode optar por morar aqui, mas não precisa. Como eu disse, vi o senhor esta tarde no Off the Record. Parecia completamente furioso. Confuso, patético.

– A senhora precisa mesmo de um RP – disse ele, e ela sorriu.

– Por que aquele fingimento?

Quando ele não respondeu, ela foi até a mesa e olhou as anotações ao lado do computador. Conseguiu só um vislumbre antes que ele as cobrisse com a mão.

– Por favor, vá embora.

– Você está escrevendo um livro. Sobre Dunn.

– Não. Por favor, vá. Não posso ajudar a senhora.

Ela sustentou o olhar dele.

– Você não combina nem um pouco com este lugar.

Ele bufou.

– Vocês, democratas elitistas, são todos iguais. Fingem se importar com quem está por baixo, mas na verdade os desprezam.

Ela levantou as sobrancelhas.

– Você não me entendeu. Você disse que os seus vizinhos são decentes. É por isso que você não se encaixa. Você é indecente. Estou lhe oferecendo uma chance de ajudar a descobrir o responsável pelos atentados. Talvez até impedir outro. E você só se importa com o seu livro, com a sua vingança.

– Não é vingança. É justiça. Não estou escrevendo um livro. Estou tentando descobrir provas.

– De quê?
– Do que eles fizeram comigo. Ou de quem fez.

– SENHORA SECRETÁRIA? – CHARLES BOYNTON estava parado na entrada da cabine do *Força Aérea Três*. – Eles estão prontos, em Teerã. Só precisam da sua confirmação. Quer que eu contate o Sr. Beecham?
– Não, não será necessário.
– Mas...
– Obrigada, Charles. Pode pedir à Srta. Dahir e a Katherine para entrar?
Quando ele saiu, a secretária Adams pegou o telefone criptografado.
A agente em Teerã ficou obviamente surpresa ao escutar a voz da secretária de Estado dos Estados Unidos.
– Você está no lugar? – perguntou ela.
– Sim, senhora. Estamos vendo a casa de Ahmadi. Ela deve sair para a universidade a qualquer momento.
– Tem certeza de que a segurança iraniana não está vigiando vocês?
Houve um risinho da mulher do outro lado da linha.
– Tanta certeza quanto possível. Mas é por isso que precisamos agir depressa. Quanto mais esperarmos, mais chance de eles descobrirem.
Ellen fez uma pausa, pensando em Scott Cargill. E na outra agente da inteligência. Mortos a tiros, horas antes, em Bad Kötzting.
Aquelas pessoas eram tão corajosas, enquanto ela pairava acima de tudo aquilo, com café quente, bolinhos e o perfume de ervilha-de-cheiro.
– Vá em frente. Que Alá a abençoe.
– *Inshallah.*

– POSSO USAR SEU BANHEIRO? – perguntou Betsy.
Quando voltou, encontrou-o na cozinha fazendo um bule de chá. Os cookies estavam na bancada. Pete meneou a cabeça na direção deles.
Ela obedeceu, pegando o prato e escolhendo um biscoito enquanto ia até a poltrona. A cama tinha sido convertida de novo em sofá.
– Posso servir? – perguntou ele ao se juntar a ela, indicando o bule. Entregando uma xícara, disse: – Encontrou o que estava procurando?

– Na verdade, não. – Ela pegou a xícara.

Não havia nenhuma droga, a não ser aspirina. Agora isso não a surpreendia. Aquele homem não era o viciado bêbado que ele desejava parecer.

– Preciso de alguém de dentro, Sr. Hamilton. Alguém que saiba das coisas, que possa descobrir coisas. Alguém disposto a falar.

– Sobre os atentados nos ônibus? Não sei nada sobre eles.

– Sobre os segredinhos sujos do governo Dunn.

Isso foi recebido com silêncio.

– Por que eu faria isso? – perguntou ele, por fim.

– Porque você também está tentando descobri-los.

– Não, só estou tentando descobrir minhas próprias provas.

– Posso? Estão deliciosos. – Ela olhou na direção dos cookies.

– Quer um sanduíche? Está com fome?

Ela sorriu.

– Não, estou bem. Mas obrigada. – Em seguida se inclinou para ele. – O que eles fizeram com você?

Quando Pete ficou em silêncio, ela própria decidiu responder.

– Eles demitiram você sem motivo, por isso precisaram inventar um. Falsificaram e-mails, mensagens, algo para sugerir que você é um viciado. – Enquanto falava, ela ficou observando-o. Ele tinha baixado os olhos.

Não, pensou. Tinha mais coisa. "*Porque eu tenho mais...*"

– Houve uma insinuação de que você estava traficando.

Ele levantou os olhos e respirou fundo, longamente.

– Não estava.

– Mas você usava drogas.

– Quem não usava? Eu era um garoto, drogas eram o nosso equivalente a um martíni. Mas eu não...

– ... cheirava?

Ele sorriu.

– Não traficava. Nunca faria isso. E não usava nada mais forte do que maconha. Mas fizeram parecer que eu era um drogado que colocava a administração em perigo, que poderia vender segredos para financiar o vício. Que eu era uma ameaça à segurança nacional.

Agora os olhos de Pete Hamilton pareciam implorar. Não, não a ela.

Betsy percebeu que, enquanto a encarava, ele estava vendo seus acusadores. Na reunião atrás de portas fechadas. Confrontando-o com a prova.

Seu choque. Suas negativas. Suas súplicas. Seu choro. Eles tinham que acreditar.

E o trágico era que, claro, eles acreditavam.

– Por que fizeram isso com você?

Ele levou o notebook até ela e apertou algumas teclas, abrindo um arquivo com uma foto.

– Isso é o mais próximo de um motivo que consegui achar. Foi publicado três dias antes de eu ser demitido.

Era uma matéria de jornal. Não, não era uma matéria. Era uma coluna de fofocas de Washington. A foto mostrava Pete Hamilton, parecendo muito mais novo do que o homem à frente dela. Estava rindo com alguns correspondentes da Casa Branca. No Off the Record.

A legenda embaixo dizia: *Pete Hamilton, secretário de Imprensa da Casa Branca, obviamente incluído na piada interna.*

Betsy levantou os olhos.

– Só isso? Eles o demitiram porque você se encontrou com repórteres? Não era esse o seu trabalho?

– A lealdade era a coisa mais importante naquela Casa Branca. Qualquer um que parecesse capaz de fazer qualquer crítica era mandado embora.

– Mas você só está rindo. Poderia ser de qualquer coisa.

– Não importava. Esses jornalistas são da CNN. O presidente achou que eu estava rindo de alguma piada sobre ele. Erva daninha cresce rápido. Eu precisava sair.

– Sair tudo bem, talvez por um tempo. Mas fizeram parecer que você era uma ameaça à segurança nacional. Um traficante. Acabaram com você.

– Para dar o exemplo. Era o início do mandato, e eles precisavam mostrar a todos o que aconteceria se alguém fosse suspeito de deslealdade. Tenho sorte de não terem espetado minha cabeça em uma lança.

– Teria dado no mesmo. Hoje em dia ninguém empregaria você.

– É. Eles nunca fizeram uma declaração, nunca me acusaram publicamente, nada de que eu pudesse me defender ou levar para o tribunal.

– Eles? Eric Dunn?

Betsy o viu hesitar.

– Espero que não, mas não sei. Naquela administração não acontecia muita coisa que ele não soubesse.

– E agora? – Ela olhou para a mesa e os arquivos. – Você está tentando limpar seu nome. Encontrar alguma prova de que foi tudo forjado.

– Demorei um tempo para ficar com tanta raiva. No começo fiquei chocado. Depois achei que merecia. Eu acreditava em Eric Dunn. Nos objetivos da administração. Mas à medida que os meses e anos passavam e eu vi quanto me prejudicaram, fiquei com raiva.

– Você tem um pavio comprido.

– Preso a uma bomba bem grande.

– O que foi aquele teatro no Off the Record hoje? Você estava só fingindo estar bêbado ou drogado. Por quê?

– A senhora vai precisar me dizer por que está aqui. E precisa saber que, apesar do que aconteceu comigo, sou totalmente conservador. Posso não ser mais um grande fã do Dunn, mas também acho o seu cara um idiota.

Betsy o surpreendeu com uma gargalhada.

– Se você realmente ainda acompanha a política, sabe que não vai ouvir nenhum argumento contrário vindo de mim ou da secretária Adams. – Então ela ficou séria. – Nosso homem pode ser idiota, mas pelo menos não é perigoso.

– Um presidente idiota é, por definição, perigoso.

– O que quero dizer é que ele não está tramando para derrubar o governo e ajudando a apoiar terroristas, talvez até a armar. Você perguntou o que estou fazendo aqui. Nós achamos que Eric Dunn, ou pessoas leais a ele, estão envolvidas nos atentados nos ônibus e no que vem em seguida.

Pete Hamilton a encarou. Talvez surpreso, mas não chocado, pensou ela.

– E o que faz vocês acharem isso?

– Ele permitiu a libertação de Bashir Shah, o paquistanês...

– Sei quem ele é. Ele saiu da prisão domiciliar?

– E desapareceu.

– A senhora acha que Shah está por trás dos atentados?

– Não. Ainda não é de conhecimento público, mas em cada um daqueles ônibus havia um físico nuclear paquistanês recrutado por Shah.

Foi estranho ver o rosto de Hamilton. Ele ainda parecia um querubim, mas um querubim que tinha acabado de engolir um monstro.

– O que você sabe? – perguntou ela. – Você sabe de alguma coisa. Ouviu alguma coisa.

– A senhora perguntou por que eu vou ao Off the Record e finjo estar bêbado. Vou lá para provar a eles que não represento ameaça. Estou tão doidão que ninguém precisa se preocupar comigo. E não se preocupam. Por isso fico lá sentado, com os olhos vidrados, murmurando sozinho, enquanto eles conversam. Escuto coisas. Se querem me fazer parecer um bêbado inútil, o melhor é eu tirar vantagem disso.

Betsy olhou aquele menino-homem e percebeu que podia estar na presença de um Mozart moderno. Um gênio.

– E o que você ouviu?

– Rumores. Em Washington, as pessoas estão sempre tramando, sempre exagerando. Sempre prometendo mundos e fundos, mas isto é diferente. É discreto. Sem nenhum papo-furado político nem pose. Eu tentei descobrir, mas o problema é que sei onde olhar e como olhar. Passei anos escutando coisas. Sei onde ficam os registros confidenciais. O que não tenho é acesso. Não posso passar pela cibersegurança da Casa Branca.

Betsy sorriu.

POUCO DEPOIS DAS SETE DA MANHÃ, Zahara Ahmadi saiu de casa para a curta caminhada até a Universidade de Teerã.

Um hijab cor-de-rosa emoldurava seu rosto e descia até os pés.

Sua mãe sempre usava preto e seu pai tinha insistido que as filhas também usassem um hijab mais sóbrio, por respeito. Mas assim que fez 20 anos e entrou para a universidade, Zahara, que adorava o pai, rendeu-se a esse único ato de rebelião pessoal.

Seus hijabs eram coloridos e alegres. Porque, como explicou ao pai, o Islã a deixava feliz. Alá lhe dava alegria e paz.

Apesar de ver que era verdade, seu pai não aprovava nem concordava. O Dr. Ahmadi receava que a adorada filha mais velha não demonstrasse o respeito, a reverência ou mesmo o temor adequado ao seu Deus, quanto mais ao governo.

Ele sabia do que ambos eram capazes, se fossem desagradados.

Enquanto percorria aquele caminho tão familiar, Zahara Ahmadi percebeu alguém atrás dela. Em uma vitrine viu não uma, mas duas pessoas. Um homem e uma mulher. Os dois usando o preto mais profundo, a mulher com uma burca completa.

Zahara reconhecia os agentes do VAJA, membros do serviço secreto. Tinham visitado sua casa, seu pai, durante toda a sua vida. Sentados no escritório bagunçado, interrogando-o. Instruindo-o. Ele aceitava tudo e fazia o que mandavam.

Não porque era obrigado, ela sabia, e sim porque queria.

Zahara nunca tivera medo daquelas pessoas. Enxergava-as do mesmo modo que seu pai – como extensões de um governo decidido a proteger os cidadãos contra um mundo hostil. Mas agora sabia que não era bem assim. Desde aquela última visita. Daquela última conversa que tinha ecoado pela abertura de ventilação até o seu quarto.

Acelerou o passo.

As ruas estavam vazias, a não ser por alguns vendedores começando a arrumar os produtos.

O homem e a mulher também aceleraram, chegando mais perto.

Ela acelerou.

Eles aceleraram.

Ela começou a correr.

Eles correram atrás. Chegando perto. Quanto mais ela corria, mais em pânico ficava.

Sempre tinha pensado que era corajosa. Naquele momento, percebeu que havia sido ingênua.

Correu por um beco e saiu pelo outro lado, com a roupa rosa-choque balançando ao vento. Identificando-a. Tornando impossível não ser vista.

– Pare! – gritou um deles. – Não queremos machucar você.

Mas, claro, o que mais eles diriam? *Pare para matarmos você? Torturar você? Sumir com você?*

Zahara não parou. Mas, quando virou a esquina seguinte, trombou direto com o homem. Na verdade, bateu com tanta força que cambaleou para trás e teria caído se a mulher que vinha atrás não a segurasse.

Zahara lutou, mas o homem a segurou com força, uma das mãos cobrindo sua boca, enquanto a mulher enfiava a mão no bolso da burca.

– Não! – Zahara tentou implorar. A voz saiu abafada pela mão. – Não, não...

Algo foi encostado no seu rosto.

– Zahara? – disse uma voz.

Lentamente, Zahara parou de se debater e olhou o celular que falava com ela em um persa com sotaque. Era a voz de uma mulher jovem. Uma voz americana.

– Sou Anahita. Sua prima. Essas pessoas estão aí para ajudar.

No escritório dentro do *Força Aérea Três*, voando em direção a Omã, a secretária Adams, um tradutor, Katherine e Anahita olhavam o celular na mesa.

Esperando uma resposta. Os segundos passavam lentamente.

– Anahita? – disse uma voz bem baixinha.

As pessoas reunidas em volta se entreolharam e sorriram. Relaxando.

– Como vou saber que é você?

Prevendo essa pergunta, tinham pedido que Irfan Dahir dissesse à filha algo que só ele e o irmão mais novo poderiam saber.

Ellen assentiu para Anahita.

– Meu pai chamava o seu pai de "seu merdinha" e o seu pai chamava o meu pai de "idiota" porque ele não estudou física, e sim economia.

Um pequeno gemido de alívio, até mesmo de diversão, ecoou pelo alto-falante.

– É verdade! Agora é assim que eu chamo minha irmã mais nova. Ela está fazendo teatro.

– Eu tenho outra prima? – perguntou Anahita, olhando o aparelho na mesa como se ele contivesse a família pela qual ansiara a vida toda.

– Também tenho um irmão. Ele é realmente um merdinha.

Anahita gargalhou.

Ellen fez um círculo rápido com o dedo.

Anahita assentiu.

– Recebi sua mensagem, mas não consegui impedir os atentados. Escute, essas pessoas estão aí para ajudar, caso você tenha problemas. Eles podem tirar você daí.

– Mas eu não quero ir embora. Meu lugar é no Irã. Eu fiz aquilo para ajudar, e não para prejudicar meu país. Matar inocentes não é o caminho.

– É, tudo bem, mas você não vai querer parar nas mãos da polícia secreta. Olha, nós precisamos que nos diga como o seu pai ficou sabendo dos físicos. Você sabe sobre Bashir Shah? Sobre o que ele planejou? Se...

Então houve um grito. Som de briga.

E a linha ficou muda.

CAPÍTULO 23

– Sinto muito, senhora secretária – disse o ministro do Exterior iraniano. – Bombas em ônibus? Não faço ideia do que a senhora está falando.

– O senhor me surpreende, ministro Aziz. O presidente Nasseri não lhe conta os segredos?

Estavam sentados em uma enorme sala de reuniões, depois de serem recebidos pelo sultão em pessoa na entrada do palácio.

O homem alto e gentil tinha levado Ellen até a sala com vista para o Golfo de Omã, conversando educadamente sobre a arte e a cultura do país.

E em seguida os deixou.

A sala era coberta do chão ao teto por um mármore branco quase ofuscante. Pelas portas duplas que se abriam para um amplo terraço, Ellen quase podia ver o Irã do outro lado da água. Se o ministro iraniano quisesse, poderia ter ido de barco para o encontro.

Agora, enquanto ela se inclinava para a frente, Aziz se recostou na poltrona. Até aquele momento, Ellen tinha feito tudo que os adidos culturais haviam aconselhado.

Ao se encontrar com o ministro do Exterior iraniano, não deveria haver nenhum toque.

Devia usar o título formal dele.

Seu cabelo devia estar coberto por um lenço recatado.

Jamais dê as costas para ele, disseram, e jamais olhe o relógio. E uma centena de outras coisinhas destinadas a não ofender.

Apesar de Ellen certamente ter evitado insultos, fazer todas aquelas coisas não a havia levado a lugar nenhum. E mesmo não querendo provocar mais danos a um relacionamento extremamente precário, também não tinha tempo para aquele tipo de pompa.

– Posso garantir que, se houvesse algo para saber, eu saberia – disse ele.

Tudo isso foi dito com a ajuda de um intérprete.

Ellen tinha perguntado ao ministro se os dois podiam usar o intérprete dele.

– Esse é um gesto de confiança e tanto, secretária Adams – dissera o ministro Aziz em um inglês perfeito durante a conversa telefônica.

– O senhor não está sugerindo que há risco de o seu intérprete me traduzir mal, está? – perguntou ela, a voz cheia de diversão.

– Se ele fizer isso, faremos com que a língua dele seja arrancada por águias. É isso que a sua imprensa diz sobre nós, não é? Que somos bárbaros?

– Nossas próprias inverdades – admitiu Ellen. – Há muita coisa que de fato não sabemos sobre a cultura e a realidade uns dos outros. Talvez esta seja a hora da sinceridade. – Ela fez uma pausa. – E da transparência.

Mesmo tentada a exigir saber o que havia acontecido com Zahara Ahmadi, não fez isso. Só pioraria as coisas.

Em vez disso, ficaram sentados cara a cara, com o sol forte brilhando no oceano de mármore branco do palácio de Al Alam, com o porto de Mutrah, de Velha Mascate, à frente.

Claro, Ellen não lhe disse que a jovem assistente atrás dela falava persa.

Anahita tinha sido instruída a não dizer nada, e obviamente a não dizer nada em persa, apenas ouvir e mais tarde contar o que o ministro do Exterior realmente dissera.

Aziz tinha olhado para Anahita e em seguida falado com ela em persa, perguntando de onde ela era.

Anahita o encarou, inexpressiva.

Ele sorriu.

Ellen não tinha certeza se ele fora convencido por aquilo, mas, à medida que a reunião continuou, viu que ele havia esquecido Anahita e Charles Boynton, ambos sentados em silêncio atrás dela, e focava na secretária de Estado americana.

– O senhor diz que o presidente Nasseri lhe conta tudo o que é importante. E, no entanto, não sabe nada sobre as bombas nos ônibus? As bombas que o seu próprio governo colocou?

Ellen estava intrigada com aquele homem. Ele obviamente acreditava nos ideais da revolução, mas também parecia achar que um Irã isolado era um Irã enfraquecido.

E vinha mandando sinais sutis de que não confiava mais nos russos, vizinhos e aliados do Irã, e que podia estar aberto a um entendimento com os Estados Unidos. Não relações diplomáticas completas, nem de longe, mas uma ligeira mudança. Mudança esta que seria sísmica para o Irã, dada a forma como Dunn havia saído do acordo nuclear.

Mas Aziz também tinha deixado claro que o novo presidente começaria com um déficit de confiança muito grande. Para o Irã, seria difícil entrar em outro acordo envolvendo supervisão, porque isso o faria parecer enfraquecido e vulnerável.

A secretária Adams sentia que agora havia uma abertura pequena, minúscula, criada pela Rússia, predadora e imprevisível, e pelos Estados Unidos, dispostos a amenizar a postura de confronto.

Seu trabalho era encontrar essa zona de benefício mútuo. E talvez, com o tempo, expandi-la até um entendimento genuíno. De modo que o Irã não fosse mais uma ameaça persistente e que os Estados Unidos e seus aliados não fossem mais alvos de ataques.

Mas ainda não estavam nessa zona. Longe disso. E as bombas nos ônibus tinham alargado muito mais o abismo. Mas também tinham lhe dado a oportunidade de que precisava.

– Então o senhor prefere não discutir o assassinato dos físicos paquistaneses – disse ela, escolhendo uma tâmara gorda no prato de frutas e outros petiscos oferecidos pela cozinha do sultão. – Nem o assassinato de todas aquelas pessoas nos ônibus.

– Estou disposto a discutir, só não estou disposto a levar a culpa. Afinal de contas, por que o Irã ia querer matar paquistaneses? E fazer isso de um modo tão sangrento? Não faz sentido, senhora secretária. Já a Índia... – Ele abriu as mãos expressivamente, convidando-a a enxergar seu ponto de vista.

– Ahhh – disse ela, recostando-se na poltrona e também abrindo as mãos. – Já Bashir Shah...

Observou o homem à sua frente se transformar em mármore. O sol brilhando no suor da testa.

O sorriso dele havia sumido e seus olhos não pareciam mais nem um pouco divertidos. Ele a encarou, deixando cair a máscara de civilidade.

– Será que deveríamos conversar em particular? – perguntou ela.

Quando os outros saíram, Ellen se inclinou para o ministro Aziz e ele se inclinou mais para perto dela.

– *Havercrafte man pore mārmāhi ast.* – Ela pronunciou as palavras lentamente, baixinho, com cuidado. E viu as sobrancelhas grisalhas dele se erguerem.

– Verdade? – perguntou ele.

As sobrancelhas de Ellen baixaram.

– O que foi que eu disse? Minha assistente pesquisou e me deu a frase. Eu até ensaiei.

– Só espero que o que a senhora disse não seja verdade. Seu hovercraft está cheio de enguias.

Os lábios de Ellen se curvaram em um sorriso que ela estava obviamente lutando para conter. Por fim desistiu e riu.

– Desculpe. A verdade é que meu hovercraft não tem enguias.

Foi a vez de ele rir.

– Eu não teria tanta certeza. Agora, o que realmente queria dizer, senhora secretária?

– É hora de pôr as cartas na mesa.

– Concordo. Hora da sinceridade.

Ela sustentou o olhar dele e assentiu.

– Uma mensagem foi mandada da casa de um dos seus físicos nucleares em Teerã, nos alertando sobre os atentados. Infelizmente, a funcionária que a recebeu a descartou como spam, e a ignorou até ser tarde demais.

– Uma pena – respondeu ele apenas.

Se o ministro iraniano estava surpreso com sua sinceridade, ele era um diplomata experiente demais para demonstrar.

O tempo era curto e havia muito terreno a percorrer. Ellen tinha conseguido deixá-lo à vontade muito mais depressa do que esperava, mas agora precisava cruzar a linha de chegada.

– O físico e a família dele estão sob custódia da sua polícia secreta.

– Isso não existe – disse ele. Uma resposta mecânica para os ouvidos de qualquer enguia que pudesse estar escutando.

Ela a ignorou.

– O governo dos Estados Unidos consideraria um favor se eles fossem soltos, junto com os outros dois iranianos apanhados naquela ocasião.

– Mesmo se estivéssemos com eles, duvido que poderiam ser soltos. Vocês soltam traidores e espiões?

– Se houver um benefício maior, sim.

– E qual seria esse benefício para o Irã?

– A gratidão do novo presidente. Um "eu lhe devo uma" particular.

– Nós tínhamos a gratidão do antigo. E foi bem importante. Ele saiu do acordo nuclear, permitindo que tivéssemos a independência que merecemos para desenvolver nosso programa pacífico de energia nuclear. Sem interferência.

– Verdade. Além disso, ele permitiu que Bashir Shah fosse solto. O Dr. Shah seria a serpente no seu hovercraft, não é?

Aziz a encarou. E ela o encarou de volta. Esperando. Esperando.

– O que a senhora realmente deseja?

– Quero saber como vocês sabiam sobre os físicos nucleares paquistaneses e o que sabem sobre os planos de Shah. E quero que aquelas pessoas sejam soltas.

– Por que faríamos tudo isso?

– Porque para ter um amigo, vocês precisam ser amigos. Por que concordou em se encontrar comigo? Porque sabe que a Rússia é instável, volúvel. Vocês estão cada vez mais isolados. A República Islâmica do Irã precisa, se não de amigos, pelo menos de menos inimigos. Shah, com a ajuda do Paquistão, está prestes a fornecer capacidade nuclear para no mínimo um outro país na região. Talvez até para organizações terroristas. Por isso vocês mataram os cientistas. Mas existem mais físicos por aí. Vocês não podem matar todos. Precisam da nossa ajuda para acabar com isso. E nós precisamos de vocês.

Alguns minutos mais tarde, a secretária Adams e o ministro Aziz se despediram. O ministro iraniano foi direto para o aeroporto, pegar o curto voo de volta para casa, enquanto Ellen requisitava a indulgência do sultão, pedindo para permanecer um pouco mais no palácio.

De pé junto à balaustrada, olhando o porto antigo, cheio de história, a secretária de Estado fez uma ligação.

– Barb? Preciso falar com o presidente.
– Ele está meio ocupado...
– Agora.

Barb Stenhauser recuou e olhou o presidente Williams atender ao telefone.

– Ellen, como foi? – Havia mais do que uma leve ansiedade em sua voz.
– Preciso ir a Teerã.
– Claro. E eu preciso de 90% de aprovação nas pesquisas.
– Não, Doug, você *quer* isso. Eu estou falando de uma necessidade. O ministro Aziz praticamente admitiu que eles colocaram as bombas, e eu acho que temos uma chance de resgatar nosso pessoal e obter informações sobre Shah, mas Aziz nunca nos daria o que precisamos. Ele não pode. Só o presidente. E talvez nem Nasseri. Talvez tenha de ser o aiatolá.
– Você jamais vai conseguir uma audiência com o líder supremo.
– Não vou se não tentar. Se eu demonstrar disposição de ir até eles, vai ajudar.
– O que você está demonstrando é desespero. Pelo amor de Deus, Ellen, onde está o seu bom senso? Imagina a imagem que vai passar se um dos primeiros lugares que você visitar como secretária de Estado for um inimigo jurado que bombardeou petroleiros, derrubou aviões, abrigou terroristas e agora assassinou civis inocentes.
– Ninguém precisa saber. Eu posso entrar e sair em algumas horas. Usar um jato particular. Alguém ao menos sabe que eu estou em Omã?
– Não. Nós explicamos sua ausência dizendo que está em um spa de luxo na Coreia do Norte.

Um riso escapou antes que Ellen pudesse segurar.

– Você não pode fazer isso virtualmente? – perguntou o presidente.

– Não podemos nos arriscar a acreditarem que estamos mancomunados com inimigos.

Do outro lado da sala, ele podia ver a fileira de televisores com comentaristas. Supostos especialistas. A maioria, se não todos, imaginando em que pé a administração Williams estava em tudo aquilo. Como o governo podia não saber sobre os ataques? O que mais eles não sabiam?

Na Fox News, o ex-secretário de Estado explicava que, no governo deles, nenhuma catástrofe assim tinha acontecido nem poderia acontecer. E o que mais poderia acontecer em seguida, em solo americano, com um homem tão fraco no Salão Oval?

– Sei a imagem que pode passar – admitiu Ellen. – Mas finalmente temos uma chance de chegar ao Shah e impedir o que ele planejou. Eu preciso estar lá, em pessoa. Preciso demonstrar boa vontade.

– Nós ao menos sabemos se os iranianos têm essa informação?

– Não. Mas eles sabem mais do que nós. Sabiam sobre os físicos. O que não entendo é por que acharam que precisavam explodir ônibus inteiros. Por que simplesmente não atiraram nos cientistas? Seria muito mais fácil.

– Como espetáculo público, talvez? – sugeriu Williams. – Eles já fizeram coisa pior.

– Ainda assim não faz sentido. As respostas estão em Teerã. Se eles não sabem o que Shah planejou nem onde ele está, talvez saibam quem sabe.

– Por que iriam nos contar?

– Porque querem que a gente o impeça.

– Então por que não contaram antes? Se querem nossa ajuda, por que não contaram sobre os físicos?

– Olha, não sei. É por isso que preciso ir a Teerã.

– E se o tiro sair pela culatra? E se os iranianos decidirem liberar fotos de você se curvando para o grande aiatolá ou o presidente Nasseri? Ou se decidirem prender você? Acusá-la de espionagem? E aí?

– Eu sei o que aconteceria – respondeu ela, a voz subitamente gelada. – Sei que você não iria negociar minha soltura.

– Ellen...

– Eu tenho sua aprovação ou não? O sultão fez a gentileza de me emprestar um jato, e eles precisam da resposta. E preciso chegar lá antes que os iranianos mudem de ideia e procurem a ajuda dos russos.

– Está bem. Vá – disse Williams. – Mas se você se meter em alguma encrenca...

– Estou por conta própria. Foi uma decisão unilateral. Não consultei o senhor.

Covarde, pensou ela ao desligar.

Maluca, pensou ele, desligando.

– Chame Tim Beecham – vociferou o presidente.

– Sim, senhor presidente.

Enquanto sua chefe de gabinete saía, Doug Williams olhou para os monitores e sentiu as paredes do Salão Oval começando a girar. Como uma centrífuga. Que separava líquido de sólido.

Deixando apenas o que era pesado.

CAPÍTULO 24

– Certo, entrei – disse Pete Hamilton. – O que você precisa que eu descubra?

Betsy o havia acomodado na sala de Boynton e lhe dado o login e a senha para acessar informações sigilosas, mas não antes de trancar a sala principal dos aposentos da secretária de Estado, além da sala particular de Ellen e a do seu chefe de gabinete.

Só tinha faltado empurrar o sofá contra a porta, e agora estava mesmo avaliando essa ideia.

– Tudo que você puder sobre Tim Beecham.

Os dedos de Hamilton pairaram acima do teclado enquanto ele a encarava.

– Meu Deus. O diretor de Inteligência Nacional?

– É. Timothy T. Beecham. E, já que está com a mão na massa, descubra o que significa o *T*.

Duas horas depois, enquanto o sol começava a nascer, Hamilton empurrou a cadeira para trás, afastando-se da mesa.

– Conseguiu alguma coisa? – perguntou Betsy, parando atrás dele. – O que é isso?

Hamilton esfregou o rosto com as duas mãos. Seus olhos estavam injetados e o rosto abatido.

– Isso é tudo que descobri sobre Beecham.

– Em duas horas?

– É. Alguém não quer que a gente saiba mais. Nenhum informe, e-mail, anotações de reuniões, agenda. Quatro anos de documentos sumidos.

Nada. Nada das coisas que, por lei, precisam ser preservadas. Tudo foi embora.

– Para onde? Deletado?

– Ou arquivado em outro local. Em algum outro departamento, onde ninguém pensaria em olhar. Pode ser em qualquer lugar. Ou apenas enterraram as informações tão fundo que eu não consegui encontrar.

– Por quê?

– Não é óbvio? Estão escondendo alguma coisa.

– Continue procurando.

– Não dá. Já olhei tudo.

Betsy assentiu, pensando.

– Certo, até agora estávamos indo atrás do Beecham. Talvez precisemos procurar em outro lugar, contorná-lo. Encontrar uma porta dos fundos.

– Shah? Talibã?

– Gravatas-borboleta.

– O quê?

– Tim Beecham usa gravatas-borboleta. Eu me lembro de ter lido uma matéria sobre ele, que o jornal de Ellen em Washington fez para a seção de moda.

– E o que tem?

– Eles devem arquivar todas as matérias jornalísticas. Há um serviço de clipping, não é? Tim Beecham não era o diretor de Inteligência Nacional no governo Dunn. Ele era um conselheiro de inteligência de alto nível. Não era citado em muitas matérias. Na verdade, ele fazia questão de não ser. Mas um artigo sobre moda? Um artigo elogioso, em um jornal famoso por criticar tudo o que o pessoal de Dunn fazia? Eles devem ter adorado a oportunidade.

– Gravatas-borboleta?

– Pegaram Al Capone por evasão fiscal. – Betsy se curvou para a tela. – Por que não pegar Beecham por gravatas-borboleta? O nó em volta do pescoço dele. Eles não se incomodariam em enterrar essa matéria muito fundo, se é que pensariam nisso. Encontre esse artigo e vai encontrar tudo dele.

Pete Hamilton entendeu. As gravatas-borboleta podiam ser a ponte – a única ainda intacta – para um tesouro de informações incriminatórias.

– Vou pegar café – disse Betsy.

– E algo para comer! – gritou Pete. – Um pãozinho de canela.

Enquanto saía da sala de Boynton, acompanhada pelo som de dedos batendo em teclas, ela se lembrou da promessa de ligar para a Ranger do general Whitehead pedindo proteção.

Parecia bobagem. Impossível acreditar que, no ambiente confortável e já familiar das salas da secretária de Estado no Foggy Bottom, pudesse haver uma ameaça à vida deles. Mas Betsy sabia que era exatamente isso que as pessoas naqueles ônibus deviam ter pensado.

Mas primeiro café e pãezinhos de canela.

Enquanto descia até o refeitório no primeiro andar, Betsy se sentiu reconfortada sabendo que pelo menos tinham descoberto o que significava o *T* de "Timothy T. Beecham". Embora isso também fosse estranho.

A IRANIANA DE MEIA-IDADE, DO GOVERNO de Teerã, deu um passo para trás e examinou Ellen. Depois disse em inglês:

– Vai servir.

Estavam no quarto no jato do sultão, agora estacionado em um hangar do Aeroporto Internacional Imã Khomeini, em Teerã. Em seguida, a mulher voltou a atenção para as outras duas na cabine espaçosa. Katherine Adams e Anahita Dahir estavam vestidas de modo semelhante e igualmente irreconhecíveis, em burcas que iam da cabeça aos pés.

Antes de entrarem no jato particular do sultão em Omã, a secretária Adams tinha ligado para o ministro Aziz e pedido a vestimenta tradicional. Ele entendeu imediatamente o motivo.

Então, enquanto ainda estavam no terminal em Omã, ela havia puxado Anahita de lado.

– Acho que você deveria ficar aqui. Se os iranianos descobrirem quem você é, e provavelmente vão descobrir, pode haver problema. Você pode até ser presa como espiã.

– Eu sei, senhora secretária.

– Sabe?

Anahita sorriu.

– Passei a vida inteira com medo do que aconteceria se os iranianos descobrissem minha família. Não acredito que eu simplesmente entrei na toca do leão. Mas ontem vi meus pais e o que todo esse segredo e esse medo fez com eles. A vida que eles levaram, com medo o tempo todo. Estou cansada de sentir medo. De me diminuir por medo de ser notada. Já chega. Além disso, o que quer que aconteça, não pode ser pior do que imaginei.

– Não sei se isso é verdade.

– A senhora não sabe o que eu imaginei. Fui criada com histórias de demônios que vêm à noite. Os *khrafstra*. Os que me davam mais medo eram os *Al*. Eles são invisíveis. O único modo de saber que eles estão presentes é porque coisas horríveis acontecem.

E sem dúvida coisas horríveis estavam acontecendo.

Ellen se lembrou do rosto de Anahita quando ouviu dizer que Bashir Shah estava por trás dos atentados.

– E Shah é um *Al*?

– Quem me dera. Ele é o Azhi Dahaka. O demônio mais poderoso. Comanda um exército de *Al*s, trazendo o caos, o terror. A morte. O Azhi Dahaka é feito de mentiras, senhora secretária.

As duas se encararam.

– Entendo – disse Ellen.

Ela deu passagem e observou Anahita embarcar no avião para Teerã.

Logo antes de o avião pousar, Ellen telefonou para o hospital em Frankfurt, para falar com Gil.

– Como assim, ele saiu? – perguntou ela.

– Sinto muito, senhora secretária. Ele disse que a senhora sabia.

Mais mentiras, pensou Ellen, olhando o Irã abaixo, pela janela. Pérsia. Imaginou se, caso olhasse com atenção suficiente, veria o Azhi Dahaka partindo a toda velocidade para Teerã, para receber o avião. Ou será que ele estaria ocupado em outro lugar? Estaria se esgueirando para os litorais dos Estados Unidos, ficando ainda mais poderoso com todas as mentiras contadas?

– E os ferimentos dele? – perguntou ela à médica.

– Não são fatais, e ele é adulto. Pode assinar para ter alta.

– Vocês sabem para onde ele foi?

– Infelizmente não, senhora secretária.

Então ela tentou ligar para o celular dele, mas foi atendida por outra pessoa. Uma enfermeira. A mulher explicou que Gil tinha lhe dado o celular e pedido que ela o guardasse.

Para que ele não fosse rastreado, Ellen sabia.

– Ele lhe contou mais alguma coisa? – perguntou ela.

– Não.

– O que é? Tem mais coisa, não tem? – Dava para perceber, pelo tom de voz dela.

– Ele pediu 2 mil euros emprestados.

– E você emprestou?

– Sim. Peguei no banco ontem.

O que significava, percebeu Ellen, que ele já estava planejando sair, e não tinha dito a ela.

– Por que você deu o dinheiro a ele?

– Ele estava desesperado. E ele é seu filho, e eu queria ajudar. Fiz alguma besteira?

– Não. Vou garantir que você receba o dinheiro de volta. Se tiver notícias dele, por favor me avise. *Danke.*

Assim que desligou, seu celular tocou.

– Um modificador mal posicionado entra em um bar...

Betsy! Ellen sempre ficava aliviada ao escutar aquela voz.

– ... levado por um homem com um olho de vidro chamado Ralph. O que houve? Descobriu alguma coisa?

– O que descobrimos sobre Tim Beecham foi nada, absolutamente nada. Está tudo enterrado bem fundo. O que é bem revelador por si só, não acha?

– Betsy, nós precisamos encontrar alguma coisa. Precisamos ter provas de que ele está por trás disso tudo. Preciso avisar ao presidente, mas não tenho como fazer isso sem provas.

– Eu sei, eu sei. Estamos tentando. E acho que talvez tenhamos achado uma entrada por uma porta dos fundos. Graças a você.

– A mim?

– Bom, não a você, mas ao seu jornal de Washington. Vocês fizeram uma matéria de moda sobre pessoas poderosas que usam gravata-borboleta.

– Fizemos? Deve ter sido num mês fraco.

– Por acaso, pode ter sido a matéria mais importante que os seus veículos já publicaram. Todos os documentos sobre Beecham foram enterrados em outra pasta, onde nunca os encontraríamos. Nem saberíamos por onde começar a procurar. Só que eles também arquivaram a matéria sobre as gravatas-borboleta, a única entrevista que ele deu enquanto trabalhava para o Dunn. Não imagino que eles tenham arquivado isso como sigiloso. Pete Hamilton está procurando agora.

– Quando encontrarem isso, vão encontrar o resto.

– Espero que sim. – Betsy ouviu um suspiro profundo do outro lado da linha.

– Você me avisa se isso levar a algum lugar?

– Você vai ser a primeira a saber. Ah, e nós descobrimos uma coisa sobre o Beecham. O que significa o *T*. Você não vai acreditar.

– O que é?

– O nome completo dele é Timothy Trouble Beecham.

– O nome do meio dele é *Trouble*? Encrenca? – perguntou Ellen, achando difícil não rir. – Quem dá esse nome a um filho?

– Ou é um antigo nome de família, ou os pais dele tiveram uma intuição...

De que deram à luz um *Al*, pensou Ellen.

– Ah, e eu liguei para a capitã Phelan, a Ranger. Ela está vindo.

– Obrigada.

– Onde você está?

– Pousando em Teerã.

– Você me avisa...?

– Aviso. Você também.

O avião circulou o Aeroporto Internacional Imã Khomeini, em Teerã. A respiração de Ellen embaçou a janela enquanto ela cantarolava, inconscientemente, uma música meio esquecida.

E então a secretária de Estado americana percebeu qual música estava cantarolando. Era dos Horslips.

– *"Trouble, trouble, trouble with a capital T"* – murmurou ela. "Encrenca, encrenca. Encrenca com *E* maiúsculo."

Depois que o jato parou no hangar, a iraniana entrou a bordo levando as burcas que a secretária de Estado havia pedido.

Alguns minutos mais tarde, eles saíram do avião. As mulheres desceram a escada com Charles Boynton atrás.

Elas tomaram cuidado para não tropeçar nas burcas compridas que as cobriam da cabeça aos pés, com apenas uma janelinha de tela sobre os olhos.

Normalmente, as mulheres no Irã não usavam burca completa – isso acontecia sobretudo no Afeganistão –, mas era comum o suficiente para que elas três não parecessem tão deslocadas. E nenhum observador casual, um funcionário do aeroporto, um motorista, poderia dizer que a secretária de Estado americana tinha acabado de chegar ao Irã.

Ellen Adams desceu ao último degrau e pisou no chão. Era a primeira alta autoridade americana a pôr os pés no Irã desde o presidente Carter, em 1979.

– Puta que pariu – disse Pete Hamilton, olhando para Betsy por cima da tela. – Entrei.

– Onde? – perguntou Denise Phelan, deixando seu pãozinho de canela na mesa.

Betsy estava sorrindo de orelha a orelha.

– Me deixe contar ao seu chefe primeiro.

Ela ligou para o general Whitehead e contou.

– Gravatas-borboleta – disse o chefe do Estado-Maior Conjunto, rindo. – A senhora é uma mulher perigosa. Estou indo aí.

– Dr. Shah, o avião da secretária de Estado não pousou em Islamabad, que era o destino programado – disse o assistente.

– Então onde ela está?

– Achamos que no Irã.

– Não pode ser. Ela não seria tão imprudente. Descubra.

– Sim, senhor.

Bashir Shah tomou um gole da limonada e olhou para o espaço. Com o passar dos anos, tinha passado quase a gostar de Ellen Adams. Tinha passado a conhecê-la intimamente, e isso havia gerado um elo curioso.

– O que você está aprontando? – sussurrou consigo mesmo.

Ela a conhecia bem o bastante para saber que ela pensava cuidadosamente em seus passos antes de agir. Mas era possível que ele a tivesse abalado tanto que a fizera cometer esse erro.

Ou talvez não fosse um erro.

Talvez ele estivesse cometendo o erro. O pensamento era tão estranho, tão inesperado, que o Dr. Shah percebeu que era ele quem estava abalado. Era uma coisa pequena, uma diminuta farpa de dúvida. Mas estava ali.

O assistente voltou alguns minutos depois e encontrou o Dr. Shah ajeitando os talheres na mesa arrumada para os convidados do almoço.

– Ela está em Teerã, senhor.

Bashir Shah absorveu essa informação, olhando para o oceano do outro lado do terraço. Tão diferente de todos aqueles anos em prisão domiciliar em Islamabad, onde seu mundo era circunscrito ao seu jardim luxuriante.

Jamais deixaria que o prendessem de novo, não importava quão confortável fosse a prisão.

– E o filho?

– Está exatamente onde o senhor previu.

– Não previ. Não havia suposição. Nem livre-arbítrio. Ele não tinha escolha.

Pelo menos um membro daquela maldita família era previsível o bastante para seguir o caminho indicado.

– Prepare o meu avião.

– Mas, senhor, o convidado do almoço vai chegar em... – Um olhar de Shah o fez se calar e ele correu para dar o telefonema.

– Ele não pode cancelar – disse a mulher do outro lado. – Quem ele pensa que é? É uma honra receber o ex-pres...

– O Dr. Shah pede desculpas sinceras. Aconteceu uma emergência.

Bashir Shah entrou na limusine blindada, dando as costas para o oceano Atlântico. Tinha visto água suficiente para toda uma vida. Descobriu que ansiava por um jardim.

CAPÍTULO 25

Gil Bahar tinha saído do hospital em Frankfurt assim que sua mãe foi embora.

Enquanto se vestia, a jovem enfermeira lhe deu o dinheiro. Ele suspeitou que fossem todas as suas economias.

– Eu volto. Vou lhe devolver o dinheiro.

– Era para a minha irmã mais nova estar naquele ônibus. Ela perdeu a hora. Sei que você está tentando impedir que outra coisa aconteça. Pegue. Vá.

No carro, indo para o aeroporto, ele abriu a bolsa. Ali estavam os euros. E alguns medicamentos e bandagens.

Tomou um analgésico e guardou o resto.

Horas depois, no momento em que sua mãe ligava para o hospital em Frankfurt, Gil Bahar saiu do avião e olhou em volta.

Peshawar. Paquistão.

Sentiu o estômago se apertar e o coração disparando, e por um instante imaginou se ia desmaiar, enquanto o sangue corria da cabeça para o peito. Como se tentasse escapar da lembrança de todo o outro sangue. Todas as outras cabeças.

Não voltava a Peshawar desde o sequestro. Desde seu pavor ao perceber que não era o ISIS nem a Al-Qaeda, o que já seria horrível o suficiente. Não, ele estava nas mãos dos pashtuns.

Menos conhecidos do que outros grupos jihadistas, provavelmente porque as pessoas tinham medo de sequer admitir sua existência, quanto mais seu nome, os pashtuns eram uma família estendida cuja influência ia até a Al-Qaeda, o Talibã, e até mesmo às forças de segurança. Eles eram os fantasmas. E com certeza ninguém gostaria de estar por perto quando eles se materializavam.

Mas quando o saco foi retirado da sua cabeça e seus olhos se reacostumaram, era lá que ele estava. Em um acampamento dos pashtuns, na fronteira entre o Paquistão e o Afeganistão.

E Gil Bahar soube que estava morto. E que a morte seria horrível.

Mas em vez disso tinha conseguido escapar. Tinha corrido o mais rápido e até o mais longe possível. E agora estava correndo o mais rápido e o mais longe possível para voltar.

Tentou parecer relaxado enquanto o guarda da alfândega no aeroporto o examinava com atenção. Eles não recebiam muitos turistas.

– Sou estudante – explicou ele. – Estou trabalhando no meu doutorado. É sobre a Rota da Seda. O senhor sabia...

Houve um baque forte quando o homem carimbou o seu passaporte e ele foi liberado.

Assim que saiu do aeroporto para o calor, a poeira e a agitação da cidade de quase 2 milhões de habitantes, Gil parou. Homens esbeltos vinham depressa na sua direção.

– Táxi?

– Táxi?

Gil levou a mão à testa para se proteger da claridade, depois escolheu um motorista, que estendeu a mão para pegar sua bolsa. Mas Gil continuou segurando-a, quase empurrando o sujeito para afastá-lo.

Entrou no táxi velho e se acomodou. Só falou quando a cidade já estava no retrovisor.

– *Salam alaikum, Akbar.*

– Seu sotaque está melhorando, seu bostinha.

– Merdinha é melhor. "Bostinha" não combina.

– No seu caso, os dois combinam perfeitamente – disse Akbar, e ouviu a risada de Gil. – E que a paz esteja com você, meu amigo.

Akbar saiu da rodovia principal e eles seguiram sacolejando por estradas cada vez mais esburacadas. A Rota da Seda não era nem um pouco lisa, como Alexandre, o Grande, Marco Polo, Gengis Khan e muitos outros haviam descoberto em primeira mão.

O rosto do chefe do Estado-Maior Conjunto estava sério quando ele se sentou à mesa de Charles Boynton e leu os textos e e-mails.

– Até agora nada particularmente incriminatório – disse ele, olhando por cima do notebook. – Shah é mencionado, mas só de passagem. Quase parece que Beecham não sabia quem ele era.

O general Whitehead olhou para os outros. A sala do chefe de gabinete da secretária de Estado cheirava a café e pãezinhos de canela. Betsy Jameson e Pete Hamilton estavam do outro lado da mesa, enquanto a capitã Phelan ocupava uma posição estratégica junto à porta.

As persianas tinham sido baixadas, as cortinas, fechadas. Fora a primeira coisa que o general havia feito ao chegar. Não para bloquear o sol, mas para bloquear a visão de qualquer mira telescópica.

Estavam enfiados nos arquivos ocultos sobre Timothy Trouble Beecham. Mas isso significava que também corriam um perigo cada vez maior.

– Há um motivo para alguém ter tido tanto trabalho com os documentos de Beecham – disse Whitehead, cedendo o lugar para Hamilton, que voltou a trabalhar. – Devem ter demorado semanas para esconder tudo isso. – Ele assentiu, pensando. – É, tem alguma coisa aí.

– Eu vou encontrar. – Hamilton começou a rolar a tela, examinando.

– O nome do meio dele é mesmo Trouble? – perguntou Whitehead.

– Parece que sim – respondeu Betsy. – Dá para ver por que ele nunca o usa. Achei que o *T.* talvez fosse de Traidor.

Bert Whitehead se virou e olhou enojado para o computador, como se aquele objeto fosse o traidor. Depois voltou a olhar para Betsy.

– Onde está a secretária Adams?

Antes que Betsy pudesse responder, Hamilton disse:

– Certo, por enquanto já chega. Meus olhos estão cansados demais. Estou com medo de deixar algo passar. Preciso descansar.

Ele desligou o computador.

– Eu posso assumir – disse Betsy.

– Não, a senhora também precisa descansar. Não dormiu nada a noite toda. Além disso, eu sei quais documentos já vi. Tenho um sistema. A senhora só vai bagunçar tudo. Uma hora, e eu vou estar recuperado.

– Ele está certo. – Whitehead se virou para a capitã Phelan. – Sabemos da importância do descanso. De estarmos alertas, não é, capitã?

– Sim, senhor.

O general Whitehead pegou seu quepe na mesa. Virou-se para Hamilton, os olhos sérios e avaliadores. Depois foi até a porta.

– Tem certeza de que pode confiar nele? – sussurrou para Betsy. – Ele trabalhou para o Dunn.

– O senhor também.

– Ahhh, não. Eu trabalhei para o povo americano. Ainda trabalho. Mas ele? – Whitehead usou o quepe para fazer um gesto na direção de Hamilton, que tinha cruzado os braços acima do teclado e apoiado a cabeça neles. – Não tenho tanta certeza. – Em seguida ele se virou de novo para Betsy e sorriu de repente. – Gravatas-borboleta. A senhora é incrível. Quando tudo isso terminar, espero que possa jantar comigo e com minha esposa. Não no Off the Record.

Betsy sorriu.

– Eu adoraria.

Quando isso tudo terminar, pensou, olhando a capitã Phelan acompanhar o general pela Alameda de Mogno até os elevadores. Os dois conversavam baixo demais para ela, ou qualquer outra pessoa, ouvir.

Quando isso tudo terminar.

Era um belo pensamento.

– Feche a porta – disse Pete Hamilton quando ela voltou à sala de Boynton. Ele estava plenamente acordado e redigitando a senha no computador. – Melhor ainda, tranque.

– Por quê?

– Por favor.

Ela obedeceu e em seguida se juntou a ele. Os dedos de Hamilton estavam voando sobre as teclas. Pareciam passos correndo a toda velocidade. Em uma perseguição intensa.

Então Hamilton parou e se levantou, de modo que Betsy pudesse ocupar a cadeira e ler o que ele havia encontrado, e aprisionado, no retângulo preto da tela do computador.

– Você achou? – perguntou ela, sentando-se, mas alguma coisa na expressão dele, na palidez dele, a alertou. Não era o que tinham esperado. Dava para ver que era muito, muito pior.

Precisou ler duas, três vezes. Então rolou o texto para baixo. E voltou para cima. Antes de criar coragem de encará-lo.

– Foi por isso que você desligou o computador? – perguntou ela.

Ele assentiu, olhando o memorando na tela.

O documento dava todo o apoio ao plano paquistanês de soltar B. R. Shah da prisão domiciliar.

Rolando o texto para baixo, olharam em um silêncio atônito para o segundo memorando. Ele aconselhava firmemente a retirada do pacto nuclear com o Irã.

Um terceiro argumentava em detalhes que nenhum plano era necessário ou aconselhável depois da retirada do Afeganistão.

Todos os memorandos estavam marcados como sendo de alta prioridade e classificados como altamente secretos. E eram assinados pelo chefe do Estado-Maior Conjunto. O general Albert Whitehead.

– Meu Deus.

– SENHORA SECRETÁRIA – CHAMOU O CHEFE da equipe da Segurança Diplomática, se curvando e sussurrando: – Há uma ligação para a senhora.

– Obrigada – sussurrou ela de volta. – Mas não posso atender agora.

– É da sua conselheira, a Sra. Jameson.

Ellen hesitou. Seu olhar não se desviou do presidente Nasseri.

– Por favor, diga a ela que ligo de volta assim que puder.

O presidente iraniano tinha recebido a secretária Adams e sua pequena comitiva na entrada do prédio principal do governo, onde ficava seu escritório. Ellen tinha pedido permissão para tirar a burca antes do início da reunião, para vê-lo melhor e para que ele a visse melhor.

– Mas antes disso, senhor presidente, gostaria de apresentar meus companheiros. Meu chefe de gabinete, Charles Boynton.

– Sr. Boynton.

– Senhor presidente.

– Minha filha, Katherine.

– Ah, a titã da mídia. Você ocupou o lugar da sua mãe. – Ele deu um sorriso charmoso. – Eu tenho uma filha. Espero que um dia ela me suceda, se o povo quiser.

Quer dizer, se o líder supremo quiser, pensou Ellen, mas não disse.

– Também espero – disse Katherine. – Seria maravilhoso ver uma mulher como presidente do Irã.

– Assim como será maravilhoso ver uma mulher como presidente dos Estados Unidos. Veremos quem chega lá primeiro. Talvez vocês duas ocupem o papel. Ou talvez sua mãe...?

Ele se virou de volta para Ellen e fez uma pequena reverência.

– Ah, presidente Nasseri – disse Ellen. – O que fiz para ofender o senhor?

Ele riu. Era a reação mais acertada. Reconhecer o comentário dele e ao mesmo tempo ser adequadamente autodepreciativa.

Agora ela podia deixar o fingimento, e a burca, para trás. Mas havia mais uma apresentação a fazer. Ellen se virou para a mulher parada à sua esquerda.

– E esta é Anahita Dahir, funcionária do Serviço de Relações Exteriores do Departamento de Estado.

Anahita deu um passinho bem curto à frente. A burca escondia seu rosto, mas não havia como ocultar a tensão do corpo. Essa tensão emanava. Ellen, estando tão perto, podia ver o tecido volumoso tremendo.

– Senhor presidente – disse ela em inglês, antes de passar para o persa: – O nome da minha família era Ahmadi.

Ela levantou o queixo e o encarou, enquanto ele a encarava. Um dos guardas deu um passo à frente, mas foi dispensado com um gesto.

Apesar de não entender o persa, Ellen ouviu a palavra "Ahmadi" e soube o que Anahita tinha feito.

A secretária Adams chegou mais perto da funcionária.

– Sei quem você é – disse o presidente Nasseri em inglês. – É filha de Irfan Ahmadi. Seu pai traiu o Irã. Traiu suas irmãs e seus irmãos na revolução. Traiu a própria irmã e o próprio irmão. E como os americanos o trataram? Minhas fontes informam que ele e sua mãe estão na prisão. Presos pelo simples crime de serem iranianos. Eles não tinham medo de nós. Tinham medo de vocês. – Ele se virou para Ellen.

A coisa estava desmoronando muito mais rápido do que Ellen previra. O incidente na Coreia do Sul estava até parecendo um triunfo agora.

Abriu a boca para falar, para negar, mas então se lembrou do Azhi Dahaka. Que prosperava com mentiras.

Como era fácil negar a verdade por medo de alimentar uma mentira ainda maior, pensou Ellen. E então percebeu como o Azhi Dahaka era perigoso. Não porque fosse uma criatura que perseguia boas pessoas. Não havia perseguição. Ele já estava lá. Dentro delas. Manufaturando, ditando mentiras.

Era o maior dos traidores.

– É verdade – disse ela.

Suas palavras o deixaram temporariamente em um silêncio atônito. Ele a olhou como se tentasse descobrir por que a secretária de Estado americana admitiria uma coisa assim.

– E ele tinha motivo para sentir medo – continuou ela. – Não porque era iraniano, mas porque mentiu a respeito. Mas esse não é o motivo para estarmos aqui.

– Por que vocês estão aqui?

– Será que o senhor nos permitiria tirar as burcas antes de continuar a conversa?

O presidente Nasseri assentiu rapidamente em direção à mulher que havia recebido o avião e levado as roupas. Ela levou as três para uma sala anexa, onde puderam se trocar e ir ao banheiro.

Ellen ficou aliviada por tirar a burca, que achou sufocante.

– Você está bem? – perguntou Katherine a Anahita, que estava pálida, mas controlada.

– Ele sabia muito sobre nós – disse Anahita. – Meu pai suspeitava que existissem espiões, mas eu achava que fosse só paranoia.

Ela foi até a janela voltada para a velha cidade.

Katherine segurou sua mão.

– Não tem problema.

– Não tem? – perguntou Anahita.

– Sentir-se em casa aqui. É isso que você está sentindo, não é? Apesar do desentendimento com Nasseri.

Anahita sorriu para Katherine e suspirou.

– É tão óbvio assim? Como é possível eu estar feliz e com medo ao mesmo tempo? Parte de mim fica com medo porque estou feliz. Faz sentido? Tive medo, e até mesmo vergonha do Irã durante toda a vida. Mas aqui estou, falando com o presidente, imagine só. Em persa. E... – ela olhou pela janela – me sinto confortável aqui. Como se esse fosse o meu lugar. – Ela se virou de volta para Ellen. – Não faz sentido.

– Nem tudo precisa fazer sentido – disse Ellen. – Algumas das coisas mais importantes da vida desafiam a razão.

– "Eis o meu segredo. É muito simples" – disse Katherine, apertando a mão de Anahita. – "Só se vê bem com o coração; o essencial é invisível aos olhos." – Ela sorriu para a mãe. – Papai e mamãe liam para mim toda noite quando eu era criança. Meu livro predileto era *O Pequeno Príncipe*.

Ellen sorriu. Como aquele tempo parecia simples. Com Quinn, Gil e a bebê Katherine. Assim como Anahita, Ellen Adams jamais poderia prever que a vida iria levá-la até ali. Ao Irã. Ao coração do inimigo. Quanto mais como secretária de Estado. Seu eu mais jovem ficaria bem surpreso.

E mesmo não tendo prova, agora a secretária Adams sabia no fundo do coração que Anahita Dahir era leal aos Estados Unidos. Ironicamente, o que por fim a convenceu foi ela dizer que se sentia em casa no Irã.

Uma espiã, uma traidora, jamais admitiria isso.

Duvidou que o presidente americano e o Serviço de Inteligência dos Estados Unidos aceitassem seu raciocínio. Mas o Pequeno Príncipe aceitaria.

Infelizmente, ele não tinha o destino delas em suas pequenas mãos.

Ellen olhou para as duas e em seguida para a iraniana parada junto à porta.

– Desculpe – disse Anahita em um sussurro. – Eu não devia ter dito o que disse ao presidente Nasseri. Só o deixou com raiva.

– Não. – A voz de Ellen também estava baixa. – Se lhe perguntarem qualquer coisa, é para continuar dizendo a verdade.

– Se ele sabe do meu pai, deve saber que Zahara é minha prima.

– É. – Aquele era o momento em que Ellen precisava decidir até que ponto estava disposta a fazer um jogo perigoso. Suas palavras seguintes foram ditas em voz normal. Para todos ouvirem. – Mas talvez ele não saiba que ela mandou o aviso para você. Talvez eles só saibam que o aviso veio da casa de Ahmadi e chegou ao Departamento de Estado.

– O que eles vão fazer com Zahara? – perguntou Anahita.

– Dizem que vão julgá-la como espiã e traidora – respondeu Ellen.

– E o que eles fazem com os espiões e traidores? – perguntou Katherine.

– São executados.

Houve silêncio.

– E se descobrirem sobre Anahita? – Katherine olhou irritada para a mãe. – O que vão fazer com ela?

Ellen respirou fundo.

– Vamos seguir com o que sabemos, sem especular.

Mas, no fundo, ela sabia. E imaginou o tamanho da besteira que tinha feito levando sua funcionária. E o tamanho do fiasco que havia acabado de criar, elevando a voz acima de um sussurro.

E agora, com um vestido ocidental recatado e um hijab sobre o cabelo emoldurando o rosto, a secretária Adams sentou-se diante do presidente Nasseri na inexpressiva sala de reuniões em um prédio inexpressivo, projetado e construído, suspeitou Ellen, pelos soviéticos na década de 1980.

Também partia do pressuposto de que os russos teriam instalado grampos e estariam ouvindo tudo que eles diziam. Assim como a inteligência iraniana e sua polícia secreta. Até onde sabia, seus próprios agentes de inteligência estariam escutando também. Incluindo Timothy Trouble Beecham.

Aquela reunião podia ter uma plateia maior do que o *Big Brother*.

– O senhor perguntou por que estamos aqui. Presumo que o ministro Aziz tenha contado. – Ela assentiu na direção do homem mais velho. – Sabemos que vocês são responsáveis pelas bombas que explodiram aqueles três ônibus.

Quando o presidente Nasseri fez menção de falar, ela levantou a mão.

– Por favor, deixe-me terminar. Isso nos revela algumas coisas, inclusive o desespero de vocês para impedir que aqueles físicos terminassem a tarefa. Também sabemos que eles foram contratados por Bashir Shah. O que significa que vocês conseguiram as informações sobre aqueles físicos com alguém próximo dele.

– Também há muita coisa que vocês não sabem – disse Nasseri.

– É por isso que estou aqui, senhor presidente. Para ouvir e ficar sabendo.

Antes que tivesse chance de falar mais, o presidente Nasseri se levantou, quase saltando de pé. Assim como Aziz. Assim como todas as outras pessoas na sala, a não ser pelos americanos.

Ellen se virou e viu um homem idoso entrar. Tinha barba comprida, bem aparada, e usava um manto amplo e preto.

Ela também se levantou e olhou para o líder supremo da República Islâmica do Irã, o grão-aiatolá Khosravi.

– Santo Deus – sussurrou Anahita.

CAPÍTULO 26

Gil Bahar agarrou a maçaneta e pôs a outra mão no teto do velho táxi para se firmar enquanto o carro sacolejava em trilhas que não podiam mais ser chamadas realmente de estradas.

Depois de mais de uma hora assim, Akbar parou.

– Vamos fazer o restante do caminho a pé. Você consegue?

Estava claro que Gil sentia dor.

– Só me deixe descansar por um segundo.

Akbar lhe deu uma garrafa com água e um pedaço de pão, que Gil aceitou, agradecido. Em seguida olhou seus analgésicos. Restavam dois.

Então olhou o terreno difícil adiante. Sabia para onde iam, e que a encosta íngreme e as pedras pontudas eram sua menor preocupação.

Tomou um comprimido, em seguida tirou a calça para trocar o curativo sujo de sangue do ferimento da perna.

– Aqui – disse Akbar. – Deixe que eu faço.

Ele pegou o rolo de bandagem das mãos trêmulas de Gil e, com muito cuidado e uma habilidade excepcional, limpou o ferimento, colocando pó antisséptico antes de enrolar a bandagem nova em volta da perna.

– Machucou feio.

– E eu tive sorte – respondeu Gil, incapaz de esconder a agonia, mesmo se quisesse. Além disso, ele e Akbar já tinham passado por coisa demais para precisar disfarçar qualquer tipo de dor.

Em minutos o medicamento fez efeito e Gil se levantou. Estava pálido, mas tinha recuperado as forças.

Olhando adiante, disse a Akbar:

– Pode esperar aqui, se quiser.

– Não, eu vou. Caso contrário, como vou saber se ele matar você?

– E se ele matar você também, por ter me levado?

– Será a vontade de Alá.

– *Alhamdulillah* – disse Gil. Graças a Alá.

Os dois partiram. Subindo o caminho pedregoso, Akbar encontrou um galho de árvore que podia servir como bengala para Gil, que mancava atrás dele recitando orações muçulmanas em busca de força. E coragem.

– Ela não está atendendo – disse Betsy, com voz grave, quase rosnando.

Tinha pedido a Denise Phelan, a capitã Ranger, que esperasse no corredor. Quando ela pareceu surpresa, Betsy explicou que havia material altamente secreto que eles precisavam examinar e que ninguém mais deveria entrar na sala.

Compreensivelmente, a capitã Phelan olhou para Hamilton, o ex-porta-voz de Eric Dunn, caído em desgraça.

– Eu deleguei o direito a ele – disse Betsy, sustentando o olhar da capitã.

Era bobagem, claro. Era como se tivesse dito que havia dado a Hamilton um anel decodificador ou um cinto de utilidades. Ou o martelo de Thor.

Viu a Ranger hesitar. Talvez até mesmo acreditar. Quem diria uma coisa tão absurda, a não ser que fosse verdade?

Mesmo assim, mesmo com Phelan no corredor, eles mantiveram as vozes baixas, pressupondo que a sala estivesse grampeada.

Denise Phelan era ajudante de campo do general Whitehead. O que significava que tinha sido mandada para vigiá-los, e não para protegê-los. Precisavam presumir que havia equipamento de escuta nas salas.

Betsy ainda estava furiosa com a revelação de que Whitehead, e não Beecham, era o infiltrado, que trabalhava com Bashir Shah. O chefe do Estado-Maior Conjunto estava mancomunado com terroristas e fornecia informações vitais a eles.

O porquê era insondável, por isso ela nem tentou descobrir. Isso ficaria para mais tarde. Naquele momento, precisava alertar Ellen.

Como não conseguiu fazer isso por ligação, mandou uma mensagem de texto.

— Acho que tem um erro de grafia — sussurrou Pete Hamilton ao ver o que ela havia escrito.

Um sinônimo adentra uma taverna.

— Onde?

— Em tudo. A senhora não pretendia escrever *Whitehead é o infiltrado*? Parece que errou tudo.

— É o nosso código para encrenca — respondeu Betsy, baixinho. Em seguida assentiu na direção do computador. — Precisamos descobrir o que mais há nesses documentos.

Hamilton sentou-se à mesa de Boynton e voltou ao trabalho.

ELLEN SE VIROU PARA O CLÉRIGO. Enquanto ele entrava na sala, guardas e autoridades se curvaram, encostando a palma da mão no coração.

— Senhora secretária.

— Eminência — disse Ellen.

Ela hesitou, muito consciente de que o que o presidente Williams tinha dito era verdade. Se fosse publicada uma foto de seu encontro com o chefe de um Estado terrorista, ainda mais fazendo uma reverência, seria um inferno.

De todo modo, Ellen fez questão de se curvar. Havia coisas mais importantes do que as aparências. Como por exemplo os milhares de vidas que estavam na balança. Dependendo do resultado daquele encontro.

Mal havia baixado a cabeça dois centímetros quando o grão-aiatolá Khosravi estendeu a mão. Sem tocá-la. Nem de longe. Mas o significado do gesto era óbvio.

— Não — disse ele, na voz ligeiramente esganiçada de um homem com mais de 80 anos. — Não é necessário.

Ellen se manteve empertigada e olhou os olhos cinza do homem. Havia curiosidade ali, e seriedade. Ela não se deixava enganar. Aquele era um homem que, quase com certeza, no correr dos anos, tinha aprovado o assassinato de um número incontável de pessoas. E que apenas algumas horas antes, para matar três pessoas, havia ordenado a matança de quase cem homens, mulheres e crianças inocentes.

Mas ela devolveu a cortesia com cortesia.

– Que Alá esteja com o senhor – disse, e pôs a mão no coração.

– E com a senhora. – Os olhos dele estavam firmes, sustentando o olhar dela. Avaliando-a, ao mesmo tempo que ela o avaliava.

Atrás do clérigo havia um muro de homens mais jovens. No pouco tempo que a secretária Adams tivera para pesquisar e falar com especialistas sobre o Irã moderno, ficou sabendo que aqueles eram os filhos do aiatolá, junto com alguns conselheiros.

Também sabia que o grão-aiatolá Khosravi não era apenas o líder espiritual do Irã. Naqueles mais de trinta anos em que era o líder supremo, tinha consolidado seu poder pessoal ao mesmo tempo que parecia ser – dizia ser – um clérigo humilde.

O aiatolá Khosravi supervisionava um governo das sombras, com seu próprio pessoal tomando as decisões importantes sobre o futuro do Irã. Se fosse acontecer uma mudança de direção, por menor que fosse, a mudança viria dele. Era a sua mão que estava no leme. Não a de Nasseri.

O grão-aiatolá usava o manto comprido de seu cargo e um imenso turbante preto que tinha um código próprio. O fato de ser preto, e não branco, declarava que ele era descendente direto do profeta Maomé. E o tamanho do turbante denotava status.

O do grão-aiatolá parecia o anel externo de Saturno.

Ele balançou a mão cheia de veias e todos se sentaram de novo. Khosravi ocupou um lugar ao lado do presidente Nasseri, de frente para Ellen.

– A senhora está aqui buscando informações que acha que podemos lhe dar – disse ele. – E acha que há um motivo para darmos.

– Acho que, nesta situação, nossas necessidades se alinham.

– E quais são essas necessidades?

– Impedir Bashir Shah.

– Mas nós o impedimos – disse o grão-aiatolá. – Os físicos dele não podem mais realizar a missão.

– E qual é essa missão?

– Construir bombas nucleares. Eu achava que isso era óbvio.

– Construir para quem?

– Isso não importa. Entregar uma bomba nuclear, ou capacidade nuclear, a qualquer poder nesta região seria contra o nosso interesse.

— Mas há outros que podem substituí-los. Vocês não podem assassinar todos os físicos do mundo.

Khosravi levantou as sobrancelhas e deu um sorriso levíssimo. Como se dissesse que podia e, se necessário, mataria todos os físicos nucleares do mundo. A não ser os deles.

Mas a secretária Adams também sabia que ele tinha ido àquela reunião por um motivo. O líder supremo da República Islâmica do Irã não estaria ali de jeito nenhum a não ser que também quisesse alguma coisa. A não ser que precisasse de algo.

E ela suspeitava saber o que era. Apesar de ele parecer forte, havia rumores da inteligência dos Estados Unidos de que sua saúde estava declinando. Khosravi desejava que seu filho Ardashir o sucedesse, mas os russos queriam que uma pessoa indicada por eles subisse ao poder. Alguém que eles controlassem.

O que significaria que o Irã seria independente apenas no nome. Na verdade, o país viraria um satélite da Rússia.

Era uma luta pelo poder por debaixo dos panos. Uma luta que aquele astuto sobrevivente da política complexa e frequentemente brutal do Oriente Médio estava decidido a vencer. Mas sua presença ali dizia que ele não tinha mais certeza de que conseguiria.

Por isso ele havia decidido instigar os dois lados contra o meio. Era um jogo perigoso, e o fato de ele estar disposto a jogá-lo revelava desespero e uma vulnerabilidade que ele jamais confessaria.

Mas não precisava. Ela havia feito isso por ele ao dizer que suas necessidades se alinhavam. Dava para ver que ele entendia. Nenhum dos dois queria que a Rússia vencesse aquela luta. E ambos estavam mais desesperados e vulneráveis do que gostariam de admitir.

A situação era melhor e pior do que Ellen tinha pensado. Melhor porque havia uma chance de sucesso; pior porque pessoas e Estados desesperados e vulneráveis podiam fazer coisas inesperadas e até mesmo catastróficas.

Como explodir ônibus cheios de civis só para matar uma pessoa.

— Como souberam sobre os físicos de Shah, Eminência? — perguntou ela.

— O Irã tem amigos em todo o mundo.

— Um Estado com tantos amigos certamente não precisa cometer assassinato em massa. Vocês não somente mataram todas aquelas pessoas nos ônibus, mas depois encontraram e assassinaram o único terrorista que escapou. Além da família dele e dois oficiais americanos.

– Quer dizer, o chefe do seu escritório de inteligência em Frankfurt e a assistente dele? – perguntou o grão-aiatolá.

O fato de ele não estar declarando ignorância revelava que Khosravi queria que Ellen soubesse que aquilo era importante o bastante para ele acompanhar, se não dirigir, em pessoa.

– E o que a senhora esperaria que nós fizéssemos, quando todos os nossos alertas foram ignorados? Acredite, não queríamos fazer mal àquelas pessoas. E não teríamos feito, se vocês tivessem atendido aos nossos pedidos. Vocês são tão responsáveis pelo que aconteceu quanto nós. Mais ainda.

– Como assim?

– Ora, senhora secretária. Eu sei que houve uma mudança de regime...

– De administração.

– ... no seu país, mas sem dúvida existe alguma continuidade de informação. A senhora não pode dizer que eu, um simples clérigo, sei mais do que a secretária de Estado de uma nação tão importante.

– Como o senhor sabe, eu sou nova no cargo de secretária de Estado. Talvez o senhor possa me esclarecer.

O aiatolá se virou para o homem mais jovem sentado à sua direita. Seu filho e aparente sucessor, Ardashir.

– Nós alertamos o seu Departamento de Estado sobre os físicos meses atrás – explicou Ardashir. Sua voz era suave, quase casual, enquanto ele soltava essa bomba.

– Entendo – disse Ellen, aparentemente absorvendo a informação com tranquilidade. – E depois?

Ele levantou as mãos.

– Depois nada. Tentamos várias vezes, pensando que talvez as mensagens não tivessem chegado. Como a senhora pode imaginar, não tínhamos como usar os canais oficiais. Podemos lhe mostrar o que mandamos.

– Isso ajudaria. – Não que ela precisasse confirmar a existência das mensagens ou as palavras usadas. O que queria era os nomes das pessoas a quem os alertas foram enviados. Suspeitava que Tim Beecham fosse uma delas.

Estava tentando desesperadamente recuperar o equilíbrio, mas a vantagem tinha sido perdida.

– Quando ficou claro para nós que o Ocidente não se importava – continuou Ardashir –, resolvemos agir, infelizmente.

– Vocês não precisavam explodir pessoas inocentes.

– Precisávamos, senhora secretária. A única informação que nossa fonte conseguiu foi que aqueles físicos tinham sido contratados para construir armas nucleares para o Dr. Shah. Mas não sabíamos dos nomes deles. Só tínhamos os preparativos de viagem.

– Os ônibus – disse Nasseri. – Perguntamos se a rede de vocês possuía mais informações. Imploramos. E no final não tivemos escolha.

– Precisávamos que o Dr. Shah e o Ocidente soubessem que esse tipo de ameaça à República Islâmica do Irã não seria tolerada – continuou Ardashir. – Não permitiremos que outro país nesta região obtenha uma arma nuclear, ainda mais depois de meu pai ter emitido uma *fatwa* contra todas as armas de destruição em massa.

– Sim – disse Ellen. – E, no entanto, vocês têm os próprios físicos nucleares. Creio que acabaram de prender o chefe do seu programa de armas nucleares, o Dr. Behnam Ahmadi.

– Não.

– Não? Não o quê?

– Não, o programa que o Dr. Ahmadi comanda é de energia nuclear, e não de armas – respondeu Ardashir. – E não, nós não o prendemos. Pedimos que ele viesse responder a algumas perguntas. Mas a moça, a filha dele? Essa sim. Ela está presa. Será julgada e, se for culpada, será executada. – Ele se virou para Anahita. – Você é a pessoa que ela contatou, a prima. Não é?

Anahita fez menção de falar, mas Ellen segurou sua mão. Apesar de ter dito à funcionária para não mentir, não havia necessidade de dar mais informações do que o necessário.

A revelação de que o Irã tinha tentado alertar os Estados Unidos sobre os planos de Shah, e de que os alertas foram ignorados, era uma catástrofe política, diplomática e moral. Não desculpava nem criava uma equivalência moral com o que o Irã tinha feito, mas jogava um entrave gigantesco no cálculo.

Ellen buscou algo para dizer.

– Agora os Estados Unidos estão preparados para agir...

Isso foi recebido com diversão pelas fileiras de autoridades, mas a reação foi silenciada por um movimento quase invisível do líder supremo, que deu toda a atenção a ela.

– ... ainda que tardiamente. – Ellen se virou para Khosravi.

Dava para ver que os iranianos tinham se preparado para que ela atacasse. Que levantasse a lista tragicamente longa das transgressões deles.

E ela se sentiu tentada. Mas também sabia que ceder a esse desejo, por mais legítimo que fosse, seria cair de novo na mesma velha polêmica. Em que nada era resolvido e tudo saía coberto de lama e bile.

– Lamento muito que seus alertas tenham sido ignorados, Eminência. Em nome do governo dos Estados Unidos, peço desculpas e quero exprimir meu profundo pesar por termos ignorado seu aviso.

Ellen ouviu alguém perdendo o fôlego. Não da parte dos iranianos, embora a surpresa deles fosse nítida.

Tinha sido Charles Boynton, seu chefe de gabinete, que sussurrou, sibilou:

– Senhora secretária!

Ellen imaginou todas aquelas pessoas ouvindo, desde os russos até o serviço de inteligência americano, igualmente exasperadas depois de a secretária de Estado americana se desculpar com o grão-aiatolá do Irã.

Mas isso foi calculado. Ela sabia exatamente o que estava fazendo. Estava se equilibrando no fio da navalha. Encontrando o meio-termo entre verdade e discrição ao mesmo tempo que mandava uma mensagem sutil ao grão-aiatolá.

Ele era experiente o bastante para saber que os fracos vociferavam, negavam, mentiam e batiam brutalmente.

Os poderosos admitiam um erro, e com isso tiravam forças dele.

Apenas os verdadeiramente formidáveis podiam se dar ao luxo de demonstrar contrição. Longe de revelar fraqueza, a secretária de Estado tinha exibido uma força e uma resolução enormes.

O grão-aiatolá entendeu o que Ellen Adams tinha acabado de fazer.

Ele inclinou a cabeça, em parte reconhecendo o pedido de desculpas, mas acima de tudo reconhecendo o gesto que havia lhe roubado a vantagem naquela disputa.

– A senhora quer informações sobre o Dr. Shah – disse Khosravi. – E nós queremos que ele seja detido. Acho que nossas necessidades se alinham, como disse a senhora secretária. Mas infelizmente não podemos lhe dar muita informação. Não sabemos onde Shah está. Só sabemos que ele está vendendo segredos nucleares, junto com os cientistas e os materiais. – Ele fez uma pausa para limpar o nariz com um lenço de seda. – Também acreditamos que, apesar de o termos impedido dessa vez, ele continuará, a não ser que seja apanhado. Vocês soltaram o monstro. Ele é sua responsabilidade.

– Para devolvê-lo à prisão domiciliar?

– Eu não defenderia isso, senhora secretária.

Ellen sabia perfeitamente o que ele estava dizendo. O que ele, o Estado Iraniano, queria que os Estados Unidos fizessem.

– Como vocês obtiveram as informações sobre Shah e os físicos? – perguntou ela.

– Uma fonte anônima – respondeu o filho do aiatolá.

– Entendo. Seria a mesma fonte que contou a vocês sobre Zahara Ahmadi?

O grão-aiatolá assentiu na direção de um guarda revolucionário que estava junto à porta, e este a abriu. Uma jovem usando um manto e um hijab rosa-choque entrou.

Anahita fez menção de se levantar, mas Ellen pôs a mão na sua perna para impedi-la.

Isso não passou despercebido.

Atrás de Zahara entrou um homem mais velho. O pai dela, o físico nuclear Behnam Ahmadi.

Quando viram o grão-aiatolá, os dois estacaram. Em choque. Era improvável que já o tivessem visto em carne e osso, a não ser, talvez, de uma grande distância.

O Dr. Ahmadi fez imediatamente uma reverência profunda, com a mão no coração.

– Eminência.

Zahara o acompanhou, mas não antes de olhar para Ellen, obviamente reconhecendo a secretária de Estado, depois para Anahita.

As primas eram tão parecidas que seria impossível Zahara não saber quem ela era. Mas conseguiu não dizer nada, e em vez disso se curvou para o líder supremo, os olhos abaixados com modéstia e humildade.

– Estávamos falando de vocês – disse o presidente Nasseri. Khosravi tinha feito um sinal para ele assumir. – Talvez, Srta. Ahmadi, você queira nos dizer como ficou sabendo sobre as bombas nos ônibus.

– O senhor me contou.

Todas as sobrancelhas na sala se ergueram, mas nenhuma mais do que as de Nasseri.

– Não contei.

– Não diretamente, mas o senhor mandou seu conselheiro científico falar com meu pai, e ele contou sobre os físicos, e que vocês só sabiam que eles estariam naqueles ônibus, naqueles horários. Eu escutei. Meu quarto fica em cima do escritório do meu pai.

Ela não olhou para o pai enquanto falava. Estava claro, pelo seu tom quase robótico, que tinha previsto a pergunta e havia preparado e ensaiado a resposta.

Também era claro que ela estava tentando proteger o pai.

– E por que decidiu contar aos americanos? – perguntou Nasseri.

A sala ficou elétrica. A resposta de Zahara decidiria seu futuro. Se ela admitisse, não teria futuro nenhum.

– Porque, Eminência – Zahara olhou para o grão-aiatolá –, não acredito que Alá, o misericordioso, o compassivo, aprovaria o assassinato de inocentes.

E ali estava. Uma fé declarada. Um destino selado.

– Você quer nos ensinar, quer ensinar ao grão-aiatolá, sobre Alá? – perguntou Nasseri. – Você conhece a vontade de Alá?

– Não. O que sei é que Alá não ia querer que homens, mulheres e crianças inocentes fossem assassinados. Se eu tivesse ouvido que vocês planejavam matar apenas os físicos para proteger o Irã, não teria tentado impedir.

Ela se virou para olhar o pai, cujos olhos ainda estavam abaixados.

– Meu pai não sabia de nada.

– Bom, eu não diria isso, criança – disse o grão-aiatolá. – Como você acha que descobrimos o que você tinha feito?

Todos ficaram completamente imóveis. Tinham se transformado em um quadro vivo. Olhando para o pai e a filha.

– Baba?

Silêncio.

– Papai? O senhor contou a eles?

Ele levantou os olhos e murmurou alguma coisa.

– Mais alto – ordenou o presidente Nasseri.

– Não tive escolha. Meu computador é monitorado. Toda busca que eu faço, toda mensagem enviada, é vista. Eles acabariam descobrindo. Eu precisava contar, para proteger seu irmão e sua irmã. Para proteger sua mãe.

– Ele provou sua lealdade – disse Nasseri.

Mas Ellen notou a expressão de desprezo no rosto do grão-aiatolá e do ministro Aziz. A lealdade para com o Estado podia vir na frente, mas trair a família revelava muito sobre o caráter de uma pessoa. E nada de bom.

O Dr. Behnam Ahmadi poderia sobreviver à filha, mas seu caráter não.

Zahara lhe deu as costas.

A secretária Adams lhe deu as costas.

O grão-aiatolá e todo mundo na sala virou as costas para Behnam Ahmadi.

Os acontecimentos estavam se desenrolando em alta velocidade, encaixando-se ao mesmo tempo que desmoronavam.

Ellen precisava pensar depressa. Precisava agir depressa, se quisesse salvar alguma coisa.

– Precisamos olhar em frente, e não para trás – disse ela, afastando a atenção deles da jovem. Mais tarde pensaria nisso. – Os Estados Unidos estão preparados para agir, mas para isso preciso de informações sobre Shah. Onde ele está. Quais são os planos dele. Até que ponto ele avançou. Não posso impedi-lo se não souber disso. Preciso saber quem é a fonte de vocês.

Ellen sustentou o olhar do aiatolá, tentando mandar um recado. Tentando dizer a ele que sabia que os russos quase certamente estavam escutando. Que boa parte do que era dito na sala era para eles. Sabia que ele não poderia lhe contar, mesmo se tivesse a informação. Mas talvez pudesse mandar algum sinal.

Alguma coisa. Qualquer coisa.

Ele devia saber de onde vinham as informações sobre Shah. Sem dúvida vinham de alguém perto o bastante do homem. Mas não tão perto a ponto de ter todas as informações.

A relutância do grão-aiatolá em lhe contar significava, quase com certeza, que a fonte era russa. Mas não era o Estado russo. Se fosse, Khosravi não teria problema em lhe dizer. Afinal, não estaria revelando nada que a inteligência russa já não soubesse.

Então, pensou Ellen, a fonte era russa. Mas não era a Rússia. Com isso, restava apenas uma possibilidade.

O grão-aiatolá sustentou seu olhar.

– A senhora lia *O Pequeno Príncipe* para os seus filhos. Eu também lia para os meus.

Ellen estava completa e absolutamente focada. Seus nervos formigavam. Ele tinha acabado de confirmar, de forma indireta, que de fato tinham ouvido tudo que ela, Katherine e Anahita disseram enquanto trocavam de roupa, tirando as burcas.

Incluindo a admissão deliberada da secretária Adams, já suspeitando que estivessem sendo monitorados, de que Anahita havia recebido a mensagem da prima.

Era um risco calculado, e Ellen já ia descobrir se os cálculos estavam corretos.

Nada que o líder supremo dissesse agora seria desprovido de camadas de significado.

O clérigo idoso se virou para os filhos.

– Os prediletos de vocês eram sempre as *Fábulas de Bidpai*, da Pérsia. – Ele levantou o braço direito frouxo com ajuda do esquerdo, e Ellen lembrou que o grão-aiatolá tinha se ferido gravemente em um atentado a bomba alguns anos antes, atentado este que inutilizara um dos seus braços. Agora ele o segurava, como se fosse uma criança de colo, e se virou de volta para ela. – A senhora conhece a fábula do leão e do rato?

– Sinto muito. Não conheço. – Ela não tinha deixado de perceber que ele havia usado o antigo nome do seu país. "Pérsia".

– Um grande felino, digamos, um leão, foi apanhado na rede de um caçador. – Sua voz estava grave, calma. Os olhos afiados. – Um rato estava acabando de sair da toca e viu aquilo. O leão implorou que o rato roesse as cordas e o salvasse, mas o rato recusou. – O clérigo sorriu. – Era uma criatura velha e sábia e temia que, assim que o leão estivesse livre, fosse comê-lo, porque era isso que os leões faziam. Mas o felino implorou, e sabe o que o rato fez?

– Ele... – começou Nasseri, mas foi impedido por Aziz.

– Creio, senhor presidente, que a pergunta tenha sido direcionada à secretária de Estado.

Ellen pensou. Suspeitava que aquela fosse a mensagem, o código. Mas não conseguiu deduzir qual era.

– Não sei, Eminência. – E, para sua surpresa, viu um olhar de aprovação.

– O rato astuto roeu a corda, mas não até o final. Deixou um fio, da grossura de uma mordida, de modo que o felino continuou preso. Os dois podiam ouvir o caçador se aproximando. Chegando cada vez mais perto.

Os outros na sala desapareceram e só restavam o líder supremo da República Islâmica do Irã e a secretária de Estado americana.

O grão-aiatolá Khosravi baixou a voz e pareceu falar diretamente no ouvido de Ellen.

– O rato esperou até que o leão estivesse distraído com a aproximação do caçador, e então, no último minuto, mordeu o último fio, libertando o felino. No instante antes que o felino percebesse que estava livre, o rato fugiu descendo pela toca. Então o leão, livre, escapou subindo a árvore.

– E o caçador? – perguntou Ellen.

– Ficou com as mãos vazias. – O aiatolá deu de ombros, mas seus olhos escuros jamais deixaram de encará-la.

– Ou talvez tenha sido comido pelo leão – disse Ellen. – Porque é isso que os leões fazem.

– Talvez. – O grão-aiatolá se virou para o guarda revolucionário. – Prendam-na.

Ellen se imobilizou. O guarda deu um passo na direção de Zahara.

– Ela, não – disse Khosravi. – Ela. A filha do traidor. A que recebeu a mensagem.

Anahita se levantou cambaleando. Ellen saltou e se pôs na frente dela.

– Não!

– A senhora realmente não achava, Sra. Adams – disse Aziz enquanto o guarda revolucionário a empurrava de lado e arrancava Anahita de suas mãos –, que ele permitiria que uma espiã, uma traidora, entrasse no Irã, em uma reunião com os níveis mais altos do governo, sem consequências, não é? Nós sabemos quem são os ratos.

– Sinto muito – disse o grão-aiatolá, levantando-se e saindo da sala.

CAPÍTULO 27

Os vigias na montanha apontaram fuzis AK-47 para eles enquanto Gil e Akbar se aproximavam lentamente do acampamento do Pathan. Eles não viam os guerreiros, mas sabiam que eles estavam lá.

Agora usando vestimentas pashtun regionais, os dois abriram os braços e Gil largou o galho que estivera usando como bengala, para o caso de aquilo ser confundido com um fuzil.

Ao seu lado, Akbar estava ofegando devido à subida pelos caminhos difíceis e ao medo. Gil mancava mais intensamente e se retraía a cada passo.

Mas ainda assim eles avançavam.

Um guarda armado se aproximou, e atrás dele vinha uma figura familiar. A metralhadora estava apontada para os dois recém-chegados. Gil e Akbar pararam.

– *As-Salam Alaikum* – disse Gil Bahar. Que a paz esteja com você.

– *Wa-Alaikum-as-Salaam* – respondeu o homem que obviamente dava as ordens. Era o comandante do acampamento dos pashtuns. E que a paz esteja com você.

Houve um momento de tensão. O homem mais jovem, segurando o fuzil, apertou-o com mais força, esperando instruções. De costas para o comandante, ele não pôde ver o leve sorriso que tinha aparecido no rosto barbudo.

– Você não parece nem um pouco bem, meu amigo – disse o comandante.

– Mas estou melhor, espero, do que da última vez que vi você.

– Bom, você ainda está com a cabeça no lugar.

– Graças a você.

O guarda baixou a arma enquanto o comandante da guerrilha passava por ele e abraçava Gil, beijando-o três vezes.

Gil recuou e segurou o sujeito com o braço esticado, examinando-o.

Ele havia ganhado corpo, ficado musculoso. Com 30 e poucos anos, não era mais o garoto de rosto jovem que Gil tinha conhecido. Mas, no fim das contas, Gil também não era.

O rosto do homem estava desgastado pelo tempo e pela preocupação, barbudo, o cabelo comprido preso para trás. Usava o uniforme de guerreiro afegão. Um híbrido de vestimenta islâmica e roupas militares ocidentais.

– Como você está, Hamza?

– Vivo. – O comandante olhou em volta; então, pondo a mão grande no ombro de Gil, disse: – Venha. Está ficando tarde, e quem sabe o que pode sair da escuridão?

– Achei que você fosse o dono da noite. – Gil o seguiu.

– Não sou dono de nada. – Hamza puxou a aba da barraca para Gil entrar, enquanto Akbar permanecia do lado de fora.

– É, vejo que você é o mesmo homem simples que eu deixei para trás – disse Gil, examinando as caixas de explosivos e granadas e os longos caixotes de madeira com as palavras *Avtomat Kalashnikova* estampadas.

AK-47s. Todas as caixas tinham escritos russos.

Hamza ordenou que os homens que estavam na barraca saíssem, depois serviu chá para os dois de um samovar.

– Felizmente nem tudo que vem dos russos se destina a matar – disse ele, levantando seu copo com chá doce em um brinde. Em seguida ficou sério. – Você não devia ter vindo.

– Eu sei. Desculpe. Eu não teria vindo, se houvesse outro modo.

Hamza olhou a perna de Gil, que estava pingando sangue de novo.

– O que aconteceu? Você tentou impedi-la?

– A física nuclear? Não. Acompanhei a Dra. Bukhari desde o voo do Paquistão, onde você disse que ela estaria, até Frankfurt. Esperava conseguir segui-la até ela encontrar Shah e descobrir o que ele está aprontando. Mas o ônibus em que ela estava foi explodido.

Hamza assentiu.

– Ouvi falar das explosões. Não disseram o motivo, ou quem fez, mas fiquei imaginando. – Ele encarou Gil. – Por que você está aqui?

– Desculpe, Hamza. Preciso de mais informações.

– Não posso dar mais. Já falei demais. Se alguém descobrir...

Gil se inclinou para a frente, sentado na grande almofada no chão e se retraindo ligeiramente de dor com o movimento.

– Você e eu sabemos que o único modo de você ficar em segurança é se Shah for apanhado. Ele já deve saber que alguém o traiu. Não vai demorar muito até ele somar dois e dois e vir atrás de você.

– Um cientista paquistanês de meia-idade subindo essa montanha, passando pelos meus guardas? Acho que estou em segurança.

– Você me entendeu. E sabe quem ele vai mandar. – Gil olhou para trás, para os caixotes. – Sinto muito.

– Eu não tenho nada a ver com Shah. Só repassei um boato sobre aqueles físicos.

– Verdade, mas alguém contou a você sobre eles. – Quando Hamza balançou a cabeça, Gil olhou em volta. – Preciso de mais.

– Você precisa ir embora. Agora já é tarde, mas amanhã cedinho. – Hamza se levantou. – Não tenho mais nada a dizer. Ajudei você a escapar, anos atrás. Não faça com que eu me arrependa. Talvez Alá quisesse que você fosse decapitado. Não quero ter que cumprir o desejo dele.

– Você não acredita nisso. – Gil permaneceu onde estava. – Deixou que eu fosse embora porque nós passamos meses juntos estudando o Alcorão. Você me ensinou as palavras do profeta Maomé. Que o verdadeiro Islã tem a ver com a coexistência pacífica. Por isso você queria impedir Shah. E ainda quer.

No cativeiro, Gil tinha começado a ouvir os guardas, tinha começado a captar palavras, frases. Começou a falar com os guardas na língua deles, o pashto. Até que certa noite o mais novo, que trazia suas refeições, respondeu.

Depois de alguns meses, o rapaz sentou-se e, a pedido de Gil, lhe ensinou expressões em árabe, a língua do Alcorão. Os dois conversaram sobre o Islã. Leram o Alcorão juntos e Gil aprendeu sobre os ensinamentos do Profeta. E, com o tempo, se apaixonou pelo que o Profeta, pelo que o Islã, tinha a dizer, como um modo de vida.

E, com o tempo, enquanto conversavam a respeito, a visão de Hamza se suavizou, e ele viu como os clérigos radicais tinham distorcido as palavras, os significados, para objetivos próprios.

Sob o manto da noite, depois de o jornalista francês ter sido decapitado, Hamza tirou as amarras dos pulsos e dos tornozelos de Gil e o soltou. Os dois permaneceram em contato, sob disfarce. Seus laços permaneceram fortes.

– Sei que você não vai matar homens, mulheres e crianças inocentes – disse Gil. – Pode fazer isso com outros combatentes, sim, mas Alá não ia querer que inocentes fossem mortos. Por isso você me contou sobre Shah e os físicos. Um fuzil é uma coisa – ele se virou para os caixotes cheios de AK-47 atrás deles –, mas armas de destruição em massa que matam indiscriminadamente são outra. Preciso de mais informações. Para acabar com isso. – Gil se inclinou adiante na grande almofada no chão da barraca, trincando os dentes por causa da dor na perna. – Se os clientes de Shah construírem uma bomba nuclear e ela explodir, vai matar milhares de pessoas. E o que Alá vai dizer?

– Está zombando das minhas crenças?

Gil pareceu magoado.

– Não, de jeito nenhum. São minhas crenças também. Foi por isso que vim até aqui, subindo essa porcaria de montanha. Para ver você. Para tentar impedir isso. Por favor. Estou implorando, Hamza. Me ajude.

Os dois se encararam. Apesar de terem mais ou menos a mesma idade, tinham crescido separados por um mundo inteiro, mas o destino os havia unido como irmãos. Como espíritos afins. Talvez por aquele motivo, para aquele momento.

Hamza não era o verdadeiro nome dele. Tinha-o adotado quando se juntou aos guerreiros. Significava "Leão".

E apesar de Gil ser o nome real, não era o nome inteiro. A maioria das pessoas presumia que fosse Gilbert. Mas no meio da noite, enquanto o prisioneiro e seu vigia discutiam o Alcorão, Gil havia contado o segredo.

Seu nome inteiro era Gilgamesh.

– Ah, meu Deus. – A gargalhada de Hamza tinha chegado às raias da histeria. – Gilgamesh? Como isso aconteceu?

– Meu pai estudava a antiga Mesopotâmia na universidade e lia poemas para a minha mãe. O predileto dela era o épico *Gilgamesh*.

Gil não contou a Hamza que em sua parede, na infância, havia um cartaz do Louvre. Era de uma estátua roubada séculos antes de um lugar na antiga cidade mesopotâmica de Dur-Sharrukin. Era uma escultura mostrando Gilgamesh, o herói épico. Ele estava segurando um leão junto ao peito. Os espíritos, os destinos dos dois, entrelaçados.

Aquele local fora destruído pelo ISIS em guerras recentes. De modo que o que tinha parecido um roubo na verdade havia salvado muitos artefatos.

Gilgamesh tinha passado a contemplar que os salvadores apareciam de formas inesperadas. E com frequência não pareciam salvadores, num primeiro momento. Pelo contrário. Os salvadores podiam ser bastante desagradáveis, e os monstros podiam ser atraentes, fazendo com que os piores parecessem os melhores. Como aqueles clérigos radicais. Como os líderes políticos inescrupulosos.

Agora os dois homens, Gilgamesh e o Leão, estavam sentados dentro da barraca ao crepúsculo, encarando-se. Diante de uma decisão.

CAPÍTULO 28

– Mãe, o que vamos fazer? Não podemos deixar Ana para trás.

Katherine seguia a mãe enquanto Ellen andava de um lado para outro na sala onde tinham sido postas e recebido ordem de vestir as burcas de novo. E de se prepararem para ir embora.

Era a mesma sala que tinham usado para tirar as burcas, mil anos atrás.

– Não sei – respondeu Ellen. Isso era verdade, e provavelmente não era surpresa para os iranianos e russos que quase certamente escutavam.

A secretária Adams parou de andar e olhou a burca de Anahita. Estava largada no sofá, a forma achatada de um ser humano. Como se a mulher tivesse desaparecido tão subitamente que houvesse deixado a sombra para trás.

Isso lembrou Ellen daquelas imagens terríveis de Hiroshima e Nagasaki, depois de as bombas atômicas terem caído e as pessoas serem vaporizadas, deixando apenas uma silhueta escura.

Santo Deus, rezou. *Santo Deus, me ajude.*

A secretária Adams olhou para a silhueta preta da burca de Anahita e se sentiu por um fio. Aflita para impedir a queda.

Agora estava desesperada. Como impedir Shah e ao mesmo tempo conseguir que sua funcionária e Zahara Ahmadi fossem soltas e saíssem do Irã?

As coisas não haviam melhorado com sua visita. Na verdade, tinham ficado consideravelmente piores.

Pelo menos na superfície.

Ellen voltou a andar, circulando junto às paredes da sala, como um grande felino aprisionado. Sentia que já havia conseguido o que precisava. Que o grão-aiatolá tinha lhe dado a informação, as ferramentas, para fazer o que precisava ser feito – ao mesmo tempo que prendia sua funcionária, transformando Anahita em refém e atando as mãos da secretária de Estado.

O que ele estava tramando?

A prisão da funcionária americana tinha sido uma surpresa. Um choque. Era uma agressão, uma provocação. A princípio, não fazia sentido.

Então por que o grão-aiatolá Khosravi tinha feito aquilo? E o que ele queria que ela fizesse agora? Ellen não tinha muitas opções. O que não podia era ir embora sem Anahita Dahir e sem informações sobre Bashir Shah. Ele devia saber disso.

No entanto, estava expulsando-a do Irã. De mãos vazias.

Ela parou diante da janela e olhou para a capital iraniana.

A história do leão e do rato obviamente significava alguma coisa. Era mais do que uma alegoria. Mas quem era o leão da história, e quem era o rato?

E por que um ajudaria o outro? Porque tinham um objetivo comum temporário. Derrotar o caçador. Derrotar o Dr. Bashir Shah.

Então por que prender Anahita Dahir?

Por quê?

Nada que aquele homem astuto dizia ou fazia deixava de ter camadas de significado e propósito.

– Mãe – disse Katherine, revelando sua ansiedade crescente –, você precisa fazer alguma coisa.

– Estou fazendo. Estou pensando.

Houve uma batida à porta.

– Senhora secretária – disse Steve Kowalski, seu oficial da Segurança Diplomática. – Há uma mensagem da sua conselheira.

Ellen já ia pedir para ele, por favor, deixá-las pensando em paz. Mas então se lembrou do telefonema de Betsy. E agora uma mensagem de texto. Devia ser urgente.

Pediu seu celular.

– O que é? – perguntou Katherine.

Ellen, já pálida devido às tensões de um dia interminável, perdeu o pouco da cor que lhe restava enquanto lia a mensagem de Betsy.

Um sinônimo adentra uma taverna.

Problema. Problema grande.

Um disléxico entra em um par, digitou Ellen. A reação combinada para dizer que de fato era ela, e que entendia que algo terrível havia acontecido.

A resposta veio em instantes. Obviamente Betsy estivera de olho no celular criptografado, esperando-a.

O traidor não é Beecham. É Whitehead.

Ellen se deixou afundar em uma cadeira. Sua sensação de queda livre havia cessado. Tinha batido no fundo.

Ficou tentada a escrever: *Tem certeza?* Mas sabia que Betsy teria certeza absoluta antes de mandar aquilo.

Em vez disso, escreveu: *Você está bem?*

Estou. Mas a Ranger de Whitehead está logo ali fora.

Ellen sentiu o coração apertar. Tinha pedido a Betsy que contatasse a capitã. E agora...

Prova?

Memorandos. Whitehead aprovou a libertação de Shah. Aprovou e apoiou.

Ellen suspirou ruidosamente. Ele tinha mentido.

Lembrou-se do olhar de Whitehead quando Tim Beecham havia saído do Salão Oval para dar o telefonema. Isso tinha ajudado a confirmar para Ellen que o chefe do Estado-Maior Conjunto não confiava no diretor de Inteligência Nacional.

Agora enxergava isso, e uma centena de outras coisinhas, como elas de fato eram. Não eram apenas sutis, mas também astutas. Ele vinha silenciosamente solapando Tim Beecham, assassinando-o. A morte através de mil olhares ardilosos.

O que ele sabe?, escreveu Ellen.

Tudo que eu sei.

O que era praticamente tudo. Menos o que havia acontecido no Irã. E talvez ele soubesse até mesmo disso. Podia estar ouvindo também.

Ellen percebeu que Whitehead, com seu acesso ao material sigiloso, devia estar envolvido na ocultação de todos os arquivos de Beecham, sabendo que isso pareceria suspeito, e ao mesmo tempo retirando qualquer indício de sua própria participação. Esse plano não tinha sido executado de maneira impensada. Devia ter levado meses, talvez anos, para ser feito. Durante toda a administração Dunn, quando havia caos interno e quase nenhuma supervisão.

Mas o general Whitehead tinha deixado escapar uma referência a si próprio. Uma referência particularmente condenatória. Ellen achou isso estranho. Tanto esforço para ocultar e, no fim, deixaram aquela mensagem que mais parecia uma nuvem gigante radioativa?

Essa linha de raciocínio acabou sendo suplantada e dominada por outra.

Bert Whitehead? Traidor? Mancomunado com Bashir Shah? Dando informações a terroristas? Por que o chefe do Estado-Maior Conjunto faria isso?

Ele tinha traído seu país. Tinha participado de assassinatos em massa. Tinha mentido desde o começo.

O general Albert Whitehead, chefe do Estado-Maior Conjunto, era o Azhi Dahaka.

Fred MacMurray era o diabo.

O general sabia que, se Shah tivesse sucesso, milhares, talvez centenas de milhares de pessoas, seriam transformadas em sombras.

Seu celular vibrou com outra mensagem. Era de Gil.

Preciso ir, escreveu para Betsy. *Tenha cuidado.*

Olhou mais de perto e viu que a mensagem do seu filho tinha vindo de uma fonte que ela não reconhecia, mas estava assinada *De Gil*. Em vez de suas mensagens curtas, Gil tinha escrito um e-mail para a mãe.

Não, percebeu Ellen enquanto o abria. Ele tinha escrito para a secretária de Estado americana.

Leu-o e, quando terminou, o celular escorregou de seus dedos e caiu no colo.

Gil estava no Afeganistão, perto da fronteira com o Paquistão. Em território controlado pelos pashtuns, onde tinha sido feito refém. Santo Deus.

Ele tinha a informação de que precisavam.

Os três físicos nucleares paquistaneses assassinados nos ônibus eram iscas. Distrações. Cientistas comuns contratados por Bashir Shah com o único objetivo de serem mortos. Para fazer o Ocidente achar que o perigo havia passado. Ou que, no mínimo, tinham tempo.

Quando, na verdade, o tempo havia acabado.

A fonte de Gil tinha dito que os verdadeiros físicos nucleares foram recrutados vários anos antes. Cientistas de ponta, que aparentemente tiraram anos sabáticos, mas na verdade foram contratados por Shah, que os havia alugado a outros grupos, quase certamente a rede dos pashtuns e da Al-Qaeda. Para estabelecer um programa de armas nucleares dentro do Afeganistão.

Ellen se levantou tão abruptamente que a cadeira caiu. Pensou rápido. Depois escreveu: *Me ligue.*

Gil tinha pegado o telefone emprestado de alguém em quem ele obviamente confiava. Um tal de Akbar não sei das quantas. Não estaria grampeado. E o dela era criptografado. Mesmo assim, a sala certamente estava grampeada. Precisava ter cuidado com o que dizia.

Teriam dois, talvez três minutos antes que o telefonema fosse interceptado.

– Marque dois minutos – sussurrou para Katherine, que percebeu a urgência e pela primeira vez não perguntou nada.

Ellen atendeu ao telefonema antes que o primeiro toque terminasse.

– Diga onde.

– Os físicos de Shah? Não sei exatamente. Algum lugar na fronteira entre Paquistão e Afeganistão. Não deve ser em uma caverna ou um acampamento. Teria que ser alguma fábrica abandonada.

Era uma fronteira longa, um bocado de território, mas Gil não podia ser mais específico.

– Tamanho? – Ela estava tentando manter a voz baixa e as falas vagas.

– Não sei. Qualquer coisa, desde bombas sujas em uma mochila até algo maior. Poderia destruir alguns quarteirões ou uma cidade inteira.

Katherine levantou um dedo. Um minuto havia se passado. Restava um minuto.

– Plural?

– Sim.

– Onde?

Houve o que pareceu uma pausa interminável antes que ele respondesse:

– Estados Unidos.

– Onde?

– Cidades. Não sei quais. Outras estão sendo feitas. Acho que a máfia russa está fornecendo os materiais a Shah.

Fazia sentido, pensou Ellen, com a mente disparando. Fazendo conexões. Não o governo russo. Não oficialmente. Mas o presidente russo e seus oligarcas tinham ligações com a máfia, e haviam compartilhado diretamente os bilhões ganhos com a venda de tudo, de armas até seres humanos.

A máfia russa era absolutamente desprovida de ideologia, de escrúpulos. Não tinha freios. O que tinha eram armas, contatos, dinheiro. Seriam capazes de vender qualquer coisa a qualquer pessoa. De plutônio até antraz. De crianças feitas de escravas sexuais até órgãos.

Iriam para a cama com o diabo e preparariam o café da manhã dele, se necessário.

Shah tinha precisado usar uma terceira via para dar aos iranianos a dica sobre os físicos. Quem melhor do que um informante trabalhando ao mesmo tempo para a máfia russa e o serviço de inteligência iraniano?

A máfia russa era o elo, conectando o Irã com Shah. O espectro que se movia entre os dois.

– Mãe... – disse Gil.

– Sim?

– O que dizem é que elas já estão lá. Nas cidades. As bombas. Por isso Shah fez com que os físicos fossem mortos na Europa, para afastar o foco dos Estados Unidos. Para nos fazer pensar que o próximo ataque, o grande, também seria na Europa.

Katherine começou a girar o dedo. Estava na hora.

Mas havia mais uma pergunta.

– Quando?

– Logo. É só isso que eu sei.

Ellen desligou e murmurou:

– Merda.

Uma mensagem chegou para Betsy.

Ela estava com os olhos vermelhos, precisando dormir, e tinha dito a Pete Hamilton para tirar algumas horas de descanso. Ele estava enrolado no sofá da sala de Charles Boynton, morto para o mundo, enquanto Betsy ocupava o sofá de Ellen, olhando para o teto.

Seu corpo estava exaurido, mas a mente continuava girando. Bert Whitehead. O infiltrado. O chefe do Estado-Maior Conjunto, um general de quatro estrelas, veterano das sangrentas guerras do Afeganistão e do Iraque, era um traidor.

E então veio a mensagem.

Não consigo dormir. Mais alguma coisa sobre o Beecham? Preciso contar ao presidente.

Por um momento, Betsy achou que era de Ellen, em Teerã, mas logo percebeu que era de Whitehead.

Nada, escreveu, os dedos trêmulos de exaustão e fúria. *Estou tirando um cochilo. Sugiro que faça o mesmo.*

E então, antes que pudesse repousar a cabeça de novo, outra mensagem chegou, dessa vez de Ellen. Ela havia encaminhado uma mensagem de Gil.

Betsy leu e murmurou:

– Droga.

O avião de Bashir Shah pousou no meio da noite e ele foi levado de carro à sua casa em Islamabad. Chegou pela entrada dos fundos, pouco usada, através do jardim.

Tinha saído dos Estados Unidos apenas um dia antes do que havia planejado. De quando precisava.

Apenas um dia antes de o mundo mudar para sempre.

– Ellen Adams ainda está em Teerã? – perguntou ao seu principal subordinado.

– Pelo que sabemos, sim.

– Isso não basta. Preciso de certeza, e preciso saber com quem ela se encontrou e o que foi dito a ela.

Quinze minutos depois, enquanto Shah se preparava para dormir, seu subordinado veio com a informação.

– Ela se encontrou com o presidente Nasseri.

– E? – Shah podia ver que havia mais, porém o homem estava com medo de dizer.

– E com o grão-aiatolá.

– Khosravi? – Shah o encarou com raiva e o subordinado assentiu com os olhos arregalados.

– Nada foi dito a ela.

– Nada?

– Não. E uma pessoa do grupo dela, a funcionária do Serviço de Relações Exteriores, foi presa como espiã.

Shah sentou-se na beira da cama, tentando entender. Isso não fazia sentido.

– O grão-aiatolá contou a ela uma história sobre um leão e um rato. É uma fábula. Uma coisa que ele lia para os filhos.

– Não tenho interesse nisso. Preciso saber de tudo que ela faz.

O que Khosravi estava aprontando?, pensou Shah enquanto escovava os dentes. O que Ellen Adams estava aprontando?

Eu deveria tê-la matado quando tive a chance.

Felizmente o filho dela logo vai estar morto, e ela vai saber que foi pelo que ele fez e que a culpa é dela.

Cuspiu na pia, em seguida foi até seu notebook e encontrou a antiga fábula persa do leão e do rato. Viu que era sobre alianças improváveis. Isso era óbvio. Mas também era sobre a caçada. E sobre ludibriação.

Bashir Shah baixou lentamente a tampa do computador. Sabia que era um caçador experiente demais para ser ludibriado. Ia pegar tanto o leão quanto o rato.

– Precisamos ir embora – disse Akbar. – Deveríamos ir agora mesmo.

– Está brincando? Está de noite. As montanhas estão cheias de *mujahedin*. Se os guerreiros de Hamza não matarem a gente por engano, eles vão matar. Olha, eu também quero ir, mas vamos ter que esperar até de manhã. – Gil olhou com mais atenção para o companheiro. Era impossível deixar de ver que Akbar estava agitado, impaciente. – Por que está tão ansioso para ir embora?

Akbar olhou para trás. Estavam em uma barraca própria. Hamza havia arranjado comida e bebida, e agora Gil se preparava para dormir, com o corpo inteiro doendo.

– Só estou com um mau pressentimento – disse Akbar.

Ele se enrolou no cobertor de lã, encostou-se no pau da barraca e, pela centésima vez, tateou a faca de lâmina comprida oculta nas dobras da roupa.

CAPÍTULO 29

– Senhora secretária – disse Charles Boynton. O chefe de gabinete havia batido à porta e entrado em seguida. – O jato do sultão de Omã está pronto. Os iranianos insistem que a senhora vá.

Sua silhueta esbelta parou junto à porta, inseguro.

A secretária de Estado e sua filha estavam perto da janela, parecendo ter passado pelo maior susto da vida.

– O que foi? – perguntou ele, dando outro passo para dentro da sala e fechando a porta.

Ellen tinha repassado a mensagem de Gil para Katherine e Betsy, acrescentando alguns detalhes que ele havia dito pelo telefone. Tinha pensado em mandá-la para o presidente Williams e Tim Beecham, mas hesitou.

O general Whitehead não podia estar trabalhando sozinho. Devia ter colaboradores nos escalões mais altos da Casa Branca, talvez até no gabinete. Se ela mandasse a mensagem e ela fosse interceptada, eles saberiam que a trama tinha sido descoberta. E para não arriscar que alguém os impedisse, poderiam disparar as bombas antes do planejado.

Não. Ellen sabia que precisava contar ao presidente Williams em particular. Em pessoa.

Mas seu trabalho no Irã não estava terminado. Precisavam conseguir mais informações. Alguém estava fornecendo materiais nucleares a Shah, provavelmente a máfia russa, como Gil tinha dito.

E alguém havia contado aos iranianos sobre os físicos.

De novo, era provavelmente um informante iraniano trabalhando com a máfia. Tinham vazado a informação de propósito para que

Nasseri e o aiatolá fizessem exatamente o que Shah queria. Assassinar os seus físicos.

A pessoa podia saber sobre os planos maiores de Shah. Talvez até o seu paradeiro. E esse informante provavelmente ainda estava no Irã. Se pudessem encontrá-lo...

– O que foi? – repetiu Boynton. – Senhora secretária?

– Mãe? – disse Katherine.

Ellen levou a mão à boca e inclinou a cabeça para trás, olhando o teto. Tentando enxergar.

Se tinha deduzido tudo isso, o grão-aiatolá também tinha. Ele precisava da ajuda dela para impedir Shah. E ela precisava da ajuda dele para impedir os ataques terroristas.

Será que Khosravi sabia quem era o informante? Se soubesse, ele certamente não podia lhe contar. Pelo menos não diretamente. Cada palavra, cada ação deles estava sendo monitorada.

Por isso ele precisou lhe dar a informação de outro modo.

Era disso que se tratava a história do leão e do rato. Interesses mútuos. Mas também tinha a ver com ludibriação. Distração. Olhar para um lado enquanto a coisa importante acontecia do outro.

– Eles disseram que *eu* precisava ir embora? – perguntou a Boynton. – Ou nós?

Ele pareceu confuso com a pergunta.

– Não é a mesma coisa?

– Por favor, me ajude nisso. Tente lembrar exatamente o que o oficial disse.

Boynton pensou.

– Ele disse: "Por favor, informe à secretária Adams que ela precisa deixar o Irã, por ordem do grão-aiatolá".

– Bom, parece bastante claro – disse Katherine.

– Não sei, não. – Ellen se virou de volta para seu chefe de gabinete. – Atrase-os.

Ele soltou um riso inesperado:

– Sozinho, com as mãos?

Mas ao ver a expressão séria da chefe, ficou sem graça.

– Embrome-os – disse a secretária Adams.

– Embromar? – A voz de Boynton saiu quase como um guincho. – Como?

– Dê um jeito.

Ellen praticamente o empurrou pela porta. Enquanto ela se fechava, ouviu seu chefe de gabinete dizer ao oficial iraniano que elas já iam sair.

– Um pequeno atraso. Problemas femininos. – Em seguida o ouviu perguntar: – Vocês têm problemas femininos aqui?

Talvez não tenhamos tanto tempo quanto eu esperava, pensou Ellen.

Tentou acalmar a mente. Não pensar no general Whitehead como o infiltrado.

Não pensar no que Gil tinha dito. Que as bombas nucleares quase certamente já estavam em cidades americanas. Prontas para explodir. Em breve.

Cada batida do seu coração parecia o tique-taque de um relógio.

Fechou os olhos e inspirou fundo. Expirou fundo. *Tente enxergar o próximo passo*, disse a si mesma. *Desligue todo o barulho, toda a interferência. Veja com clareza...*

– Mãe?

Silêncio. Então seus olhos se abriram bruscamente.

Seu coração começou a bater mais depressa. Martelando contra as costelas. Era o Big Ben contando os instantes preciosos. Disparando em direção às badaladas da meia-noite.

Sua mente corria junto com o coração. Estava quase lá. Quase lá.

E então compreendeu. O que o grão-aiatolá queria dizer.

Atravessou a sala e abriu a porta. Ao fazer isso, ouviu Boynton e o pobre oficial iraniano conversando sobre qual árvore o profeta poderia ter sido, se ele fosse uma árvore.

Suspeitou que os havia interrompido segundos antes que seu chefe de gabinete também fosse preso, por blasfêmia.

– Charles!

Ele olhou para ela, como um peixe no anzol.

– Sim?

– Entre.

Não foi necessário pedir duas vezes.

– Preciso ir embora – disse Ellen, fechando a porta atrás dele.

— É, foi o que eu disse — confirmou Boynton.

— E vocês precisam ficar.

— Hein?

— Você e Katherine.

Os dois a encararam.

— Não podemos deixar Anahita — explicou Ellen, com a voz em um tom normal. Para garantir que todos que ouviam pudessem entender. — Tenho que voltar a Washington para conversar com o presidente Williams sobre a situação. Pegar as instruções dele. Vocês precisam ficar no Irã até a minha volta. Enquanto isso, saiam para turistar.

Os dois a encararam como se ela tivesse enlouquecido.

— Haverá pessoas seguindo vocês. Pois que façam com que elas cumpram uma perseguição inútil. Pensando que vocês estão tramando alguma coisa. Vão visitar Persépolis. Ou, esperem. Melhor ainda, peçam para ver a arte pré-histórica das cavernas no Baluchistão.

— Do que você está falando? — perguntou Katherine.

— Andei lendo sobre isso enquanto vinha para cá — explicou Ellen. — Alguns arqueólogos encontraram desenhos em cavernas por lá. Com onze mil anos de idade. Alguns acreditam que isso prova que os iranianos emigraram para as Américas milhares de anos atrás.

— O quê? — Agora Katherine estava absolutamente perplexa, enquanto Boynton se mantinha cauteloso.

— Os desenhos mostram o mesmo cavalo que os povos indígenas da América do Norte montavam. Faz sentido que vocês queiram ver.

— Faz? — perguntou Boynton por fim. — Verdade?

— Claro, como uma confirmação da crença de que somos todos um povo só. O objetivo é fazer quem estiver vigiando perseguir vocês numa caçada divertida.

— Divertida? — perguntou Boynton.

— Bom, uma caçada chata, se vocês preferirem.

Enquanto Boynton pesquisava sobre a arte rupestre, Katherine baixou a voz até um sussurro rouco.

— Mãe, as bombas. O que Gil te disse. Não podemos perder tempo.

— Não estou perdendo. — Ellen sustentou o olhar da filha e Katherine viu a determinação dela.

– Esse lugar fica a quase vinte horas de carro – disse Boynton, levantando o olhar.

– Tenho certeza de que eles podem levar vocês de avião até um aeroporto próximo, e depois pegar um carro – respondeu Ellen, voltando ao tom de voz normal, ou o mais normal que conseguia. – Vocês podem dormir no caminho, e qualquer pessoa interessada nos movimentos de vocês vai perder ainda mais tempo e esforço indo atrás.

– Mas nós também vamos desperdiçar tempo e esforço – protestou Boynton.

Katherine olhou para a mãe, cujos olhos estavam vermelhos de exaustão, mas também brilhando. Não dava para ver se era de inteligência ou loucura. Será que a mensagem de Gil e a pressão de tentar impedir uma catástrofe a teriam feito pirar de vez?

– E Anahita? – perguntou Katherine. – E Zahara? O que você quer que a gente faça para ajudá-las?

– E os dois iranianos que também foram presos? – quis saber Charles.

– Verei o que o presidente Williams quer fazer. Essas decisões estão fora do meu alcance. Volto assim que puder. Olhem, façam o máximo de barulho possível sobre a ida àquelas cavernas. Desse modo vocês serão seguidos e eles não vão prestar atenção no que eu estou fazendo.

Enquanto falava, ela digitou uma mensagem rápida para Katherine.

Vá. Confie em mim. Estou cuidando de tudo.

Estava completamente escuro quando a secretária Adams embarcou no avião do sultão. Assim que se encontrou na cabine espaçosa, tirou a burca e tentou entregá-la à oficial iraniana.

– Fique com ela – disse a mulher em um inglês perfeito. – Acredito que a senhora vá voltar.

Enquanto o avião corria pela pista na primeira parte do longo retorno para casa, Ellen se inclinou para a frente, como se isso fosse levá-la mais rápido até Washington.

Sua última visão de Katherine foi a filha e Boynton entrando em outro carro para a longa viagem rumo às cavernas.

Esperava e rezava para ter entendido corretamente a história do aiatolá sobre o leão e o rato. Tinha quase certeza de que ele havia prendido Anahita Dahir para que alguém do grupo de Ellen ficasse para trás.

Ao expulsar publicamente a secretária Adams, permitindo que sua filha e seu chefe de gabinete ficassem, para Ellen isso foi como uma confirmação.

Ele estava fazendo um jogo de ludibriação. Queria dizer alguma coisa a eles, mas Ellen era vigiada demais ali.

Assim, o líder supremo precisava tirá-la do país, ao mesmo tempo garantindo que alguém do contingente americano permanecesse.

Enquanto o avião alcançava altitude de cruzeiro, Ellen recebeu uma mensagem de Katherine.

Avião esperando por nós no aeroporto. Éramos esperados.

Ellen baixou a cabeça, pesada de alívio.

Eles eram esperados. Era isso que Khosravi queria que ela fizesse.

Mandou um rápido emoji de mão com polegar para cima, depois se recostou na poltrona. Confiante. Com a certeza de que tinha entendido o líder supremo da República Islâmica do Irã.

Mas...

Tentou afastar o pensamento traiçoeiro.

Mas...

O sujeito era um terrorista. Inimigo jurado dos Estados Unidos. Tinha financiado um monte de ataques contra o Ocidente. E ela havia acabado de pôr a filha, pôr seu país, nas mãos dele? Baseada em uma fábula de gato e rato?

Estava confiando que não era o velho clérigo astuto quem tinha feito uma armadilha, e que Ellen não tinha acabado de cair nela.

Foi seu último pensamento antes que a exaustão a dominasse.

BOYNTON FEZ O SINAL DA CRUZ enquanto a porta do pequeno turboélice era fechada.

Os dois conseguiram dormir um pouco no voo até a província de Sistão-Baluchistão, que – como Charles Boynton informou a Katherine com uma expressão igual à do Ió, o burrinho amigo do ursinho Pooh, enquanto começavam a descida – não ficava longe da fronteira com o Paquistão. De algum modo, na opinião dele, isso piorava tudo.

Mas, no fim das contas, pensou Katherine, olhando pela janela, forçando a vista através da escuridão para enxergar alguma terra, ele não sabia das bombas nucleares que já estavam em cidades dos Estados Unidos. Não sabia o que era realmente "pior".

Um sujeito idoso e grisalho chamado Farhad recebeu o avião e disse que seria o chofer e guia. Os dois entraram no carro velho, que cheirava a fumo, e ele os levou para o deserto.

O homem falava inglês fluente, com sotaque suave e musical. Disse que estava acostumado a levar arqueólogos ocidentais até aquele sítio. Nitidamente tinha orgulho disso. Eram só os três no carro, sem nenhum outro veículo à vista. Nenhum dos guardas e observadores sempre presentes. Todo mundo tinha perdido o interesse por eles.

Charles Boynton também tinha perdido o interesse, olhando pela janela a paisagem interminável de areia e outeiros, sob a luz que precedia o alvorecer.

Enquanto dirigia, Farhad contou sobre as descobertas de pictografias e petróglifos da Idade do Bronze, mostrando animais, plantas e pessoas.

– Alguns foram desenhados com tinta vegetal – explicou ele. – Outros, com sangue. Existem milhares.

Disse que, apesar da riqueza em arte rupestre, aquela área era sumariamente ignorada pelos turistas.

– Nenhum viajante estrangeiro vem aqui.

Ele falava apaixonadamente sobre a necessidade de proteger as descobertas. Olhou para Katherine, sentada ao seu lado enquanto Boynton roncava no banco traseiro. A cabeça inclinada para trás, a boca aberta.

– É por isso que vocês estão aqui, não é? Para proteger o que é importante?

Seu olhar era tão intenso que ela assentiu. Sem saber com que estava concordando.

Chegaram justo quando o sol já ia nascendo. Assim que Boynton foi acordado, eles subiram em um platô e Farhad arrumou um desjejum com café forte de uma garrafa térmica, figos carnudos, laranjas, queijo e pão.

Katherine tirou uma foto de Boynton e Farhad. O chefe de gabinete, ainda de terno e gravata, parecia ter passado por uma porta secreta do Foggy Bottom e ido parar ali.

Inesperadamente. Infelizmente.

Ela mandou a foto para a mãe, com uma curta mensagem dizendo que tinham chegado às cavernas e escreveriam quando houvesse algo mais a dizer.

Agora, empoleirada nas pedras enquanto o sol nascia, Katherine olhou a paisagem antiga, inalterada por dezenas de milhares, talvez milhões de anos. E ficou maravilhada. Outros tinham estado exatamente onde ela se encontrava e desenhado figuras na pedra, registrando sua vida. Suas crenças. Suas ideias. Até mesmo seus sentimentos.

– Posso? – perguntou, e quando Farhad assentiu, ela estendeu o dedo indicador e dedilhou as linhas.

– É uma águia – explicou ele. – E aquilo... – ele apontou para as linhas acima – é o sol.

Por motivos que não entendia direito, Katherine sentiu um nó na garganta e seus olhos ficaram úmidos. Como quando ouvia uma música que tocava lugares profundos dentro dela. Ou quando lia uma passagem comovente em um livro. Aqueles desenhos de cavalos e caçadores, camelos e pássaros sinuosos voando. De sóis reluzentes. Eram profundamente humanos.

As mãos que os haviam desenhado tinham sentido o mesmo chão abaixo, tinham sentido o mesmo sol acima. Tinham sentido a necessidade de marcar seus rituais. A vida deles não era muito diferente, não era nem um pouco diferente, da dela.

E aquilo não era muito diferente do que ela fazia com os jornais e as redes de TV que comandava. Aqueles desenhos em pedra eram as notícias deles. Os acontecimentos do dia deles.

Era um pensamento reconfortante, pensou, tomando café e comendo frutas e queijo. E olhando o sol subindo. E estava precisando ser reconfortada.

Tinha medo demais do que Shah havia planejado. Do que ele já teria posto em cidades americanas. Tinha medo demais de não conseguirem impedir.

Estava muito confusa em relação ao motivo de sua mãe tê-la mandado ali, ao que ela precisava que eles fizessem. E, no entanto, acompanhando o sol, Katherine sentiu uma paz profunda e inesperada.

Aquelas declarações de vida tinham sobrevivido por milênios.

E, ainda que vidas terminassem, a vida continuava.

– Venham – disse Farhad, retirando os itens do café da manhã. – As melhores ficam lá dentro.

Assentindo na direção do que parecia uma fenda estreita na pedra, ele se levantou e entregou um lampião a cada um. Eles passaram se espremendo, com Boynton murmurando:

– Merda, merda, merda.

Assim que entraram, Katherine espanou a terra vermelha do casaco e olhou em volta, movendo a luz em um arco vagaroso. Não conseguiu ver mais nenhum desenho.

– Ficam mais adiante – explicou Farhad. – Por isso só foram encontrados recentemente.

Ele andou à frente enquanto Boynton e Katherine trocavam olhares.

– Talvez eu devesse ficar aqui – sugeriu Boynton.

– Talvez você devesse ir comigo – disse Katherine.

– Não gosto de cavernas.

– Quando já esteve em alguma?

– Obviamente você não passou muito tempo na Casa Branca – sussurrou ele.

O riso de Katherine ecoou pela caverna e voltou até eles como uma espécie de gemido fraco.

Ela pegou o celular. Não tinha sinal. Ficou tentada a fazer um vídeo do passeio, mas a carga da bateria estava ficando baixa, por isso desligou o aparelho, mas ficou com ele na mão, feito um talismã.

Acompanharam Farhad virando uma esquina e viram que ele havia parado. Depois se virado para eles.

– Acho que já é longe o bastante. – Ele estava segurando uma arma.

Os dois olharam para o guia. Para a arma.

– O que o senhor está fazendo? – disse Katherine.

– Esperando.

E então eles ouviram, vindo do fundo da caverna. Passos. O eco tornava impossível dizer quantas pessoas se aproximavam. Pareciam centenas. E Katherine teve a ideia louca de que as antigas figuras das paredes, desenhadas com sangue, tinham ganhado vida. Tinham saído da pedra e estavam chegando.

Viraram-se na direção dos sons e Katherine viu que a arma de Farhad estava apontada para a escuridão. Para a coisa que vinha chegando cada vez mais perto.

Rapidamente ela pôs seu lampião no chão de terra da caverna e sinalizou para Boynton fazer o mesmo, e juntos eles recuaram da luz para a escuridão.

Mal tinham dado três passos quando viram quem saía das profundezas da caverna antiga. A princípio, parecia um agrupamento de luzes balançando. Espíritos suspensos.

Mas à medida que chegavam mais perto, as figuras atrás das luzes ficaram visíveis.

Era Anahita. E Zahara e seu pai, o Dr. Ahmadi. E os dois agentes iranianos, espiões americanos, que tinham encontrado Zahara e passado a mensagem. Junto com eles vinham dois guardas revolucionários, com armas na mão apontadas não para os prisioneiros, e sim para Farhad, Katherine e Boynton.

Pararam separados por uns cinco metros.

Será que sua mãe teria cometido um erro terrível?, pensou Katherine.

Era assim que a coisa terminava? Com seu sangue espirrado nas paredes? Juntando-se ao dos seus ancestrais? Para ser interpretado séculos mais tarde por algum antropólogo que decidiria que as manchas eram alguma tentativa de mapear as estrelas?

Pelo jeito, aquele artigo que sua mãe tinha lido estava certo. Iranianos ancestrais e americanos tinham ido parar no mesmo lugar. Só que não era o Oregon; eram as paredes daquela caverna.

Katherine sustentou o olhar de Anahita, que também estava cheio de terror. A funcionária pensava a mesma coisa.

Era o fim.

Katherine ligou a câmera de seu celular para gravar um vídeo. O que quer que acontecesse, haveria um registro.

– Mahmoud? – A agente iraniana que tinha sido presa estava olhando para eles.

Farhad baixou um pouco a pistola, mas não por completo, e disse:

– Ouvi dizer que eles pegaram vocês.

– É – disse ela, sem sorrir. – Alguém deve ter informado. – Ela se virou para os guardas. – Podem baixar as armas. É com eles que viemos nos encontrar.

– Mahmoud? – sussurrou Katherine. – Achei que seu nome era Farhad.
– Quando sou guia, é.
– E o que você é agora? – perguntou Boynton.
– Seu salvador.
A agente balançou a cabeça.
– O tamanho desse ego... Ele é informante da MOIS.
– A agência de inteligência iraniana – disse Boynton.
– Mahmoud também trabalha para a máfia russa – explicou a mulher, com nítido desdém. – É por isso que estamos aqui, certo?

Ainda estavam separados por cinco metros. Apesar de parecerem cordiais, amigos, havia uma tensão enorme entre eles. Como carnívoros prontos para saltar.

O lampião de Katherine, no chão, lançava luz na parede áspera da caverna, iluminando desenhos requintados.

Graciosos, voluptuosos. Eram muitíssimo mais refinados do que os de fora. Havia movimento, uma fluidez, enquanto os homens de sangue, montados em cavalos e camelos de sangue, cravavam as lanças em uma criatura de aparência felina, que gritava, retorcendo-se.

Era uma caçada. Era uma matança.

CAPÍTULO 30

Hamza os recebeu no perímetro do acampamento.

A manhã estava límpida e fria, mas no meio da tarde faria um calor sufocante. Essa era a vida naquelas altitude e latitude. A vida naquela atmosfera exigia a capacidade de se adaptar.

Enquanto Gil e Hamza se abraçavam, Gil sentiu algo escorregar para dentro do bolso do seu paletó. A princípio achou que fosse um celular, mas era volumoso demais e pesado demais.

– Acho que você vai precisar – sussurrou Hamza. – Boa sorte.

– Obrigado. Por tudo.

Os dois se encararam, cada um entendendo o que o outro tinha feito. E as consequências. Gil acompanhou Akbar descendo a montanha pela trilha estreita que iria levá-los de volta ao velho táxi. De lá para o Paquistão e então um voo... para onde?

Para casa? Para Washington? Onde com certeza estaria uma das bombas?

Enquanto seguia mancando, Gil tentou justificar voltar para lá. E tentou justificar não voltar.

Familiarizado com o caminho, Akbar sabia exatamente onde iria agir. No lugar onde a trilha beirava um precipício. Quando estivessem longe das sentinelas de Hamza e não houvesse testemunhas.

Tateou o bolso procurando o celular. Ganharia a mais se conseguisse tirar uma foto do corpo. O suficiente para comprar um carro novo.

Assim que o *Força Aérea Três* pousou, a secretária Adams foi levada pelas ruas de Washington no SUV blindado. Com luzes piscando. Veículos de escolta bloqueando os cruzamentos.

E ainda pareceu uma distância infinita entre a base Andrews e a Casa Branca.

Ellen não parava de conferir o celular. Não tinha recebido uma mensagem de Katherine desde a foto que ela havia mandado mostrando seu carrancudo chefe de gabinete ao lado de um iraniano mais velho e grisalho usando roupas tradicionais, acompanhada pelo texto: *Chegamos. Você estava certa. Valeu a pena ter vindo. Mas ninguém veio atrás.*

Isso tinha sido horas antes. E, desde então, nada.

Olhou de novo e mandou uma mensagem.

Novidades? Você está bem? Seguida por um emoji de coração.

Quando o SUV parou à porta lateral da Casa Branca, Ellen desceu. Guardas fuzileiros abriram a passagem. Autoridades pararam para cumprimentá-la:

– Senhora secretária.

Ela tentou parecer controlada ao mesmo tempo que quase disparava pelos corredores amplos. Tinha mandado uma mensagem para Betsy, pedindo que a encontrasse na antessala do presidente, levando Pete Hamilton.

As duas se abraçaram e Betsy apresentou o ex-secretário de Imprensa de Eric Dunn.

– Obrigada por nos ajudar – disse Ellen.

– Estou ajudando o meu país.

Ellen sorriu.

– Também serve.

– Vou avisar ao presidente que está aqui, senhora secretária – disse a secretária de Williams em seu sotaque vagaroso. Ellen quase esperou que a mulher oferecesse chá gelado.

Mas mesmo parecendo tranquila, ela se movia depressa, com uma economia de movimentos que provava saber exatamente o que estava em jogo.

Bom, talvez não exatamente, pensou Ellen, verificando o celular. De novo.

Nada.

A porta se abriu, mas os três só deram dois passos para dentro do Salão Oval antes de pararem. E olharem.

Apesar de ter pedido que a reunião fosse privada, só entre eles e o presidente Williams, ela viu dois homens se levantando do sofá.

Os dois se viraram em uma espécie de movimento sincronizado.

Tim Beecham e o general Whitehead.

Ellen não conseguiu esconder a surpresa nem a irritação. Adiantando-se, ignorou os homens e falou direto com Williams:

– Senhor presidente, achei que eu tinha pedido que esta reunião fosse privada.

– Você pediu. Eu não concordei. Se você tem alguma informação sobre Shah, quanto antes todos ouvirmos, mais depressa poderemos bolar um plano. Tim atrasou o voo dele para Londres para estar aqui. Então vamos em frente.

Foi então que ele notou as outras duas pessoas que estavam com ela. Betsy Jameson ele conhecia, mas o outro... O presidente Williams estava claramente folheando o álbum de fotos que todo político mantinha no fundo do cérebro.

E então lembrou. Sua expressão ficou mais feliz por ter identificado o homem, e mais perplexa. Por tê-lo identificado.

– Você não é...

– Pete Hamilton, senhor presidente. Fui secretário de Imprensa do presidente Dunn.

Williams se virou para sua secretária de Estado.

– Que negócio é esse?

Ellen chegou mais perto do presidente.

– Eu voltei porque há uma coisa que o senhor precisa saber pessoalmente. Em particular. Por favor.

Se ele ouviu o apelo em sua voz, ignorou.

– Sobre Shah? Você descobriu quais são os planos dele?

Não havia o que fazer. Ellen Adams endireitou os ombros e disse:

– Sobre o infiltrado, o traidor, na sua Casa Branca. Que aprovou a libertação do Dr. Shah da prisão domiciliar. Que está trabalhando com ele e elementos do governo paquistanês para dar ao Talibã e à Al-Qaeda um dispositivo nuclear para usar contra os Estados Unidos.

A cada palavra, os olhos do presidente Williams se arregalavam, até ele parecer a caricatura de um homem aterrorizado.

– O quê?

– Vocês descobriram? – perguntou Whitehead. Em seguida deu um passo mais para perto de Tim Beecham. – A prova de que precisamos?

Williams olhou para o chefe do Estado-Maior Conjunto.

– O senhor sabia?

Ellen também se virou para o general Whitehead. Sua raiva, sua ira, era impossível de ser contida ou disfarçada. Ela tremia de fúria.

Por um momento, não conseguiu falar, mas sua expressão dizia tudo, encarando o general.

O rosto de Whitehead demonstrou surpresa. Então ficou intrigado.

– Espere aí. A senhora não pode achar...

– Eu sei. – Ellen o encarou furiosa. – Nós temos provas.

Ela assentiu para Betsy, que pôs os impressos na mesa oficial do presidente. A Sra. Cleaver tinha cravado o primeiro prego. Ela se virou e olhou para Whitehead antes de dar um passo para trás.

O general fez menção de ir até a mesa e olhar os papéis, mas Williams levantou a mão e ele parou.

O presidente os pegou. Enquanto lia, seu rosto foi perdendo a expressão. Sua boca se abriu; seus olhos ficaram opacos, confusos. Era aquele momento, aquele instante, em que se tropeçava descendo uma escada. O momento em que se percebia que não haveria salvação. E que a coisa ia ser feia.

Houve silêncio completo no Salão Oval. A não ser pelo tique-taque do relógio no console.

Então o presidente largou os papéis e se virou para Whitehead.

– Seu filho da mãe.

– Não, não sou eu! Não sou eu. Não sei o que esses papéis dizem, mas é mentira.

Ele olhou em volta, agitado; então seu olhar pousou em Tim Beecham, que estava encarando o chefe do Estado-Maior Conjunto com horror e choque.

– Você – disse Whitehead, e deu um passo à frente. – Você fez isso.

Ele deu um passo na direção de Beecham, que recuou, tropeçando em uma poltrona e caindo no chão.

– Segurança! – gritou Williams, e todas as portas se escancararam.

Agentes do Serviço Secreto cercaram o presidente enquanto outros sacavam as armas, examinando a sala em busca do perigo.

– Prendam-no.

Os agentes olharam do presidente para o homem que ele estava apontando. Um general de quatro estrelas. Um herói de guerra. O herói de muitos deles.

O chefe do Estado-Maior Conjunto.

Houve uma pausa curtíssima antes que o agente principal desse um passo à frente.

– Largue sua arma, general.

– Não estou armado. – Whitehead abriu os braços. Então, enquanto era revistado, olhou para o presidente. – Não sou eu. É ele. – E assentiu para Beecham, que estava se levantando. – Não sei como ele fez isso, mas é o Beecham.

– Pelo amor de Deus – disse Ellen. – Desista. Nós temos a prova. Temos os memorandos, as anotações. Tudo que o senhor achou que tinha escondido. Concordando com a libertação de Shah. Desestabilizando a região. Montando todo esse esquema.

– Eu nunca... – começou Whitehead. – Libertar Shah foi loucura. Eu nunca iria...

Betsy o interrompeu:

– Nós encontramos os memorandos no meio dos papéis do Beecham.

– O quê? – rebateu o diretor de Inteligência Nacional. – Onde?

– O general Whitehead tentou implicar o senhor – disse Betsy. – Tentou acusá-lo de ser o traidor, entre outras coisas, pegando seus documentos da era Dunn e tirando das pastas oficiais. Ele os enterrou de modo a parecer que o senhor tinha algo a esconder.

– Eu encontrei os documentos – explicou Pete Hamilton. – Estavam escondidos nas pastas privadas da administração Dunn.

– Isso não existe – disse o presidente Williams. – Todas as correspondências e documentos são mandados automaticamente para as pastas oficiais. Eles podem até ser marcados como sigilosos, mas estão lá.

– Não, senhor presidente – explicou Hamilton. – O pessoal do Dunn teve o cuidado de criar uma pasta paralela. Eles não podiam apagar os documentos, mas podiam colocá-los atrás de um muro quase impenetrável.

Só o pessoal de dentro, com a senha, podia entrar. Eu tinha a senha, mas não acesso aos computadores.

– Eu tinha o acesso – disse Betsy Jameson –, mas não a senha. Por isso nós trabalhamos juntos.

– O senhor mudou todas as referências ao seu envolvimento com Shah e os paquistaneses para fazer parecer que tinha sido o Sr. Beecham – disse Pete Hamilton a Whitehead. – Mas deixou passar duas. E nós as encontramos.

Whitehead estava balançando a cabeça, aparentemente perplexo. Mas Ellen tinha passado a avaliar que, claro, ele era um bom mentiroso, um bom ator. Tinha que ser.

Ela havia sido enganada uma vez por aquele Fred MacMurray, o melhor amigo de todo mundo. De novo, não.

– E então o senhor passou a insinuar discretamente que Tim Beecham não era confiável – disse ela. – E deu certo. Eu acreditei.

– Aquele rapaz que estava me seguindo desde Frankfurt e estava no parque e no bar – disse Betsy. – De quem eu lhe falei. O senhor foi falar com ele. Eu fiquei muito agradecida pelo senhor ter cuidado daquilo com tanta facilidade. Agora sei como. Ele era um dos seus.

– Não.

– Foi assim que o senhor pegou a cópia do cartão que Ellen me deu? – disse Betsy. – O senhor não se livrou do rapaz. Disse para ele ir à sala da secretária de Estado e procurar enquanto estávamos no bar. O senhor disse para ele procurar algum item pessoal. Algo que pudesse mandar para Shah, para assustar Ellen.

– A ideia foi sua ou do Shah? – perguntou Ellen.

– Nada disso aconteceu.

Mas as negativas dele estavam ficando cada vez mais fracas à medida que o cerco se fechava.

– Betsy, aquela Ranger ainda está com você? – perguntou Ellen.

– Está, eu a deixei no corredor lá fora.

Ellen se virou para o presidente.

– Há uma Ranger do Exército...

– A capitã Denise Phelan – disse Betsy.

– Ela está com ele. Precisa ser presa também.

– Pelo amor de Deus, isso já foi longe demais – respondeu Whitehead.

– A capitã Phelan é uma veterana condecorada. Ela arriscou a vida por este país. Vocês não podem fazer isso com ela. Ela não está envolvida.

– Mas você admite que está? – perguntou o presidente Williams e, quando o general Whitehead ficou em silêncio, ele assentiu para um dos agentes do Serviço Secreto. – Prenda a capitã Phelan.

Whitehead inalou profundamente, percebendo que não havia mais como escapar. Tinha sido apanhado, encurralado. Phelan quase certamente admitiria tudo em troca de uma pena mais leve.

– Esperem um minuto – disse Beecham, tentando entender. – Só para ficar claro. Vocês acharam que eu traí meu país? – perguntou a Ellen. – Que eu estava trabalhando com Bashir Shah? Sem provas? Só com as insinuações dele?

– Achei, e sinto muito, Tim – respondeu a secretária Adams.

– Sinto muito?! – Beecham estava quase gritando. Incrédulo. – Sinto muito?

– Não ajudou o fato de você ser tão desagradável – disse Betsy. Ellen comprimiu os lábios. Com força.

– Por quê? – perguntou Williams. Seu olhar não tinha se afastado de Bert Whitehead. – Pelo amor de Deus, general, por que faria isso?

– Eu não fiz. Não faria. – Suas sobrancelhas estavam franzidas enquanto ele pensava furiosamente. Era um estrategista que não desistia. Desesperado para achar uma brecha no cerco.

Mas não havia saída. Por mais que se retorcesse, estava preso, e sabia disso.

– Dinheiro – disse Beecham. – É sempre dinheiro. O que eles lhe pagaram para assassinar homens, mulheres e crianças? Para entregar uma bomba nuclear aos nossos inimigos? Quanto, general Whitehead? – Ele se virou para o presidente. – Vou mandar meu pessoal procurar contas em paraísos fiscais. Aposto que vamos encontrar.

O olhar de Whitehead permaneceu voltado para Ellen, saltando por um momento para Betsy e voltando em seguida.

– A capitã Phelan não teve nada a ver com isso – repetiu para Ellen, baixinho.

– E você, seu desgraçado, tentou me acusar? Armar para cima de mim? – Beecham estava passando da fúria à histeria. – Eu dediquei toda a minha vida a serviço deste país, e você tenta me sujar com a sua merda?

Então, com velocidade inesperada, Whitehead se virou e saltou para cima de Beecham, derrubando-o no tapete em um movimento rápido. Montando em cima dele. O punho de Whitehead subiu e desceu, chocando-se com o rosto do diretor de Inteligência Nacional, enquanto Beecham gritava e tentava inutilmente se proteger.

O Serviço Secreto demorou apenas um instante para reagir, mas foi o suficiente para o general, treinado nas forças especiais, causar dano.

Dois agentes seguraram o presidente, abaixando-o e protegendo-o com o corpo enquanto outros dois partiam para cima do general. Um acertou a arma no rosto de Whitehead, derrubando-o de cima de Beecham. Atordoado.

Ajoelharam-se sobre ele com as armas encostadas em sua cabeça.

Instintivamente, Ellen tinha passado o braço em volta do corpo de Betsy, em um gesto protetor. Empurrando-a para trás. Como uma mãe faria com uma criança ao frear o carro de repente.

Doug Williams se levantou de novo e ajeitou as roupas.

Os agentes puseram Whitehead de pé, com sangue escorrendo pela lateral do rosto.

– Acabou, Bert – disse Williams. – Você não tem nada a ganhar não contando tudo. Precisamos saber o que Shah vai fazer. Onde é o alvo?

Silêncio.

– Quem está comprando a tecnologia nuclear? É o Talibã? A Al-Qaeda? Até onde eles já foram? Onde estão trabalhando?

Silêncio.

– Diga! – berrou o presidente, e deu um passo na direção de Whitehead, como se fosse atacá-lo.

Um agente ajudou Tim Beecham a ficar de pé e, deixando-o em uma cadeira, entregou uma toalha ao DIN. O nariz dele estava quebrado, com sangue pingando no tapete branco.

Whitehead se virou para Ellen.

– Eu fiz a minha parte.

– Ah, meu Deus – sussurrou Betsy. – Ele admite. Até este momento...

– O quê? – Ellen olhou para Bert Whitehead. – O senhor precisa contar o que fez.

– "Quando tiverdes feito, não fizestes" – disse ele, encarando Betsy. – "Porque eu tenho mais."

As palavras ficaram cercadas por um silêncio horrorizado, que foi quebrado pelo presidente dos Estados Unidos.

– Levem-no. Quero que seja interrogado. Precisamos saber o que ele sabe. E, Tim, vá procurar ajuda médica.

Quando o Salão Oval foi liberado, Doug Williams sentou-se pesadamente em sua cadeira atrás da mesa e olhou os impressos. Os memorandos condenatórios.

– Nunca sonhei...

Ele levantou os olhos e indicou que Ellen e Betsy deveriam se sentar. Em seguida, se levantou de novo. Devagar. Como se estivesse derrotado.

Foi até Pete Hamilton, segurou o braço dele e o levou até a porta.

– Obrigado pela ajuda. Me dê alguns dias, depois eu gostaria de ver você de novo.

– Eu não votei no senhor, senhor presidente.

Williams deu um sorriso cansado e baixou a voz.

– Não sei se elas votaram também.

Ele inclinou a cabeça para sua secretária de Estado e a conselheira dela.

Mas seu rosto não demonstrava diversão. Apenas uma preocupação esmagadora.

– Boa sorte, senhor presidente. Se houver mais alguma coisa que eu possa fazer...

– Obrigado. E não diga nenhuma palavra a ninguém.

– Entendo.

Quando Hamilton saiu, Williams se voltou para a sua mesa.

– Você veio lá de Teerã para me contar sobre o general Whitehead?

Enquanto ele falava com Hamilton, Ellen tinha verificado seu celular. Nada. Nada de Katherine, ainda. E mais nada de Gil.

Agora estava passando da preocupação para o pânico.

Mas precisava focar. Focar.

Betsy segurou sua mão e sussurrou:

– Você está bem?

– Katherine e Gil. Nenhuma notícia.

Betsy apertou sua mão enquanto Ellen se virava de novo para Williams.

– O senhor precisava saber sobre o general Whitehead e eu não podia arriscar que minha mensagem fosse interceptada.

– Você acha que há outros envolvidos, além da Ranger?

– Acho possível.

– Isso é uma tentativa de golpe? – Seu rosto estava pálido, mas pelo menos, pensou Ellen, ele estava disposto a encarar o pior.

– Não sei. – Então ela fez uma pausa.

Seria? Se aquelas bombas nucleares explodissem, matando dezenas, talvez centenas de milhares de pessoas, destruindo grandes cidades americanas, haveria caos. E ultraje.

E assim que algum tipo de ordem fosse restaurada, haveria pedidos legítimos de responsabilização. De respostas. Mas também gritos pedindo vingança. E não somente contra os terroristas que tinham feito aquilo, mas contra uma administração que não conseguira impedi-los.

O fato de tudo aquilo ter começado sob o governo de Eric Dunn ficaria perdido no meio do frenesi.

Ellen achava que Eric Dunn era idiota, mas não lunático. Não estaria envolvido ativamente naquela trama. Eram outros que iam se beneficiar do caos. De uma guerra. De uma mudança de governo. Os sanguessugas e lacaios que tinham sofrido metástase no governo Dunn e ainda estavam entre eles.

Talvez aquilo fosse mesmo uma tentativa de golpe.

Doug Williams viu que sua secretária de Estado estava perplexa.

– Vamos arrancar tudo de Whitehead – disse ele.

– Não tenho tanta certeza. Mas há outra coisa. Uma coisa que eu também precisava lhe dizer em particular.

O presidente olhou para Betsy.

– Ela sabe – disse Ellen. – E minha filha e meu filho também. Mas são os únicos. Foi Gil que conseguiu a informação.

A porta do Salão Oval se escancarou e Barb Stenhauser apareceu, parando a um metro da entrada para olhar as manchas de sangue no tapete.

– Acabei de ouvir. É verdade?

– Você precisa nos deixar, Barb – disse ele. – Chamo você quando precisar.

Stenhauser ficou parada, atônita. Com o que tinha ouvido nos corredores sobre o general Whitehead, e com o que tinha acabado de ouvir do presidente.

Seu olhar saiu de Williams e pousou na secretária Adams, antes de passar para Betsy Jameson. Era um olhar frio. Gelado.

– O que está acontecendo?

– Por favor, Barb – disse o presidente, com um alerta na voz para não obrigá-lo a falar pela terceira vez.

Quando ela saiu, Williams se inclinou para a frente e disse:

– Conte, senhora secretária.

E Ellen contou.

CAPÍTULO 31

– Vamos descansar aqui – disse Akbar.

Ele olhou por cima do precipício, para o cânion lá embaixo.

Gil parou, agradecido pelo companheiro pensar nele e em sua perna. Apesar de ser mais fácil para os pulmões, a descida era muito mais difícil para a perna ferida. Com os possíveis impactos e escorregões.

– Não – disse ele. – Precisamos descer. Depressa. Preciso fazer contato com a minha mãe.

– O que Hamza contou? Você parece bem nervoso.

– Ah, você o conhece. Ele adora um dramalhão.

Akbar riu.

– É. Ele é famoso por isso. Todos os membros dos pashtuns são.

– Fiquei aborrecido porque ele não pôde ou não quis me contar nada. Acho que ele sabe coisas sobre Shah, mas não quer dizer. Ele era minha última esperança. Preciso descer e contar à minha mãe que não descobri nada.

– Você não escreveu para ela ontem? Você pegou meu telefone emprestado.

– Foi, mas esperava que Hamza mudasse de ideia hoje de manhã, e aí eu teria alguma coisa útil para dizer a ela. Mas ele não mudou.

Akbar examinou o companheiro. O amigo. Bom, não era um amigo íntimo.

– Que pena. Viemos até aqui por nada. – Akbar abriu os braços, convidando Gil a seguir na frente. – Você primeiro.

– Na verdade, provavelmente é melhor se você for na frente. Se minha perna ceder, quero poder cair em cima de você.

– Agora quem está fazendo dramalhão? – Mas Akbar se adiantou. Isso dificultava um pouco o que ele precisava fazer, porque Gil veria o golpe. Uma faca nas costas era sempre mais fácil. Assim como um empurrão por trás.

E Akbar não teria aquele rosto chocado assombrando-o. Mas suspeitava que isso desapareceria assim que o carro novo chegasse.

Enquanto contornava o paredão de pedra, no caminho estreito e cheio de entulho dos deslizamentos, ele parou, virou-se e tentou agarrar Gil.

Ao ver o movimento, Gil ficou perplexo por um instante. Mas isso durou apenas uma fração de segundo.

Ele deu um passo para longe, batendo com a perna ferida em um afloramento de rocha. Gritando de dor, sentiu a perna ceder. Instintivamente estendeu a mão e agarrou a túnica de Akbar, puxando-o para baixo.

Quando bateu no chão, soltou Akbar e se afastou engatinhando todo atrapalhado, a mão direita procurando o bolso da túnica. Onde Hamza tinha escondido uma arma.

– O que você está fazendo? – gritou enquanto Akbar ficava de quatro e ia atrás dele.

Os olhos de Gil se arregalaram. Akbar não respondeu, mas a faca comprida e curva em sua mão disse tudo.

– Merda – disse Gil, e enfiou a mão mais furiosamente no bolso. Mas a roupa volumosa não cedia com tanta facilidade.

Pegou um punhado de pedras e terra e jogou no rosto de Akbar. Isso mal diminuiu a velocidade do sujeito.

Gil chutou furiosamente, mas Akbar, hábil em luta corpo a corpo devido aos anos com os *mujahedin*, agarrou sua bota e torceu, fazendo Gil gritar de dor e de medo enquanto seu corpo girava, tal qual um bezerro sendo amarrado.

Estava completamente indefeso. Retorceu-se, gritou e esperou a faca no pescoço quando, para seu horror, percebeu o que Akbar estava fazendo. Estava arrastando-o para a beira do precipício. De modo a parecer que ele tinha escorregado e caído. Um acidente. E não assassinato.

– Não, não!

Gil estava escorregando na direção da beirada. Suas botas pesadas o puxavam para baixo. A coisa acontecia em câmera lenta, como o pesadelo em que ele tentava correr e não conseguia.

Com os braços estendidos, as mãos procuravam freneticamente algum apoio. Alguma coisa, qualquer coisa, à qual se agarrar.

Mas já era tarde demais. Tinha passado do ponto sem volta. A qualquer momento começaria a deslizar mais rápido e passaria da beirada, sacudindo os braços no ar.

E então...

Seus dedos rasparam a terra, quebrando as unhas e deixando uma trilha de sangue.

E então houve um tiro. Um único tiro. E em sua visão periférica ele viu uma coisa, um borrão, cair pelo penhasco.

Mas seus problemas não tinham terminado. Ainda estava escorregando. Lutou mais furiosamente ainda, tentando agarrar, tentando.

E sentiu uma mão no cangote, detendo-o. Puxando-o de volta para cima.

Assim que estava em segurança, ficou deitado no chão, ofegante, em prantos. Incapaz de parar de tremer. Por fim levantou a cabeça, o rosto imundo de terra e lágrimas lamacentas.

– Agora quem adora um dramalhão? – perguntou Hamza.

– Ah, merda. Ah, merda. Como você...

– Sabia? Não sabia. Mas nunca confiei naquele sacaninha. Ele só participava para conseguir algo em troca. Principalmente dinheiro. Vendendo armas capturadas no mercado ilegal, de modo que acabavam voltando para as pessoas de quem a gente tirou. Era um escroto.

– Por que não me contou?

– Como eu ia saber que você mantinha contato com esse bosta?

– Para quem ele estava trabalhando? – Mas Gil sabia. – Shah? Ah, meu Deus. Se Akbar foi contratado por ele, significa que Shah sabe que eu vim aqui. Que falei com você. – Enquanto Gil falava, Hamza estava assentindo. – Ele vai saber que foi você que me deu a informação.

– Talvez não. Por aqui as alianças são... – ele examinou a paisagem árida – fluidas. Akbar podia estar trabalhando para qualquer um. Ele saberia que em qualquer lugar aonde o filho da secretária de Estado fosse haveria informações que valiam a pena ser vendidas.

– Mas não foi só informação. Alguém pagou a ele para me matar.

– É o que parece.

– E por isso a arma. – Gil pôs a mão no bolso.

– É, e de grande coisa ela serviu! Ouvi o que você disse a ele. Você mentiu. Disse que eu não tinha contado nada. Por quê? Você suspeitava dele?

Gil olhou por cima da borda, para o corpo esparramado e quebrado lá embaixo. Suspeitava? Mas balançou a cabeça.

– Não – admitiu. – Só sou naturalmente cauteloso. Quanto menos gente souber, melhor.

Hamza também olhou por cima do penhasco, para o cadáver que ele tinha criado.

– Fiquei surpreso quando o vi com você no acampamento.

A frase pareceu familiar. Gil demorou apenas um segundo para perceber o motivo.

– "Eu tinha um encontro com ele em Samarra."

Quando Hamza inclinou a cabeça, Gil disse:

– Uma citação de uma antiga história da Mesopotâmia. Sobre a impossibilidade de trapacear a morte.

– Parece que você trapaceou a morte duas vezes. Imagino onde ela planeja encontrá-lo. – Hamza se curvou e pegou uma coisa na trilha. – Isso caiu do bolso dele. – E entregou o celular e as chaves do carro a Gil. Mas guardou a faca de lâmina comprida e curva. – Se eu fosse você, ficaria longe de Samarra.

Enquanto descia a montanha mancando e escorregando, Gil teve a estranha sensação de que a Morte não o estava seguindo. Tinha ficado para trás. Que o encontro marcado era com Hamza. Que Gil tinha levado a Morte diretamente para ele.

E, pelo último olhar que trocou com o amigo, viu que Hamza suspeitava da mesma coisa.

Ao dar aquela informação a Gilgamesh, Hamza, o Leão, também tinha dado sua vida. E a Morte inchada, na forma de Bashir Shah, ia tomá-la.

Gil continuou verificando o celular de Akbar, procurando sinal. Lá em cima, no acampamento, havia sinal, mas nos vales e cavernas? Nada.

Assim que chegou ao carro, virou-o em direção à fronteira porosa e às estradinhas esburacadas que iam até o Paquistão.

Agora seu plano era voltar a Washington. Só queria chegar em casa. Estar disponível para ajudar. Mas passaria por Frankfurt, para pagar à enfermeira gentil e encontrar Anahita.

Desde o sequestro, tinha permitido que o medo construísse uma muralha ao seu redor, e tinha observado o mundo de dentro dessa fortaleza. Seguro, soberano e sozinho. Mas já bastava. Enquanto escorregava pelo precipício, sua fortaleza havia desmoronado. Agora, se tivesse outra chance, não permitiria que o medo roubasse qualquer tempo precioso que pudesse passar com ela de jeito nenhum. Se a Morte o encontrasse, seria com amor no coração, e não com medo.

Enquanto ocupava o lugar ao lado da prima, Anahita notou que Zahara estava sentada o mais distante possível do pai. Com Katherine Adams do outro lado de Zahara, as duas formavam um círculo de apoio.

Assim que as armas tinham sido baixadas, Farhad – ou Mahmoud – os havia guiado por uma passagem quase escondida que se abria em uma caverna. Ali, instruiu para colocarem os lampiões no meio do círculo de pedra, onde o piso da caverna estava enegrecido por uma fogueira apagada dezenas de milhares de anos antes.

Sentaram-se em pedras roladas até aquela posição por mãos que tinham morrido e virado pó muito tempo antes.

Será que alguma catástrofe havia acontecido para fazer aquelas pessoas abandonarem seu lar?, pensou Anahita. Seria aquele um local de celebração? De ritual? De refúgio? Será que eles teriam se escondido ali, no fundo das cavernas, acreditando que estavam em segurança?

Tal como Anahita e os outros acreditavam agora.

Mas será que alguma coisa os havia encontrado assim mesmo?

Olhou os desenhos que cobriam as paredes e até o teto. O tremular suave dos lampiões a querosene dava movimento às figuras, de modo que parecia que a caçada estava acontecendo perpetuamente. Em uma das sequências, também parecia que a criatura felina que eles estavam perseguindo tinha se virado. Agora estava caçando a eles.

Será que era aquilo que havia acontecido? Será que a criatura teria encontrado aqueles homens, mulheres e crianças?

Anahita sabia que estava se deixando levar pela imaginação, e isso não era bom. Sobretudo quando a realidade já era amedrontadora o suficiente.

Olhou o tio, para além das luzes, do outro lado do círculo. Ele não tinha falado com Anahita, mas havia olhado com raiva, como se ela fosse sua inimiga. Como se ela tivesse atraído sua filha para fazer algo que Zahara jamais deveria ter feito.

E, por extensão, forçado-o a fazer algo que ele jamais deveria ter feito.

Mas o Dr. Ahmadi tinha falado com Zahara. Implorando, em todas as oportunidades, que ela o perdoasse. Que ela entendesse por que a havia entregado. Tinha chorado e tentado segurar sua mão, mas ela havia recuado, indo até Anahita e Katherine e deixando o Dr. Ahmadi sozinho em sua agonia.

O físico nuclear ficou sentado com a cabeça entre as mãos e Anahita se lembrou do que Einstein tinha dito: "Não sei com que armas a Terceira Guerra Mundial será travada, mas a Quarta Guerra Mundial será travada com paus e pedras."

Mas Einstein não estava sendo sincero. Ele sabia perfeitamente bem, assim como todos naquele círculo, o que ia levá-los de volta à Idade da Pedra.

E ninguém sabia melhor do que o pai de muitas daquelas armas. O Dr. Behnam Ahmadi.

– "Agora eu me tornei a Morte..." – Ela murmurou baixinho as palavras de Robert Oppenheimer, citando o *Bhagavad Gita*. – "A destruidora de mundos."

Talvez precisemos nos acostumar a viver em cavernas, pensou Anahita, olhando o tio.

Katherine se virou para Charles Boynton, que tinha colado ao seu lado. Para protegê-la?, pensou. Mas sabia qual era a resposta. Para que ela pudesse protegê-lo.

Katherine estava quase começando a gostar do sujeito.

– O Salão Oval? – sussurrou ela, olhando a caverna ao redor.

Ele sorriu.

– A semelhança é inquietante.

Farhad pigarreou e todos os olhares se voltaram para ele.

– Meu comandante no MOIS mandou que eu me encontrasse com os americanos e os trouxesse para cá. E que contasse a eles o que eu sei.

Katherine fechou os olhos por um momento. Então sua mãe sabia, ou suspeitava, que aquele fosse o plano do aiatolá. Mas precisara de um modo de tirá-los de Teerã sozinhos, para que pudessem pegar as informações necessárias para impedir Shah sem que mais ninguém soubesse.

E sem que os russos soubessem tampouco, sem dúvida.

O lugar não importava, desde que ninguém os seguisse.

Mãe astuta. Astuto aiatolá.

Farhad olhou para a escuridão ao redor, depois de novo para as pessoas reunidas.

– Não me falaram... de todos vocês. – Ele gesticulou ao redor com o braço.

– Faz diferença? – perguntou Katherine.

– Talvez. Se eles foram seguidos. – Ele estava obviamente com medo. Seu olhar saltava para um lado e para outro. – Por que vocês estão aqui?

– Nós recebemos ordem de vir aqui e trazê-los – disse o guarda revolucionário de posto mais alto. – E entregá-los. Mas não ele. Ele deve voltar conosco.

O guarda estava olhando para o Dr. Ahmadi, que tinha levantado a cabeça.

– Então por que trazê-lo? – perguntou Boynton.

O guarda sorriu.

– Alguém contou a vocês por que estavam realmente aqui?

– Olha – disse Katherine, com os nervos à flor da pele. – Quanto antes vocês contarem o que sabem, mais rápido podemos todos ir embora.

Sua inquietação havia se aprofundado. Se aquele homem tinha recebido a ordem de dar alguma informação, e nitidamente estava ansioso para fazer isso e ir embora, por que o café da manhã? Por que perder tempo preparando uma refeição?

Agora parecia que ele estava embromando. Até mesmo esperando. Mas se não era por Anahita e os outros, por quem, então?

– Onde os cientistas de verdade estão trabalhando? – perguntou Katherine.

– Cientistas de verdade? – questionou Boynton. – Do que você está falando?

Ela não queria perder um tempo precioso explicando a mensagem de Gil. Todo o seu foco estava em Farhad.

– Há uma fábrica abandonada no Paquistão, na fronteira com o Afeganistão – disse Farhad, baixando a voz a um sussurro.

Todo mundo no círculo se inclinou à frente. Katherine, cuja imaginação não estava inteiramente sob controle, visualizou as imagens nas paredes se virando. Também se inclinando à frente. Sentindo uma grande aposta no ar. Sentindo sangue fresco.

– A máfia russa andou vendendo material físsil e equipamentos a Shah, e mandando tudo para lá mais de um ano atrás – respondeu Farhad.

– Eles já construíram pelo menos três bombas – disse Katherine, e Farhad olhou para ela, surpreso por seu conhecimento. Ele confirmou.

– Puta que pariu – disse Boynton.

– Onde elas estão? – perguntou Katherine.

– Não sei. Só sei o que ouvi, que elas foram mandadas para os Estados Unidos em navios de carga, duas semanas atrás.

– Caralho – disse Boynton. – Há bombas nucleares nos Estados Unidos? – Ele saltou de pé, crescendo sobre Farhad. – Onde? Você sabe, não sabe? Onde elas estão?

Quando Farhad balançou a cabeça, Boynton saltou para cima dele, derrubando-o da pedra para o chão de terra. Apesar de ser consideravelmente maior e vários anos mais novo que Farhad, o burocrata não era páreo para o sujeito magro treinado em combate físico. O máximo de combate que Charles Boynton havia tido era com a máquina de vendas no Foggy Bottom. E mesmo lá ele perdia.

Antes mesmo de perceber, Boynton estava preso em uma chave de pescoço.

– Parem! – exigiu Katherine. – Não temos tempo para isso.

Ela empurrou Farhad, que virou os olhos furiosos para ela, e por um momento Katherine achou que ele fosse atacá-la. Mas ele recuou e soltou Boynton, que se levantou cambaleando e segurando o pescoço.

– Sentem-se – disse Katherine, e os dois obedeceram. Ela também voltou a se sentar e se inclinou mais para perto de Farhad. – Você já esteve na tal fábrica?

De novo ele olhou em volta, depois assentiu de leve.

– Entreguei alguma coisa em caixotes. Não sei o que era.

– Diga onde fica.

– No distrito de Bajaur, nos arredores de Kitkot. É uma antiga fábrica de cimento. Mas vocês nunca vão chegar lá. O Talibã está em toda parte.

– Quem sabe onde as bombas foram postas? Em que cidades e onde? – perguntou Katherine.

– O Dr. Shah.

– E...? Alguém mais deve saber. Ele não as entregou em mãos.

– Alguém da fábrica deve saber. Eles teriam que acertar o transporte. E deve haver pessoas nos Estados Unidos para colocá-las nos lugares indicados. Mas não sei quem são. Só sei o que ouvi.

– E o que foi que você ouviu?

– São só boatos. Olha, o Dr. Shah é como um mito. Existe todo tipo de histórias fantásticas sobre ele. Que ele tem 100 anos de idade. Que pode matar com um simples olhar.

– Que ele é o Azhi Dahaka – disse Anahita.

Farhad ficou pálido de terror, e assentiu.

– Quero fatos, e não mitos – exigiu Katherine. – Anda. Anda.

Ela notou que as chamas dos lampiões, cujas chaminés de vidro tinham sido levantadas, estavam oscilando. E sentiu uma leve brisa. O suficiente para eriçar os pelos dos seus antebraços.

Tinha sido apenas a menção a Shah. Sua imaginação.

Mas agora as chamas estavam inconfundivelmente bruxuleando. Outros também tinham começado a notar.

– Diga – pediu Katherine, baixando a voz, mas aumentando a intensidade.

Os olhos de Farhad tinham se arregalado e os guardas revolucionários levantaram os fuzis, apertando-os com mais força. Virando-se para a escuridão atrás deles.

O primeiro tiro acertou Farhad no peito.

Katherine abriu os braços e derrubou Zahara e Boynton das pedras, ao mesmo tempo que rolava e ficava deitada no chão, tentando se abrigar atrás das pedras enquanto balas voavam e ricocheteavam.

Viu Charles Boynton se arrastar até Farhad, pegando a arma dele e se inclinando para perto enquanto o sujeito agonizante murmurava algumas palavras, depois tossia sangue no rosto de Boynton.

Boynton se virou para Katherine, com os olhos arregalados de terror.

Farhad estava morto. E outros, incluindo um guarda revolucionário, também tinham sido derrubados.

– Zahara! – gritou o Dr. Ahmadi acima do tiroteio.

O guarda que restava tinha se posicionado em uma fenda na parede da caverna e estava disparando de volta para a escuridão.

Precisavam se afastar da luz, Katherine sabia. Ou, melhor ainda, precisavam afastar a luz deles.

Preparou-se.

Anahita, que estivera observando-a, adivinhou o que Katherine ia fazer e se preparou também.

Quando o guarda disparou a rajada seguinte, as duas saltaram de volta para o círculo de pedras e, agarrando os lampiões, jogaram-nos para a escuridão. Para o lugar de onde vinham os tiros inimigos. Em seguida se jogaram no chão, escondendo-se.

O guarda tinha sido acertado e estava caído contra a parede, mas a agente o havia alcançado e apanhado a AK-47.

Quando os lampiões bateram no chão e explodiram, os atacantes foram iluminados subitamente.

– *Poimet!* – gritou um deles em russo. Foi a última coisa que ele disse enquanto a agente atirava. "Porra!"

Boynton também virou a arma contra eles e ficou atirando enquanto balas salpicavam a caverna.

No meio do tiroteio, Katherine tinha rolado de volta para o abrigo duvidoso das pedras e agora estava deitada com os braços em cima da cabeça. Quando tudo terminou, ela levantou devagar a cabeça.

Havia uma fumaça acre no ar. Assim que ela se dissipou, uma cena de carnificina foi revelada.

– Baba?

Katherine e Anahita se viraram e viram Zahara se arrastando em direção ao pai, caído de rosto para cima, com os braços e pernas esparramados. Acertado por uma rajada de metralhadora enquanto tentava alcançar a filha.

– Baba? – Zahara tinha chegado até ele e estava ajoelhada a seu lado.

Katherine fez menção de ir até ela, mas Anahita a impediu.

– Dê um momento a ela.

Farhad também estava morto, assim como os guardas revolucionários e os dois agentes iranianos.

– Charles – disse Katherine, indo até Boynton, cujas pernas tinham cedido, deixando-o sentado no chão feito uma criança. Uma criança com uma arma. – Você está bem? Está ferido?

Ela se ajoelhou e gentilmente tirou a arma da mão dele.

Ele a encarou, o lábio inferior e o queixo tremendo.

– Acho que matei alguém.

Ela segurou a mão dele.

– Você não teve escolha. Foi obrigado.

– Talvez ele só esteja ferido.

– É, talvez. – Katherine pegou um lenço de papel, lambeu-o e esfregou o sangue de Farhad que estava coagulando no rosto dele.

– Ele disse... – Boynton se virou para Farhad, que olhava fixo para o alto, como se hipnotizado pela arte magnífica que pairava acima, no teto da caverna – ... Casa Branca.

– O quê?

– Ele disse "Casa Branca". O que isso pode significar?

CAPÍTULO 32

Os olhos do presidente Williams estavam brilhantes, focados. Absorvendo tudo.

A cada palavra de Ellen, as mãos dele tinham se fechado cada vez mais, com tanta força que Betsy achou que elas começariam a sangrar. As unhas cortando a carne criariam estigmas.

Os cientistas assassinados nos ônibus eram iscas.

Os verdadeiros cientistas nucleares, muito mais capazes do que os outros, trabalhavam para o Dr. Shah havia um ano ou mais.

Shah tinha sido solto e contratado para desenvolver um programa de armas nucleares para o Talibã e para a Al-Qaeda. Certos elementos do Paquistão e da Rússia sabiam a respeito.

Tiveram sucesso em criar pelo menos três bombas, já colocadas em cidades americanas. E armadas para disparar a qualquer dia, a qualquer momento.

Mas eles não sabiam onde. Não sabiam quando. Não sabiam qual o tamanho delas.

— Terminou? — perguntou ele. Quando a secretária Adams assentiu, ele apertou um botão e Barb Stenhauser apareceu. — Diga à vice-presidente para entrar no *Força Aérea Dois*, ir para a montanha Cheyenne em Colorado Springs e esperar mais instruções.

— Sim, senhor presidente. — Stenhauser pareceu chocada, mas desapareceu sem fazer perguntas.

Ele se virou de volta para Ellen.

— E tudo isso veio do seu filho?

Ellen se preparou para a insinuação, quase uma acusação direta: como ele podia saber, se não estivesse metido naquilo? Se não tinha sido radicalizado no cativeiro? Todo mundo sabia que ele tinha se convertido ao islamismo. Ele adorava o Oriente Médio, apesar do que havia acontecido.

Como podiam confiar nas informações dadas por ele?

– Gil é um homem corajoso – disse Doug Williams. – Por favor, agradeça a ele. Agora precisamos de mais informações.

– Acho que o grão-aiatolá estava tentando me dar algumas.

– Por que ele faria isso?

– Porque está de olho na sucessão, no futuro do Irã, e não quer que o país seja tirado das suas mãos e passado para as de um adversário, ou mesmo para o controle dos russos. Também não quer que os Estados Unidos se envolvam. Mas está enxergando um caminho estreito. Onde o leão e o rato cooperam.

– O quê?

– Deixa para lá. É só uma história.

O presidente assentiu. Não precisava ouvir a fábula para entender.

– Se impedirmos Shah, nós dois vencemos.

– Mas o aiatolá Khosravi não pode ser visto dando a informação. Eu deixei minha filha, Katherine, lá, junto com Charles Boynton, na esperança de estar certa. O aiatolá prendeu uma funcionária minha, do Serviço de Relações Exteriores. Anahita Dahir.

– A que recebeu a mensagem de alerta? – O presidente anotou o nome dela.

– É. – Não era preciso contar a ele sobre o passado da família dela naquele momento, pensou Ellen. – Depois ele me expulsou do Irã.

– Vou alertar nosso pessoal na embaixada da Suíça em Teerã de que nossa funcionária está sendo mantida presa ilegalmente.

– Não, por favor, não faça isso.

A mão dele, que ia em direção ao telefone, parou.

– Por quê?

– Acho que o grão-aiatolá fez isso para poder passar a informação a eles.

– Mas por que não passou a você?

– Eu atraio atenção demais. Ele precisava me tirar do Irã. Sabia que qualquer um que estivesse vigiando...

– Os russos...

– Ou os paquistaneses, ou Shah... estaria me seguindo. Eles vão achar que fui humilhada...

– Bom... – disse Williams, e fez uma careta.

– ... e não vão ligar que minha filha e Boynton tenham ficado para tentar libertar a funcionária.

– Mas você está dizendo que eles ficaram para pegar as informações que o grão-aiatolá quer dar. Que informações são essas?

– Não sei.

– Você nem sabe se é isso que ele tem em mente. Está arriscando muita coisa, Ellen.

Tudo, pensou ela, mas não disse.

– Há muita coisa em jogo – limitou-se a concordar.

– Boynton – disse o presidente. – O seu chefe de gabinete. Não foi ele que perdeu uma batalha contra a máquina de venda, para pegar um bolinho recheado?

– Acho que foi um rocambole de chocolate.

– Bom, pelo menos ninguém vai suspeitar que ele seja um espião. Eles descobriram alguma coisa?

Ellen respirou fundo.

– Não tenho notícias deles há várias horas.

Doug Williams mordeu o lábio superior e assentiu.

– Precisamos descobrir onde as bombas foram postas. E onde estão sendo feitas.

– Concordo, senhor presidente. Não creio que o general Whitehead vá lhe contar, mas acho que ele sabe.

– Vamos arrancar isso dele nem que seja à força.

Ellen, que ficara consternada com a brutalidade dos "interrogatórios melhorados", se viu num caso delicado de ética situacional. Se a tortura pudesse arrancar a informação dele, se pudesse salvar milhares de vidas, então que assim fosse.

Baixou o olhar para as mãos no colo, com os dedos entrelaçados, as articulações brancas.

– O que foi? – perguntou Betsy.

Ellen ergueu os olhos e sustentou o olhar da amiga. Betsy bufou suavemente, entendendo.

– Você não consegue fazer isso, não é? O fim não justifica os meios...

– O fim é definido pelos meios – disse Ellen, depois olhou para Doug Williams. – Existem modos melhores e mais rápidos do que a tortura. Sabemos que sob tortura as pessoas dizem qualquer coisa para fazer com que ela pare. Não necessariamente a verdade. Além disso, Whitehead vai aguentar tempo demais. Precisamos revistar a casa dele. O general não manteria a informação na sala dele no Pentágono, e duvido que a mantenha no computador. Ele deve ter anotações em algum lugar, dentro de casa.

Williams pegou o telefone.

– Onde está Tim Beecham?

– No hospital, senhor. O nariz dele está quebrado. Deve ser liberado logo.

– Não temos tempo. Mande o vice dele aqui. Agora.

– Eu gostaria de ir com eles – disse Ellen, levantando-se.

– Vá – concordou Williams. – Me mantenha a par. Vou fazer contato com nossos aliados. Ver o que os serviços de inteligência deles podem descobrir sobre os outros cientistas que trabalham para Shah.

Com as sirenes ligadas no máximo, os carros partiram para Bethesda. Ellen verificava o celular o tempo todo.

O pavor era quase insuportável. E se não tivesse notícias? E se tivesse mandado os filhos para a morte? E nunca, jamais, descobrisse o que havia acontecido com eles?

Talvez devesse contatar Aziz, em Teerã. O ministro do Exterior iraniano poderia mandar pessoas ao Baluchistão, às cavernas. Para checar...

Mas hesitou.

Precisava dar mais tempo a Katherine. Contatar Aziz estragaria a situação toda.

Em vez disso, obrigou-se a se concentrar no trabalho à frente. Encontrar as informações escondidas pelo general Whitehead.

– Ele disse alguma coisa a você? – perguntou Ellen pela centésima vez.

– Algo que possa ajudar?

Betsy tinha revirado o cérebro.

– Nada, a não ser a porra daquele poema. E isso não ajuda.

Tinha sido arrepiante o modo como ele havia citado John Donne. De novo.

Estacionaram na entrada para veículos de uma casa em estilo Cape Cod, com cerca de tábuas, águas-furtadas e uma varanda ampla com cadeiras de balanço.

O fato de a casa parecer tão tipicamente americana (quase um estereótipo) deixou Ellen com mais raiva ainda. Sentiu a bile subindo.

Agentes bateram à porta da frente enquanto outros iam em bando pelos fundos.

Justo quando iam arrombá-la, uma mulher atendeu, com o cabelo grisalho bem penteado em um corte simples, mas clássico. Usava calça comprida e uma blusa de seda.

Elegante, pensou Ellen, mas nem um pouco pretensiosa.

– O que foi? O que está acontecendo? – perguntou ela. Seu tom era quase autoritário, mas não de todo. Ao ser empurrada de lado, acrescentou:
– Onde está o Bert?

Olhou para além deles, procurando o marido. Seu olhar repousou na secretária de Estado.

Ela segurava a coleira de um cachorro grande que parecia empolgado e perplexo. De dentro da casa veio o som de uma criança chorando.

– O que está acontecendo?
– Saia do caminho – disse um agente, empurrando-a.

Ellen assentiu para Betsy, que pegou o braço da Sra. Whitehead e a levou na direção da criança que chorava.

Àquela altura, os agentes estavam por toda a casa. Puxando livros das estantes, virando poltronas e sofás. Tirando quadros das paredes. De modo que a casa, graciosa e confortável alguns instantes atrás, estava um caos. E piorando.

Betsy acompanhou a esposa do general até a cozinha enquanto Ellen encontrava o escritório, onde o vice-diretor de Inteligência Nacional e os agentes mais importantes faziam a busca.

O cômodo era grande e claro, com janelas enormes dando para o jardim dos fundos, onde um balanço de criança tinha sido pendurado. Era uma tábua grossa presa com cordas ao galho de um carvalho.

Uma bola de futebol infantil estava largada na grama.

As paredes do escritório eram forradas de estantes cheias de livros e fotos emolduradas, e tudo isso foi retirado, examinado e jogado no chão.

O que a sala não tinha eram medalhas ou documentos elogiosos.

Apenas fotos de filhos e netos. De Bert Whitehead e sua esposa. De amigos. Companheiros.

Enquanto o redemoinho girava ao redor, a secretária Adams ficou recostada a uma parede. Pensando.

O que levava um homem a fazer uma coisa assim? Trair seu país? Assassinar concidadãos? Uma das bombas nucleares teria sido posta em Washington, quase com certeza. Quase certamente na própria Casa Branca.

O presidente também sabia disso, motivo pelo qual tinha mandado para longe sua vice e os principais membros do gabinete, a não ser por Ellen. A explosão e a radiação seriam sentidos por quilômetros ao redor. Incinerando, irradiando tudo, todo mundo, pelo caminho.

O que havia acontecido com Bert Whitehead? Se conspirar com terroristas era a resposta, qual poderia ser a pergunta?

Ellen encontrou Betsy e os outros na cozinha, onde a Sra. Whitehead e sua filha estavam sendo interrogadas.

Ouviu junto à porta por um ou dois minutos enquanto as mulheres eram açoitadas com perguntas de dois agentes de inteligência e a criança chorava, debatendo-se no colo da mãe.

– Podem nos deixar, por favor? – pediu Ellen.

Os agentes, irritados, olharam para ela e ficaram de pé.

– Eu gostaria de falar em particular com a Sra. Whitehead e sua filha.

– Não podemos permitir isso.

– Vocês sabem quem eu sou?

– Sim, senhora secretária.

– Ótimo. Eu viajei a noite inteira, deixei meu filho em uma cama de hospital em Frankfurt para estar aqui – disse ela, forçando a verdade. – Acho que vocês podem nos dar alguns minutos.

Eles se entreolharam, obviamente insatisfeitos. Mas saíram.

Antes de se sentar, Ellen olhou a criança chorando, depois disse à mãe:

– Talvez você possa levá-lo lá para fora. Ar puro.

– Mãe?

A Sra. Whitehead assentiu ligeiramente. Quando a filha e o neto saíram,

Ellen sentou-se e examinou a mulher, que estava amedrontada, confusa. A raiva lutando contra o medo.

Mas Ellen também estava perplexa. A Sra. Whitehead parecia familiar. Ellen a conhecia de algum lugar.

E então lembrou.

– Você não é conhecida como Sra. Whitehead, é?

Ela viu as sobrancelhas de Betsy subirem, mas esta continuou em silêncio.

– Sou, quando estou em casa.

– Você é a professora Tierney. Ensina literatura inglesa em Georgetown.

Um dos livros abertos no chão do escritório tinha o rosto daquela mulher na capa. Uma foto de autora, ainda que de alguns anos atrás. O livro se chamava *Reis e homens desesperados*, tirado de um poema de John Donne. Era uma biografia do poeta metafísico.

– Por que o seu marido vive citando "Quando tiverdes feito, não fizestes"?

– "Porque eu tenho mais" – completou a professora Tierney. – É um jogo de palavras. Sou especialista em Donne. Isso quase faz do Bert um perito em Donne também. Acho que ele gosta desses versos.

– Sim, mas por quê?

– Não sei. Nunca o ouvi mencionar isso. A senhora não está aqui para discutir poesia, senhora secretária. Diga o que está acontecendo. Onde está o meu marido?

– Então, se a proximidade com a senhora fez dele um perito em Donne, isso faz da senhora uma perita em segurança?

– Quero um advogado – disse a professora Tierney. – E quero falar com Bert.

– Não sou policial e a senhora não está presa. Estou pedindo para nos ajudar. Para ajudar o seu país.

– Então preciso saber de que isso se trata.

– Não. A senhora precisa responder às nossas perguntas. – Ellen baixou a voz e o tom. – Sei que é um choque. Sei que dá medo. Mas, por favor, diga o que precisamos saber.

A professora Tierney fez uma pausa, depois assentiu.

– Vou ajudar como puder. Só me diga se Bert está bem.

– Seu marido algum dia já falou de Bashir Shah?
– O traficante de armas. Sim. Um dia desses mesmo. Estava reclamando de ele ter sido solto da prisão domiciliar.
– Ele lhe disse isso?
– É segredo de Estado? – perguntou a professora Tierney.
Ellen pensou.
– Não, acho que não.
– Não. Bert nunca, jamais, me diria qualquer coisa que fosse segredo de Estado.
– Então ele estava surpreso com a libertação de Shah?
– Chocado. Fazia muito tempo que eu não o via com tanta raiva.
Ellen sentiu-se tentada a acreditar. Mas, claro, era isso que aquelas pessoas, aqueles traidores, comerciavam. A disposição dos outros em acreditar no pior, mas descartar o catastrófico.
Se o general Whitehead tinha ficado com raiva, não era porque Shah estava livre, e sim porque eles haviam descoberto.
– Onde seu marido guarda os papéis particulares dele?
Depois de uma ligeira pausa, a esposa do general Whitehead disse:
– Há um cofre atrás da estante mais próxima da porta do escritório.
Ellen se levantou.
– A combinação?
– Deixe-me ir. Eu abro.
– Não. Nós precisamos da combinação.
As duas mulheres se entreolharam, e por fim a professora disse a combinação, e explicou:
– São as datas de nascimento dos nossos filhos.
Ellen saiu e voltou alguns minutos depois.
– Vamos – disse a Betsy.
Assim que estavam no carro, voltando para Washington, Betsy perguntou:
– E então? O que havia no cofre?
– Nada, a não ser as certidões de nascimento dos filhos. Vão ser analisadas, para o caso de haver alguma coisa escondida nelas, mas...
Betsy notou que Ellen não tinha saído com as mãos vazias. Ela segurava o livro da professora Tierney.

Reis e homens desesperados.
E mulheres, pensou Betsy.

Gil só conseguiu sinal no celular quando atravessou a fronteira do Paquistão. Parou o carro e digitou depressa uma mensagem para a mãe.

Não era seguro ficar em um veículo parado no acostamento, por isso ele não se demorou. Depois de mandar a mensagem, foi em direção ao aeroporto, ainda a várias horas de distância.

– Eu vou – declarou Anahita.

– Eu vou com você – disse Zahara. – Meu pai. Eu preciso...

Estavam no carro que Farhad tinha usado para levá-los até ali. Mas não tinham encontrado as chaves em lugar nenhum. Ainda deviam estar com ele, perceberam.

Como também tinha perdido o pai de forma tão súbita, Katherine entendia. Assentiu.

– Vão, mas voltem depressa. Só Deus sabe quem mais está vindo para cá. Alguém obviamente contou aos russos sobre esse encontro.

– Farhad – arriscou Boynton. – Ele estava jogando de todos os lados.

Katherine entregou a Anahita a arma que Boynton tinha tirado do morto.

– Voltem depressa.

As primas, tão parecidas na forma e nos movimentos, subiram juntas a encosta até a entrada da caverna. Assim que entraram, foram correndo pelas passagens agora familiares, em direção à claridade dos lampiões quebrados.

Não tinham chegado muito longe quando Zahara parou e levantou a mão. Ana parou ao lado dela. Tensa. Com todos os sentidos em alerta.

E então escutou também.

Vozes. Vozes em russo.

– Merda – murmurou ela. – Porra, porra, porra.

Olhou para trás, para a entrada da caverna. Depois de novo para o brilho fraco e as vozes raivosas e grosseiras.

Não havia escolha. Elas precisavam das chaves.

Agachando-se, Ana foi devagar em direção à clareira na caverna. Sombras escuras e distorcidas moviam-se no corredor do lado oposto. Ela se virou para Zahara, que olhava o corpo do pai. Ele estava caído no mesmo lugar, parcialmente escondido pelas pedras.

– Vá – sussurrou Ana. – Mas seja rápida.

Não tinha certeza do que Zahara precisava fazer, e aquela não era a hora de discutir.

Deitada de barriga no chão, Ana se arrastou até o corpo de Farhad e, obrigando-se a olhar, revistou-o e encontrou as chaves.

Com cuidado, muito cuidado, retirou-as, tentando não fazer nenhum barulho.

Apertou as chaves com força na mão e olhou para Zahara, justo quando sua prima deu um beijo na testa do pai e recuou engatinhando.

Tinham chegado à entrada da passagem que ia levá-las ao exterior quando houve um grito. E um feixe de lanterna as localizou.

As primas se viraram e correram. Sem olhar para trás. Sem se incomodarem em se esconder. Correram passagem afora, até onde o sol brilhava pela abertura estreita feito a lâmina de uma faca.

Atrás de si ouviam o som de botas e ordens sendo gritadas.

Espremendo-se, Ana gritou para Katherine e Boynton:

– Tem mais gente! Eles nos viram!

– Estão vindo! – gritou Zahara, escorregando pela encosta.

Katherine correu até elas e pegou as chaves com Anahita.

– Entrem!

Elas não precisavam de nenhum incentivo. Quando o veículo deu a partida, houve tiros. Ana baixou a janela e atirou de volta. Loucamente. Nunca havia segurado uma pistola, quanto mais disparado. Mas aquilo bastou para fazer os homens na entrada da caverna se abaixarem.

Katherine pisou no acelerador e o carro avançou. Quando Ana olhou para trás, os homens tinham desaparecido.

Mas não por muito tempo, sabia. Katherine sabia. Todos sabiam.

Os homens iriam atrás deles.

Boynton tinha encontrado mapas antigos cobrindo o banco traseiro e tentava descobrir onde eles estavam e para onde iam.

— Meu celular está sem bateria — disse Katherine, lutando para impedir que o carro velho derrapasse para fora da estrada. — Precisamos avisar a mamãe o que Farhad disse sobre os físicos de Shah. Charles?

— Pode deixar — disse Boynton, tentando tirar o mapa da frente do rosto. Zahara puxou-o enquanto o carro sacudia e pulava.

O celular de Charles estava no vermelho. Restavam três minutos de carga.

Ele escreveu às pressas, mas demorou instantes preciosos para garantir que não houvesse erros de digitação. Não era hora de cometer erros.

Apertou a tecla de enviar e respirou fundo.

— Para onde vamos? — perguntou Ana.

À distância se via uma nuvem de poeira perseguindo-os. Todos ficaram em silêncio. Mal sabiam onde estavam, quanto mais para onde poderiam ir.

— PARE, POR FAVOR — DISSE ELLEN, e o agente da Segurança Diplomática ao volante obedeceu.

— Senhora secretária? — perguntou Steve, no banco do carona, virando-se para olhá-la.

Mas ela estava em silêncio, lendo e relendo as duas mensagens que tinham chegado quase ao mesmo tempo.

Primeiro a de Gil, mandada pelo celular de Akbar, dizendo que iria para Washington passando por Frankfurt.

Em seguida uma de Charles Boynton.

Ellen respirou fundo, depois se inclinou para a frente e disse ao motorista:

— Precisamos chegar à Casa Branca. O mais rápido que você conseguir.

— Certo.

A sirene foi ligada e, com as luzes piscando, aceleraram pelas ruas.

— Ellen? — disse Betsy. — O que houve?

— Katherine e Boynton conseguiram as informações. Sabemos onde as bombas estão sendo feitas.

— Ah, graças a Deus. Sabemos onde elas foram postas? Em que cidades?

— Não, mas vamos saber quando vasculharmos a fábrica. Gil também me escreveu. Ele está voltando para cá. Eu disse para ele não fazer isso.

Betsy assentiu e tentou parecer que não estava quase louca.

– Pelo menos eles estão em segurança.

– Bom... – disse Ellen. Pela mensagem de Charles, ficou claro que eles não estavam nem um pouco seguros. – Você pode pesquisar sobre a arte rupestre de Saravan? É na província de Sistão-Baluchistão, no Irã.

Enquanto pesquisava, Betsy perguntou:

– Por quê?

– Porque mandei Katherine e Boynton para lá.

– Para afastá-los do perigo?

– Não exatamente.

Quando Betsy abriu o mapa daquela parte do Irã no celular, Ellen olhou, acompanhando uma linha que atravessava a fronteira entre o Irã e o Paquistão. Em seguida mandou uma mensagem para o filho.

Gil tinha acabado de atravessar a fronteira do Afeganistão para o Paquistão quando a resposta da sua mãe apareceu no celular de Akbar.

Ela parou e fez uma rápida busca pelo mapa.

– Merda.

Pensou apenas por um instante, depois mandou a resposta.

Quando a mensagem de Gil chegou, a cúpula do Capitólio já estava à vista.

Repassou-a para Boynton, acrescentando algumas palavras. Depois se recostou de novo no banco e pensou.

Restava um minuto de carga no telefone de Boynton quando a mensagem da sua chefe apareceu.

– Caneta, papel, depressa – disse ele, e, pegando o mapa com Zahara, escreveu algumas palavras antes de o telefone apagar de vez.

– Paquistão – disse ele aos outros. – Precisamos chegar ao Paquistão.

– Está maluco? – perguntou Zahara. – Eu sou iraniana. Provavelmente vão nos matar lá.

– Aqueles ali com certeza vão – respondeu Ana, gesticulando para a nuvem de poeira atrás deles, como se estivessem sendo caçados pelo Demônio da Tasmânia.

Charles se inclinou para a frente e falou com Katherine:

– Seu irmão está no Paquistão. Ele pode nos encontrar. Ele tem amigos e contatos lá. Estou com o nome da cidade. Não fica longe da fronteira. Só precisamos atravessar.

Katherine olhou pelo retrovisor. O redemoinho estava chegando mais perto.

Enquanto Zahara e Anahita pensavam no melhor modo de chegar à fronteira, Charles Boynton se recostou no banco e olhou à frente.

Alguma coisa o vinha incomodando. Uma coisa que ele tinha esquecido. E então lembrou. Pegando de novo o celular, apertou e apertou o botão lateral, mas não restava nenhuma carga. O celular estava morto.

Tinha esquecido de dizer à secretária Adams o que Farhad havia dito em seu último suspiro.

Casa Branca.

CAPÍTULO 33

Ellen e Betsy mal haviam passado pela porta do Salão Oval quando o presidente Williams perguntou:

– Descobriram alguma coisa?

– Não na casa do Whitehead, mas Katherine e Charles Boynton descobriram onde Shah instalou os físicos. Eles também têm quase certeza de que lá vamos encontrar informações sobre onde estão as bombas.

– Graças a Deus. Onde fica esse lugar?

– No Paquistão, perto da fronteira com o Afeganistão. – Ela deu a informação específica.

– Dever ser bastante fácil encontrar – disse ele. – Uma fábrica de cimento abandonada no distrito de Bajaur, no Paquistão, nos arredores de Kitkot – repetiu, para ver se tinha entendido certo. Quando Ellen assentiu, ele apertou o botão do interfone. – Traga o general Whitehead...

Então parou.

– Senhor, o general... – disse Stenhauser.

– É, eu esqueci. Diga ao comandante das Forças Especiais dos Estados Unidos para me encontrar na Sala de Crise. Agora. E diga para Tim Beecham ir também. Ele já saiu do hospital?

– Acabei de receber uma mensagem dele, senhor presidente. Ele está indo para Londres, para aquela reunião dos serviços de inteligência. Devo chamá-lo de volta?

– Não – disse Ellen, e quando o presidente Williams a encarou, ela explicou: – É importante que ele esteja naquelas conversas.

Williams estreitou os olhos, mas disse ao interfone:

– Não, Barb. Deixe-o ir. – Em seguida pegou alguns documentos em sua mesa. – Venha comigo.

– Desculpe, senhor presidente, mas quero sua permissão para ir ao Paquistão me encontrar com o primeiro-ministro. Acho que é hora de resolver a situação com ele.

– Assim como você e os iranianos se resolveram, Ellen?

– Nós conseguimos a informação.

– Você também conseguiu que uma funcionária sua fosse presa e você fosse expulsa do país.

– Nós conseguimos a informação – repetiu Ellen. – Não foi um negócio bonito, não foi convencional, mas conseguimos.

– Mas podemos confiar nela?

– Está perguntando se podemos confiar na minha filha?

– Pelo amor de Deus, pare com isso, Ellen. Eu fiz merda com relação ao Gil. Sinto muito. Eu deveria ter intervindo para que ele fosse libertado.

Ellen esperou por mais.

Todos aqueles meses, dias, horas, minutos. Cada segundo insuportável em que tinha se preparado para a notícia da decapitação do seu filho. Para vê-la. Para vê-la. Não importava o que fizesse para evitar, as imagens estariam em todas as primeiras páginas, em cada noticiário de TV. Em cada site na internet.

A mãe de Gil seria ofuscada para sempre com aquela visão. A imagem flutuaria diante de tudo que ela enxergasse pelo resto da vida.

E o homem que poderia ter salvado Gil daquela agonia, que poderia tê-la salvado, dizia "Sinto muito"?

Ela não confiava em si mesma para falar. Em vez disso, ficou parada no Salão Oval, tentando recuperar o fôlego. Olhando o presidente dos Estados Unidos. E querendo feri-lo. Como ele tinha ferido seu filho. Como a tinha ferido.

– Imagine que seu filho tivesse sido decapitado – disse ela, por fim.

– Mas Gil não foi.

– Foi. Toda noite e todo dia, na minha mente.

Doug Williams não tinha pensado nisso, e então uma imagem surgiu em sua cabeça. Do seu filho, ajoelhado no chão. Imundo. Apavorado. A lâmina comprida junto ao pescoço.

Williams ofegou e encarou Ellen, sustentando o olhar dela. Longos, longos segundos se passaram antes que ele sussurrasse:

– Eu sinto muito.

E dessa vez ela viu que ele falava a sério. Não era um pedido de desculpas político, destinado a tirar um pequeno erro do caminho. A palavra saiu forçada de algum lugar profundo.

Ele estava arrependido.

Williams sabia que era melhor não pedir perdão. Isso jamais seria dado, nem deveria ser.

– Ellen, não estou duvidando do seu filho ou da sua filha, mas estou questionando as fontes deles.

– Pessoas deram a vida para nós recebermos essas informações. É tudo que nós temos. Precisamos seguir em frente. Preciso ir a Islamabad e preciso chegar com toda a pompa, com toda a demonstração de poder que pudermos juntar. No mínimo, preciso ser uma distração enquanto você planeja e realiza o ataque.

– Eu nem sei o que você quer dizer com "distração" – disse o presidente enquanto os dois seguiam às pressas pelo corredor largo, Ellen correndo para acompanhar os passos largos dele.

– Mas... – disse ela.

Williams parou, virou-se e a encarou.

– O que é agora?

Ela respirou fundo.

– No caminho quero ver Eric Dunn.

– Na Flórida? Por quê?

– Para descobrir o que ele sabe.

– Você acha que o ex-presidente está por trás disso? Olha, eu não tenho nenhum respeito pelo sujeito, mas não consigo imaginar que ele permitiria a detonação de dispositivos nucleares em cidades americanas.

– Nem eu, mas ele pode saber alguma coisa, mesmo sem perceber.

Ouvindo isso, Betsy se lembrou da famosa frase sobre o presidente Reagan durante as audiências do caso Irã-Contras.

O que ele não sabia? E quando ele soube que não sabia?

O que Eric Dunn não sabia era capaz de preencher caixas inteiras de relatórios.

Depois que receberam o consentimento de Williams e estavam indo para o *Força Aérea Três*, Betsy olhou para o livro que ainda estava com Ellen.

Reis e homens desesperados, da professora Tierney. A biografia de John Donne.

Betsy se recostou na poltrona e pensou no confronto que viria. *When thou hast Dunn*, relembrou, *thou hast not Dunn...*

Foi impelida à frente, como se tivesse sido empurrada.

– Meu Deus, Ellen, o que o Whitehead estava dizendo. O que ele vinha dizendo esse tempo todo. Era "Dunn", e não "*done*". Um jogo de palavras. John Donne fez um jogo no poema, e Whitehead também. É por isso que você está com o livro, é por isso que vamos ver Eric Dunn. Porque foi o que Bert Whitehead nos disse para fazer.

– É.

– Mas deve ser algum truque. Ele quer que a gente perca tempo. Eric Dunn não sabe nada ou sabe de alguma coisa, mas jamais nos diria. Whitehead está confundindo a gente, tentando nos manipular. É guerra psicológica.

– Talvez. – Ellen se inclinou para a frente e pediu que seus agentes de segurança fizessem um desvio até a casa de Tim Beecham em Georgetown.

– Não disseram que ele estava indo para Londres? – perguntou Betsy.

– Disseram – respondeu Ellen, e deixou por isso mesmo.

Quando chegaram, a governanta confirmou que ele estava fora, e a Sra. Beecham e os dois filhos adolescentes tinham ido para a casa de férias em Utah.

Assim que o avião decolou para a Flórida, Ellen perguntou a Betsy:

– Por que Bert Whitehead ainda está em Washington?

– Bom, ele está sendo mantido contra a vontade em uma sala de interrogatório na Casa Branca. Talvez seja por isso.

– E por que Tim Beecham não está aqui?

– Porque tem uma reunião com chefes de Serviços de Inteligência em Londres, para conseguir mais informações. Você mesma disse que era importante ele estar lá.

– E é.

– O que você está pensando?

Mas Ellen não respondeu. Estava imersa em pensamentos. Perdida neles.

Assim que chegaram à altitude de cruzeiro, o console da mesa de Ellen zumbiu com uma mensagem criptografada. O presidente estava em uma chamada de vídeo. Ellen tocou na tela à frente e o rosto de Doug Williams apareceu.

Ela olhou para Betsy, que sorriu e saiu do compartimento. Aquilo era altamente secreto. Nem a conselheira da secretária de Estado poderia presenciar.

– Estou aqui, senhor presidente – disse Ellen.

– Ótimo. Estamos reunidos. – O presidente Williams assentiu para os generais em volta da mesa.

E assim começou a reunião mais importante da vida de todos eles.

Sobre como colocar as forças especiais americanas naquela fábrica de cimento abandonada para impedir a produção de armas nucleares e, o que era ainda mais crucial, descobrir onde elas já haviam sido postas.

PELO QUE PARECEU A CENTÉSIMA VEZ naquele dia, um fuzil de assalto foi apontado para Katherine Adams.

E ela percebeu que isso já não a chocava.

Nos últimos 25 quilômetros, enquanto corriam em direção à fronteira entre o Irã e o Paquistão, Katherine tinha ensaiado o que dizer. Ela e os outros, principalmente Charles, haviam discutido o assunto.

Como atravessar. E como garantir que os perseguidores não atravessassem.

– Você está dizendo que é filha da secretária de Estado americana? – perguntou o guarda de fronteira paquistanês.

Anahita traduziu e Katherine confirmou com a cabeça. Ele estava com o passaporte dela, junto com o de Boynton. As outras não tinham passaportes nem qualquer tipo de documento.

Por motivos em que Katherine não queria pensar muito, o guarda de fronteira paquistanês considerou que os passaportes dos dois eram muito mais suspeitos do que a falta de documentos por parte das outras.

– Por que vocês querem entrar no Paquistão? Qual é o seu propósito?

– Segurança – respondeu Boynton. – Sei que o seu primeiro-ministro ficaria bem irritado se soubesse que a filha e o chefe de gabinete da secretária de Estado americana foram feridos ou mortos porque vocês não nos deixaram entrar. Seria um pesadelo político e pessoal. Para ele e para você.

– Mas – disse Katherine ao guarda, que agora estava confuso e agitado –, dá para imaginar como ele vai ficar satisfeito com você, quando contarmos como salvou nossa vida? Qual é o seu nome?

Anahita o anotou.

Boynton apontou para a nuvem de poeira que se aproximava.

– Aquele veículo está cheio de membros da máfia russa. São eles que vocês precisam parar. Os Estados Unidos são seus aliados, não a Rússia.

O outro guarda veio da cabine e mostrou um celular ao colega. Qualquer informação que houvesse nele confirmava as identidades.

Charles Boynton olhou para o celular, tentado a pedi-lo emprestado. Quanto mais pensava, mais crucial se tornava contar à secretária Adams sobre as últimas palavras de Farhad, tossidas como se escritas em sangue.

Casa Branca.

Mas mesmo se o guarda paquistanês lhe emprestasse o aparelho, Boynton não poderia usá-lo para enviar uma mensagem ao celular privado e criptografado da secretária de Estado. Apesar disso continuava olhando o aparelho como se fosse um filé-mignon e ele estivesse morrendo de fome.

– E elas? – O guarda apontou a arma para Anahita e Zahara. – O Irã não é nosso amigo. Essas pessoas não têm documentos. Não posso deixar que atravessem.

Esse era o perigo. Que os guardas concordassem em deixar Katherine e Boynton entrarem, mas não as outras duas.

– Bom, elas não têm documentos, então como você sabe que elas não são paquistanesas? – rebateu Katherine.

– Não são.

– Talvez sejam. Olha, nós não vamos embora sem nossas amigas, então tome a sua decisão. Elas são iranianas ou paquistanesas? Nós vamos atravessar e você vai ser um herói? Ou você vai nos barrar e arranjar um monte de problemas?

– Nós fomos designados para um posto na fronteira com o Irã, senhora – disse o novo guarda, em um bom inglês, devolvendo seus passaportes. – Como poderia piorar?

– Vocês fazem fronteira com o Afeganistão, não é? – perguntou Charles. – Aquilo lá não deve ser divertido.

Ele deu de ombros.

– Vocês ficariam surpresos. – Mas dava para ver que não ficariam. – Estão trazendo alguma bebida alcoólica? Tabaco? – Eles balançaram a cabeça. – E armas de fogo?

Ele olhou diretamente para a arma no colo de Ana.

Eles balançaram a cabeça e o guarda sinalizou para passarem. Não por amor aos Estados Unidos, mas por medo de seu próprio primeiro-ministro. E da fronteira afegã.

Enquanto se afastavam, eles o ouviram murmurar:

– Malditos americanos. – Mas foi sem rancor, e quase com admiração. Quase.

Katherine não se importava.

Aquela região, na verdade toda a fronteira arbitrária, era um caldeirão de facções, de lealdades tribais. De ressentimentos com séculos de idade. De alianças misturadas, divididas, complexas. Quase nenhuma com os Estados Unidos. Mas eles também não eram fãs da Rússia.

Katherine ligou o carro e, enquanto viravam a esquina, viu pelo retrovisor a nuvem de tempestade chegar à fronteira.

Murmúrios baixos vieram do banco de trás.

Zahara estava segurando um colar de contas de oração, e a cada conta murmurava:

– *Alhamdulillah.*

Anahita se juntou a ela.

As contas estavam gastas e ligeiramente brilhantes, de tanto os dedos do Dr. Ahmadi repetirem a oração ao longo do dia e durante toda a vida. Zahara tinha se arriscado só para pegá-las. Uma lembrança de um homem que ela amava. Apesar do que ele tinha feito. Um ato terrível não apagava uma vida inteira de dedicação.

– *Alhamdulillah.*

Enquanto passavam a toda velocidade pelas cidadezinhas e aldeias, em direção ao encontro com Gil, primeiro Boynton, depois Katherine, se juntaram às duas até que o carro imundo e fedorento se encheu com a palavra murmurada baixinho, repetida. De novo e de novo. Causando algo próximo de uma calma.

Alhamdulillah.
Graças e louvores a Alá.
Graças a Deus, pensou Katherine. Agora só precisavam encontrar Gil.

Ellen olhou o chefe das Forças Especiais se curvar sobre um mapa topográfico em 3-D da região de Bajaur, no Paquistão. Ele o examinou habilmente, explorando, manipulando, procurando.

– Em 2008 houve uma batalha em Bajaur. – Ele deu um zoom e prosseguiu: – Forças paquistanesas lutaram para desalojar o Talibã da região. Acabaram vencendo, expulsando-o. Mas foi brutal. Os paquistaneses lutaram com coragem, implacavelmente. É uma pena saber que o Talibã voltou. – Ele levantou a cabeça e encarou o presidente. – Na época, nós tínhamos consultores lá. Do serviço de inteligência e militares. Bert Whitehead era um deles. Ainda era coronel. Ele conhece a região. Ele deveria estar lá, senhor presidente.

– O general Whitehead é necessário em outro local – disse Doug Williams.

Olhares foram trocados entre os militares na sala. Obviamente tinham ouvido os boatos.

– Então é verdade? – perguntou um deles.

– Continue – disse o presidente Williams. – Precisamos chegar àquela fábrica. Como fazemos isso?

Seria lá que tudo havia começado?, pensou Ellen. Será que uma fratura finíssima teria surgido nas crenças do coronel Whitehead enquanto a luta brutal assolava as montanhas, os vales e as cavernas?

À medida que os anos passavam, será que ele teria visto coisas demais? Teria sido forçado a fazer coisas demais? A se calar enquanto atos que considerava repulsivos eram cometidos?

Teria visto um número grande demais de jovens morrer enquanto outros lucravam? Será que a rachadura no coronel Whitehead teria se espalhado lentamente, com o passar do tempo, até se tornar um abismo?

Pegando o celular, pesquisou a Batalha de Bajaur e viu que ela havia sido nomeada Operação Coração de Leão.

Será que o leão teria escapado da armadilha, mas deixado o coração para trás?

Pousando o celular, concentrou-se no que estava acontecendo em Washington, na Sala de Crise. Não era especialista em táticas militares. Seu trabalho seria arrumar as coisas assim que ficasse claro para os paquistaneses que os Estados Unidos tinham realizado uma operação militar oculta dentro de suas fronteiras, sem permissão, e capturado, talvez matado, cidadãos paquistaneses.

Com sorte, pensou, Bashir Shah estaria entre os mortos. Mas duvidava. Como matar um Azhi Dahaka?

Concentrou-se no mapa, no terreno árduo e quase impenetrável. Onde ela e o presidente Williams viam aldeias, cadeias de montanhas e rios, os generais viam outra coisa. Viam oportunidades e armadilhas mortais. Viam locais de pouso para helicópteros e paraquedistas. E viam como esses soldados seriam mortos antes que suas botas tocassem o chão.

– Isso vai demorar algum tempo, senhor presidente – disse o general de mais alto posto.

– Bom, não temos tempo. – Williams olhou para a secretária Adams na tela. Ela assentiu. A coisa precisava ser feita. – Eu disse a vocês que os terroristas estão usando aquela fábrica para criar um programa nuclear para o Talibã – disse ele. – Mas tem outra coisa.

Porque eu tenho mais, pensou Ellen.

– Temos informações de que eles construíram três dispositivos e os colocaram em cidades americanas.

Os generais, que até então tinham estado curvados sobre o mapa, se empertigaram, e um deles o encarou. Incapaz de falar por um momento.

Parecia que um cânion havia se aberto, separando os que estavam naquela sala do resto do mundo. Um espaço intransponível do não saber para o saber.

– Precisamos entrar naquela fábrica – disse o presidente Williams. – Para impedir os cientistas, mas sobretudo para descobrir onde essas bombas estão escondidas.

– Preciso ligar para a minha esposa – disse um oficial, indo para a porta. – Mandá-la sair de Washington com as crianças.

– Meu marido e minhas filhas – disse outra, também indo para a porta.

Williams assentiu para os oficiais que estavam junto à porta, e eles deram um passo posicionando-se à frente dela.

– Ninguém sai até termos um plano. Só temos uma chance e precisamos usá-la nas próximas horas.

Ellen observou a situação, a mente girando. Tentou desacelerar, sabendo para onde a coisa ia e não gostando nem um pouco.

Já havia chegado à metade do caminho, no entanto estivera com medo demais para ir até o final. Mas agora foi.

– Senhora secretária – disse a voz da piloto pelo alto-falante. – Temos permissão do Aeroporto Internacional de Palm Beach para pousar. Vamos estar no chão em sete minutos. Preciso interromper as comunicações.

– Não – disse ela rispidamente, antes de controlar o tom de voz. – Sinto muito, mas não. Preciso de mais tempo. Se for necessário, circule outra vez.

– Não posso. Não tenho liberação do controle de tráfego aé...

– Então consiga. Preciso de mais cinco minutos.

Houve uma pausa.

– Está bem.

Enquanto o *Força Aérea Três* se inclinava para o lado e começava a fazer uma curva, Ellen se manifestou pela primeira vez na reunião.

– Senhor presidente, preciso falar com o senhor. Em particular.

– Estamos no meio...

– Por favor. Agora.

Depois de terminar a ligação com o presidente e dizer à piloto que ela podia pousar, Ellen olhou as palmeiras e o oceano brilhando sob o sol forte e pensou no balanço rústico e na bola de futebol. E nas fotografias. E na cerca de tábuas brancas.

E pensou nas mães e pais junto à barreira, em Frankfurt, segurando fotos dos filhos desaparecidos. Enquanto olhavam os cobertores vermelhos balançando ao vento no asfalto.

Pensou em Katherine e Gil em algum lugar do Paquistão.

Pensou em reis e homens desesperados. E imaginou se teria acabado de cometer o maior erro da sua vida. Da vida de qualquer pessoa.

CAPÍTULO 34

O COMBOIO DE VEÍCULOS DA SECRETÁRIA Adams chegou ao alto portão dourado diante da propriedade de Eric Dunn na Flórida.

Mesmo sabendo da visita, mesmo que sua segurança particular pudesse ver os carros chegando pela entrada de veículos muitíssimo longa, ainda assim eles precisaram esperar.

A secretária Adams sorriu e foi cordial quando os seguranças, essencialmente a milícia particular de Dunn, pediu sua identificação. E eles demoraram para devolver. Sem que o pessoal de Dunn percebesse, o joelho de Ellen estava subindo e descendo enquanto Betsy repassava seu baú de palavrões.

Steve Kowalski, o chefe da Segurança Diplomática de Ellen, antigo veterano do serviço militar, virou-se no banco da frente para olhar para a Sra. Cleaver enquanto ela combinava e conjugava palavras que jamais deveriam realmente ter relações conjugais. A prole resultante era ao mesmo tempo grotesca e hilária, enquanto ela transformava substantivos em verbos e verbos em algo totalmente diferente. Foi uma demonstração de ginástica linguística que o agente não achava possível. E ele tinha sido fuzileiro naval.

Ficou claro que, enquanto admirava a secretária Adams, ele adorava a conselheira dela.

Na corrida do aeroporto até o portão, assistiram a uma coletiva de imprensa dada por Eric Dunn enquanto eles estavam no avião. Dunn a havia convocado sabendo da visita deles.

O único objetivo parecia ser falar mal do filho da secretária Adams. Não somente insinuar, mas acusar Gil Bahar de envolvimento nos atentados em Londres, Paris e Frankfurt. De ser radicalizado. De influenciar a mãe e talvez até virar a secretária de Estado contra os Estados Unidos. Um país agora enfraquecido pela mudança de governo, gritou ele, gesticulando. Um país onde os radicais, os socialistas, os terroristas, os defensores do aborto, os traidores e os imbecis estavam no comando.

– Podem entrar agora – disse o guarda. Ele usava uma insígnia que Ellen reconheceu dos relatórios sobre a direita alternativa.

– O serviço secreto não está mais encarregado da segurança do ex-presidente? – perguntou Ellen enquanto o SUV seguia pelo resto do caminho até a casa que mais parecia um castelo.

– Supostamente, sim – respondeu o agente Kowalski. – Mas ele colocou seu próprio pessoal na linha de frente. Acha que o serviço secreto faz parte do Estado Profundo.

– Bom, se isso significa profundamente leal aos Estados Unidos e ao cargo de presidente, mas não ao indivíduo, está certo – disse Ellen.

Antes de entrar, ela verificou o celular outra vez. Nenhuma mensagem de Katherine, Gil ou Boynton. Nenhuma mensagem do presidente.

Entregou o aparelho ao chefe do seu destacamento de segurança e saiu do carro; em seguida, ela e Betsy pararam diante da enorme porta dupla e esperaram que ela se abrisse.

E esperaram. E esperaram.

O BARMAN OBSERVOU CONSTERNADO ENQUANTO PETE Hamilton atravessava de novo a penumbra do salão e ocupava um banco no bar do Off the Record.

– Achei que eu tinha dito para você não voltar – disse ele enquanto Pete se sentava.

Mas havia alguma coisa diferente no rapaz. Ele parecia menos descontrolado. Os olhos estavam mais brilhantes. As roupas mais limpas. O cabelo não estava desgrenhado.

– O que aconteceu com você? – perguntou o barman.

– Como assim?

O barman inclinou a cabeça para Pete e percebeu, para sua surpresa, que gostava daquele rapaz. Quatro anos assistindo ao seu declínio lento e doloroso tinham causado aquele efeito. Sentia pena do garoto.

Em qualquer círculo a política podia ser brutal. Mas ali, em Washington? Era implacável. E aquele garoto tinha sido levado ao pelourinho. Trespassado e posto em um espeto para queimar.

Mas agora, inesperada e subitamente, Pete Hamilton parecia inteiro de novo. Saudável de novo. Depois de apenas um dia. Era incrível o que um chuveiro e roupas limpas podiam fazer.

Fazia tempo demais que o barman estava naquele trabalho para se deixar enganar. Aquilo era um verniz, nada mais.

– Vou querer um uísque – disse Pete.

– Você vai receber água com gás – respondeu o barman. Em seguida jogou uma rodela de lima dentro e pôs o copo alto em um descanso que tinha a caricatura da secretária Adams.

Pete sorriu e olhou em volta.

Ninguém prestava atenção nele. Sabia que podia ser um erro estar ali; tinham dito para ir direto para casa, e ele tinha mais trabalho a fazer descobrindo provas contra Whitehead e qualquer cúmplice dele na Casa Branca.

Mas queria ouvir o que estava sendo dito, ali nas entranhas do poder.

De modo nem um pouco surpreendente, o único assunto era Bert Whitehead e os boatos desenfreados de que o chefe do Estado-Maior Conjunto tinha sido preso.

Não se sabia ao certo qual era a acusação.

O maior grupo de clientes estava em volta de uma jovem que tinha acabado de chegar. Era uma pessoa que Pete nunca tinha visto no bar, mas a reconheceu daqueles momentos mais cedo, enquanto esperava para entrar no Salão Oval. Era secretária da chefe de gabinete do presidente Williams.

Ela captou seu olhar e deu um sorriso luminoso. Ele sorriu de volta. Talvez aquele fosse seu dia de sorte, pensou, pegando o copo e indo até lá.

Não lhe ocorreu imaginar por que, no meio da maior crise que a nação enfrentava, a secretária de Barb Stenhauser estaria no bar.

Não lhe ocorreu imaginar que talvez, talvez, ela o tivesse seguido até ali.

Não lhe ocorreu que aquele poderia ser um dia de muito, muito azar.

O presidente Williams tinha saído da Sala de Crise, e então voltado meia hora mais tarde, depois de dar uma coletiva de imprensa que já estava marcada.

Sabia que, se a cancelasse, pareceria estranho. Mesmo assim, a coletiva durara dez minutos. Ele passara o resto do tempo fazendo outra coisa.

Houve algumas perguntas dos jornalistas sobre o general Whitehead, mas foram vagas. As nuvens de tempestade estavam se formando, mas até agora nenhum pingo tinha caído. Só ressoavam trovões distantes.

– O que vocês conseguiram? – perguntou ele, depois de se juntar de novo aos generais em volta do mapa.

Até aquele momento, eles tinham bolado dois planos.

– Não sentimos confiança em nenhum deles, senhor – explicou o chefe das Forças Especiais. – Mas é o melhor que conseguimos, tão em cima da hora. Se tivéssemos mais tempo...

– Não temos – disse Williams. – Na verdade, temos cada vez menos tempo. – Ele ouviu as sugestões. – Quais são as chances de sucesso?

– Avaliamos em 20% para o primeiro plano e 12% para o segundo. Se o Talibã estiver tão bem entrincheirado como relataram, é quase certo que nossa equipe nem vai chegar ao chão.

– Mas poderíamos bombardear a fábrica – disse um dos generais.

– É tentador – admitiu o presidente. – Mas se o material que está lá for fissionável, correríamos o risco de detoná-lo. E iríamos destruir as informações que eles têm sobre onde as bombas foram postas nos Estados Unidos. Neste momento, essa é a prioridade.

– Não existe nenhum outro modo de conseguir a informação?

– Se houvesse, já estaríamos fazendo. – O presidente se inclinou sobre o mapa. – Talvez seja idiotice, mas estou vendo outra possibilidade. E se a gente pusesse aqui... – Ele apontou para um local que os generais não tinham considerado.

– O terreno é irregular demais – disse um general.

– Mas há um platô. Com tamanho suficiente apenas para pousar dois helicópteros.

– Como o senhor sabe que há um platô? – perguntou um deles, chegando mais perto.

– Estou vendo. – O presidente Williams manipulou a imagem em 3-D para dar um zoom. De fato, havia uma área plana. Não era grande, mas existia.

– Sinto muito, senhor presidente, mas de que isso adiantaria? Fica a dez quilômetros da fábrica. Eles nunca chegariam lá.

– Não é para chegarem. Eles são uma distração. Podemos lhes dar apoio com ataques aéreos, mantendo os guerreiros talibãs ocupados enquanto as tropas de verdade descem na fábrica.

Eles o encararam como se tivesse enlouquecido.

– Mas isso é loucura – disse o vice-chefe do Estado-Maior Conjunto. – Eles seriam mortos imediatamente.

– Não se criarmos uma distração. Se o Talibã estiver ocupado em outro lugar. Isso é possível, não é? – Seu olhar examinou os rostos em volta. – Nas horas antes do ataque, vamos espalhar boatos, pela nossa rede de informantes, de que ouvimos falar da presença do Talibã na área e que podemos estar planejando um ataque. Isso vai atrair a atenção deles. O ataque seria distante o suficiente para eles não suspeitarem que o verdadeiro alvo é a fábrica, mas ainda deve ser no território controlado pelo Talibã, de modo a ser crível. Na verdade, vou falar com o primeiro-ministro Bellington no Reino Unido. Fazer parecer que é um ataque do SAS em retaliação pelos atentados. É crível e afasta o foco de nós.

Ele os encarou enquanto os outros se entreolhavam.

– É possível? – perguntou Williams.

Houve silêncio.

– É possível?! – gritou ele.

– Nos dê meia hora, senhor presidente – disse o chefe interino.

– Vocês têm vinte minutos. – Williams foi para a porta. – E então quero as Forças Especiais no ar. Enquanto eles estiverem a caminho, vocês podem pensar nos detalhes.

Assim que chegou à porta, ele se encostou nela, fechou os olhos e levou as mãos ao rosto, murmurando:

– O que foi que eu fiz?

– Reis e homens desesperados – sussurrou Betsy enquanto passavam pelo enorme hall de entrada, boquiaberta com o que seria esplêndido se aquilo fosse um palácio de verdade, e não uma tentativa de compensar algo pequeno.

– O presidente está esperando as senhoras no terraço – disse a secretária dele.

Na verdade, havia uma série de terraços em estilo italiano, levando a uma piscina de tamanho olímpico com uma fonte no meio. Tornando-a ao mesmo tempo impressionante e inútil para nadar.

Tudo aquilo era cercado por gramados e jardins bem cuidados. E, no final da propriedade, o oceano. E, para além disso, nada...

Para Eric Dunn, o mundo terminava onde sua propriedade terminava, suspeitou Ellen. Nada importava além de sua esfera de influência.

Que permanecia surpreendentemente grande, ela teve que admitir.

Precisava terminar aquela reunião o quanto antes, mas sabia que, se desse essa impressão, ele iria prolongá-la.

– Sra. Adams – disse Dunn, levantando-se e indo até ela com a mão estendida.

Ele era grande. Na verdade, era imenso. Ellen o havia encontrado muitas vezes, mas somente de passagem, em eventos sociais. Tinha-o achado divertido, e até charmoso. Mesmo se mostrando desinteressado pelos outros e facilmente entediado quando o refletor passava para outra pessoa.

Ela havia mandado que seus veículos de mídia fizessem perfis de Eric Dunn à medida que o império dele crescia, depois desmoronava, depois crescia de novo. Cada vez mais audaz. Mais inchado. Mais frágil.

Como uma bolha na banheira, aquele império estava pronto para estourar a qualquer momento e feder.

E então, inesperadamente, ele havia passado para a política e alcançado o maior cargo do país. Mas não sem a ajuda de pessoas e governos estrangeiros que planejavam lucrar com isso. E tinham lucrado.

Era a sombra forte que acompanhava a luz intensa da democracia. As pessoas eram livres para abusar de suas liberdades.

– E quem é essa mocinha? – perguntou Dunn, virando-se para Betsy. – Sua secretária? Sua companheira? Eu tenho a mente aberta, desde que vocês não façam a coisa em público, para não assustar os cavalos.

Enquanto ele ria, Ellen fez um som gutural, alertando para Betsy não reagir. Isso só alimentava aquele homem vazio.

Ellen apresentou Betsy Jameson, amiga de toda a vida e conselheira.

– E o que você aconselha a Sra. Adams a fazer? – perguntou ele, indicando cadeiras já posicionadas.

– A secretária Adams toma as próprias decisões – disse Betsy, com a voz doce a ponto de aterrorizar Ellen. – Eu só estou lá pelo sexo.

Ellen piscou e pensou: *Meu Deus, se estiver escutando, me leve agora.* Houve uma pausa breve antes que Eric Dunn começasse a rir.

– Certo, Ellen, o que posso fazer por você? – perguntou ele, voltando ao seu personagem excessivamente íntimo. – Isso não tem nada a ver com as explosões, espero. Aquilo é problema da Europa, e não nosso.

– Nós recebemos algumas informações que são... perturbadoras.

– Mais merdas sobre mim? Não acredite. É tudo *fake news*.

Ellen ficou tremendamente tentada a mencionar as bostas que ele tinha acabado de lançar sobre seu filho, mas sabia que era bem o que ele queria. Em vez disso, fingiu, para si mesma e para ele, que não tinha assistido à entrevista.

– Não diretamente, não. Mas o que o senhor pode nos dizer sobre o general Whitehead?

– Bert? – Dunn deu de ombros. – Ele nunca teve muita utilidade para mim, mas fazia o que era mandado. Todos os meus generais faziam.

Será que ele tinha dito isso para provocá-la a comentar que eles não eram *seus* generais? Ou será que acreditava que fossem?

– Seria possível que ele estivesse fazendo mais do que era mandado?

Dunn balançou a cabeça.

– De jeito nenhum. Na minha administração não acontecia nada sem que eu soubesse, sem minha aprovação.

Bom, essa declaração vai voltar para te assombrar, pensou Betsy.

– Por que o senhor concordou em libertar o Dr. Shah da prisão domiciliar? – perguntou Ellen.

Ele se reclinou e sua cadeira estalou.

– Ahhhh, então é isso. Ele me disse que vocês perguntariam.

– Ele? – perguntou Ellen. – O general Whitehead?

– Não, Bashir.

Ellen conseguia controlar a língua, mas não seu fluxo sanguíneo. O sangue correu de seu rosto para seu âmago. Reagrupando-se lá, juntando-se lá e deixando o rosto em uma palidez mortal.

– Shah?

– Bashir, é. Ele me disse que vocês ficariam aborrecidos.

Ellen segurou a língua até conseguir dizer com civilidade:

– O senhor falou com ele?

– Claro. Por que não? Ele queria demonstrar gratidão pela minha ajuda. Ele é um gênio e um empreendedor. Nós temos muito em comum. Olha, vocês já não causaram problemas demais a ele? Ele é um empresário paquistanês falsamente acusado pela sua organização de mídia, entre outras, de ser um traficante de armas. Ele me explicou tudo. Os paquistaneses explicaram. O problema é que vocês confundem energia nuclear com armas nucleares.

Betsy murmurou alguma coisa quase inaudível.

Dunn se virou para ela, com o rosto subitamente vermelho. A bolha a ponto de chegar à superfície e estourar.

– O que você disse?

– Eu chamei o senhor de es... perto.

Dunn continuou a encará-la com raiva, depois se virou de volta para Ellen.

Ela quase se afastou. Não havia como negar a força daquele homem. Ellen nunca havia conhecido ninguém, nada, assim.

Os políticos mais bem-sucedidos tinham carisma. Mas este ia além disso. Estar em sua órbita era experimentar algo extraordinário. Havia uma atração, uma promessa de empolgação. De perigo. Era como fazer malabarismo com granadas.

Era empolgante. E aterrorizante. Até ela conseguia sentir.

Ellen Adams não se sentia nem um pouco atraída por aquilo; na verdade, sentia repulsa. Mas precisava admitir que Eric Dunn possuía um magnetismo poderoso e um instinto animal. Tinha uma genialidade para encontrar os pontos fracos das pessoas. Para dobrá-las à sua vontade. E se elas não se dobrassem, ele as quebrava.

Ele era pavoroso e perigoso.

Mas ela não ia recuar. Não procuraria um lugar para se esconder.

Não ia se dobrar. E com certeza não ia quebrar.

– Quem, na sua administração, sugeriu que o Dr. Shah fosse solto da prisão domiciliar?

– Ninguém. A ideia foi minha. Eu tinha me reunido em particular com os paquistaneses, para fazer o controle de danos. Então o assunto surgiu. Eles estavam reclamando da interferência da administração anterior e dizendo que se sentiam aliviados por ter no poder alguém que sabia liderar. Tiveram uma dificuldade enorme com o presidente anterior. Ele era fraco e idiota. Falaram do Dr. Shah. Ele é um herói no Paquistão, mas o então presidente ouviu conselhos ruins e obrigou os paquistaneses a prendê-lo. Isso provocou um dano gigantesco nas relações. Por isso eu consertei.

– Concordando em soltar o Dr. Shah.

– Você já o conheceu? Ele é sofisticado, inteligente. Não é o que você pensa.

Por mais que fosse tentador questionar, ela não fez isso. Nem perguntou como Shah demonstrou sua gratidão. Não precisava.

– Onde o Dr. Shah está agora? – perguntou em vez disso.

– Bom, eu deveria ter almoçado com ele ontem, mas ele cancelou.

– O quê?

– Eu sei, dá para acreditar? Ele cancelou. Comigo.

– Ele estava aqui? Nos Estados Unidos?

– Sim. Desde janeiro. Eu arranjei para ele ficar na casa de um amigo, não é longe daqui.

– Ele tinha visto para entrar nos Estados Unidos?

– Acho que sim. Eu o trouxe de avião logo antes de me mudar para cá.

– Pode me dar o endereço?

– Ele não está mais lá, se você estava esperando fazer uma visita. Foi embora ontem.

– Para onde?

– Não faço a mínima ideia.

Ellen lançou um olhar para Betsy, alertando-a a não levantar essa bola. Mas Betsy estava olhando, pasma, e sem clima nem condição de ceder aos seus sentimentos pessoais. Em vez disso, baixou os olhos para seu celular, onde havia chegado uma mensagem de Pete Hamilton, marcada como importante.

IAE

Obviamente era um erro de digitação, por isso Betsy respondeu com um ponto de interrogação, depois voltou à conversa. Ellen estava dizendo:

– Senhor presidente, se o senhor sabe, ou conhece alguém que sabe onde o Dr. Shah está, diga. Agora.

Seu tom de voz fez Eric Dunn hesitar. O rosto dele ficou subitamente sério. As sobrancelhas franzidas enquanto ele a examinava.

– O que houve?

– Achamos que o Dr. Shah está envolvido numa trama para fornecer armas nucleares à Al-Qaeda. – Era só até aí que ela estava disposta a ir.

Dunn a encarou, e por um momento ela pensou que o havia chocado a ponto de ele ajudar. Mas então ele começou a rir.

– Perfeito. Ele disse que você falaria isso. Você é paranoica. Ele disse que, se você falasse isso, para perguntar se gostou das flores. Não faço ideia do que significa. Ele mandou flores para você? Deve ser amor.

No silêncio, Ellen só conseguia ouvir a própria respiração. Então se levantou.

– Obrigada pelo seu tempo. – Ela estendeu a mão e, quando ele a segurou, ela puxou o homem imenso de modo a estarem com os narizes quase se tocando e Ellen sentir seu hálito. Cheirava a carne.

Ellen sussurrou:

– Acho que, por baixo de toda essa ganância e estupidez, você realmente ama o seu país. Se a Al-Qaeda tem uma bomba, ela vai usá-la aqui, em solo americano.

Em seguida recuou e olhou para a expressão atordoada dele, antes de continuar:

– Você deixou claro, repetidas vezes, que nada acontecia na Casa Branca sem sua aprovação. Talvez queira repensar essa afirmação ou nos ajudar a impedir isso. Se houver um desastre, a responsabilidade chegará até você. Eu vou garantir isso. Se você sabe onde Shah está, precisa nos dizer.

Ela viu medo nos olhos dele. Medo do desastre iminente ou de ser culpado por ele? Ellen não sabia e não se importava.

– Diga. Agora – exigiu ela.

– Posso dizer onde ele se hospedou. Vou mandar minha secretária lhe enviar o endereço. Mas é só isso.

Porém, ela sabia que quase certamente não era tudo.

"Porque eu tenho mais..."

– O general Whitehead. Que papel ele teve na libertação de Shah?

– Ele está tentando receber o crédito? A ideia foi minha.

Ellen o encarou. Ele não deixava de querer o crédito nem mesmo por uma catástrofe.

Ellen e Betsy esperaram no saguão de entrada até que a secretária de Dunn lhes desse o endereço da casa onde Shah havia ficado na Flórida. Quando ela chegou, entregou o papel a Ellen, dizendo:

– Espero que a senhora saiba que o presidente Dunn é um grande homem.

Ellen quase perguntou se ele a havia mandado dizer aquilo, mas preferiu falar:

– Talvez. É uma pena ele não ser um homem bom.

Curiosamente, a jovem não questionou isso.

Quando estavam de volta no SUV, Betsy assentiu para o papel na mão de Ellen.

– Nós vamos lá?

– Não, vamos ao Paquistão. – Ellen pediu seu celular e mandou para o presidente Williams o endereço que a secretária de Dunn lhe dera. Sabia que ele ordenaria uma ação imediata.

– Senhor presidente. – A voz nítida e profissional do primeiro-ministro do Reino Unido ecoou pela linha criptografada. – O que posso fazer pelo senhor?

– Jack, que bom que você perguntou. Preciso espalhar o boato de que seu SAS está planejando um ataque à área do Paquistão controlada pela Al-Qaeda, como retaliação pelos atentados.

Houve uma pausa.

Para seu crédito, o primeiro-ministro do Reino Unido não desligou logo de cara.

Williams apertou o telefone com força. Os nós dos dedos ficaram pálidos.

– O que você está aprontando, Doug?

– É melhor não saber. Mas precisamos da sua ajuda.

– Você sabe que isso poderia colocar meu país na mira de todo terrorista.

– Não estou pedindo que você espalhe o boato, apenas que não negue. Só pelas próximas horas.

– Percepção é realidade. Não importa se o Reino Unido é responsável, os terroristas vão acreditar. Eles querem acreditar.

– A realidade é que vocês já estão na mira. Foram 26 mortos, Jack.

– Foram 27. Uma menininha morreu há uma hora. – Houve um suspiro longo. – Certo. Vá em frente. Se perguntarem, não vou negar.

– Ninguém deve saber da verdade. Nem o seu pessoal. Sei que há uma reunião urgente dos líderes dos serviços de inteligência em Londres.

Ele ouviu um suspiro demorado enquanto Bellington pensava.

– Você está me pedindo para mentir para o meu próprio pessoal?

– Estou. Eu vou fazer a mesma coisa. Se você concordar, vou começar pelo meu próprio diretor de Inteligência Nacional. Tim Beecham está nessa reunião em Londres. Vou fazer com que ele saiba do boato do ataque da SAS. Ele vai perguntar ao seu pessoal. Eles vão perguntar a você.

– E eu preciso mentir.

– Você precisa não dizer a verdade. Seja reservado. Seja vago. É o seu ponto forte, não é?

Bellington riu.

– Você andou falando com a minha ex-esposa.

– E então, o que vai ser, Jack?

Williams viu que havia chegado uma mensagem urgente da secretária Adams. Esperou, esperou a resposta de Bellington.

– A menina tinha 7 anos. A idade da minha neta. Sim, senhor presidente, posso manter os lobos à distância por algumas horas.

– Obrigado, senhor primeiro-ministro. Eu lhe devo uma bebida.

– Ótimo. Na próxima vez que vier aqui, Doug, vamos a um pub tomar uma cerveja. Talvez assistir a um jogo de futebol.

Os dois fizeram uma pausa, imaginando. Desejando que fosse possível. Mas, para ambos, aqueles dias tinham ficado para trás. Para sempre.

Quando desligou, Williams leu a mensagem de Ellen, em seguida ordenou que o FBI e a Segurança Interna fossem até a propriedade em Palm Beach.

Também mandou descobrirem que jatos particulares tinham saído de Palm Beach no dia anterior, quem eram os passageiros e para onde tinham ido. Depois colocou em movimento os boatos sobre o SAS.

A campainha na sua mesa tocou.

– Senhor presidente, eles estão no ar – disse o vice-chefe do Estado-
-Maior Conjunto.

O presidente Williams olhou a hora. Os helicópteros das Operações Especiais partiriam de uma base no Iraque em algumas horas, e de lá entrariam na área do Paquistão controlada pelo Talibã, chegando à noite.

O ataque estava a caminho. A ofensiva havia começado.

CAPÍTULO 35

Ellen dormiu um sono entrecortado durante a viagem para Islamabad, acordando com frequência e verificando se tinha recebido mensagens.

Todas as aeronaves – os helicópteros Chinook e os aviões de reabastecimento – tinham decolado de uma base secreta no Oriente Médio e estavam repassando os últimos planos para os ataques.

Quando o *Força Aérea Três* chegou ao Paquistão no início da noite, os Rangers tinham sido divididos em duas unidades.

Ela olhou o relógio. Faltavam três horas e 23 minutos para as primeiras botas baterem no chão. Primeiro a unidade de distração. Então, vinte minutos depois, o ataque à fábrica.

Outra mensagem confirmou que Bashir Shah tinha ido da Flórida para algum local desconhecido. A propriedade estava vazia. Não havia nenhum documento. E nenhum registro de voo com o nome dele.

Uma decepção, mas nem um pouco surpreendente.

Estavam rastreando cada avião particular e tinham expandido a busca para aeronaves comerciais que tinham partido da área.

Bashir Shah, como um espectro, havia desaparecido.

Ellen olhou para sua mesa, onde ainda estava o buquê de ervilhas-de--cheiro. Viu, com satisfação, que as flores estavam murchando. Tombando. Morrendo.

O comissário de bordo tinha tentado tirá-las, mas Ellen queria deixá-las ali. Sentia um estranho contentamento em ver o presente dele morrer.

Não substituía o próprio Shah, mas era melhor do que nada.

– Antes de sairmos do avião, quero te mostrar uma coisa – disse Betsy.

Ela não tinha recebido nenhuma resposta de Pete Hamilton e decidiu mostrar a mensagem dele mesmo assim.

– *IAE*? – perguntou Ellen. – O que significa?

– Acho que é erro de digitação.

Ellen ficou intrigada.

– Mas está marcada como importante. Ninguém marca como importante um erro de digitação. Se fosse tão importante assim, você garantiria que digitou certo, não é?

– Eu, sim, mas ele devia estar com pressa.

– Hamilton explicou?

– Eu perguntei, mas ele não respondeu.

As duas ficaram olhando as letras. Hamilton havia marcado a mensagem como urgente.

– Me avise quando ele responder.

Ellen se olhou no espelho. Dessa vez, nada de burca. Apenas uma roupa conservadora, recatada. Mangas compridas, calça de alfaiataria. Uma linda echarpe que o ministro do Exterior paquistanês tinha mandado quando da sua nomeação como secretária de Estado. Tinha a estampa de uma pena de pavão e era requintada.

Ellen quase se sentia mal pelo que ia fazer. Mas não havia opção. Se aqueles soldados corajosos podiam fazer o que iam fazer, ela também poderia.

– Você quer ir? Não prefere ficar aqui? Dormir um pouco? – perguntou a Betsy, que parecia cansada e estressada, mas estava tentando esconder isso, por causa dela.

– Está brincando? Comparado a ensinar *A Tempestade* para o nono ano, isso não é nada. Meu Deus, eu preferiria pular de paraquedas em território ocupado pela Al-Qaeda a enfrentar a garotada de 14 anos.

"*Ó admirável mundo novo que possui gente assim*", pensou Betsy, olhando para a amiga.

– Vamos conseguir – disse Ellen.

"*O inferno está vazio e todos os demônios estão aqui*", pensou ela.

Ou pelo menos perto daqui. Esperava que Shah estivesse na fábrica, sem saber o que se aproximava. Olhou o relógio de novo.

Três horas e vinte minutos...

Os helicópteros Chinook partiram a intervalos definidos.

O sol começava a se pôr quando eles decolaram e, inclinando os narizes para baixo, avançaram carregando os Rangers que saltariam no platô. E manteriam a área.

A capitã olhou para os rostos decididos. A maioria com 20 e poucos anos. Já eram veteranos experientes. Mas aquela missão seria mais difícil do que qualquer coisa que eles já haviam enfrentado. E muitos, senão a maior parte, não ia voltar.

Seu próprio comandante sabia disso, mesmo ao lhe dar a tarefa. E ela soube também, ao olhar o plano. Mas aquela missão era tão importante que ela não questionou. Nem hesitou.

— É estranho pensar que Katherine e Gil também estão no Paquistão — disse Betsy enquanto se preparavam para sair do *Força Aérea Três*. — Ainda que bem longe daqui. Queria que eles pudessem se juntar a nós. — Ela fez uma pausa, para deixar Ellen dizer que eles poderiam. E iriam. Mas houve silêncio. — Mesmo assim, prefiro que estejam aqui do que em Washington.

— Eu também.

Ellen sabia que aquele era o primeiro instinto de qualquer um que tivesse conhecimento das bombas nucleares. Tirar a família de Washington. De qualquer grande cidade que pudesse ser alvo.

Fora do avião, uma banda militar começou a tocar, passando por todo o cerimonial e tocando músicas marciais.

— Você viu isso? — Betsy estendeu seu iPad.

Ellen se curvou e viu um trecho da coletiva de imprensa do presidente Williams.

Um repórter tinha perguntado sobre as declarações do ex-presidente Dunn sobre Gil Bahar e seu papel nos atentados aos ônibus.

— Vou responder uma vez, e só uma — disse o presidente, olhando direto para a câmera. — Gil Bahar arriscou a vida e quase a perdeu tentando salvar os homens, mulheres e crianças naquele ônibus. Ele é um rapaz extraordinário. Ele orgulha a família, orgulha este país. Qualquer tentativa de sujar seu nome, sua reputação ou a da mãe dele vem de pessoas mal-intencionadas e mal informadas.

Ellen levantou as sobrancelhas e pensou que nunca havia notado que Doug Williams tinha uma voz bonita.

– Ainda nada do Pete Hamilton? – perguntou ela.

Betsy olhou de novo e balançou a cabeça.

– Senhora secretária – chamou a assistente de Ellen –, está na hora.

Ellen se olhou uma última vez no espelho. Respirou fundo. Empertigou-se. Ombros retos. Queixo empinado. Cabeça erguida.

Nós vamos conseguir, repetiu para si mesma enquanto saía na tarde quente, para os aplausos e bandeiras americanas tremulantes. Para o hino nacional, que jamais deixava de agitar seu coração.

– "O último brilho do crepúsculo" – cantou ela.

Santo Deus, nos ajude.

A SEGUNDA ONDA DECOLOU, OS HELICÓPTEROS levando a carga preciosa. Os filhos e as filhas de pais que ficariam aterrorizados se soubessem o que seu país estava pedindo às suas crianças. Os jovens seguraram os fuzis e olharam uns para os outros, frente a frente no corredor.

Eles eram a ponta de lança. Os Rangers. Tropa de elite. Uma década antes, SEALs da Marinha também tinham saltado no Paquistão, para pegar Osama bin Laden. E tinham conseguido.

Aqueles soldados sabiam que sua missão era pelo menos igualmente importante, se não mais.

E sabiam que era pelo menos igualmente perigosa, se não mais.

– NÃO PODE SER – DISSE Charles Boynton quando o carro parou sacolejando na minúscula aldeia paquistanesa. – É um barraco.

– O que você esperava? – perguntou Katherine. – O Ritz?

– Há muitas opções entre o Ritz e... – Ele indicou a estrutura de madeira ligeiramente inclinada. – Será que ao menos tem eletricidade?

– Para sua escova de dentes elétrica? – perguntou Katherine. Mas precisou admitir que estava meio surpresa e desapontada.

– Não. Para isso. – Ele estendeu o celular. – Preciso carregar e mandar uma mensagem para a sua mãe.

Casa Branca. Casa Branca.

Katherine ia dar uma resposta mordaz, mas se conteve. Estava com fome, cansada e tinha esperado que o local de chegada pudesse resolver ambas as coisas, mas obviamente não ia.

Casa Branca. Casa Branca, pensou Boynton. Por que não tinha mandado essa mensagem junto com o resto? Porque havia pessoas tentando matá-lo. Porque tinha matado um homem.

Porque tinha perdido temporariamente a sanidade e só conseguira pensar em passar as informações sobre os verdadeiros físicos e sua localização para a chefe, antes que fosse morto.

Casa Branca. Durante todo o caminho tinha se perguntado o que aquilo significava. Ou melhor, tinha tentado não aceitar o que parecia óbvio.

Alguém na Casa Branca estava colaborando com Shah. Poderia ser o general Whitehead, mas ele não trabalhava na Casa Branca, e sim no Pentágono.

Mesmo assim, talvez Farhad não fizesse essa distinção.

Mas, no fundo, Charles Boynton sabia que isso não era verdade. Se Farhad tinha dito "Casa Branca" com sangue em seu último suspiro, era isso que ele queria dizer.

Katherine bateu à porta, que estremeceu. Então ela se abriu inesperadamente e Gil apareceu.

– Ah, graças a Deus – disse ele.

Katherine fez menção de abraçar o irmão, mas notou que Gil estava olhando para além dela.

Para Anahita Dahir.

Então se sentiu sendo empurrada de lado enquanto Anahita avançava até Gil e o abraçava com força.

– Bom, isso foi inesperado – disse uma voz atrás de Katherine.

Ela se virou e viu Ana. Então olhou com mais atenção e percebeu que era Boynton, e não Ana, quem estava abraçando Gil e praticamente soluçando.

Charles se afastou e disse:

– Celular. Você tem um celular?

– Tenho...

– Me dá.

Gil obedeceu e, instantes depois, Boynton apertou o ícone de enviar.

Pronto. Não era mais sua responsabilidade. No entanto, ele notou que, apesar de as palavras terem sido enviadas, o significado ainda permanecia. Grudado como uma farpa em sua mente.

Casa Branca.

— Senhora secretária, que prazer inesperado.

O primeiro-ministro paquistanês, o Dr. Ali Awan, estendeu a mão, mas não parecia muito feliz.

— Eu estava aqui por perto — disse Ellen com um sorriso caloroso.

O sorriso do Dr. Awan era tenso. A situação era uma inconveniência, mas quando a secretária de Estado americana aparecia para o jantar, não era possível mandar um substituto.

Ele a havia recebido na entrada de sua residência oficial no Enclave do Ministério. Refletores iluminavam os graciosos prédios brancos e se derramavam pelos jardins luxuriantes.

Palmeiras majestosas se erguiam acima. E Ellen, que adorava história, só podia imaginar quantas pessoas, no decorrer dos séculos, teriam estado onde ela estava, também maravilhadas.

Era uma noite perfumada e quente. Fragrâncias doces e picantes subiam das flores no ar pesado e úmido. O comboio de veículos da secretária Adams tinha passado pelas ruas caóticas e exuberantes da capital paquistanesa, seguindo pela longa Constitution Avenue e chegando àquele enclave venerável, um porto seguro de paz no centro da cidade vibrante.

Era extremamente estranho estar em um lugar tão sereno, dado o que iria acontecer a algumas centenas de quilômetros dali.

Ela olhou as estrelas e pensou nos Rangers cruzando o céu noturno.

Os helicópteros estavam se aproximando da área de pouso, mas nas montanhas e cânions era impossível enxergar o platô até estarem bem em cima dele.

Os pilotos usavam equipamento de visão noturna, esperando que o Talibã e suas armas antiaéreas não os enxergassem até alcançarem a área de pouso. Ainda que os Chinooks tivessem sido bastante modificados, os pilotos e os operadores sabiam que a tecnologia de invisibilidade de radar não era nem um pouco perfeita em helicópteros.

Ninguém falava. Os pilotos se esforçavam para enxergar enquanto os soldados na barriga do helicóptero olhavam as estrelas, perdidos em pensamentos.

Depois de alguns coquetéis, que Ellen ficou aliviada ao ver que eram de frutas frescas e não continham álcool, os convidados se acomodaram ao redor de uma mesa oval, lindamente arrumada para o jantar.

Ellen tinha entregado seu celular a Steve Kowalski, o chefe da Segurança Diplomática. Era protocolo, mas também queria que o aparelho estivesse fora das suas mãos. Não tinha nem um pouco de certeza de que resistiria a ficar olhando para ele a cada dois minutos.

À sua frente, Betsy tinha começado a conversar com um jovem oficial do Exército enquanto Ellen se virava para o primeiro-ministro, sentado à esquerda.

Homens e mulheres tinham sido chamados às pressas para aquele jantar. Incluindo, como Ellen ficou aliviada em ver, o secretário militar do Dr. Awan, o general Lakhani, sentado do outro lado do primeiro-ministro.

O ministro do Exterior também estava ali. Com esperança, percebeu Ellen, de que a nova secretária de Estado americana se mostrasse tão inepta quanto o anterior.

Também percebeu que o recente fracasso na Coreia do Sul tivera benefícios inesperados. Havia provado, pelo menos para algumas pessoas, que era mesmo incompetente. E que, portanto, poderia ser manipulada com facilidade.

Era exatamente o que ela queria que aquelas pessoas pensassem. Pelo menos nas próximas horas cruciais.

– Eu esperava que o Dr. Shah estivesse aqui.

Era bom confirmar também sua capacidade de ser indiscreta.

Houve um tilintar quando duas ou três autoridades do governo largaram os garfos. Mas não o primeiro-ministro Awan. Ele continuou perfeitamente controlado.

– Quer dizer Bashir Shah, senhora secretária? Infelizmente ele não é bem-vindo em minha casa ou em qualquer prédio do governo. Ele é visto por alguns como herói, mas nós sabemos a verdade.

– Que ele é um traficante de armas? Que vende tecnologia e materiais nucleares a quem se dispuser a pagar? – Seu olhar estava inocente, a voz neutra, como se só estivesse confirmando um boato que tinha acabado de ouvir.

– Sim. – A voz dele soou tensa. Se não tivesse tanto autocontrole, o tom teria chegado às raias da grosseria. Sem dúvida era um aviso. No Paquistão, Bashir Shah não deveria ser mencionado entre pessoas educadas, e certamente não entre estrangeiros.

– O peixe está delicioso, por sinal – disse Ellen, deixando o Dr. Awan se soltar do anzol.

– Que bom que a senhora gostou. É uma especialidade regional.

Os dois estavam se esforçando para permanecer cordiais e relaxados. Ellen suspeitava que ele estivesse tão ansioso quanto ela para encerrar aquela farsa. Em sua pesquisa, que incluiu falar com eruditos paquistaneses e agentes de informação que estudaram aquele país turbulento, Ellen havia concluído que o Dr. Awan vivia um conflito profundo.

O primeiro-ministro fora um antigo apoiador de Shah, mas tinha dado as costas a ele publicamente. Sendo um nacionalista paquistanês, o Dr. Awan acreditava que a única esperança de sobrevivência para seu país, morando ao lado do gigante que era a Índia, era se tornar mais e mais forte. Ou pelo menos parecer.

Como um baiacu, o país se fazia parecer maior, mais intimidante. E conseguia isso enchendo-se de material físsil.

Fornecido por Bashir Shah. Mas o físico nuclear também atraía todo tipo de atenção indesejada e perigosa. Era outro maníaco fazendo malabarismo com armas, só que as dele não eram granadas; eram bombas nucleares.

– Imagino que o senhor não saiba onde ele está, senhor primeiro-ministro. Acho que a casa dele não fica longe daqui.

Havia agentes americanos vigiando a residência de Shah, mas ele podia ter entrado escondido antes de tudo aquilo acontecer.

– Shah? Não faço a mínima ideia. – O Dr. Awan tinha se resignado a encarar aquela conversa, já que ela parecia decidida a seguir com aquele assunto desagradável e até perigoso. – Seu presidente anterior pediu que ele fosse libertado da prisão domiciliar e nós cedemos. Depois disso, o Dr. Shah ficou livre para ir aonde quisesse.

– O senhor não o considera uma ameaça?

– Para nós? Não.

– Então para quem?

– Se eu fosse o Irã, talvez ficasse preocupado.

– Ainda bem que o senhor falou disso. Espero que possamos trabalhar juntos, senhor primeiro-ministro, para trazer o Irã de volta ao tratado nuclear e fazê-lo abrir mão de qualquer arma nuclear que possua. Funcionou na Líbia.

Ellen obteve a reação que esperava e desejava. As sobrancelhas dele subiram e o general Lakhani, o secretário militar, se inclinou mais à frente que o primeiro-ministro para encará-la, como se ela tivesse dito alguma coisa monumentalmente imbecil.

E tinha mesmo.

Às vezes você é o leão. Às vezes é o rato. E às vezes o caçador, pensou a secretária Adams.

Dava para ver o que eles estavam pensando.

Era uma oportunidade caída do céu, quase literalmente, no colo deles. Não podia ser desperdiçada. Eles poderiam segurar a mão da nova secretária de Estado. Poderiam se oferecer para ser seus professores, seus mentores. Na verdade, para inculcar nela o ponto de vista paquistanês sobre a região, na qual eles eram os mocinhos e a Índia, Israel, o Irã, o Iraque, todos os outros, eram os bandidos que não mereciam confiança.

Mas Ellen também sabia que existiam elementos dentro do Paquistão, dentro do governo e mesmo entre os militares, provavelmente em volta daquela mesa, que viam a retirada americana do Afeganistão como uma oportunidade de garantir ainda mais poder e influência na região.

Basicamente tornando o Afeganistão outra província do Paquistão.

Com a saída dos americanos, o Talibã, depois de se abrigar em segurança no Paquistão durante anos, tomaria de novo o poder no Afeganistão. E com ele viria sua aliada, em alguns sentidos seu braço militar internacional: a Al-Qaeda.

Era uma Al-Qaeda decidida a ferir o Ocidente. Mais especificamente, decidida a se vingar dos Estados Unidos pela morte de Osama bin Laden. Eles tinham prometido fazer isso, e agora, com a ajuda de Bashir Shah e da máfia russa, com a retirada dos americanos do Afeganistão e o ressurgimento do Talibã, estariam em condições de cumprir a ameaça. E de um modo mais espetacular e mais destrutivo do que tinham sonhado.

Uma organização terrorista podia fazer o que um governo não poderia. Os governos estavam sujeitos ao escrutínio e às sanções internacionais.

Nada disso valia para uma organização terrorista.

O Dr. Awan, um homem bom, ainda que não ótimo, não era nenhum jihadista. Estava longe de ser radical. Tinha horror a ataques terroristas. Mas era realista. Não tinha como controlar os elementos radicais no Paquistão. Assim que os americanos saíssem, o Talibã voltasse e Shah estivesse livre, quase não haveria meio de impedir.

O primeiro-ministro do Paquistão tinha ficado particularmente chocado quando o presidente americano, na reunião de cúpula, pedira a soltura de Shah. Havia tentado explicar ao presidente Dunn as possíveis consequências, mas a fala entrou por um ouvido e saiu pelo outro.

Apesar das doses fartas de elogios, que em geral funcionavam com o presidente americano, o homem foi inflexível quanto à libertação de Shah. Era o único fracasso de Awan. Sem dúvida outra pessoa havia chegado primeiro a Dunn, com ainda mais elogios. Podia até adivinhar quem.

Agora Bashir Shah estava solto no mundo e o primeiro-ministro Awan se via de novo na corda bamba, equilibrando-se entre manter os americanos por perto e os elementos radicais em seu próprio país mais perto ainda.

Quanto à Al-Qaeda? Awan só queria manter a cabeça baixa.

Sua vida, tanto política quanto física, dependia de sua capacidade de fazer isso.

Ficaram preocupados quando Dunn perdeu a eleição, mas agora parecia que aquela nova secretária de Estado era igualmente ignorante, igualmente arrogante. E, portanto, igualmente maleável.

O peixe estava cada vez mais delicioso.

CAPÍTULO 36

Foi um pouso difícil.

O vento chicoteando pelos cânions tornava quase impossível controlar os helicópteros. Mas os pilotos dos dois Chinooks os mantiveram firmes por tempo suficiente para o pelotão de Rangers saltar e correr para longe.

Assim que os helicópteros decolaram e estavam dando a volta em busca de cobertura, um forte sopro de vento empurrou o da frente em direção à face da rocha.

– Merda, merda, merda – murmurou a piloto, enquanto ela e o copiloto lutavam pelo controle. Mas o rotor raspou nas pedras. Houve um solavanco.

Ela sentiu a alavanca de controle sacudir e estremecer. E a aeronave se inclinando.

Vendo onde aquilo ia dar, ela olhou para o copiloto e para o navegador. Eles olharam para ela e assentiram.

Então ela guiou a aeronave para longe dos soldados no platô. Para longe do outro helicóptero.

Houve silêncio na cabine enquanto o helicóptero passava pela beirada e sumia de vista.

– Ah, meu Deus – sussurrou a piloto.

Em seguida veio a bola de fogo.

Segundos depois, a bola de fogo foi seguida pelos traços das balas vindas das posições do Talibã.

– Eles estão vindo! – gritou a capitã dos Rangers.

Um quarteto de cordas tocava o *Concerto para dois violinos*, de Bach, enquanto a salada era servida.

Era uma das peças musicais prediletas de Ellen. Costumava escutá-la quase toda manhã, preparando-se para o dia. Imaginou se seria coincidência, mas suspeitou que não. Também imaginou quem, no salão, teria providenciado para que ela fosse tocada.

O primeiro-ministro? Ele parecia indiferente a qualquer mensagem oculta. O secretário do Exterior? Talvez.

O secretário militar, o general Lakhani? Pelo que tinha lido nos relatórios confidenciais, ele era o mais provável. Um homem com um pé no regime e outro nos acampamentos dos radicais.

Mas alguém precisaria ter contado ao general Lakhani. E Ellen sabia quem.

A mesma pessoa que tinha mandado as ervilhas-de-cheiro.

Que tinha mandado os cartões nos aniversários dos seus filhos, que sem dúvida tinha envenenado seu marido.

Que tinha organizado os atentados que mataram tantos homens, mulheres e crianças.

Bashir Shah pôs o prato de verduras e ervas frescas na frente da secretária Adams.

Aquele era o momento. Teve uma sensação estranha e percebeu que era empolgação. Fazia muito tempo que o cínico não sentia nada, quanto mais aquele frisson.

Nunca havia se encontrado pessoalmente com Ellen Adams, mas a havia estudado de longe. Agora, curvando-se, estava tão perto que podia sentir sua *eau de toilette*. Era Clinique, ele sabia. Aromatics Elixir. Até podia ser do frasco que ele havia mandado para ela, no Natal. Mas suspeitava que aquele em específico teria ido parar no lixo.

Sabia que aquele era um risco ridículo para correr, mas o que era a vida sem riscos? E o que poderia acontecer de pior? Se fosse descoberto, diria que era apenas uma brincadeirinha. Vestir-se de garçom. Na pior das hipóteses, estava invadindo uma residência, mas não haveria acusações. Disso Shah tinha certeza.

Parte dele, a parte imprudente, torcia para ser descoberto, e adoraria ver o rosto de Ellen Adams ao perceber quem ele era. Como tinha chegado perto. E que não havia absolutamente nada que ela pudesse fazer a respeito. Graças aos próprios americanos, ele era um homem livre.

Podia matá-la agora mesmo. Quebrar o pescoço dela. Ou mergulhar uma faca afiada. Poderia colocar veneno ou talvez vidro moído na comida.

Tinha esse poder de vida e morte sobre ela.

Em vez disso, enfiou um pedaço de papel no bolso do paletó de Ellen. Aquilo não ia matá-la, mas poderia chegar perto.

Sim, ia brincar com ela um pouco mais. Observar a reação quando as bombas explodissem. Quando ela percebesse que seu fracasso havia provocado a morte de milhares de pessoas. E uma mudança sísmica em seu país.

Enquanto inalava o perfume sutil, imaginou se não teria desenvolvido uma paixão macabra por aquela mulher. Uma espécie de síndrome de Estocolmo ao contrário. O ódio e o amor pareciam próximos demais.

Mas não. Sabia que seus sentimentos mais fortes eram fétidos. Aquela mulher tinha arruinado sua vida. E agora ele devolveria o favor. Bem devagar. Tiraria tudo que era precioso para ela. Verdade, o filho dela havia escapado da tentativa de assassinato, mas haveria outros dias, outras chances.

Por enquanto, naquele momento, ele estava se divertindo. Até se permitiu falar com ela.

– Sua salada, senhora secretária.

Ellen Adams se virou.

– *Shukria* – disse ela em urdu.

– *Apka khair maqdam hai* – disse o garçom, e lhe deu um sorriso caloroso.

Ele tinha olhos bonitos, pensou Ellen. De um castanho profundo, e gentis. Como os do seu pai. Talvez por isso parecesse ligeiramente familiar.

Também tinha um perfume agradável. Jasmim.

O garçom foi até o primeiro-ministro, que também agradeceu, mas não levantou os olhos. O secretário militar parecia de bom humor, quase jovial. Disse algo ao garçom e o homem sorriu com educação antes de continuar a servir.

Mas por que o general Lakhani estava tão feliz? Ellen não conseguia afastar a sensação de que, qualquer que fosse o motivo, não era bom.

Enquanto Bach continuava suave ao fundo, Ellen percebeu que aquela era uma dança muito mais complexa do que tinha previsto.

Onde estariam os Rangers agora? A distração devia ter começado. Será que já teriam chegado à fábrica?

– A senhora fala sobre o Irã abrir mão do programa de armas – começou o primeiro-ministro Awan, puxando Ellen de volta para a conversa. – Acredito, senhora secretária, que o grão-aiatolá seja astuto demais para isso. Ele não quer se tornar outro Muammar Gaddafi.

Ellen quase disse "Quem é ele mesmo?", mas achou que seria ir longe demais. O primeiro-ministro Awan jamais acreditaria que ela fosse ignorante a esse ponto. Ele estava examinando-a com atenção, observando. Analisando. Ela podia sentir a intensidade do olhar.

Decidiu permanecer em silêncio e deixá-lo imaginando quão ingênua ela era. Ellen também lutava contra a tentação de olhar o relógio, o que seria considerado o auge da grosseria, e talvez um sinal inequívoco de que ela estava esperando algo acontecer.

E estava mesmo.

De novo sua mente se voltou para as forças de assalto. Pensando em como a operação estaria se desenrolando. E quanta merda bateria no ventilador quando seus anfitriões descobrissem o que estava realmente acontecendo, enquanto desfrutavam da salada de ervas frescas e ouviam Bach.

– O coronel Gaddafi foi convencido a abrir mão das armas nucleares – explicou o secretário militar, enquanto o Dr. Awan continuava a observar Ellen. – E logo a Líbia foi invadida e Gaddafi, deposto e morto. Todos nesta região aprenderam a lição. Qualquer país sem capacidade nuclear está vulnerável. É suicídio abrir mão das armas.

– O equilíbrio do terror – disse Ellen.

– O equilíbrio de poder, senhora secretária – contrapôs o primeiro-ministro com um sorriso benevolente.

Um auxiliar havia se curvado e estava sussurrando para o general Lakhani, que se virou e olhou para o homem, depois disse alguma coisa antes de ele sair às pressas.

Então o secretário militar falou baixinho com o Dr. Awan.

Pronto, percebeu Ellen. Obrigou-se a relaxar. Respirar. Respirar. Do outro lado da mesa oval, Betsy também tinha observado a conversa.

O primeiro-ministro Awan escutou, depois se virou para Ellen.

– Acabamos de receber a notícia de que os ingleses estão planejando um ataque esta noite contra posições da Al-Qaeda dentro do Paquistão. A senhora sabe de algo?

Para sua própria sorte, Ellen ficou genuinamente surpresa com a notícia, e assim demonstrou.

– Não, não sei.

Awan a examinou com seu olhar curiosamente intenso, depois assentiu.

– Dá para ver que é verdade.

– Mas faz sentido, acho – acrescentou Ellen, baixinho. – Se eles pensam que a Al-Qaeda está por trás dos atentados em Londres e nas outras cidades...

Enquanto as palavras escolhidas com cuidado iam saindo, sua mente afiada se movia depressa, examinando cada hipótese.

Seria possível que aquilo fosse verdade? Os ingleses teriam decidido lançar seu próprio ataque, talvez a partir de alguma sugestão saída daquela reunião de inteligência da qual Tim Beecham estava participando? Será que naquela noite os céus do Paquistão estariam apinhados?

A outra possibilidade era que aquilo não fosse verdadeiro. Que o presidente Williams tivesse espalhado aquele boato falso. Se fosse isso, era brilhante. Ellen só desejava saber qual hipótese era a real.

– O que não faz sentido é não nos informar – vociferou Awan, enquanto toda conversa na sala cessava. – É um ataque em nosso território soberano. Nós sabemos onde?

– Meu auxiliar foi descobrir – disse o general Lakhani, que agora parecia muito menos jovial. Nesse momento, o auxiliar voltou e se curvou para sussurrar em seu ouvido. – Em voz alta – ordenou. – Agora todo mundo sabe. Onde o ataque deve acontecer?

– Já está acontecendo, general. Na região de Bajaur.

– O que eles estão pensando? – perguntou o primeiro-ministro. – Outra Batalha de Bajaur? Como se a primeira não tivesse sido sangrenta o suficiente.

Ele estivera lá. Na época, era um oficial de nível médio que mal conseguiu escapar com vida. E agora estava escutando música e comendo salada enquanto a segunda batalha era travada. Pelo amor de Deus, a verdade era que sentiu alívio por estar ali, e não lá. Pensou brevemente nos comandos britânicos lutando contra o Talibã e a Al-Qaeda naquela fortaleza montanhosa.

A Batalha de Bajaur. Operação Coração de Leão. O trauma estava sempre por perto. O acontecimento era apenas um dos muitos motivos para o primeiro-ministro Awan odiar a guerra e ansiar por um Paquistão pacífico e seguro.

O Dr. Awan viu que seu secretário militar parecia aliviado, o que não fazia sentido nenhum. Como ele podia estar satisfeito se os ingleses tinham lançado um ataque secreto dentro das fronteiras paquistanesas? Era para o general estar furioso.

O que ele estaria aprontando?, pensou o primeiro-ministro. E, enquanto se sentia oscilar na corda bamba, também se perguntou se realmente queria saber.

O primeiro-ministro Awan não tinha nenhuma ilusão quanto ao general Lakhani, e só havia nomeado o sujeito para aplacar os elementos mais radicais do seu partido. Era um problema ter um secretário militar em quem não confiava.

Nesse momento, o chefe de segurança da secretária Adams sussurrou algo para ela e lhe entregou seu celular.

– Se me der licença, senhor primeiro-ministro. É uma mensagem urgente.

– Dos ingleses? – perguntou ele, com a pontada do insulto nacional ainda ardendo.

– Não, é do meu filho.

– Estamos quase lá, senhor – disse o piloto. – Noventa segundos.

O coronel deu a ordem e a tropa de assalto se levantou, fazendo fila junto à porta.

Pelas janelas, puderam ver à distância o céu noturno iluminado com fogo de artilharia, e em seguida as explosões enormes quando os jatos lançaram bombas sobre as posições do Talibã.

Os Rangers no platô estavam lutando contra o inimigo. A distração havia começado.

– Quarenta e cinco segundos.

Olhares iam das janelas até a porta que seria aberta. Eles tinham seu próprio trabalho a fazer. Tomar a fábrica rapidamente, em uma velocidade de relâmpago, antes que as pessoas lá dentro pudessem fugir. Antes que as pessoas lá dentro pudessem destruir documentos.

Antes que as pessoas lá dentro pudessem disparar um dispositivo nuclear.
– Quinze segundos.

A porta foi aberta e houve um enorme sopro de ar frio e puro.

Eles prenderam as cordas no cabo de aço acima e se prepararam.

Ellen leu a mensagem curta. Não era de Gil, e sim de Boynton.

O informante Farhad, que trabalhava para a inteligência iraniana e a máfia russa, tinha sido morto pelos russos. Logo antes de morrer havia dito duas palavras.

"Casa Branca."

A resposta bélica do Talibã era brutal. Pior do que o esperado. A capitã reconheceu as armas como sendo russas, e repassou a informação ao quartel-general, junto com o informe de que eles estavam montando suas posições. Atirando de volta.

Já ia perguntar onde estava o apoio aéreo quando houve um rugido portentoso acima, e em seguida explosões estrondosas quando os caças a jato americanos lançaram bombas na encosta da montanha.

Isso deu a eles um alívio momentâneo dos tiros ferozes.

E então os disparos recomeçaram.

Encolhida atrás de uma pedra, a comandante olhou seu relógio. O outro pelotão devia estar na fábrica. Eles precisavam atrair o fogo inimigo por mais vinte minutos.

Só aguente firme. Aguente firme. Não importa o que aconteça, aguente firme.

Ela era a única do pelotão que sabia o verdadeiro motivo de estarem ali. Se fossem capturados, nenhum dos seus soldados revelaria sob tortura a verdadeira natureza da missão.

Mas ela sabia que jamais deixaria isso acontecer com nenhum deles.

O presidente Williams estava sentado na Sala de Crise, no piso inferior da Casa Branca, cercado por seus conselheiros militares e de inteligência. Fazia uma hora que estavam ali. A sala não tinha janelas. Era abafada. Mas ninguém notava nem se importava.

Estavam focados tão somente nos monitores, olhando e ouvindo os Rangers que iam descer de rapel na fábrica.

A voz do piloto ecoou, surpreendentemente clara:

– Quinze segundos.

O presidente Williams se preparou, apertando os braços da cadeira giratória.

O chefe do Comando Conjunto de Operações Especiais estava na sala ao lado, monitorando as tropas no platô.

– Senhor presidente, perdemos um helicóptero – disse o vice-chefe.

– E os Rangers? – perguntou Williams, tentando não demonstrar o alarme na voz.

– Saíram. Mas perdemos três membros das Operações Especiais.

Williams assentiu bruscamente.

– Os outros estão firmes?

– Sim, senhor. Atraindo o fogo, atraindo a atenção.

– Muito bem.

A ordem foi dada:

– Vão, vão, vão!

Na Sala de Crise, a milhares de quilômetros de distância, o presidente dos Estados Unidos se inclinou para a frente.

Podia ver bem o que estava acontecendo através das câmeras de visão noturna usadas pelos Rangers. Era como estar lá, só que não.

Doug Williams tremeu levemente enquanto descia de rapel do helicóptero junto com o comandante encarregado do ataque. O silêncio era fantasmagórico, quase pacífico, enquanto o presidente olhava os outros descendo.

Houve uma pancada e um grunhido quando suas botas bateram no solo.

Nenhuma palavra foi dita. Os Rangers sabiam exatamente o que fazer.

O AGENTE BATEU À PORTA de Pete Hamilton e olhou o corredor sujo em volta.

O lugar fedia. Ele olhou para o seu parceiro, que fazia uma careta correspondente.

– Hamilton? – gritou ele, batendo na porta com o punho.

Tinham-no rastreado até ali, desde o bar do Off the Record. Ele havia chegado mais de uma hora antes, mas não tinha respondido a nenhuma mensagem desde então.

O agente no comando, veterano do serviço secreto, olhou em volta. Aquilo não estava certo. Se alguém trabalhava para a Casa Branca, fazia questão de responder às mensagens, aos e-mails e aos telefonemas de lá. Se fossem três da madrugada, talvez... mas ainda era o meio da tarde.

Ele sentiu os pelos da nuca se eriçando.

Curvando-se sobre a fechadura, só precisou de alguns segundos com suas ferramentas antes de ouvir um estalo fraco. Sacou a pistola e assentiu para o parceiro.

Pronto?

Pronto.

Empurrou a porta com o pé.

E parou.

A SOBREMESA FOI POSTA NA FRENTE de Ellen, dessa vez por outro garçom.

Em nenhum momento o jantar em Islamabad havia sido exatamente jovial, mas tinha se tornado sombrio com a notícia do aparente ataque britânico em Bajaur.

O general Lakhani pediu licença e se retirou, mas o primeiro-ministro ficou. Talvez indicando a importância que o Dr. Awan dava à sua convidada americana. Ou, mais provavelmente, pensou Ellen, indicando quem estava realmente no comando. E quem deveria simplesmente desfrutar de seu doce *gulab jamun*.

A secretária Adams percebeu que o boato sobre o SAS era de fato um ardil. Tinham sido as forças especiais americanas a pousar em Bajaur e lutar contra a Al-Qaeda. Era só uma questão de tempo, minutos agora, antes que os paquistaneses percebessem o que estava acontecendo. E quem tinha orquestrado o ataque. Os ataques.

Ellen moveu as bolotas de bolo pela calda. Um leve perfume de rosas e cardamomo subiu da porcelana fina.

Não tinha recebido nenhuma notícia do presidente Williams desde que encaminhara o alerta de Boynton.

Casa Branca.

Na verdade, era apenas uma confirmação do que já sabiam. Havia um traidor na Casa Branca. Próximo do presidente.

Nesse momento, o celular de Ellen zumbiu com uma mensagem marcada como importante.

Os agentes mandados para procurar Pete Hamilton o haviam encontrado no apartamento. Morto a tiros.

Tinham rastreado os movimentos dele até o Off the Record, onde Hamilton estivera conversando com uma jovem que saiu pouco depois dele. Estavam tentando descobrir quem ela era.

– A senhora está bem? – perguntou o Dr. Awan, vendo-a empalidecer.

– Acho que o peixe talvez não tenha me caído bem. Poderia me dar licença, senhor primeiro-ministro?

– Claro.

Ele se levantou enquanto ela assentia para Betsy acompanhá-la. Todos em volta da mesa também se levantaram e observaram enquanto as duas saíam depressa, levadas ao banheiro por uma auxiliar.

Pelo jeito, aquela noite incômoda, interminável, estava chegando ao fim. Quando a convidada de honra vomitava, costumava ser um sinal de que tinha acabado.

Mas eles estavam enganados.

Os Rangers literalmente bateram no solo e correram para a fábrica. Agora, enquanto o presidente e os outros observavam, eles atravessaram o portão e penetraram o local.

– Limpo!

– Limpo!

– Limpo!

Sete segundos desde a entrada. E até agora sem resistência. Nenhum tiro disparado.

– Isso é normal? – perguntou Williams ao chefe de operações especiais.

– Não existe "normal", senhor presidente, mas tínhamos esperado que a instalação estivesse sendo defendida.

– E o fato de que não está?

– Pode significar que nós os pegamos totalmente desprevenidos.

No entanto, ele parecia desconcertado.

O presidente Williams quase perguntou o que mais poderia significar, mas decidiu apenas assistir. Logo descobririam.

Os instantes passavam, alongando-se quase ao ponto de se romperem. Williams jamais havia percebido que um segundo podia ser tão elástico. E tão longo.

Botas pesadas correram por uma escada de concreto, de dois em dois degraus. Os fuzis M16 preparados. Um grupo subiu, outro desceu, outro correu para a enorme área aberta cheia de equipamentos industriais.

Vinte e três segundos.

– Limpo!

– Limpo!

– Limpo!

– O que é aquilo? – Williams apontou para uma das telas.

O comandante recebeu a ordem de chegar mais perto. E, quando obedeceu, *aquilo* se tornou óbvio.

– Ah, porra – disse o presidente.

– Ah, porra – disse o chefe de Operações Especiais.

– Ah, porra – disse o comandante na área.

Aquilo era uma fileira de corpos. Todos com jalecos brancos. Os físicos estavam caídos no chão. A parede atrás deles estava cheia de buracos de bala e manchada de sangue.

– Peguem as identidades deles – disse o líder. – Revistem-nos em busca de papéis.

Mãos cobertas com luvas se estenderam e revistaram os corpos.

– Quando isso aconteceu? – perguntou o chefe de Operações Especiais ao comandante da Força de Elite.

– Parece que estão mortos há um dia, talvez mais.

Shah tinha matado seu próprio pessoal. Não tinham mais utilidade. Ele tinha tudo de que precisava, Williams soube. As bombas tinham sido montadas e vendidas à Al-Qaeda, agora sob a proteção do Talibã.

Shah estava apenas amarrando as pontas soltas.

– Encontrem os documentos – ordenou o presidente. – Precisamos da informação.

– Sim, senhor!

Por favor, meu Deus. Por favor, meu Deus.

– Tem mais corpos aqui em cima – disse outra voz. – No segundo andar.

– E no porão. Meu Deus, foi um massacre.

– Cuidado com bombas improvisadas – ordenou o comandante enquanto ele e os outros percorriam todas as instalações, buscando documentos. Computadores. Celulares. Qualquer coisa.

O presidente Williams levou as mãos ao rosto enquanto olhava para as telas. Tinha os olhos arregalados. A respiração acelerada.

– Precisamos saber para onde mandaram as bombas – repetiu ele.

Noventa segundos desde a descida. Nada.

– Até agora nada, senhor – informou o comandante. – Vamos continuar procurando. Nenhum sinal de armadilha.

O chefe do Comando Conjunto de Operações Especiais se virou para o presidente.

– Isso é estranho.

– Mas é bom, não é?

– Acho que sim.

Mas o sujeito parecia inquieto.

– Pode falar.

– Estou preocupado, acho que quem fez isso quer que o nosso pessoal entre mais fundo no lugar antes de acionar a armadilha.

– O que podemos fazer?

– Nada.

– Não devemos alertá-los? – O presidente Williams assentiu em direção à tela.

– Eles sabem.

As pessoas na Sala de Crise viraram os rostos sérios para as telas e olharam os Rangers penetrando mais fundo na fábrica, em busca de informações vitais. Sabendo muito bem o que provavelmente os esperava.

– Senhor presidente.

Williams levou um susto, sua atenção interrompida, e olhou para a porta, onde o vice-chefe do Estado-Maior Conjunto estava parado. Ele se apoiava no portal e parecia doente. Atrás dele estavam os homens que vinham monitorando os acontecimentos no platô.

Williams se levantou. Pelos rostos, podia ver que a notícia não era boa.

– Sim, general?

– Eles morreram.

– Como?

– Estão todos mortos. Todo o pelotão.

Houve um silêncio mortal.

– Todos?

– Sim, senhor. Tentaram conter os insurgentes, mas eram muitos. Parece que podem ter sido avisados.

Williams olhou para o chefe de Operações Especiais, que estava perplexo. Depois de volta para o homem junto à porta.

– Continue, general – disse o presidente, empertigando-se e se preparando.

Porque eu tenho mais...

– Quando ficou claro que os pashtuns e a Al-Qaeda iam dominá-los e não haveria como escapar, a capitã encarregada da operação ordenou que eles agarrassem qualquer terrorista que pudessem encontrar, como escudo, e lutassem até o fim.

– Ah, meu Deus. – Williams fechou os olhos e baixou a cabeça, tentando imaginar...

Mas não conseguia.

Então se empertigou, respirou fundo e assentiu.

– Obrigado, general. E os corpos?

– Mandei um helicóptero armado para tentar recuperá-los, mas...

O general parecia nauseado.

– Sim. Obrigado. Quero os nomes deles.

– Sim, senhor.

Mais tarde haveria tempo para o luto. O presidente Williams voltou à fábrica, onde agora os comandos penetravam mais e mais fundo no que, quase com certeza, era uma armadilha.

Mas precisavam da informação.

Que cidades americanas estavam sentadas em dispositivos nucleares prestes a explodir?

Betsy revistou o banheiro feminino e trancou a porta.

Estavam sozinhas, mas isso não significava que não estivessem sendo ouvidas.

– O que foi? – sussurrou ela. – O que aconteceu?

Ellen sentou-se no sofá de seda e olhou para amiga, que se acomodou ao lado dela.

– Pete Hamilton foi assassinado – sussurrou Ellen. – O notebook, o celular e os papéis dele sumiram.

– Ahhhh. – Betsy murchou. Cada osso de seu corpo tinha se dissolvido enquanto o rosto ansioso do rapaz surgia em sua mente. Ela o havia recrutado. Tinha-o convencido a ajudar.

Se não tivesse...

– Aquela última mensagem dele, quando chegou? – perguntou Ellen.

Betsy se recompôs e verificou, depois disse a ela.

– E desde então nada? Nenhuma explicação?

Betsy balançou a cabeça. De repente, *IAE* não parecia tanto um erro de digitação; tinha se tornado a última mensagem urgente de um rapaz que podia estar temendo pela vida.

– Mas tem mais – disse Ellen, inteiramente pálida. – A força de distração... os Rangers...

– Sim?

Ellen respirou fundo.

– Foram mortos.

Betsy encarou Ellen. Queria desviar os olhos. Fechá-los. Recuar para a escuridão, apenas por alguns segundos. Mas não podia abandonar a amiga, nem por um único momento. Em vez disso, segurou a mão dela.

– Todos?

Ellen assentiu.

– Trinta Rangers e seis membros da força aérea das Operações Especiais. Mortos.

– Ah, meu Deus. – Betsy suspirou, depois fez a pergunta que lhe apavorava. – E os outros? Na fábrica?

– Nenhuma notícia.

Houve uma batida à porta e a maçaneta foi sacudida.

– Senhora secretária! – gritou uma voz de mulher. – A senhora está bem?

– Só um momento – respondeu Betsy. – Já vamos sair.

– As senhoras precisam de ajuda?

– Não! – disse Betsy rispidamente, depois se controlou. – Obrigada. Só precisamos de um pouquinho de tempo. Estômago revirado.

O que agora era verdade.

As duas olharam para o celular na mão de Ellen. Esperando, esperando outra mensagem da Casa Branca.

Casa Branca, pensou Ellen. Foi a mensagem de Boynton. Era o que o informante iraniano tinha dito em seu último fôlego.

– Deixe-me ver a mensagem do Pete Hamilton outra vez.

Outra mensagem de um homem prestes a morrer. E que sabia disso. Não era *Casa Branca*, mas podia ter sido.

IAE.

Nesse momento, uma mensagem marcada como urgente apareceu no celular de Ellen. Da Casa Branca.

O presidente Williams observava as telas enquanto os Rangers na fábrica terminavam a segunda varredura do lugar. Então se virou para o chefe do Comando Conjunto de Operações Especiais.

– Traga-os para casa.

– Sim, senhor.

Ellen Adams entrou no cubículo e, ajoelhando-se, vomitou enquanto Betsy olhava para as poucas linhas no celular, mandadas pelo presidente Williams.

Fábrica vazia. Físicos e técnicos mortos. Nenhum papel. Nenhum computador. Não temos ideia de para onde as bombas foram mandadas. Há evidências de ter havido material físsil por lá. Estão analisando os indícios. Nenhuma informação sobre os destinos.

Nada.

Betsy soube que deveria ir até Ellen. Ajudá-la. Deveria pegar toalhas frias para refrescar o rosto dela.

Mas não conseguiu se mexer, a não ser para enfim fechar os olhos. Cobrindo-os com as mãos trêmulas, sentiu o rosto molhado sob as palmas.

Pete Hamilton estava morto. Os Rangers do pelotão mandado como distração estavam mortos.

Os físicos estavam mortos e a fábrica estava vazia.

Tudo por nada.

Ainda não faziam ideia, absolutamente nenhuma, de onde as bombas nucleares tinham sido postas. Nem de quando explodiriam. Só que quase com certeza seria em breve.

CAPÍTULO 37

– Senhora secretária?

Dessa vez a voz à porta pertencia ao agente Kowalski, chefe da Segurança Diplomática.

– A senhora precisa de ajuda?

– Não, não. Obrigada. Só mais um minuto. Estamos jogando uma água no rosto.

E era verdade, mas Ellen tinha mantido as torneiras abertas para encobrir o que ia dizer a Betsy.

– Acho que sei o que Pete Hamilton queria dizer – sussurrou.

– Como?

– A mensagem. *IAE*.

– Então não foi um erro de digitação, mandado em pânico?

– Acho que não. Há anos, logo depois de Dunn assumir o cargo, Alex Huang me procurou.

– O seu principal correspondente na Casa Branca – lembrou Betsy.

– Isso. Ele tinha encontrado na internet conversas entre alguns teóricos conspiracionistas mais obscuros. Referências vagas a uma sala de batepapo, um site chamado IAE. Ele pesquisou e concluiu que IAE era uma piada ou uma invenção que circulava entre os extremistas de direita. Lunáticos. De todo modo, a coisa não existia de verdade.

– Tem certeza de que era IAE? Como você consegue lembrar esse detalhe, depois de tanto tempo?

– Por causa do que "IAE" significava. Por causa do que poderia ser a história, se fosse verdadeira.

– O que significava?

– "Informante do Alto Escalão". Na Casa Branca.

– Mas era um negócio imaginário, não era? Alguma grande autoridade fictícia que estaria... o quê? Passando informações secretas para a extrema direita? – perguntou Betsy. – Tipo Área 51? Os alienígenas estão entre nós... As vacinas têm um dispositivo de rastreamento... A Finlândia não existe... Esse tipo de coisa? Eles inventavam coisas e atribuíam a esse tal IAE?

– Foi o que Huang pensou a princípio. Uma coisa esquisita, mas provavelmente inofensiva. Até perguntou sobre isso a Pete Hamilton em uma coletiva na Casa Branca. Pete negou que soubesse de algo e Huang decidiu que era apenas mais uma teoria da conspiração que não levava a lugar nenhum. Mas eu pedi que ele continuasse investigando um pouco mais.

– Por quê?

– Porque a maioria das teorias da conspiração só chega até certo ponto, mas essa ia além.

– Até a dark web.

– Na verdade, não sei.

– Mas Alex Huang finalmente parou?

Ela sempre havia achado curioso o fato de os jornalistas que cobriam o governo serem chamados de "correspondentes", como se estivessem em um país estrangeiro. Mas agora entendia o motivo. Era um país dentro de um país, com suas próprias regras de comportamento. Sua própria gravidade e sua atmosfera sufocante. Suas próprias fronteiras e limites móveis.

O animal oficial desse país era o boato. A Casa Branca era infestada por eles. Os veteranos que tinham sobrevivido às muitas mudanças de administração conseguiam isso sabendo quais boatos eram verdadeiros. E quais não eram. E, talvez mais importante, tinham aprendido quais boatos falsos ainda podiam ser úteis.

– É. O Alex não conseguiu ir muito longe. E foi isso que ele achou mais estranho. A maioria das pessoas que divulga teorias da conspiração quer o máximo de publicidade possível. Quer que seu "segredo" se espalhe bastante. Mas as que sabiam sobre o IAE não queriam. Na verdade, pareciam desesperadas para manter a coisa escondida.

– Um grande silêncio – disse Betsy.

Ellen assentiu.

– Ele por fim parou de procurar e pouco tempo depois pediu demissão.

– Para onde ele foi? Outro jornal?

– Não, acho que se mudou para Vermont. Talvez para algum jornal de lá. Uma vida mais calma. Ser correspondente na Casa Branca é um trabalho exaustivo.

– Certo, vou tentar encontrá-lo.

– Por quê?

– Porque quero ir atrás desse assunto. Se esse IAE realmente existe e está envolvido, precisamos descobrir. Por Pete.

Não era apenas jeito de falar. Era a realidade. Betsy se sentia em dívida com o rapaz.

– Ótimo. Mas você, não – disse Ellen. – Vou colocar outra pessoa nisso.

– Por que não eu?

– Porque Pete Hamilton foi morto fazendo perguntas.

– E você acha, minha cara, que, se essas bombas explodirem, não vamos ser todos postos contra a parede? Eu vou pesquisar. Bom, quais eram mesmo as iniciais?

Ellen deu um leve sorriso.

– Você é doida mesmo. – Ela fechou as torneiras. – Pronta?

– Mais uma vez até a brecha na muralha, cara amiga – disse Betsy, verificando seu batom no espelho.

Saíram do banheiro e deram de cara com o furioso primeiro-ministro do Paquistão.

Ali Awan estava parado no corredor esplêndido, com a mão às costas. Todos os homens e mulheres que haviam participado do jantar estavam atrás dele, inclusive o quarteto de cordas.

Todos com expressões fulminantes.

– Senhora secretária, quando estava planejando me contar? – Ele levantou o celular, onde uma mensagem sobre a verdadeira natureza do ataque das Operações Especiais naquela noite tinha acabado de chegar.

Ellen já aguentara o suficiente.

– Quando o senhor estava planejando me contar, senhor primeiro-ministro? – Se ele estava com raiva, ela estava fervendo. – Sim, nossas forças especiais lutaram esta noite contra a Al-Qaeda em Bajaur, a um custo terrível, enquanto outra força atacava uma fábrica de cimento abandonada. Não eram os britânicos, éramos nós. E, sim, foi dentro do território paquistanês. E o senhor sabe por quê?

Ela deu dois passos na direção dele e mal conseguiu se conter para não agarrar sua comprida kurta bordada.

– Porque é onde estão os terroristas. E por que estão lá? Porque o senhor deu refúgio a eles. O senhor permitiu que inimigos do Ocidente, dos Estados Unidos, operassem dentro do seu país. Por que não contamos sobre os ataques desta noite? Porque não podíamos confiar no senhor. O senhor não somente permitiu que a Al-Qaeda operasse bases dentro do Paquistão, mas permitiu que Bashir Shah usasse uma fábrica abandonada para fazer as armas dele. O senhor... – ela deu mais um passo na direção dele enquanto o homem recuava. – ... é... – mais um passo – ... responsável.

Agora ela estava quase encostada nele, encarando seu rosto suado.

– E como poderíamos confiar na senhora agora? – perguntou ele, revidando. – A senhora mentiu. Veio aqui com o único objetivo de nos distrair.

– Claro que vim. E faria isso de novo.

– A senhora violou nossa honra nacional.

Ela se inclinou para mais perto e sussurrou:

– Foda-se a sua honra. Esta noite, 32 membros das nossas forças especiais perderam a vida tentando impedir uma catástrofe que o senhor permitiu.

– Eu... – O primeiro-ministro estava recuando, figurativa e literalmente.

– O senhor o quê? Não sabia? Ou não queria saber? Quando soltou Shah, o que achou que ia acontecer?

– Nós não tivemos...

– Opção? Está de brincadeira? A grande nação do Paquistão capitulou diante de um americano maluco?

– Um presidente americano.

– E como o senhor vai explicar isso ao presidente atual? – Ela o encarou furiosa.

O primeiro-ministro Awan parecia em choque. Tinha caído da corda bamba, mas ainda se agarrava a ela com uma das mãos. Segurando-se com toda força. Pendurado sobre um abismo.

– Venha comigo. – Ellen pegou o braço dele e praticamente o empurrou para dentro do banheiro feminino. Betsy entrou atrás e trancou a porta antes que mais alguém pudesse acompanhá-los.

– Senhor primeiro-ministro! – gritou o chefe de Segurança dele. – Afaste-se da porta.

– Não – respondeu Awan. – Espere. Não estou em perigo. – Ele olhou para Ellen. – Estou?

– Se dependesse de mim... – começou Ellen, depois respirou fundo. – Olha, eu preciso de informação. Shah contratou físicos nucleares para construir bombas e usou aquela fábrica em Bajaur para isso.

– Bombas?

Ela o analisou. Seria possível que o Dr. Awan não soubesse? Pela expressão consternada dele, achou que provavelmente não sabia. Talvez enfim tivessem encontrado um limite moral que ele não ultrapassava.

– Há evidências de material físsil na fábrica.

– Nuclear? – Ele tentava absorver a situação. Sua expressão tinha passado de consternada para horrorizada.

– Sim. O que o senhor sabe?

– Nada. Ah, meu Deus. – Ele deu as costas para ela e começou a andar de um lado para outro no cômodo luxuoso, desviando-se de grandes pufes forrados de seda, com a mão na testa.

– Vamos, o senhor deve saber de alguma coisa – disse Ellen, acompanhando-o. – Nosso serviço de inteligência disse que as bombas foram vendidas à Al-Qaeda e já foram mandadas para os alvos.

– Onde?

– Esse é o problema. – Ellen estendeu a mão e o fez parar, virando-o para encará-la. – Não sabemos. Só sabemos que estão em três cidades americanas. Precisamos saber a localização exata e quando irão explodir. O senhor precisa ajudar, primeiro-ministro, caso contrário, que Deus me ajude...

A respiração do primeiro-ministro Awan tinha ficado rápida e curta, e Betsy teve medo de ele desmaiar.

Estava claro que, mesmo que talvez suspeitasse de algo assim, os detalhes eram um choque.

Ele se sentou pesadamente em um divã.

– Eu avisei a ele. Tentei avisar a ele.

– A quem? – Ellen sentou-se no divã ao lado do primeiro-ministro e se inclinou para a frente.

– Ao Dunn. Mas os conselheiros dele foram inflexíveis. O Dr. Shah tinha que ser solto.

– Que conselheiros?

– Não sei. Só sei que ele ouvia os conselheiros e não se deixou dissuadir.

– O general Whitehead?

– Do Estado-Maior Conjunto? Não, ele foi contra a ideia.

Mas devia ser mesmo, pensou Betsy. Em público. Pensou em Pete. Na empolgação dele, misturada com pavor, ao descobrir aqueles documentos enterrados nas pastas privadas, apontando para o chefe do Estado-Maior Conjunto.

Será que Whitehead era o IAE, o informante do alto escalão? Devia ser. Mas havia uma chance de não estar agindo sozinho. Ele era do Pentágono. E se houvesse mais alguém, na própria Casa Branca?

– Onde Shah está agora? – perguntou Ellen a Awan.

– Não sei.

– Quem sabe?

Pausa.

– Quem sabe? – perguntou Ellen. – Seu secretário militar?

O Dr. Awan baixou os olhos.

– É possível.

– Chame-o aqui.

– Aqui? – Ele olhou o banheiro feminino ao redor.

– Então na sua sala. Em qualquer lugar. Mas depressa.

Awan pegou seu celular e ligou. O aparelho tocou. Tocou. Tocou.

A testa do primeiro-ministro se franziu. Ele mandou uma mensagem, depois ligou para outro número.

– Encontre o general Lakhani. Agora.

Enquanto ele fazia isso, Ellen mandou uma mensagem para o presidente Williams, sugerindo que Tim Beecham fosse chamado de volta de Londres.

Recebeu uma mensagem imediata. Beecham seria mandado para Washington em um jato militar.

E quero você de volta aqui também, escreveu o presidente.

Ellen fez uma pausa antes de redigir o texto. *Me dê mais algumas horas, por favor. Posso conseguir respostas aqui.*

Apertou o ícone de enviar. A resposta veio em instantes.

Você tem uma hora, depois quero você no Força Aérea Três.

Ellen já ia guardar o celular, mas reconsiderou. Tinha mais uma pergunta.

O equipamento militar usado para matar os físicos?

Russo.

Ela olhou para o primeiro-ministro Awan e perguntou:

– Até que ponto os russos estão envolvidos no Paquistão?

– Nem um pouco.

Ela o avaliou. E ele a avaliou. De algum modo, a calma da secretária Adams era mais irritante do que quando ela estava gritando com ele.

E onde estava o maldito general Lakhani? Ele os tinha metido nisso; era ele quem deveria estar enfrentando aquela fúria.

Ela o surpreendeu dizendo:

– Sei que vocês me acharam uma idiota incompetente que poderiam manipular.

– A senhora deu essa impressão. Agora vejo que foi de propósito.

– Sabe o que eu achei do senhor?

– Que eu era um idiota incompetente que a senhora podia manipular?

Ouvindo aquilo, Betsy achou difícil não gostar daquele homem. Mas era mais difícil confiar nele.

– Bom, talvez um pouco – admitiu Ellen. – Mas acima de tudo achei que o senhor era um homem bom em uma posição impossível. E ainda acho. Mas o acerto de contas chegou. O senhor precisa escolher. Agora mesmo. Nós ou os jihadistas? Vai ficar do lado dos terroristas ou dos seus aliados?

– Se eu escolher vocês, Ellen, se eu ajudar vocês...

– Pode se tornar o próximo alvo deles. Eu sei. – Ela o encarou com certa simpatia. – Mas se escolher os terroristas, eles vão acabar matando o senhor assim mesmo quando não for mais útil. E vou dizer, Ali, você está nessa rota. Depois desta noite, pode ter chegado ao fim dela. Parece que Shah está fazendo uma limpeza e que agora você faz parte do lixo a ser jogado fora. Sua única esperança é nos ajudar a encontrá-lo. – Ela o observou em dúvida. – Quer mesmo que o Paquistão caia nas mãos de terroristas e loucos? Dos russos?

Reis e homens desesperados, pensou Betsy. Só que agora eram eles que estavam desesperados.

– Não sei onde Shah está. Não sei mesmo – disse Awan. – O general Lakhani talvez possa lhe dizer, mas duvido que diga. Você perguntou sobre os russos. Eles não são nossos aliados, mas no Paquistão existem elementos associados à máfia russa.

– Inclusive o general Lakhani?

O primeiro-ministro pareceu profundamente infeliz e assentiu.

– Acho que sim.

– Ele trafica armas da máfia russa para Shah?

Awan assentiu.

– Inclusive material físsil?

Awan assentiu.

– E de Shah para a Al-Qaeda?

Awan assentiu.

– E garante um refúgio seguro para os terroristas.

Awan assentiu.

Ellen quase exigiu saber por que Awan não tinha impedido aquilo, mas não era hora. Se sobrevivessem, exigiria. Mas também sabia que o governo americano tinha dividido a cama com um bom número de demônios no decorrer da história. Às vezes era um mal necessário. Raramente era uma barganha justa.

A secretária Adams observou o primeiro-ministro Awan fazer sua escolha. Soltando a corda bamba, entrou em queda livre.

– Se Bashir Shah tem material físsil, deve estar em contato com o nível mais alto da máfia russa.

– E quem é?

Quando Awan hesitou, Ellen sussurrou:

– Você chegou até aqui, Ali. Mais um passo.

– Maxim Ivanov. Isso nunca foi admitido, mas nada acontece sem que o presidente russo tenha um dedo na coisa. Ninguém poderia conseguir essas armas, esse material físsil, sem a aprovação dele. Ele ganhou bilhões.

Ellen tivera suas suspeitas, havia até mesmo designado que a unidade investigativa de um dos seus principais jornais buscasse a conexão de Ivanov com a máfia russa, mas depois de dezoito meses tentando não tinham chegado a lugar nenhum. Ninguém falava. E os que talvez falassem desapareciam.

O presidente russo criava os oligarcas. Dava riqueza e poder a eles. Controlava-os. E eles controlavam a máfia.

A máfia russa era o fio que conectava todos os elementos. Irã. Shah. Al-Qaeda. Paquistão.

Houve um *plim* quando outra mensagem marcada como importante chegou. Do presidente Williams.

O material físsil detectado na fábrica tinha sido identificado como urânio-235. Minerado no sul dos Urais e declarado como desaparecido pelo comitê de vigilância da ONU dois anos antes.

Ellen absorveu a informação; depois, juntando coragem, mandou uma resposta.

Mas tinha uma última pergunta para o primeiro-ministro Awan.

– "IAE" significa alguma coisa para o senhor?

– "IAE"? Sinto muito, mas não.

A secretária Adams se pôs de pé. Depois de agradecer a ele, ela saiu, mas antes pediu que Awan não mencionasse a ninguém nada do que tinham conversado.

– Ah, não se preocupe. Não vou mencionar.

Nisso ela acreditou.

No Salão Oval, o presidente Williams olhou para o celular e murmurou:

– Ah, merda.

A noite havia passado de horrenda para ainda pior.

Segundo a mensagem enviada pela sua secretária de Estado, a máfia russa provavelmente estava envolvida. O que significava que o presidente russo provavelmente estava envolvido.

Doug Williams não tinha absolutamente nenhuma dúvida de que estava sentado em uma bomba nuclear. E estava aterrorizado. Não queria morrer, ninguém queria.

Porém, mais do que isso, não queria fracassar.

Tinha ordenado que a Casa Branca fosse quase inteira evacuada, deixando apenas o pessoal mais essencial.

Agora especialistas faziam uma varredura no lugar, buscando traços de radiação do urânio-235, mas o presidente Williams sabia que existiam maneiras de mascarar isso. E sabia que a Casa Branca tinha muitos, muitos lugares onde esconder.

Uma bomba suja, se fosse esse o caso, poderia caber em uma maleta. E havia muitas maletas naquele prédio velho e enorme.

Williams olhou de novo para a mensagem de Ellen Adams.

Ela não voltaria a Washington. Pelo menos por enquanto. Em vez disso, ia no *Força Aérea Três* a Moscou. E será que ele poderia arranjar um encontro com o presidente russo?

Por um breve instante, o presidente Williams ponderou a ideia de que o traidor fosse sua secretária de Estado. Por isso ela estava se mantendo o mais longe possível das bombas nucleares.

Mas descartou o pensamento. Sabia que aquele era um dos grandes perigos; que, no pânico, eles se voltassem uns contra os outros. Suspeitassem uns dos outros.

Para ter sucesso, precisavam permanecer unidos.

Ainda que ele pudesse estar sentado em uma bomba nuclear, Ellen Adams não se encontrava em situação melhor. Sua secretária de Estado estava indo para um confronto com o Urso Russo.

Qual seria a melhor maneira de morrer? Incinerada ou despedaçada?

Williams cruzou os braços sobre a mesa do presidente e apoiou a cabeça neles. Fechando os olhos só por um momento, imaginou uma campina com flores silvestres e um riacho rebrilhando ao sol. Seu golden retriever, Bishop, estava pulando atrás de borboletas que não tinha sequer esperança de pegar.

Então Bishop parou e olhou para o céu. Onde uma nuvem em forma de cogumelo tinha aparecido.

O presidente Williams levantou a cabeça, enxugou o rosto com as mãos e deu um telefonema para Moscou.

Meu Deus, pensou, *não me deixe cometer um erro agora.*

A CAMINHO DO AEROPORTO, Ellen pôs a mão no bolso do casaco para pegar o celular. Era instintivo. Continuava esquecendo que, depois de cada uso, o entregava ao chefe da Segurança Diplomática.

Mas...

– O que é isso?

– O quê? – perguntou Betsy. Ela estava ao mesmo tempo tensa e exausta. Morta de cansaço. Imaginou por quanto tempo conseguiriam seguir nesse ritmo.

Então pensou em Pete Hamilton. E nos Rangers no platô.

Pelo tempo que fosse necessário, era a resposta.

Ellen estava com um pedaço de papel entre o polegar e o indicador.

– Steve?

Ele se virou no banco da frente.

– Sim, senhora secretária?

– Você tem um saco de provas?

O tom de voz o fez olhar para ela com atenção, depois para o que ela estava segurando. Ele enfiou a mão em um compartimento entre os bancos e puxou um saco plástico.

Ellen jogou o papel dentro, mas não antes de Betsy ter tirado uma foto do que estava escrito nele, em uma letra cuidadosa, até elegante.

310 1600

– O que isso significa? – perguntou Betsy.

– Não sei.

– De onde veio?

– Estava no meu bolso.

– É, mas quem colocou aí?

Ellen estava repassando as últimas horas. O papel não estivera ali quando vestira o casaco, no *Força Aérea Três*, uma eternidade atrás. Muitas pessoas poderiam tê-lo enfiado no seu bolso mais tarde. Mas a maioria dos convidados do jantar tinha mantido uma distância respeitosa. Ela não achava que o primeiro-ministro Awan ou o secretário do Exterior tivessem chegado perto o bastante.

Nem o general Lakhani.

Quem, então?

Um par de olhos lhe veio à mente. Olhos profundos e castanhos. E uma voz com sotaque suave enquanto ele se curvava para perto. O bastante para ela sentir seu perfume.

Jasmim.

"Sua salada, senhora secretária."

E depois ele sumiu. Não reapareceu durante o resto do jantar.

Mas permanecera por tempo suficiente para enfiar o papel no seu bolso. Ellen tinha certeza.

E tinha certeza de outra coisa.

– Foi o Shah. – Sua voz saiu quase inaudível.

– Shah? – Agora Betsy estava inteiramente acordada. – Ele mandou alguém te dar o papel? Como fez com as flores?

– Não, quis dizer que foi o próprio Shah. O garçom que me serviu a salada. Era o Shah.

Betsy pareceu ter visto um fantasma. Um fantasma particularmente malévolo.

– Ele estava lá esta noite? Ah, meu Deus, Ellen.

– Depressa, Steve, preciso do meu celular. – Assim que ele lhe entregou, ela fez uma ligação. – Aqui é a secretária Adams. Me ligue com quem estiver no plantão da inteligência.

Depois de um minuto insuportável tentando convencer a telefonista noturna na embaixada americana em Islamabad que ela era realmente a secretária de Estado, Ellen acabou desligando e ligando para o embaixador.

– Preciso do endereço de Bashir Shah – disse ela. – E preciso que o pessoal da segurança e da inteligência me encontre na casa dele com a máxima urgência. Armados da cabeça aos pés.

– Sim – murmurou ele, saindo com dificuldade de um sono profundo. – Só um momento, senhora secretária. Vou lhe dar o endereço.

Ele deu, e em instantes estavam em um subúrbio arborizado de Islamabad. Enquanto esperavam o pessoal da embaixada, Betsy começou a tentar localizar Alex Huang, o ex-correspondente na Casa Branca que tinha descoberto o IAE.

Ellen fez outra ligação, dessa vez para o primeiro-ministro Awan, atualizando-o rapidamente.

– O Dr. Shah esteve lá esta noite? – perguntou o perplexo primeiro-ministro. – O general Lakhani deve ter permitido isso. Eu o vi rindo com o garçom e fiquei só imaginando...

– Eu também. Alguma notícia do general?

– Não. Estamos procurando. Ele pode estar com Shah.

– Tenho sua permissão para entrar na residência de Shah?

– Você vai entrar de qualquer jeito, não vai?

– Sem dúvida. Mas estou lhe dando uma chance de tomar a decisão certa.

– Certo. Você tem minha permissão, só não sei se nossos tribunais concordariam que eu tenho essa autoridade. – Ele fez uma pausa. – Mas obrigado por confiar em mim.

Ela não tinha confiado plenamente. Pelo menos não por enquanto. Mas então deu esse salto no escuro.

– Os números "310 1600" significam algo para o senhor?

Ele os repetiu, depois parou, pensando.

– 1.600 não é o número da Casa Branca?

Ellen empalideceu. Como não tinha percebido isso? Avenida Pennsylvania, 1.600.

– É.

Mas o que os outros números poderiam significar? *310*. Seria um horário? Será que a bomba estava programada para detonar na Casa Branca às 3h10 da madrugada?

– Preciso desligar.

– Boa sorte, senhora secretária.

– Para o senhor também.

Quando desligou, Ellen contou a Betsy o que Awan tinha dito sobre os números.

– É, pode ser – concordou Betsy. – Uma das bombas está na Casa Branca. Nós suspeitávamos disso. Mas se existem três bombas, por que Shah alertaria apenas sobre uma? Acho que é mais simples do que isso. Acho que é a mesma coisa dos outros.

– Que outros?

– Os ônibus. Os números que a sua funcionária recebeu e decifrou.

Ellen olhou com mais atenção para os números.

– Ônibus? A Al-Qaeda colocou as bombas em ônibus de número 310 em algum lugar dos Estados Unidos e elas vão explodir às dezesseis horas?

– Quatro da tarde. Acho que sim. E se aquelas explosões em Londres, Paris e Frankfurt não se destinassem apenas a matar os falsos físicos, mas fossem também uma espécie de teste?

– Mas não temos como descobrir quais são as cidades – disse Ellen. – E às dezesseis horas? Em que fuso horário?

Betsy olhou o pedaço de papel. Então notou uma coisa.

– Ellen, não é *310*. É *3*, espaço, *10*. Existem três ônibus número 10 que vão explodir às quatro da tarde no fuso horário em que estiverem.

– Mas isso também não faz sentido – disse Steve, virando-se no banco da frente. – Desculpem, mas não pude deixar de ouvir. – Ele estava pálido, nitidamente chocado com o que ouvia. – Se sabemos que existem bombas sujas em três ônibus de número 10 em algum lugar dos Estados Unidos, só precisamos mandar um alerta para todos os departamentos de transporte para pará-los e fazer uma busca. Não seria fácil, mas seria possível. E temos tempo.

Ellen soltou um suspiro pesado.

– Tem razão. Não pode ser isso.

Eles olharam os números. Os olhos turvos de Ellen, insones, não tinham notado o pequeno espaço entre eles, mas estava ali. Inconfundível.

3 10 1600

Mas ainda não tinham ideia do que significavam. O que tornava ainda mais premente encontrar Shah.

Olhando a casa escura, Ellen sentiu o pavor percorrendo seu corpo feito água gelada. Esgueirando-se em direção à boca, ao nariz. Sentiu medo de não estar à altura daquilo.

Não sabia. Não sabia. Não sabia o que a mensagem significava.

Podiam ser ônibus. Ou podia ter a ver com a Casa Branca.

Ou podiam ser números aleatórios. Bashir Shah estava mexendo com ela. Fazendo com que perdesse um tempo precioso.

O que Ellen sabia era que estava exausta demais para resolver aquilo sozinha, mesmo se pudesse. Tinha ignorado o espaço entre os números – o que mais não estaria percebendo?

– Me mande a foto que você tirou.

Quando Betsy obedeceu, Ellen a repassou.

– Para o presidente? – perguntou Betsy.

– Não. Ele também não ia conseguir descobrir. E se realmente existe um IAE, não podemos arriscar que mais alguém na Casa Branca veja. Mandei para a pessoa que decifrou o primeiro código.

Em seguida enviou uma mensagem para Doug Williams, alertando-o de que, se houvesse uma bomba na Casa Branca, poderia estar pronta para detonar às três e dez daquela madrugada.

WILLIAMS OLHOU O RELÓGIO.
Passava das oito da noite. Isso lhes dava sete horas.

CAPÍTULO 38

Gil e Anahita tinham se aventurado pela cidadezinha e encontrado comida e água mineral para levar aos outros.

Tinham conversado durante todo o caminho de ida e volta, carregando a comida perfumada em sacolas de pano.

Começaram hesitantes, contando o que havia acontecido com cada um nas últimas 24 horas.

Anahita ouviu com atenção Gil descrever o encontro com Hamza e a emboscada de Akbar. Fez perguntas, solidarizou-se, completamente atenta. Então ele perguntou o que havia acontecido com ela.

Anahita o conhecia bem o bastante para saber que era apenas uma indagação educada. Uma troca. Nada mais. Sua mãe vivia dizendo que qualquer pessoa era capaz de fazer a primeira pergunta. O que contava era a segunda, a terceira.

No tempo passado juntos, deitados depois de fazer amor, Gil costumava perguntar como tinha sido seu dia. Mas raramente fazia a segunda, e jamais a terceira pergunta. E apesar de até se mostrar interessado no dia dela, raramente, quase nunca, perguntava como a própria Anahita estava.

Ana tinha descoberto o limite do interesse dele por ela. Também tinha aprendido a não oferecer espontaneamente informações pessoais. Sobretudo para alguém que não se importava de verdade. No entanto, não conseguia parar de se importar com ele. Tal qual Otelo de Shakespeare, ela não amava sabiamente, mas amava bem demais.

Só que Otelo tinha sido correspondido. Sua tragédia era não saber disso. Enquanto caminhavam pelos becos escuros da cidadezinha paquistanesa, envoltos no cheiro quente de comida picante, ela havia respondido superficialmente. Só com as informações principais. O que contaria a qualquer um. Nada mais. Nada que revelasse seus verdadeiros pensamentos e sentimentos.

Mas a porta não estava fechada. Anahita só estava do outro lado, ansiando por deixá-lo entrar. A chave era fazer a segunda pergunta. A terceira o faria atravessar a soleira, indo até onde ela guardava o coração.

– Deve ter sido horrível – disse ele quando ela terminou; depois ficou em silêncio.

Mesmo a contragosto, Anahita esperou. Um passo. Dois. Três passos pelo beco, em silêncio.

Sentiu Gil pegar sua mão. Sabia o que aquilo significava. Um prelúdio para uma intimidade que ele não tinha conquistado e que não merecia mais. Ela parou por um momento, sentindo a pele quente e familiar encostada na sua. Sentindo-a, apenas por um momento naquela noite quente e pegajosa, dentro dela.

Então soltou-o.

Gil abriu a boca para falar, mas nesse momento chegou uma mensagem em seu celular.

– É da minha mãe. Bashir Shah deu a ela um pedaço de papel com números. Ela quer que você veja o que acha.

– Eu?

– Parece um código. Você solucionou o último. Ela acha que você pode solucionar esse também.

– Me deixe ver.

Enquanto virava o celular para Ana ler a mensagem, ele disse:

– Ana...

– Só me deixe ler – disse ela em um tom objetivo. Definitivo.

3 10 1600

Seus olhos jovens logo viram o espaço entre os números. Agora a funcionária do Serviço de Relações Exteriores estava totalmente focada em seu trabalho.

Desta vez, não seria tão lenta em sua análise. Tinha demorado tempo demais para ver a importância da mensagem mandada por sua prima Zahara, e mais tempo ainda para deduzir seu significado.

A demora havia custado a vida de centenas de pessoas. Isso não aconteceria de novo. Ela não ia se distrair. Durante todo o caminho de volta até o esconderijo, ficou repassando os números na cabeça.

3 10 1600

Assim que chegaram, escreveu-os em pedaços de papel e os entregou a cada um dos companheiros.

– Bashir Shah mandou esses números. Precisamos descobrir o que significam.

– Tem a ver com as bombas sujas? – perguntou Katherine.

– Sua mãe acha que sim.

Enquanto compartilhavam a comida, as cabeças inclinadas sobre a mesa iluminada por lampiões a óleo, eles trocaram ideias, pensamentos. Especulações.

1.600. A Casa Branca?

Três ônibus de número 10?

Não demoraram muito para chegar às mesmas teorias da secretária Adams. Incluindo a possibilidade de que os números fossem um ardil, uma piada de um louco. Mas precisavam presumir que eram significativos.

Gil olhou para Ana, do outro lado da mesa. O rosto dela estava iluminado pela chama fraca. Os olhos brilhantes, inteligentes. Completamente focada.

Durante a caminhada, ele quisera perguntar, tinha ansiado por perguntar, como tinha sido ver seus pais sendo interrogados. Quando esteve em Teerã. Quando foi presa. O que havia acontecido, como ela havia se sentido.

Quando ela descreveu em umas poucas frases curtas o ataque nas cavernas, ele ficou zonzo diante da ideia de perdê-la.

Queria perguntar o que havia acontecido depois. E depois. E depois. Queria sentar-se em uma varanda e ouvi-la. Para sempre. Perder-se no mundo dela. Encontrar-se no mundo dela.

Em vez disso, tinha ficado em silêncio.

Seu pai havia impregnado nele a ideia de que era grosseiro fazer perguntas pessoais, a não ser que estivesse pesquisando para um artigo. Como jornalista. Mas deveria esperar que os amigos, sobretudo as amigas, se abrissem. Fazer perguntas podia ser considerado intrusivo, dizia seu pai. Interpretado como curiosidade inconveniente.

Mas havia um motivo para sua mãe ter se divorciado do seu pai. E havia um motivo para o pai ter tido um número incontável de relacionamentos fracassados.

E havia um motivo para sua mãe ter se casado com Quinn Adams. Que perguntava como ela se sentia. E ouvia a resposta. E fazia mais perguntas. Não porque estivesse curioso, embora provavelmente estivesse, mas porque se importava.

Em vez de falar, Gil tinha comunicado sua preocupação do único jeito que sabia. Pegando a mão dela. Mas ela havia se afastado. Em silêncio.

Dois SUVs pretos pararam derrapando atrás do veículo da secretária Adams, e agentes vestindo equipamentos de assalto desceram.

Assim que os agentes da Segurança Diplomática, com as mãos nas armas, verificaram os documentos de identificação, abriram as portas e Ellen e Betsy saíram.

– Vocês sabem de quem é essa casa? – perguntou Ellen.

– Sim, senhora secretária. É do Dr. Bashir Shah – disse o agente que estava no comando. – Nós a mantemos sob vigilância. Não houve sinal dele.

– Sim, bom, nós temos motivos para crer que ele está em Islamabad. Precisamos encontrá-lo e capturá-lo vivo. – Ela sustentou o olhar do agente. – Vivo.

– Entendido.

– O senhor é familiarizado com a planta da casa?

– Sim. Já a estudei, presumindo que algum dia precisaríamos entrar.

Ellen assentiu em aprovação.

– Muito bem. – Ela olhou para a casa escura. – Pode haver documentos importantes, também, detalhando o próximo alvo dele.

– Próximo?

– Ele é responsável pelas bombas em Londres, Paris e Frankfurt. E achamos que plantou outras. Precisamos saber onde.

O comandante respirou fundo. A coisa havia deixado de ser uma invasão à casa de um físico importante para prendê-lo e se tornado algo muito, muito mais sério.

– Não podemos nos anunciar e pedir para entrar – disse a secretária

Adams. – Não podemos arriscar uma queima de arquivos. Precisamos de surpresa total.

– Essa é a nossa especialidade, senhora. – Ele olhou para o muro alto. – Imagino que o lugar tenha vigilância.

– Creio que sim. Vai ser um problema?

– Não, senhora. Nós sempre esperamos encrenca.

– Encrenca com E maiúsculo. Eu vou com vocês – disse ela.

– Nada disso – respondeu ele, no mesmo instante em que Steve Kowalski dizia:

– Não.

– Não vou interferir. Mas preciso olhar os papéis.

– Não, eu não posso permitir. Não somente pela sua segurança, senhora secretária, mas porque vai acabar atrapalhando. Colocando em risco toda a operação.

– Não estou sugerindo comandar o ataque. – Ela se virou para seu chefe de Segurança. – Olha, Steve, você escutou nossa conversa. Sabe o que está em jogo. Sabe quantas vidas foram perdidas tentando obter essa informação. – Quando ele fez menção de argumentar de novo, Ellen disse: – Você sabe tanto quanto eu que não existe mais nenhum lugar seguro. Pelo menos até pegarmos Shah e essa informação. Se ele tiver sucesso, essas bombas não vão ser o fim. Ele vai continuar e continuar. Então sugiro que a gente divida o trabalho. Vocês encontram Shah e controlam o local enquanto eu examino os papéis dele. – Ela olhou de Steve para o comandante da equipe de assalto. – Só vou entrar quando vocês autorizarem. Está bem?

Com muita relutância, eles concordaram.

Ellen se virou para Betsy.

– Fique aqui.

– É claro... que não.

Enquanto seguiam até o alto portão da casa, Betsy foi atrás.

– "*Trouble, trouble...*" – cantarolou ela.

A um sinal de Steve, as duas mulheres correram pelo pátio. A cada passo na direção da casa escura, Ellen sentia os pelos do antebraço se eriçando.

– "*Trouble with a capital T.*"

Não houve resistência. Nem guardas. A secretária Adams teve um mau pressentimento, de que sabia o que aquilo significava.

– Só um minuto, só um minuto, só um minuto. – Zahara Ahmadi levantou as mãos pedindo silêncio.

Estavam repassando diferentes teorias sobre os números, uma mais absurda do que a outra.

– Esse tal de Bashir Shah vazou as informações sobre os físicos nucleares para o meu governo – disse ela. – Certo?

– Para os iranianos, é – respondeu Boynton.

– Porque queria que nós os matássemos. E levássemos a culpa.

– É – concordou Katherine. – Aonde você quer chegar?

– E se ele estiver fazendo a mesma coisa agora? Nos manipulando?

– Provavelmente está – admitiu Charles Boynton. – Mas desta vez nós sabemos.

– Essa não é a única diferença – disse Zahara. – Acho que estamos focando demais no Shah. Porque é isso que ele quer. Por que ele daria essa mensagem à secretária Adams?

– Porque ele é um maníaco egocêntrico que não consegue deixar de brincar conosco? – sugeriu Boynton.

– Ele é tudo isso – disse Gil –, mas também é um empresário. Se isso tudo fracassar, ele vai precisar responder aos compradores, e duvido que queira isso. Acho que ele ainda tem um pouco de medo de o negócio dar errado. O tempo é curto e nós estamos chegando mais perto do que ele achava possível.

– Também acho – concordou Zahara. – Isso aqui é um seguro. O sujeito está praticamente pulando e acenando para nós olharmos para ele.

– E não para onde deveríamos estar olhando – disse Katherine.

– Mas para onde deveríamos estar olhando? – perguntou Boynton.

– Para os clientes dele – respondeu Anahita. – Shah é o traficante de armas. O intermediário. Ele cuida para que as bombas sejam feitas, mas não é ele quem as usa. Não é ele que escolhe os alvos e a hora.

– Exato. Mas provavelmente sabe – disse Zahara.

– É, provavelmente sabe – concordou Anahita. – Ele pode até ter organizado a entrega.

– Mas são os clientes que decidem onde e quando – disse Katherine, os olhos arregalados ao entender aonde estavam chegando. – Nós estávamos olhando esses números pela perspectiva de Shah, mas precisamos mudar...

– Para a da Al-Qaeda – disse Zahara.

Anahita se virou para a prima.

– Nós estávamos seguindo linhas de raciocínio ocidentais. Você está dizendo que precisamos começar a ver esses números pela perspectiva islâmica.

– Islâmica, não. Jihadista – corrigiu Zahara. – O que esses números significariam no mundo deles? Que importância poderiam ter? A Al-Qaeda e outras organizações terroristas se baseiam muito em mitologia, não só em religião. Eles repetem e repetem ofensas e injustiças cometidas contra eles, antigas e novas. Mantêm as feridas abertas. Então esses números podem ter a ver com que feridas?

3 10 1600

– ACHAMOS UM CORPO!

Enquanto se aproximava do homem caído de rosto para baixo no porão da casa de Shah, o agente viu que havia fios quase fora de vista embaixo do cadáver.

– É uma armadilha – informou o agente, e recuou.

Souberam que o local estava deserto antes mesmo de dar o segundo passo no pátio. Não houve resistência, e um homem como Shah estaria cercado por um exército particular.

Não. Não havia ninguém ali. Isto é, ninguém vivo.

Ellen e Betsy estavam no andar principal, no escritório de Shah, folheando os papéis dele. A área tinha passado por uma varredura eletrônica e fora considerada segura.

– A senhora precisa ir, senhora secretária – disse Steve. – Encontraram um corpo no porão ligado a explosivos.

– É o Shah? – perguntou Betsy, mas sabia a resposta.

Steve as guiava para fora da casa.

– Não sabemos. Eles querem desativar a bomba antes de virá-lo e identificá-lo.

Ellen tinha quase certeza de que sabia de quem era o corpo no porão, e cinco minutos mais tarde teve a confirmação. Era o general Lakhani, secretário militar do Paquistão.

O Azhi Dahaka andara ocupado naquela noite. Fazendo a faxina, usando sangue e terror como produto de limpeza.

Quando foi anunciado que o local estava seguro, Betsy fez menção de voltar à casa e à busca dos documentos, mas Ellen a impediu.

– Não tem nada lá. Ele levou tudo. E qualquer coisa que possamos encontrar terá sido plantada para induzir ao erro. Precisamos ir.

– A Moscou? – perguntou Betsy. Mais parecia que ela preferiria voltar para aquela casa e se arriscar com a bomba.

– A Moscou.

Ellen sabia que essa era a última parada. Depois de Moscou, não haveria aonde ir. A não ser para casa. Esperar.

Mas existia mais um caminho. Quando embarcaram no *Força Aérea Três*, Betsy continuou sua busca ao jornalista desaparecido. O que tinha descoberto o IAE.

Em algum lugar acima do Cazaquistão, ela o encontrou.

CAPÍTULO 39

Eram 9h10 de uma manhã do fim de fevereiro quando o *Força Aérea Três* pousou em meio a uma tempestade de neve no Aeroporto Internacional de Sheremetyevo, em Moscou.

O céu parecia ter levado um soco. Nuvens arroxeadas bloqueavam o sol de inverno, que já era fraco nos melhores dias. Betsy se lembrou do que Mike Tyson dissera certa vez: "Todo mundo tem um plano, até levar um soco na boca."

Sentia que tinha levado mais do que um simples soco. E, se tinham um plano, não lembrava mais qual era.

Nem Ellen, nem Betsy, nem os agentes da Segurança Diplomática tinham levado casacos. Ou luvas. Ou chapéus. Um rápido telefonema foi dado à embaixada americana e vários SUVs blindados os esperavam na pista. Mas não tinham pensado em pedir roupas mais grossas.

Respirando fundo, Ellen saiu do avião com apenas um guarda-chuva para se proteger. Ele foi imediatamente virado do avesso por um vento que tinha começado na Sibéria e atravessado a Rússia, ganhando neve, gelo e velocidade antes de golpeá-la. Ela parou no topo da escada, em um choque momentâneo. Incapaz de respirar. Incapaz de se mover, a não ser para piscar contra a neve que batia no rosto e nos olhos.

Entregando o guarda-chuva inútil ao agente que vinha atrás, ela estendeu os braços para se firmar. Suas mãos seguraram o metal frio do corrimão e ela logo o soltou, temendo que sua mão quente congelasse e ela precisasse arrancar a pele.

– A senhora está bem? – Steve precisou gritar em seu ouvido, acima do som do vento.

Bem? Quão ruim um dia podia ficar? Mas então pensou nos Rangers. Nas pessoas nos ônibus. Nas mães, nos pais e nos filhos segurando fotografias.

Em Pete Hamilton e Scott Cargill.

– Ótima! – gritou de volta e viu, com o canto do olho, Betsy assentindo.

No Natal do ano anterior, Betsy tinha lhe dado um exemplar do último livro de sua poeta favorita, Ruth Zardo. O volume fino se chamava *Estou bem DEMAIS*.

Na verdade, DEMAIS significava "Desequilibrada, Egoísta, Mesquinha, Amarga, Insegura e Solitária".

A secretária Adams trincou os dentes para controlar os tremores e se virou de volta para as pessoas que esperavam embaixo. Obrigou-se a sorrir, como se tivesse acabado de pousar em uma ilha caribenha para um feriado.

Sabia que o presidente Williams tinha pedido especificamente que sua visita fosse confidencial. Sem alarde. Sem comoção. E definitivamente sem mídia.

Apenas uma reunião privada entre sua secretária de Estado e o presidente da Rússia.

Agora ela estava no alto da escada, acenando para os jornalistas com as câmeras. Bastava pedir para Ivanov fazer uma coisa e era quase garantido que ele fizesse o oposto. Talvez devesse exigir que sob nenhuma circunstância ele lhe dissesse onde Bashir Shah estava, pensou enquanto era sacudida por mais um tremor.

E que ele também não deveria lhe dizer onde as bombas tinham sido escondidas.

Começou a descer os degraus, esperando chegar lá embaixo antes de morrer congelada. Na metade estava achando difícil andar. Suas pernas e os pés, com sapatos de salto baixo, estavam começando a gelar de verdade e ela não sentia mais o próprio rosto.

Os degraus estavam cobertos de neve e gelo, e a cada passo ela escorregava um pouquinho. Imaginou se Ivanov teria feito aquilo de propósito. Sem dúvida não seria muito difícil limpar os degraus, seria? Será que ele esperava que ela quebrasse o pescoço?

Bom, Ellen não faria isso de jeito nenhum, decidiu, ao mesmo tempo que seu pé deslizava outra vez. Mal conseguiu se equilibrar.

Podia ver os veículos parados mais longe do que o necessário. Quentes. Queria pular os últimos degraus e correr para eles. Esperando chegar antes de virar uma estátua de gelo.

Em vez disso, se obrigou a diminuir a velocidade e parar logo antes do último degrau, esperando Betsy, que estava alguns passos atrás. Sabia disso por causa dos murmúrios:

– Merda, merda, merda.

Se Betsy escorregasse nos degraus gelados, Ellen queria estar por perto para impedir a queda. Assim como Betsy havia amortecido as suas, durante toda a vida.

Por fim, depois de uma descida que mais pareceu a do Everest, seus pés tocaram no asfalto coberto pela neve.

Ellen se obrigou a assentir e sorrir para a recepção. Pelo menos esperava estar sorrindo. Era possível que seu rosto tivesse simplesmente rachado.

Todas aquelas pessoas reunidas para recebê-la usavam agasalhos tão grossos, com capuzes forrados de pele, que podiam ser homens ou mulheres. Ursos-polares ou manequins.

Escorregou no caminho até o carro, mas Steve segurou seu braço. Assim que estava no veículo, Ellen começou a tremer incontrolavelmente. Esfregou os braços, depois estendeu as mãos para a saída de ar quente.

– Você está bem? – perguntou a Betsy, mas a resposta foi um murmúrio ininteligível.

O rosto congelado e os dentes de Betsy batendo significavam que ela só podia responder com uma série de grunhidos. Mas de algum modo conseguiu fazer com que até isso soasse como palavrões.

– Que horas são? – perguntou Ellen a Steve assim que sua boca voltou a funcionar.

– São 9h35 – respondeu ele, as palavras mal saindo pelos lábios ainda congelados.

– E em Washington?

Ele olhou seu relógio.

– São 2h35 – disse ele, tremendo de frio.

– Pode me dar meu celular, por favor?

Assim que o pegou, Ellen digitou uma mensagem curta para o presidente Williams. Seus dedos tremiam tanto que ela precisou voltar algumas vezes para corrigir os erros. E para corrigir o corretor automático, que tinha trocado "bombas" por algo que jamais deveria aparecer em uma mensagem para o presidente dos Estados Unidos.

Doug Williams leu a mensagem.

Estava no Salão Oval. A equipe de segurança tinha feito uma varredura na Casa Branca e não encontrara nenhum traço de urânio-235 ou de qualquer radiação. Mas informou que aquilo não significava que de fato não houvesse nada. Só significava que não tinham encontrado.

O Serviço Secreto, sabendo o que estava acontecendo, pediu, exigiu e depois implorou que ele saísse. Sabiam, como ele, que se houvesse mesmo um dispositivo nuclear na Casa Branca, teria sido colocado o mais próximo possível do presidente.

Mas ele se recusou a sair.

– Esse é um gesto vazio, senhor – disse a agente no comando, com rispidez, cansada, estressada e exasperada.

– Você acha? – Williams examinou a mulher. – Você está perto de presidentes há tempo suficiente para saber que nenhum gesto, nenhuma palavra, nenhuma ação ou inação deixa de ter impacto. O que seria pior? Morrer aqui ou deixar os terroristas saberem que expulsaram o presidente da própria casa? – Ele sorriu para ela. – Acredite, eu adoraria ir embora. Nas últimas horas percebi que não sou corajoso. Mas não posso ir. Sinto muito.

– Então nós também não podemos.

– Estou ordenando que vocês saiam. A morte de vocês, essa sim, seria um gesto vazio. Olha, eu sei que é seu trabalho me proteger, mas no caso isso seria impedir um ataque. Ou mesmo levar um tiro para proteger o presidente. Só que vocês não podem levar uma bomba por mim. Se ela explodir, vocês não terão como me proteger. Minha morte seria uma declaração ao mundo de que não seremos intimidados. A morte de vocês não teria sentido. Vocês precisam ir. E eu preciso ficar.

Eles recusaram, claro. Mas a agente fez uma concessão ao seu comandante em chefe. Os agentes que tinham filhos pequenos foram redesignados para a cerca externa, onde poderiam estar mais seguros.

Só quando Williams estava sozinho o general saiu do banheiro privativo. Os dois ficaram diante da janela, olhando por cima do Gramado Sul.

– Só para que saiba, senhor presidente: o senhor é um homem muito corajoso.

– Obrigado, general, mas diga isso à minha cueca.

– Isso é uma ordem, senhor?

Williams riu e olhou para o chefe do Estado-Maior Conjunto. Enquanto vivesse, Williams não se esqueceria da expressão do sujeito parado junto à porta, quando percebeu que todos os Rangers no platô estavam mortos. Incluindo sua ajudante de campo, que ele próprio havia escolhido para comandar o ataque. Um ataque, uma distração, que tinha sido ideia do general.

Mesmo agora, horas depois, a expressão de horror continuava presente, como uma membrana, uma cobertura que só era visível para quem estivesse muito perto.

Williams suspeitava que aquilo não sumiria enquanto o general vivesse.

Eram 2h45.

De modo que podiam ser mais 25 minutos.

EM MEIO À NEVASCA, ELLEN PODIA ver passando os brutais edifícios soviéticos do pós-guerra. E as pessoas, de cabeça baixa, também ficando para trás. Encolhidas contra o vendaval. Indo com dificuldade para o trabalho. Sem parar para olhar enquanto o comboio de carros passava.

Apesar de não ser apaixonada pelos líderes, a secretária Adams gostava muito do povo russo. Pelo menos das pessoas que tinha conhecido. Eram mais do que resilientes; eram vibrantes, cheias de vida e risos. Sempre generosas e hospitaleiras. Prontas para compartilhar uma refeição, uma garrafa. Ellen jamais poderia negar a força do povo russo. Apesar de achar uma lástima eles terem lutado corajosamente para expulsar os nazistas e o fascismo externo apenas para vê-lo se esgueirar vindo de dentro.

Ellen estava com bastante medo de que, se sua missão fracassasse, o mesmo acontecesse nos Estados Unidos. De que na verdade já estivesse acontecendo.

Tinham obtido uma vitória contra o déspota, depondo-o em uma eleição justa. Mas a vitória era frágil. Mesmo assim, o trabalho dela não era convencer o eleitorado. Era garantir que o país chegasse à próxima eleição.

Olhou a hora. Eram 9h55 da manhã, hora de Moscou.

Isso dava 2h55 em Washington.

Viu à frente as notáveis cúpulas em forma de cebola do Kremlin, aparecendo e desaparecendo através da neve. Ellen e Betsy tinham se aquecido, pelo menos o suficiente para pararem de tremer, mas seus sapatos estavam encharcados e as roupas, molhadas e manchadas da neve oleosa no asfalto da pista.

Ellen ansiava, e muito, por um longo banho quente. Mas isso não ia acontecer.

Betsy verificou seu celular. Tinha encontrado o ex-correspondente da Casa Branca morando no Quebec, em um pequeno povoado chamado Three Pines. Ele havia mudado de nome, mas era ele.

Mandou uma mensagem pedindo ajuda.

Apesar da hora tardia, ele respondeu. Explicou que tinha começado uma nova vida. Tinha se apaixonado e agora morava com a dona de uma livraria, uma mulher chamada Myrna. Trabalhava na loja três dias por semana e no restante do tempo fazia serviços voluntários pela cidadezinha.

Limpando neve, entregando comida. Aparando gramados no verão.

Estava feliz. Vá embora.

Não tinha perguntado do que se tratava, mas pela resposta Betsy suspeitou que ele tinha adivinhado.

Mesmo assim, era melhor ser clara.

IAE, escreveu e apertou o ícone de enviar.

Desde então houve silêncio, mas Betsy teve a impressão de sentir o medo dele pulsando pelo aparelho, como se funcionasse feito um aplicativo.

— Senhora secretária.

Ellen foi recebida à porta do Kremlin por uma assessora do presidente Ivanov, que sorriu e os fez entrar, então pediu que a equipe de segurança de Ellen entregasse as armas.

– Sinto muito, senhorita – disse Steve. – Mas não podemos fazer isso. Acredito que temos autorização diplomática para portar armas. – Ele mostrou suas credenciais.

– *Spasibo*. Sim, em circunstâncias normais isso é verdade, mas como esta é uma visita marcada em cima da hora, não tivemos tempo de preparar a papelada.

– Que papelada? – Na superfície, Steve Kowalski estava perfeitamente calmo, mas Ellen podia ver a veia latejando na têmpora dele.

– Ah, vocês sabem como são as democracias – disse a assessora com um sorriso. – Sempre há formulários para preencher.

– Não como nos bons e velhos tempos – observou Betsy, e recebeu um olhar de aço.

– Tudo bem – disse Ellen a Steve, baixinho.

– Não está bem, não, senhora secretária. Se acontecer alguma coisa...

– Você ainda estará comigo. E nada vai acontecer. Vamos resolver isso logo e ir embora.

Eram 10h02.

Restavam oito minutos.

Doug Williams estava sentado no sofá do Salão Oval, de frente para o general.

Fazia anos que os dois se conheciam. O presidente conhecia até a esposa e o filho do general, que tinha passado um tempo na Força Aérea no Afeganistão. Williams sentiu que deveria dizer para ele ir embora, mas a verdade era que estava gostando da companhia.

Os dois seguravam copos de uísque. Tinham bebido o primeiro, brindando à saúde um do outro, e agora acalentavam o segundo.

Williams não sabia se era mesquinharia da sua parte, mas tinha ordenado que Tim Beecham voltasse de Londres. A ideia de seu diretor de Inteligência Nacional sentado no hotel Brown's, desfrutando de um café da manhã inglês completo enquanto ele estava em cima de uma bomba nuclear era demais.

Beecham só chegaria em algumas horas, mas mesmo assim isso dava uma pequena satisfação ao presidente.

Enquanto os dois conversavam, Williams não conseguia deixar de sentir que deveriam falar de coisas com significado histórico, de vital importância política ou pessoal. Mas terminaram falando de cachorros.

O cachorro do general era um pastor-alemão chamado Pine. Segundo disse ao presidente, ele tinha sido presente de um amigo íntimo que morava em um povoado no Quebec. Em um verão, o general visitou o amigo, um alto oficial da Sûreté. Os dois se sentaram no banco da praça do povoado, à sombra de três enormes pinheiros. Ele ouviu os pássaros, a brisa e as crianças brincando e se sentiu em paz pela primeira vez em décadas.

Tanto que deu ao cachorro o nome do povoado.

Williams falou de Bishop, um golden retriever que recebeu esse nome não por causa de um eclesiástico, e sim por uma escola onde o presidente havia estudado e pela qual tinha um apreço especial. Talvez porque tivesse sido onde ele e sua falecida esposa haviam se conhecido. Normalmente Bishop se sentava ou dormia embaixo da mesa no Salão Oval, mas Doug Williams tinha pedido que o chefe do seu destacamento do serviço especial o levasse para longe da Casa Branca.

E cuidasse dele. Se necessário.

Restavam cinco minutos.

– Senhora secretária.

Maxim Ivanov estava no meio da sala, imóvel. Obrigando Ellen a ir até ele, coisa que ela fez. Aqueles gestos mesquinhos, destinados a insultar, não tinham efeito sobre ela. Antigamente, poderiam tê-la incomodado, mas hoje não.

– Senhor presidente.

Os dois se apertaram as mãos e Ellen apresentou Betsy, enquanto Ivanov apresentava seu principal auxiliar. Não era um conselheiro, observou Ellen. Ninguém aconselhava aquele homem. Pelo menos não duas vezes.

Ivanov era muito menor do que ela havia esperado. Mas sua presença era forte. Estar perto dele era como estar perto de um explosivo cujo detonador estivesse preso por um elástico bem esticado, prestes a se romper.

Não existia quase nenhuma diferença entre o presidente russo e o caos. Ele tinha isso, e muito mais, em comum com Eric Dunn. A diferença, imediatamente óbvia, era que Maxim Ivanov era para valer.

Um tirano implacável, versado tanto na opressão sutil quanto na cruel.

Apesar de Eric Dunn ter um instinto natural para os pontos fracos dos outros, o que ele não tinha era cálculo. Era preguiçoso demais para isso. Mas aquele homem ali? Ele calculava tudo, com uma frieza capaz de causar arrepios na Sibéria.

Mas Ivanov não contava com – não previra – Ellen Adams. Não tinha esperado que a secretária de Estado pulasse no *Força Aérea Três* e fosse a Moscou. Ao Kremlin. Bem à sua sala.

De sua parte, Ellen podia ver que por baixo do olhar de aço havia uma confusão rara. E junto com ela um pouco de medo. E, junto com isso, raiva.

Ele não gostava daquilo. Não gostava dela. Nunca havia gostado, e agora gostava menos que nunca.

Mas Ellen também podia ver que, diante dela, a confiança dele estava retornando. E sabia o motivo.

Era porque ela estava horrível. O cabelo desgrenhado, volumoso de um lado e grudado na cabeça do outro. Tinha se preparado no avião, mas a nevasca estragara tudo.

Sua roupa estava úmida e suja. Os sapatos chapinhavam enquanto ela se aproximava.

Aquela não era uma representante formidável de uma superpotência. Mais parecia um rato afogado do que uma secretária de Estado americana. Patética. Fraca. Como o país que ela representava. Ou pelo menos era o que ele pensava. Ou pelo menos era o que ela queria que ele pensasse.

– Café? – perguntou ele, usando um intérprete.

– *Pozhaluysta* – respondeu Ellen. Por favor.

Podia ter pedido para ir ao banheiro se arrumar antes do encontro com o presidente Ivanov, mas tinha optado por não fazer isso. Sabia que homens como Ivanov e Dunn sempre desvalorizavam e subestimavam as mulheres. Sobretudo uma mulher desgrenhada.

Era uma vantagem bem pequena para ela. E era melhor não cometer o mesmo erro e subestimar Ivanov. Coisas ruins aconteciam com quem fazia isso.

O tempo estava correndo e, agora que tinha deixado a primeira impressão, ela podia pedir.

– O senhor se importa, presidente, se minha conselheira e eu formos nos arrumar?

– De jeito nenhum. – Ele sinalizou para a auxiliar, que levou as mulheres até o banheiro.

Era rudimentar, mas atendia a todas as necessidades. E, acima de tudo, era privado.

Assim que entrou, a primeira coisa que Ellen fez foi uma ligação.

Restavam noventa segundos.

O telefone do presidente Williams tocou. Ele olhou para o aparelho. Era Ellen Adams.

– Você tem alguma coisa? – perguntou ele, deixando a esperança crescer.

– Não, sinto muito.

– Entendo. – O desapontamento, a aceitação, eram óbvios na voz dele. Não haveria salvação. A cavalaria não ia chegar.

3 10 1600

Restavam cinquenta segundos.

– Acabamos de chegar ao Kremlin e eu queria... – começou Ellen, mas parou. – Não queria que o senhor estivesse sozinho.

– Não estou. – Williams disse quem estava com ele.

– Fico feliz. Bom, feliz não é...

– Sei o que você quer dizer.

Restavam trinta segundos. Betsy estava perto o bastante para ouvir. O coração das duas batia com força.

No Salão Oval, Doug Williams se levantou. O general também.

Vinte segundos.

As mulheres se encararam.

Os homens se encararam.

Dez segundos.

Williams fechou os olhos. O general fechou os olhos.

Um bosque cheio de flores selvagens. Um belo dia ensolarado.

Dois.

Um.

Silêncio. Silêncio. Um grande silêncio.

Esperaram. A coisa podia atrasar alguns segundos. Talvez até um minuto.

Williams abriu os olhos e viu o general encarando-o. Mas ambos continuaram sem falar. Não ousavam.

– Ah, meu Deus – disse Anahita. – Acho que descobri. O que significa "3 10 1600".

– O que é? – perguntou Boynton enquanto eles se juntavam ao redor dela.

– O que você falou sobre pensar do ponto de vista de um jihadista – disse ela a Zahara. – Quando dizemos "9/11", todos sabemos o que isso significa. É o 11 de Setembro. E se "3 10" for a mesma coisa para a Al-Qaeda?

– Por quê? – perguntou Katherine. – O que poderia significar?

– Osama bin Laden nasceu no dia 10 de março: 3/10, com a data em inglês. – Anahita virou o celular para que vissem a biografia que ela havia pesquisado. – Estão vendo? É o aniversário dele. Hoje. A Al-Qaeda jurou se vingar da morte dele pelas mãos dos americanos. Por isso as bombas foram programadas para explodir hoje. Eles estão fazendo uma declaração. É uma coisa simbólica.

– É vingança – disse Boynton.

Katherine estava olhando o celular, e assentiu.

– É verdade. Ele nasceu em 10 de março de 1957. E o que significa "1600"?

– É a hora em que ele foi morto – respondeu Zahara.

– Não – disse Katherine. – Estou lendo aqui que ele foi morto à uma da madrugada.

– No Paquistão – explicou Gil. – Isso dá quatro da tarde na costa leste dos Estados Unidos.

– Sabemos disso por causa da época em que a gente trabalhava em Islamabad e mandava informações para Washington – disse Anahita, sustentando o olhar de Gil. – Precisamos avisar sua mãe.

– Aqui. – Gil lhe entregou seu celular. – Você decifrou o código, você manda a mensagem.

Ellen examinou rapidamente a mensagem e a leu para o presidente.

Doug Williams soltou o ar.

– Parece que temos mais treze horas, general. Então poderemos fazer tudo isso de novo.

Quando ele explicou sobre o código, o general assentiu.

– Temos tempo para encontrar essas malditas bombas. E vamos encontrar. – Ele gritou para Ellen, ainda ao celular. – Obrigado, senhora secretária! E tome cuidado.

– O senhor também. Vejo vocês na Casa Branca. Vou voltar para casa assim que terminar aqui.

– Talvez você queira dar um tempo aí – disse Williams. – Amanhã já está bom.

CAPÍTULO 40

Enquanto se arrumavam, Betsy contou a Ellen sobre o jornalista.

– Ele está com medo – disse ela. – Foi por isso que não apenas saiu do jornal, mas também do país, e mudou de nome.

– Então ele pode saber de alguma coisa? – perguntou Ellen.

– Acho que sim.

– Precisamos falar com ele.

– Vamos sequestrá-lo? – perguntou Betsy. Ela parecia quase feliz com a ideia.

– Meu Deus, Bets, acho que podemos deixar uma pessoa dessequestrada.

– Não sei se essa palavra existe.

– Acho que essa não é a questão. Não, nós precisamos de alguém capaz de argumentar com ele. Você pode descobrir se ele tem parentes ou amigos próximos? Alguém que possamos mandar para lá, depressa?

Ao sair do banheiro, Ellen entregou o celular a Steve, que examinou seu rosto. Sabendo o que podia ter acabado de acontecer em Washington.

– Está tudo bem – disse ela, e viu o alívio.

– Eu estava preocupado achando que tinha ido embora, Sra. Adams – disse o presidente Ivanov quando elas voltaram. – Seu café está esfriando.

– Tenho certeza de que está delicioso. – Ela tomou um gole, e estava mesmo. Intenso e forte.

– Bom, devo admitir que estou curioso com o motivo da sua vinda. – Ivanov se recostou na poltrona e escancarou as pernas. – Direto do Paquistão, para onde a senhora foi partindo de Teerã. E antes disso esteve em Omã, visitando o sultão, e antes disso em Frankfurt. A senhora andou ocupada.

— E o senhor andou de olho em mim – disse Ellen. – É bom saber que se importa.

— Ajuda a passar o tempo. E agora a senhora está aqui. – Ele a encarou. – Acho, senhora secretária, que posso adivinhar o motivo.

— Imagino se isso é verdade, senhor presidente.

— Devemos apostar? Aposto um milhão de rublos que tem a ver com as bombas que explodiram na Europa. A senhora veio me pedir conselho. Mas não tenho ideia de por que acha que eu poderia ajudar.

— Ah, creio que há muito pouca coisa de que o senhor não tenha ideia. E em parte o senhor está certo. Talvez devêssemos dividir os ganhos.

O sorriso dele murchou. Quando falou de novo, sua voz saiu dura, as palavras tensas.

— Então deixe-me especificar.

Para Maxim Ivanov, a única coisa mais importante do que estar certo era não estar errado. E certamente não ouvir que estava errado de uma mulher desgrenhada, desalinhada, de meia-idade. Uma neófita no jogo que ele dominava.

Cada reunião com outro Estado era uma guerra, e ele venceria. Jamais existia empate.

— Sim? – Ellen inclinou a cabeça, como se ele a divertisse.

— Vocês descobriram que os cientistas mortos naquelas explosões não eram os mesmos que Bashir Shah contratou para trabalhar nas bombas nucleares que ele está vendendo aos clientes. A senhora está aqui com esperanças de que eu possa ajudá-la a encontrar essas bombas antes que elas também explodam.

— Quanta coisa o senhor sabe, senhor presidente. E, de novo, está certo em parte. Vim aqui por causa de uma bomba, mas não do tipo nuclear. Já temos isso sob controle. Vim como cortesia. Para ajudá-lo a desarmar algo que está para explodir mais perto de casa.

Ivanov se inclinou para a frente.

— Aqui? No Kremlin? – Ele olhou em volta.

— Por assim dizer. Como o senhor sabe, meu filho trabalha para a Reuters. Ele me mandou uma matéria que está para ser publicada, e eu pensei, como sinal de respeito, que deveria mostrá-la primeiro ao senhor. Pessoalmente.

– A mim? Por que a mim?

– Bom, ela tem a ver com você, Maxim.

Ivanov se recostou de novo e sorriu.

– A senhora não continua atrás daquela matéria sobre mim e a máfia russa, não é? Isso não existe e, se existisse, eu poria um fim. Não vou admitir que ninguém tente solapar a Federação Russa ou fazer mal aos seus cidadãos.

– Muito nobre. Tenho certeza de que o povo da Chechênia ficará feliz de saber. Mas não. Não é sobre a máfia.

Betsy estava sentada imóvel, o rosto plácido, ainda que não soubesse de nada daquela história. Durante o voo, Ellen tinha passado algum tempo no computador, mas não falara com Gil. Então o que estivera fazendo?

Como Ivanov, Betsy estava curiosa para ver onde aquilo ia dar. Se bem que, a julgar pelo rosto, pelo corpo retesado, ele podia estar ligeiramente mais curioso do que ela.

– Então...? – perguntou Ivanov.

– Então... – Ellen assentiu para Steve, que lhe trouxe seu celular. Depois de alguns cliques e rolagens, ela virou o aparelho.

Betsy não conseguia ver a tela, mas via o rosto de Ivanov, que ficou subitamente vermelho. Depois roxo.

Seus olhos cinzentos se estreitaram e os lábios se comprimiram. E dali emanava uma fúria que ela jamais havia sentido. Era como levar uma tijolada na cara. E Betsy descobriu que estava com medo.

Estavam dentro da Rússia. Dentro do Kremlin. A Segurança Diplomática de Ellen estava desarmada. Até que ponto seria difícil sumir com elas? Espalhar a notícia de que tinham pegado um voo interno e que o avião havia caído?

Olhou para Ellen, cujo rosto estava indecifrável. Mas um latejar minúsculo na têmpora a entregava. A secretária de Estado americana também estava com medo.

Mas não ia recuar.

– Que porra é essa?! – gritou Ivanov.

– O quê? – disse Ellen, já sem traço de diversão na voz. Agora havia uma frieza, uma aspereza, que Betsy raramente ouvira. – Não é a primeira vez que você vê fotos como essa, é, Maxim? Você mesmo já as utilizou. E se deslizar para a direita, verá um vídeo. Mas eu não faria isso. É bem horrível. Não chega aos pés daquele em que você está sem camisa montado naquele cavalo, embora Gil tenha me dito que o cavalo aparece em outro vídeo.

Agora Betsy estava realmente curiosa.

Ivanov olhava furioso para Ellen, incapaz de falar. Ou, mais provavelmente, com todas as palavras se amontoando como um engarrafamento na garganta.

Ellen fez menção de guardar o celular, mas a mão de Ivanov avançou, agarrou-o e o jogou contra a parede.

– Ora, Maxim, não precisa dar um chilique. Isso não vai levá-lo a lugar nenhum.

– Sua vagabunda idiota!

– Vagabunda, talvez, mas sou mesmo tão idiota? Aprendi isso com você. Quantas pessoas você chantageou, quantas arruinou com imagens manipuladas de pedofilia? Quando você se acalmar, podemos conversar como adultos.

Betsy notou, com alívio, que Steve e o outro agente da Segurança Diplomática tinham se aproximado consideravelmente. Steve tinha recuperado o celular e o devolveu a Ellen, que o verificou.

Ainda estava funcionando.

– Sabe – disse ela, equilibrando-o no joelho, provocando Ivanov –, você deu sorte. Se tivesse quebrado o celular e eu não pudesse contatar meu filho, essa história seria postada. Agora você tem cinco minutos para desarmar essa bomba. – Ela assentiu na direção do celular. – Antes que ela exploda.

– Você não faria isso.

– E por que não?

– Isso destruiria qualquer esperança de paz entre nossas nações.

– Verdade? E essa é a paz que vem não com uma, nem duas, e sim com três bombas nucleares?

Ele fez menção de falar, mas ela levantou a mão, interrompendo-o.

– Chega. Estamos perdendo um tempo que nenhum de nós tem. – Ela se inclinou para ele. – Você não somente comanda a máfia russa, você a criou. É o pai dessa obscenidade e ela faz o que você manda. A máfia russa tem acesso ao urânio russo. E como? Através de você. Especificamente urânio-235, minerado no sul dos Urais. Físsil. A assinatura desse urânio foi encontrada na fábrica que as forças americanas atacaram ontem à noite no Paquistão. O urânio foi vendido pela máfia a Bashir Shah, que contratou físicos nucleares para transformá-lo em bombas sujas. Em seguida, ele as vendeu à Al-Qaeda, que as colocou em cidades americanas. Tudo isso sob o seu respaldo. Preciso saber onde Shah está e preciso saber exatamente onde as bombas estão. E preciso saber quando vão explodir. Exatamente.

– Isso é fantasia.

Ela pegou o celular e redigiu uma mensagem. Em seguida pairou o dedo sobre o ícone de enviar. Não havia como duvidar de sua disposição, nem da repulsa que sentia ao olhar para ele.

– Vá em frente – disse ele. – Ninguém vai acreditar.

– Eles acreditaram quando você manipulou fotos semelhantes para prejudicar seus opositores. É sua jogada predileta, não é? A bomba de nêutron dos assassinatos políticos. Uma acusação de pedofilia, completa com fotos. É garantia de sucesso.

– Sou respeitado demais – disse Ivanov, mas tinha fechado as pernas. – Ninguém acreditaria. Ninguém ousaria acreditar.

– Ah, e aí está. O medo. Você governa pelo medo. Mas isso não cria lealdade, apenas inimigos à espera. E isso... – ela levantou o celular – é o pavio que vai acender a revolução. Pedofilia, Maxim. Acredite, não são imagens fáceis de esquecer. Mas provavelmente você está certo. Vejamos.

Antes que ele pudesse dizer qualquer coisa, ela apertou o ícone de enviar.

– Espera! – gritou ele.

– Tarde demais. Já foi. Gil vai receber essa mensagem e em trinta segundos vai postar a matéria. Em um minuto, vai ter se espalhado pela rede mundial da Reuters. Em três, vai ser notada por outras agências. Segundos depois, você vai estar nas mãos das redes sociais e vai viralizar. Em quatro minutos, sua carreira, a vida que você conhece, estará acabada. Até os que dizem não acreditar vão esconder os filhos e trancar os animais de estimação quando virem você chegando.

Ele a encarou com um ódio explícito.

– Vou processar vocês.

– Claro. Eu também processaria. Mas infelizmente o dano já estaria feito.

Sempre há uma chance, senhor presidente, de que nos próximos segundos eu consiga impedir que o Gil poste.

– Não sei onde estão as bombas.

Ellen se levantou. Betsy se levantou com ela, fechando os punhos para impedir as mãos de tremerem. Até chegarem ao *Força Aérea Três*, estariam à mercê daquele homem. E o suprimento de misericórdia era pequeno na Rússia de Ivanov.

– É verdade! – gritou ele. – Cancele a matéria.

– Por quê? Você não me deu nada. Além disso, eu realmente não gosto de você. Vou adorar vê-lo cair. – Ela foi para a porta. – Teremos uma chance muito melhor de paz quando você estiver cuidando das rosas na sua *dacha*.

– Eu sei onde está Shah.

Ellen parou. Ficou imóvel. Depois se virou.

– Diga. Agora.

Ivanov hesitou. E por fim respondeu:

– Em Islamabad. Ele estava bem debaixo do seu nariz.

– De novo você está errado. Ele esteve lá, mas foi embora. Deixou para trás o corpo do secretário militar, com uma bomba armada para explodir. Sabia disso? Você deve ter demorado um bom tempo preparando o general Lakhani como seu agente. E agora vai ter que recomeçar, mas acho que vai encontrar o primeiro-ministro Awan menos ingênuo do que antigamente. Tudo isso graças a Shah. Ele não é um aliado muito estável, não é? – Ela o encarou com raiva. – Onde ele está? – Ellen levantou a voz. – Diga!

– Nos Estados Unidos.

– Onde?

– Na Flórida.

– Onde?

– Em Palm Beach.

– Você está mentindo. A propriedade dele está sob vigilância. Ninguém chegou lá.

– Não é lá – disse Ivanov. Agora ele sorria.

– Tique-taque, senhor presidente. Onde em Palm Beach?

Embora àquela altura Ellen e Betsy soubessem a resposta. Mesmo assim foi um choque ouvi-la sair dos lábios finos do presidente russo.

CAPÍTULO 41

– Eu me recuso a acreditar – disse o presidente Williams. – Tudo que temos é a palavra de um tirano. Eric Dunn é um idiota arrogante, um idiota útil para Ivanov e até para Shah, mas nunca protegeria intencionalmente um terrorista. Ivanov está mentindo, está manipulando você.

Ellen soltou o ar, exasperada, e olhou para Betsy. Estavam no *Força Aérea Três*, indo para casa.

– Ele não está errado – disse Betsy. – Você viu a expressão do Ivanov. Se ele pudesse esfolar você viva, teria esfolado. Não há garantia de que ele esteja dizendo a verdade, mesmo depois da chantagem com as fotos. Sobretudo depois. A esta altura, ele faria quase qualquer coisa para destruir você.

Ellen tinha coberto o celular com a mão, mas ainda podia ouvir a voz bem baixinha do presidente dos Estados Unidos, como se estivesse presa no aparelho:

– Chantagem? Que fotos?

Ela levantou a mão e explicou.

– Puta que pariu. Você fez isso? E a criança...?

– O menininho foi gerado por computador. Ele não existe – disse Ellen.

– Graças a Deus. Mas você manipulou fotos, depois chantageou um chefe de Estado?

– Ele é o chefe de uma organização criminosa que ajudou a colocar bombas nucleares em solo americano. É, eu fiz isso, e faria mais, se fosse necessário. O que você esperava que eu fizesse? Tortura com afogamento? Olha, você pode estar certo, ele pode ter mentido sobre o Shah estar na casa do Dunn. Só há um modo de descobrir.

– Imagino que você não esteja sugerindo tocar a campainha.

– Não. Estou sugerindo um grupo de comando atacar a casa de um ex-presidente para sequestrar um hóspede dele.

– Ah, meu Deus. – Ele suspirou. – Escuta, Ellen, Ivanov é esperto. Se isso for um golpe, nós podemos estar fazendo o jogo dele. Mesmo se acharmos Shah e as bombas e conseguirmos desarmá-las, vamos ser criticados não somente por violar a lei, mas por atacar um rival político. Atacar literalmente, com armas de verdade. Santo Deus, se eu autorizar um ataque à propriedade dele, Eric Dunn pode até ser ferido. E aí? – Os dois ficaram em silêncio por um momento até que o presidente Williams perguntou: – Você acredita que Dunn seja um agente russo?

Ellen respirou fundo.

– Talvez não de propósito, mas acho que pode ser, involuntariamente. Não que isso importe. O resultado é o mesmo. Se Dunn voltar ao governo, ele será uma marionete. Os Estados Unidos serão como um Estado russo. Maxim Ivanov estará no comando. Então vai instalar alguém dele como primeiro-ministro do Paquistão e garantir que o próximo grão-aiatolá do Irã seja leal à Rússia. Ivanov vai se tornar realmente a superpotência que ele sempre disse ser.

– Merda. – Betsy suspirou.

– Merda mesmo – disse Williams. – Acho que nossa única esperança é perguntar ao Dunn se Shah está lá e, se estiver, apelar para ele entregá-lo voluntariamente. Se ele obedecer, ótimo. Se não, pelo menos temos prova de que tentamos.

– Desculpe, presidente, mas o senhor está maluco? Esqueceu com quem estamos lidando? Isso poderia funcionar com qualquer outro ex-presidente, mas qualquer outro presidente jamais teria Bashir Shah como hóspede. Não podemos correr o risco. Perguntar a Dunn é o mesmo que avisar a Shah. Nossa única esperança é a surpresa.

– Que não funcionou em Bajaur ontem à noite.

– É. – Aquilo não era somente trágico; era preocupante. Para dizer o mínimo. Os insurgentes pareciam saber que os Rangers estavam a caminho.

"Casa Branca", tinha dito o homem agonizante. *IAE*, tinha escrito Pete Hamilton, quase com certeza sabendo o que estava prestes a acontecer com ele.

Os dois tinham morrido tentando comunicar a mesma coisa. *Traidor.*

Essa pessoa tinha avisado a Shah sobre o ataque, e Shah tinha avisado ao Talibã. Que tinha matado os Rangers.

Essa mesma pessoa devia saber sobre as bombas sujas. Provavelmente tinha até mesmo colocado uma na Casa Branca. Precisavam descobrir quem era. E para isso Ellen precisava se arriscar.

– Há uma coisa que não lhe contei, senhor presidente.

– Ah, meu Deus, não diga que você sequestrou o Ivanov.

– Não, mas...

– O que é?

– Antes de ser assassinado, Pete Hamilton mandou uma mensagem para Betsy. Três letras. *IAE*.

Ela esperou. Houve silêncio.

– Soa vagamente familiar – disse Williams. – IAE. Mas não consigo lembrar. O que significa?

– Informante do Alto Escalão.

– Ahhh. – Ele riu. – É isso. Era uma piada no Congresso alguns anos atrás. Um jornalista andou fazendo perguntas. Era tudo parte de uma enorme conspiração da extrema direita. – Ele falava como se a ideia parecesse ridícula.

– É, hilário.

Houve silêncio de novo.

– Acho que não é tão engraçado agora – admitiu ele.

– O senhor acha? Pete Hamilton morreu porque descobriu. A última coisa que ele fez foi mandar essa mensagem. E, só para constar, não creio que seja apenas uma conspiração da extrema direita. Acho que vai além disso.

– Você acredita que existe um informante do alto escalão?

– Acredito.

– E por que não me contou antes?

– Eu não podia arriscar que mais alguém descobrisse. Alguém próximo do senhor.

– Quer dizer, minha chefe de gabinete.

– É. Barb Stenhauser tem o nível mais alto possível. E nós descobrimos que a secretária dela era a mulher que estava com Hamilton no bar. Agora ela está desaparecida. O senhor precisa admitir que é estranho.

– O que preciso admitir é que qualquer pessoa esperta e paciente o bastante para organizar tudo isso também se certificaria de ter bodes expiatórios. Não acha?

Ellen ficou em silêncio.

– E você não acha que a minha chefe de gabinete seria um alvo muito óbvio? Talvez óbvio demais?

– O senhor pode estar certo. O único modo de descobrir é rastrear esse site do IAE. Conseguir o nome. E isso implica encontrar Alex Huang.

– Quem?

– O correspondente que estava fazendo perguntas.

– Como você sabe o nome dele?

– Ele era meu correspondente. Largou o trabalho antes de conseguir a história completa. Na época, disse que o IAE não deu em nada. Provavelmente não passava de uma invenção dos conspiracionistas. Eles podiam inventar qualquer maluquice e atribuí-la ao misterioso IAE.

– É por aí mesmo.

– Eu nunca mais pensei nisso, até que Pete Hamilton morreu nos mandando essa informação. E o informante iraniano disse "Casa Branca" logo antes de morrer. Não podemos ignorar.

– Onde ele está? O jornalista?

– Betsy o encontrou. Ele mudou de nome e está escondido em uma cidadezinha no Quebec. Um lugar chamado Three Pines. Mas se recusa a falar. Quero achar alguém que consiga convencê-lo. Alguém em quem ele confie. Se nós o encontramos, Shah não deve estar muito longe.

– E se ele não quiser dizer o que sabe sobre o IAE? Vamos sequestrá-lo também? Por que não? Poderíamos invadir outro país soberano, outro aliado. Tenho certeza de que o Canadá não iria se importar.

Ele sentiu que estava saindo da linha e recuou. Precisava manter a cabeça no lugar para sair vivo daquele dia, depois de encontrar as bombas e desarmá-las.

– Escutem... Shah é o nosso principal alvo, nossa prioridade. Se nós o pegarmos, o resto não importa. Mas para pegá-lo preciso autorizar uma operação sigilosa. Em plena luz do dia. Contra nosso próprio povo. Contra um ex-presidente. Só para deixar claro: isso é ilegal.

– É, bom, plantar bombas nucleares provavelmente também é – observou Betsy.

– Doug, as chances de você ou eu sobrevivermos fisicamente a este dia, quanto mais politicamente, são bem pequenas – disse Ellen. – Um tempo na prisão deve ser a menor das nossas preocupações. Se Shah sabe onde estão as bombas, e nós temos... – ela olhou para o relógio, que ironicamente era um relógio atômico, em sua mesa no *Força Aérea Três* – dez horas para encontrá-las e desarmá-las, meu voto é violarmos todas as leis para conseguir. E deixar o barco correr para ver aonde vai dar.

– Esse barco vai virar e nós vamos para o fundo, Ellen. – Ele não parecia simplesmente exausto, mas arrasado. E resignado. – Vou dar o pontapé inicial. É melhor isso funcionar. É melhor que Shah esteja lá.

O *Força Aérea Três* estava se preparando para pousar na Base Aérea Andrews enquanto Eric Dunn se preparava para a primeira tacada e os comandos se preparavam para invadir a propriedade.

O horário do presidente Dunn no campo de golfe tinha sido adiado, segundo explicou a secretária do clube ao aborrecido assessor de Dunn, devido a um problema inesperado no computador.

O Batalhão de Operações Especiais o observou sair da casa, e então se posicionou.

Podiam ver os seguranças. Eram de uma empresa particular, com fuzis de assalto e carregados com tantos cintos de munição que eles não somente faziam barulho ao patrulhar, mas também mal conseguiam se mexer.

Em contraste, os operadores da Força Delta contavam com a furtividade e a velocidade. Carregavam facas, pistolas, cordas e fita adesiva. Só isso.

Qualquer comando de verdade sabia que o pessoal era mais importante que o equipamento. O sucesso da missão dependia mais de treinamento e do caráter do soldado que das armas.

Os membros da milícia de direita, por outro lado, davam mais valor a uma Uzi do que à estabilidade mental.

Os agentes do Serviço Secreto que normalmente guardavam um ex-presidente tinham sido marginalizados pela segurança particular de Dunn. E naquela manhã, depois de um aviso discreto do quartel-general, o Serviço Secreto havia recuado ainda mais.

O líder da equipe de operações sigilosas só precisou observar os seguranças particulares por alguns minutos para deduzir qual era a rotina deles.

Quando deu o sinal, seu pessoal pulou o muro, pousando feito gatos do outro lado, e correu em silêncio para a residência. Aparelhos de escaneamento haviam identificado onde estavam as pessoas na casa e, ainda que pudessem tentar adivinhar onde Shah se encontrava, não tinham certeza.

A ordem era não provocar baixas. Ninguém deveria se machucar. Era pegar o sujeito e sair.

Uma tarefa quase impossível, mas aquele tipo de tarefa era o único que aqueles comandos recebiam.

Enquanto um grupo subia a escada, outro ocupou o andar principal, um terceiro o porão e dois se esgueiraram pelo quintal dos fundos, onde havia um homem sentado no pátio.

– Não é ele – informou a agente, e recuou antes que pudesse ser vista. Em seguida foi para o segundo alvo.

– Não é ele.

– Não é ele.

– Não é ele.

Um a um eles reportaram, enquanto na Casa Branca e no *Força Aérea Três*, Williams, Ellen e Betsy observavam as imagens das câmeras presas às roupas. Prendendo a respiração. Se Shah não estivesse lá...

– Não é ele – informou o último agente.

– Ele não está aqui – disse o vice-comandante.

Houve silêncio por um instante, antes que o líder falasse:

– Tem gente na cozinha.

– São todos funcionários – respondeu outro. – Um cozinheiro, um lavador de pratos e um garçom. Confirmados.

– Meu scanner mostra quatro pessoas. Uma delas devia estar dentro do frigorífico. – O frigorífico era forrado de metal, e as pessoas lá dentro não apareceriam. – Verifiquem de novo.

Dois agentes desceram silenciosamente a escada dos fundos até o porão, entrando em um cômodo lateral e quase esbarrando em uma funcionária que estava subindo com seu café da manhã.

Enquanto se aproximavam da cozinha, sentiram o cheiro inconfundível de coentro e pão fritando. E uma voz em um inglês com leve sotaque.

– Isso se chama *paratha* – dizia o homem junto ao fogão, enquanto mexia um triângulo de pão na panela de ferro fundido. – Quando estiver quase pronto, acrescentamos a mistura de ovos.

Os homens da Força Delta entraram na cozinha. O cozinheiro mal tinha avistado os intrusos e o homem mal tinha começado a se virar para olhar quando uma fita adesiva foi posta em sua boca e um saco cobriu sua cabeça.

– Nós o pegamos.

Um dos agentes o jogou por cima do ombro; em seguida, eles se viraram e correram. Saíram em segundos, antes que o cozinheiro ou o lavador de pratos pudesse reagir.

Subiram correndo a escada, com o corpo chutando, retorcendo-se e gemendo. Os agentes foram guiados pelo apoio técnico, que dizia onde as pessoas estavam.

Enfiando-se em um cômodo, esperaram até que empregados e seguranças passassem correndo, convergindo para a cozinha, reagindo aos gritos.

Os Deltas entraram e saíram em minutos.

Doze minutos depois, um helicóptero civil decolou de um campo particular, seguindo para norte.

O Força Aérea Três havia pousado, mas Ellen e Betsy permaneceram a bordo para assistir à operação.

– Por favor, meu Deus – disse Ellen quando o helicóptero decolou. – Que seja o Shah, e não algum pobre cozinheiro.

– Tirem o capuz dele – ordenou o presidente Williams, e o comandante da Força Delta obedeceu.

Encarando-os estava o rosto do garçom do jantar em Islamabad.

Encarando-os estava o rosto de um distinto físico nuclear.

Encarando-os estava o traficante de armas mais perigoso do mundo.

O Dr. Bashir Shah.

– Nós o pegamos. – Ellen suspirou. – Capturamos o Azhi Dahaka.

Do outro lado da linha, ela ouviu Doug Williams rindo, com uma leve histeria junto do alívio. Então o riso parou.

– Azhi o quê? Não é Shah?

– Ah, desculpe. É, é. É o Shah. Parabéns, presidente, o senhor conseguiu.

– Nós conseguimos. Eles conseguiram. – Williams falou para os fones do comandante Delta: – Parabéns. Espero um dia poder lhe contar como essa ação é importante.

– De nada, senhor presidente.

Ao ouvir isso, os olhos de Shah se arregalaram. Sua boca ainda estava coberta com a fita adesiva, mas os olhos diziam tudo. Tinha quase certeza de para onde iam levá-lo.

E do que o aguardava lá, além do presidente dos Estados Unidos.

Doug Williams baixou a cabeça e levou as mãos ao rosto, sentindo a aspereza da barba por fazer.

Antes de ir para seu banheiro particular, tomar um banho e fazer a barba, levantou os olhos e pesquisou "Azhi Dahaka". Precisou tentar algumas vezes até escrever certo, mas ali estava.

Um dragão de três cabeças, feito de destruição e terror, nascido de mentiras e gerado para provocar tumulto no mundo. Uma serpente tirânica cujo surgimento atraía o caos.

Sim. Bashir Shah era tudo aquilo.

Mas enquanto jogava água no rosto e se olhava no espelho, Doug Williams imaginou a quem pertenceriam as outras duas cabeças.

Ivanov, sim. Mas quem era a outra? Quem era o IAE?

Só quando estava no chuveiro, com a água quente escorrendo pelo cabelo, sobre a cabeça e o rosto, descendo pelo corpo, só quando se sentiu quase humano de novo, lembrou.

O que Ellen havia dito sobre o jornalista. O jornalista que, como tantos outros antes, tinha fugido para o Canadá esperando encontrar segurança. Ela havia mencionado uma cidadezinha no Quebec. Era a segunda vez que alguém lhe falava disso recentemente.

Enquanto se enxugava, lembrou. Aqueles momentos pavorosos esperando ser incinerado.

O general tinha dito alguma coisa sobre seu cachorro. Pine.

Three Pines. Three Pines.

Saindo depressa do banheiro com uma toalha enrolada na cintura, Williams ligou para o chefe do Estado-Maior Conjunto, ouviu e depois ligou para sua secretária de Estado, que estava indo para casa tomar um banho rápido e trocar de roupa antes de ir para a Casa Branca.

– Você mandou alguém ao Quebec para falar com o jornalista? – perguntou ele.

– Ainda não. Estamos procurando alguém em quem ele confie.

– Não se incomode. Acho que já temos a pessoa certa.

Eram nove da manhã. Se estivessem certos, as bombas nucleares explodiriam às quatro daquela tarde.

Sete horas. Tinham sete horas.

Mas também tinham Shah. E agora talvez tivessem uma pista sobre a terceira cabeça do Azhi Dahaka.

– Como está o Pine?

– Ótimo. Mas as orelhas dele são meio grandes – disse o general pelo telefone.

– É mesmo? – Armand Gamache olhou para Henri, seu pastor-alemão, que tropeçaria nas próprias orelhas se elas baixassem. Mas estavam bem empinadas. O cachorro parecia estar perpetuamente atônito. – Andei ouvindo boatos vindos de Washington. Tudo bem por aí?

– Bom, na verdade é por isso que estou ligando. Você conhece um sujeito chamado Alex Huang?

– Claro. Não em pessoa, mas eu lia as matérias que ele escrevia da Casa Branca. Ele se aposentou, não foi?

– Ele se demitiu, sim. Agora mora em Three Pines.

– Acho que não. Aqui não tem ninguém com esse nome.

– Não, mas vocês têm um Al Chen. Um americano. Chegou uns dois, três anos atrás.

– Há dois anos, é. – A voz de Gamache ficou cautelosa. – Está me dizendo que ele é o Huang? Por que ele mudaria de nome?

– É por isso que estou ligando. Preciso que você faça uma coisa.

Ellen entrou no chuveiro. Finalmente.

Fechou os olhos e deixou a água quente bater no rosto e escorrer pelo corpo exausto. Sentia-se inteiramente machucada, mas não tinha nenhum ferimento. Pelo menos, nenhum visível. Mas sabia que jamais ia se recuperar por completo do choque, da dor e do terror dos últimos dias.

Os ferimentos eram internos. Eternos.

Não tinha tempo para pensar nisso. Ainda havia um caminho a percorrer. A arrancada final.

Ela e Betsy haviam parado na sua casa para um banho rápido e roupas limpas. Um *pit stop*. Para ela. E para Betsy?

Assim que saiu do chuveiro, Ellen sentiu cheiro de café fresco e bacon com xarope de bordo.

– Está fazendo café? – perguntou ela, entrando na cozinha luminosa e alegre. – O mundo está literalmente prestes a explodir e você está fritando bacon?

– E esquentando aqueles pãezinhos de canela que você gosta.

É, agora estava sentindo o cheiro deles também.

– Está tentando me torturar? Não posso ficar. Preciso ir à Casa Branca.

– Eu embalei tudo para viagem. Podemos comer e beber no carro.

– Betsy...

Sua conselheira parou com a espátula na mão e olhou para ela.

– Não, não diga.

– Você não vai comigo.

– O cacete que não vou. Nós somos melhores amigas desde o jardim de infância. Você salvou minha vida mais de uma vez, me apoiando emocionalmente, financeiramente. Depois da morte do Patrick... – Ela respirou fundo, ofegou, oscilando à beira daquela ferida sem fundo. – Você é minha melhor amiga. Não vou ficar para trás.

– Preciso de você aqui. Para Katherine. Para Gil. Para os cachorros.

– Você não tem nenhum cachorro.

– Não, mas você vai arranjar alguns, não é? Se eu...

Os olhos de Betsy começaram a arder e sua respiração saiu entrecortada.

– Você... não... pode... me... deixar... para... trás.

– Eu preciso de você... – *Por favor*, Ellen implorou a si mesma. *Diga. Diga a última palavra. "Comigo." Comigo. Preciso de você comigo.* –... aqui. Prometa que vai fazer o que estou pedindo. Por favor. Pela primeira vez na vida. Eu faço uma chamada de vídeo. Mas se você não estiver aqui, juro por Deus que vou desligar.

– Vou estar aqui.

– Vou deixar um número perto do telefone da sala. Use se precisar.

Betsy assentiu.

Ellen a agarrou, abraçando-a com força.

– O pretérito entrou em um bar...

Betsy apertou a amiga e tentou falar, mas nada saiu. Ellen recuou, deu um beijo no rosto de Betsy, virou-se e saiu.

Enquanto seguia depressa até a porta e ao veículo que esperava, passou pelas fotos emolduradas das crianças, dos aniversários, Dias de Ação de Graças e Natais. Do seu casamento com Quinn.

De Betsy e ela na infância. Betsy toda suja, ranhenta, e Ellen impecável. Duas metades de um todo esplêndido.

Ellen Adams saiu de casa e entrou no SUV que a esperava. Para levá-la à Casa Branca, onde o presidente e uma bomba nuclear esperavam.

– Foi perfeito – sussurrou Betsy olhando o veículo se afastar.

Então, muito lentamente, caiu de joelhos. O perfume de Ellen pairava suave, sutil, ao redor dela, como se estivesse ali para mantê-la em segurança. Aromatics Elixir.

Curvou-se até se encolher ao máximo. Fechando bem os olhos. Balançando-se.

Betsy Jameson não estava somente com medo; era um estado de terror.

O INSPETOR GAMACHE, CHEFE DA Divisão de Homicídios da Sûreté du Québec, entrou na livraria.

– Ainda não chegou, Armand – disse Myrna.

– O que não chegou?

– O exemplar de *A teia de Charlotte* que você encomendou para sua neta. Você parece distraído.

– Um pouco. Al está por aí?

– Cuidando da neve na casa da Ruth.

– Para ela poder sair ou para ficar presa? – perguntou Armand, e Myrna riu.

– Desta vez é para sair mesmo.

– *Merci* – disse Armand, e caminhou até a casinha de Ruth Zardo, perto da praça da cidade, naquele dia de inverno luminoso e cristalino. Viu bocados de neve voando e o brilho de uma pá.

– Al?

O homem de pouco menos de 50 anos, com o rosto vermelho do esforço e do frio, parou e se apoiou na pá.

– Armand, o que há?

– Podemos conversar?

Al olhou para o vizinho. Pela expressão de Gamache, dava para adivinhar do que se tratava. Tinha sido contatado algumas horas antes por uma mulher chamada Betsy, do Departamento de Estado. Havia se recusado a falar. Explicou que tinha uma nova vida. Uma vida boa. Uma vida pacífica.

Finalmente.

Embora não de todo pacífica. Havia uma sombra assomando, todo dia e toda noite. Al Chen sabia que aquele dia ia chegar, quando a sombra ia se afastar e a criatura apareceria.

Chen soltou o ar bem devagar, a respiração saindo em um jato de vapor. Enfiando a pá no monte de neve, disse:

– Está bem. Vamos conversar.

Os dois foram até o bistrô, os pés fazendo barulho na neve compacta e os olhos se franzindo ao sol luminoso que cintilava na branquidão.

Adiante, Gamache via o bistrô. Chen via o fim da sua vida pacífica.

Assim que entraram, encontraram lugares perto da lareira e pediram café com leite.

– *Merci* – agradeceu Gamache quando as bebidas chegaram; depois se virou para Al, examinando-o por um momento. Quando falou, sua voz saiu baixa: – Sei quem você é e por que veio para cá. Foi para se esconder, não foi?

Al nada disse. Por isso, Gamache prosseguiu:

– E eu sei por que você continua aqui. – Ele olhou para a porta que fazia ligação com a livraria. Inclinou-se para perto de Chen e baixou a voz ainda mais: – Se ele o encontrar, vai ser um inferno. Não somente para você, mas para Myrna e quem mais ele quiser.

– Não sei de quem você está falando, Armand. Quem é "ele"?

– A pessoa de quem você está se escondendo. Quer que eu diga? Olha, se nós encontramos você, ele também vai. Não sei quanto tempo temos, mas suspeito que não seja muito.

– Não posso voltar, Armand. Eu mal consegui sair. – Suas mãos estavam tremendo, e Armand se lembrou do homem que tinha chegado dois anos antes.

Ele se sobressaltava sempre que ouvia um barulho alto, não entrava em cômodos cheios. Tremia quando alguém olhava na sua direção, e ainda mais se falassem com ele. As pessoas mal conseguiam convencê-lo a sair do quarto na pousada de Olivier e Gabri. Foi Myrna quem, por fim, com sua voz quente e melodiosa e seu bolo de chocolate, virou o jogo.

Suspeitando que ele gostasse de livros, convidou-o à livraria em uma tarde de verão, depois de fechá-la. Depois disso, de três em três dias ela abria a porta e o deixava examinar as estantes em paz. Ele comprava todo tipo de livros, às vezes novos, mas com frequência usados.

Então ela o convencia a sair para o quintal dos fundos, onde tomavam cerveja olhando o riacho Bella Bella. Conversavam. Ou não.

Depois ela o levou ao pátio da frente. Onde ele podia ver a vida do povoado passar vagarosa, mas sem nunca parar.

Pouco a pouco, Al Chen havia emergido.

E agora ele fazia parte da comunidade, por inteiro. Apesar de não estar sendo inteiramente sincero com as pessoas.

– Myrna sabe quem você é de verdade?

– Não. Ela sabe que eu tenho um passado do qual não quero falar, mas não sabe quem eu sou.

– Não vou contar a ela. Mas você precisa voltar. Precisa contar a eles o que sabe sobre aquele site. IAE.

Al balançou a cabeça.

– Não vou. Não posso.

– Olha – disse Gamache. – Eles prenderam Bashir Shah. Ele está indo para Washington, sob custódia. Mas precisam saber quem é o informante do alto escalão. Você entende isso, não é?

– Eles pegaram o Shah? De verdade? Você não está blefando?

– Pegaram. Mas você sabe como ele é perigoso. Do que ele e o pessoal dele são capazes. O presidente Williams precisa saber com quem Shah está trabalhando dentro da Casa Branca.

Armand não fora informado sobre as bombas, não precisava saber. Sabia dos atentados na Europa, é claro. E tinha ouvido boatos sobre outros explosivos. Mais poderosos. Em algum lugar.

– Se você não pode voltar, então me diga: quem é o informante do alto escalão? Quem é ele?

Em vez de se elevar, a voz de Gamache tinha ficado mais baixa. Por muita experiência, ele sabia que as pessoas naturalmente levantavam as defesas quando alguém gritava com elas. Mas, ao ouvir uma fala gentil, elas podiam se aproximar, como um animal ferido e amedrontado.

Al Chen balançou a cabeça, mas desta vez foi diferente. Gamache podia ver que ele não estava se recusando a falar. Estava discordando.

– Não é ele.

– Ela?

– Eles. Foi isso que eu descobri. O IAE não é uma pessoa só. Ou talvez seja, alguém obviamente está coordenando tudo, mas o que descobri é que o IAE é também um grupo. Uma organização.

– Qual o objetivo dela?

– Fazer os Estados Unidos voltarem ao que eles acham que deveria ser. Pelo que percebi, é composto por pessoas poderosas e insatisfeitas.

– Com o quê?

– Com o governo. Com os rumos do país. Com as mudanças na cultura. Por verem que o que eles consideram os verdadeiros americanos e seus valores estão se desgastando e desaparecendo. Eles não são meros conservadores decentes e saudosistas. São extremistas de direita. Fascistas. Supremacistas brancos, milicianos. Consideram que os Estados Unidos não são mais os Estados Unidos, por isso não se acham desleais. Pelo contrário. Eles pretendem corrigir a rota do navio.

– Afundando-o?

– Expurgando-o. Acham que é seu dever patriótico.

– Militares?

Chen assentiu.

– De alta patente. Respeitados. Congressistas também. Senadores.

– *Mon Dieu* – sussurrou Gamache, recostando-se por um momento e olhando o fogo. – Quem? Precisamos dos nomes.

– Quem me dera saber. Eu diria, mas não sei.

– Apoiadores do ex-presidente?

– Sim, mas só na superfície. São pessoas que odeiam o governo. Até o governo dele.

– Mas alguns são membros do governo, também são políticos.

– Se você quer derrubar um sistema enorme, não começaria apodrecendo-o por dentro?

Gamache assentiu.

– O IAE é um site na dark web, não é? Onde essas pessoas compartilham informações.

– Fica além da dark web.

Gamache levantou as sobrancelhas.

– Eu não sabia que existia isso.

– A web é como um universo. Nunca termina. Existe todo tipo de maravilhas e todo tipo de buracos negros. Foi onde encontrei o IAE.

– Preciso do endereço.

– Não tenho.

– Não acredito em você.

Os dois se encararam. Gamache podia ver o medo e a raiva nos olhos de Chen. E Chen podia ver a irritação e a impaciência nos de Gamache. Mas também outra coisa.

No fundo daqueles olhos havia simpatia. E compreensão. Aquele homem sabia o que era medo.

Al Chen respirou fundo, olhou para a livraria onde Myrna estava arrumando os volumes que haviam chegado e fez algo que Gamache não esperava.

Desabotoou a camisa.

Ali, acima do coração, havia uma cicatriz.

– Eu disse a Myrna que era uma abreviação que minha mãe criou a partir da citação predileta dela.

– E ela acreditou?

– Não sei. Ela aceitou.

– O que é, na verdade?

– O endereço do IAE.

Gamache inclinou a cabeça e olhou para a cicatriz, depois para os olhos de Chen.

– Nunca vi nada parecido.

– Então este é o seu dia de sorte. Isso vai levar você para o buraco negro. Mas não vai deixá-lo entrar. Para entrar, você precisa de uma senha.

– E qual é?

Chen balançou a cabeça.

– Não consegui achar. Só cheguei até aí antes de eles mandarem pessoas atrás de mim. Então vim para cá.

Ele olhou pelas janelas riscadas de gelo para os três pinheiros que se erguiam até acima do povoado, apontando na direção do céu.

– Precisamos da senha – disse Gamache. – Você faz alguma ideia de quem tenha?

– Bom, obviamente qualquer membro do IAE. E provavelmente Bashir Shah.

– Você se importa? – Gamache levantou o celular e, quando Chen balançou a cabeça, tirou uma foto da curta sequência de números, letras e símbolos.

Não era um endereço óbvio da internet. Pelo menos não para um site normal. Pelo menos não neste planeta.

– Quem fez isso em você?

– Eu mesmo. Bêbado e drogado uma noite.

– Por quê?

– Acho que você sabe, Armand.

Al abotoou de novo a camisa e os dois saíram juntos do bistrô. Apesar de envolto em um casaco grosso, Alex Huang ainda sentia o frio cortante. Nenhum agasalho poderia aquecê-lo. O frio vinha de dentro. Mas talvez agora pudesse voltar a sentir calor, a se sentir inteiramente humano outra vez.

Antes de se separarem, Armand agradeceu e perguntou:

– Sua mãe tem mesmo uma citação predileta?

– Tinha. Era "*Noli timere*".

Armand estendeu a mão.

– *Noli timere*.

Enquanto Huang voltava a tirar neve da calçada da poeta ingrata, Armand foi para casa e mandou a foto para seu amigo. O chefe do Estado-Maior Conjunto. Uma foto que não era somente de um endereço virtual, mas do ódio de um homem contra si mesmo. Cortado na carne como uma acusação, um lembrete diário de sua covardia.

Noli timere, pensou Armand enquanto apertava o ícone de enviar. Não tema.

Agora, talvez, Al Chen – Alex Huang – pudesse ver as cicatrizes como algo novo. Uma aleluia, uma bênção. Tinha posto aquelas letras, números e símbolos pavorosos acima do coração, onde jamais os perderia. E então fugira para aquele povoado, onde de fato perdera o coração.

Armand contemplou o dia esplêndido e sussurrou:

– Não tema. Não tema.

Mas temia.

CAPÍTULO 42

Era o fim do jogo.

Todo mundo na sala sabia.

Eram 14h57, horário de Washington. Eles tinham até as 16h, uma hora e três minutos para encontrar e desarmar as bombas. Tinham percorrido um longo caminho desde a chegada da primeira mensagem ao posto de trabalho de Anahita Dahir no Departamento de Estado, uma eternidade atrás.

Mas teriam ido longe o bastante?

Havia equipes a postos em cada cidade importante. Cada organização de inteligência internacional enviava interceptações de comunicações da Al-Qaeda e de seus aliados desde que a coisa havia começado. Mas até agora nada.

A única esperança real era o cientista paquistanês de meia-idade sentado na cadeira de encosto duro no Salão Oval, olhando com raiva por cima da mesa para o presidente dos Estados Unidos.

– Diga onde estão as bombas, Dr. Shah – disse Williams.

– Por que eu diria?

– Então você não nega?

Shah inclinou a cabeça, achando graça.

– Negar? Eu passei anos em prisão domiciliar por causa de vocês, americanos, pensando neste momento. Sonhando com ele. Olhando o que estava acontecendo aqui nos Estados Unidos. Vendo vocês transformarem a democracia em uma bagunça. Foi muito divertido. O melhor reality show de todos os tempos, mas não é realidade de fato, é? A maior parte da política, da suposta democracia, é uma ilusão armada para a ralé.

– Está dizendo que as bombas não são de verdade? – perguntou Ellen.

– Ah, não. Elas são de verdade.

– Então, a não ser que você também queira explodir, vai nos dizer onde elas estão. Nós temos... – ela olhou o relógio – 59 minutos.

– Então você decifrou o código que eu pus no seu bolso. É, 59. Ah... agora 58 minutos, e então tudo isso vai pelos ares. Tendo uma opção entre o caos e uma ditadura, o que acham que o povo americano vai escolher? Impelido pelo medo de outro ataque, apavorado, o povo fará o trabalho dos terroristas. Vai destruir a própria liberdade. Aceitar, até mesmo aplaudir, a suspensão dos direitos. Campos de concentração. Tortura. Expulsões. A agenda liberal, a igualdade das mulheres, o casamento gay, os imigrantes, tudo isso vai levar a culpa pela morte dos verdadeiros Estados Unidos. Mas, graças à ação ousada de uns poucos patriotas, a América branca anglo-saxã temente a Deus da época dos avós deles será restaurada. E se precisarem matar uns poucos milhares para isso, bom, no fim das contas, guerra é guerra. O farol que os Estados Unidos já foram vai morrer por suicídio. Francamente, já estava tossindo sangue, mesmo.

– Onde elas estão?! – gritou o presidente Williams.

– Já vi muitos golpes, mas nunca tão de perto. – Shah se inclinou para a frente. – Todos têm uma coisa em comum. Quer saber qual é?

Williams e Ellen o encararam furiosos.

– Vou dizer. Todos são muito... súbitos. Pelo menos para a pessoa que recebe o golpe. Todos que estão para ser derrubados, e talvez até mortos a tiros ou pela forca, se parecem com o senhor presidente. Em choque. Consternados. Perplexos. Com medo. "Como isso pôde acontecer?" Mas, se estivessem prestando atenção, teriam visto a maré virando. A água subindo. O levante. A culpa é tanto sua quanto de qualquer outra pessoa.

Shah se recostou, cruzou as pernas e espanou um fiapo invisível do joelho. Mas Ellen notou um leve tremor na mão dele. Um tremor que não estivera ali quando o garçom lhe servira a salada.

Isso era novo.

Aquele homem sentia medo, afinal. Mas de quê? De morrer ou de outra coisa? O que o Azhi Dahaka temia? Só uma coisa.

Um monstro maior.

E, a julgar pelo tremor, devia haver um por perto.

– Enquanto vocês olhavam para fora, examinando o horizonte em busca de ameaças – prosseguiu ele –, deixaram de perceber o que acontecia no seu próprio quintal. O que estava criando raízes aqui, em solo americano. Nas suas cidades, nas suas lojas, nas suas terras. Entre seus amigos, seus familiares. Os conservadores sensatos se movendo para a direita. A direita movendo-se para a extrema direita. A extrema direita se tornando a direita alternativa. Ficando radicalizada, em sua fúria e frustração, graças a uma internet cheia de teorias malucas, "fatos" falsos e políticos presunçosos com permissão para vomitar mentiras. De longe, eu vi o que vocês não enxergavam de perto. A infelicidade aqui se transformando em ultraje. Os supostos patriotas tinham a raiva, a vontade, o apoio financeiro. Tinham o pavio, só não tinham a única coisa que eu podia fornecer.

– Uma bomba – disse Williams.

– Uma bomba nuclear – completou Ellen.

– Exatamente. Eu só precisava ser solto, e seu presidente idiota e útil providenciou isso. Então pude juntar as duas metades. – Ele levantou as mãos. – Terroristas internacionais na Al-Qaeda e patriotas domésticos. – Ele uniu as mãos. – E *voilà*. É, eu tive anos para pensar neste momento. Tempo e paciência, tempo e paciência. Tolstói disse que os melhores guerreiros são esses, e estava certo. Muito poucos têm os dois. Eu tenho. Verdade, eu presumi que estaria assistindo a isso da minha casa em Islamabad, mas agora consegui um lugar na primeira fileira.

– Na verdade, você está no palco – observou Ellen.

Ele se virou para ela.

– Assim como você. Eu tenho uma profissão lucrativa mas perigosa. Não me iludo sobre isso. Pensei nas várias maneiras como poderia morrer e, para ser sincero, assim depressa, em um clarão de luz, provavelmente é a melhor delas. Estou pronto. Vocês estão? – Ele se virou de volta para o presidente. – Além disso, se eu contasse algo para vocês, meus clientes garantiriam que minha morte seria muito menos rápida e luminosa.

– Provavelmente é verdade – disse Williams. – Você tem sorte por estar sob nossa custódia e eles não poderem pegá-lo. A não ser que por acaso haja um IAE na casa.

Isso abalou o físico apenas por um instante, mas o suficiente para Ellen perceber quem Bashir Shah temia. Quem era o monstro maior. O informante do alto escalão.

– IAE? – perguntou Shah. – Não faço ideia do que está falando.

– Que pena – disse Williams. – Não para você, claro. Mas talvez para os outros.

O sorriso congelou no rosto de Shah.

– O que você quer dizer?

Faltavam 52 minutos.

– Bom – respondeu Williams –, você deixou uma trilha de corpos para trás, alguns para amarrar pontas soltas e alguns para servir de alerta a outros. Suspeito que seus amigos farão o mesmo quando descobrirem que estamos com você. Agora, atrás de quem a Al-Qaeda e a máfia russa irão, como uma lição para que ninguém mais os traia?

Ellen se curvou e falou no ouvido do Dr. Shah. Sentindo cheiro de jasmim e suor.

– Vou dar uma dica. Atrás de quem você foi quando minhas agências de notícias começaram a divulgar suas vendas de armas no mercado ilegal? Quem envenenou meu marido? Quem aterrorizou meus filhos? Quem tentou matá-los ontem mesmo?

– Minha família? Vocês fariam mal à minha família?

Ela se levantou.

– Não, Dr. Shah, essa é uma das muitas diferenças. Nós não faríamos mal à sua família.

Ele soltou o ar.

– Infelizmente, todos os nossos agentes no Paquistão e em outros lugares estão ocupados tentando descobrir informações sobre as bombas, assim como nossos aliados. Então, apesar de nós não pretendermos fazer nenhum mal à sua família, também não temos como protegê-la. Quem sabe o que foi dito à Al-Qaeda sobre o motivo de você estar na Casa Branca? Quem sabe o que Ivanov e a máfia russa pensam?

– É até possível que haja boatos de você estar cooperando – disse o presidente Williams. – De você ser um agente americano. Democracia. Liberdade de expressão. É divertido, não é?

– Eles sabem que eu jamais os trairia.

– Tem tanta certeza assim? Quando eu estava em Teerã, o grão-aiatolá me contou uma fábula persa sobre o leão e o rato. Você conhece?

Shah assentiu.

– Mas existe outra em que você pode estar interessado. Do sapo e o escorpião.

– Não estou.

– O escorpião queria atravessar um rio, mas não sabia nadar – explicou Ellen. – Ele precisava de ajuda. Por isso, pediu para um sapo levá-lo nas costas. O sapo disse: "Se eu fizer isso, você vai me picar e eu vou morrer." O escorpião riu e disse: "Prometo que não vou picar você, porque, se eu fizer isso, nós dois nos afogamos." Então o sapo concordou e os dois começaram a atravessar o rio.

O rosto de Shah estava virado para o outro lado, mas ele prestava atenção.

– Na metade do caminho, o escorpião picou o sapo – continuou Ellen. – Com seu último fôlego, o sapo perguntou: "Por quê?"

– E o escorpião respondeu: "Não pude evitar" – disse o presidente Williams. – "É da minha natureza." – Ele se inclinou para a frente. – Nós sabemos quem você é. Conhecemos a sua natureza. Assim como os seus supostos inimigos. Eles sabem que você seria capaz de traí-los em um piscar de olhos. Diga onde estão as bombas e nós protegeremos sua família.

Nesse momento, Barb Stenhauser entrou no Salão Oval e foi até o presidente Williams.

– Tim Beecham voltou, está esperando aí fora. Devo mandá-lo entrar?

– Por favor, Barb.

– E o ex-presidente Dunn está ao telefone.

Williams olhou o relógio. Restavam cinquenta minutos.

– Diga para ele ligar de novo daqui a uma hora.

KATHERINE ADAMS, GIL BAHAR, ANAHITA DAHIR e Charles Boynton estavam sentados em silêncio em volta da mesa bamba. A única luz no cômodo ficava no canto, de modo que os rostos estavam quase inteiramente na sombra.

E já estava bom assim. Sentiam o terror crescente uns dos outros. Não precisavam ver também.

Boynton tocou seu celular e a hora se iluminou. Eram 00h10 no Paquistão. Faltavam cinquenta minutos para a hora em que Osama bin Laden foi morto.

Cinquenta minutos para o momento em que centenas, talvez milhares de pessoas, seriam mortas. Inclusive a mãe de Katherine e Gil.

E não havia nada que pudessem fazer.

BASHIR SHAH OLHOU PARA A PORTA enquanto Tim Beecham entrava.

O diretor de Inteligência Nacional parou bruscamente e olhou para o homem sentado na cadeira. Beecham não parecia bem. Mas os hematomas em volta dos olhos e a tala no nariz não ajudavam.

– Vocês o pegaram?

Mas ninguém estava prestando atenção ao DIN. Todos os olhares estavam em Shah.

– Onde estão as bombas? – repetiu o presidente.

– Só posso dizer que estão em Washington, Nova York e Kansas City. Proteja minha família, por favor.

– Onde nessas cidades? – perguntou Williams, enquanto Ellen pegava o celular e ligava.

– Não sei.

– Claro que sabe – disse Beecham, logo captando a situação e atravessando o salão até Shah. – Você deve ter combinado a entrega.

– Mas só para agentes em cada cidade.

– O nome deles!

– Não sei. Como poderia lembrar?

– As cargas não estavam etiquetadas como *Bombas nucleares* – disse Beecham. – Estavam disfarçadas de quê?

– Equipamento médico, para laboratórios de radiologia.

– Merda – disse Beecham, pegando outro telefone. – Se a radiação for detectada, vai ser explicável. Quando elas chegaram?

– Algumas semanas atrás.

– Uma data! – gritou Beecham. – Preciso de uma data. – Ele falou ao telefone: – É o Beecham. Me ligue com a Segurança Interna. Preciso rastrear cargas internacionais. Agora!

– Dia 4 de fevereiro. De navio, via Karachi.

Beecham repassou a informação.

Ellen, agora ao telefone, estava prestando atenção. Havia algo errado.

– Ele está mentindo.

Beecham se virou para ela.

– Por que diz isso?

– Porque ele está fornecendo informações voluntariamente.

– Para salvar a família – disse o presidente Williams.

– Não – retrucou Ellen. – Pensem bem. A família dele deve estar em segurança. Ele mesmo disse que teve anos para planejar isso. Não ia deixar a eles, nem a si mesmo, vulneráveis assim. Ele não confia na Al-Qaeda e na máfia russa, assim como não confiam nele. Ele está enganando a gente.

– Por quê? – perguntou Beecham.

– O que acham? Por que Shah faz qualquer coisa? Você vai segurar até o último instante, não é? Depois exigir algo extraordinário em troca da informação de que precisamos. Mas só sobre a bomba na qual está sentado. Vai deixar as outras explodirem. Você armou isso tudo. Até mesmo a ida para a casa do Dunn. Qualquer pessoa sensata se esconderia em um castelo remoto nos Alpes até tudo isso passar...

– Você não quis dizer "até tudo isso explodir"? – disse Shah. Não parecia mais ansioso, com medo. Agora estava balançando a cabeça, sorrindo.

– Quer dizer que ele queria ser trazido para cá? – perguntou Beecham.

– Você é inteligente – disse Shah a Ellen, depois olhou para Beecham. – Você, nem tanto. – Shah se virou para Ellen. – Provavelmente deveria ter envenenado você também, mas eu gostava do nosso relacionamento.

Barb Stenhauser apareceu junto à porta.

– O general está aqui, com a segurança. O senhor queria...

– Mande-o entrar – disse o presidente Williams. – E entre também.

Ellen pegou seu celular e apertou o botão para uma chamada de vídeo.

Restavam 36 minutos.

Era a hora.

Betsy atendeu ao primeiro toque.

Podia escutar vozes e ver o Salão Oval. Mas não Ellen, que obviamente estava segurando o celular à sua frente. Betsy ia falar, mas mudou de ideia.

Havia um motivo para Ellen não ter dito nada. Era melhor ficar quieta até que ela falasse.

O que Betsy fez foi apertar o botão de gravar. A câmera se virou em direção à porta e os olhos de Betsy se arregalaram de surpresa.

Os olhos de Tim Beecham se arregalaram de surpresa.

Os olhos de Bashir Shah se arregalaram de surpresa.

O rosto do general Whitehead estava machucado; o uniforme manchado de sangue devido à briga com Tim Beecham no dia anterior. Dois Rangers do Exército o ladeavam.

– Que bom que pôde se juntar a nós, general – disse Williams, e se virou para os outros. – Acho que vocês conhecem o chefe do Estado-Maior Conjunto.

– Ex – disse Beecham.

– Alguém aqui é "ex" – retrucou Whitehead. – Mas não sou eu.

Ele assentiu para os seguranças, que avançaram para cercar o ex-diretor de Inteligência Nacional.

CAPÍTULO 43

– Mas o que é isso? – questionou Beecham.

– Já tem alguma coisa, Bert? – perguntou o presidente Williams, ignorando-o.

– Ainda estamos esperando.

– Esperando? – Beecham olhou de um para o outro. – O quê?

Faltavam 34 minutos.

Ellen foi até Beecham.

– Diga.

– O quê?

– Onde estão as bombas, Tim?

– O quê? Vocês acham que eu sei? – Ele parecia perplexo e assustado. – Senhor presidente, não pode pensar...

– Não pensamos, nós sabemos. – Williams olhou furioso para Beecham. – Você é o informante do alto escalão. O traidor. Não estava apenas vazando informações, mas trabalhando ativamente com nossos inimigos, com terroristas, para explodir bombas nucleares. Acabou. Eu redigi uma declaração para ser enviada ao Congresso e à mídia às 16h01 de hoje, citando você como o traidor. Mesmo se você conseguir sobreviver, será caçado. Você fracassou. Diga onde elas estão.

– Não, meu Deus, não. Não sou eu. É ele. – Tim indicou Whitehead.

Trinta e três minutos.

Williams contornou a mesa e foi direto até seu DIN. Envolveu o pescoço de Beecham com as mãos e o empurrou por todo o Salão Oval até as costas de Beecham baterem na parede.

Ninguém tentou impedi-lo.

– Onde estão as bombas?

– Não sei – gaguejou ele.

– Onde está a sua família? – perguntou Ellen, atravessando o salão até parar ao lado do presidente.

– Minha família? – disse Beecham com a voz áspera.

– Vou lhe dizer. Está em Utah. Você tirou seus filhos da escola e os mandou para longe de qualquer perigo. Sabe onde está a família do general Whitehead? Eu sei. Eu me encontrei com eles. A esposa, a filha e o neto estão aqui em Washington. Qual é a primeira coisa que alguém faz quando há perigo? Põe a família em segurança. Até Shah fez isso. E você também. Depois foi embora. Mas Bert Whitehead ficou. Assim como a família dele. Porque não faziam ideia do que ia acontecer. Foi então que comecei a perceber quem era o verdadeiro traidor.

– Diga! – exigiu Williams, esforçando-se ao máximo para não esganar Beecham de vez.

Trinta minutos.

– Conseguimos! – gritou Whitehead. – Acabou de chegar. Estou repassando para o senhor, presidente.

Williams soltou Tim Beecham, que deslizou para o chão segurando o pescoço.

O presidente correu até a mesa e, sem parar para ler o texto, clicou na foto. Depois fez uma careta.

– Isso é pele humana? O que é isso?

– Segundo meu amigo, é o endereço da página do IAE na internet.

– Marcado na pele de alguém? – perguntou Williams.

– Não um alguém qualquer – disse Ellen. – É Alex Huang.

– Huang? – perguntou Barb Stenhauser. Até esse momento, ela estivera afastada, perto da porta. Agora avançou para olhar o monitor. – O correspondente na Casa Branca? Ele não era um dos seus? Ele se demitiu alguns anos atrás.

– Ele se escondeu – explicou Ellen, olhando raivosa para Shah, que assistia a tudo como se fosse uma peça de teatro. – Estava investigando boatos sobre uma coisa chamada IAE. Achou que fosse só mais um site de teoria da conspiração da extrema direita, mas olhou com mais atenção. Pete Hamilton também descobriu. Mas Pete não escapou.

– O que eles descobriram? – perguntou o presidente Williams.

– Meu amigo em... – Mas Whitehead se deteve antes de revelar onde Huang estava.

Ellen olhou para Shah, que tinha se inclinado ligeiramente para a frente.

– Huang disse que o IAE não é uma pessoa – continuou o general. – É um grupo, uma organização. Todos situados em altos postos de diferentes ramos do governo. Inclusive, que Deus me ajude, entre os militares. – Ele balançou a cabeça e continuou: – São autoridades eleitas. Senadores, congressistas, e pelo menos um juiz da Suprema Corte.

– Meu Deus – sussurrou Williams.

– Aí está – disse Shah. – A cara do golpe.

– Seu escroto filho da... – começou Williams, mas se conteve.

Restavam 28 minutos.

O presidente se virou de novo para a foto em sua tela.

– O que deveríamos fazer com isso? Não significa nada. É só um bando de números, letras e símbolos.

Ellen chegou mais perto, cuidando para que seu celular estivesse virado para a tela. Ele tinha razão. Nunca tinha visto nenhum link como aquele.

– Parece que o endereço leva os membros para um lugar além da dark web – disse Whitehead.

– Que besteira – falou Beecham com voz áspera, ainda no chão e segurando o pescoço. – Isso não existe.

– Vamos ver. – Williams pôs a sequência em seu notebook e apertou Enter.

Nada aconteceu.

O computador estava pensando, pensando. Pensando.

Vinte e seis minutos.

Anda. Anda, Ellen pensou. Ellen rezou.

BETSY ESTAVA SENTADA À MESA DA COZINHA de Ellen, no feixe de luz solar que atravessava as janelas, olhando.

Anda. Anda, rezou.

No Salão Oval, o presidente Williams olhava para a tela. Para a fina linha azul pulsando à frente, recuando. Pulsando. Recuando.

Anda, rezou.

– Não está funcionando – disse Stenhauser, a voz em pânico. – Precisamos ir embora. – Ela chegou mais perto da porta.

– Fique onde está, Barb – ordenou o presidente.

– São 15h35.

– Você vai ficar. Nós todos vamos ficar – disse ele.

O general Whitehead assentiu para um dos Rangers, que se posicionou junto da porta.

Anda. Anda.

Nesse momento, o computador parou de pensar. A tela ficou preta.

Ninguém piscava. Ninguém respirava. E então uma porta apareceu na tela.

O presidente Williams respirou fundo e sussurrou:

– Ah, graças a Deus.

Ele levou o cursor até o centro da porta e se preparou para clicar.

– Espera – disse Ellen. – Como vamos saber que não é uma armadilha? Como saber se, quando clicarmos, isso não dispara as bombas?

Ele olhou para a hora.

– Faltam 22 minutos, Ellen. A esta altura, faz alguma diferença?

Ela respirou fundo e assentiu, assim como o general Whitehead.

– Nãããão – sussurrou Betsy. – Não faça isso.

Williams clicou.

Nada.

Tentou de novo. Nada.

– Há alguma aldrava? Uma campainha? – perguntou Ellen. Soava ridículo, mas ninguém riu.

– Não – respondeu Williams. Ele estava movendo o cursor e clicando aleatoriamente. – Merda, merda, merda.

Restavam vinte minutos.

Whitehead pegou seu celular e olhou de novo a mensagem de Gamache.

– Droga, eu não li o e-mail inteiro. Estava ansioso demais para ver a foto. Ele diz que, segundo Huang, precisamos de uma senha de acesso.

– O quê?! – perguntou Williams. – E ele diz qual é?

– Não. Huang não conseguiu a senha e parou de tentar quando percebeu que estavam atrás dele.

Dezoito minutos.

Todos olharam para Beecham.

– Qual é? Qual é a senha? – Whitehead foi até ele e o levantou do chão pelas lapelas, batendo suas costas com tanta força contra a parede que o retrato de Lincoln se inclinou. – Diga!

– Não sei. Pelo amor de Deus, não sei. Pergunte a ele! – Beecham apontou para Shah, que estava sorrindo.

– Tempo e paciência. Estou me divertindo tanto. Por que contaria a vocês?

– Mas você sabe? – perguntou Ellen.

– Talvez sim. Talvez não.

– O que vamos fazer? – disse Williams. – O que pode ser?

Ellen estava encarando Shah, o olhar se cravando nele até fazê-lo se endireitar ligeiramente.

– Al-Qaeda – disse ela.

– Você quer que eu tente "Al-Qaeda"? – perguntou Williams, e antes que Ellen pudesse dizer não, ele tentou.

Nada.

– O que quero dizer é que a Al-Qaeda escolheu o dia de hoje para as bombas por um motivo – disse Ellen. – Para marcar o nascimento e a morte de Osama bin Laden. É simbólico. E todos sabemos que símbolos são poderosos. Três, dez, dezesseis, zero, zero. Essas pessoas – ela indicou Beecham – pensam que são patriotas. Verdadeiros americanos. O que elas usariam como senha?

– O Dia da Independência? – sugeriu Williams. – Mas as palavras? Os números?

– Tente as duas coisas.

– Mas talvez só tenhamos uma ou duas tentativas – disse Whitehead.

Williams levantou as mãos, exasperado. Em seguida escreveu *IndependenceDay* e apertou Enter.

Nada.

Experimentou tudo em maiúsculas. Um espaço no meio.

– Merda, merda, merda.

Quinze minutos.

– Espere – disse Ellen. E se virou para Shah. – Estou errada.

Ela o encarou por um segundo. Dois segundos. Tempo e paciência. Três segundos.

Todos os sons, todos os movimentos pararam enquanto ela encarava o Azhi Dahaka e ele a encarava de volta.

– Tente três, dez, dezesseis, zero, zero.

O presidente Williams tentou.

Nada.

Ellen ficou intrigada. O que poderia ser? Tinha certeza de que, ao dar os números, tinha visto os olhos de Shah se arregalando.

– Tente três, espaço, dez, espaço, em seguida dezesseis, zero, zero.

Assim que Williams apertou o Enter, houve um som. Um rangido. E a porta se abriu devagar, muito devagar, para revelar três telas, cada uma exibindo uma bomba.

– Ah, meu Deus – disse o presidente dos Estados Unidos, enquanto todos olhavam.

– Seu idiota. Você entregou a eles.

Todo mundo olhou para Shah, em seguida para a pessoa que havia falado.

O general Bert Whitehead estava pressionando uma arma contra a cabeça do presidente.

CAPÍTULO 44

Betsy Jameson não conseguia ver o Salão Oval, mas sabia que algo terrível tinha acabado de acontecer.

O que podia ver era a tela do notebook.

Ellen estava segurando seu celular totalmente imóvel, apontando para a porta aberta e o que ela revelava.

– Seu escroto – disse o presidente Williams com voz rouca enquanto era puxado de sua cadeira. A pistola estava encostada em sua têmpora.

Os Rangers fizeram menção de avançar.

– Todo mundo para trás! – ordenou Whitehead.

– Foi por isso que você ficou aqui comigo hoje de madrugada – disse Williams. – Você sabia que a bomba não ia explodir às 3h10.

– Claro que eu sabia. Beecham, pegue as armas deles. – O general indicou os Rangers, que pareciam mais chocados do que qualquer outra pessoa. – Stenhauser, eles têm algemas plásticas. Algeme-os às pernas da mesa.

– Eu? – perguntou Stenhauser.

– Pelo amor de Deus, acha que não sei quem você é? Eu recrutei você, e você recrutou sua secretária. Onde ela está, por sinal? Estou presumindo que foi ela que matou o Hamilton. Espero que você tenha cuidado dela também.

Tim Beecham tinha desarmado os Rangers e oferecido uma das armas a Stenhauser. Ela olhou para a pistola, obviamente sabendo o que significaria aceitá-la.

– Ah, porra – disse ela, e a pegou. Em seguida se virou devagar até que a arma estivesse apontada para o chefe do Estado-Maior Conjunto. – Quem é você?

O general bufou com desdém.

– Quem você acha que eu sou?

Ela olhou para Shah.

– Você o conhece?

Shah estava observando tudo e balançando a cabeça.

– Não. Mas também não conheço você. As identidades eram muito bem guardadas. Mas o fato de ele estar segurando uma arma contra a cabeça do presidente é uma dica, não acha?

Bert Whitehead sorriu.

– Quer saber quem eu sou? Sou um verdadeiro americano. Um patriota. Sou o IAE.

No fim das contas, a terceira cabeça do Azhi Dahaka era mesmo o chefe do Estado-Maior Conjunto.

O golpe militar estava acontecendo.

OS OLHOS DE BETSY SE ARREGALARAM. Por causa do que estava sendo dito, mas acima de tudo por causa das imagens no notebook.

A porta aberta tinha revelado a localização das bombas.

De um lado da tela havia imagens dos dispositivos, e do outro um vídeo ao vivo da localização.

Restavam 12 minutos.

Podia ver o enorme salão da Grand Central Station, na cidade de Nova York, apinhado de pessoas na hora do rush. E a bomba na enfermaria da estação.

Podia ver famílias na fila da Legoland, em Kansas City. E a bomba na sala de primeiros socorros.

Mas na Casa Branca o local da bomba não estava claro. A imagem estava aproximada demais para se distinguirem os arredores. Poderia ser qualquer lugar naquele prédio enorme.

Mas havia uma transmissão ao vivo do Salão Oval. Dava para ver que Bert Whitehead estava com o presidente como refém. Elas estavam certas, afinal.

Onze minutos e 25 segundos.

Alguém deveria fazer alguma coisa, pensou. Alguém deveria ser avisado.

Alguém deveria dar um telefonema.

– Meu Deus. – Ela arfou. – Sou eu. Ellen quer que eu faça isso.

Mas ligar para quem?

Betsy estava paralisada. Quem poderia desarmar as bombas? Mesmo se soubesse, não poderia usar seu celular. Precisava manter aquela conexão com a Casa Branca. Com a tela do notebook do presidente. Com Ellen.

Mas havia outro telefone. Uma linha fixa na sala. Correu até lá e encontrou o número que Ellen tinha posto ao lado. Betsy o pegou e digitou.

– Senhora vice-presidente?

Dez minutos e 43 segundos.

– Não, você não é o IAE – disse Beecham. – É ela. – E apontou para Stenhauser. – Ela armou tudo. Ela é o informante do alto escalão.

– Cala a boca, idiota! – rosnou Stenhauser.

– Eles sabem – disse Beecham. Ele encarou a chefe de gabinete do presidente com os olhos arregalados. – É você. Você tentou me incriminar. Escondendo meus documentos. Fazendo parecer que eu estava por trás de tudo. Para eu ficar com a culpa se algo desse errado. Você trabalha com o Whitehead.

– Ele não está envolvido – respondeu Stenhauser. – Não faço ideia de quem ele é.

– Bom – disse Whitehead –, a ideia era essa. Você acha que eu queria que alguém soubesse? Pense bem, Stenhauser. Foi mesmo ideia sua ou você foi influenciada? Eu precisava de uma fachada, de alguém que pudesse abordar senadores, congressistas. Juízes da Suprema Corte. Quantos você recrutou? Dois? Três?

– Três – respondeu Beecham.

– Cala a porra da boca! – disse Stenhauser.

– Ah, meu Deus – sussurrou Ellen, à medida que o tamanho da trama ficava nítido. – Por quê? Por que vocês fariam isso? Permitir que terroristas explodissem bombas nucleares aqui? Em solo americano?

– Estados Unidos? Isso aqui não são os Estados Unidos! – gritou Stenhauser. – Você acha que Washington, Jefferson ou qualquer um dos Pais Fundadores reconheceria este país? Trabalhadores americanos estão tendo seus empregos roubados. Orações são proibidas. Pessoas fazem abortos a torto e a direito. Gays podem se casar. Imigrantes e criminosos entram no país aos montes. E vamos deixar isso acontecer? Não. Isso acaba agora.

– Isso não é patriotismo, é terrorismo doméstico! – gritou Ellen. – Pelo amor de Deus, vocês ajudaram a trucidar um pelotão de Rangers do Exército.

– São mártires. Eles morreram pelo país – disse Beecham.

– Você me dá nojo. – Ellen então se virou para o general Whitehead. – E o senhor começou tudo isso?

Seis minutos e 32 segundos.

– Eu não sei quem ele é – interveio Barb Stenhauser. – Mas não é um de nós. Largue a arma.

Ela foi na direção de Whitehead, justo quando o general, em um movimento rápido, afastou a arma do presidente Williams, virando-a na direção de Barb Stenhauser.

Williams viu que aquele era o momento. Deu uma cotovelada para trás, acertando o plexo solar de Whitehead, fazendo-o se curvar.

Em seguida, mergulhou na direção de Ellen, derrubando-a no chão.

Enquanto o tiroteio começava, Ellen se encolheu toda e cobriu a cabeça.

BETSY OUVIA TUDO, HORRORIZADA.

O celular de Ellen tinha caído no chão, virado para baixo. Ela não enxergava nada, mas ouvia os tiros. Os gritos.

E depois silêncio.

Ficou olhando boquiaberta, com os olhos arregalados. Sem respirar. Por fim, conseguiu sussurrar:

– Ellen? – Depois gritou: – Ellen!

Uma voz firme chamou:

– Senhor presidente, está tudo bem? Senhora secretária?

Betsy imaginou que fosse um agente do Serviço Secreto chegando para restaurar a ordem.

– Ellen! Ellen!

A tela vazia desapareceu e ela viu o rosto da amiga.

– Você ligou? – perguntou Ellen.

– O quê?

– Para a vice-presidente. Você disse a ela onde estão as bombas?

– Disse. Os tiros...

– Eram de festim – disse a voz familiar, embora tensa, do presidente.

Cinco minutos e 25 segundos.

– No chão! – disse um homem com voz enérgica. – Mãos atrás da cabeça!

Ellen girou, levando o celular consigo, de modo que Betsy visse Bashir Shah, Tim Beecham e Barb Stenhauser de rosto contra o chão, as mãos às costas. Bert Whitehead, com uma arma na mão, estava ajoelhado perto dos Rangers, cortando as algemas de plástico deles.

– As bombas... – disse Williams.

– Betsy alertou a vice-presidente – disse Ellen. – Estão cuidando disso.

– Mas e a daqui? – perguntou Whitehead. – Onde está?

Todos olharam para a tela.

Quatro minutos e 59 segundos.

– Pode estar em qualquer lugar – disse Williams. Em seguida se virou para os prisioneiros. – Onde está? Digam! Vocês também vão morrer.

– É tarde demais – respondeu Stenhauser. – Vocês nunca vão desarmá--la a tempo.

Williams, Ellen e Whitehead se entreolharam.

– Onde fica a enfermaria? – perguntou Ellen.

– Não sei – respondeu o presidente. – Eu mal consigo achar a sala de jantar.

Mas os olhos do general Whitehead tinham se arregalado.

– Eu sei onde é. – Ele olhou para baixo. – Fica bem embaixo do Salão Oval.

– Ah, merda – disse o presidente.

O general Whitehead já estava indo para a porta.

Restavam quatro minutos e 31 segundos.

O PRESIDENTE DOS ESTADOS UNIDOS E a secretária de Estado desceram a escada dos fundos de dois em dois degraus, alguns passos atrás do Ranger e do chefe do Estado-Maior Conjunto.

– Pelo amor de Deus, espero que você esteja certa – disse Williams.

– Estou. As outras estavam em enfermarias. Esta também deve estar. – Mas Ellen parecia muito mais confiante do que realmente se sentia.

Agentes do Serviço Secreto seguiam logo atrás deles. No porão, encontraram a porta da unidade médica trancada.

– Eu tenho a senha de acesso. – O presidente digitou no teclado, mas suas mãos tremiam tanto que ele precisou tentar duas vezes. Ellen por pouco não gritou com ele.

Em vez disso, olhou para a contagem regressiva.

Quatro minutos e três segundos.

A porta se abriu com uma pancada surda e as luzes se acenderam automaticamente.

– Você está com suas ferramentas? – perguntou Whitehead ao Ranger.

– Sim, senhor.

Eles pararam no meio da sala e olharam em volta.

– Onde está? – perguntou Williams, fazendo um giro completo, os olhos afiados procurando.

– A máquina de ressonância magnética – disse Ellen. – Se a bomba escapou de ser detectada, é porque é comum ver radiação saindo da máquina de ressonância.

Três minutos e 43 segundos.

O Ranger, especialista em desarme de bombas, abriu com cuidado o painel da máquina de ressonância.

Ali estava.

– É uma bomba suja, senhor – disse ele. – E grande. Isso destruiria a Casa Branca e espalharia radiação por metade de Washington.

Ele se curvou e começou a trabalhar enquanto Whitehead se virava para Williams e Ellen, dizendo:

– Eu diria para vocês correrem, mas...

Três minutos e treze segundos.

Whitehead se afastou para fazer uma ligação. Ellen suspeitou que fosse para a esposa.

Betsy ficou encarando o celular. Podia ver Ellen. Ellen podia vê-la.

Talvez houvesse um mínimo conforto no fato de que não precisaria sofrer a perda da amiga por muito tempo, pensou Betsy. Ela também morreria logo, envenenada pela radiação.

Havia um enorme conforto em saber que Katherine e Gil estavam bem longe dali, pensou Ellen.

Katherine, Gil, Anahita, Zahara e Boynton estavam amontoados na penumbra, olhando o celular no meio da mesa. Nele estava passando a transmissão ao vivo da rede de televisão de Katherine.

Ela sabia que, se as bombas nucleares explodissem, a informação chegaria ao vivo dentro de poucos minutos.

Naquele momento, o âncora estava entrevistando um comentarista que explicava se o tomate era uma fruta ou um legume. E no que isso transformava o ketchup, segundo os parâmetros da dieta escolar?

Dois minutos e 45 segundos.

Gil sentiu uma mão familiar pegar a sua e olhou para Ana, que, com a outra mão, segurava a de Zahara. Ele estendeu a sua para Katherine, que segurou a de Boynton.

O círculo unido olhava o celular, assistindo à contagem regressiva.

Enquanto o Ranger trabalhava e o general falava ao telefone, Ellen sentiu Doug Williams ao seu lado. Quando ela segurou a mão dele, ele sorriu, agradecido.

– Não consigo resolver – disse o Ranger. – Nunca vi um mecanismo deste tipo.

Um minuto e 31 segundos.

– Aqui. – Whitehead estendeu seu celular para o Ranger. – Escute.

Eles olharam para o Ranger que trabalhava freneticamente.

Quarenta segundos.

Ele pegou outra ferramenta e a deixou cair. O general Whitehead se curvou e a apanhou, entregando-a ao Ranger de olhos arregalados.

Vinte e um segundos.

Ainda trabalhando. Ainda trabalhando.

Nove segundos.

Betsy fechou os olhos.

Oito.

Williams fechou os olhos.

Sete.

Ellen fechou os olhos. E sentiu uma calma se assentando.

CAPÍTULO 45

Todas as redes transmitiam ao vivo a coletiva de imprensa.

O monitor na sala da secretária de Estado exibia a Sala de Imprensa James S. Brady, na Casa Branca. Os repórteres se apinhavam, à espera do presidente.

— Ele não convidou você para a coletiva? — perguntou Katherine à mãe.

— Você esperava que ele convidasse? — perguntou Betsy, tomando um gole de Chardonnay.

— Na verdade, ele convidou. Eu recusei. — Ellen olhou para sua família. — Prefiro estar aqui com vocês.

— Que fofo. — Gil olhou para Betsy. — Você está bebendo em uma taça.

— Só porque ela está aqui. — Betsy apontou para Anahita.

Estavam sentados no sofá e em poltronas, os pés calçados com meias em cima da mesinha de centro. Garrafas de vinho e cerveja e uma bandeja com sanduíches comidos pela metade estavam em um aparador. Gil abriu uma garrafa de cerveja e a entregou a Anahita antes de pegar outra.

— O que ele vai dizer? — perguntou à mãe.

— A verdade — respondeu Ellen, deixando-se cair no sofá entre os filhos.

Eles tinham chegado a Washington de madrugada e encontraram a mãe dormindo, ainda com as roupas do dia.

Abençoados fossem os rápidos transportes militares, pensou Ellen.

Quando acordou, ela contou a maior parte da história, mas os detalhes seriam narrados com o tempo. E com paciência.

Katherine olhava o monitor. Havia jornalistas seus na coletiva, mas, claro, ela também conhecia a história dos bastidores. Havia escrito sua própria matéria, narrando os acontecimentos que vivenciara, e mandado para seu editor-chefe, para ser publicada apenas depois da fala do presidente.

Mesmo com tudo que eles sabiam, seriam necessários meses, talvez anos, para desemaranhar tudo que havia acontecido. E para desentocar todos os membros do IAE.

Dois juízes da Suprema Corte e seis congressistas tinham sido presos. Mais prisões eram esperadas nas próximas horas e nos próximos dias. E provavelmente semanas. E meses.

– Ontem – disse Gil. – No Salão Oval. Quando o general Whitehead fez o presidente de refém, você sabia que ele estava blefando?

– Também me perguntei isso – disse Betsy. – Você deixou o número da vice-presidente e falou que eu precisava ficar em casa. Fez isso para que eu estivesse aqui para telefonar. Você devia saber de alguma coisa.

– Eu cogitava isso, mas não sabia ao certo. Achei que, se eu não pudesse ligar, você precisaria ligar. Mas por um breve momento, quando Whitehead segurou a arma contra a cabeça de Williams, acreditei que ele fosse mesmo o traidor.

A memória voltou subitamente; aquele momento de terror em que soube que tinham fracassado. Que tudo estava perdido. Tinha acordado às duas e meia daquela madrugada, sentando-se bruscamente na cama. Os olhos arregalados. A boca aberta.

Ellen se perguntou se algum dia aquele medo passaria de todo. Sentia-o naquele momento, sentada no sofá entre os filhos. Em segurança. Seu coração martelava e ela se sentiu tonta.

Estou em segurança, repetiu. *Estou em segurança. Todo mundo está em segurança.*

Ou pelo menos tanto quanto possível em uma democracia litigiosa. Esse era o preço da liberdade.

– O presidente sabia que o general estava fingindo? – perguntou Anahita.

– Sabia, sim. Eles planejaram tudo juntos. Eu também fiquei me perguntando por que o Serviço Secreto não invadiu o lugar logo de cara. Williams ordenou que eles ficassem fora do Salão Oval.

Ellen sorriu, lembrando como a bomba tinha sido desarmada. No fim, Bert Whitehead não tinha ligado para a esposa, afinal, e sim para o esquadrão que havia desarmado a bomba suja em Nova York.

Eles tinham tido mais tempo e conseguido descobrir o funcionamento do sistema, por isso conseguiram orientar rapidamente o Ranger.

O cronômetro havia parado faltando dois segundos.

Assim que recuperaram a compostura, o general Whitehead se virou para Doug Williams. Esfregando o plexo solar, o chefe do Estado-Maior Conjunto perguntou se o presidente precisava mesmo acertá-lo com tanta força.

– Desculpe – dissera Williams. – Foi muita adrenalina. Mas é bom saber que consigo derrubar você.

– Talvez não seja bom testar isso, senhor presidente – respondera o Ranger, ainda curvado sobre a bomba.

Agora, a secretária Adams e os outros assistiam aos jornalistas que já se sentavam na Sala de Imprensa Brady.

– Mãe? – disse Katherine.

– Desculpe. – Ellen voltou ao presente.

– Como você soube que o general não era o IAE?

– A princípio, achei que fosse. Acreditei nos documentos que Pete Hamilton encontrou nos arquivos ocultos da administração Dunn. Mas algumas coisas começaram a me incomodar. Quando foi preso, ele atacou Tim Beecham. Bateu nele. Logo antes de ser levado, ele me disse: "Eu fiz a minha parte."

– Eu me lembro disso – disse Betsy. – Me deu arrepios. Achei que ele estava confessando que tinha conseguido libertar o Shah e aberto o caminho para que as bombas fossem plantadas em solo americano.

– O trabalho dele estava feito – respondeu Ellen. – Também pensei isso. Porém, quanto mais pensava, mais percebia que ele podia estar dizendo algo bem diferente. Perder o controle daquele jeito não era nem um pouco do feitio do general Whitehead. Ele já esteve em combate, comandou soldados em missões perigosas. Para comandar assim, ele precisaria de muito autocontrole. Comecei a imaginar se, na verdade, ele não tinha se descontrolado coisa nenhuma. Se não teria atacado Beecham de propósito.

– Mas por que ele faria isso? – perguntou Gil.

– Porque suspeitava que Beecham fosse o traidor, mas não tinha provas, então fez o possível para tirá-lo da sala enquanto nós discutíamos estratégias. Deu certo. Beecham estava no hospital quando bolamos um plano.

– Foi isso que ele quis dizer com "Eu fiz a minha parte" – disse Betsy. – Agora era a nossa vez.

– Mas tinha mais coisa? – perguntou Katherine.

– Tinha. Uma coisa muito mais óbvia e mais simples. A família de Bert Whitehead ainda estava em Washington. A de Beecham, não – disse sua mãe.

Havia uma pergunta que Betsy tivera medo de fazer, mas resolveu que faria.

– Foi o general Whitehead quem organizou o ataque à fábrica?

– Foi. Eu disse a Williams que achava que tínhamos nos enganado. Que tinham armado contra Whitehead. Admito que ele não engoliu a explicação do "Eu fiz a minha parte", mas quando ouviu sobre as famílias ficou convencido. Quando o chefe das Forças Especiais e os generais não conseguiram pensar em um bom plano para entrar e sair da fábrica, Williams procurou Whitehead. Ele tinha sido um dos observadores americanos na Batalha de Bajaur. Conhecia o terreno.

– E projetou a distração – disse Katherine.

– E o ataque à fábrica. As duas ações aconteceram juntas. Ele queria comandar pessoalmente, mas Williams não deixou. Não podíamos arriscar que descobrissem que Whitehead tinha sido solto. Beecham precisava acreditar que tinha nos convencido.

– Então, nesse ponto, vocês já sabiam que era o Beecham? – perguntou Gil.

– Suspeitávamos, mas não tínhamos provas. Quando ele pediu para ir a Londres, Williams concordou. De novo, para mantê-lo afastado.

E agora vinha a pergunta que Betsy tivera medo de fazer:

– Então quem comandou a distração?

Ellen a encarou e respondeu delicadamente:

– Bert escolheu sua ajudante de campo. Ela havia servido três períodos no Afeganistão com os Rangers. Era a melhor oficial dele.

– Denise Phelan?

– É.

Betsy fechou os olhos. Pensara que já tinha esgotado todos os seus suspiros, mas tinha pelo menos mais um, um suspiro comprido e profundo de tristeza pela jovem que vira naquela mesma sala, segurando xícaras de café e sorrindo.

Que vira Pete Hamilton trabalhando intensamente.

Cavando, cavando. Mais fundo, mais fundo. Ele não tinha parado depois de descobrir a informação plantada sobre o chefe do Estado-Maior Conjunto.

Continuara cavando. Para além da internet comum. Para além da dark web. Para além da borda. Para o enorme vazio, o vácuo. Onde nenhuma luz podia entrar. E lá encontrara o IAE.

E, ao cavar tão fundo, tinha cavado a própria cova.

E agora os dois estavam mortos.

Bert Whitehead jogou o galho e o viu desaparecer em um monte de neve. Pine saltou atrás, enterrando a cabeça no gelo. O traseiro empinado. O rabo balançando.

Suas orelhas enormes despontavam da neve branquíssima, feito asas.

Ao lado de Pine, o outro pastor-alemão dançava empolgado, depois mergulhou a cabeça no monte de neve ao lado. Sem nenhum motivo aparente.

– Devo admitir que Henri tem muito pouca coisa na cabeça – disse o homem ao lado de Whitehead. – Ela só existe para sustentar as orelhas. Tudo que é importante ele guarda no coração.

O riso de Bert saiu em um sopro de vapor.

– Cachorro esperto.

Os dois olharam para a casa de Gamache em Three Pines, onde as esposas estavam sentadas diante da televisão, esperando a coletiva de imprensa do presidente.

– Quer entrar e assistir? – perguntou Armand.

– Não. Pode ir, se quiser. Eu já sei o que o presidente vai dizer. Não preciso escutar.

Ele parecia exausto, esgotado. Bert e sua esposa, junto com Pine, tinham ido de avião até Montreal e depois de carro até a cidadezinha pacífica no interior do Quebec. Exatamente para isso.

Paz.

Caminharam em silêncio, as botas rangendo na neve enquanto circundavam a praça da cidade. Passaram pela frente de velhas casas de pedras, tijolos e madeira, com luzes calorosas nas janelas de caixilhos.

Passava pouco das seis da tarde e já estava escuro. A Estrela Polar brilhava no alto. Mantinha-se firme, sempre lá, enquanto o resto do céu noturno se movia ao redor.

Os dois homens pararam e olharam para cima. Era reconfortante existir uma coisa que não se alterava. Uma constante em um mundo sempre mutável.

O frio roçava o rosto deles, mas nenhum dos dois estava com pressa para entrar em casa. O ar era revigorante. Tonificante.

Fazia pouco mais de um dia desde os acontecimentos, mas já pareciam ter ocorrido uma vida inteira atrás e a um mundo de distância.

– Sinto muito por Denise Phelan. Por todos eles.

– *Merci*, Armand. – O general sabia que o inspetor-chefe conhecia o sofrimento de perder pessoas, em sua maioria tragicamente jovens, sob seu comando.

Ele também guardava no coração as coisas mais preciosas. Os rapazes e as moças viveriam lá, em segurança, enquanto seu coração batesse.

– Só espero que a gente consiga pegar todos eles – disse Whitehead.

Armand parou.

– Há alguma dúvida?

– Com alguém como Shah, sempre há dúvida.

– Quando você pôs a arma na cabeça do presidente, já sabia onde estavam as bombas. O presidente tinha aberto o site do IAE, que dava a localização exata, inclusive da que estava na Casa Branca. Por que não mandar os especialistas para desarmá-la? Por que desperdiçar um tempo precioso fingindo fazer o presidente de refém?

– Porque não sabíamos onde estava a bomba da Casa Branca. A imagem mostrava o Salão Oval, mas a que mostrava a bomba estava filmando muito de perto.

– E como descobriram?

– Foi um chute.

Armand olhou o chefe do Estado-Maior Conjunto, pasmo.

– Um chute?

– Sabíamos que as outras estavam em enfermarias; imaginamos que aquela também estivesse. Mas isso foi só depois. O que não tínhamos era a confissão de Beecham nem de Stenhauser. Não bastava achar as bombas. Precisávamos pegar os terroristas, e não tínhamos provas.

– Você sabia que a secretária Adams estava transmitindo tudo ao vivo para a conselheira dela? Que a conselheira ia ligar dando a informação?

– Eu notei o que ela estava fazendo com o celular, sim. Tive esperanças...

– Foi por pouco – disse Armand. – Por que eles fizeram isso? Entendo alguém ficar decepcionado com o rumo do país, mas bombas nucleares? Quantas pessoas morreriam?

– Quantas morrem em uma guerra? Eles ansiavam por outra Revolução Americana.

– Tendo a Al-Qaeda como aliada? Tendo a máfia russa como aliada? – perguntou Gamache.

– Todos nós fazemos pactos com o diabo em algum momento. Até você, meu amigo.

Armand assentiu. Era verdade. Já tinha feito aquele tipo de pacto.

A caminhada os levou a passar pelo bistrô, cujas janelas lançavam uma luz amarela e suave sobre a neve. Podiam ver pessoas sentadas perto da lareira, bebendo e conversando animadamente. Podiam adivinhar o assunto. O que todos ao redor do mundo estavam comentando.

Pararam diante da livraria escura. Lá em cima havia uma luz no sótão. Ela piscava com suavidade enquanto Myrna Landers e Alex Huang assistiam à coletiva de imprensa.

– Aqui é muito pacífico – disse Bert Whitehead, virando-se e olhando para a montanha e a floresta, e também para o céu estrelado.

– É, este lugar tem seus momentos. – Armand viu um suspiro demorado escapar do companheiro. – Por que você não se aposenta e se muda para cá? Você e Martha podem ficar conosco até encontrarem uma casa.

Bert deu alguns passos em silêncio antes de responder:

– É tentador. Você nem faz ideia. Mas sou americano. Vale a pena lutar por essa democracia, por mais falha que seja, e essas são as cicatrizes. É o meu lar, Armand. Assim como aqui é o seu. Além disso, até termos certeza de que pegamos todos os conspiradores, vou permanecer no serviço.

– Senhoras e senhores, o presidente dos Estados Unidos.

Doug Williams foi sem pressa até o púlpito. Seu rosto estava sério.

– Antes de fazer a declaração que preparei, gostaria que prestássemos um minuto de silêncio pelos que deram a vida para salvar este país de uma possível catástrofe, incluindo seis agentes do serviço aéreo das Operações Especiais e todo um pelotão de Rangers. Foram 36 homens e mulheres corajosos.

NA SALA DA SECRETÁRIA DE ESTADO, todos baixaram a cabeça.

No Off the Record, todos baixaram a cabeça.

Na Times Square, em Palm Beach, nas ruas de Kansas City, Omaha, Minneapolis e Denver. Nas vastas planícies e nas montanhas, em cidades, vilarejos e metrópoles, os americanos baixaram a cabeça.

Pelos verdadeiros patriotas que deram a vida.

— VOU LER UMA DECLARAÇÃO PREPARADA — disse o presidente Williams, quebrando o silêncio. Em seguida, parou e pareceu pensar. — Antes de responder a perguntas.

Houve um leve murmúrio entre os jornalistas. Eles não estavam esperando por isso.

NA SALA DA SECRETÁRIA DE ESTADO, todos prestavam atenção.

Naquela manhã, o presidente Williams tinha convidado Ellen ao Salão Oval para discutir o que deveria e não deveria ser dito ao público. Também a convidou para acompanhá-lo na coletiva, mas ela pediu para não ir.

— Obrigada, mas acho que neste momento preciso ficar com minha família, senhor presidente. Vou assistir junto com todo mundo.

— Preciso de um conselho seu, Ellen. — Ele indicou a poltrona junto à lareira.

— Essa camisa não combina com esse terno.

— Não, não, não é isso. Estou decidindo se devo responder a perguntas na coletiva.

— Acho que deveria.

— Mas você sabe que eles vão fazer perguntas complicadas. Quase impossíveis de responder.

– Sei. Diga a verdade. Nós podemos enfrentar a verdade. As mentiras é que estragam tudo.

– Se eu fizer isso, você sabe que vão me culpar por deixar a situação chegar àquele ponto. – Ele a encarou com atenção. – É por isso que está sugerindo essa ideia?

– Considere essa a minha vingança pela Coreia do Sul.

– Ah. – Ele fez uma careta. – Você sabia?

– Adivinhei. Não foi por isso que você me nomeou como secretária de Estado? Para que eu não somente precisasse abrir mão da minha plataforma de mídia, mas também ficasse fora do país e longe do seu pé na maior parte do tempo? Você podia garantir que eu fracassasse. Eu seria humilhada internacionalmente e você poderia me demitir.

– Era um bom plano, não era?

– No entanto, aqui estou. Doug, o que vai acontecer no Afeganistão? Você sabe que, com a nossa saída, o Talibã, junto com a Al-Qaeda e outros terroristas, vão assumir o controle.

– Sei.

– Todo o progresso a favor dos direitos humanos pode acabar. Todas as meninas, todas as mulheres que frequentaram a escola, tiveram uma formação. Conseguiram empregos. Viraram professoras, médicas, advogadas, motoristas de ônibus. Você sabe o que vai acontecer com elas se o Talibã voltar ao poder.

– Bom, acho que vamos precisar de uma secretária de Estado forte, respeitada no exterior, para deixar claro ao governo afegão que esses direitos devem ser respeitados. E que o Afeganistão não deve voltar a ser um lar de terroristas. – Ele a encarou por tempo suficiente para ela começar a ficar vermelha. – Obrigado. Por tudo que você fez para impedir os ataques. Você arriscou tudo.

– Você sabe que não são apenas os conspiradores que acham que nós perdemos o rumo, não é? Esses são os mais óbvios, mas existem dezenas de milhões de pessoas que concordam. Pessoas boas. Pessoas decentes. Que podem não compartilhar nossa política, mas seriam capazes de dar a roupa do corpo, se precisássemos.

Ele assentiu.

– Eu sei. Precisamos fazer alguma coisa. Dar a elas a nossa roupa do corpo.

– Dar empregos. Dar um futuro aos filhos delas, dar um futuro às cidades delas. Parar com as mentiras que alimentam seus temores.

As mentiras que tinham criado e alimentado seu próprio Azhi Dahaka local.

– Há muitas contas a acertar. Muitas feridas a curar – disse ele. – Mais do que eu imaginava. Você estava certa em muitos dos seus editoriais. Eu tenho muito a aprender.

– Na verdade, acho que eu disse que você precisava tirar a cabeça do...

– É, é, eu lembro. – Mas ele estava sorrindo, e o modo como ele a olhava fez suas bochechas arderem.

Agora, horas mais tarde, com o sol se pondo, Ellen estava sentada em sua sala com os filhos, com Betsy, Charles Boynton e Anahita Dahir – que, a julgar pela expressão de Gil, Ellen suspeitava que passaria a ser muito mais do que sua funcionária.

Viram Doug Williams apresentar os especialistas em bombas que tinham desarmado os dispositivos nucleares; depois ele descreveu o que havia acontecido desde as explosões nos ônibus.

– Foi uma bela menção a você, mãe – disse Katherine. – Ele mudou o tom.

E, percebeu Ellen, também mudara de terno.

Betsy se inclinou e entregou alguma coisa a Ellen.

– Senhora secretária, este é um pequeno reconhecimento pelo seu serviço público.

Era um descanso de copo do bar Off the Record. Com o rosto de Ellen Adams.

QUANDO A COLETIVA TERMINOU, Gil perguntou se Anahita gostaria de ir jantar com ele.

No restaurante, ela o ouviu falar sobre o contrato para escrever um livro que tinham lhe oferecido. Ela perguntou o que ele achava. Quanto tempo demoraria para escrever.

Como todos os fatos estavam revelados, não havia mais o problema de violar sigilos. Ele estava empolgado para contar toda a história dos bastidores. Mas deixaria de fora a parte sobre Hamza, o Leão. O membro da família terrorista pashtun que era seu amigo.

Gil perguntou se ela escreveria o livro com ele.

Ana recusou. Ainda tinha um emprego como funcionária do Serviço de Relações Exteriores no Departamento de Estado.

– Como estão os seus pais? – perguntou ele.

– Voltaram para casa.

Gil assentiu. E Anahita olhou pela janela. Para uma Washington que permanecia ali.

– Como eles estão se sentindo? – quis saber Gil.

Anahita virou os olhos para ele, perplexa. E contou.

– E como você está se sentindo? – perguntou ele.

– Senhora secretária.

– Oi, Charles.

– A senhora pediu que eu pesquisasse sobre materiais físseis desaparecidos da Rússia.

Ele parou a poucos passos da mesa.

Já era noite. Betsy estava sentada à mesa em sua própria sala, redigindo anotações e respondendo a perguntas do serviço de inteligência sobre o vídeo que tinha gravado.

– O que você descobriu? – perguntou a secretária Adams.

Ele a olhava de um modo profundamente desconcertante. Estava bastante claro que o seu chefe de gabinete não tinha encontrado uma ninhada de gatinhos.

Ela estendeu a mão para o papel que ele segurava, depois indicou uma cadeira a seu lado. Nunca tinha feito aquilo; sempre preferia que ele permanecesse do outro lado da mesa. De pé.

Mas era um novo mundo, e eles tinham recomeçado.

Ellen pôs os óculos e olhou para o papel, depois para ele.

– O que é isso?

– Há material físsil desaparecido não somente da Rússia, mas também da Ucrânia, da Austrália, do Canadá. Dos Estados Unidos.

– Para onde isso foi? – Mesmo enquanto dizia essas palavras, ela percebeu como a pergunta era ridícula. Afinal de contas, o material estava desaparecido.

Mesmo assim ele respondeu, esfregando a testa:
– Não sei. Mas é o suficiente para fazer centenas de bombas. Milhares.
– Há quanto tempo sumiu?
De novo ele balançou a cabeça.
– E até dos nossos próprios armazéns?
Boynton assentiu.
– Mas não é só isso. – Ele apontou mais para baixo na página.
Quando tiverdes feito, não fizestes, porque eu tenho mais, pensou Ellen.
Ela baixou os olhos. Enquanto lia, soltou um longo suspiro.
Gás sarin.
Antraz.
Ebola.
Vírus de Marburg.
Virou a página. A lista continuava. Cada horror conhecido pela humanidade. Cada horror criado pelo homem estava ali. E não estava ali.
Desaparecido. Não contabilizado.
Ellen olhou a longa lista, perdida.
– Acho que temos nosso próximo pesadelo – sussurrou ela.
– É, acho que tem razão, senhora secretária.

AGRADECIMENTOS

Nós duas agradecemos a chance de trabalhar juntas, uma experiência que se somou às alegrias e surpresas da nossa amizade. E cada uma de nós tem um monte de pessoas a quem agradecer, então aí vai:

Louise:
Para mim, este livro começou, como tantas outras coisas, de forma inesperada.

Na primavera de 2020, eu estava na casa de campo da minha família junto a um lago ao norte de Montreal. A pandemia estava no auge e eu estava me refugiando naquele local quando chegou uma mensagem do meu agente: *Preciso falar com você.*

Bom, na minha experiência, isso quase nunca significa coisa boa.

No meio de uma pandemia mundial (que, no fim das contas, não era o meio, e sim apenas o começo), eu estava isolada à beira de um lago já isolado, com a perspectiva de algum desastre iminente na minha carreira literária.

Peguei um saco de jujubas e liguei para o meu agente.

– O que você acharia de escrever um thriller político com Hillary Clinton?

– Hein?

Ele repetiu. Eu também.

– Hein?

Bom, apesar de a pergunta ser uma completa surpresa, ela não tinha vindo do nada. Hillary e eu nos conhecemos. Na verdade, somos muito amigas (e ainda somos – acho que isso pode ser considerado um milagre).

Nossa amizade aconteceu, como tantas outras coisas, de forma inesperada.

Hillary estava se candidatando à presidência. Era julho de 2016 e sua melhor amiga, Betsy Johnson Ebeling, deu uma entrevista a um repórter de Chicago falando sobre o relacionamento das duas. Nessa entrevista, perguntaram o que elas tinham em comum. Entre as coisas que Betsy mencionou estava o amor pelos livros, sobretudo romances policiais.

Então o repórter fez uma pergunta que mudou a vida de todas nós.

– O que vocês estão lendo agora?

Por acaso, ambas estavam lendo um dos meus livros.

Minha incrível divulgadora na Minotaur Books, Sarah Melnyk, viu a entrevista e me contatou, empolgada.

Minha próxima turnê para divulgar o novo livro do inspetor Gamache começaria em Chicago. O que eu achava de me encontrar com Betsy lá, antes do evento?

Para ser sincera, esses momentos que antecedem grandes eventos são bastante estressantes, e um encontro com uma desconhecida logo antes não é ideal. Mas concordei.

Cerca de uma semana depois, eu estava atrás do palco, ouvi um som, virei-me e me apaixonei. Bem assim.

Eu tinha esperado que a melhor amiga de Hillary fosse poderosa, intimidadora. Em vez disso, vi uma mulher magra, de cabelos grisalhos em um coque, o sorriso mais caloroso e os olhos mais gentis. Na mesma hora entreguei meu coração.

Amei Betsy naquele momento e a amo até hoje.

Algumas semanas depois de eu chegar em casa, no fim da turnê, meu amado esposo, Michael, morreu de demência. Na luta para seguir a vida sem ele, me reconfortei abrindo todas as cartas de pêsames.

Um dia, sentada à mesa de jantar, abri uma delas e comecei a ler. Ela falava das contribuições de Michael para a pesquisa da leucemia infantil. Do seu cargo como chefe de hematologia no Hospital Infantil de Montreal. De seu trabalho como principal pesquisador do grupo internacional de oncologia pediátrica.

A remetente falava sobre perda e luto e oferecia condolências sinceras.

Era de Hillary Rodham Clinton.

Nos últimos estágios de uma campanha brutal para o cargo mais poderoso do mundo, a secretária Clinton arranjou tempo para me escrever.

Uma mulher com a qual ela nunca havia se encontrado.

Sobre um homem com o qual ela nunca havia se encontrado.

Uma canadense que nem podia votar nela. Era um bilhete particular, que não a beneficiaria de modo algum, oferecendo apenas conforto para uma desconhecida em luto profundo.

Foi um ato de altruísmo que jamais esquecerei e que me inspirou a ser mais gentil também.

Eu tinha mantido contato com Betsy, e em novembro ela me convidou para ir ao Javits Center, em Nova York, para assistir a Hillary vencer a eleição para a presidência. Jamais me esquecerei de quando olhei para o outro lado do imenso salão e vi Betsy sentada, olhando. Aquele olhar afiado, de alguém que via até mais do que desejava.

Em fevereiro de 2017, Hillary convidou Betsy e a mim para passar o fim de semana em Chappaqua. Seria nosso primeiro encontro.

E me apaixonei de novo, mas parte da magia daqueles dias extraordinários foi ficar sentada em silêncio, olhando as duas amigas que tinham se conhecido na sexta série. Que tinham permanecido próximas durante toda a vida. Uma se tornara advogada, primeira-dama, senadora e secretária de Estado e, se fossem contados os votos, em vez de o número de delegados no colégio eleitoral, teria alcançado a presidência, enquanto a outra se tornara professora e em seguida ativista comunitária. Criara três filhos com seu maravilhoso marido, Tom.

Estava tão claro que Betsy e Hillary eram almas gêmeas que foi uma experiência quase espiritual vê-las juntas.

Betsy e Tom, Hillary e Bill vieram me visitar no Quebec naquele verão, para uma semana de férias.

Nessa época, estava claro que o câncer de mama contra o qual Betsy havia lutado durante muitos anos estava vencendo. Mesmo assim ela aproveitava a vida, com a ajuda do enorme círculo de amigos próximos que ela e Hillary compartilhavam.

Em julho de 2019, Betsy faleceu.

Estado de terror foi escrito como um thriller político, como uma análise do ódio, mas também, em última instância, como uma celebração do amor.

Hillary e eu queríamos muito refletir os profundos relacionamentos que nós duas temos com outras mulheres. Esse laço inabalável de amizade.

E queríamos que Betsy tivesse um grande papel.

Ainda que na vida real Betsy Ebeling fosse muito mais gentil, sem todo aquele palavreado, ela de fato compartilha muitas qualidades com Betsy Jameson. Sua inteligência luminosa, sua lealdade feroz. Sua coragem. Sua bravura. Sua bravura. Sua bravura. E sua ilimitada capacidade de amar.

Portanto, sim, quando meu maravilhoso agente, David Gernert, perguntou se eu escreveria um thriller político com minha amiga H., concordei, mas com certo nervosismo.

Eu tinha acabado de terminar o livro mais recente do inspetor Gamache, por isso achei que tinha tempo disponível, mas, embora haja semelhanças, eu só havia escrito livros policiais. Um thriller político nessa escala estava muito além da minha zona de conforto, como se fosse coisa de outro planeta.

Mas como eu poderia deixar que o medo do fracasso roubasse esta oportunidade? Precisava ao menos tentar. No lugar onde escrevo, tem um pôster. Nele estão as últimas palavras do poeta irlandês Seamus Heaney.

Noli timere. Não tema.

A verdade é que eu estava com medo, mas com frequência na vida o segredo não é ter menos medo, e sim mais coragem.

Por isso fechei os olhos, respirei fundo e disse sim. Eu aceitaria. Desde que Hillary também estivesse feliz. Para ela, obviamente, seria um risco ainda maior.

Não vou entrar em detalhes de como essa trama específica se desenvolveu, a não ser para dizer que ela surgiu em um dos nossos muitos telefonemas naquela primavera, quando Hillary falou sobre as coisas que, como secretária de Estado, a faziam acordar assustada às três da madrugada. Havia três cenários terríveis. Escolhemos este.

A ideia de escrevermos um livro juntas veio do meu amigo, um dos maiores editores da sua geração ou de qualquer outra: Stephen Rubin. Obrigada, Steve!

Ele procurou David Gernert, que me procurou. Obrigada, David, por guiar este livro pelo labirinto e ser sempre tão sábio, tão positivo, tão caloroso e protetor.

Quero agradecer aos meus editores na Minotaur Books/St. Martin's Press/Macmillan por correr, como dizemos no Quebec, *le beau risque*. Don Weisberg, John Sargent, Andy Martin, Sally Richardson, Tracey Guest, Sarah Melnyk, Paul Hochman, Kelley Ragland e a mulher que fez a edição original de *Estado de terror*, a grande editora da SMP, Jennifer Enderlin.

Um agradecimento gigantesco à equipe da editora de Hillary, a Simon & Schuster, pelas ideias e colaborações.

Obrigada, Bob Barnett.

Agradeço à minha secretária (e amiga maravilhosa) Lise Desrosiers. Nada disso seria possível sem seu apoio, querida.

A Tom Ebeling, por nos deixar colocar uma versão fictícia de Betsy no livro.

Ao meu irmão, Doug, com quem eu estava me abrigando no inverno e na primavera de 2020, e que ouviu todas as minhas angústias e ideias ridículas.

A Rob e Audi, Mary, Kirk e Walter, Rocky e Steve.

A Bill, pelas ideias e pelo apoio. (Foi difícil argumentar quando Bill Clinton leu um esboço inicial e disse: "É improvável que um presidente faça...")

Tivemos que manter esta colaboração em segredo por mais de um ano, mas muitos amigos ajudaram sem saber, apenas estando presentes. Isso inclui os amigos que Hillary e eu compartilhamos, e todos estão na minha vida por causa de Betsy.

Hardye e Don, Allida e Judy, Bonnie e Ken, Sukie, Patsy, Oscar e Brendan.

E Hillary – obrigada. Você transformou em prazer algo que poderia ter sido um pesadelo. Você deixou o livro muito inteligente e a experiência muito fácil e divertida, a não ser quando eu recebia (juro) quinhentas páginas de manuscrito – escaneadas. Com suas anotações à mão nas margens.

Graças a Deus por minhas jujubas mágicas.

As gargalhadas que demos escrevendo este livro, em meio às longas pausas quando nos encarávamos pelo FaceTime, depois de literalmente perdermos o rumo.

E, claro, quero agradecer ao meu querido Michael. Ah, como ele teria ficado feliz e orgulhoso! Ele admirava demais a secretária Clinton. Teria adorado conhecê-la como Hillary e ver a mulher adorável que ela é.

Michael adorava thrillers. Na verdade, quando percebi que ele ainda tinha tempo para ler mais um livro antes que a demência roubasse sua capacidade de compreensão, escolhi um thriller político. Todo dia imagino-o segurando *Estado de terror* e sorrindo de orelha a orelha.

Não existe nada que eu veja, sinta, cheire, ouça, que não deva a existência ao dia em que me apaixonei por Michael Whitehead.

E agora você conhece a origem de mais um personagem.

Estado de terror é sobre terror, mas no fundo, no âmago, é sobre coragem e amor.

HILLARY:
Eu estava em casa em Chappaqua, me abrigando com minha família durante a pandemia, quando Bob Barnett, meu advogado e amigo, ligou dizendo que Steve Rubin tinha sugerido que Louise e eu escrevêssemos um livro.

Fiquei em dúvida, mas ouvi enquanto Bob argumentava baseado em sua experiência anterior trabalhando com outros dois clientes, meu marido e James Patterson, que tinham escrito dois livros de ação juntos.

Admiro Louise como escritora e a amo como amiga, mas a perspectiva parecia assustadora. Eu só tinha escrito não ficção, mas pensei que minha vida dava material para a ficção, de modo que talvez valesse a pena tentar.

Louise e eu começamos a conversar e montamos um *outline* longo e detalhado, do qual nossos editores em potencial gostaram, por isso mergulhamos na colaboração à distância. E que alegria foi criar nossos personagens, refinar a trama e trocar rascunhos. Enquanto eu escrevia, em 2020, a perda de duas amigas próximas e do meu irmão, Tony, em 2019, ocupavam uma grande parcela dos meus pensamentos.

Betsy Johnson Ebeling foi minha melhor amiga desde a sexta série, quando nos conhecemos na sala de aula da Sra. King, na Escola Field em Park Ridge, Illinois. Tínhamos passado juntas seis décadas de altos e baixos e eu sinto falta dela todos os dias.

Ellen Tauscher, que era ex-congressista da Califórnia e foi subsecretária de Estado para o controle de armas e segurança internacional quando eu fui secretária de Estado, de 2009 a 2013, tinha sido uma amiga querida por mais de 25 anos. Depois da eleição de 2016, ela ia me visitar com frequência para entender "o que aconteceu".

Ellen morreu em 29 de abril de 2019.

Então meu irmão mais novo, Tony, morreu em 7 de junho, depois de um ano doente. Fico com o coração partido sempre que penso nele quando menininho e nos três filhos que deixou.

E, em 28 de julho, Betsy perdeu sua longa luta contra o câncer de mama.

Qualquer uma dessas perdas seria dolorosa, mas a combinação foi devastadora, e para mim ainda é difícil aceitar.

Tanto o marido de Betsy, Tom, e a filha de Ellen, Katherine, apoiaram nosso desejo de basear nossos personagens fictícios em sua esposa e em sua mãe, respectivamente.

Eles não têm nenhuma responsabilidade pelas diferenças que criamos.

Quando Louise e eu decidimos construir nossa história em torno de uma secretária de Estado, sugeri Ellen como inspiração, junto com sua filha na vida real, Katherine, para os nomes das nossas versões ficcionais.

E, claro, Betsy seria o modelo para a melhor amiga e conselheira da secretária.

Quero incluir meus agradecimentos às pessoas que Louise menciona nos dela, e acrescentar que Oscar e Brendan ajudaram de maneiras incontáveis, inclusive solucionando um problema de computador com o nosso manuscrito, bem na reta final.

Obrigada também a Heather Samuelson e a Nick Merrill pela ajuda na checagem de fatos.

Este é o oitavo livro que faço com a Simon & Schuster e o primeiro sem a indomável Carolyn Reidy, de quem sinto falta, mas nunca esqueço. Felizmente seu legado continua sob a liderança de Jonathan Karp, que segue me encorajando.

Agradeço a ele e a toda a equipe: Dana Canedy, Stephen Rubin, Marysue Rucci, Julia Prosser, Marie Florio, Stephen Bedford, Elizabeth Breeden, Emily Graff, Irene Kheradi, Janet Cameron, Felice Javit, Carolyn Levin, Jeff Wilson, Jackie Seow e Kimberly Goldstein.

E obrigada a Bill, um grande leitor e escritor de livros de ação, por seu apoio constante e pelas sugestões úteis, como sempre.

Finalmente, esta é uma obra de ficção, mas a história que ela conta é atual demais.

Cabe a nós garantir que a trama continue ficcional.

CONHEÇA A PREMIADA SÉRIE INSPETOR GAMACHE, DE LOUISE PENNY

Bem-vindo a Three Pines. Nesse vilarejo fictício, localizado na região do Quebec, no Canadá, Louise Penny criou uma comunidade idílica, povoada por figuras marcantes. Quando um crime inesperado ocorre ali, o inspetor-chefe Armand Gamache e sua equipe vêm se juntar a esse elenco de personagens.

Chefe da Divisão de Homicídios em Montreal, Gamache é uma lenda na polícia do Quebec. Com um estilo avesso à violência, ele investiga usando principalmente a psicologia, a gentileza, a empatia e a generosidade.

NATUREZA-MORTA
Jane Neal, uma pacata professora de 76 anos, foi encontrada morta, atingida por uma flecha no bosque. Os moradores acreditam que a tragédia não passa de um acidente, já que é temporada de caça, mas Armand Gamache pressente que há algo bem mais sombrio acontecendo. Ele sabe que o mal espreita por trás das belas casas e das cercas imaculadas e que, se observar bem de perto, a pequena comunidade começará a revelar seus segredos.

GRAÇA FATAL
Armand Gamache é chamado de volta a Three Pines para investigar um novo homicídio. Ele logo percebe que está lidando com um crime quase impossível: CC de Poitiers foi eletrocutada no meio de um lago congelado, na frente de toda a cidade, durante um torneio esportivo local. E ninguém parece ter visto algo que ajude a esclarecer o caso.

Quem teria sido insano o suficiente para tentar algo tão arriscado e macabro – e brilhante o suficiente para conseguir executar o plano?

O MAIS CRUEL DOS MESES

Em meio às flores desabrochando e aos ovos de chocolate, alguns moradores de Three Pines decidem aproveitar a presença de uma médium para realizar uma sessão espírita no casarão abandonado da colina.

A ideia é livrar a cidade do mal que se apoderou dela – mas a tensão do momento faz com que um deles não saia vivo dali. Em pouco tempo, um questionamento ganha força: é possível alguém morrer de susto ou terá sido um assassinato?

É PROIBIDO MATAR

Gamache e sua esposa comemoram o aniversário de casamento no Manoir Bellechasse, um hotel luxuoso em meio à natureza. Após uma forte tempestade, o descanso dos hóspedes é abalado quando uma pessoa é encontrada morta, esmagada por uma estátua. Só então Gamache revela ser inspetor-chefe da Sûreté du Québec, dando início à investigação. Com todos impedidos de sair, o assassino está preso no hotel – mas um predador encurralado é ainda mais perigoso.

Leia o QR code para conferir um trecho de cada livro:

CONHEÇA OS LIVROS DE LOUISE PENNY

Estado de terror (com Hillary Clinton)

Série Inspetor Gamache
Natureza-morta

Graça fatal

O mais cruel dos meses

É proibido matar

Para saber mais sobre os títulos e autores da Editora Arqueiro,
visite o nosso site e siga as nossas redes sociais.
Além de informações sobre os próximos lançamentos,
você terá acesso a conteúdos exclusivos
e poderá participar de promoções e sorteios.

editoraarqueiro.com.br